U0895207
FONGHONG

[长篇小说]

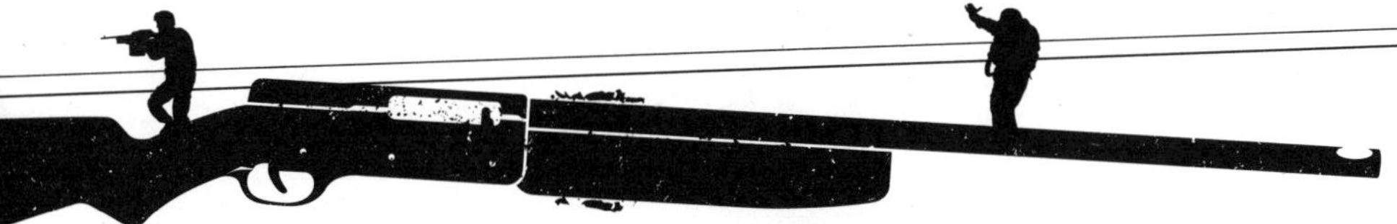

军

陈建波 著

江苏凤凰文艺出版社
JIANGSU PHOENIX LITERATURE AND ART PUBLISHING, LTD

图书在版编目（CIP）数据

杂牌军 / 陈建波著. — 南京：江苏凤凰文艺出版社，2019.5

ISBN 978-7-5594-3298-8

Ⅰ. ①杂… Ⅱ. ①陈… Ⅲ. ①长篇小说–中国–当代 Ⅳ. ①I247.5

中国版本图书馆CIP数据核字(2019)第022451号

书　　名	杂牌军
著　　者	陈建波
责任编辑	孙金荣
特约编辑	王可飞
责任校对	孔智敏
封面设计	金牍文化 · 车球
出版发行	江苏凤凰文艺出版社
出版社地址	南京市中央路165号，邮编：210009
出版社网址	http://www.jswenyi.com
印　　刷	三河市嵩川印刷有限公司
开　　本	700毫米×1000毫米 1/16
印　　张	27
字　　数	423千字
版　　次	2019年5月第1版　　2019年5月第1次印刷
标准书号	ISBN 978-7-5594-3298-8
定　　价	45.00元

目录

第一章

一

1941 年的春天，女教员贾慧坐在澡桶里，正在轻柔地擦洗着肌肤，一枚数百斤重的铁疙瘩从天而降，以摧枯拉朽之势接连洞穿了天花板和红木桌面，轰然砸入水磨方砖地面，半截没入泥土。湛蓝的天幕在宽敞的破口处显现，两架涂着红日的日本飞机在上空盘旋，惊天动地的爆炸声在四周此起彼伏地响着，地动山摇，灰土扑簌。

贾慧脑子里一片空白，瘫坐在温暖的水中，失去了起身的力气。五六分钟后，她像是从噩梦中惊醒般，凄厉地喊叫了一声，手忙脚乱地去寻衣物。春日的午后，她那雪白的肤色和精巧的乳房，在涂着绿色油漆的航空炸弹映衬下，宛若梦中景象，忽闪摇曳。

门外的半边院墙已经坍塌，街头慌乱的人群嘈杂混乱，邻近几处地带，浓烟升腾。所有人此刻都明白过来，这是日本人的空袭。吴尚，这座被邑人自诩为 300 年未遇兵戈的县城，在民国 30 年，正式遭受了来自天空的袭击。

贾慧光脚趿鞋冲上大街，指着自己的房子，大声喊道："有一颗炸弹落在我的屋子里了！"

她话音未落，人群像是被急流席卷似的，四散开来。贾慧被人流裹挟，远离了自己的居所，一时间难以回头。她并不知道，这凭空落下的炸弹并非冲她而来，真正的目标是相距半里地的古刹光孝寺。苏鲁皖游击总指挥部就设在寺内。有两枚炸弹击中了前殿，另外三枚偏离了方位，唯一落地未炸的，就是害得她有家难回的那枚。

不过，这次日军空袭吴尚，远远没有达到目的：其一，苏鲁皖游击总指挥部三天前撤离了光孝寺；其二，该部大半兵力不在吴尚，正奉了第三战区总部电令，远离防区配合国军主力对新四军北撤军部的合围，负责外围截击。眼下的吴尚，几乎是座空城。副总指挥黎星斗率一部虚张声势，驻扎在邻近日军的莲花镇，成为全军沿江布防的一字长蛇阵的尾部，一旦日军进攻，便逐次抵抗北撤，直至和总指挥黎星源所率的主力汇合，入皖境投奔三战区总部。至于吴尚的归属，他们是放在第二步考虑的。此地处于日本人和新四军东进各部的夹峙当中，原来可以依靠的省府势力，在黄桥一役中早已损失殆尽，只能蛰居水乡，苟延残喘。

日军轰炸吴尚战果如下：炸死、炸伤平民和僧侣 12 人，摧毁光孝寺前殿一座，民房若干。半天之后，城里人心惶惶的情形有所缓解，房屋待修，伤者治伤，死者入土。唯一的麻烦事，就是落在小学女教员贾慧小姐住所堂屋里的那枚炸弹。那里是吴尚城中的繁华地带，居民密集，万一什么时候发生爆炸了，那才叫倒霉呢！

众邻里跟着贾慧，一起去了警察局和县府。马县长算是个体恤民情的好官，但哪里懂得应对这枚说炸就炸的玩意儿？而且，手底下那些人，查毒禁赌是行家里手，排除炸弹的活计，自出娘胎来就没干过。

他暗自斟酌，这年头重赏之下，必有勇夫，于是，便以县府的名义出大洋 100，悬赏招揽拆解炸弹者。这公告贴出不久，便有人来揭了榜文。不过，此人开口先要 300 大洋。他抬高了赏金价格，马县长有些为难，转而跟那些住户商量。毗邻贾慧住所的李盐商，家底丰厚，生怕家私在一声轰响中灰飞烟火，答应代为支付那多出的 200 块大洋。

交易谈成，次日一早便开工卸弹。这位领了 300 块银洋的男人，是外地口音，走路瘸拐，搬到吴尚不足半年。有知晓底细的人说他本是国军三十三师的伤兵，跟队伍失散了，人已残疾，无人管顾，这次自告奋勇地揽下这活计，兴许他在军队里是工兵出身，受过训练。

他穿了件短褂，赤膊扛着镐锹、提着布袋，歪歪斜斜地去了贾慧的住处。进了门后，他先去盛满水的犹自散发女人香气的木桶那边瞅了两眼，又掉头朝着院子里的贾慧端详了两眼，竖起了大拇指。他这手势暧昧，不知道是夸奖她运气好，躲过了生死一劫，还是赞叹她女人味重，余香袅袅令他动心。

贾慧脸色绯红，没有吭声，躲到街对面的巷口，远远地望着。

这位前国军伤残工兵，没有帮手，独自劳作，先用镐头撬开了地面的砖头，然后改用铁锹，围绕着弹体挖掘。这体力活，费时耗劲，他足足干到了中午时分，才弄出了一个三尺多深、五尺来宽的凹坑来。那枚炸弹因为下面泥土被掏空，由入土时的直立改为了横卧。触底的弹头悬空，改变了触发状态。

他松了口气，去屋外抽了袋烟后，又回到屋里，蹲在坑底用螺丝刀和扳手捣鼓了半个钟头，终于直起腰板来，向远处的人群招手，大声地说："引信拆掉了，没事啦！弄辆板车来，把它拖到城外去！"

二

炸弹运走后，贾慧悬着的一颗心终于落下，但她住处正中的堂屋被毁严重，亟待修复。

次日清晨，当瓦木匠拖着砖瓦木料来到贾慧的住处时，顺便也给她捎来了一个消息：昨天领了重赏处理掉炸弹的那位前国军工兵，今天一早被人发现已经死去。他头下脚上地倒栽在荷花缸里，两只脚笔直地指向天空，死状极为奇特。他的死因不难猜测，一个好端端的人，绝不会将自己摆布成这种形状的。警察局来了人，顺理成章地先满屋子搜找那300块大洋的下落，结果杳无踪迹。由此定论，死者昨天豁出性命挣来的官府赏金，成了他今天暴死的原因。从他的死状看，动手谋财害命的人不止一个。

案子大抵就是这么个情况，侦破却是毫无指望。这年头兵荒马乱，杀人越货屡见不鲜，这位老兄挣了钱，露了财，被人害死，一点儿都不稀奇。不过，从其死前背着包袱的模样可以推测，他已经意识到了自己所处的险境，想离开避风，但还是迟了一步。

贾慧听了消息后，愣了一下，她坐在院角的一棵黄杨树下，仰望着屋顶上丈量尺寸的工匠身影，聆听着他们议论的内容，陷入了沉思。

这时，院门外进来个穿长衫的男人，在石阶上叫道：“贾老师，贾老师在家吧？”

贾慧闻声看去，是上司刘校长，便应了一声迎过去。

刘校长说：“上午校务办开会，鉴于眼下形势吃紧，决定先放半个月假，等局势明朗了再复课。已经有同事离开吴尚了，你呢？”

贾慧摇头，迟疑着说：“我暂且还是不走吧。”

校长点头，告辞离开了。贾慧心头微微抽紧，难道昨天日本人飞机轰炸果真是发动进攻的先兆？眼下这城里没有军队驻扎，明摆着是招惹鬼子前来。不过，二黎的部队难道连个像样的抵抗都没有，真的愿意拱手让出吴尚城吗？

她心中疑惑着，坐看工匠们屋上屋下、里里外外地忙活。房屋修复大约在黄昏后收了工，屋顶上锅盖大的洞被复原，天花板被补缀得焕然一新，地面方砖更换之后，几乎看不出痕迹。

工匠们收下工钱后，高高兴兴地出了门，粗鲁地互相开起玩笑来，说可不能像昨天那个倒霉鬼，有命挣钱，没命花钱，不明不白地丢掉了性命。

贾慧关院门时，听到这话，先笑后沉吟，便去街对面巷口的警察老崔家探听虚实。老崔有三个小孩，都在县立小学读书，所以见了她十分客气，忙起身来招呼。贾慧没有客套，开门见山地问他早间那桩案件的详情。

老崔说这件事讲给你们年轻姑娘家听太吓人了，那家伙是被绑住了手脚，倒栽葱般硬塞进荷花大缸里溺死的。那缸底淤积了陈年的牛粪和稀泥，足足有三尺厚，把死人的脑袋都裹成了个泥球，用清水洗了好几遍才辨认出来。这人真是个福薄的，战场上没被日本人打死，临了却在吴尚城被日本人扔的炸弹连累死了。人的命，是天注定的。老天爷让这颗炸弹落地不炸，救了贾老师的命，却让他替代了。

贾慧对他把自己的性命和那个伤残工兵混为一谈，暗暗有些不以为然，但此行目的已经达到，所知的情况跟早晨那些工匠的转述大致相仿。她转身过街回去，跨上门前麻石台阶时，脑子里闪过昨天卸弹前那个男人转身冲自己竖起大拇指时的手势和眼神。当时，她以为是自己那桶来不及倒掉的洗澡水引起了对方的遐想，有暧昧的成分，但此刻回想起来，那目光中真正隐含的，是惊诧。这种惊诧，绝不是那桶洗澡水所能引起的。那么，当时他是看到了什么，跟他的死有没有直接的关系？

贾慧回到修缮好的堂屋，里面物件照旧摆放着，木桶仍然在窗下。那个男人站在桶前这个位置，会看到什么呢？她心中揣摩，掉头瞧去，正对面书桌前板壁上用铁钉悬挂着一个相片框，相片上的女孩，刘海整齐，辫子柔顺，笑容婉约，正是自己18岁时的留影。这是多年来她随身携带着的唯一跟过去有着瓜葛的东西。

她立刻明白过来，叫了声“老天”，双手捂住面颊，踉跄了几步坐倒在椅子里。

三

局势日益吃紧，日本人正式向莲花镇进攻，罕见地动用了整个旅团的兵力。黎星斗率两个纵队弃镇而走，没有往吴尚方向来，而是撤向了皖境。紧接着的戏剧性变化是，日本人没有乘虚直下吴尚，反而尾追黎星斗部。倒是东边的新四军有了动静，西进占据了两个集镇，进迫吴尚。

这么一来，日本人此次行动倒有着为他人作嫁衣裳的意味了。但新四军前锋抵达吴尚郊外30里即停，不再前进。这三者之间，倒像是在下一盘三方对弈的棋局，除了当事者，谁也搞不清其中的奥妙。

黎星斗北撤和黎星源汇合后，占据山地有利地形死守，但日军追击部队收兵撤离莲花镇，扬长而去。二黎喜出望外，一面沿着退却的路线返回，一面上报三战区和省府，经过奋勇反击，已然收复失地。

三五天内，传言此起彼伏，令吴尚居民惊疑不定，等到确定本地暂时无碍，这才定下心来。有莲花镇作屏障，吴尚便有了安全保证，百姓安居乐业，重弹300年不逢兵戈的陈词滥调。

小学教员贾慧小姐本来已经接受了校长的邀请，随他全家乘船去乡下水泊湖荡里避开战乱，但危机消除后，学校提前复课，她便重新回校走上讲台。可是，此时的贾老师和这次危机之前已然有了不同，她比过去更敏感，疑虑，心事重重。在她居所堂屋右侧书桌的上方，原本悬挂着的那帧少女相片已经被取下，空洞地留了根纤细的铁钉，这个细微的变化，旁人根本难以觉察，但她的心却着实地忐忑，以至于有访客登门时，特地改在了西厢房接待。

不过，贾慧本就没有什么兴致跟人交往。这位三年前乘一叶扁舟从城南官河水道入城的婉约女子，在这座城市里从举目无亲到完全地融入其间，耗费的是光阴，流逝的是岁月。她的年龄渐长，倏尔间已过了 26 岁，青春的光泽逐渐消退。

像她这样的容颜、教养，在吴尚自然是少不了有异性追求的，但同事也好，街坊也好，辗转请人托求的也好，都被她一一婉拒。其实，她何尝不想在这些追求者中挑选一位，了此一生？只是这想法对她而言太过奢侈了，只能暗暗地那么一想，随即便抛得远远的。

她来吴尚之前的身世、经历，倘若按照自己填写的履历，平淡无奇：父亲在她幼年时病故，她和一个妹妹跟着寡母长大，母亲带着妹妹投奔族人远去广东了，只她孑然一身流落在吴尚。这样一位女孩子，长相不差，心存志气，不肯轻易托付终身，可以成为借口。可是，增长的年龄是粉碎这个借口的武器，再拖上个三四年，她年届 30，那时又该如何应对呢？

她忧心忡忡地藏起相片，只是补救的手段，有没有效果，难以断定。那位似乎看过相片的人暴死家中，根源到底是什么？这惊惧比她心底长久以来的忧虑来得更加猛烈。

贾慧小姐在中午放学后，撑着把桐油纸伞，袅袅婷婷地行走在春雨中。她的午饭常年包给隔壁邻居家的李嫂，价钱便宜，烹制干净，很对她的胃口。这短暂的距离，正好可以让她放下心思，享受平静。

此刻这样垂低了伞面，沿街漫步着，本该是贾慧小姐心静如水的时候。可是刚刚出了校门两三分钟，耳畔突然传来一声清脆的女性惊呼声。她下意识地闻声抬头，看见那女人正从路边旅社里出来，手里的纸伞张开一半，脚底下那双纤瘦的白色皮鞋表明她来自吴尚之外的城市。她那精心修饰的柳眉下，一双眼睛惊诧地盯住贾慧，不由自主地喊道："是你？你也在这里！"

贾慧心中慌乱，脚步仍然保持着原有的节奏，冷静地向前，拐过一个弯口后，她急忙收伞闪入路边巷角的铺子里，窥探身后的动静。

不一刻，那穿着长衣的女人尾随而至，沿着长街直向前走。贾慧知道她是谁，方才那一声叫唤，绵长婉转、妩媚迷人，隐约间还带了几分吟唱的味道，内行人一听，就明白她的出身。这戏班子里出来的女子，腔调到老也是改不掉的。贾慧自幼就讨厌这声音，矫揉造作，充满了狐媚气。可是，她此时此刻现身在吴尚街头，意味着什么？自己在吴尚宁静的日子也许已经到头了，又到了该远走他处的时候了吗？

贾慧回到住处，吃了邻居的饭食后，便动手收拾行李，盘算离开吴尚后下一站的行程。今天，事发突然，她不得不仓促应对，准备走避。

她收拾好包袱，正要换衣服，外面却有人敲院门，大声叫道："贾老师，开门！"

听嗓音，是对街的警察老崔。贾慧心存疑窦地去开门。

老崔欠身笑道："我估摸着就是您，这就连忙报信来了。有位太太去警察局打听，说中午时瞧见您了，可转眼就找不着了。从她比画的衣着、身段儿、神态上，我就明白了。她说是您的亲戚，刚刚随丈夫来吴尚。他乡遇亲眷，稀罕着呢，非要我们帮着找您。"

贾慧一颗心往下坠，冷冷地说："我没有什么亲戚，那位太太是认错人了。你回去说没有我这样的人就行了。"

老崔挠挠后颈，咂巴下嘴，说："行，我就按您吩咐的说。"

他正要转身回去，贾慧迟疑一下，问："她的丈夫是什么人？"

老崔说："是副总指挥的高参，从外地投奔过来不久，大概姓黄。"

贾慧点点头，不再多问。

她关了院门，望着阴晦的天色，不由得犹豫起来。这个女人跟她想象中的身份有着天壤之别。假如老崔说的是实，那自己倒没有躲避的必要了。她进屋去洗了把脸，完全地冷静下来。在这个县城里，知道她过去身份的只有这个女人，现在有两种选择，要么依旧照原来的打算，离开吴尚；要么，就赶紧去旅社，稳住她，免得风声泄露，彻底地曝光自己。

贾慧下定了决心，主动去会会这多年未见的老相识。走在石板路上，她心底不免有些感慨。这座太平之城，如今处于风雨飘摇之中，前途未卜，恰巧和自己的境地相似。一座城市，一个人，在非常时期里，命运彼此相连。吴尚面临着前所未有的威胁，她也是。

四

绿杨旅社，过去30年一直叫悦来客栈，近年来被继承祖业的老板改了时髦的名称。这里处于县城的繁华地带，是吴尚屈指可数的上等旅馆。战事起后，太平旅客少了，来来往往的都是穿制服的军人，其中有几位，把家室安顿在这里，成了常年的住客。

二黎挂起苏鲁皖游击总指挥部的招牌，一路收拾残兵败将，到达吴尚落脚时，已从光杆司令变为拥兵数万的一方豪强。手下的部属都不是吴尚本地人，所以根据官阶权势，分成了三等：上等的在防区驻地有公馆，中等的住旅馆，下等的驻军营。这么一来几乎包圆了本地几家像样的旅馆。好在二黎部队军纪尚可，住宿房钱打折但不拖欠。

贾慧每天都在这条街上来去，从没见过这女人的踪影，今天是第一次。她存了个心眼儿，在楼底打听时，不说自己所知的姓名，只讲外表容貌。柜台上待客的伙计马上就明白了她所描述的对象是谁，笑了笑说她打听的人是黄太太，她刚刚回来，住楼上甲字号房间。贾慧心里有数，谢绝了他领路，自行摸上楼去，抬手轻轻拍打了几下房门。

期待中，那个独特的女性声音响起，问："谁啊？"

贾慧屏息静气，说："我。"

屋了里静寂了片刻，门扇开启，缝隙里露出半边脸来，喃喃地叫了声"老天"，随后就哽咽住了，再也说不出话来。

贾慧推门而入，反手带上，径自寻了张椅子坐下，淡淡地说："你不是到处打听我吗？我来了，有什么指教？"

那女人捂住嘴巴，在胸腔深处发出一声惊呼，摇摇头说："果然是你，我还以为自己认错人了呢。"

贾慧审视着她，问："你是什么时候出来的？怎么又成了黄太太？"

那女人沉默片刻，反问："你在这里多久了，还用原来的名字吗？我估摸着，不会再姓许了吧？"

贾慧听到"许"这个姓氏，不由自主地战栗了一下，苦笑说："这些年，我们彼此都陌生了，你不再是四姨太，我也不是许小姐了，我姓贾，贾慧，县里小学的教员。你是黄高参的太太吧？”

那女人也是苦笑，叹息说：“许府出来的女人都不再姓许，命该如此。黄先生是我在上海认识的。当时我的境况很不好，急着想有个男人收留我。他那时候也很失意，老婆跟政府的一个高官去重庆了，一个人孤零零地住在法租界里。我的一个好姐妹跟他做邻居，就撮合了我们。我这人还是有些旺夫运的，他带我离开上海去南京，又从南京来了吴尚，逐渐有了起色，现在这里，挂了少将参议的牌子，也算是个人物吧。”

贾慧一笑，说：“看来，咱们的身份都下降了。不过，保住性命已经不易了，那些虚名没有意义啦。”

她们絮絮地沉浸在只有彼此熟谙的往事里，直到旅社斜对面学校开课的摇铃声传来时，才告结束。贾慧起身留了地址，告辞离开。走出旅社门槛时，迎面碰见几个卫兵簇拥着个佩将星的军官下马，那人40岁左右，眉毛极其浓重，这个特征给人印象深刻，以至于贾慧回到学校教室，给孩子们上课时，眼前总是挥不去那两道异乎寻常的浓眉。他大概就是那位黄高参吧？他这是从莲花镇前沿回吴尚来了吗？二黎呢？眼前黑云压城这个劫数，会就此结束了吧？她和吴尚都在这个阴晴未定的下午化险为夷了？

贾慧小姐的猜测很正确。当她站在课堂上授课时，大队人马已然进城，黎星斗中将率着麾下的两个纵队从莲花镇回师吴尚。皖南战事已经告一段落，新四军军部以及直属部队近万人被围歼，军长叶挺被俘，已经没有大股余部突破重围向东而来的可能了。黎星源留下部分人马扼守要隘，清剿零星散兵，接防莲花镇。一切态势，都恢复到了以前的面貌。

马县长一颗心终于放下来，连忙去拜望黎星斗。

此刻，大家心情都放松下来，其乐融融。于是，有人便扯起了那天日军飞机来轰炸，炸弹落在正在洗澡的小学女教员贾小姐的身边，居然就没爆炸的稀奇事儿。黎星斗笑得满脸麻子乱颤，拍得桌案砰砰直响，连说：“邪门！这娘们儿厉害，光屁股居然压住了日本炸弹的火气，算得上是吴尚的女中豪杰了。”马县长捻着胡须，恍然说：“古书中有用裸女破邪法一说，难道真有点影子？”

一众人等在光孝寺后殿围绕着贾慧小姐“肉体抗日”的事例议论纷纷，谈笑风生，殿外廊下眉毛浓黑的少将参议黄觉民拿了份文件经过，听得热闹，便也进来旁听，片刻后插上一句：“这位具有传奇色彩的年轻女教员在县里小学执教，莫非姓贾？”

县长连声称是，说：“这女子确实姓贾，眉清目秀，看上去不像是寻常人家的姑娘，在炸弹旁居然还能从容穿衣，跑到县府来求助，很有点意思呢。”黄参议带了三分炫耀，说：“这位贾小姐是贱内的远房侄女，自幼就有胆气，在晓庄师范念过书，我也是刚刚回旅社时听说的。”

黎星斗啧啧称奇，说：“改日怕是要请黄高参引见引见，这贾小姐是位奇女子，该当在富春酒楼摆上一桌，大伙儿也沾沾她的运气，不，仙气。”

五

贾慧与那位黄太太开诚布公地交谈之后，又认真地斟酌了一遍：黄太太跟自己一样，都是隐姓埋名，不愿意把旧日的往事翻上桌面来。如今，她是那位少将参议的正室夫人，比起过去半奴仆状态的四姨太，要名正言顺得多。从这个角度看，她的变化是向上的嬗变；而自己，由尊贵的大家闺秀沦落到这不明不白的地步，才真正地走了下坡。她想起当年她们之间发生过的那些明争暗斗，不禁觉得好笑，忽然间，脑子里闪过“一笑泯恩仇”这五个字来，与当下的情形倒是很贴切。

黄昏时，她途经那旅社门前，仍然有士兵牵着军马在一旁闲扯逗乐，想来，黄高参回旅社来见老婆，还没有走呢。她扑哧一声笑了起来，随即省悟起自己失态了。但是，她在多年前见识过这位黄太太的媚态，并曾经疑心过她是否是在做戏。那时，她是愤愤不平于她的争宠。现在，无论她如何施展媚术，都与己无关了。作为一个男人，得到她这样风韵犹存的女人，何尝不是销魂的艳遇呢？男人们都是这样，没一个好东西！

她突然间联想起一个白净、儒雅，但笑容隐含邪气的年轻男子的面孔来，不由得立刻愤然了，奋力地甩手，想借助这个动作摆脱掉那个阴影。

贾慧在院门前又被警察老崔喊住，殷勤地告诉她，自己已经遵照吩咐打发了那位黄太太，那女人很失望，念念叨叨地说自己怕是认错人了。贾慧关心起那位前工兵横死一案的侦破情况。老崔说这案子查勘下来，凶手是用匕首拨开门闩进院子的，没有进屋，就蹲伏在房子的周围。有个人还在屋后抽了根烟，烟屁股用鞋底碾踩过，留下了清晰的鞋印。这鞋印表明，这个人不是寻常百姓，居然还穿着少有的皮鞋。吴尚城里，穿皮鞋的人屈指可数，这是个关键的线索，警察局正沿这个线索进行调查呢。

贾慧有些心惊，她在吴尚住了三年，见过的穿皮鞋的男人不多，但她的那些追求者里就有两位是皮鞋客：一个是粮油店的周少掌柜，一个是天福布庄的杨大少爷。这两人都是油头粉面，手无缚鸡之力之徒，要想入院杀人，那是万万不能的。更何况，300 块大洋，不值得他们铤而走险。

她道声谢，进屋去，点了煤炉自己煮粥吃，家里还有罐三元居的酱菜，那是佐粥的上好佳品。她不会做饭，这几年单独生活，始终解决不了控制水量多寡的问题，结果不是夹生就是稀烂。她沮丧地采用了最简单的方法——多放水煮粥，不管汤水多少，都能够纳入口腹。

炭炉上的锅里米汤翻滚，热气腾腾，用筷子横在锅沿，虚担起轻薄的锅盖，这沸腾的乳白色汤汁，令她全神贯注，暂时把其他事情丢开了。每天傍晚，她都能因此而平静，这是真正属于自己个人的时间，一切烦心琐事都荡然无存。

煮粥的贾慧小姐，放下曾经锦衣玉食的生活之后，仅仅只会煮粥这一项生存本领，但已足以让她安身立命了。会煮粥的女人不会饿死，在粮食匮乏的时候，甚至还具备了节俭的优势。这一点，在去年的饥荒中就有过直接的体现，以至于隔壁大嫂山穷水尽无米下锅时，还能从她这里得到帮助，由此而感恩戴德。

当然，诸如此类的感激，来得快去得也快。在去年饥荒过去后，李大嫂并不因此在饭食费上跟她客气。贾慧在这件事情上总是粗枝大叶、毫不留意的。她的注意力放在某些特定的范围，无暇他顾。

粥汤随着水分的蒸发逐渐浓稠，米粥的香味弥漫了整个院子，连门外的行人都情不自禁地驻足寻找这气味的来源。李大嫂隔着低矮的院墙，招呼说家里有新腌的青皮萝卜干，喝粥时很有嚼劲呢。贾慧道声谢，说自己的酱菜中也有带甜味儿的青萝卜条。

天色黑沉下来，贾慧花费了一个多钟头的时间，慢慢地喝完了粥，浑身出汗，这使她想起上次那半途而废的洗浴，笑了起来，端起替代粥锅放在炭炉上的水锅，去了堂屋，把热水倾倒入木桶，又添加了些凉水，水温适宜时，关起门窗，取来备好衣物，在桌前脱下外衣，露出里面淡蓝色绣花的肚兜来。

她无镜可照，只在水磨砖地上欣赏了下自己的身段在油灯下的投影，便褪去了这贴身的亵衣。她的乳房在毫无拘束的情形下，比这县城中绝大多数的年轻女性都要丰硕，但妙就妙在，穿衣在身时，这个特征毫无显现。这一点，曾令某位青年男子困惑不解，并在把玩之余，作了八个字的评价：收放自如，无碍观瞻。

想到那个曾经触摸自己的男人，贾慧的心情随着身体一起坠入水中。她索性闭住气，一下子淹没在水下，想让这种窒息感来得更加强烈些，以取代方才的胡思乱想。

她埋头在水中的这短暂的时间里，屋脊背面有个人蹑手蹑脚踏瓦而来，好似一只狸猫，趴在天窗上方。空旷的堂屋里，贾慧从水里抬起头来，深深地呼吸，双手将额前的头发分成左右向脑后拂去，水流如瀑布般从她的面颊滑落。她浑不在意，左胸前一个铜钱大的鲜红色瘢痕夺目耀眼，在这样迷人的乳房上，犹如镶嵌了宝石一般，让一瓦之隔的夜行客狠狠地干咽了一口唾沫。

他看到了想看的东西，而且得来全不费工夫。他恋恋不舍于这天窗下所俯瞰到的情景，这个外表貌似瘦弱的文静女子，竟拥有如此迷人的胸脯。这样的女人是传说中的极品，可遇而不可求。

他心猿意马，欲火中烧，坐在大窗边的砖垒上，沉重地喘息着，接着，失去了理性，手脚并用，向屋檐爬去，轻捷地落在青石台阶上。他自得于这身飞檐走壁的功夫，拔出腰间的利刃，去门扇缝隙中挑拨，想就此打开门闩，迅速控制住这个女人，吹灭灯火，就着天窗里的月色一逞淫欲。

这间屋子所用的门闩在他的手里形同虚设，一顶一拨便告脱榫。他双手一分，闪电般进屋，好整以暇地接住掉落的门闩，侧身便奔向那个洗浴的女人。

迎面间，只见那女人赤身坐在水里，举枪指住他。他愣住了，自诩了得的本事，竟然被这看似只顾着在澡桶里搔首弄姿的女人识破了，这是怎么回事？

贾慧不待他开口，冷冷地说："用这把刀扎自己的两条腿，然后滚远点。"

这家伙几乎不敢相信自己的耳朵，她居然逼自己自残。他意图拖延时间，嬉皮笑脸地说："我，找点糊口的小钱路过的，请高抬贵手，放我一条生路。"

贾慧盯住他握刀的手，斩钉截铁地说："先扎左腿，扎！"

此人蓦然感受到了这女人眼中凌厉的杀气，不由自主地抬起刀子，对准自己的左腿，奋力地扎下去。这一扎是虚，半途中陡然变向，横飞出去，直奔那女人裸露在外的咽喉。不过他这变向动作刚刚做出一半，枪声就响了，子弹打在他的脑门正中，留下一个圆形的弹洞。他两眼圆睁，死死瞪着那把失去准头的刀，撞在砖墙上落到地面，铮然有声。

贾慧持枪飞快地跨出水桶，用肚兜遮住胸口，去查看动静：这个色胆包天的家伙，已经咽气身亡了。

她心中这才开始慌张，忙不迭地穿衣，拽住死者的双脚，倒拖到西厢房一个角落。与此同时，院外脚步凌乱，巡夜的士兵在街上奔走，寻找枪声的来源。她思忖了一下，依旧宽衣解带，坐回桶里，从容地洗涤身子，直到有人敲响院门，才不紧不慢地喊了声"稍候"，姗姗穿衣来应对。

外面叫门的，是两个士兵和警察老崔，瞧见她这副湿漉漉的模样出来，又嗅到了芙蓉出水般的清香，明白她又在洗澡了。这个以洗浴闻名昊尚的女人，在枪响之时仍然是在屋里洗澡，真是有趣。老崔问她听到枪声没有，知道是从哪里传出来的吗，她表示自己没留意，也许是隔壁吧，顺手一指那边盐商李某的住宅，说似乎是那边。

贾慧仗着浴后清新的外表，将巡夜大兵们完全骗过了，闩牢院门回身去了藏尸的所在，将油灯凑在死者的脸上仔细端详，确信从没有见过，再翻翻他随身的物件，没有一样可以证明其身份来历。她不免后悔，这一枪虽然是自救，但却打断了所有的线索。这个家伙，是受人指使而来，还是夜间行盗恰巧路过，或者是蓄意谋色？这个问题，眼下只有天知道了。

六

晚间这声枪响，惊动了巡防队，也惊动了驻军首领黎星斗。他的公馆距离枪响处不远。当时，他正站在镜子前抚摩自己那张粗糙的脸皮，心生感慨。其实，外间传说的他的绰号“黎大麻子”，并不符合实际。他的脸上坑坑洼洼，不是幼年时得天花留下的痕迹，而是七年前一次“剿共”行动负伤所致。

当时，一支共产党游击队用土枪土炮围攻吴尚。他从省城奉命驰援，半途上遭伏。不知道是哪个天杀的，用土枪对准他开了一火，他那张脸霎时鲜血淋漓，幸亏两眼戴了墨镜，才免于受伤失明。但百余块铁屑扎在肉里，外科医生用了整整两天的时间，才将它们清理干净，却留下了这满面的创痕，真正成了星斗满面，黎星斗就此人如其名了。

他恼恨之余，挥军剿杀，将俘获的七名共党头目押在吴尚城西刘家营，就地全部活埋了。报复手段之狠，与他平素里念佛守斋的习惯截然相反。那时的黎星斗，任江苏省扬、吴、通、泰保安公署专员，统领各地的民团，维护治安。

抗战初期，他奉命编练民团，足足向前线各部补充了十几万兵员，后来战事蔓延到了江浙腹地，直接率民团改为正规军，向北策应台儿庄血战。他驻守邮城，防御阵地虽然没有交火，但部属却不停地被抽调，等到徐州突围时，他手底下只剩一个加强营。南撤途中，正巧和老上司黎星源碰上。黎星源本在战区长官司令部任高级参议，挂中将衔，手头只有一个警卫排可用，两下里接触商议后，决定改变原先的计划，重续前缘。

黎星源以自己老同盟会员的资格，向战区司令部请求，由自己代表战区，一路收编那些溃散无主的零星部队，向重庆方面要一个苏鲁皖游击总指挥部的番号，在沦陷区坚持抗战。

俗话说，竖起了旗子好招兵。他们这临时动议，一经战区总部同意，便重起炉灶开了张。各部散落的军官士兵纷纷来投，没几天就又聚合了数千人。等到他们抵达吴尚站住脚跟，麾下已有七个纵队三万之众。

黎星源深有韬略，但多年来没有用武之地，这次天赐良机，自然是踌躇满志了。在吴尚这两年多，因受省府猜忌，扣发粮饷军火，只得以驻地的税收来补充，彼此离心离德。恰好，江南新四军过江向北拓展，暗中接洽，在得到相关的保证后，二黎敞开了防区大门，朝天开火，纵放新四军过境，引祸水东流。然后，他们坐山观虎斗，眼睁睁瞧着省府诸军完败于黄桥，默契地合力将省府根基剪除。

但这如意算盘虽然成功，可随之而来的新局势却让吴尚处于日、共两大势力的夹缝当中。西边，是日军第七混成旅团驻地，向东是新四军东进根据地，只剩北面水荡里蜷缩着实力大减后的省府残余。处于这样的军事态势下，怎能不小心谨慎？

黎星斗驻防吴尚，人粗心细，除在城东30里驻重兵外，夜间还加强了巡防力量，生怕大意中生变，遭了敌手的暗算。所以，这一声枪响，足以让他心底生疑。他转身离开橱柜上镶嵌的穿衣镜，摇了电话查问巡防团枪声的虚实。一刻钟后，巡防团回复，枪响之处似乎是在盐商李登甫宅邸后院附近的街口，正待查询。他被这突如其来的枪声惊去了倦意，当即挎上手枪，招呼上几个卫兵，提着灯笼亮起电筒，去那现场走一趟。

他抵达事发地点附近时，和李宅一墙之隔的女教员贾慧小姐刚刚手忙脚乱地处理好尸体。可是，还没来得及喘口气，院门又被人拍响，是老崔的声音："贾老师，开开门，副总指挥查看来了。"

他这声招呼把贾慧惊得不轻，连忙在布帘上擦了两下手，匆匆去开门。

门外，亮堂堂一片，那位麻脸将军在侍卫的簇拥下，好奇地端详她的面孔，微笑道："贾小姐，让你受惊了吧？这日本人的炸弹，半夜放枪的歹徒，都约好了似的来搅扰你，我这个守土一方的军人惭愧呀！"

贾慧垂下眼帘，淡淡地说："长官这么晚了还牵挂着百姓的安全，亲自出来巡视，是咱们百姓的幸运，谢谢了。"

黎星斗笑了起来，说："我黎某人何尝不想休息？可是非常时期，哪里睡得着啊。今天刚想打个盹儿，这枪声一响，就不得不来查看了。我这人事必躬亲，放心不下别人，是个劳碌的命。"

他边说，边径自朝院里走去。贾慧侧身让开，陪在一旁。黎星斗没有进屋，站在台阶下花坛前，左顾右盼，指着那边几幢高轩大屋，问："那些都是李老板的房子吗？好家伙，盐商的银子花不掉了就建造房子，这模样，比扬州盐商的那些宅邸一点儿也不逊色啊！咱们过去瞧瞧。"

他挥挥手，率着手下一众人等从街市绕过去，借着查勘为名，去登那财主的门户，心中打什么主意，只有他自己清楚。

贾慧掩门上闩，站在屋檐下拍了几下胸口，吁了口气。

这一夜，贾慧在床上彻底地失眠了。她背靠着枕垫，手里把玩着那把精巧的勃朗宁手枪。送她这把枪的人，是她心底曾经最爱、尔后最为痛恨的人。至爱是情侣，最恨是冤家，情侣冤家本来就是一体的，只是视关系好坏而定。她收下这把枪后，总共使用了两次：一次是在四年前，开枪射击的对象就是送枪的那位年轻男人。子弹击中了他的身体，将他掀翻，她绝不再多看他半眼，转身就走，任他在河堤下面的芦苇丛里挣扎、哀号，直至无声。

她杀了他，隐姓埋名，远走高飞。他在这世界上的肉身已朽，可遗物犹在，今晚二度使用，又是一个不轨之徒命丧眼前。她对自己的所作所为从不后悔，认定这两人死在自己的枪下是罪有应得。有了它，再强壮男人的呵护也变得无足轻重了。她过去、以后的逃亡生涯，这是唯一值得倚仗的器物。

贾慧把玩着手枪，思忖着该如何处理那具被自己暂时藏在厢房杂物堆里的尸体。她决定将它在院子里掩埋了事。那个数尺方圆的花坛向下深挖，完全可以容纳这具体形瘦削的死尸。这个男人是她在吴尚唯一杀掉的人，他的死，会带来怎样的麻烦呢？她无法预知。

七

黎星斗脑海里浮现着那个女人一头乌黑的头发和五官精致的面容，一路曲曲折折，来到了看似邻近只有一墙之隔，实质上远在另一条街上的李府门前。这一圈走下来，他才惊讶地发觉，这座盐商的宅邸不仅房屋气派，而且占地规模着实惊人，跨街越巷，屋脊翩连重叠，令人望而慨叹。他站在这座宅邸门前的台阶上，手扶左右两个高及腰际的方形石鼓，不免动了觊觎之心。

盐商李西沅正在三姨太的屋子里过宿，抽了锅鸦片，神清气爽，正要乘兴爬上女人的身子取乐，不承想兴致勃勃时被枪声惊扰了。他翻身下床，问门外的护院出了什么事，护院们闻声辨向，指着那端示意。他马上明白过来，骂了一声“扫帚精”。

这个女人与他为邻，前两年倒是太平无事，没想到那枚日本炸弹扔进她家中，让他破财了。这一声枪响，大概不会是日本人打的，一个单身女子的住处，响枪可不是个好兆头，也许是有人把她干掉了，也许是她开枪干掉了别人，免不了要出人命的。他心底幸灾乐祸，想想那白出的200块现大洋，心疼地又骂了一句："丧门星！"

李西沅没了兴致，披起外衣，往书房去，给远在重庆的长子写封回信。他花费不菲的银两送长子出去留洋，回国后，在银行业供职，不几年，攀上了孔家这样的靠山，进了财政部担任要职，手里印把子硬得很。平步青云之际，长子算是孝心不泯，还记得留在沦陷区的老子，特地来信问候。

他掌起灯，提笔刚刚写下"吾儿"二字，管家便着火似的飞奔进来，通报说黎副总指挥登门拜访来了。他手里紧捏着的毛笔不觉坠落，在洁白的纸面上留下一个乌黑的墨团。

李西沅是个精明的生意人，立刻就明白了这位不速之客的来意，那声枪响就是引路的向导。他顾不上多想，撩起袍角快步迎了出去。

黎星斗坐在李宅正门影壁后的正厅里，抬头望着头顶那盏闪亮的钨丝灯泡发愣。这是吴尚城中少有的使用电灯的人家。但从半残的蜡烛来看，平日怕还是以它照明的。这种既要面子又怕花钱的脾性，是他一向所不喜欢的，当即在喉咙里冷哼了一声。

李西沅赶到廊下，不等进门就作揖称罪，说是怠慢了客人。

黎星斗笑了笑，说："这时间谁不想搂住老婆睡觉享神仙的福？可是偏偏有人放枪，搞得大家不得安宁。我军务繁忙，操持着几万人的前途出路，劳心之余，还要理会这事儿，真是没有法子了。"

李西沅一路走得急，抚胸点头，说："副总指挥心系百姓，事无巨细都要关心，真是令人敬佩。"

黎星斗一笑，问："知道为什么来你这儿？"

李西沅作全神贯注状，聆听下文。

黎星斗食指竖起，指指头顶上方，说："这声枪响，来得突然，贵宅中谁的家伙走火了，还是另有歹徒来搅扰？"

李西沅大惊，说："没有啊，在下宅子里没有响枪啊，是隔壁那位贾小姐家里的事情。我正疑虑呢，她一个单身姑娘家，平白无故的，打枪干什么？"

黎星斗笑得暧昧："我先去了贾小姐的住处，枪响时查勘的士兵都说她正在洗澡，我亲自验证了，果然不假。试想，一个年轻姑娘坐在澡桶里放枪玩耍吗？天方夜谭！大家都说枪声是从你宅子里传出的，铁板钉钉，这么多佐证，如何解释？"

李西沅没想到他会这样讲，额头滴下汗珠来，解释说："我查问过下人了，都说枪声在隔壁。难道是我年纪大耳背，听错了？"

黎星斗盯住他一会，突然哈哈大笑，说："枪响就响呗，这副模样做什么？这满吴尚城，怕没有几千条枪，响一声，算个鸟啊！去年黄桥打仗时，那样惊天动地的声响，不也没吓死人吗？"

李西沅连连拭汗，勉强笑道："那是，那是。但在下愁的是，光听见枪响，却找不着痕迹，阖宅上下没死一个人，没伤一个人，总得有个交代才是嘛。"

黎星斗拍拍他的肩膀，安慰道："李老板不要慌，我出来查这件事情，不过是怕歹徒作祟。如果肯定是在贵宅，又没有出事，那就放心了。这么晚了，要被老婆骂了，我可得回去睡觉了。你呢？"

李西沅含笑点头，说："一样，一样。副总指挥走好。"

主宾在李宅门前街口寒暄而别。

李西沅回到书房里，连回复儿子来信的心情都没有了，喝了几口茶水，左思右想这位不速之客的来意，心中忐忑不安。

黎星斗回到公馆，脑子里贾慧小姐的形象早已被盐商李宅那豪奢的规模代替。他驻扎吴尚的时间不算短了，久闻盐商李家的名声，历次助饷都排在前三位，是本地屈指可数的大富户。他们见过几次面，但都在公开场合，再加上黎星源整肃军纪，严禁私下勒索富户，他竭力支持，一直没有动过心思。但今晚秉烛夜行后，黎星斗改变了想法。他对这样栉比鳞次的建筑，以及其中所蕴藏的财富垂涎三尺，动心起意，一时间被贪欲淹没。

八

这夜间的枪声，天亮后便在街肆间四处传说。有传言，这是日本奸细混进城来，开枪吓人；也有传闻，这是李盐商家里出了纰漏，姨太太偷情，被主人抓个正着，怒气冲天，一枪毙了奸夫，副总指挥闻讯登门后，拿了五根金条，隐瞒了此事；还有消息，这是李家护院擦枪走火，打死了一只猫，这只猫落在李西沅的门前，十分晦气，弄得他灰头土脸。

众说纷纭，但没有一件是牵扯上女教员贾慧的。贾慧趁着不被别人注意的空当，从容地以整理花草为由，改造了花坛，挥汗如雨地向下挖掘了四尺深，天黑后把那业已僵硬的尸体从厢房里拖出来，埋进去，填土之后，种上了牡丹、芍药和桂树。这一年，雨水充沛，不消多久，便可见它们茁壮成长，色泽艳丽。等到秋后，丹桂飘香，整条街上的居民都能顺风嗅到这醉人的香气。可是，谁都没能从这植物异乎寻常的生长中看出半点端倪来。那位夜行者，以自己的血肉，为贾慧小姐院内花坛的茂盛做出了贡献。

26岁的贾慧，做这一系列事情时，也是壮着胆子。她有过杀人的经验，也有被追杀的经验，但处理死尸却是头一次。死了一天的男尸，已经隐隐有了些气味，出现了尸斑，模样诡异。

她用布缠住口鼻，又点了三炷香来掩饰嗅觉，几番作呕，但都拼着命熬过去了。等到她拍完最后一锹土后，全身乏力，惊恐、恶心诸般异常的感觉一股脑涌上心头。她双腿疲软地挪回屋内，带着泥土屑躺倒在床，再也不肯起身。一天的紧张之后，突如其来的松弛令她那种麻痹抑或是麻木的状态骤然消失，压抑已久的委屈和愤怒占据了她的身心，顿时伤心地啜泣起来。

这低泣声被竭力掩饰，细微、喑哑，被隔壁路过的野猫听到了，误以为是同类的低鸣，回应似的凄声长嚎。猫的叫声，彻底盖去了她的哭声，令左邻右里难以入眠，厌恶地咒骂不已。

天亮之后，街头依旧是熙攘的人流，生活已然恢复了常态。数百年来，吴尚人民大多数日子都是这样安宁地过来的。那日本人的炸弹、夜晚的枪声，都是微不足道的插曲，给乏味的生活提供一些新鲜佐料罢了。

上午九时许，一辆沾满泥巴的汽车，在一队骑兵的卫护下，从西门进入吴尚。熟悉的人知道，这是黎星源总指挥回来了。一个多月前，他率部出城，先是谣传配合中央军向日本人反攻，孰料竟从前沿莲花镇借道去了安徽境内，参与“剿共”战役去了。现在，天下舆论哗然，都知道新四军军部被围歼了，国军将领们众口一词，是役是为去年的黄桥之战复仇，替八十九军雪恨。但是，这样的解释用在二黎身上就荒唐了。黄桥之战时，他们明里参战，实质上是按兵不动，坐观成败，由他们去为八十九军复仇，是个不折不扣的笑话。至少，在吴尚居民们的眼里如此。现在，他们既然皖南一役有份，那么是先得罪了省府、中央，后得罪了新四军。如果再加上天然对手日本人，那么二黎和吴尚眼下是三面临敌，只剩下向南跳长江喂鱼的份儿了。

车子抵达光孝寺门外，闻讯来迎接的黎星斗跟他握了下手，也不客套，并肩进寺，边走边谈论军情。黎星源说自从上次主动进攻、后撤的古怪举措后，日军旅团长南部襄吉坐飞机去上海参加军事会议去了。据可靠情报，日本大本营正在谋划一次重要的军事行动，有一些主力师团提前乘军列向西出发。这个情报要向重庆方面汇报，如确定无误，那么吴尚这边的压力倒是减轻了不少。南部旅团倘若也走了，扬州的守军必然会放弃外围，那又给予他们一次扩张地盘的机会了。

黎星斗高兴不已，搓着手说：“要不是南部旅团实力太强，早就去占了扬州城享福了。扬州女人漂亮啊，咱们抗日英雄怎么着也要搂上几个吧？”

黎星源听他豪气干云后忽然扯到了女人话题上，哭笑不得，便转问东面新四军的情况。黎星斗说陈毅在盐城，据说已经遥领新四军代军长一职，山东过来的八路军，全部就地改编成新四军，眼下正是壮大声势、扩充兵力的时候。据说，好些零星活动的游击队，都开始聚集整合了。这么着掐指一算，他们就不是去年打黄桥时的几千人了，怕是得翻上十倍。

黎星源苦笑说今非昔比，才几个月，局势变化竟然如此，谁能算计得到？好在这次，西进参战只是担当外围警戒，得罪是得罪了，但不至于到兵戎相见的地步。再说，黄桥一战，省府向重庆告状，说他们首鼠两端，心怀异志，暗中襄助新四军，有通共的嫌疑，这再不去洗脱一下，往后的日子更加不好过。

黎星斗摆摆手：“前怕狼后怕虎，还干不干事了？咱们三万之众，谁要想欺负，也不是件容易的事情。惹毛了老子，管他日本人、新四军、重庆、省府，拔枪开火，鹿死谁手还难说呢！”

黎星源纠正说不要老想着翻脸，要和气，生存不容易，特别是在这种微妙的境地里。不要轻言开战，子弹出了膛，是没有回头路可走的。

黎星斗本名李二斗，早年当兵，做过黎星源的卫士。北伐时，在江西吃了败仗，全亏他身强力壮，硬是背着黎星源夺路逃得一条性命。获救后，感激他的忠义，黎星源便与他拜把子，结为兄弟，并亲自替他改了名字，不明底里的人，甚至会误会他们是同宗兄弟。北伐后，黎星源所部被裁，便推荐黎星斗去省府保安司令部任职，想不到，日后竟又能够重聚在一起。他们彼此间的感情极好，黎星斗敬重老上司，又佩服他的才干，甘居副职，唯黎星源马首是瞻。黎星源欣赏他的豪爽性格，又有治军之能，两人配合，行事默契，这几年的经历证实了他们互相选择的正确。

这次率军配合解决皖南新四军，按照惯例，本该是黎星斗出马，但在政治角度上考量，一向稳坐帅帐的黎星源亲自前往。参与这样的军事行动，需要的是谋略，胆气倒成了累赘。这许多天，他在军中寝食难安，既留意不和新四军正面交手，又担忧后方被他人偷袭。日本人突然出击，以空军轰炸吴尚，以地面部队进攻莲花镇，得手后毅然放弃，这中间的用意，他至今还没猜测出来。眼下苏鲁皖游击部队实力壮大，是把双刃剑，既让人忌惮，也惹人担忧。古语说，卧榻之侧，岂容他人鼾睡！日本人也好，新四军也好，怕是都不会长期容忍他们就此坐大，日后成心腹之患的。

眼下江北群雄并起，省府败于黄桥后，只剩下若干保安旅支撑台面，新四军挟大胜之威，东进盐阜，和南下的八路军合二为一，成为仅次于日本人的重要力量。吴尚二黎，坐在老三的位置上不升不降，就是成效。黎星源把《战国策》中近攻远交、扶弱抑强、骑墙看戏的那些招数运用得几臻化境。

阎锡山名言：要在三个鸡蛋上跳舞，他们二黎是在四个乃至五个鸡蛋上表演了，如履薄冰，虽胜不骄，虽败不耻。重庆、南京、省府、新四军、日本人、各个地方保安旅，哪一个是吃素的？

九

接风洗尘的晚宴设在海阳楼上，两桌酒十几个人，除了马县长外，都是总指挥部的高级军官。那位黄参议也在其列，和二黎共一席。酒过三巡后，黎星斗扯开衣扣，松下皮带，大大咧咧地说起笑话来，主要就是黎星源领兵在外，没有听过的那几件新鲜事，首先就是贾姓女教员裸身破日本炸弹的趣闻。

黎星源呵呵直笑，说：“人家女孩子都快被吓死了，这么个大铁疙瘩轰的一声砸进屋来，那是个怎样的场面？咱们这些老兵油子遇上了也得尿炕，人家还能穿上衣服跑出来，已经很不错啦！换成你我，未必能如此镇定。”

黎星斗喝了一大口酒，说：“是啊，厉害，吴尚有这样的奇女子，咱们脸上也有光啊！昨晚我去查夜，隔壁打枪，这女孩居然又在洗澡，真是有意思。这些事儿，怎么都追着她呢？你说她是幸运，还是倒霉？黄参议，她跟你还沾亲带故，是不？”

黄参议微笑道：“是贱内的远房侄女儿，也是失散多年后刚遇上不久。上次副总指挥说要宴请人家，想不到已然亲自登门了。”

黎星斗哈哈大笑，指着他说：“你这家伙，话里有话啊！黎某是什么人，还在意这个？”

马县长插嘴，说：“英雄不但识英雄，而且还识美人呢。这女子我见过，不是凡俗之辈，值得副总指挥登门一顾。”

黎星源淡淡地笑着，说：“看看何妨？人皆有爱美之心嘛。哪天有空，我也要去瞅瞅。我在外面这些日子，吴尚这边风纪还好吧？咱们这支队伍，靠的是地方上的税赋养活，可不能亏待了百姓。”

黎星斗笑嘻嘻地说：“放心。前两天有个连长抢了城外一家农户的两只鸡，还没吃到嘴，老子就把他拖出去毙掉了，叫他鸡也吃不上，黄泉路上做个饿鬼。有了他作榜样，其他人胆子再大，也不敢胡作非为了。”

黎星源点点头：“咱们在上面先以身作则，下面的人自然就效仿。再有妄为，那是自寻死路。杀一儆百，是必要的手段。”

黄参议趁机附和，说半年前从南京一路过来时，沿江日本人、汪伪部属都在胡作非为，沦陷区内，民不聊生。过了莲花镇，景象便大变，军纪肃然，百姓安居乐业，这全拜了两位总指挥教导有方。

黎星斗跟这位新来不久的黄参议不甚熟悉，他是拿着上海市党部主任的荐书，穿越了日占区来的，到了吴尚后，来总指挥部投靠，闲谈时聊起了和重庆李烈钧上将的渊源。李烈钧是湖口起义的首脑，黎星斗的老上司，如今在后方虽无兵权，但门生故旧遍及天下，是一尊神像。他既然有这样的背景，那可怠慢不得，随即授了少将参议的职衔，参佐军务。他这军务处里，各色人等俱全，下棋的邹公祖，画画的尹天民，都是有名望的角色。黄参议和他们相比，不算清客，真正能参与军政谋划。所以，黎星斗带着他随军行动，算得上私幕中的人物了。他对此人暗中考核。俗话说，了解一个人的本质，至少得花三年的时间，但他军务繁忙，三年中不知局势会有多大的变化呢。再说，麾下官兵数万，又有几个真正能令他完全放心的？形势如此，只能将就。

黄参议嘴里称颂二黎的功德，心里却在思忖另外一件事。他从这正副总指挥方才各自的话语中嗅出的味道各不相同。黎星斗提及贾慧时，那眼神、语气，内藏暧昧。黎星源轻描淡写的套话中，暗暗强调两个字：军纪，是在不动声色地告诫前者。

他在这瞬息间已经想出了一个计策，但现在桌上不能说，该如何施行，还得回旅馆后跟老婆商量才成。

酒宴散后，黄参议回到旅馆。黄太太下楼来迎接。黄参议心中高兴，依照在上海时的习惯，揽住腰亲了一下嘴巴。这情形，不但卫兵新奇，连见过点世面的旅馆老板也瞪大了眼。

黄参议今年43岁，十几年前在汉口做过一任税务专员，意气风发时，娶了小自己七岁的太太。后来，受同僚倾轧，他罢职离鄂，带着妻子投奔沪上旧友。虽然住在法租界，但是时常来往于沪宁两地，先后换了三个职位，都因为不知收敛，开罪了上司、同僚，最终落得赋闲在家，做些掮客生意，聊以消磨时光。

他的前妻，容貌上佳，也是个好出风头的主儿。这出风头一事上，男人跟女人相比，后果很不一样。男人出风头，遭人嫉恨；女人出风头，招人怜爱。终于在某次舞会上，他年轻的太太被财政部稽查署某要员看中，钻戒、项链、法国大餐、香槟酒会，一通暴风骤雨般的追求。贪慕虚荣的女人，哪里经得住这个，心底稍作犹豫后，便放弃了矜持，投入追求者的怀抱了。

无权无势的黄某人，眼见妻子红杏出墙，对手又有势力，自认不是对手，只得打掉牙吞进肚里。不过，在离婚时，他灵机一动，托请了那位仁兄替自己在政府驻沪机关里谋了个薪水丰厚的差使，借此认识些有头路的朋友。他吸取教训，放下姿态来，曲意迎承，仗着些虚火倒也如鱼得水。

等到驻沪机关撤离租界，他没有随同前往后方，而是谋得了几封推荐信，往南京、镇江等地寻觅机会，眼下终于在吴尚落脚，算是重现旧日的风光了。他是在落魄中跟这位太太结婚的，之后，一步步顺风顺水，所以，拿她当旺夫的宝贝。今天有了这心思，更加坚定了这个念头。他来吴尚近三个月，参议是虚职，薪资有限，而军需处和税务专员这两个职位肥得流油，所以存着心思要借老婆这个远房侄女的姿色来谋求它。

黄参议醺然进屋，脱了军服，卸下马靴，倚在床头先喝了两口茶水，然后将在旅馆里候他心切的黄太太搂在怀里，问起她那位远房侄女的境况来。但是，他不知道，这是老婆的心病，唯恐避之不及，哪里肯细说。只是含糊地讲："这孩子性子孤僻惯了，脾性很不好，别说跟自己，就是和自家的爹妈，也不贴心，所以才在外面晃荡这些年。"

黄参议才不管这女子的性格如何呢，一心一意想把她作为厚礼奉献给黎星斗，故而话锋一转单刀直入，问她至今还是单身吗，嫁过人没有。黄太太警觉起来，说打听这个干什么，冲着她这情形，怕是做一辈子老姑娘都有可能的。黄参议呵呵一笑，说："不要担心，咱们来救她，她不会做一辈子老姑娘的，给她找个婆家吧。"

黄太太支起身子，沉下脸问是什么意思。黄参议再不隐瞒，把自己的主意说出来：黎星斗似乎对这个女孩子很感兴趣，干脆促成这件好事，于她、于副总指挥都是件好事。

黄太太差点儿背过气，瞪圆了眼说："不行，别说副总指挥已经有老婆了，就是没有也不成。"黄参议哼了哼，说："这顺水推舟的人情不做，难道等黎星斗提枪上门来逼亲才肯？"黄太太沉默了片刻，摇头说："这些事另有原因，不懂就不要乱来，存着好意办了蠢事，到时候后悔都来不及了。"黄参议也不跟她多说，只是叮嘱一句，让她明天去找这位侄女儿，先吹吹风，这事就这么定了。

黄太太又急又气，再想劝他，可他带着酒劲和疲乏，已经睡得死沉。

十

贾慧睡在埋着死尸的宅子里，第一夜因为太过疲乏，无梦无魇，闭眼就睡到了天亮。起床后，她在院子里刷牙，望着那坛圃里的花草，不禁暗暗佩服起自己的胆量来。可是第二夜就不成了。天黑之后，她坐在床头读一本旧书，心头似乎压抑着某件不可名状的东西。这时，她的听觉异常地敏锐，先从稀疏的雨点声中听到了隐约的脚步声。后来雨停了，又从风声里觉察了一个男人低哑的笑声。这笑声时断时续，微弱且清晰，令她毛骨悚然，隔着窗户连问了三声："谁？"

窗外无人应答，风声依然，笑声时隐时现。

她光脚下床，握着手枪出门去看。院子里，空荡无人，流云飞掠，月色明暗不定，在地面造成了变幻难言的错觉。她持枪伫立，吐了口唾沫，轻声说："我不怕，你们活着我都不怕，更何况死了呢。"

院落内外，除了风声，再无杂音。

贾慧回屋，但上床进了被窝后，那声音似乎又重新出现，只是笑，不说话。她闭上眼，从这笑声里体会出了几丝淫邪的意味。她马上就想到举枪击毙那个人时，自己赤裸的身体在他死亡前的刹那，必然定格在他的眼中了。那家伙肯定是个色鬼。她又羞又恼，双手拢紧胸襟，握枪而眠。这样的应对方法是无奈之举，人迷迷糊糊地睡，不时警醒过来，直到天边露出鱼肚白来，才算是安稳地打了个盹儿。

早晨起床的贾慧，眼圈微青，萎靡不振，草草喝了昨晚剩下的米粥后，去了学校。在门房口，她假装毫不在意地向佣工打听家里闹鬼有没有法子治。佣工挠挠头皮，说可以用黑狗血镇邪。她留了心眼儿，想把学校后墙外的那只无主的黑土狗宰了，借它的血用。可是，拿定了主意，她却不敢动手。那黑狗似乎也明白了她的用心，老远就狂吠。她既尴尬又害怕，只好回屋，坐在桌前气咻咻地发愣。

正在这时，她那位新相认的黄太太前来拜访。她要去沏茶水，黄太太阻止了，似笑非笑地说了四个字："你赶紧走。"

贾慧莫名其妙，问什么意思。黄太太说麻烦来了，是祸非福，远走高飞的好。贾慧吃惊不已，追问缘由。黄太太四顾无人，把她悄悄拉到墙角，悄声把事情原委匆匆说了。贾慧跺脚，说：“你这个多嘴的婆娘，可害苦人了！”

黄太太连忙摇手，低声下气地说：“小姐，你还是走吧。再待在吴尚，是自寻麻烦。到了那个时候，隐藏身份也没有用的。据我所知，老爷子已经在年前出任华北方面的显赫职位。你万一暴露了身份，人家拿你当汉奸对待，可就完了。”

贾慧苦笑，麻烦早已不少了，眼下还能往哪儿走呢？这乱糟糟的世面，她一个单身年轻女子，举目无亲。但事已至此，也只有远走他处这条路可行了。她气恼地望着黄太太，这个女人给她带来的总是麻烦，过去是，现在是，将来大约一定也是。

她打发走了黄太太，好不容易挨到了放学时间，急急忙忙地回住处去。这一进的宅院，是她三年前倾其所有从一个返乡的商人手里买下来的，本来是拿定了主意，要在吴尚这地方长久地隐居下去，终老一生。可是，万万想不到之后的形势剧变到如此地步，那位八竿子也打不着的四姨太会摇身成为黄太太，并从花花世界上海滩跑到这僻处一隅的小县城来。

她在心里恨恨地诅咒着这个女人，以及她那位浓眉夺目的少将丈夫，关起门来收拾行李。明天一早，她就以去乡下走亲戚为由，去码头乘船，向北顺流而下，找个更加僻静的去处藏身。从四年前那个月黑风高的夜晚开始，她就意识到自己将会永远地颠沛流离，眼下这个挫折也只是她生命中的一个小小的插曲而已。

收拾停当后，暮色已重，她洗了手脸，正要去生炉子煮粥。院门外，传来李嫂的招呼，又有三下敲门声响。她不假思索地过去开门。门扇一敞，檐下站了个年轻的军官，面无表情地看着她。

她掩口惊叫了一声，浑身如坠冰窖中，说不出一个字来。这位佩少校军衔的年轻男人，礼节性地微微欠身，将她逼入院子，反手轻轻带上了门。李嫂本意是想端碗现煮的饺子过来，想着她在忙，出门时，随口叫唤了一声，冷不防瞅见隔壁门前站了个青年军官，眼瞧他和贾慧的神色，似乎是认识的。这样的情形，她自然不便去打搅，转身回去了。

年轻军官环顾院内，眼神锐利地盯住她的双目，说：“居然能在这里见到你，真是奇怪。所有人都以为你跟他远走高飞了，甚至有传言你们去了香港，去了美国，谁曾想你会在这个地方！小刘，不，刘先生，现在好吗？”

贾慧从蓦然的惊惶中镇定下来，摇摇头，说："不知道。我们出城之后，就分手了。"

年轻军官一声冷笑："爱情原来这样脆弱，经不起考验。你付出巨大的代价，竟然什么都没有得到，当真是竹篮打水一场空了。"

贾慧双腿发软，倚靠在门柱上，绝望地说："你取笑我吧。我无所谓了，无所谓了。"

年轻军官伸手去她的面颊上抹掉一行细长的泪痕，说："我不是那种幸灾乐祸的小人。"

贾慧别转脸，强忍住这刹那间失控的情绪。这个男人的出现，令她百感交集。他们之间的事，依旧是不堪回首的往事中的一部分。他在她逝去的那段生活里所扮演的角色，放在当时看，笨拙青涩，但在眼下，却足以让她羞愧。她全然忘掉的那些情感经历，翻江倒海般地冲破了久筑的堤坝，肆虐、泛滥。

这个青年男子姓樊，是她少女时代的旧相识，见证了她怀春择偶的一幕幕细节。当然，他不是旁观者，也是参与者。他曾经和其他同邑的年轻男人一样，拜倒在她的石榴裙下。那时的她，是舞台上水银灯下独舞的主角，集万千宠爱于一身。她那时使用着另外一个名字，无忧无虑，生活的一切似乎都是为她而设，为她所拥有。他和另外一个男人都是她所青睐的年轻异性，在煞费苦心的选择中，另外那人的家世起了关键的作用，她放弃了他，彻底倾心于那个人。戏剧性的变化是，他们在异乡再度相逢时，那个人业已横尸荒野河滩多年，变成鬼魅了。

他没有意识到这一点，只当他们真的分手了，自己在多年之后又有了追求她的机会。他稍稍凑前握住她的手，问："还没有吃晚饭吧？隔壁那位大嫂正要送饺子给你吃呢，被我的唐突搅和了。有几年不见了，我们见面值得庆贺，我请你下馆子。"

贾慧想推辞，可是抬头瞧见他那灼热的双眼，心底柔软下来。她默默地锁门，跟随着他沿街向前走去。她心里也在疑惑，这个男人怎么会在吴尚出现？他胸襟上缝制的番号，以及军服的颜色、式样，都有别于本地的驻军。这位国军三十三师少校军官，和吴尚有什么关系，与苏鲁皖游击部队又有什么关系呢？

十一

吴尚晚市热闹的，只有县府前那条天禄街。三四家饭馆，儿家吃食铺子，十几处小吃摊子，七八盏电灯和密布的烛火，便造就了这战乱年代小县城的繁荣。

年轻军官带着贾慧进了一家饭馆，上了楼，在临街窗口坐下。他似乎是这里的常客，不等开口，就有伙计手拿抹布尾随过来，边揩桌子，边招呼说："林参谋，你今儿有女客，点几样什么菜？"

年轻军官笑道："拿菜单来，请客人点。"

贾慧摊开油腻的纸张，略看后随手点了几样，表示清淡的就行。

等待上菜之际，她看着他，轻声说："改名换姓了？你在吴尚到底做什么？"

他同样也压低了声音，悄声说："我现在姓林，林峰，三十三师驻吴尚联络参谋。我知道你现在的身份，小学教员贾小姐。咱们身在异乡，都改头换面了。但这是在别人面前。在我眼里，你依然是许小姐，督军府那位敢作敢为的千金小姐。"

贾慧笑了，问："你怎么当兵从军了？怎么又到这里来了？我离家之后，是不是出了大乱子？"

林少校沉默了片刻。伙计端着托盘过来，上齐了他们点的酒菜。两人对面而坐，默契地各自清理碗碟和筷子。他替她斟了一小杯酒。她没有拒绝，凝眸注视着他，端起杯子说："你还没有回答我的问题呢。"

林少校应了她的邀饮，一口干了，摇摇头说："当年你们一起失踪后，你哥哥的丧事也就草草了之。老伯率了民团在附近几个地方搜拿你未果，回过头去找刘家的晦气。刘家也不示弱，家丁护院荷枪实弹，互不相让。幸亏省主席巡查路过，弹压阻止了火并。我们也试图找到你们，让你们走得远远的，别再沾惹麻烦。老伯红了眼，要是一怒之下动手杀了你们，谁都拦不住。"

贾慧悲切地笑，叹着气喝了口酒，皱起眉头。

林少校继续说道："日本人打过来之后，我跟着国军撤退了，一路上跟鬼子打过几仗，负过伤，现在代表三十三师驻吴尚。你这几年是怎么过来的？"

贾慧垂眼看着桌面上的木纹，说："一路逃呗，不敢以真面目示人。我知道老爷子的能耐，一丝半毫的懈怠都不敢。哥哥的死，我有责任，但我已经赎了罪。

可是以他老人家的脾性，是不会放过我的。”

林少校有些好奇，追问一句：“到底是怎么回事？你讲明白啊。我怎么越听越糊涂了？”

贾慧坚决地摇头，说：“过去的事情多讲无益。在这地方，我叫贾慧，寻常人家的女儿，咱们心照不宣。”

林少校会意地笑，说：“好吧，有难言之隐，我就不多问了。林参谋和贾小姐，在吴尚街头重逢，他们是亲戚关系，是同学关系，或者是——”

贾慧脑海里闪过早间黄太太那喋喋不休的模样，灵机一动，说：“朋友关系，真正的朋友关系。咱们都没有撒谎。”

她这样直接大方的答复，让林少校颇感意外，面有喜色。他们继续小酌几杯后，离开了饭馆，在已经现晴的夜色下顺街步行。走到绿杨旅社时，林少校微微侧身，做了个邀请的姿势，说：“请你去我那里坐会儿，不知道贾小姐赏不赏光？”

贾慧和他走这条道，本就是有意为之，想借林少校来表明自己已然名花有主，打消掉那个黄参议的不轨念头。却不料，林少校就住在这里，当真是踏破铁鞋无觅处，得来全不费工夫。她欣然答应，在他的殷勤引领下，踏上楼梯。

这家旅馆是回字形布局，中间天棚高耸。黄参议夫妇住在入口左侧，林少校的客房在右侧，隔着天井遥遥相对。贾慧进了屋子，开了朝里的窗户，瞧见对面窗口黄太太来回走动的隐约身影。她坐下来，喝了两口茶水，指着对面告诉林少校，督军府的四姨太就住在那间房子里。林少校吓了一跳，忙问这是怎么回事。贾慧说她离开老爷子了，独自跑到上海重新嫁了人，她的新男人姓黄，在苏鲁皖游击总指挥部做事，黄参议。

林少校恍然记起，笑了笑说：“是他，刚来不久的黄参议，可是位新鲜人物。”

贾慧一笑，伸手像是无意般挽住他的胳膊，提议说：“走，陪我去见见她。现在只能叫黄太太，‘四姨娘’这个叫法，可以丢掉了。”

第二章

一

今晚，黄参议随黎星斗召集四个纵队首领开会，研究针对新四军的防备部署。黄太太只当他是耽于酒宴，陪同官长，生怕他喝多了，特地沏茶相候，至于内窗对面客房里的变化，简直是视而不见的。

林少校这会儿是心存好奇，要看这位嫁作参议夫人的前督军四姨太。他站在贾慧的身后，但见门开了一半，黄太太露出脸来打量，先瞧贾慧，然后才看到她身后不远的他，惊诧地问："你……这是？"

贾慧说："我跟朋友来旅馆坐坐，顺便来看望，没打搅你吧？"

黄太太将他们让进屋子，神色疑惑地打量着林少校，犹豫了一下，指着他问："这位是你新交的朋友吧？"

贾慧替他们彼此介绍：此人是三十三师驻吴尚的联络官，林参谋；那位是自己的表姑妈，黄太太。林少校眨了下眼，笑吟吟地颔首致意。在家乡传说里美艳、狐媚，让许老督军神魂颠倒的戏班女子，原来是这般模样。他有些失望。面前的这个中年女人，五官并不完美，嘴巴略大，两眼间距较阔，眼角隐然已有鱼尾纹，脂粉也遮掩不去。传说里的尤物，不过如此，白白地让老督军担了这好色的名声。

黄太太从未见过这个和自己曾经同城居住多年的年轻男人，但又对他的来历疑虑重重。他跟贾慧是什么关系？这个时候登门露面，是表示她已经有相好的男人了，以此来打消丈夫的企图？这事看上去有点儿悬，一个少校参谋，跟中将副总指挥抢女人较劲，凶多吉少。除非，这男人还有更强大的背景。

她心不在焉，盯着贾慧欲言又止。这样尴尬僵持了一阵子，直到黄参议回到旅社来，气氛才有所改变。

黄参议进了屋，第一眼就瞧见了林少校，讶然止步。这小小的吴尚城，虽然人杂，但在台面上走的，彼此都熟悉。这位三十三师联络官，坐在自己的客房里，肯定不是来接洽军务的。他身边那个气质高贵、衣着淡雅、面容清秀的女子又是谁?

他心里咯噔一下，顿时明白过来，微微一笑，说："难得贾小姐跟林参谋来做客。"

林少校正要开口，冷不防贾慧先叫了声表姑父，然后亲昵地挽起林少校的手臂，含笑说："我是来看望表姑妈和你的。这是我的……男朋友。"

她后面三个字细如蚊蚋，但却清晰如针尖刺划似的，不由得在座的人听不明白。黄参议哈哈笑道："原来是这样，林参谋，咱们可不是生人，时常见面的，想不到这中间还有这么层关系，快成亲戚了吧？"

林少校没有料到贾慧会这样表现，心底不免慌乱，但他既然已经被推到台前来，戏是要照演的，当即直起腰板来敬了个军礼，说："我们彼此有好感快两年了，一直不知道黄参议还是贾小姐的长辈，还望恕罪。"

黄参议脸上的笑容是天高云淡式的，浮在脸皮的表层，内里的底细，却看不出来。他们夫妇礼貌地留客又坐了半个钟头，喝了一壶茶水后，这才送客出门。他站在楼梯口，居高临下，俯瞰着这对璧人出了旅馆大门，搂住老婆圆润的肩头，笑道："我让你去做媒，却做出个林参谋来，真是一塌糊涂！"

黄太太哧哧地冷笑，说："人算不如天算。人家早就有了相好的男人啦。这林参谋，年轻，相貌又不差，前程又看好，比去做半老头子的小妾不知强多少倍呢。"

黄参议心里恼火，却不发作，拍拍她的脑袋，说："这可就麻烦了。我今天已经向副总指挥提了这件事，副总指挥一心想要见她，酒宴都安排好了，明天晚上在醉仙楼。这可让我如何交代？"

黄太太挣开他的手，赌气说："你自作主张，自己解决。我可绝不再做这吃力不讨好的事情了。"

黄参议哄着说："别，可千万别。我已经请了客，她不去，难道让你去？岂不笑话！无论如何，明天这件事儿就着落在你身上了。好歹，让我抹过这个面子，千万！"

黄太太啐了一口，说："你个害人精，让我如何说得出口？"

这夫妻俩洗漱后，关灯上床安歇。

其实，今天在黎星斗这个秘密军事会议上，黄参议根本没有机会插话扯这闲事儿。直到散会，一起在公馆吃厨房里准备的晚饭时，他才找了个由头，告诉黎星斗自己见着了内人的那位远房侄女，人品、长相确实不错，是个大家闺秀的模样。黎星斗这次是上了心，凝神考虑了一下，低声吩咐他明晚在醉仙楼请客，兑现诺言，亲眼瞧瞧这个具有传奇色彩的女教员。黄参议追问一句，要不要请总指挥？黎星斗想了一下，说就不打搅他了，他刚从前线返回，鞍马劳顿，以后再找机会吧。

黄参议自以为心领神会后，乐滋滋地回了旅社，却不防被这一盆冷水从头浇到脚。不过，他是见过世面的人，知道该如何应付这样的难题。明天的酒照请，先让黎星斗见个面，后面的戏，也许不用自己出面唱，就自有人来打理了。

二

醉仙楼饭馆位于吴尚城东，不在府前街这条繁华地段，但却在本地一枝独秀。这店里靠的是一位从扬州避难来的名厨撑台面，清蒸狮子头、灌汤金银丝、软兜鳝、白斩鸡，是地道的淮扬菜。本地富户、有头面的人物都喜欢到这里来摆酒，天天是座无虚席。

但生意忙碌归忙碌，碰到要紧时候，还是万事皆可让步的。接了黄参议的预订，老板推却了几桌酒席，辟空了楼上，以便贵宾耳目清净。可是，今晚这桌酒席来客并不多，黎星斗带了夫人赴宴，这让黄参议大为意外，摸不清究竟。不一刻，第六纵队司令程兴柱独自来赴宴，黎星斗招呼他挨着自己坐，尊重意味溢于言表，不由得黄参议嫉羡交加。又过了片刻，贾小姐在黄太太的陪伴下抵达。黎星斗拉着程兴柱去迎接，乐呵呵的样子，更加让人如堕五里雾中，不明所以。

黄参议作为东道主，安排宾客们入席，正要吩咐伙计客满走菜。不料，贾小姐伸手一拦，请表姑父稍等，还有一个客人。这一来，倒让众人奇怪，正要发问时，只听楼梯一阵响，那位三十三师驻吴尚联络官林峰少校神采奕奕地上来了。

对于他的露面，黎星斗、程兴柱面面相觑，招呼道：“林老弟，原来是你啊。”

林少校敬了个军礼，说刚刚解译了一份本部密电，耽搁了时间，让各位久等了。黎星斗大笑：“都是熟人，客气什么？坐坐坐！喝酒、吃菜，大家放量！好久没有这样热闹了！”

黄参议心里很不高兴，没想到贾慧居然自作主张，约了林参谋来蹚这浑水，真是岂有此理。他转眼去看老婆，黄太太也是一脸无奈，轻轻摇头。酒过三巡后，黎星斗瞅瞅身边的程兴柱，再瞧瞧对面的林少校，心中若有所悟，嘿嘿一笑，说：“我这个粗人，办事总是马虎，以前是，现在看，好像也没改，倒让人见笑了。”

他这番自贬的话，谁都没有听懂，齐声一笑了之。他豪兴大发，先敬了程兴柱一大杯，附在他的耳边嘀咕了一句。程兴柱顿时红了脸，抬眼看了贾慧一眼，悄声说了一句：“劳您费心了。”

黎星斗笑得很暧昧，盯着黄参议说：“你来多陪程司令几杯，我去敬敬林参谋。”

他站起身，以中将副总指挥之尊，竟然离开座位去了林峰那边。林峰急忙起身，连声喊使不得。黎星斗一挥手，说多年的交情，不分彼此。接着，他垂下头，靠在他的身边低声问：“贵部又有什么新动向？”

林峰跟他碰了下杯子，边喝酒边踱步到窗口，看着吴尚万家灯火的夜景，轻声细语地说了一气。黎星斗点头不已，拍着他的肩膀，道声谢返回席上去了。其余人都没有在意他们的举动，只有黄参议暗自生疑。这位少校军官，不过是三十三师的一个少校参谋，值得这样郑重对待吗？难不成，这小子另有玄秘？

黄参议是新近投奔来的人，对于吴尚城中、苏鲁皖游击总指挥部里的许多情况都尚属一知半解的状态，这些事费解也罢，易解也罢，都足以撩起他的旺盛好奇心。这份好奇心，此刻已经掩盖了因乱点鸳鸯谱而产生的失望。他要竭尽全力来破解这个谜团。

其实，黄参议的好奇在酒席上其他男人眼里，那是分文不值的。苏鲁皖游击部队第六纵队司令程兴柱，是麾下七个纵队里唯一令二黎放心不下的人物。他的部队长久以来一直有通共的嫌疑。程兴柱原来在东吴大学念书，行将毕业时，抗战烽火燃起。他只身回乡组织民团反抗日本人，遭受一次大败后，投奔二黎。风传他在大学时曾参加过共产党，但查无实据。而且，其部下人员中有不少貌似所谓的进步人士，风纪面貌和其他几个纵队截然不同，但战斗力首屈一指。所以，二黎对他有猜忌之心，但又不愿夺其兵权，第一次在郭镇和新四军挺进纵队交手时，派他守卫吴尚东部，防卫省府主力八十九军；黄桥之战时，派他担当佯攻黄桥的主力，只打枪不前进。眼下，他的部队防区在吴尚北面，正对省府地盘，一般情况下，会避免他跟新四军方面太过接近。

这位少将纵队司令，和其他同僚相比，不近女色，不嗜烟酒，至今仍然单身。黎星斗对贾慧这样的女性上了心，倒不是为自己图谋，而是想借这个女人来拉近他和程兴柱之间的关系，替他物色一个老婆，给这匹桀骜不驯的野马套上笼头，就不怕他再不俯首帖耳，为己所用。但今天晚上，他的如意算盘也失败了，内心沮丧不下于始作俑者黄参议。

酒宴散后，他拉老婆坐上黄包车，在几名卫兵的簇拥下回公馆去了，在路上，不免感慨叹息几句。他老婆笃信佛道，在席上只吃了几筷子素菜，此刻听了丈夫的话，笑了笑说："凡事要看缘分的。程司令跟那位贾小姐是没缘。倘若她不是有了林参谋，那么这事也许就能成了。这只能说明，她跟那个林参谋有缘。但缘分缘分，有了缘还得有分，不知道这分落在何处呢？"

黎星斗拍拍后脑勺，笑道："这女孩子跟了程兴柱，那才是郎才女貌呢！兴柱还不到30岁，拥兵6000，是苏鲁皖游击总指挥部倚重的台柱。论身份、本事，都是要竖大拇指的，可惜了，男女间的事情勉强不来，不过，林参谋也不是泛泛之辈，水也不浅呢。"

李夫人手里盘弄着佛珠，再不吭声。什么程司令、林参谋，都跟她毫无关系，她只顾着心底诵佛，丢开了这些红尘俗事。

黄参议回到旅馆后，阴沉着脸坐在椅子里，无奈地抽烟。他的无奈在于，今晚这个酒宴，有些深藏在酒水菜肴下面的玄奥，他虽然觉察了，可就是理不清楚，就像一个粗通棋艺的人，站在一盘复杂的棋局前那样，充满了无能为力的疲惫。

这种疲惫，让他初来吴尚，官拜少将参议时那股春风得意的劲头，荡然无存了。这时候，他终于深切地意识到自己所寄居的这棵大树，盘根错节，宛若迷宫，并不是想象中那样易于驾驭和把握。这支杂牌军，既是一群乌合之众，又是一支虎狼之师，两者间的变换，全在二黎默契的配合、把握中。

三

这一顿晚饭，贾慧吃得心安理得，自感收获不少，不但击溃了黄参议的阴谋，还结识了吴尚城两位权势赫赫的大人物，不过在她眼里，满面疮疤、意态粗豪的黎星斗和干净严整的程兴柱截然相反，形成了奇特的效果。这令她不禁想起小时候玩过的纸牌叶子上面的水浒人物，有趣生动，让人忍俊不禁。

林峰见她嘴角挂着笑意，询问缘由。她摇头不说，由他去猜。他哪里猜得出来，讪笑说："你这古灵精怪的，我又不是你肚子里的蛔虫，哪能知道你的心思？"

贾慧想起一个问题来，问道："你是怎么知道我在这里的？那晚，真的惊到我了。"

林峰微笑，说："人怕出名猪怕壮，咱们吴尚城里，有几个不知道你这位坐在澡桶里抗日，使日本炸弹失效的巾帼女英雄？"

贾慧脸色绯红，斜睨着他，哼了一声，期待他继续往下讲。

林峰背着手，走在这月色迷离的街道上，心情格外好，话匣子自然关不住，他侃侃而谈，说自己住在旅社，进出时，店里的伙计对着街头走过的年轻女性指指点点，那天可巧，就点中了这位名扬吴尚的女人。他起先只是好奇，抬头一看，竟然是多年不见、音信杳然的许大小姐。这意外的惊喜非语言所能形容，他当时就恨不能跟她相认，但是转念想起那个人来，误以为他们隐姓埋名在一起生活，所以，暂时忍耐住了。再后来，他尾随过她，才发现她单身的状况，于是放下顾虑，登门拜访。一切都缘起于那次飞机空袭。

他这样回忆着，突然想起件事来，盯着她认真地说："那个拆弹的人，我认识，他原来是三十三师工兵连的，台儿庄时在北线阻敌战事中受了伤，在吴尚落脚，谁知道拆弹拿了钱就被人害死了。这钱财，也是害人的东西。"

听他提到那位前工兵，勾起了贾慧心里埋藏的顾虑。她告诉林峰，那人夜里背着包袱想离开吴尚，结果被蹲伏的几个人所杀，凶手中有一个家伙穿着皮鞋，脚印已经被警察记录在案。

林峰低头看自己脚上的布鞋，不禁笑了，说："那可阔气，还会为这 300 块大洋冒杀头的危险去作恶？"贾慧叹口气，说："也许不是因为钱呢？"她有种直觉，那个拆弹工兵似乎认出了自己，他的死，也许就跟她有关。

林峰摇手，说："你这是神经过敏，现在也只有'谋财害命'四个字能够解释清楚了。你的这个说法，连我都不敢信，谁还能信？"

贾慧撇了下嘴，说："我自己信就成，才不稀罕你们呢！"

"我们？"林峰带着委屈提高了音量，"许大小姐，我说的是真话，你不至于生这么大的气吧？"

贾慧纠正说："是贾小姐，林参谋。"

林峰一笑说："对，我不姓樊，你不姓许，咱们是相好的情侣，女教员贾慧小姐和联络官林参谋，正在吴尚街头罗曼蒂克呢！"

贾慧笑而不语，在自己住处前停下来，转身和他道别。林峰喝了不少酒，但头脑清醒，打消了借机进屋去小坐的念头，颇具绅士风度地等她开门进院后，这才离开。

贾慧从门缝里目送着他的身影渐渐远去，心情复杂地叹息一声，回屋去了。

林峰现身来访，她弄不清他的底细。他是对她和那个人一同逃离家乡后的变故一无所知，还是真的装傻？她那一枪把那人打死在河滩上，匆匆夺路逃离。死尸用不了多久便会被人发现，那人的死讯一旦传回，那么遍地寻觅自己必欲置于死地而后快的，就是两个家族的人了。像她这种同时得罪了所谓娘家、婆家的傻女人，天下难找。

但是，林峰如果对这些事心知肚明，他会不会向那些仇家泄露自己的行踪呢？还有，那位四姨太，不，黄太太，她也是熟知自己旧日秘密的人，她所洞悉的内情，比林峰是多是少？这些都不在贾慧的掌控中。但是，她如今确实是无处可逃了，出逃时所携带的钱财都已用光，后面的逃亡之旅，没有钱那是举步维艰的。

贾慧躺在被窝里，带了些醉意浑浑噩噩地睡了一阵子。半夜时，床边的窗户啪啪地响了几下，顿时将她惊醒。她下意识地从枕头底下抽出手枪来，问："谁？"

外面无人应答，只见一只蝙蝠在玻璃上徒劳地挣扎着。她隔着模糊的玻璃，望着这奇形怪状的物体蠕动翻滚，不禁感到恶心，于是便拖过被子蒙住头脸，把一切搅扰睡眠的动静都阻挡在听觉之外了。她这样睡觉时握枪防备的姿势，从这两天开始，渐渐成了习惯。这习惯，将会陪伴她以后漫漫的人生长途，一直到1949年之后，才改为其他物事。这把精巧漂亮的手枪最终被丢弃在一眼水井里，锈蚀斑驳，最终成为一小块铁砣，失去了曾经的形状，跟着她一起衰老、消亡。

隔壁李嫂对那位新露面不久的年轻军官充满好奇，夜里在床头跟男人睡下，絮絮叨叨地说这些事情。男人在城北码头边开了个小货栈，做点粮油生意，起早贪黑，累得够呛，不耐烦听她唠叨，含糊了几声，就继续打鼾了。

李嫂心头有些气恼，睡不着觉，便下床想借着月色洗几件衣服。她拎着木桶刚走到井边，就听到隔墙那边隐约传来贾小姐的发问声。她吓了一跳，屏住气，转身提了只板凳，小心翼翼地来到墙边，爬上去踮起脚跟朝隔壁打量。

这一看倒不要紧，差点把她吓死。只见邻院中竟然站了几个人，都倚墙靠壁处于隐蔽状态。有两个人从正屋里出来，互打手势，鸦雀无声。她不知道这些人是什么来历，但看形迹，着实诡异。他们是贾小姐的仇人，或者是在贾小姐的屋子里寻找什么东西？

但是，他们没有对东厢房里贾慧所在的闺房动手。李嫂像是被一桶凉水从头浇到了脚，定在墙头不敢动弹，犹如一段木头。等到这几个人围聚在一个身形瘦削的汉子身边，那人挥了挥手，这才悄无声息地从院门大摇大摆地出去。末尾殿后的人轻轻插上门闩，从门檐旁边那处易于搭手的位置，翻墙而去。

又过了一阵子，直到确定一切都已安全，李嫂才捂住嘴，僵直着身体下了板凳，踉踉跄跄地奔回了卧房，上了床蜷缩在被窝里，使劲摇醒男人，把方才所见讲述了一遍。男人睡得正香，本不情愿，但是听完了她的讲述，咂巴了一下滋味，摇摇头说看来这伙人透着古怪，不像是寻常的盗贼，还是不要声张为好。这位贾小姐，眼下看也透着股邪气了。前一夜的枪响，说是盐商李府家的，但从他们耳中听来，近在咫尺。莫非，是官府弄错了？

这对靠做小买卖维持生计的夫妻，陷入到了惶恐不安当中，窃窃商议，几乎彻夜未眠。临近天亮时，男人拿定了主意，今夜的发现，跟任何人都只字不提，免得惹祸上身。

四

贾慧一大早起床，赶去学校。

校长站在门口，礼貌地招呼说：“贾小姐，门房昨天傍晚送来封信，那时你已经跟亲戚走了。我替你收着呢。”

贾慧道声谢，接过信，看封套上端正的钢笔字迹，并不熟悉，来信人没有留地址，邮戳显示来自本邑。她暗猜着来信者的身份，坐下来拆开封套，从里面抽出片信笺纸来。这信笺纸是私人定做的格式，顶端有花草绞缠，左右是刀枪交错的图案，中间浓墨运笔，寥寥数字：

乖女儿，爹要来了。

贾慧在椅子上木然而坐，脑子里一片空白。这封信，比那天午后从高空坠下的炸弹的威力还要强大，一举击溃了她所有的信心。此刻正值阳光明媚，但女教员贾慧整个身心全部沉溺在黑暗当中。绝望宛若一条蟒蛇，瞬息间将她绞缠住，令她窒息无力。她死死地盯着这七个字，发疯似的反复斟酌。他要来了，来吴尚了。他要来吴尚干什么？是专程来追拿这个失踪多年的女儿，还是另有要务，顺手为之？四姨太不是说他在华北出任日伪高官了吗？不远千里来这江北县城，难道不怕重庆方面缉拿他以汉奸罪论处？

她深知他的为人，明白他绝对不会白白冒险的。他是一只老狐狸，绝不会轻易身涉险境。日本人侵华已有几年，不研判清楚形势，他是不会轻易表明政治态度的。他与华北伪政权中的齐爕元等人，都曾经是战场上的对手，为了地盘利益，斗得不可开交。可眼下，他们齐聚北平，成为日本人的座上宾，莫非，抗战真的无望了？他是自忖有必胜的信心，才寄来这封信，不是恐吓，而是表明自己真正能做到这一点。他能来到二黎的地盘上，只有一种可能——吴尚即将失陷于日军之手。

贾慧明白过来，那工兵之死、夜窥自己洗浴的夜行客及其背后指使者，都跟这封信有关。他依然在吴尚布下眼线，这封信是在提醒她，别无他路可走，只有乖乖引颈待戮，一解他心头之恨。

她两眼泪花闪烁，明白自己正在一出人间悲剧中出演那已然注定的角色。杀女祭子，是远古愚昧时代的野蛮遗风，想不到还能延续到现代。她闭上眼，回想起那位因自己的过错而早殇的兄长，回忆着幼时的欢乐时光，再也抑制不住自己的伤心，哭泣起来。

上午 8 点 40 分，女教员贾慧伏在桌子上泣不成声，毫无掩饰。几乎所有同事，都感到莫名其妙，不明白这位长期以恬静面貌示人、从容镇定的女子，怎会如此失态，哭得跟泪人儿似的。有略微知晓内情者，猜测她是为情所困。她不是跟那位姓林的年轻军官交往吗？也许是遇人不淑，也许是缠绵难舍，也许是……

这中间，只有校长猜中了一二。贾小姐这番反常举止，是跟自己刚刚转交给她的那封信有关。那封信的内容，会是什么呢？

因为贾小姐情绪失控，她上午的课程暂时被其他同事替代了。等她擦拭泪痕，恢复常态时，已近中午时分。她先向代课的同事表示感谢，解释说自己一位远方的亲戚过世了，所以才会如此伤心。大家都宽容地笑着，说贾老师是性情中人，不碍事的。

放学后，贾慧没有回去吃李嫂的午饭，而是就近来到了绿杨旅社。旅社里，黄太太正在楼底取店家代为烹制的饭菜，一转身瞧见贾慧进来，正要招呼。贾慧却使了个眼色，示意她回客房说话。从她的眼神里，黄太太似乎感觉到了点什么，不再跟伙计闲话，随她上楼去了。

进得房间，带上门，贾慧把手里新收到的那封信递给她。黄太太心存疑窦地打开，看到了那张只有寥寥数字的信笺后，脸色霎时变得苍白。她不假思索，脱口就认定地说："天啊！是他的字，跟他平日里说话的口气都一样，他……不，这封信是怎么到你手上的？"

贾慧指着信封上的邮戳、日期，说："本地寄来的，够清楚不过啦，你在装糊涂吗？"

黄太太瞪大了眼，说：“你怀疑我？我会跟他有联系，替他寄信给你？你发昏了吧？”

贾慧不动声色，注意着她的反应，淡淡地说：“在吴尚，他曾经的身边人只有你，如果不是你，还能是谁？”

黄太太瞠目结舌，手指着她却说不出话来，好一刻，才从这种无力自辩的状态下缓过劲儿，恼火地说：“既然你这样认定了，那又何必来找我？”

贾慧摇头，说：“我没有认定是谁，但想找出这个人来。他有眼线在吴尚，对我而言，绝非好事。对你，难道有利？”

黄太太沮丧地盯着这封信，答非所问地说：“奇怪，他怎么会和吴尚有联系呢？他人在北平，给日本人做事，手还能伸这么长？”

贾慧说：“这封信，确定无疑是他的手笔，不用怀疑了。得设法找出寄送这封信的人。难道我会坐以待毙吗？没有人有权拿走我的性命，即使是亲生父亲也不能！”

黄太太带了三分哀切的意味，说：“不是我，绝不会是我！我跟你一样，再也不想看到他那张脸。我是受够了，才离开督军府的。那些年，他失意下野，憋了一肚子的怨气。跟这样一个男人睡在一张床上，那种日子简直不是人过的。他是个半疯的人，自从你哥哥死后，更加是。我受不了他变着法子地折磨我，再不逃，迟早会死在他的手里。”

贾慧第一次从她口中听到“逃”这个字眼，丝毫不觉得意外。在她自幼熟谙的那座阴郁的宅邸里，女人想要堂堂正正地离开，无异于痴人说梦。千金小姐也好，狐媚小妾也罢，要脱离它，只有逃。只是想不到，她们先后逃离督军府，各自天涯一方，最后竟又被战乱裹挟到了这个县城，重新聚首。与此同时，她们共同惧怕的那个人，也如影随形般地到达。这封重量轻若鸿毛的纸信，犹如千钧巨石，压在她们的心头。巨大的阴影，笼罩住了前途上空。她们业已设想好的安宁生活，受到来自远方的威胁，再难消除。

可是，贾慧和黄太太都不是肯对命运逆来顺受的女性，暂时的恐惧和忧愁只能更加激发她们求生的本能。在吴尚，许督军鞭长莫及，背水一战胜算还是显而易见的。黄太太有黄参议，贾小姐有林少校，他们共同的背后，有着抗日之师的支持，对付那个已然投靠日伪的下野军阀，自然是信心见涨。

不过，如何向这些男人启齿她们所遭遇的困境呢？她们一起吃了午饭，商量良久，最后决定，隐匿去信笺上的内容，由黄太太出面，替贾慧说项，通过官方来查找这封信的寄发来历。至于贾慧向林峰求助，事情就简单多了，她可以将原委和盘托出。眼下的吴尚，军方背景还是能起到举足轻重的作用的。

五

黎星源从皖南回到吴尚，闭门称病，足足休息了一个礼拜，这七天里，谢绝了几处外来客人的拜访。省府主席韩德勤遣派密使，住在二纵队司令丁聚元的公馆里，静候召见。他所携带的是韩主席手书密函，希望二黎挟不久前“剿共”大胜之威，在苏北重新展开全面进攻。另外一位重要客人余先生，来自南京，公开身份是茶叶商人。他的来意，无须猜测，自然是要游说二黎投汪。

前者是重庆、省府背景，得罪不得。后者是卖身做汉奸一途，烫手得很，不能触碰。所以，借休息养病为由，一概拒之门外，行韬晦之计，那是上上之选。这些人也还都明了形势，知道二黎中黎星斗唯黎星源马首是瞻，苏鲁皖游击总指挥部的主心骨是黎星源。所以，认定了这个死理，就耐心等着。

第八天，黎星源正式露面，召开了苏鲁皖游击部队全军高级军官会议。麾下七个纵队司令全部到场，聆听训示。会议地址选择在光孝寺戒台殿。黎星斗一改平日闲散打扮，穿起了金光闪闪的中将军服，脚蹬雪亮的马靴，脚跟处铁掌铮然，挺胸昂首，凛然生威。而黎星源却以寻常衣衫见人，戴了副老花眼镜，吸着烟，一派儒雅从容的风度。

两人并肩在殿前案几上分左右坐定。黎星斗率先起身，带头向黎星源行军礼问候。黎星源笑了笑，挥手示意众人坐下，谦逊地表示自己不过是去安徽山区地带看了趟风景而已，谈不上辛苦。不过，还是山区好，有险可据，要是吴尚这边也有一两处地势险要的关隘，大家伙儿夜里也能睡得更加踏实，不至于被一声枪响闹得失眠了。

众人一阵哄笑。黎星斗除下军帽，在光溜溜的后脑勺上摸了两下，说：“总指挥的感慨是有道理的。这吴尚四面都是平原，无险可守，敌人不论从哪一方打过来，都够呛。倒是省府老韩那边，还仗着水网洼地，不惧日本人，不怕新四军，关起门来做他的清秋大梦呢！”

黎星源点头，说：“无险可守，是明摆着的事实，但我这次出去走了走，看了看，倒想学学咱们的邻居新四军了。大家都知道，他们如今在一马平川的地面上挖交通壕。说起来，也够有气魄的。几百里地面上，沟壑纵横，平时小股部队在沟里活动，无迹可寻。打大仗时，大部队利用沟壕秘密集结，更能达成意料之外。交火时，交通壕成了战壕，可守可走，灵活自如。咱们斟酌斟酌，也学学人家的法子，选择几个紧要地区开挖起来。”

他这一说，下面的人纷纷议论，有亲身领略过这方法好处的人，便竖大拇指赞同；也有人担心，这壕沟应付一般的战事可以，但如果日本人倾主力来犯，那就没什么大用处了。

黎星源起身，在身后的态势图上做了比画，眼下这局面，日本人全力开攻的可能性微乎其微。日方大本营意欲发动重要战役，吴尚这块地方，不是他们觊觎的目标。而且，据情报分析，南部旅团主力有南下参战的可能，一两个联队守扬州城，是无力发动大规模攻势的。所以，一年之内，大的战事不会有，单凭这些壕沟，足以拒敌于门外。黎星斗也觉得这方案大为有理，去地图前研究了一气，决定在前沿莲花镇一线先行开挖，并结合己方的优势，在壕沟网中间建造碉堡等工事，增配火力点。

军事将领们谈笑风生，列席会议的那些清客参议们不免也受了感染，要卖弄几手。会议临近尾声时，尹天民将随身带来的一幅画呈送上去，展开来，是两只吊睛猛虎啸傲山林的景象。这是他花了三天时间精心绘成的，点题清楚，就是赞颂二黎，以猛虎比喻带兵打仗的将官那是再切题不过了。

黎星斗连声喊好，让人把画当场悬挂起来，吩咐副官去找照相师，就在这幅画前拍一张自己和黎星源的合影，以作纪念。黎星源本不想在会议上玩这套把戏，但看黎星斗的兴奋劲头，也就同意了。为了拍这张照片，他退到后面去，特地换上了军服，佩上短剑，以全副武装的架势留影于此。

照相师先替他们拍了几张合影，再提议与会众将校都在殿外戒台上合影，今天阳光明媚，和风习习，正是露天拍照的大好时机。二黎乘兴之下，当即答应了。卫兵们得了命令，搬弄椅凳，高级军官在前排坐定，低级军官分高矮在四级台阶上密密地排列，于1941年春天某日的上午，留下了一张全体将校的合影照。

二黎的照片次日刊登在本地的《苏北日报》头条上，果然是猛将配猛虎，相得益彰。这期号外特发的报纸，在吴尚地区印发量极大，散布范围也极广，不仅近在咫尺的省府看到了，数百公里外南京城里的汪精卫也看到了，甚至连远在重庆的蒋委员长也得悉了。他原本只熟悉黎星源，对于黎星斗，根本没有印象。但现在，这二人的合影真容登载的报纸，作为前线情报万里迢迢送达他的手中，自然是要仔细端详几眼的。

他盯着这两个稍显模糊的面孔研究了一番，明白了这支杂牌军队中主持大计的是谁。黎星斗的履历他刚刚看过，虽然过去位居下僚，但有过辉煌的“剿共”经历。民国20年（1931年），袭扰过京畿重地呼应朱毛的那支所谓的红十四军，不就是被他督率保安团清剿消灭的吗？他对共产党毫不留情这一点，值得欣赏。假如去年围攻黄桥时，苏鲁皖游击部队的主心骨是他，绝不会按兵不动，坐看新四军在十几里地外围歼独立六旅而无动于衷。这个黎星源，通共嫌疑绝难洗脱。韩德勤在黄桥兵败后，接连向重庆发了十几封电报，控诉二黎暗通新四军，否则黄桥之战绝不可能落败。三路人马合围，足以将这支数千人的队伍赶进长江去喂鱼，哪会有后来的蔓延之势？

他深深叹息，用红笔在黎星斗粗犷的面容上画了个圈，口授电令，嘉奖苏鲁皖游击总指挥部麾下各部，并升任黎星斗为江苏省保安司令部司令。这个公开电令，隐藏着两个用意：其一，提携黎星斗，让他有感激之心；其二，膨胀其野心，使他有不甘居人之下的雄心。这招可谓阴柔软刀，伤人于无形。随后，他又密电江苏省政府主席韩德勤，令其拉拢黎星斗，希望以他为突破口，消除黎星源在军中的影响，使这支三万之众的杂牌部队，不至于倒向共产党。

这封电令发出后三天，南京伪政府业已通过情报机构得悉了该电报的详情。汪精卫在官邸里召开秘密会议，周佛海、陈公博等人在座，眼见他从侍从手里接过电文来研读片刻，顺手丢在茶几上，苦笑着说：“蒋某人的手脚够快，跟咱们抢时间呢。委任黎星斗为江苏省保安总司令，韩德勤属下二十几个保安旅都归他节制，人马加起来，怕是比苏鲁皖游击部队还要多。”

周佛海摇头说：“汪先生不要为这个担忧。据我看，这个保安司令也是个空头司令。你想啊，这20多个保安旅，韩德勤本人也未必指派得动，大家伙儿都是在乱世中拉队伍起家，有枪有地盘，个个是独霸一方的土皇帝，凭什么要听黎某人的号令？这是糖稀抹在鼻尖上，看得到吃不着。我代表您开出的筹码，第一集团军总司令、中常委、江浙清剿总司令，哪一个不是货真价实？”

汪精卫竖起食指，强调说：“你安置在吴尚的内线要抓紧时间活动。日本人对于吴尚这块地方，也是急不可待了。占领吴尚，就可以打通沿江地区的联系，三位一体，连为绞杀对手的绳索。松本大将前天离宁赴武汉督战之前，再三表示，如果我们秘密活动不力，他就要武力进攻了。这支三万人的非蒋嫡系部队，我可是眼馋得很，必须想方设法促使它归顺南京政府。”

周佛海胸有成竹地笑了，说：“我在吴尚下了两手棋，一着明，一着暗。明棋是吸引外界的注意力，暗棋才是关键所在呢。大家拭目以待吧。”

六

重庆方面发布了黎星斗的任命，很快便传遍三战区，引起诸多猜测，不满的情绪也在黄埔出身的诸将中滋生。为此，战区总司令上官云相特地召开会议，安抚这些中央军嫡系。他挑明了一个问题：“这年头头衔是最不重要的东西，有时候它还是柄双刃剑，一不小心便会弄伤自己。黎星斗受了这职务，那日子可不好过。保安旅不听他的指挥，黎星源对他暗生猜忌，韩德勤恨不能一枪崩了他，这可都是大家意想不到的。政治这东西，厉害着呢。委员长是吃素的？用心良苦啊！”

重庆最高层的用心，被上官云相如此透彻地剖析，身居吴尚城中的二黎岂能不明白其中的利害？黎星斗接到这一电报后，第一反应就是摇通了黎星源公馆的电话，笑呵呵地说：“大哥，老蒋升了咱的官啦，让咱做省保安司令，这可是个好买卖？”

黎星源沉默了一下，说：“好事情，咱们当面谈谈，你就明白其中的利益所在了。”

他们在光孝寺总部碰头，屏退左右，关起门来商议。黎星斗开门见山，表示想以军务繁忙为由，请辞这个新任命的职务。黎星源摇手反对，说："这是瞌睡送枕头的好事，为什么还推辞？岂不是傻了？”黎星斗一愣，拱手行礼，愿闻其详。

黎星源压低了声音说："苏鲁皖游击总指挥部，名头虽大，但华而不实，下辖部队都是游击纵队，名不正啊。人人都当我们是杂牌，你这省保安司令的职衔，是替全军将士们换身份的大好契机。我先安排两个纵队改变番号，组建保安独立七旅、八旅，归你这个总司令统辖。你可以名正言顺地向省府、三战区要粮饷弹药。日后，咱们将队伍逐步地改头换面，就可以成为重庆政府直辖的正规部队，不怕三战区不另眼相看。这样一来，可不比现在这没娘孩子似的，靠着地方赋税来养兵了。”

黎星斗琢磨片刻，竖起大拇指，说："大哥高见！这样一来，咱们苏鲁皖的弟兄们，就可以有两个身份了。”

黎星源继续道："还有更重要的一条，那遍布江苏的二十几个地方保安旅，名义上都成了你的下属，你可以借老蒋赏的这把尚方宝剑，或攻伐，或威逼，逐步蚕食兼并他们，那时候的局面，就不是蜗居在这吴尚一隅四面临敌的困境了。你立即发电接受这个职务，并公开宣布在吴尚组建省保安司令部，过些日子，再召开一个全省保安部队首脑会议，把这些平日里坐镇一方、作威作福的家伙们全部弄到吴尚来，唱一台好戏！”

黎星斗两眼发光，再度拱手抱拳，向他致谢。这顺水推舟、化腐朽为神奇的招数，也只有这位老大哥盘算得出来。黎星源含笑说这是为兄弟计，为三万弟兄们计，自己年纪大了力不从心，迟早要退隐，而他正值壮年，日后风光无限，一切都要拜托在兄弟手里了。

二黎秘密会晤结束后分手。黎星斗回到指挥部里，向副官口授电文，向重庆军事委员会、蒋委员长发电，宣布就任江苏省保安司令一职。消息传出，他的部属、清客们纷纷来祝贺。黄参议随众附和，大灌迷魂汤。黎星斗挥手自谦："这不过是个虚衔罢了，上面不拨一兵一卒、一文钱、一担米，有什么用处？还是这个苏鲁皖游击副总指挥做得自在。但这是重庆最高层的降赐，拒绝了岂不辜负了人家的美意？所以，只好勉为其难了。”

黄参议大笑之后，拉着尹天民，说副总指挥升任保安总司令，今天得抖擞全身的本领给他画一张独虎出山图，这可是眼下真实的写照。尹天民连连点头，表示回家后就动笔。黎星斗没有留意他们的对话，掉头叮嘱副官，赶紧去定做一块“江苏省保安总司令部”的木牌来，挂在“苏鲁皖游击总指挥部”牌子的旁边。这光孝寺，一庙容两座山头，也够荣耀了！

次日下午，新制作的木牌油漆还没有干透，就被悬挂起来。尹天民一夜没睡，画了两幅独虎出林图，恭恭敬敬地送到黎星斗的办公室，张罗着挂在司令部里，以壮声威。黎星斗不在寺里，昨晚和登门庆贺的几个纵队司令喝醉了酒，现在还睡在公馆里没有起床呢。

这两件事，不出一个钟头便有耳报神递到了黎星源的耳边。次日一早，第一纵队司令马国光来到公馆，忧心忡忡地提醒说副总指挥得志了，要改头换面了，这将置总指挥于何等境地？黎星源从容地喝茶、抽烟，翻弄古书，头也不抬，只当他是耳边风。

马国光见他如此，沉不住气，一把拖起他来去太师椅上坐下，眼中含泪恳求道：“总指挥，在这里，我只认你说话。一纵队、三纵队，都是你的旧部，唯你马首是瞻。”

黎星源啪地掼下书，说：“什么屁话？就你们是我的旧部？黎星斗难道不是？他于我有救命之恩，我于他有提携之德，彼此交融，岂是空头官衔所能离间的？你们给我听好了，二黎合则生，分则亡。我和他心里有数得很，不用你们瞎掺和捣乱。我们眼下这局面，想要维持已属不易，总要随机应变，寻求发展之道。星斗受此职衔，也是天赐良机，难道大家还不清楚？”

马国光一时无话可说。

黎星源将烟蒂掐灭在玻璃缸里，去地图前研究良久，扭头问：“程兴柱去东边，还没有回来？”

马国光凑近了说：“他前晚从我防区过去，穿的是平常百姓的衣服，有几个便衣卫兵随从。我布在关卡的人认识他，没有阻拦。”

黎星源点点头，说：“他自己过去可以，但部队不能被他拉走去投新四军。我估摸着，没了部队，新四军也不会收留他。这一两天，迟早是会回来的。你依旧装作毫无发觉。此人须得暗中提防，但又不能逼他过急。在他的调教下，六纵队能打硬仗，是我军中头号主力，用于对付省府和日本人，是上等的利器。”

马国光感慨，说：“总指挥用心良苦，就怕这姓程的铁了心要投奔新四军，那就九头牛也拖不回了。”

黎星源哼了一声，说：“还是那句老话，只要不打队伍的主意，任他来去自由。想劫走我的人枪，那就不客气了。”

他们在后宅正聊着，前面负责挡驾拦客的副官来了，报告说刚刚来了位省府远客，手拿韩主席的公函求见总指挥，见是不见？黎星源思忖了片刻，冲马国光一笑，说：“省府来人，何等的尊贵！咱们都受节制呢。钦差上使，岂能怠慢？”

且说这位省府的密使，前些天坐船抵达吴尚，兴冲冲要拜访主人，不防黎星源称病不出，就此拖延了下来。这期间，形势变化多多。黎星斗忽然升了省保安司令，在吴尚的地位隐然跃居黎星源之上，真是人算不如天算。他自觉使命难以完成，本想离开丁公馆，回去复命，不料省府又有密函到达，仍然着他去见黎星源，并定下了说服之词。他无奈之下，只得勉力而为。

连同今天这次，他算是三度上门，结果却出人意料地顺利。黎星源答应见他，并待以上宾之礼，不但有烟有茶，中午还在家里备了小宴款待。他审时度势，察言观色，马上就悟出了其间的奥秘。黎星源如今执军中之牛耳的地位岌岌可危，需要借助省府的力量来稳定局面。

他心中记着这次来吴尚的要务，喝酒吃菜之际，装作漫不经心，把话题扯到了黎星斗身上，问：“副总指挥就任省保安司令，司令部怕是要设在省府，或者独立六旅的驻地了？他这一走，总指挥少了得力助手，不知有何打算？”

黎星源皱起眉，说：“他不离开吴尚，司令部就设在光孝寺。副总指挥部的那套班子，就地改为保安司令部。好家伙，这摊子愈发地大了，倒有些吓人呢！”

密使暗笑，劝了杯酒，说：“按理说，做了这保安司令的职位，再驻在吴尚，是不合适的，但以两位总指挥之间的交情，那也无妨。上峰任命了职务，却没有给他配备部队，也只好依旧借重苏鲁皖游击部队这些老弟兄了。”

黎星源面无表情地说：“谁说没有配备？全省各地 21 个地方保安旅都是他的属下，算起来，起码有十万之众，是我苏鲁皖部队的三倍有余，肥得令人嫉妒啊！”

密使佯作惊讶：“有这么多？”

“当然，”黎星源屈指算道，“黄桥何克谦，曲涧张少德，如通马正堂，江都刘大旺……谁手里没有大几千人枪啊？”

密使附和道：“是啊，这些地方人马，组织起来就是江苏地面上第一势力，除了日本人，谁也比不了！由此可见，蒋委员长对副总指挥是器重的，这才委以如此重任。”

黎星源有些意态萧然，放下筷子，问：“省韩对于这件事有什么看法啊？在此之前，这些保安旅可是都归他统辖的。打郭镇、打江堰、打黄桥、打草堰，各保安旅都出过力，以后，他们怕是要改看黎星斗的脸色行事啰。”

密使干笑着说：“总指挥，你这是看戏流眼泪——替古人担忧。韩主席是三战区副总司令、江苏省政府主席，就是黎副总指挥，也得听他的。这些保安旅长，紧要关头，怕是还要看韩主席的脸色行事吧？”

黎星源呵呵一笑，拱手说：“是的，咱们苏鲁皖游击总指挥部也好，省保安司令也好，都受韩副总司令、韩主席的管，谁也跳不出他的手掌心去。”

密使大笑，从衣襟里翻出一封密信来，递在他的面前，说：“韩主席相当尊敬总指挥，眼下，已在替你的处境担忧了。这苏鲁皖游击总指挥部，下辖七个纵队，四个纵队是副总指挥掌握，只有三个纵队在你的手里。当初，他是借你这尊神立山头，扬名立万，招兵买马。可是，一旦羽翼丰满，就未必还将你放在眼里了。你这个总指挥，是座椅放在小船上过江——让人提心吊胆呢。”

黎星源倒有些意外，说：“你老兄居然把苏鲁皖内部的情报掌握得如此精准，很不简单呢。”

密使得意地说：“韩主席对于贵部的内情了如指掌，值此关键时刻，愿意助总指挥一臂之力。为防他人染指坐大，与其坐受其损，不如主动出击。”

黎星源大感兴趣，追问详细。密使指指那封密信，请他拆阅。

黎星源拆开了这封韩德勤手书的密信，由头至尾不过百十个字，意简言赅，给出了一条所谓指点迷津的方案：翌日，韩德勤将在省府召开军事会议，请二黎出席。会上，他将拿出蒋委员长的手令，在辖区发动针对新四军的全面进攻。届时，第三战区其余各部亦将配合，力争短时间内把这支异党武装全部歼灭，就此从根本上彻底了结新四军问题。黎星源作为老资格的将领，倘若振臂一呼响应，率先出战，那么，在一切以“剿共优先”的战略前提下，以黎星源为西路军总司令，并报重庆军事委员会，任命他为三战区副总司令，领劲旅毕其功于一役，“剿灭”共产党新四军，这样的功勋，别说苏鲁皖部队得以生存发展，他在军中的弱势也将转换。到那时，黎星斗做不做保安司令，都仍然在他的股掌之间，无法僭越。

黎星源连说好主意好主意，划了根火柴将这封信当着密使的面点燃烧毁了，彼此会意地一笑。他们似乎心有灵犀，再不着一字，改谈家常琐事，喝了一个小醉后，这才分手作罢。

七

贾慧忐忑不安的心情，并未有丝毫好转。那封寄自吴尚，内容书写者却又远在北平的信函，成了悬挂在头顶的一把利剑，时刻威胁着她的安全。黄太太嘱托丈夫派人去邮局调查，负责收发盖邮戳的是个年轻女子，深陷于热恋当中，神魂颠倒，哪里还记得这些细节？她反复地看这信封，摇头说记不清楚，那天寄信的人虽然不多，但却没有印象。这封信外貌太普通，没有任何引起他人注意的细节，谁会对这个感兴趣？更何况，她每天要处理许多信函，忙得不可开交。

这条线索就此中断。但贾慧却不死心，一方面催着黄太太；另一方面，自己独自去邮局，当面询问那女孩。这女孩正要交班回家，被她缠住了，很有些不耐烦。贾慧不经意间转身，发现邮局门外树荫下有个面目俊秀的青年男子正在搔首踟蹰，顿时明白过来：这女孩心系情郎，无意再跟自己交流了。

她不禁笑了起来，诚恳地要求说：“小姐，请你再回忆一下，这封信收发时，一点儿印象都没有吗？”

这女孩子实在是厌恶了，可是又不便翻脸，以免在男朋友面前留下无礼的印象，只得闭上眼，绞尽脑汁，冥思了好一刻，迟疑着说：“好像是个女的，40 多岁，匆匆地来了，又匆匆地走了。我只顾着盖戳，没有留意她的长相。”

贾慧听说是个 40 岁左右的女人，脑海里立即浮起黄太太的形象来，半信半疑，追问道：“你能确定是个中年女人？”

这女孩招手叫进那个在外等候的男人，让他帮着回忆并做证。当时，他就在她的身边，两人正打情骂俏，那女人进来以及离开都没有开口说话，她们只是交接了那封信，收付邮资，盖戳而已。这一系列一气呵成的动作，不过一两分钟，对情意绵绵中的他们而言，几乎可以忽略不计，对那女人有一个大致印象罢了。

这个没有任何特征的中年女人，成了贾慧随后几天挥之不去的梦魇。夜间的模糊梦境里，她以背影现身，伏在一张柜台上，挥舞着手臂，用方形木戳一下又一下地盖印着，动作机械重复，直到柜台散架，轰然颓塌，她才若无其事般扭转头来。不过，长发覆盖着的那张脸，不是她暗中疑心的黄太太，而是一张蓄须的老年男人的面孔。这张脸和衣裙、黑发形成了极其强烈的对比，惊得贾慧猛地从梦中坐起身来。

她刚才在那个女性的身体上，看到的赫然是父亲的脸庞。不错，他和黄太太本是夫妻，这雌雄同体的骇人梦境意味着什么呢？难道在冥冥中有神灵的暗示，这封信是出自父亲之手，假黄太太之手寄出的？

半夜里持枪抱膝而坐的贾慧不敢相信这一点，可是，现在已知的线索都将矛头指向了黄太太。也许，那天她们猝然相遇时，选择留下来与之周旋是一个重大的错误。她应该当机立断，离开吴尚，就此消失。

贾慧心底悔恨，在这样的困境面前，再无其他人可以依靠，只剩下林峰。这位多年前的追求者，至今仍然孜孜不倦地爱恋着她。他是她手里抓住的最后一根救命稻草了。

次日中午，贾慧回到家里，草草吃了李嫂代做的午饭。这一阵子，她并没有留意到李嫂神色和行动上的细微变化。她不再陪她聊天，不再在她面前谈论那些嘱托自己代为示好的男人们，不再额外送些零食来给她解馋，只是按照约定，负责中午这顿午饭，放下饭菜后就走，不做片刻停留。贾慧既然在慌乱中没有意识到这些变化，就更加想象不到李嫂那一夜偶然且惊悚的发现了。

她牵挂着这封信的来历，避开了绿杨旅社，二度只身前往三十三师驻吴尚联络处，寻找林峰。可是，这次依旧扑空了。守门的卫兵告诉她，林参谋外出公干了，目前不在吴尚，也许会在近日返回吧。贾慧无奈，留下字条，叮嘱卫兵一定要转交给他，转身离去了。下午，她在学校心不在焉地上了两节课后，坐在桌子前发愣，不经意间看到同事遗下的那份前几天《苏北日报》的号外版，随手拿起来翻阅一气，心里更加坚定了一个想法：吴尚固若金汤，兵强马壮，上下同心，短期内根本不可能让那位沦为汉奸高官的人来去自如，这封信，意在恫吓。不过，恫吓又能达到什么目的呢？让自己寝食难安，魂不守舍，还是逼自己离开吴尚？

她踌躇难断，黄昏时，挟起了布包回家。怎料这天气瞬息多变，刚出校门没多远，淡漠的阳光还在天边，小雨居然就淅淅沥沥地下了起来。她在绿杨旅社附近一家杂货铺挑出的屋檐下避雨。没过几分钟，正为这突如其来的雨水心烦意乱的她眺望远处时，意外发现了林峰的身影。

他穿着平民便装，提着漆皮箱子，没有伞具，脚步匆忙。贾慧不等他近前，就挥手叫他。他闻声先吃了一惊，发现是她后，松口气笑了起来，伸手要去拉她，去自己住处暂避。

贾慧想到黄太太，拒绝了这一邀请。林峰无奈，让她稍候，自己马上就来，说罢便举起箱子遮雨，飞奔去了旅社。仍在原处的贾慧看得分明，林峰过去不久，后面有三个人也尾随着经过自己面前，进了绿杨旅社。这些人她不认识，刚才在街头行走时，似乎是刻意和林峰之间拉开了距离，装作陌生人。其实，她看得出来，他们本就是一起的，只不过避人耳目罢了。

但容不得她疑惑，须臾间，林峰顾不上换衣，就衣带潮湿地打伞过来了。他做手势让她到伞下来，送她回家。贾慧站在厚实的桐油布伞下，贴近了这个来不及洗浴，隐然带着汗意的男人躯体，一种久违了的熟悉气息扑面而来，使得她在刹那间陷入了迷乱。林峰没有觉察到这一点，挨着她的身子，心里既欢喜又害羞，想避开又不情愿，再嗅到她发际上淡淡的香气，更是手忙脚乱，以一种别扭的姿势走完这段不远不近的路途。

到了院门外，看着他衣衫尽湿的模样，贾慧首度开口请林峰进屋去坐。林峰拄伞沿檐下走，隔着雨帘瞅见花坛里那些在雨水中鲜活起来的花朵，赞叹道："真美呀！"

贾慧扯过他来，去了堂屋，冒雨从水井里打来水，让他脱去外衣擦拭干净。林峰不好意思，她便丢下毛巾出了屋子，站在台阶上看雨、看花坛，问："这两天你去哪里啦？我正有急事找你呢。”

林峰说：“有公干出城去了，刚刚回来。”

贾慧说：“几个人都穿着便衣，怕不是去干什么好事吧？”

林峰讶然，沉默着努力拧干了毛巾擦脸，解释说：“路上要过哨卡，军装显眼，便衣方便。你不懂的。”

贾慧对他此次出城的目的并不感兴趣，转而将话题扯到那封信上去，告诉他最近发现的线索。林峰放下毛巾，出了屋子，望着那阴郁的天空，摇头说：“奇怪，是这位黄太太去寄信，让人难以置信啊。不过，我倒想弄清楚她是如何离开督军府的。老督军跟她难不成还会藕断丝连？”

贾慧思索了半晌，说：“他们之间究竟出了什么变故，我也不清楚。如果黄太太跟我一样，怕见老爷子，那也排除不了她受人挟制，不得不代为效劳寄信。总之，她身上的嫌疑越来越重，也许，我近期遇上的那些麻烦都跟她有关。”

林峰心中暗笑，表示这些麻烦中可不包括日本人丢下的航空炸弹，它让贾小姐一举成名，成为吴尚家喻户晓的人物。这样的机会纯属偶然，谁也不能有这样的本事来谋划这样的阴谋。

“我说的是之后的事情，”贾慧跺脚，诅咒道，“这该死的日本鬼子！日本炸弹！这么可恨，居然把我几年来辛辛苦苦、隐姓埋名的努力付诸流水！可恨！”

林峰却不同意她的看法，说：“我可是感觉这是老天眷顾着你呢。这么一颗炸弹落地哑火，让你现了身。不然，我怎么能够跟你见面呢？说实话，我一年多来也在吴尚地面上暗中找寻过你，可是这缘分的事，难说难讲。没有缘分，在大街上也会擦肩而过，阴错阳差，难以相认。我这几天老是想，老天是同时眷顾了我们俩吧，让我又见到了你。有我在你身边，不要害怕。”

他这样情真意切地讲着，眼中的爱意如决堤的洪水，汹涌奔腾。贾慧避开他灼热的示爱，垂下头来，说：“别，我站在你面前自惭形秽。我是个给家族、给自己带来噩运的人，不敢再拖累你了。”

林峰摇头，情不自禁地一把握住她的手，坚定地说：“你别这样自怨自艾了。从前我心里是怎样想的，你明白；现在不但没变，而且会更加真诚。这些年，你一个人东躲西藏，就是因为身边没有一个替你分忧解困的人。从今往后，有我在，你会走上一条光明大路的。信不？”

贾慧想从他手掌里抽手退却，但抬头看到林峰那期待的眼神，心头一阵慌乱，失去了气力，软软地倚靠在门柱上，轻声说：“我只是不想拖累你。你可要想好了，日后别再后悔。”

林峰将她的手捧在胸前，亲吻了一下，说：“一吻为定，我绝不后悔。在以后的日子里，我会关心你，呵护你，珍爱你，绝不让你受到一丝伤害。为此，我愿意付出一切。”

贾慧真的被感动了，这是她逃亡以来，第一次被异性打动。他们自幼就相识，他熟悉她的过去，却仍然如此痴心，这样的男人恐怕这辈子再难碰到了，她愿意用自己的生命来接纳他，付出真爱，生死不渝。

八

爱情的滋润，并未让贾慧有任何懈怠，在继续追查信函来历的同时，顺带着又通过警察老崔了解了那位前工兵的离奇死亡案的侦破进展。老崔摊开双手，无可奈何地告诉她，这样已经很不错了，死者是个外乡人，过去有没有结下仇家，没法去查。如果换成本地人，身世清楚，交往明确，就有线索排查了。上面大致的意见是，以谋财害命案先挂起来，重要证据都拍照存档，待日后有机会再说。

贾慧对于工兵之死的疑虑，起源于那天拆弹前，他看了板壁上自己少女时的照片后扭过头来的那一笑。她觉得，那个家伙认出了自己，或者说他原来认识自己，这照片唤起了他的记忆。如果是这样，那么他必定在自己的家乡待过，甚至跟自己就是同乡。他得悉了自己的身份，所做的事情是夜里准备携钱潜逃，结果，被那些凶手堵在院子里干掉了。如果不是谋财害命，那他的死就与他朝着自己的那暧昧一笑有关。杀他的人，大约也知道了自己的来历，但杀他的目的是什么呢？阻止这风声传出吴尚，暂且避免打草惊蛇？针对自己，后面将有大的举措？

贾慧对所有人都隐瞒了自己两度开枪杀人的经历，包括林峰。这种事情，干系重大，至死也不能向第二人透露。她早就暗下决心，院中那座花坛泥土下也好，远在数百里外的河滩那簇芦苇丛中也好，它们所见证的一切，将会随着自己的老去，成为永久的秘密。

暮春时节，南风带来的热量在吴尚的天空聚集，迫使贾慧不得不重解罗衫，继续中断了大半个月的洗浴。那只浴桶的细洞已经用麻灰、桐油抹平并收干了，恢复了旧貌，不再漏水。

她赤裸着身体，踮起足尖小心翼翼地踏入水中，缓缓地沉坐下去，听任那温暖的感觉包裹住全身。此刻的洗浴，贾慧忘记了刀痕，却想起了那位夜里丧命，埋尸花坛的家伙。之前，她对他那晚出现的原因难以肯定，一半疑心他只是个夜行贼人，采花盗徒，另一半则认为他是有目的而来。如果是前者，他在任何情况下撬门进屋都属正常；如果是属后者，他栖身在屋顶，必有所图。偏偏那晚，正逢自己脱衣就浴，这珍贵的肉体竟被他那淫邪的目光亵渎了。

贾慧叹息着，低头端详自己的身子，有着古典小说里佳人顾影自怜的意味。她刚过 26 岁生日不久，肌肤洁白滑腻，蜂腰丰乳，哪一样都处在女人最黄金的巅峰状态。尤其是胸口那一朵梅花般鲜红的印记，居然被那个死鬼偷窥了，真是死有余辜！

她的目光停留在这出生时从胎里带来的醒目痕迹，抚摩片刻，暗想这大概是除了面容之外，最能确定自己身份的标志了。有时候，它也许比长相更重要。人，相貌可以彼此相似，但却不可能有胎记相似的，若有，那就是奇迹了。

她垂眼看着荡漾的水波倒影里自己抚乳自怜的模样，先是轻声笑了一下，但随即仿佛是天灵开窍，醍醐灌顶般，猛地一个激灵，如梦方醒。

不错，假如那个葬身花坛的死鬼那一夜飞檐走壁来到自家屋顶，是专程窥探这朵梅花胎记的呢？如果是这样，那么前工兵之死也就可以排除谋财害命这老套的论断了。他发现自己的身份在先，夜行客验证自己的身份在后，虽然两人在不同的地点时间俱已死于非命，但死因却相同，那就是跟自己苦心掩饰的身份有关。当然，起因还是那枚从天空坠落，着地不炸的日本炸弹。它呼啸而下，撞破的不是堂屋的屋顶和八仙桌面，而是自己潜心织就的伪装。这一撞之下，她在吴尚的行踪暴露，前工兵、夜行者、林峰、四姨太等人纷至沓来，上演了这一幕幕奇妙荒诞的好戏，真是一言难尽。

但是，贾慧对于自己的猜测，依然不能完全确定。一切就此让它回溯源头吧，先从那位死于非命的前工兵身上查起。他不是三十三师的人吗？林峰可以利用自己的职务去查个水落石出。

洗完澡后，天色尚早，贾慧换衣挽发，不避嫌疑地去了绿杨旅社。

林峰在客房里穿戴完毕，佩上枪正要出门，却见她来了，忽然省悟，今天是礼拜日，学校放假。贾慧先从他的内窗向对面黄太太的屋子里瞄了一眼，微笑问他是不是要出去。林峰抬腕看了下手表，说不急，还有近一个钟头的时间，在光孝寺有个军事会议，他要代表本部列席。

贾慧关起门来，坐在床边，问他有关那位已然死亡的前工兵的底细。他回忆说这个人的口音离他们家乡不远，今年约莫40岁吧，算是个老兵。他认识自己，但自己却不认识他，当初在街头还是他主动打招呼的。那时，此人称呼他为长官，他认作是三十三师旧部，也就答应了。记得他自陈过姓名：曹三。不错，他就叫曹三。

贾慧神色平静地说："那就去查查他的底细，军队里不是有底册吗？他是哪儿的人？当兵前的履历，这是个老兵，不像是新近抓夫的那样匆匆忙忙的。更何况，三十三师是国军劲旅呢。"

林峰笑了起来，刮了一下她的鼻尖，说："你这个丫头，疑神疑鬼，有完没完啊？好吧，我这就去联络本部，两三天准有答复。"

贾慧莞尔而笑，说："不是我疑神疑鬼，而是被逼如此。咱俩如若要长久下去，小心谨慎为妙。"

林峰大笑，说："你尽管放心，事态远未到那个地步呢。你安心地做老师教书，一切有我呢。"

他俩在屋子里谈话，对面隔着天井的黄太太已然瞧见了贾慧。她们之间业已三天没见面，对于贾慧新近的发现茫然不觉，热情洋溢地过来打招呼。贾慧觉察到林峰冲自己使了个眼色，脸上会意地浮起笑容，虚与委蛇，陪她闲聊。不久，林峰先行离开去参加会议，黄太太趁势拉着贾慧去自己客房里坐，神秘兮兮地说有件重要的事情要告诉她。贾慧猜不透她葫芦里卖的什么药，也就顺水推舟奉陪了。

两人目送林峰下楼出门后，走进黄太太的屋子。黄太太掩好门，悄声地告诉贾慧，自己新从黄参议口中得知了一个意外的消息，南京汪伪政府和华北伪自治委员会在日本人的撮合下，近日里怕是同流合污、合二为一了。这两个伪政权，一直互不相属，各自在自己的地盘上敷衍过活。这次日方全力支持汪伪政府，统一华东、华北的政体，全面承认汪精卫所谓的合法性。这么一来，北平和南京之间将会有一个大的合并，据说名单业已出炉，北平方面几名高官已经南下，代表北方在汪记南京政府里担当要职。老爷子，恐怕是其中之一。

贾慧当即就联想到了那封信函，霎时明白过来，冷笑一声，说："人马未到，书信先行。老爷子算无遗策，厉害得很呢！"

黄太太似乎不理解她的话意，说："是啊，他这是早有预备的。可是，到了南京任职和到吴尚来撒野，那是两码子的事啊。黄先生说，黎副总指挥被老蒋提升为省保安司令，是极度重视吴尚这块地方、苏鲁皖这支队伍的。这里怕不会随随便便扔给日本人的。所以，我估计短时间内，他拿咱俩依旧是鞭长莫及。"

贾慧听她掉戏文一样说出最后四个字，不禁好笑，说："虽然他本人来不了，但手已经伸进来了。这封信就是证据。而且，他要找的是我，你、四姨太，大约他还不知道呢。所以，你尽管放心。"

黄太太听了，有些着急，说："这哪儿跟哪儿的话啊？先透个底给你，当年我离开督军府时，是带了些东西走的。当时啊，我就想白白服侍他好些年，从黄花闺女整成了半老徐娘，可不能便宜了这个老东西。他是个怎样的人，肯吃这种哑巴亏？万一这几年的行踪被他知道了，那可不得了！他门生故旧遍天下，黄先生虽然有些本事，但弄不过他，我心里这份焦急，丝毫不比你差。"

贾慧终于明白过来，忍住笑问道："带了些东西？是些黄白之物吧？老爷子战败下野，没了军队，没了权力，就剩卜多年搜刮来的财物了。他爱财如命，你这等于是要他的命！"

黄太太苦笑，说："我只是拿了自己该拿的。离了督军府，我人老珠黄，不能再唱戏了，难道喝西北风去？他有六房姨太太，除了你妈，哪个得了善终？投井的、上吊的、喝药的，剩下一个装疯卖傻，苟延残喘。我不逃，榜样放在那里呢！"

贾慧看着衣帽架上熨烫得妥帖的男人外套，问："这个黄参议，对你到底怎么样？"

黄太太眼睛里隐隐含了泪花，说："他待我不错，就是这个人做事神出鬼没，我有些担心。"

"他知道你过去的事吗？"

黄太太摇头，说："知道我嫁过人，离婚了，做大做小却不清楚。他似乎对这个也没什么兴趣。他自己的原配被大人物拐跑了，也是一个伤心的主儿。"

九

这两个女人捎带着谈论黄参议时，他正正襟危坐在光孝寺的殿堂里，参加军事会议。在他后面一排右侧第四个人，是那位三十三师联络参谋林峰。这是一次将官级的会议，由二黎亲自主持，主要议事内容是：第四、第七纵队正式对外挂牌，成立第七、第八独立保安旅的相关事宜。两个纵队司令改任旅长，少将军衔不变。

两人相顾莞尔，指着领章互开玩笑，说："假的就是假的，人家独立六旅方达还是中将呢，偏偏欺负咱们。"

黎星源哧的一声笑，说："他僭越规矩，不是遭报应了吗？1万2000人的队伍，清一色中正式装备，号称梅兰芳部队啊！结果三个小时就被粟裕给吃掉了。他哭天抢地，坐在井边用手枪顶住脑袋，一响了事。中将方达是江苏这地面上十年来最大的笑料，别学他，别攀比他！"

会场里一阵哄笑。

黎星斗看了黎星源一眼，说："保安旅的粮饷，已经向三战区要求划拨，只是得派得力的人去走走门路。"

黎星源嗯了一声，说："这钱照规矩办，咱们只能拿到六成，其余四成，让他们喂饱肚子吧。"

黎星斗嘿嘿笑道："别人都喜欢吃空饷，老子却不。这年头，枪多人多，多多益善。吃空饷，拿什么打仗？用袁大头砸日本人？"

黎星源微闭着眼，说："保安司令部那边，兄弟你自己做主解决；指挥部这边，也还要你劳心，这副总指挥，你是要做长久的。"

黎星斗恭敬地说："一辈子不敢说，大哥让我当多久，我就当多久，绝不食言。"

两人相视而笑，随即商量起防区调整的实际问题来。黎星斗的意思，向东再扩展十几个富庶的集镇，用于独立七旅的驻防，独立八旅保持原防区并接管七旅的防地。

黎星源叹口气，说别去惹新四军了，他们虽然重点不在这边，但伤了和气总是不好。黎星斗咂巴下嘴，说先试探试探，保持适度的推进，遇有阻碍就收手，由总指挥出面去跟共方商谈。黎星源听懂了他的用意，便不再反对。

会议开了两个钟头，临近天黑时结束。黎星斗留住隶属保安司令部的一干人等，去自己办公处商议相关事宜。林峰在散会离去的人丛里，有意放缓脚步，目送黎星斗及其麾下部众进了相邻的房舍里，这才离去。

六纵队司令程兴柱在后面拍了一下他的肩膀，说："老弟，他们没请你列席，舍不得走啊？"

林峰故作轻蔑地笑，说："我是瞅着热闹罢了，今天本部来电，要配合韩德勤动手了。去年黄桥惨败，他一直耿耿于怀，偌大的地盘落在了新四军手里，这次借皖南之胜，二度动手胜算不小啊。"

程兴柱不屑地说："未必。皖南是皖南，如今苏北的新四军有数万之众，拿什么去'必操胜券'？"

林峰笑道："副总指挥，不，黎总司令要向东拓展地盘，撩拨新四军。他是想趁着日本人'扫荡清剿'新四军之际，也顺便捞一把，火中取栗，危险得很呢！"

程兴柱耸耸肩，说："惹毛了新四军，有总指挥的面子兜着。黄桥之战，总指挥卖给陈毅的人情比天大啊，他们会给他面子的。这二黎，一个红脸一个白脸，一撬一搭，好本事啊！"

这二人在街头分手，各自回住处去了，光孝寺庙里，保安司令部的会议才刚刚开始。黎星斗踌躇满志，指着整幅江苏地图，说："进了这间屋子，大伙儿都把眼界放宽点儿，咱们的地盘是全江苏，得坐在韩德勤那张桌子上看事情。"

众人会意地笑，改换番号的这两个纵队都是黎星斗的心腹部属，各位幕僚也全是他副总指挥私人的，现在全都改做保安司令部的高参，名义上上升了一步，自然是个个高兴。俗话说，名不正则言不顺，有了名才有利，这是自古颠扑不破的真理。黎星斗明白，这间屋子里的人都明白，那位千里迢迢来投的黄参议更加明白。他本想拉皮条，将内人的侄女送给黎星斗做妾，结果失算了，但讨好的心思半分也没减，眼见这是改头换面的良机，岂能不顺着他的心思来出谋献策？

他借着这股东风，顺势而起，隐然恢复了昔日里的几分风度，侃侃而谈道："总司令，在下以为，这次是我们这些人千载难逢的良机，切切不可松懈了。眼下，天下纷乱，群雄并起，无非是三个词：队伍、地盘、粮饷。有了队伍，就有地盘；有了地盘，就有粮饷；有了粮饷，又能壮大队伍。三者相互依存，缺一不可。这次保安司令部下辖两个保安独立旅，这是远远不够的。那些多如牛毛的地方保安部队，看着图表，像是那么回事，实质上都是中看不中用。与其想方设法兼并他们，还不如咱们自己扩充。我想，三年内，至少得有六个独立保安旅供司令驱使，这样才足以与周边豪强相抗衡。在现在的基础上扩充人马，说穿了就是粮饷钱财的问题。扯起旗子，自然会有吃粮的人；有了银子买军火，自然会有卖主登门。所以，粮饷一事是当务之急，在下愿意替总司令拿出章程来解决。"

他这样一席话说到了黎星斗的心坎儿上，伸手一指，说："讲讲你的看法，我看中用不中用？"

黄参议索性离开座位走到地图前，在吴尚地区周边虚画了个圈儿，说："吴尚地面下辖 38 个大的集镇，富庶之地不过十之三四，七个纵队近三万人，勉强可以生存。但保安司令部成立之后，形势便有不同。方才在那边会议说的办法，也是无奈之举。但我想，仅靠那法子也有限，仍然是个半饱的模样。我的想法是，咱们这几年在吴尚实行的税赋方案还是太过宽松了，尤其是对那些大户财主们，太过手软。穷人指望不上，他们再指望不上，岂不是——"

黎星斗陡地睁大眼盯着他，说："黄参议，这税赋问题是总指挥定的，你要我违反？"

黄参议摇头笑道："司令误会了，我并不想让您去改变总指挥的方案，而是建议您针对那些富得流油的家伙做些工作。共产党新四军在这方面可比咱们强，他们的政策叫作打土豪、分田地。我们这个，就叫作给富人们瘦身，刮油，看到那些坐拥千亩良田，每日里数钱数到手酸的豪富，您就真的心怀仁慈？对他们的仁慈，可就是对我们自己的心狠，还是得想个法子来对付吧？"

黎星斗拦住他继续往下讲，语气严峻道："黄参议，这些事需要从长计议，不是一时半会儿就能够搞清楚的。今天，是保安司令部商讨未来发展的首次会议，只谈大略，不说细则。"

黄参议兴致勃勃正要讲要紧处，被这么一盆凉水浇下来，快快地回了座席，再不发一言。

会议一直开到半夜才散，众人点起灯笼，在巡夜卫兵的护送下各自四散。黄参议刚出了寺门，就有人等候在那里，凑在耳边嘀咕了两句。他一听之下，顿时改愁容为笑脸。待其他人走光了，他随此人回头进寺，去了寺里黎星斗暂歇的住处。

黎星斗脱了军装、马靴，坐在椅子上，手捻佛珠喃喃有声地诵了会儿经。等他睁眼时，黄参议正站在地图前出神，不由得笑了起来，直指旁边的椅子，招呼他坐下，说请他来共饮一壶酒，驱驱夜里的寒气，厨房已经做好菜肴，这便送来。

黄参议经他这么一拦、一请，心中有数，也就做出矜持的态度，笑而不语。

黎星斗屏退左右伺候的卫兵，亲自替他斟酒，笑呵呵地说："兄弟，先前在会议上，我阻断你的话，明白我的用意吧？"

黄参议拿起酒杯，啜了一口放下，目光垂落在那几样临时急火炒就的菜肴上，作悉心研究状，微微摇头，不知道是对这菜肴不屑呢，还是对他的话做出了应答。

黎星斗有些不耐烦，端起酒杯来杵在他的面前，说："这可不是做事的样子，一口干掉，谈正事，别跟个娘儿们似的扭捏。"

黄参议心意达成，拿捏火候，随即大笑，双手捧起酒杯，仰头一口喝了，将杯底朝对方一照，说："还是总司令爽快，我也就不藏拙了，这件事，你半途拦下的意思我明白，一要瞒住总指挥，二要谋划巧计引君入瓮。会议上人多口杂，保不准传出去，那就办不成事了。"

黎星斗哈哈大笑，说："你知道我的心思，不错！就把方才的话题续上，慢慢地聊，我仔细斟酌。"

黄参议所献的巧计，其实说破了，无非是桌面下蒙起布来所做的伎俩。黎星斗既然不能违拗黎星源所定的方略，就只能剑走偏锋了。吴尚城里据大致统计，商贾巨富、地主豪强至少也有200余家，分布在城内以及各大集镇，这些人当中，依旧在做生意和外界交通的至少占大半。保安司令部新成立，或者说复建，那么地方治安、防敌剿匪这一块，就要有专门的机构负责。黎星斗昔日曾在省保安处任专员，自然洞悉运作内情。如今既然苏鲁皖游击总指挥部里没有相应的部门，那么由保安司令部来填补空缺，是顺理成章的事。有了部门，行事也就方便了，黄参议毛遂自荐，愿意担当这个职位，扛起这面旗子，好便宜行事。这些富商地主，寻机扣上几顶帽子，那是要掉脑袋的。要脑袋还是要钱财，相信不难选择。按照人头计算，每家敲个五万大洋，200 家就是 1000 万，打个八折也得 800 万，这 800 万，用来购买军火，可以组建多少个独立旅那是明摆着的。这样做，上不通天，下不彻地，就拿有钱人开刀，为富不仁者优先，岂不是件大快人心的事？

黎星斗听他滔滔不绝的一席话，思忖了半天，点了一下头，说："这件事，你要保密，不得对外乱传。我明天公布保安司令部下辖各部名单，你这个参议依然不变，但给我兼一个侦缉处长的职务，我再拨百十号人给你壮声势。你给我记好，做事一定要把脚跟站稳了，师出有名才成。这些富商，也不是省油的灯，要是把事态闹大了，捅到总指挥那里，我得有反驳回护之词才行。"

黄参议举杯先干为敬，心中好不得意，谁说这乱世间只有好勇斗狠的角色才能平步青云？像他这种鼓摇三寸不烂之舌，只言片语便揽要职于怀中之举，想想史书中所记载的苏秦、张仪之流的事迹，绝非夸张，而是实有其事了。

这一刻，夜深人静，两支大烛映照之下的寺庙，想不到竟是成就黄参议多日梦想的地方。他放下酒杯，伏案望着黎星斗这位命中的贵人，悄声问道："总司令，以您的见闻，这吴尚城中，何人可以成为祭旗开刀的供品呢？"

十

贾慧这两天的睡眠，比前一阵子安稳了许多。她本不迷信，但是之前那些夜间的离奇动静让她寝食难安。她原本没法可想，可是有了林峰之后，某些事便可举手而定了。受她的委托，他指派勤务兵去城外杀了只黑狗，盛了半碗血送上门来。她拴紧门，将这热乎乎的血液照着花根处直线泼洒，再用清水反复浇灌，眼看完全融入泥土，这才松口了气。

奇怪的是，这个所谓镇邪法事完成之后，她的心随之平静下来，睡眠居然也奇迹般地正常了。她在这样的事实面前，倒也对那些道听途说的东西有了几分相信。一方面对林峰心存感激；另一方面也算是提振了精神，对于那些在迷雾中隐然逼近的威胁，有了抵御的信心。这一点，是之前几年逃亡生涯中想都不敢想的。

林峰对于这份远离故土，相逢故人，意外得来的爱情，十分珍惜。他只要在吴尚，几乎每天都会抽空来看望她。这对青年男女，女的温婉美丽，男的英武俊朗，俨然成为吴尚街头行人眼中的一道风景，和那些郁郁葱葱的树木、伸出院墙的桃花、屋脊上飞舞的风筝一起，养眼愉悦，让人放松心情，暂时忘却了周围日益紧张的局势和隐约传来的炮声。

黄太太站在绿杨旅社临街窗口，时常看到他们挽臂偎依、漫步而过的情形，心里百感交集，暗自感慨这世事的无常、人心的变幻。在督军府时，从督军到夫人，从女佣到门房，都清楚地知道，小姐许晓云的如意郎君是刘府的大公子，两人情投意合，如胶似漆，棒打不离，倘若不是在省城做事的督军府大公子回乡来，和刘府发生争执，出了那档子事，他们怕是早就办了婚事，成就佳话了，哪里还轮得到这个姓林的军官？这位林参谋家世如何，前途怎样，都是值得细细考察的。可是，这兵荒马乱的世道，哪里能办到呢？更何况她们的身份都有了变化，她由庶母变成了婶子，过问不了这些事了。

黄太太茫然若失，回到桌边，默默回想起过去在督军府锦衣玉食的生活，又想到起初恩爱时的好光景，恍如隔世，犹在梦里，真是不堪回首。她正自叹息间，黄参议昂然率众回来，进屋第一句话就是，这绿杨旅社的客房可以退了，他已经新觅了一个地方做公馆。承蒙黎总司令照顾提携，过去仰人鼻息的日子将一去不返了。

黄太太愕然，问他搬到哪里去住。黄参议笑容一敛，正色道：“盐商李府东隔壁，柳家花园。那里原来是四纵队杜仲的公馆，如今他改编成独七旅驻防许丰镇，那里有座更豪奢的去处可以享受，所以搬走了。这地方空下来了，就由总司令做主，安排我住进去。那去处有假山有池塘，有花有草有树木，正好可以让你闲着散心。”

黄太太听他如此说，嗯了一声便不多讲了，心底却有点舍不得这里。从这处窗口，看街头流水般来往的人群，看那对般配的情侣，揣摩世间的人情世故，那才是真正能够打发时间的。她自幼在戏班子时，就是个关不住的鸟儿，后来到了督军府，算是困居笼中，好不容易逃出来，逍遥了几年，如今又要被这后任丈夫重新关回，实在是不乐意。好在，此笼非彼笼，人还保留着自由进出的权利。这一份自由，弥足珍贵，单纯依靠身体的付出是得不到的。

黄参议上任伊始，先给自己张罗了一个公馆，树立起与众不同的形象，超过了身兼苏鲁皖游击总指挥部、省保安司令部两处副参谋长的尹天民。这鹤立鸡群的形象，有助于他代表黎星斗从事那些秘不见人的勾当。更何况，新公馆的位置独特，正在他们觊觎的盐商李府隔壁。这位盐商，今年算是运交华盖了，接连摊上两个晦气的邻居，真是命里注定，躲都躲不了。

柳家花园原主人一家，因避战乱全部迁往上海租界里住，宅子、园子都交由远亲代管，战时被军方征用，也是无话可说。眼见这次迎新送旧，换来了这位苏鲁皖游击总指挥部少将参议、省保安司令部侦缉处长黄某。新主人看似高调、实则低调地搬进来后，雇了两个女佣，听由黄太太差遣。一时间，吴尚两方阵营里，都有大量的人眼红。这浓眉的家伙，凭什么得了黎星斗的欢心，受到如此厚待？大家都互使眼色，默不作声地围观，看着下一步的动向，等待着底牌的揭示。

且说黄参议出任要职后，第一件事是换住处，第二件事就是以拜访邻居为由，登了盐商李西沅的厅堂。李西沅听说来了这么位近邻，底细全然不知，看在他手握实权的分上，只能客客气气地开了正门接待。

黄参议首度出手，力求胜券在握，所以把心里那份春风得意的劲头暂时抛开，神色间只当是寻常的邻里交往。但李西沅对于这些在吴尚落脚的丘八武夫们，却丝毫不敢懈怠。他明白，眼下这世道，最需提防又最不能得罪的，就是他们这些人。他奉茶敬烟，察言观色，想揣摩此人的来意。但黄参议从容的笑脸、文雅的谈吐，跟他所惯见的那些莽汉们又有不同，这倒令他有些受用，顺水推舟就从这一点儿特殊之处问起他来吴尚前的经历。

黄参议对于自己起伏极大的过去采取了扬长避短的方法介绍，只说风光时的事情，不谈落魄后的困窘，洋洋洒洒足足吹了大半个钟头。李西沅听他大讲在武汉时做税务官时的往事，大感兴趣，连说犬子也是在财政部门做事，不过先是在杭州做税务专员，后来随财政部第三处迁往上海，专署江浙一带的财税。目前，他已经内迁重庆，据说跟孔祥熙交好，日前还有信辗转寄到吴尚来问候呢。

他这么一说，勾起了黄参议的兴趣，吸了口烟，问：“这位世兄在重庆财政部做事？原来在上海待过？”

李西沅说：“他在上海待了两年，后来转进租界，再后来搭乘英轮去了香港，从香港飞到重庆。这小子，年纪比你估摸着还小四五岁，倒是什么都经历过了，比我这躲在乡下县城里的老头子强。”

黄参议听说他有这层和重庆的关系，倒是有意想攀交一下，先把原先的来意搁下来，试探地问：“这位世兄的名字是？”

“李侍中，”李西沅毫不在意地说，“我在这个宝贝儿子身上，那是下足了本钱，上大学、留洋，所学都是跟理财有关的。回国后，又托人在南京给他走路子，后来结交那些达官贵人，真是花银子如流水，这才有了今天这点儿成就和地位。这小子还算孝顺，远在千里之外，知道挂念留在家乡的老父亲，不时有家书来问安呢。不知道他在重庆怎么样了，听说日本飞机天天去轰炸，这从天而降的炸弹我见识过，地动山摇，真吓死人了。不过，老天爷还是眷顾咱们李家的。”

他滔滔不绝地说着，没有留意或者无法留意黄参议脸上的笑容变得勉强了，两只手微微地抖动着。他不知道儿子三个字的姓名赛过了日本人的炸弹，轰的一下将这位少将参议、侦缉处长炸蒙了。黄参议的脑海里刹那间浮现出一个穿白色西装，精心蓄着一弯细密胡须，戴着金丝边眼镜的男人模样。他当即就确定了李西沅口中所说的人就是这个人，经历相同，姓名相同，毫无二样。他认识此人时，此人是财政部驻沪特派专员，专管江浙两地的财税专款，权倾一时，是人人巴结的财神爷。就是此人，横刀夺爱，不费吹灰之力便将他那千娇百媚的年轻妻子从身边勾走了。夺妻之恨，以及在上海滩混迹时的耻辱，交织在一起，霎时变成了熊熊的烈火，几欲从他的眼中喷发出来。但他深呼吸了一下，爆发出一阵歇斯底里的大笑，这笑声响亮，在这高大的厅堂里回荡，让主人惊讶，不明缘由。

黄参议拱手作揖，说：“原来是李侍中，李专员，他是李老先生的公子？失敬了，咱们真是幸会。我和这位世兄在上海有些交往，交情不浅，但却不知道他原来是吴尚人。”

李西沅听他这么解释，喜出望外，原本的戒备心思早就放下，连忙吩咐用人知会厨房，整几样菜肴出来，中午他要留这位黄参议吃顿午饭。黄参议也不推辞，就势起身，想走几步散散心。李西沅连忙引路，带着他前宅后院走马观花，品赏着豪宅景致。走到最后一进栽着黄杨古树的花园时，黄参议仰头望着那近两丈高的围墙，问那边是谁在住。

李西沅撇了一下嘴，说："是个小学女教员，日本炸弹进屋哑火的那个女人。"

黄参议恍然，呵呵一笑，说："原来她跟老先生是邻居。她是我内人的表侄女，真是凑巧了。"

李西沅殷勤待客，一番游览后回到前厅，酒菜已经摆好。两人坐下来对酌，聊些家常琐事。黄参议趁势大为感慨，说："老先生这份家业积攒不易，但在这乱世之年，维持也是不易的。日常开销可还应付得了？"

李西沅苦笑，说："难啊，你们驻军的捐款费用，一家几十口人的吃喝拉撒，平日的开支，都是数目不菲的，偏偏我祖上留下来的那些田亩都在几百里外，成了新四军共产党的囊中之物，虽然还没分我的田地，但是佃农们都抗租了，连着两年收不着，这日子可是愈发艰难了。"

黄参议佯作叹息，劝慰说："既然这样，何不做些生意？你是从商的，买卖上自然是驾轻就熟的。"

李西沅摇头说："不瞒你说，做是做了一点儿，但你知道，外面各方势力交错，关卡林立，雁过拔毛啊，利润的大半都被蚕食掉了，能保本已属不易。我正寻思呢，想找位得力的朋友来帮助撑持，你既然与犬子有旧，咱们何不携手合作？你不用出资入股，我算你一份干股，只借你这杆大旗用用，利润分你三成，不知意下如何？"

黄参议笑道："好啊，就是不出股金，坐享其成，实在是不好意思了。"

第三章

一

贾慧得知黄太太随丈夫乔迁新公馆的消息时，已是他们搬家之后两天。当时，林峰在陪她散步到绿杨旅社门外时，邀请她上楼去坐，顺带着说了这件事。她本来心里迟疑，想避开这个让自己难以放心的黄太太，但闻讯之后，反倒起了好奇心，饶有兴趣地问："那位黄参议难道飞黄腾达了？她命中注定要跟贵人同床共枕？"

林峰冷笑，说："飞黄腾达算不上，但小人得志是有的。他抱住了黎星斗的大腿，甘为马前卒，做了侦缉处长，干上了得罪人的活计。"贾慧思忖侦缉处长这个官衔，问："是专干抓捕人的勾当吗？"林峰点头，说："所谓维持治安，缉拿通敌分子，手操生杀大权，够威风不？"贾慧说："悬，这真是得罪人的职业，小心谨慎外还要积点阴德才行。"林峰笑了，说："也是件好事嘛，他坐了这位置，抓捕人就方便了，有人想摆布你，这位表姑父可得替你撑腰啊。"

贾慧啐了一口，说："这家伙，鬼心眼不少呢，是个马屁精。他那些坏点子，提起来就生气，不提他也罢！"

林峰半带戏谑地说："别生气，他们搬家反而离你近了，也成了李盐商的隔壁邻居，不过是在李府的北边，柳家花园。是个好地方吧？有空去看望看望这位表姑妈，她这么个人，困在那里，不闲死也得闷死。"

他们站在旅社门外闲扯起来，旅社老板一脸怨气地出来，碰个正着，摇摇头说："林参谋，你给评评理，这人呀，一阔就变脸，升了官该给的房钱反而比过去少，足足又打了五折，扔下票子就走人，做人能这样吗？”

林峰问：“你说的是——”

老板手朝头顶指指，说：“黄，除了他还能有谁？”

林峰笑了几声，拍拍他的肩膀，说：“人不是搬走了吗？算了，给钱已经不错了，再计较也拿他没辙。”

老板哼了哼，说：“是啊，权当送瘟神吧。还好他们一走，就有新客人住进来了。人家爽快，先预付了半年的租金。我也爽快，给他打了八折。做人就要这样，你敬我一尺，我敬你一丈，那才有意思。”

林峰听得入神，打听一句新来的房客是什么人，老板说是做猪鬃买卖的，据说跟省府、重庆方面都有关系。这东西是要通过沦陷区运到后方的，有多少美国人收多少，真是一本万利的买卖，但不知道有多少人眼馋着呢。

林峰听他这么一介绍，顿时起了兴致，问这新客人姓什么，老板说姓刘，这位刘老板据说和重庆、上海的出口贸易行是一伙的。林峰若有所思，说三十三师的驻地就是苏北猪鬃的集散地，有空聊聊，说不定有利可图呢。老板半开玩笑地说到时候可要带上他一份，有财大家发嘛。

他们打着哈哈，在街头分手。

贾慧不解地问一句：“你还会做生意？”

林峰微笑摇手，没有回答，伸手揽住她的腰肢，说：“我得想法子挣些钱，不然，日后拿什么来娶你这位千金小姐呢？”

贾慧一笑，挣脱他的手臂，正要说话，林峰的勤务兵背着枪匆匆过来了，向他敬礼后报告说电台刚刚收到几封本部的电报，事态紧急，请他速回联络处。林峰有些意外，但是仍然锲而不舍地再度伸手将贾慧重新揽住，说：“你先别忙走，想知道你托我查询的那件事的回信吗？跟我去联络处，那地方你还从来没有进去过呢。”

贾慧本来就惦记着那个前工兵曹三的底细，现在听说有了消息，再加上从未进去一睹他工作所在的虚实，岂有再矜持推托的理由？她意态亲昵地偎依在林峰身边，在街角转了个弯，向联络处走去。

三十三师联络处，与其说是该部设在吴尚的联络机构，还不如说它是三战区在吴尚埋下的一枚棋子。国军第四十五军军长孙文规，兼该师的师长，三十三师是本军主力师，四十五军依靠该师，成为三战区的精锐主力，在对外对内数次战役中战功卓著。因此，孙文规又兼了三战区长官部的要职，是上官云相的得力干将。所以，在吴尚，二黎是不敢以少校参谋的身份来小觑林峰的，而是真正将他作为三战区、四十五军、三十三师的正式代表来对待。

联络处设在都天行宫北侧一排厢房里，另外开了门朝外，三十三师派了一个加强排来警戒守卫，里面一共设立了三部电台，分别用于和长官部、军部、师本部联络，报告吴尚地区的情况，成为皖省山区的总部俯瞰苏北平原的一双眼睛。

林峰挽着贾慧进了门去办公室坐下，三封密电已经放在他的桌上。他先拣女友感兴趣的那封电报拆看，然后递给她，说："你的猜测是对的。"

贾慧心脏一阵狂跳，忙不迭去看，只见电报内容明明白白地写着：曹三，民国 ×× 年随曹县民团征入三十三师，任工兵下士排弹手，于台儿庄外围作战中负伤离队，至今下落不明。

贾慧咬咬嘴唇，缓缓地坐下去，这些文字印证了她的猜测，他是曹县民团的团丁，这民团是老督军下野后为保性命和家业出资建立的一支私人武装，挂着保境安民的旗号，实质上一直在守卫督军府和城内外的田庄产业。曹三那天在拆弹前冲自己诡秘地一笑，说明他已经认出了自己。这一点成立了，他半夜潜逃，随即被人杀害的结局，也就绝对不是警察局所做的谋财害命的定论了。她的直觉从起始到现在，都没有偏差，吴尚确实有人在暗中窥探着自己。他们都是些什么人，具有怎样的背景，跟她所疑心的黄太太有无瓜葛？那封出自老督军手笔的信函，就是从他们手里转发的吗？用了吴尚的邮戳，是意存恐吓，还是逼她离开？这一连串的疑问，如同暗沉的底部漂浮上来的泡沫，让她目不暇接，几乎跟不上节奏了。

她急速地喘息着，去看林峰。林峰却手拿电报，陷入了沉思。

她追问一句："你干愣着干什么？"

林峰被她的声音惊醒过来，把手里的电报用火柴点了，丢在脚下的铜盆里，说："没什么，局势微妙，让人对前景担忧。"

林峰手里的另两封电报，一是四十五军转发的长官部密电，电令麾下各部配合韩德勤向新四军军部展开进攻。苏鲁皖游击部队，保安独立七、八两旅为左路军，向东向北，攻击新四军二师所部，使其无力驰援军部，力争此役将其主力击溃。二是四十五军电文，要他严密监视吴尚二黎的动向，胆敢违抗军令，将黄桥之战的故技重施，决不宽恕。

林峰掉头看着这位眉清目秀的女子，笑道：“你是对的，那曹三应该在督军府待过，你这位千金大小姐，是天天见得着的。多年之后，你改了装束，换了气质，但是那张 18 岁时的照片，足以验证他的怀疑。他认出了你，却没说出口，是仍有疑惑，还是对他而言，这只是件意义寻常的事情，根本没有兴趣理会？”

贾慧摇摇头，说：“在吴尚，必然还有知道我身份的人。他们躲在暗处。我想，也许只有一个人清楚他们的情况了。”

“谁？”林峰问。

“黄太太。”贾慧斩钉截铁地说。

二

三战区司令长官部密令下达后三天，所辖各部开始动作，由韩德勤所率八十九军以及新建独立六旅，加上从安徽赶来助战的国军八十八师主力为主攻力量，前锋直迫新四军军部。日本驻军各部前出据点，警戒旁观。

二黎接到的密令是主动攻击新四军二师，不求歼灭，只求拖住该部，难以分身驰援军部。得了这军令，黎星源、黎星斗二人免不了要密谋一番，商议对策。在他们眼里，新四军重建之后，所属各部分布在五省之地，邻近盐城军部的主力只有二师，拖住了他们，合击其军部就胜算较大。但是二师辖众近万，是黄桥之战的主力，战斗力之强，有目共睹。二黎自己心里明白，吴尚所有部队倾巢而动都未必是人家的对手。更何况，他们近几年来一直是友非敌，撕下脸皮来动手，实在是不好意思。

这一仗，黎星源根本不想打，黎星斗心存试探，想用保安旅的名义响应，先向前逐步推进，新四军抵抗的话，就地坚守，作鏖战胶着状；新四军远遁，不去尾随，只要地盘、钱粮。

黎星源思索良久，觉得不受命动一动是瞒不过去的，那就来个外甥打灯笼——照旧（找舅），由独立七旅为先锋，八旅殿后，以每天十里的速度向前缓慢推进，估计这次新四军不会硬扛抵抗，他们要飞速回援才是真的。他和黎星斗约定，这次进攻所占的地盘全部交由保安司令部管辖，逐步地和苏鲁皖部队的防区分割开来，做形式上的区分，但形分神不分。黎星斗自然明白他的话意，当即一口答应了。于是，返回光孝寺总部，发电三战区长官部、省府，奉命出战。

然后，黎星斗在光孝寺召开军事动员会议，进攻新四军。会议开得简短，部署也简单，以稳为上，保存实力，不做硬拼。会议之后，六纵司令程兴柱被黎星源召见，留他在吴尚城里住三天，每天由各纵司令轮流坐庄，请客吃饭。三十三师联络官林峰自然也在受邀之列。

这欢宴办了两天，第三天便被城外传来的战报阻止了。保安独立第七旅出城之后，长驱直入新四军新建根据地，第一天走了 10 里，第二天见无抵抗，胆子一大，向前突进了 30 里。夜半时分，突然遭到意外的围攻，激战不到四个钟头，全军覆没，少将旅长杜仲及部属 5000 余人被俘。黎星斗亲率独八旅驰援，苏鲁皖另外两个纵队跟进策应。开始，这支围歼独七旅的新四军部队已经金蝉脱壳，不知所踪。后来根据情报获悉，此役为二师一旅所为，一战震慑二黎之后，追赶主力，参加军部保卫战去了。

黎星斗上任伊始，雄心勃勃，意气风发，想不到一战便告惨败，所倚仗的劲旅被歼，一时间气愤、沮丧、慌乱，百感交集。黎星源安慰他不要因这次失败而丧失信心。他愤愤不平，大骂新四军这次太不够朋友，怎么招呼不打就动手了？黎星源苦笑，说一来人家兵强马壮，不把他们放在眼里；二来规定每天前进 10 里，大家彼此心中有数，可是独七旅第二天就头脑发昏，冒进 30 里，人家能不教训？这 30 里路，拉开了和后续部队的距离，他们岂能不照单收下？不过，估计这次枪械装备是没了，但人还能回来。有了人，还怕没有希望？

黎星斗对这点倒是深信不疑，气咻咻地笑道："这帮饭桶，咱们当宝贝，人家当垃圾还不肯收呢。他奶奶的！真是丢人，这次丢人丢到家了。"

黎星源干笑几声，说："祸福相依嘛，打电报给三战区和省府，请求增援，把损失一个旅的数字再扩大三倍，我们两个独立旅一个游击纵队，与敌激战两昼夜，全军覆没。你吧，左臂受伤，死战不退，是被卫兵硬抢下来的。从今天起，就要委屈你把胳膊缠吊起来，装出伤员的模样。这次多路合围，二黎率先出战，率先战败，无力进攻了，抽身出局作壁上观，看戏吧！”

黎星斗一想也是，于是转恼为喜，招呼军医进来，将自己扮成负伤的模样，出门后跨上马，在吴尚城中转了一圈，做个展示，不怕三战区、省府的耳目瞧不到。

黎星源的预测件件灵验。战后第六天，独七旅旅长杜仲率部众4000余人，挎着步枪徒步返回吴尚，重武器都被新四军留下了。他进了城，先去光孝寺，见了黎星斗，扑通一声双膝跪倒，号啕大哭。

黎星斗又喜又恼，一把将他拽起来，说：“算了，人回来了就好，装备是身外物，有人就有枪，明天你去军械处，我跟总指挥商量好了，把原来准备充实六纵的那批武器拨给你们。战役检讨，歇几天再说。这次新四军下这么重的手，我们都觉得意外。看来，对于朋友也是不能太过信任的，日后自有说法。”

他打发走了独七旅一众人等，回到司令部，查问外面的战事进展。参谋长左手拿电文，右手举着木棒，在悬挂的地图上比画。这次战役，新四军第一仗选的就是左路二黎，将独七旅击溃后，迅速北进。盐阜方面，新四军直属部队前出100余里，在独立六旅的行进路途上设伏，选择了黄昏时出击，全歼该部。八十九军赶来援救时，战斗已经结束，留下遍地尸体。第八十师是国军主力，担当针对新四军黄克诚部的正面作战。双方交火后，血战六小时，无法突破对方的防御阵地，呈胶着状态。但右翼遭受挫败后，发现了日夜兼程赶来的新四军二师先头部队，有遭受夹击陷入重围的危险，于是决定主动撤退，慌乱中来不及通知八十九军，致使该军两个团被歼。目前，韩德勤正收缩部队，向北靠拢，请求三战区的支援。三十三师已经衔命出发，前锋出固镇，和八十师右翼汇合。省府再下电令，苏鲁皖各部、保安独八旅全面投入攻击，迫使新四军主力分兵阻击。

黎星斗飞快地捻动佛珠，喃喃地骂道：“奶奶的，还要老子出兵？一夜之间就丢掉了一个独立旅，哪里再经得起折腾？”

他闭目养了会儿神，睁开眼再看看地图，拿起电话来接通了黎星源公馆，跟他商量应对策略。黎星源在那边打了个哈哈，说出兵吧，独八旅星夜启程，分成三路纵队，中间相隔十里，马不停蹄，以一天的路程为限，向东100里，将所有重要集镇全都拿下；独七旅草草整编后，赶紧去接防。

黎星斗迟疑了一下，恍然大悟，拍了一下桌子，说：“大哥，还是你棋高一着。我还担心新四军再设机关呢。完全不必为此费心劳神了。他们如今集全军之力，要跟省韩拼命，哪里有心思理会咱们？吴尚向东100里、200里都是安全地带。”

他当即下令，独八旅依照计划出发，先拣富庶集镇占领，独七旅领枪后在城西校场整编归队，依旧出东门向东，接应独八旅。这万把人的队伍出了城，向东进发，果然是一路无阻，这次他们谨遵命令，不敢逾越雷池一步，到达指定区域后，就地驻军。先前受挫的独七旅分兵入镇，设下防线，“清剿”一番共产党留下的小股游击队后，这才稍微安心。

黎星斗密切关注前方动静，直到收悉平安回报，才放下心来。他丢下电话，赶去黎星源公馆，再度跟他面商。

黎星源不久前和省府方面通了电话，一开口就以责怪口气抱怨说奉命出征，没个好报，一照面就丢掉一个独立旅近万人，再这样几仗打下来，苏鲁皖就完蛋了，剩下他这个光杆司令，拿什么来守吴尚？这地方一旦被日本人或者新四军占领了，省府也就唇亡齿寒，没几天安稳日子过了。这次，他是按照约定打响了头一枪，省韩以及三战区长官部的承诺，可不要脸一抹就不认账了。韩德勤正焦头烂额，被他这么一通诉苦，无话可说。人家是遵守协议出兵的，真枪实弹地干了一仗，丢掉了一个旅，蒙受重大损失。本来就没有谈及胜负问题，而且也根本不指望这支杂牌部队、乌合之众能够打赢新四军。但是，他的承诺现在是真的兑现不了。此役再败，重庆那边他无法向蒋委员长交代。但此时，又不能冷了对方的心，于是避虚就实，主动提出拨发三个团的装备给黎星源，用以弥补他的损失。另有大洋5000，直送黎星源的公馆，由他私人自由调度。

黎星源得了实惠，对于那个三战区副司令长官的虚衔，一是没有奢望，二是抵不上这眼前实在的补偿，也便就此一笑了之了。这几千条枪，他没打算给黎星斗来重建独七旅，而是想借此组建新的纵队，填补改编之后留下的空缺。正筹划之际，突然见黎星斗登门来了，心中顾忌，以为省府划拨计划走漏了风声。

他稳了稳情绪，请黎星斗到后宅去用茶。两人一见面，黎星斗就抑制不住兴奋，摩拳擦掌说：“大哥果然神机妙算，新四军主动撤了，咱们在这里也算是坐收渔翁之利了，既得了地盘，又敷衍了省府，老子报称大捷，毙杀敌方数千人，立奇功一件，总算把肚子里憋着的一口气给出掉了。”

黎星源暗暗放心，点起烟来，仰面望着在空气中飘荡的袅袅烟雾，说：“我算了下，这向东100里，向北向南近300里，富庶的集镇40余座，养兵、征粮、收税，两个独立旅绰绰有余。你守住了这块地盘，等战事有结果，我秘密走一趟，跟新四军那些首脑人物碰个头，力争双方在眼前这个现状上划分地盘，将它长期掌握在手。到时候，以江延大镇为中心，再成立一个县，那咱们就拥有两县之地，控制了整个江苏中段最肥沃的田地，以及沿江渔业和交通枢纽，拥兵十万，问题不大。”

黎星斗连连点头，深以为然。因此，二黎在“剿灭”新四军的战役中两度出兵，先败后胜，发捷报向战区长官部、省府请功。而这时，韩德勤所率残部在三十三师、八十师两支国军精锐的支持下，正和新四军作殊死激战，无暇理会。等到战事结束，麾下黄桥战役后重新组建的部队再次化为乌有，他所统率的省政府，已经沦为空头机构，不得不退缩回原来的驻地，再也无力主导江苏的形势了。

三十三师、八十师两支客军，助战苏北，各自有一部遭受灭顶打击，被新四军整建制地消灭了。这两支部队都是参加过皖南事变，立有战功的，番号一经显示，新四军方面就倾全力围攻，不惜代价，誓雪前耻。这二次进攻新四军军部之战，成了他们的噩梦，溃败而逃，尸横遍野。在返回原驻地的路途中，为泄心头之愤，为抚官兵之怨，索性一路敲诈地方、鱼肉百姓、强征民夫，弄得怨声载道，民不聊生。

一场“剿共”之战，由此变为闹剧。重庆方面，朝野嘘声一片。南京汪伪政权和日本人，彼此弹冠相庆，都觉得此次是上天赐予的一个良机，正好可以借此机会来收拾这片残局。

三

炒豆般的枪炮声，在吴尚城东数十里绵延了近半夜。将城中百姓从睡梦中惊醒。这次的动静比黄桥战事时要近许多，有的人以为是日本人打过来了，躲在被窝里号哭；也有明事理的，知道东边是新四军的地盘，估计是苏鲁皖的部队跟他们干上了。但这似乎又有疑点，满城都传说二黎通共，通着通着，通成了兵戎相见，岂不是笑话？

天亮之后，才有确切的消息。原来是黎星斗的独七旅去蹭新四军的便宜，给人家包了饺子，谣传这几千人马都被打死在运河沿岸，横尸十几里，连河水都染红了。

对于这样的形势变化，小学教员贾慧是难以厘清头绪的，她要去找新晋恋人林峰，查明真相。新四军或者省府部队来占了吴尚，她都无所谓，唯一紧张的就是日本人。她那个下野督军老子随后就能赶到，那时，再作他想，是绝无可能了。这三年来在吴尚的安逸生活，再加上近日来和林峰的恋爱，削弱了她原本坚强的意志。柔情蜜意，本是蚀骨毒药，这句话一点儿也不错，她深受其害，深有体会。

清晨，她来不及吃早饭，先匆匆去了绿杨旅社，可是林峰不在客房，伙计说他一夜未归，怕是和这夜里的战事有关了。她顾不上歇脚，再度转往都天行宫三十三师联络处。但守门的卫兵说林参谋不在，昨晚出门参加宴席，至今未归。她有些慌乱，又不便多说，因此留下口信让卫兵转达，等林参谋回来时请他来找自己。卫兵看得出她和林峰进进出出的亲密关系，笑嘻嘻地一口答应。

整个白昼，贾慧在学校里心不在焉，忧心忡忡，好不容易等到太阳西沉，依旧没有林峰的信息，只好又去都天行宫和绿杨旅社走了一遭，林峰还是没有露面。她的双腿有些发软，忽然意识到，身边少了这个男人，自己将重新恢复到孤立无援的地步。而目前所处的境地之凶险莫测，比以往任何时候都严重。更为要命的是，过去她曾经两次历险，每次都是一嗅出危险的苗头，就不顾一切地迅速脱身，绝不在险地多逗留一步。可是现在，她已是欲走不能了。种种原因的制约让她疲惫，让她再也提不起精神来跟命运作抗争。她本以为可以借助林峰这宽厚的肩膀暂作休憩，可是这陡然的失落让她省悟，当下的自己已不是那个敢作敢为、无所牵挂的女性，她已成熟，已经衰老，她已经沾染了这座城市中居民集体携带的“病毒”，跟他们一样变得消极、懈怠、听天由命了。

贾慧坐在院子里的木凳上生火煮粥，守在铁锅前凝望着沸腾翻滚的粥汤，竭力控制着自己纷乱的思绪。这锅粥煮了一个钟头，小火慢燃，香气四溢，收汤后，厚实的一层油膏状的米脂覆盖在粥的表面，宛若极上等的和田白玉。她用勺子将这层粥皮刮进碗里，拣了根爽脆的酱黄瓜，搁在碗沿，正要享用。

外面突然传来急促的敲门声，伴随着熟悉的叫门声："慧，是我，快开门！"

这是林峰的声音无疑。贾慧立刻放下碗，一路快跑穿过庭院，抽开门闩，林峰仿佛久别重逢的样子，身体前倾一把搂抱住她的脖子，就势进门。然后，他松开手声音微弱地说："快关门，关门。"

贾慧赶紧关门，再转身来端详他，只见自己方才牵挂的情人脸色苍白，穿着一套土布军服，头发散乱地倚靠在门柱上，像是随时会瘫倒。她关切地问他这是怎么了，这两天去哪里了。

林峰重新俯靠在她的身上，悄声说："去屋子里说话，我受伤了。"

贾慧吓了一跳，赶紧扶他进了东厢房自己的卧室，点起油灯，来探视他的伤情。林峰脱掉身上脏兮兮的军服，左上臂处包着绷带，血迹渗透出来，隐隐可见。她咬咬牙，拿起剪刀来替他拆开绷带，剥除一层层纱布，露出创口来，不禁捂住嘴低低惊叫了一声。这是处穿透臂膀的弹洞，子弹透体，形成一个贯通伤。

林峰看着自己的伤口，说："刚才进城时，有保安司令部的人设卡，你的那位表姑父领头，我为了躲他，翻墙头时用力过猛，把伤口挣开了。我的衣兜里有伤药，你给我重新敷上止血，再重新包扎好。这处伤口，不能被外人瞧出来，不然的话，可有麻烦了。"

贾慧按他吩咐的先烧开水，清理了一下伤口，再用那些纸包的褐色药膏抹在创面上，依样画葫芦般将绷带、纱布缠绕包扎。林峰脑门上豆大的汗珠往下滴，疼得几近休克，喉咙里不时发出一两声低沉的喘息，直到包扎完毕，才长长地吁口气，身体松弛下来，说："我借你这儿先躺会儿，夜深了再走。"

贾慧"嗯"了一声，拉过被子来给他遮盖上，转身去处理掉那些带有血渍的棉布军服。她的心底生疑：这是怎么一回事？明明是三十三师驻吴尚的参谋联络官，为什么要假扮独立七旅的士兵？还有，这枪声是从何而来？难不成他昨天夜里也卷入了战斗？他冒充独七旅的人去打仗干什么？为什么要躲避那个黄参议呢？这些事做得如此隐秘，必然隐藏着一个重大的秘密，看来，这位昔日的追求者，眼下的恋人，也对自己刻意隐瞒了。她心中有些气愤，想叫醒他当面质询。

可是，当她走到昏睡的林峰面前时，就着暗淡的灯光瞅见他那张失血、疼痛而憔悴的面容时，一股女性的怜悯柔情涌上心头。她轻轻叹口气，吹灭了灯，坐在黑暗里借着窗户透入的微弱月光，注视着这个男人，久久地发愣。

不知过了多久，盐商李家和隔壁李嫂饲养的公鸡，几乎在同一时间齐声啼鸣，将黑夜驱逐远去了。天幕由灰白转为湛蓝色，宛若宝石。这样的天气，早起的人无不神清气爽，在初起的晨曦下伸展四肢，活动筋骨。

当然这其中也包括那位曾因枪伤和奔波而筋疲力尽，适时地在女友闺房里安睡一夜的林峰少校。林峰睁开眼，蓦然瞧见贾慧俯伏在床边，长发如瀑布般纷撒在自己膝盖位置上方的被面处，不由得惊呼了一声："糟糕！"

他说糟糕，不是因为自己耽于睡眠误了事，而是发自内心的一种愧疚。他竟然在心仪爱人温软的床榻上整整睡了一夜，而她竟衣不解带地在照顾自己。联想起平日里自己总是拍着胸口信誓旦旦要成为她的依靠，结果反过来却连累她来照应自己。

贾慧半夜时困倦难熬，不知不觉就睡着了，天亮时被林峰惊醒，抬起头，也惊讶地低低喊了一声："哎呀，天居然亮了。我忘记半夜叫醒你了。"

林峰赶紧起床，将那件军服卷起来，扔在墙角，说："这下子还得累你走一趟了。我写张字条，你去绿杨旅社替我取一套便装来，就说是帮我拿去洗的。伙计们都知道我们的关系，会让你进去的。我换了便装，才好出门。"

贾慧说："取衣服可以，但是你得讲清楚，这鬼鬼祟祟的是在做什么？为什么弄成了这副落魄样子？"

四

对独七旅横遭新四军歼灭一事，黎星斗表面上装作若无其事，暗地里却着实怀疑，他下令侦缉处在城里设立关卡盘查那些没有随大队返回的散兵游勇，并单独召见了旅长杜仲，关起门来盘问那天突然违反命令突进 30 里的缘由。

杜仲说那天整个就是莫名其妙，自己没有这样的命令，可是先头团突然行进加速，毫无征兆地陡然向前 20 里。他派副官快马赶上时，已在 25 里左右。副官传达口令，停止前进。团长也是一脸的迷糊，说是遵从旅部的命令，是通信兵骑马来下达的。他就此下令行进队伍停下脚步，可是前锋连已经抵达三十里铺村子，响了两枪。大家都以为有情况，谨慎起来，派人前去查看。这个连已经在村子里捉鸡宰鸭，生火做饭了，回禀说什么事也没有，几发子弹就把十几个共党游击队赶走了。他听了回报后，想一想，不在乎这五里路，索性拣着那个村子歇脚宿营，明天就不动了。旅部副官目睹了全部情况，赶回去向杜仲报告。杜仲不放心这个团孤悬在外，无奈之下命令另外两个团跟进，抱成团一起宿营。结果，上半夜没事，下半夜四下里杀声四起，新四军主力杀到，火力之猛，兵士之强悍，比黄桥之战时犹有过之。独七旅本来就不善夜战，以己之短逢敌之长，稀里糊涂地一通抵抗后，只得束手就擒。那些新四军只收缴重武器和弹药，留下步枪卸去子弹，仍由他们自己背着，派一个连押着朝南走，在一处湖塘洼地里待了一个白天，这才释放他们。

黎星斗摸着自己的后脑勺，踱了一圈步，让杜仲回去查那个先头团的详细情况，最好把营、连、排级的军官都先扣押起来，审个水落石出。为什么要拣三十里铺歇脚？另外，全旅追查那个传达假命令的通信兵。他隐约看出点端倪，这次独七旅被歼，有人在中间做了手脚，手法也是匪夷所思的，这每天行军十里，是双方的默契，照这样，根本不可能出现遭遇新四军攻击的情形。可是，一旦主动违反了这个默契，人家动手就师出有名了。这些心怀叵测的家伙故意搞鬼，让独七旅犯错，授人以柄，导致这样的下场，真是其心其行皆是可诛。

他打发走了杜仲，走出指挥室，正好瞧见新任侦缉处长黄参议走进寺门，忙挥手叫住他，询问在城门口设卡盘查的结果。

黄参议说所有带有独七旅番号的散兵游勇都被羁押盘查了，先跟花名册比对，再由同单位的人认领回本部，没有发现任何可疑的迹象。但有密报说，发现有极个别的穿独七旅军服的士兵翻墙避开关卡进了城。他已经下令全城搜捕。这个人如此躲避，必定可疑，决不能放过。

黎星斗点点头，问了一句："你猜猜，这个人的背景会是新四军吗？如果不是，又可能是谁？"

黄参议未加思索，脱口答道："据卑职看来，此人是新四军内线的嫌疑极大，这一出冒进的闹剧，是有人捣鬼，筹划得极其精准，为什么要在三十里铺宿营？为什么新四军在半夜时攻击？这都是事先有了准备的。目的就是杀一杀副总指挥，不，总司令的锐气。"

黎星斗默然良久，呵呵苦笑几声，说："他们对我很不放心，只把总指挥当朋友。郭镇一战，我跟他们结下了梁子，怕是消除不了的。"

黄参议连声称是，凑近过去，轻声说："早知道这样，就由苏鲁皖名义下的纵队在前面打头阵了。新四军看在总指挥的面子上，不好意思动手。以保安旅的名义对付他们，是要吃亏的，日后再有行动，心里就有数了。苏鲁皖对共产党，保安旅对省韩，大家一团和气，皆大欢喜，岂不是好？"

黎星斗拍拍他的肩膀，说："你全力以赴办这两件事，明白吗？"

黄参议会意地直起腰板来，敬了个很不标准的军礼，转身便出去了。

离开光孝寺，他骑马带着随从去督查城里的搜捕情况。在绿杨旅社附近，遇到了自己亲手提拔的心腹，侦缉处马某，问他事情的进展。马队长说这事倒奇怪了，那人进城时，正值黄昏，他避开哨卡，翻过万字会的围墙，从西边的旁门出去，一路上都有目击者，但偏偏在天禄街一带就没了踪迹。那时候，天还没有黑透，按理说是不会凭空消失的。黄参议竖起鞭柄指示说，以天禄街为重点，挨家挨户地搜上一搜，千万要找出这个人来，总司令惦记得很呢！

他在路口发号施令、威风凛凛时，绿杨旅社里，林峰少校一身戎装现了身，隔着街道冲黄参议敬了个礼，颔首致意。

黄参议想起军报中的消息，笑道："据说三十三师也参战了，林参谋有没有披挂上阵的兴致啊？"

林峰摇了下头，说："恪守职责，与贵部做好协同，就等同于上阵搏杀了。这次贵部首战失利，后面该当如何应对？"

黄参议手指朝天，说："有两位总指挥运筹帷幄，就轮不到我来操这份心了。咱们各尽其职就是了。"

两人道别后，黄参议狐疑地盯住此人的背影看了一气，心里感觉似乎哪里有些不对劲。他暗暗分析，单从外表、行走的标准军人姿势上看，这位少校参谋似乎是无懈可击的，可是，就是只可意会不可言传的那么一点窝在他的心里，说不出的别扭。今天看见的林参谋，跟以往所见的就是有一些不同，这个不同点，无可名状，令他陷入一丝焦虑当中。

吴尚是座县城，规模不大，天禄街和府前街彼此纵横交错，呈十字形状。从东门哨卡过来之后，顺势拐个弯子，沿着天禄街走，不过一里半的路程，但其间巷陌杂陈，毫无章法地将这条街分割得零零碎碎。

黄参议纵马而过，大略地数了一下，街边总共有 12 个巷口，那个穿独七旅军服的可疑之人想要从这里脱身，那是太方便了。不过前提是，他必须在这附近有个落脚点，可以从容地换掉衣服。万一如此，那就真没法子可想了。他心底有些懊恼，扭头不经意地望去，斜对面不远处，竟是老婆那位远方侄女的住处。

他哼了一声，双腿一夹马肚，向前而去。没几步，突然听得前面马队长发一声喊，冲进了路边低矮的土地庙，双手揪出个穿独七旅军服的人来。众人一拥而上，将他按倒在地，用绳索横七竖八地捆成了粽子。

黄参议大喜，翻身下马，大步过去，用鞭子的手柄抵住那人的下巴，使其仰起脑袋，只见此人满面泥垢，蓬头乱发，肮脏无比，不由得大笑一声，说："带回去，先给洗个澡，装成这副模样就以为脱得了身？那是白日做梦！"

黄参议自得于那句老话：踏破铁鞋无觅处，得来全不费工夫，心中自赞自夸自己是个福将，心想事成，不费吹灰之力，就抓到了这个嫌犯。他们一行回到侦缉处后，先让马队长等人剥光了这家伙的衣服，拎了几桶井水，劈头盖脸地给他冲洗，再拿皂角清理一遍，整理出了原来的面目，这才双臂反剪，押到审讯室来。

黄参议脱下外套，依旧手拿鞭子，一脚踩在凳子上，冷眼看他，说："上天入地，也逃不出爷的手掌心。你就老老实实交代了吧，不然，有大苦头吃！"

那人本来正躲在土地庙神像脚下酣睡，被这一通摆弄吓得魂不附体，直到此刻，才稍微回了点神。眼见黄参议面目狰狞地居高临下俯瞰自己，心里害怕至极，双膝一软扑通跪下，大哭道："长官饶命啊！我再不敢抽大烟、吸白面了，打死都不敢了！"

黄参议劈面啐了一口唾沫，骂道："放你妈的狗臭屁！避重就轻想蒙混过关？没门！说说你穿上这件军服后在独七旅所做的见不得人的坏事。"

那人呼天抢地，连喊冤枉，说那件衣服是从垃圾堆里捡来的，看看上面除了有点血迹外，还算齐整、干净，比自己身上的破衣烂衫要好多了，这才换上。黄参议不耐烦听，吩咐先吊起来，亲自用马鞭胡乱抽了二三十下。那家伙杀猪似的哭喊求饶。黄参议歇手，问他的姓名、身份，他说姓郑，排行老三，人们都叫他郑小三儿，家里是开粮油铺子的，本来丰衣足食一切都好，可是受歹人引诱，先抽鸦片后吸白面，上瘾难戒了。被老子发现后，一顿死打，逐出家门，无处栖身，就在乞丐堆里瞎混，有一顿没一顿地蹭日子。

黄参议先是不信，让侦缉处的本地人来认，结果大失所望，此人真的是那个败家子郑小三儿。黄参议不甘心，依然狠揍了他一顿，逼问军装的来历。郑小三儿惨叫连连，老实交代，说是个女人扔的。他正在土地庙里睡觉，听到有脚步声，睁眼瞧见个女人将这东西丢了，急匆匆地沿街向南去了。他心中好奇，起身去把这衣服捡回去试穿了一下，结果就惹下了大祸。

黄参议逼问一句那女人什么模样，郑小三儿说没看清脸，就瞅到她穿件青布袍子，瘦瘦弱弱的背影，手里似乎提着个布包。

黄参议一凛，想起一个人来，不错，她的衣着、身材，尤其是手里提着只布包，简直就是她的真实写照了。是她来扔的衣服？他先是不敢相信，可是取过军服来再反复检查，果然衣袖背面沾有不少血渍，这表明是一个受伤的人所遗弃的。如果是她，那么那人莫非藏身在她的住处，换衣后逃逸了吗？

他嘿嘿一笑，喃喃道：“贾小姐，真是让人难以置信啊。”

黄参议迫不及待，派人去天禄街把贾慧的四邻都秘密传唤过来讯问，一问之下，水落石出。昨天夜里，果然有人在贾慧的住处过夜。特别是隔壁的李嫂，说亲眼瞧见有个人在前一天傍晚时敲门进去了，那个人就是她的男朋友，年轻的军官林参谋。黄参议得了这些结果，欣喜若狂，不禁想起今天瞧见那位林少校时感觉到的异样。不错，他的左臂有些僵硬不自然，倘若不是这军服上的血渍，还真联想不到这一点。

这位三十三师少校参谋联络官，换上了独七旅的军服，去前线干什么勾当？负伤之后，返回吴尚，一定是自知难逃关卡的盘查，翻墙逃逸，索性躲进了女朋友的家中。他在外使诈，导致了独七旅的失败，回来后又拥美人在怀，欢度良宵，真是得意到了极点。可是，“乐极生悲”这四个字，不知道他体会过没有，这次，倒要让他美美地品尝品尝了。

五

但这次，倒是黄参议的如意算盘落了空。当他紧急回复了黎星斗，请示了黎星源，率人分头去三十三师联络处和绿杨旅社捉拿林参谋时，他已经杳无踪影了。联络处的人说林参谋截获了重要情报，已经连夜启程，出北门前往三十三师，参加第二波的“剿共”战役，至少要等战役结束后才会返回吴尚。这样冠冕堂皇的答复，让黄参议哑口无言。他可以拿确凿的证据抓捕林峰，但是却得罪不起三十三师，无奈之下，只好将矛头转向女教员贾慧小姐，他那所谓的远房内侄女。

对付她，别人不知轻重，难以胜任，只有黄参议亲自出马才行。他暗忖这样一个弱女子，根本不需要抓到侦缉处去严刑拷打，一番恫吓也许就已达成目的了。拿定主意后，黄参议带了两个卫兵，携上那件军服，在次日黄昏时登门拜访贾慧。

此时，贾慧正坐在廊檐下煮粥。她那天清早去绿杨旅社替林峰取了外衣，赶回来让他换上。林峰叮嘱她赶紧将换下的军服扔掉。鉴于手臂有伤，日久必定掩饰不了，他要离开吴尚，暂避一段日子。倘若有人来查问，她只能承认自己在这里留宿过夜，决不可讲出军服以及受伤的事情。贾慧牢记在心，刚想问他这些事的原委，他已经匆忙离开了。之后一天，风平浪静，无人打扰。街面上的风声却不好，人人都知道军方正在四处搜捕一个落单出逃的独七旅士兵。昨天中午时，有人说抓是抓到了，但却是不成器的败家子郑小三儿。他是捡的垃圾堆上的衣服，据说是一个女人丢的，眼下保安司令部正在搜查这个女人的下落。

她不免心慌，但再想想，如果有人目睹了自己扔军服的过程，那么早就该来讯问了。她这张面孔，自从那枚日本人的炸弹落地不炸之后，在本地基本上是无人不识了。这一定是有人偶然瞧见了，但却没看清楚。仅此一项，就足以辩解否认了。她镇静下来，默观形势的变化，心底却在猜想，黎星斗花费力气要抓个穿独七旅军服，且逃之夭夭的游兵散勇，肯定是跟这次兵败有关。三十三师联络官，卷入了独七旅攻打新四军的战事，使之全军覆没？他有这样的本事吗？他到底是什么人，共产党？

贾慧一颗心蓦然又悬了起来，她不敢想象自己的情人会是这样的身份。她对于共产党新四军并没有什么兴趣，好恶俱无，只当它是一股独立于政府和日伪之外的第三方势力，明白通共的危险性，假如林峰真的是共产党，她该怎么办呢？

贾慧陷入左右为难的矛盾境地时，那所谓的表姑父黄参议登门来了。他在虚掩的院门上拍了两下，问："侄女儿在家吗？姑父来看你啦。"

贾慧倏然一惊，抬头朝外望去，只见门缝里露出的半张脸上，那浓重的眉毛煞是醒目。她伸手揭起锅盖，用一根竹筷横在锅沿上，留出透气的空隙来，借着这个动作稳定心情，这才应声说："原来是姑父，快请进来。我姑母没跟你出来溜达？"

黄参议笑笑，说："她这会儿在家里忙活呢，我是顺道路过，来探望一下。"

贾慧替他沏茶，请他坐下，说："我一个人的日子好混，你看，一锅米粥，够早晚两顿了。足饱！"

黄参议不以为然，说："哎呀，太艰苦了。这林参谋也不懂得怜香惜玉，照顾你的起居，我看你们早些把婚事办了，也免得你姑妈担心。也不小了吧，二十六七？放在寻常人家，早就生下两三个娃子了。"

贾慧脸上微红，说："心急喝不了热粥。这兵荒马乱的，前途渺茫，谁敢轻易托付终身？"

黄参议皮笑肉不笑，说："侄女儿，这可别怪姑父说你，正是因为这兵荒马乱的，咱们一般人过的都是朝不保夕的日子，所以才要早些把婚事办了。像我跟你姑妈，在上海滩租界时，也就是见了两面，彼此不讨厌，吃了顿西餐，就住在一起了。非常时期，一切从简嘛。"

贾慧假作害羞地低下头，说："这些事，你跟我讲没用啊，得去跟林峰说。论辈分，你长他一辈；论官衔，你可高他两级呢，于公于私，都好开口。"

说到了林峰，黄参议假装惊讶，问："难道他不在你这里？"

"没呀，快两天没见着他了。别是又要打仗了，军务繁忙？"贾慧故作诧异地问。

黄参议冷笑，说："打仗了，他才忙得欢呢。前天晚上，不是从前线回来了？

这个人还是不错的，一回城就来找你，是个有情有义的男人。”

贾慧心中一片雪亮，捂嘴羞怯地笑，说：“姑父，别这样夸奖他。他哪里去打仗了？穿一身绸缎衣褂，倒像是逛街的过客，一副公子哥儿的派头，我倒有几分疑心呢。”

黄参议冷不防单刀直入：“不对吧，他穿的是独七旅的军服，灰布，红黄领章，有人瞧见他到你这里来了。”

贾慧皱起眉来，仔细回忆了一下，摇头说：“错了，我印象深着呢。开门见他第一面，我还取笑他是不是刚逛完窑子回来呢，他当时就闹了个大红脸，连说不是。这一点，我绝不会记错的。”

“哦？”黄参议带着疑问的口吻，旁敲侧击道，“有人瞧见你把他那套脏衣服给扔了，难道看走眼了？”

贾慧这下子终于拉下脸来，正色道：“姑父，这玩笑可开不得。街头巷尾眼下都在传说，要抓一个穿独立旅军服的人，你没凭没据的，怎么到我门上来绕八卦阵了？林峰是堂堂三十三师的少校参谋，国军正牌军官，会去偷件独立旅的军服穿？也太异想天开了吧？”

黄参议脸色微红，勉强笑道：“乖侄女儿，我就是那么一说，你当什么真？我正找林参谋谋划军务呢，他去哪里啦？”

贾慧摇头，去料理业已在沸腾的米花迸散的粥汤，边嘘气边说：“他三天两头出门，都是公务，哪能告诉我呢？所以，我这阵子也在犹豫呢，该不该嫁给军人？”

黄参议无话可说，又暂时不能翻脸抓她，只得先起身告辞。贾慧假意挽留他喝粥，他摆了下手，说：“你姑妈也煮粥了，我得回去陪她，不然可得生气了。”

六

正当保安司令部遍城搜找林峰下落的时候，他已然坐在吴尚城外十里处的第六纵队司令部营房里，惬意地抽着卷烟。在一旁陪伴的，是六纵司令程兴柱。两人侧耳聆听百余里外传来的隐约炮声，谈笑风生。

那天上午，林峰离开绿杨旅社，本就是担心臂伤露了马脚难以解释，故而出城暂避一时。六纵防区是北去的必经之地，他投奔程兴柱不是病急乱投医，而是胸有成竹。程兴柱是中共地下党员，在大学时就入了党，比他要早一年。他们都是学生出身，感于时势动荡，当局无能，才有了投共救亡之心。他们的身份和经历，对新四军高层来说，弥足珍贵，绝不能轻易暴露。作为伏棋，暗藏局中，不待关键时刻，决不能轻易动用。

程兴柱屡次想率部队投奔新四军，但都被说服了，理由是，他留在苏鲁皖阵营中，比在革命队伍里能发挥更大的作用。程兴柱无奈之下只得服从组织决定。他对于自己在这支杂牌军队里的境地心知肚明。二黎怀疑他亲共，恨不能将标签贴在他的脑门上，但是怀疑归怀疑，暂时还没有确凿的证据来支持。他们也不便对他有所动作，六纵这支队伍已经在自己手里锻造成熟，战斗力强，勇冠三军，整治了程兴柱，队伍必定人心涣散，分崩离析。更何况，黎星源在使用六纵时存了心眼儿，一般情况下不让它和新四军发生接触，杜绝兵变的可能。而黎星斗，虽然在对待共产党的态度上和黎星源有所不同，可爱才之心是有的，上次请他吃饭，要给他介绍女朋友，就是个例证。不过，这番举动，倒像是乱点鸳鸯谱了。

那晚，程兴柱坐在席上，第一眼看到林峰和那女子并肩进门时，心中就恍然大悟，窃笑不已，此刻想到醉仙楼上的旧事，不免又要开他的玩笑，说："小林啊，人家姑娘家收留了你一夜，算是付出重大代价了。你日后怕是得娶定她了，可反悔不了。"

林峰懒洋洋地笑，说："人家未必肯下嫁给我。你以为她是个有封建思想的女子，留个男人在闺房里藏了一宿，就得以身相许？才不会呢！她可不是个寻常的女性，日后你自然会知道的。"

程兴柱哈哈直笑，指点说："你这小子，还没怎么样就王婆卖瓜了。不过，她敢留你藏身，掩护你换衣服，又不问情由，这些举动确实非一般年轻女性所能做到。你的身份，她恐怕会猜出来吧？对组织上，可不能保留，纪律还是要讲的。"

说到这里，林峰倒有些愁锁双眉的意思，犹豫着说："这件事，我还不知道该怎样向上级汇报呢。她的家庭出身不好，经历也很复杂，不知道组织上会有什么看法。"

程兴柱安慰说："这个没必要担心。革命还问出身吗？抗日救亡，人人有责。

她既然能冒险掩护你，那就算是要求进步的新女性了，这样的人，是掩护潜伏的上佳人选，不容易引起别人的怀疑。”

林峰摇摇头，转变了话题，说：“这些个人琐事，日后再说。黎星源把你这支劲旅放在北边，说明他暗中提防韩德勤甚于日本人。跟新四军争地盘的事，也不让你插手，任由保安旅去做，据说，已经向东上百里过去了，几十个集镇被占，这行径纯属趁火打劫。可惜了，这么一块根据地竟然就此被他占去了。”

程兴柱叹气说：“我估猜，这也是个顺水人情，打人一拳，揉一揉给块糖果嘛。不过，这次围歼独七旅对我这边的影响不小啊，黎星源原本拨给我的装备，都拿去安抚独七旅了。我原本想扩充一个团的计划泡了汤，真是有些不甘心。”

林峰含笑，说：“你这个算盘还没拨过来啊？独七旅的装备哪里去了？不都给了新四军吗？这不等于是你的装备借独七旅之手送过去了，岂不是件大好事？”

程兴柱想想也对，拍了一下大腿，笑声不绝，转身让勤务兵准备两样小菜，一壶烧酒，要陪这位身份特殊的客人在军帐里畅饮叙谈。

这位林峰少校，形迹暴露后，选了在与吴尚咫尺之遥的六纵兵营里暂住养伤，确实是个令人意外之举，谁也不曾想到。就连心思缜密的二黎，也没有朝这一点上疑心，只当他是借参战为名逃离吴尚，等到伤势痊愈，再重返故地，令他们无可奈何。

不过黄参议倒是想出一条妙计来，就此发电三十三师，或者省府和三战区，揭露林参谋为共党地下分子，参与谋划了独七旅首战的失败。但黎星斗不肯，独七旅败就败了，硬碰硬地战败了，如果加上共党分子在内做手脚的理由，就会令省府、三战区，乃至重庆方面怀疑他们这是故技重施，打的是默契仗，谎报军情，那样的话，麻烦可就大了。眼下正值“剿共”高潮，“通共”的罪名，可是消受不起的。

吴尚城内外的局势至此形成了平衡状态。二黎投鼠忌器，不敢撕下脸皮来公开缉拿林峰。林峰潜身军营静候伤愈返城。黄参议目的在林峰，那个所谓远房侄女软硬不吃，并不好对付，索性记下这一笔，留待他日清算。带着股子愤懑之气，他回到新公馆，在床笫间狠狠地将她的姑母干了个喊天叫地。一泻心头之火后，他着手去安排黎星斗交代的第二件事。

次日上午，太阳高悬之时，黄参议脱去军装换上便衣，去隔壁李盐商家拜访。李西沅正在后宅静立吐纳，修身养性。听说这位与儿子有旧的邻居来了，心中喜欢，忙请到书房攀谈。黄参议坐下之后，啜了一小口茶，问起他远在重庆的儿子最近可有信来。李西沅说暂时还没有，从重庆到吴尚路途遥远，又值战乱之时，辗转托带，总得要好几个月才成。一年能有一封报平安的家书，就很不错了。

黄参议深有体会，慨叹一声，说："这战事连年，真不知道哪年是个头呢。世兄既然远在重庆，家里的困难纵想施以援手，那也是鞭长莫及了。眼下，吴尚跟别处不同，有二黎撑持局面，老百姓的日子还能过，工商各业也还能各行其是。上次商量的寻找机会做生意，现在有了眉目，不知道李先生感不感兴趣？"

李西沅听说有生意可做，又出自黄参议口中，心知是个好买卖，当即询问详情。黄参议故弄玄虚，向东努努嘴，压低了声音说："知道吗？二度发动攻势向东进攻，势如破竹，已拓展了几百里方圆的地盘，攻下的集镇不下 30 座，眼下正值稻米收割时，何不在这方面做做文章呢？眼下，鲁、皖等省的驻军、百姓，都供应吃紧，粮价居高不下，如果我们抓紧这一行情，出资下乡收粮，先囤积起来，等上三四个月，再高价售出，利润一定可观。只是，囤粮的地方得有个着落，你有办法吗？"

李西沅一笑，说："我这祖宅，空下来的房舍不下三四十间，可供囤粮，就是城外也有庄园，四面环水，本来是作躲避兵灾之用的。既然老兄有筹划，那咱们不妨先试上一票。不过，粮船在乡下得有个护身符在手，这就要劳动你出手了。"

黄参议轻描淡写地摆手，说："尽管放心，保安司令部那边我自然一切都能搞定，你就预备船只，安排管事的一干人等。到时候，我亲自护送你出城，给个响动，日后不至于被那些个兵痞子欺负了。"

李西沅拱手道谢，吩咐管家去后面账房里取了根金条，用红布裹好，郑重地捧在黄参议面前，诚恳地说："这条黄鱼，不成敬意，等生意大功告成，咱们坐地分银，一起发财！"

黄参议意态淡定地接过来，往衣兜里一塞，说："李老板放心，一切尽在黄某的操控下，保你赚钱发财！"

七

林峰假冒独七旅士兵临去前线助败之前，曾经帮着贾慧办了件紧要的事情，但之后便被一连串的变故干扰，暂时忘在了脑后。正当贾慧陷入疑惑，纠结他是不是共党分子这个问题时，对街巷口的警察老崔来报信了。

她开了门，一见是他，霎时想起那件事来，口中轻喊一声“哎呀”，手抚心口，说：“老崔，不是看到你，我就忘记那件事了。我真的变笨了。”

老崔笑呵呵地说：“贾老师怎么会变笨了呢？我那三个孩子还都指望着你用心提携上进呢，别像我这样没出息。您的事情，我们可是一直放在心上，半点儿不敢怠慢。”

“哦。”贾慧赶紧请他坐下，倒了碗凉开水招待。老崔也不客气，咕咚咕咚一口气喝了大半碗，抹抹嘴角说：“上回那位林少校陪您到局子里来，代表三十三师调查那位前工兵曹三的死因。根据他提供的情况和意见，局子里上上下下忙碌了一气，把他生前在吴尚的详情清理了一遍。嘿，还真有点儿意思。这曹三，住在皮匠巷中段，跟您一样也是单门独院。房子不大，院子不小。他在这地方似乎没有谋生混饭的活计，跟街坊邻居们交往很少。附近的人只知道他在北边乡下有百十亩地，靠收租过日子。至于田是祖产还是后买的，他来吴尚前的经历，都是一抹黑，谁也不清楚。四邻虽然心里好奇，但谁都不敢招惹他。他是兵痞子出身，又有战伤，说起话来也是不干不净，人人都敬而远之。不过，这个人有个毛病，好喝两口酒，醉了就在家里撒酒疯，胡乱地咒骂，至于骂谁，谁也不清楚。他似乎很怕某些人或事情，特别是见了外乡人就慌张。有一次在街上沽酒，正和酒坊老板闲聊，忽然听到有人说话，一下子就蹲在了酒缸后面。店老板奇怪，问他干啥，他说是系鞋带。他穿的是双布鞋，哪来的鞋带？”

贾慧本来听得入神，到了这一段，不由得笑了，说：“是啊，这人可真奇怪，不过在吴尚就真的没有朋友了？”

老崔摊摊手，说：“他没朋友，酒友倒是有一个，隔三岔五地在巷口的烧卤摊上喝酒碰面。这人姓丁，五十来岁，过去在税警团干过，有病后拿了遣散费回来。他跟他似乎也不算熟，就是酒友，一起喝酒有个伴儿，算是个乐子吧。”

贾慧问："这个姓丁的还在吴尚吧？"

老崔无奈地笑，说："在是在，但等于是个废人。这家伙也是光棍汉一个，没人收拾，一天三顿酒，顿顿大半斤。这不，中风了，拄个拐杖流着口水，只能在屋子里踱步，一问三不知，屁用没有。"

贾慧奇怪："这人怕是在曹三死后中风的吧？"

老崔一竖大拇指，说："贾老师猜得真准，他果真是半个月前中的，坐在烧卤摊上刚刚端起酒杯，嘴巴子就歪掉了，直往桌子下面出溜。亏得发现及时，用了好几剂中药才保住性命。不过，我看这样活着也没意思，你们文绉绉的话叫作——行尸走肉。有个邻居服侍他，谈好了养老送终后，房子归人家，眼下弄不好正想法子送他早点上路呢。"

贾慧对这个猝然中风的丁某很感兴趣。他是曹三在吴尚唯一有交往的人，而且是个活口。两个人吃酒，酣畅醺然之际，话肯定不少，一定有不为人知的秘密。老崔过来报了信，大致地算是回复了她以及那位少校军官的疑问，虽然依旧没有结果，却让贾慧有所领悟。这个曹三在吴尚的两年多时间，举止行径倒跟自己异曲同工了，同样担心外乡人对自己的关注，同样不和他人深交，同样深居简出，唯一不同的是，他有纾解心中不安的手段：喝酒。当然，喝酒也成了他泄露自己心中秘密的弱点。

贾慧在暗淡的光线下端起粥来，就着咸鲜脆嫩的酱黄瓜，慢条斯理地喝完了一大碗。她的目光越过空旷的院落，落在那些生长茂密的花草丛上，脑海里不禁浮起了那位夜行客和那个前工兵的模样来。两个同样精瘦的男人，同样的命运，都在见过自己之后命丧黄泉，只不过，一个是明明白白死于自己的枪下，另一个的死因还是未知的。但贾慧能够确定，这个曹三的死跟他认出自己之间有着直接的联系。

她苦思冥想：那些将他倒栽在荷花缸底淤泥中溺死的人，到底是谁呢？她反复地推敲，那夜曹三离开吴尚的原因：一是认出了自己的身份，要去报信告密；二是认出了自己身份后，避之唯恐不及；三是他的出走未遂，跟自己毫无关系，他别有他事要逃离吴尚，被仇家觉察了，将他截杀在家里。这其中还包括见财起意、杀人掠财的可能。

三者中，贾慧倾向于第一、二两点，他连夜欲逃，必定跟自己有关。他过去是曹县民团团丁，守过督军府，认出自己来一点儿也不稀奇。稀奇的是，他认出自己，为什么要走？前面的疑问，她更加相信，他这是想溜走报信，讨要赏金。拿了拆弹赏金的他，贪得无厌，还想靠出卖自己再发一笔财，结果就这样不明不白地死掉了，真是老天有眼。

贾慧点起了烛火，手心里摩挲着那支精巧的勃朗宁手枪，苦心思量那些中断了曹三的美梦，置其于死地的凶手。他们为什么要杀曹三呢？阻止他出卖自己，那岂不是在暗中保护自己？谁会存有这样的好心？洞悉贾慧身份底细，默默地守护一旁，等到危险出现时，毫不犹豫地替她排除危机，这简直要让她感动得潸然泪下，无法形容了。

她转身望着窗纸上映照的黄杨树细密枝叶的阴影，变换一个角度再想：那伙人杀曹三，会不会意欲对自己不利呢？顺着这个思路往下去想，前途不通。至少，目前她还看不出这样的举措中有暗算自己的企图。

她这几年唯一躲避的，就是来自故乡督军府的追踪，躲避那个年逾七旬，肝火旺盛，哀于丧子之痛，陷入疯狂中的父亲。这昔日里杀人如麻的军阀，在对付曾经的掌上明珠时毫不手软。在丰县、在润州，她在旅途中还两度遇险：第一次，是运气好，临时想出门购物，所住的客房在她姗姗离开之后，不到五分钟便在一声巨响中轰然倒塌；第二次，她在瓜洲渡口候船，刚刚要去包袱里拿块干粮充饥，就瞧见两个陌生男人从人群里不动声色地逼近过来。当时的贾慧不假思索，摸到手枪抬臂就是一枪，撂倒了一个，另一个抱头鼠窜而去。这两次历险后，她对父亲的憎恶达到了极点，对他的畏惧也同样达到了顶峰。她掩饰行踪，在两个省东走西绕，最后在一个恬静的夜晚登上了小客轮，一路来到吴尚。

此后三年，再无异常，直到那枚该诅咒的日本炸弹落下之后，一切才又重新变得诡秘起来。她唯一的敌人是自己的父亲。老督军必欲除之而后快，是不会怜悯她而另有新把戏出台的。那些杀死曹三的人，绝不可能跟他有关。难道另外还有一股力量在保护自己？贾慧难以置信，笑了一声，手臂平直地伸了出去，瞄准那婆娑的树影，象征性地触摸了一下扳机。

这一刻，她眼前浮现的是那个白净儒雅的男人面孔。这个男人柔情蜜意，曲意奉承，调情的本事又是一流，曾让她意乱情迷，神魂颠倒。说句实话，近 30 年，她唯一真正动心爱过的男人就是他。这个男人几乎就要成为她的丈夫，可是就在那场变故之后不出两个月，他便一命呜呼，奔赴黄泉了，只在梦中得见。

她收回枪来，指尖划过每一处精密加工出的纹理，仿佛是在抚摸着他那业已腐朽、失去光泽的身体。缠绵往事在心间荡漾，贾慧喉咙里忘乎所以地发出了一声销魂的呻吟。这声柔媚入骨的声音，在封闭的屋子里回荡，反过来将她自己吓了一跳。她迅疾地将枪塞回枕下，双手托住微微发烫的双颊，暗暗骂道：你怎么还念着他？怎么这样不争气？真是不知羞耻！

八

黄太太莫名其妙地经历了丈夫宛若少年似的狂放房事后，先是以为他喝多了酒，或者误服了什么春药，但不久，就发现自己的猜测是错误的。像黄参议这样性情阴鸷的人，每做一件事情都先衡量计算，恨不能做到算无遗策，哪里会干那些自残身体的蠢事呢。等他从隔壁李府返回，兴冲冲地在镜子前穿戴军服，哼起京剧，已然跟昨夜判若两人了。

她不仅好笑又好气，啐了一口，说："你这家伙，做事古怪，莫名其妙。"

黄参议揽镜自顾，大笑不已，说："太太，等我办成了几件大事，再来好好地奉承你。"

黄太太脸上微红，说："快 40 岁的人了，还这样贪恋，真是不知羞耻。"

黄参议系好领扣，转过身来一本正经地说："有件事我得提醒一下，你那位远房侄女，还有那个未来的侄女婿，可是要提防紧些的。"

黄太太不明所以，问为什么。

黄参议用不屑的口吻说："他们可能都是共党分子、新四军，放在抗战之前，逮到了就会给黎星斗活埋的。哼！黎星斗至今还气得牙痒痒的，这次独七旅兵败，就和那个林参谋有关系。这小子换了独七旅的军服，去前线做手脚，导致独七旅冒进 30 里，被新四军一口吃掉了。不过，他自己也在乱战中受了伤，溜回吴尚后，为躲我的关卡，翻了万字会的墙，躲在你侄女的闺房里过了一宿。有人亲眼瞅见，那件沾血的军服是咱们的贾小姐亲手给偷偷扔掉的，害得捡衣服穿的郑小三儿被我白揍了一顿。林参谋是共产党，你的侄女贾小姐估计也是。”

“放屁！”黄太太劈口骂道，“我侄女会投共产党？你这是闭了眼睛说瞎话！她是什么人？什么身份？共产党会要她才怪！”

黄参议听得话中有话，顿时留神，问：“你这话是什么意思？她是什么身份？什么来历？为什么不能投共产党？”

黄太太发觉自己说漏了嘴，急忙改口道：“她什么身份？我的侄女儿！有我这样的姑妈，她还能投共产党？笑话！还有，林参谋是三十三师的联络官，中央军的少校参谋，不比你这杂牌部队，他也会投共产党？一派胡言！”

黄参议盯着她的眼睛看了一气，用指头在她的脑门上戳了一下，说：“别天真了。这傻话连小孩子听了都会发笑，我暂且不跟你理论。你最近尽量少跟她来往，沾上了关系，说不清道不明。我还有军务要办，等晚上回家再说。”

他夹了皮包，戴上军帽，召唤了护兵，一路往光孝寺去了。

保安司令部里，黎星斗正面对地图发愣。不出几天工夫，韩德勤所率部队全线溃败。连三十三师、八十师这样的中央军劲旅，竟也遭受了重挫。新四军各部在三省范围里借此大胜，转守为攻，李品仙、王敬久等部都蒙受了损失。他这独立旅之败，开了极其晦气的头。不但省府骂，友邻各部都骂。黎星斗成了扫帚星，一时间名声大噪。

黎星斗羞愤难当，心知这个苦头吃在新四军手上，但又无法启齿。在吴尚这个地面上，他对待共产党是有名的手狠，过去、现在，以及将来，都不会成为党国猜忌的亲共派。这一点赢得了重庆方面的信任，所以对于首战失利并未追究。要是换成黎星源，后果要严重得多。但是，反过来说，如果这次是以苏鲁皖游击总指挥黎星源的名义出兵，大概也不至于兵戎相见，彼此双方朝天，你进一步，我退一步，你退一步，我进一步，新四军只需要一个团，就足以守卫东部根据地的防线了。

当然，一切都只是猜想推断，事实就是事实，黎星斗首战失利，二度出兵赢得了可观的地盘，得失两相抵消了。但是此刻，他却不能心安。因为新四军挟援北大胜的势头，一旦掉头东来，他刚刚到手的利益，也许转瞬间就会化为乌有。

他惦念着黎星源对于战后这块地盘的承诺，眼下，到了该履行的时候了。

他拿起电话，要通了黎星源公馆，先将刚刚收悉的军情通报转告给他，然后，用一种暧昧的口吻说："大哥，瞧这架势，新四军不日就要东来，咱们怎么办？我一切都听你的。"

黎星源犹豫了一下，说："兄弟，别慌。他们不是还没有来吗？我预备这就派一个排护送我的副官过去，持我的亲笔信，面见二师师长，提出见面磋商的要求。陈毅也好，粟裕也好，有个说话算数的人出来，我就把这老面子再卖上一卖。你暂且放心吧。"

黎星斗放下电话，瞧见黄参议进门来，便问道："你筹划的那件事进展如何？"

黄参议笑嘻嘻地说："司令，这件事我已经挖坑完毕，就等着他往下跳了。这一跳，就是东风，咱们扯起帆篷来走顺风船，让他跳着脚哭天喊地也没用。"

黎星斗咧嘴一笑，提醒一句："手段要巧妙，别留把柄给别人。咱们最后如果能置身事外，一切都好办。"

黄参议领会他的意思，正要退出去，落实相关事宜，但迎面险些跟一个手拿电报匆匆进来的参谋撞上。这参谋神情紧张地说："司令，莲花镇打起来了。日本人向我方进攻，占领了前沿阵地。"

黎星斗一听，急忙摇电话要前线，却是不通，再令电台复电去查询。半小时后莲花镇与吴尚城的电话恢复联系，那边的纵队司令气喘吁吁地报告说，今天一早天光大亮时，第七旅团小林联队山崎人队，以两辆铁皮装甲车为前导，突然进攻。激战一小时后，击破仙女庙阵地，守军利用先期开挖成功的壕沟转移，集结，一战收复阵地。日军于半小时后重新发动进攻，阵地再度易手。目前，守军撤至第二道防线，请求总部支援。黎星斗连忙下令，驻城北第六纵队迅速向西，伺机与莲花镇守军协同配合，对来犯之敌予以夹击。

他下达增援令后，赶紧请黎星源来指挥部坐镇，研究这次日本人猝然进攻的意图。正踌躇难决时，前沿又有电话汇报，说日军进攻部队突然偃旗息鼓，在前沿抢运自家战死者的尸首，启程回撤了。

黎星斗如释重负，一屁股坐下来，捻动佛珠念叨了几声，突然明白过来，看着对面刚刚抵达的黎星源说："大哥，难不成是南部这鬼子要调走？临行之际，发泄一下这些年来跟咱们旷日相持的不满，狠狠地惊吓咱们一下，这才开路？”

黎星源凝视着地图，说：“先不要下结论。当然上次的情报说南部旅团要南下参加长沙会战，这次也该走了。临行之际，出出闷气，也可以这样猜测。”

黎星斗拳头捶了下桌面，笑骂道：“狗日的，来吓唬老子！老子是吓唬大的？”

九

得了战事平息的准信后，黄参议离开光孝寺，但神情不像在寺内那般的从容自信了。他快步来到街口，去了家饭馆，进门就问伙计还有没有新出笼的鲜肉包子，伙计说还有最后一笼，请他上楼安坐。

老板闻讯，亲自奉茶来接待。黄参议四顾无人，问：“有我的信吗？”

老板说有，从衣袖折叠处取出一张狭长的纸条来，递给他。

他接过来，低头看去，只见上面写了一行字：吴尚计划，已开始实施，小心从事。

他这才舒了口气，划根火柴将纸条点燃烧掉了。此刻，他原先在光孝寺内跟黎星斗相似的判断，已然被全部推翻了。南部旅团不会离开扬州，作为战略预备部队，不但不走，还要呼应前方的会战，在江北地带开展新的攻势。这次进攻，纯属演戏，完全是假象。当二黎误以为西边的日本人实力大减，就是他们将要动手之时了。有意示之以弱，是学的中国人的法子，用得自然也像模像样。都说日本人学东西快，果然如此。

他此刻忙于下乡收粮手续一事，在饭馆里吃了一只蟹黄包子，喝了杯茉莉花茶后，去相关机构开具了船队出城手续、防区通行证、收粮许可证等书面文件，上面同样盖着蓝色印戳。他将这些证件装进一只牛皮纸卷宗袋内，让护兵给送到李府去。

在侦缉处喝茶小憩了一会儿之后，近黄昏时，他又亲自去了趟李府，跟李西沅露了个底。这块防区地盘，李西沅要亲自跟新四军交涉，交由保安司令部驻兵筹饷。如果谈判成功，他们日后的生意将会持久，不仅仅是目前这一次性的交易。

李西沅已经做好了准备，听他这么一说，自然是喜出望外，连声喊好，命管家去府前街饭馆里订几样上等菜肴，又拿出家藏多年的佳酿来，要好好地款待这个从天而降的财神爷。

黄参议也不推辞，请主人派人去隔壁请自己太太过来。

黄太太自从跟丈夫口角后，心里有几分忐忑，她不相信贾慧是共党分子，但对林参谋却不敢打包票。这个年轻人倘若真如所说的那样，换了军服去前线玩阴谋受伤潜逃，他的嫌疑就难以洗脱了。贾慧跟这样的男人发生纠葛，那可真是个麻烦了。她暗暗拿定主意，准备去劝劝贾慧，不要因此而受牵连，导致老督军还没来，先已经因为通共的罪名遭祸了。这会儿，看了天色暗淡，估摸着黄参议也要回来了，便让女佣去准备晚饭。

正在这时，隔壁李府来个下人，请她过去，说黄参议正在府中和主人一起恭候呢。她有些不情愿地起身，过了小桥曲廊出了公馆，来到盐商李府。进了大宅门楼后，绕过照壁，穿过甬道，接连过去三五进院落，才到了吃饭处。再翘首向后面眺望，只见屋脊相连，竟似无穷尽。

她这下子才领悟到“富贵”二字的含义，惊叹了一声，心中暗说过去那座督军府就不小，想不到世间还有这样大的豪宅，自己新入住的那公馆跟它一比，顿显寒酸了。

黄参议作为上宾，有主人李西沅亲自陪着。黄太太既然来了，那么李府四姨太是平日间最受宠爱的，自然由她来照应了。两男两女入席，旁边两个女佣伺候，斟酒夹菜，规矩严谨，竟似是平日里训练有素一样。

黄参议如此享受，心底的觊觎之心更盛。

黄太太不明白丈夫的心思，只是对这位四姨太感兴趣。只见她穿着银色暗花薄绸旗袍，头上别着根水灵灵的碧玉簪子，耳边垂着两颗镶金翡翠坠子，透闪耀眼，一看就是稀罕货色。至于项上的光泽圆润的珍珠，手指上佩戴的一只钻石戒指，无不显示着这户人家的豪奢气派。

她心下一动，问：“太太莫非是上海人？”

她这一句问，主人不由得愕然。

李西沅大笑，说：“黄太太好眼力，她是我从上海费尽力气娶回来的。”

四姨太接口说：“我是苏州人，原来学过几天昆曲，班子散了后，就在上海一家电影公司做事，拍过一部电影。老爷是看了电影，就喜欢了，动了不少心思，才让我跟他的。”

李西沅大笑，说：“我娶个电影明星回乡下做太太，也是艳福啊！不过，你怎么看出她跟上海有关的？”

黄太太笑笑，说：“眼神、走路的身段，还有那钻石戒指，三者合一,一眼就看出来了。”

四姨太掩嘴而笑，半带炫耀这指上的钻石，说：“跟个小鸽子蛋似的，他花了8000大洋才买到呢。冲这一点，我就死心塌地跟他了。”

黄太太瞅着，两眼几乎要冒火，掩饰般去替丈夫搛菜。黄参议心底明镜儿似的，轻轻抚摸她的手背，以示爱意。

李西沅觉察了四姨太举动的过分，咳嗽一声，说：“好什么好，值不了这个价钱，是那个白俄店主看她喜欢，又瞧出了我的心思，所以拼命出高价。我做了回冤大头，给黑心奸商宰了一刀。没法子，赚别人的钱，迟早得还。一家赚钱百家用，就是这么个道理。”

四姨太故作亲密地挨近了黄太太，从腕上褪下只和田羊脂白玉手镯，抓起她的手来，轻轻朝上一抹，居然尺寸正好，当下盈盈一笑，说：“姐姐，好柔软的手腕啊，跟我一样。”

黄太太起先想要拒绝，但一眼瞅见这玉的成色，便难以开口了。这只上等和田羊脂玉镯，玉质极好，还是块陈年老玉，不知经过了多少美人的肉体厮磨滋养，油光润滑，贴在手背犹如婴儿肌肤般细腻。她在督军府多年，这样的好货也曾有过，只可惜宛若春梦，一去了无痕迹了，眼下突然见到这件东西，恍惚间几乎当作自己的昔时旧物，心中一阵惆怅。

黄参议见状，连忙起身来道谢。

李西沅摆手说：“这是她们女人之间体己的小把戏，跟咱们无关。咱们谈大事，发横财，管不了这小闲事儿。”

黄参议举起杯子，双手合拢，像是行古礼似的，挺直腰板，仰起头将酒干掉，带着三分兴奋劲儿，说：“如果李兄收粮的船只、人员都安排好了，三天之内，即刻起航，预祝一帆风顺，马到成功！”

十

日军向莲花镇发动的这半天攻势，短时间内牵动了苏鲁皖几个纵队的神经，但随着前线硝烟散尽，炮声平息，一切便又回复了原样。二黎笃信这是日本人临行前的虚晃一枪，南部即将率第七旅团主力迁往湖南，参加更大规模的战役。为避免引起不必要的麻烦，他们严令各部持重守卫，不得追击。

这电令到了第六纵队程兴柱手中时，他已经率两个精锐团马不停蹄地抵达发起攻击的预定位置了，看了电文内容，啐了口唾沫，说："妈的，扫了老子的兴！正想好好地跟狗日的们干一仗呢。"

林峰虽然有伤，但是因为子弹没有留在体内，臂膀恢复得很快，这次听说要出发夹击日军，抑制不住激动，非要上阵。程兴柱阻拦不住，便跟他约法三章，不准参加战斗，只能在阵地后观战。谁知道，战斗没有打响，敌人早已无影无踪了，自然也是失望无比。

两人怏怏然率部回防，坐进营帐里发一通牢骚，喝一壶闷酒。但是次日中午时分，从西边郭镇来了个送信人。此人原在六纵做程兴柱的卫兵，当初郭镇之战时，被程兴柱派去递送二黎的军事部署计划，战后为防暴露，转属地下组织。他受郭镇游击队之托，来找程兴柱，告诉他郭镇的鬼子突然增多了，据说扬州城方向也来了大队的鬼子，正在集结，难不成他们要对二黎或者新四军动手了？

程兴柱对于这个特意送来的情报，格外地重视。但是，他却无法再将它传递到下一站去。他和新四军方面是单线联系，与林峰本来互无关联。他们之间发生联络，也还是不久前的事情。军部敌工部为了整合吴尚的潜伏力量，利用他们共同的军队背景，促成了此事。也幸亏时间凑巧，不然的话，林峰养伤就得另外找地方了，可是，哪里还有比军营更安全的所在呢？

此刻眼见程兴柱犯难，林峰当即毛遂自荐，要替他往东北方向走一趟。但程兴柱不肯，他的想法是，目前新四军二师主力在河安、千台一线，正在收拾这一带的保安旅残敌。日本军队的异常驻防，对他们而言属于远水，难救近火。再者，二黎这次向东占了这么一大片的地盘，有风声说黎星源已经跟陈、粟等高层首长打过招呼，想借这块地面养兵。碍于黄桥一战暗中相助之情，新四军方面可能会做出让步。主力部队活动区域东移后，留在这里的力量有限。所以，这个情报还是走正常渠道为好，由地下联络站递送出去。留这个交通员吃了一顿饱饭后，依然让他返回郭镇，再另外派人往吴尚交通站去。

林峰对于日军意外增强兵力的异常现象，思来想去，详加推敲。三年前，日军兵锋抵达扬州一线后，就因为战线拉得太长，兵力不足，才没有继续东进，留下这一大片水网交错的平原地带给苏鲁皖游击部队以及省府麾下各部容身。近三年，小仗打过，但像样的大仗却没有。在这块地盘上真正大打出手的，倒是国共双方。苏北那边“剿共”战事刚刚停止，难不成日本人是想趁着两边俱损时来占便宜?

他从战报纸中得悉，本部三十三师遭受重创，业已退回山区休整，短时间内怕是没有气力出援友军。万一日本人真的要向东来，不但吴尚，就连省府驻节之地也要蒙受没顶之灾了。韩德勤的有生力量几乎全都损耗在对共作战中，拿什么来抵抗日本人？反过来，到时候非但指望不上三战区，怕是还要请新四军来给他们排忧解难。这简直成了一个笑话！

程兴柱伏在地图上，仔细端详军事态势，问林峰这个消息要不要先跟二黎通个风，万一日本人真的动手了，也好有所准备。林峰明白他的想法，是得对二黎有所警示。但是，通过怎样的手段呢？由程兴柱依照苏鲁皖游击部队内部的常规，去个电话，发个电报？或者，程兴柱亲自进城，当面陈述？

程兴柱摇手，说懒得见他们，电话吧，打个电话说清楚就行了。于是，两人商量了一下，拨通了黎星源公馆的电话，那边有人接了，说总指挥去指挥部了。他们再转要总部的线路，结果，光孝寺那边拿起电话来的是黎星斗。程兴柱无奈地笑，便先问好，把自己新获得的这个情报告诉了他，并请顺带转告黎星源。黎星斗哈哈一笑，挂了电话。

程兴柱两手摊开，说：“麻子没当回事，以为我说假话呢。真是扫兴。”

林峰倒是提醒一句：“你这支队伍，是苏鲁皖用来对付日本人的主力，他们不当回事，你可是要有所预备的。万一日本人来真的，一场血战在所难免了。”

程兴柱深以为然，不敢怠慢，为迎接这场可能即将发生的战事，预先做人员、弹药等方面的充足准备。

且说黎星斗接了这个来自城北的电话后，撇了下嘴，对黎星源说：“这位程司令求战心切，生怕跟日本人打不起来，捕风捉影说日军在郭镇集结兵力，有东犯的意图。”

黎星源笑了笑，说：“一切皆有可能。日本人既然要来，也只好硬着头皮打了。三万人的队伍，得对付一阵吧。学韩复榘，弃城而逃，往哪里逃？新四军会收容我们？省韩不趁机端掉咱们才怪。所以，立足吴尚，无论是打是和，都有个计较。”

此刻，黎星源离开公馆来光孝寺，不是为的军务，而是作暂时的道别。他日前递送出去的信函，有了回复。陈、粟等人目前都在北边，忙于应对日本人的清乡扫荡。所以，由二师参谋长黄庄负责接洽谈判，地点定在河安西五里铺，时间是明天上午九点。

黎星源接到复函后，今天便要启程，走之前先来光孝寺和黎星斗谈论一下谈判的内容、可以做出的让步，以及最后的底线等问题。简单用过午餐后，他坐上那辆仅有的汽车，带了一个骑兵连作护卫，出东门西去。

黎星斗一直送到了独七旅的防区，这才不舍而回。他刚刚进了司令部，突然看见黄参议快步过来，附在他的耳畔嘀咕了几句。他闻言后，笑了起来，说：“这件事由驻军巡防队去干，等他们向我们报信。”

黄参议点头称是，停顿一下后，依然小心翼翼地说：“我昔日在上海的一个旧相识，昨天突然从苏州过江来了，想面见司令。不知道司令有没有兴致见一见？”

黎星斗嗯了一声，问：“这个人什么来历，有南京背景吗？”

黄参议想了一下，说：“战前他做过两任县长，在上海有个商货行，之后就不太清楚了。也许，生意上有些事想寻求合作吧。”

黎星斗说：“那你黄昏前带他去我公馆吧。我有些累了，要睡一会儿。”

黄参议脸上堆笑，敬了个军礼，便转身出去了。

下午四点，算准了黎星斗午睡起床，喝着香片儿茶惬意提神时，黄参议陪着一位40岁左右的男人登门来访。主宾双方去了僻静的花厅里坐下谈话。黎星斗家常穿着，手里捻着个佛珠，看了来人一眼。只见此人脸皮微黄，不胖不瘦，着中山装，胸口衣兜上插了支锃亮的钢笔，气度倒也过得去。

他吩咐下人送茶上来。黄参议赶紧介绍，来客姓荣，现在苏州谋了个差使，偶然听人说起旧相识在江北吴尚苏鲁皖游击总指挥部帐下，便专程过江来访，并代表另外一位重要人物给黎总司令捎话。

黎星斗心中明白，笑了笑，问："是哪位大人物啊？"

荣某说："江苏省政府主席熊克西。"

黎星斗听得这个头衔和名字，大笑起来，说："江苏省政府主席明明姓韩，哪来什么克东克西的？"

黄参议和这位荣某人脸色俱变。

但荣某随后便恢复了笑容，说："总司令，这乱世间，谁是谁的，还很难说。但看眼下的形势，整个江苏，大半版图在苏州的江苏省政府手里，苏、锡、常、镇、扬、泰、通，飘的可是汪政府的旗帜。就是大半个中国，又何尝不是呢？眼下，北平、南京合二为一，王克敏、许智尧等政要都已纷纷南下就任新职，山海关内，都是我们的统辖之地。这个熊克西的名号，比韩德勤强多了，也名正言顺多了。"

黎星斗哼了一声，说："对啊，天下未定，谁是谁的？我统率雄师数万，南有长江天险，北有省韩倚仗，后有新四军为后援，日本人想动手，我未必怕他。南部旅团，咱又不是没交过手。"

荣某油然而笑，说："总司令，这话是在替自己壮胆吧？这省韩，被你们二黎玩弄于股掌之间。黄桥之败，就是拜你们所赐。省韩势力两次'剿共'之后，所剩无几，连你们都不如了，何来倚仗？那新四军本来就是要来江北跟你们抢地盘的，归根到底不是一路人，你们心甘情愿被共产？这两股力量，实质上是敌非友。一旦战事发生，他们都只会袖手旁观，坐看你们这几万人被日本人围歼。"

黎星斗飞快地捻动佛珠，问道："那么，荣兄这次过江来的目的是什么？"

荣某拱拱手，压低声音，说："熊主席久闻将军大名，想私下里先行接纳，成为朋友，彼此默契。倘若日后将军有归顺汪政府的想法，熊主席可以代为向汪先生转达。贵部这几万人马，汪先生可是一直看在眼里，思在心中，朝思暮想要引为己用，将军可不要辜负了他的美意。如若将军归来，中常委、第一集团军总司令、苏鲁皖三省清乡总司令的职位，那时拿来就如探囊取物一般容易了。"

黎星斗深吸口气，望望黄参议，说："黄参议有如此能耐，我们都看走眼了。"

黄参议干笑几声，说：“我原本不知道荣先生的来意。但是，这些话总司令听了也就听了，如何决断，那是您自己的事情。大丈夫听几句逆耳之言，又有何不可？”

黎星斗点点头，说：“黎某话是听了，荣兄茶也喝了，那咱们暂时也无话再谈，就此别过吧。黄参议，替我送客，一路上保证他的安全。两军交战，不伤来使。更何况，荣先生是以朋友身份来的，我更要妥当安排了。”

黄参议和荣某相视一笑，起身告辞，出了黎公馆。荣某不再在吴尚城里逗留，出南门后，在南官河码头登船，小火轮升火启航，一路南行。黄参议站在堤岸上，挥手作别，目送轮船消失之后，这才转身返回。

十一

送走了这名为访客实为说客的荣某之后，黄参议回到了侦缉处。他刚刚坐下，就有心腹进来报信，李盐商的船只已经启航出水关了，拿的是保安司令部的证件。管事的和手下全都是李府的人。他除去军帽，撸了撸头发，笑道：“那就坐看其成吧。”

这一天，是黄参议近年来最为担心的日子，但到了黄昏时分，一切忧虑俱已烟消云散。他心情愉悦地回到公馆，正待叫老婆一起出门去下馆子以示庆贺，就听用人在院子里禀报，说太太下午出门，邀请了一位贾小姐回来坐，现在正留客人吃晚饭呢。

黄参议听说贾慧在这里，先是一愣，后是一喜，快步去了客厅。果然，只见黄太太和贾慧坐在桌前，就着几样素净的菜肴，喝着茶絮絮地谈论着。听到脚步声，两人不约而同地抬起头来，冲他笑了一笑。黄参议踱步进屋，瞧瞧桌上的菜肴，摇摇头说：“小气鬼，自家的侄女来了，也不给弄些好菜。看看这都是什么，芹菜拌香干、红烧豆腐、烫针尖菜、水煮花生，全是素的，一点儿油星儿都没有，好意思啊？”

黄太太白了他一眼，说：“这孩子自小就喜欢洁净，寻常厨子做的荤腥，她边都不沾。你这公馆里有上等的厨子吗？”

黄参议故作惊异，说："失敬失敬，原来贾慧小姐是位富贵人家的千金小姐，招待不周啊！"

贾慧淡淡地笑，说："姑父请坐，我这些年就是喜欢晚上喝粥，浓淡两相宜，酱菜就算是人间美食了。我自幼困苦，喝惯了白粥，有菜佐拌，已是奢侈了。"

黄参议说："这可不成，得去饭馆里烧两样菜来，不能委屈了侄女儿，尤其是难得来一趟。"

黄太太瞪着他，说："假大方又有什么用？人家浑身珠光宝气，也没见你吭一声。这会儿倒鼻子里插葱——装相（象）了。"

黄参议不动声色地说："太太，不就是枚钻石戒指吗，有法子给你搞来，放心吧。"

黄太太情不自禁地咽了口唾沫，半信半疑道："真的吗？那东西太贵了，我估摸着值几万大洋呢。"

黄参议不屑地说："这玩意儿不过是那些逃到上海租界来的白俄拿出来典当糊口的祖传之物，放在别处值钱，放在这里没那么贵。女人喜欢拿它来炫耀身份，但眼下这世道，却只适宜收藏在首饰盒子里，太露富了可是倾家灭门的引子。"

贾慧静静地坐着，听这对夫妇以隔壁李府四姨太手上那枚鸽蛋大小的钻石戒指为题，喋喋不休。她来这处地方，也是颇不情愿的。这位公开名义上的远房姑妈，实质意义上的庶母，今天下午四点不到，就来到学校里，先打听她的所在，然后便候在走廊里，从窗口注视着她。

贾慧正在黑板上写字，偶然回头一瞥，瞧见了，微微一笑，让孩子们先行抄写生字，出门来问她找自己有什么事。黄太太四顾无人，拉住她的手，问那位林参谋去哪里了。贾慧说出城去部队了，还没回来。黄太太当即便将丈夫的话原原本本地转述给她。

贾慧听了，沉默片刻，笑道："姑父当了侦缉处长，就会疑神疑鬼了，一会儿说我扔了件血衣，一会儿又讲小林是共党分子，归根到底，都是些查无实据的鬼话。到时候，小林从三十三师回吴尚来，我看是抓还是不抓他。"

黄太太吁口气，说："小姑奶奶，这点你千万把握好尺度。老爷子那封信的事情还没个着落呢，又凭空里落下个通共的嫌疑，这可是引火烧身的傻事，千万不能沾惹。你是什么人家的身份？怎么能跟他们扯到一起去？”

贾慧心中对她的疑虑远未消除，此刻看她急匆匆地跑来报信，难辨真假，但就事论事，心里多少还存了些感激之情。等到自己这堂课散，她客气地挽留她喝些茶水。黄太太难得见她如此礼貌，就客随主便了。

办公室里同事不多，看贾小姐带着个风韵犹存的中年妇人进来，有知晓内情的悄悄咬耳朵，说那就是新任侦缉处长的太太，贾小姐的姑妈。大伙儿知趣地避开了，留下这偌大的屋子给她们两个窃窃私语。

眼见同事们走光了，贾慧倒也没有留意缘由，替黄太太沏茶倒水之后，坐下来察看一下她的神色，投石问路般说：“有人认出了我的身份，结果当天夜里就被人做掉了。这个人其实也应该认识你的，他是老爷子创办的民团团丁，守过督军府。小林查出了他被征入三十三师前的履历。看来，在吴尚，与督军府有关的人，不止你我，得留神了。”

黄太太不由得惊诧，问：“你说的人是谁？”

“那个拆炸弹的工兵，除了他还能有谁？”贾慧口气淡漠地说。

黄太太喃喃道：“他认出了你，结果就横死了，那么杀他的人一定也认识你，是这个道理吧？”

贾慧一笑，说：“是啊，你的脑筋真好使，我疑心好久的事情，你一句就道破了。看来，确实是这么回事。”

黄太太手抚额头，思索良久，说：“看来，你的这位远房姑父可不能疏远了。他如今在吴尚城里算是手握实权的人物，不是前一阵子的清客闲职。他这个侦缉处长的身份，对你对我都有帮助呢。所以，你们彼此之间不要太生分，敷衍敷衍也好。”

贾慧想起那个浓眉男人，心中一阵子厌恶，正待拒绝。

但黄太太却不容她开口，一把拉起她的手来，打量着窗外的天色，说：“走走，去我那里坐坐。新搬的公馆，跟你一样，都是李盐商的隔壁邻居，只不过一东一西罢了。走吧！”

贾慧身不由己，被她拖了起来，又不便挣扎失态，只得随她出了学校一路来了。眼下，在这新搬的公馆里再度和黄参议见面，便是黄太太的特意安排。黄参议对于她被自己老婆半拖半请来的过程一无所知。跟黄太太语含隐晦地聊了一阵珠宝之事后，冲贾慧努嘴，示意老婆说：“别跟我纠缠这些个琐事，自己的侄女儿也忘记照应了。我说，是得加两个荤菜，别怠慢了亲戚。”

黄太太小小地赌气，望着贾慧笑道：“这人就是喜欢煞风景，算了，就由着他去闹腾吧，他叫他吃，咱们都不动筷子，让他一个人去糟蹋。”

贾慧不置可否，喝了口清茶，打量窗外的景致，揶揄一句：“姑父升官发财，换了这样的住处，了不起啊！”

黄参议听她夸赞，没有揣摩其中的讽刺，叮嘱用人快去饭馆里叫些好菜，他要喝酒解馋。两个女人挨在一起，悄声说着些闲话，对他视若无睹。他也不生气，自斟自饮两杯酒，望着贾慧，说：“林参谋的伤势也该痊愈了吧？得回吴尚来了。”

贾慧摆手说：“伤不伤我可不知道，不过看时间，去一趟安徽，途中又要过鬼子的封锁线，怕是没那么快。该回来时，就回来了。我想，等他一到吴尚，就让他来拜望你，免得你惦念着。”

黄参议大笑，说：“对对对！这话直爽，我爱听。我也是个直爽人，不是一家人，不进一家门。咱们这屋子里桌子边，坐的都是直爽人。”

黄太太似笑非笑地把玩着瓷杯，看看窗外遥遥可辨的月光，牵起贾慧的手，说：“你一个人慢慢地喝酒，我们到外面赏月去了。”

贾慧会意地起身，客气一句，随她出门去了院中。两人坐在池塘边回廊的栏杆上，默默地看着晚风中粼粼波动的水面。月色落在上面，被水纹分解成无数条细线，宛若白银。塘边的水草一根根一簇簇，随风摇曳，显示着坚韧的劲道。

黄参议以窗为画面，赏看着这两个女子在园中廊下望月看花的婉约情景，大快朵颐，谋得半醉时，贾慧看看天色不早，起身来告辞，他扶桌笑道：“天黑了，我派人送你。”

黄太太挥挥手，说：“这才多远的路，要烦劳旁人干吗？我送她回去，大街上转个弯，几分钟的路。”

黄太太挽着贾慧离开公馆，悄声说：“听我的话没错吧？逢场作戏而已，别跟他闹僵了。这人做事还是尽心竭力的，而且对我还不错，不然早就分了。这跟男人的缘分，你听我一句劝，五个字——可遇不可求。”

贾慧抿嘴暗笑，任由她信口乱说。

这吴尚城，除了府前街，过了晚上七点天色黑透后，行人就稀少了。这段路上，身后尽头处，亮了盏路灯，灯光灰黄有雾，稍远一点儿就看不清面目，只有人影轮廓了。倒是月光有些力道，照耀得脚下地面清晰，不至于被凹凸不平的麻石边缘绊到脚。

这月白风清的晚上，隐然散发着一阵幽香。两个女人挽着手，以某种亲昵的姿态，放缓了脚步，徐徐向前。其实，她们各自对于这样的情形，都觉得有些异样。

尤其是贾慧，她对这位父亲的四姨太，自幼就没有好感。小时候，虽然少不更事，但也明白这个“狐狸精”对于她们母女的威胁。这个戏子出身的女人，施展“十八般武艺”，把退隐在家的老督军迷得神魂颠倒，片刻不能离，是后院女人们的共同敌人。但她对她们毫不在意，视若无物。

这样的情形，一直延续到贾慧的少女时代。她刚过完 16 岁生日的第三天，老督军忽然身体发软乏力，就此倒下了。接下来延医吃药，折腾了半年多，才稍稍有起色，但身体那部分的功能，就此一蹶不振。可要命的是，他老人家男女之欲犹存，甚至还胜过从前。他有心无力，备受煎熬，原本备受宠爱的四姨太，反而成了他欲望无法满足后的泄愤器，搞不了、搞不动，就下辣手变着花样来折磨，软被香枕变成了皮鞭麻绳，四姨太也从承欢的缠绵呻吟换作了凄声哭喊。后宅的女人们原先的痛恨，化为了同情，有时在深夜里听到不忍处，还要为之掬一捧眼泪。

在生活中，宠爱的小妾沦为废物，而婷婷长成的女儿，成了老督军最为呵护的宝物。她可以自由出入他的书房、卧室，撒娇使性，有求必应。那三年，是她的黄金时代，享尽了一个督军女儿、豪门小姐的奢华富贵。与此同时，那段时间也成了四姨太挥之不去的难忘噩梦。她被折磨得遍体鳞伤，生不如死，每天以泪洗面。但其后不久，她们先后从这座威名赫赫的督军府只身潜逃，各奔东西了。虽然离开的原因各不相同，但唯一的共同点是，她们都是老督军刻骨仇恨的女性。同样因为这一点，她们在异乡重逢后，相逢一笑泯却旧日恩仇，有了交往，并以亲戚相称。

她们是彼此唤起往日回忆的道具，是那段生活真实不虚的见证。在这座太平城市里，安逸的生活会磨蚀掉往日的坎坷和辉煌，以至于如梦如幻，宛如前世，模糊且荒诞不经。只有她们四目相对时，一切才会变得清晰。

前面街口拐角处，有一家杂货店还没打烊。一支烛火用烛油融化成底座，固定在木制柜台上，避开南风，微微地晃动。这微弱的光线，只是起到了营业的标志，照出柜台上的货物。这家店铺已经说不清存在了多少年，吴尚城中的居民如此，贾慧、黄太太这样新近外来的过客更是如此。

她们没有在意这家杂货店的存在，并肩走过去。

只是，贾慧眼角余光里，依稀飘忽过一个人的影子。这个人似乎是客人，站在柜台的右侧，半遮住了烛光，他戴着礼帽，穿长衣，双手拢在胸前，似乎是在点烟。夜晚时分，有个把烟客买香烟，那是司空见惯的事情，不值一顾。

贾慧和黄太太从街角绕过去，远远就看到了自己住处高出围墙的那株黄杨树披散的枝叶，可是，她却忽然停下脚步，抬手拍了一下脑袋，懊恼道："我真笨，反应怎么这么慢？"

黄太太诧异地问："怎么回事？"

贾慧甩开她的手，坚信不疑地说："是他，一定是他。"

她边说边飞快地沿来路奔回，右手已然探入布包。转过街角，杂货店烛光依旧，店主手执抹布，在柜台表面细心地来回擦拭着。贾慧冲到柜台前，喘息着问："老板，刚才那位客人呢？"

店主头也不抬，问："哪个客人？"

贾慧比画说："就刚才，那个戴礼帽的。"

店主那只抓着抹布的手向右指示，说："走啦！现在的年轻人，不分男女，走起路来都是一阵风似的吗？"

贾慧沿街向前眺望，空旷无人，想来是从某处邻近巷口离开了。她叹口气，分不清是喜是忧，回过头来再问一句："这个人你熟吗？他是不是就住在这附近？"

店主摇头，说："不熟，也就今晚路过，顺便买包烟而已。这附近的住家，我没有不认识的。"

黄太太被贾慧这猝然发疯的举动弄得稀里糊涂，回头来找，看到她木然站在杂货店前发愣，便挽起她的手走开几步，低声问："怎么回事？那杂货店有问题？"

贾慧苦笑一声，说：“杂货店没问题，那个买东西的客人有问题。我先前没反应过来，等到回过神追过去，他已经不在了。”

“谁啊？”黄太太追问。

贾慧咬咬牙齿，说了三个字：“刘益谦。”

黄太太陡然吃了一惊：“刘公子？他找你来了？你们之间的事情，自从私奔离开后，我就全然不知了。这次看你依然单身，怕惹你伤心，一直没方便问。你们是分手了吧？”

贾慧眼中噙泪，想说是分手了，阴阳相隔，再不可见了。但是，已成黄泉之下孤魂野鬼的他，却魅影般出现在吴尚杂货店柜台前，将自己所有的判断击得粉碎。她无法回答黄太太的疑问，只得勉强笑了笑，说：“也许是我看错了。这黑灯瞎火的，走眼了也未可知。据我所知，他绝对不会出现在吴尚的。”

黄太太将信将疑，拍拍她的脊背，安慰说：“是看走眼了。天下男人背影相似的多了去了，都这样疑神疑鬼的，日子还过不过？更何况，你有那位林参谋，也该把他忘干净了。”

第四章

一

贾慧对于自己的感知能力，向来都是确信不疑的，这次也不例外。那一眼所瞥见的，千真万确是他的身影。他没有依照她断定的那样中枪死去，而是奇迹般地捡了条命，活了下来。这是唯一的解释，除非还有第二条：他死了，眼下是起死回生。贾慧虽然近些日子有点相信鬼神之说，但仍然坚持着第一点。

说起来也不奇怪，这勃朗宁手枪体积袖珍，子弹细小，射程近，杀伤力有限。她那一枪击中了他的要害，目睹着他向后仰面倒下。他身上中弹，倒在水洼里，还能有活路？但这世上，死里逃生的例子不胜枚举，他侥幸活下来，并不出情理之外。如今，面前的几件难解疑团尚未有眉目，又有新的疑团出现了。他没有死，出现在吴尚，在距离自己住处不远的地方现身，其内蕴含着怎样的意味呢？

这一夜的贾慧，彻彻底底地失眠了。她握着枪，垫高了枕头，倚靠在窗前，开了半面窗扇，望着院子里婆娑的树影、摇曳的花草、月光如水般漫溢过的地面发愣。她昔日的恋人、仇人、冤家，早已在她的心底死去，成为一缕游魂，纵有反复，也是在那处不为人知的角落里挣扎，影响不到她的现实生活。

可是，这幽灵借尸还魂了，以一个模糊的姿态亮相。悠长的街道、闪烁的烛光、黝黑的柜台，它们如同一出死者复活的戏剧背景样，为他营造出了沉闷、阴郁的氛围，渲染出这个主角倏尔来去的诡秘。他中了那一枪，非但没有致命，似乎也没有给他的身体留下任何后遗症。他的动作一定迅速、快捷，不然怎么能在瞬息间无影无踪呢？

贾慧闭上眼在黑暗里回想着几个钟头前，在街角邂逅那个熟悉身影的细节，竭力想利用旧时的记忆，将他恢复出鲜活的面目、清楚的模样来。但是，那个唇红齿白的青年，温文尔雅，风度翩翩，无论如何跟那样阴暗的场景挨不上边。她不由自主地叹息，他真的是死了，活过来的只是他褪色的皮囊，那个自己曾经深爱过的人，已经死了，再也回不来了。

她黯然神伤，泪流满面。这一刻，因惊惧而紧张的神经完全松弛下来，只剩下悲伤笼罩住她整个身心。这个月色明朗的夜晚，凉风习习，花香幽然，鸟鸣猫走，草木繁盛，一片生机盎然，但却与她无关。

天亮之后，贾慧收起手枪，打了桶井水，借用它的凉意清理了头脸。一夜没睡的她，并未因此而困乏、倦怠。她精神振奋，头脑清醒，将昨晚搁在井水里的粥热了，填饱肚子后，前往学校。在途经绿杨旅社时，她暂停了片刻，询问伙计关于林峰的消息。伙计说还没见着他，他军务在身，出门十天半个月是家常便饭，这也才不过十来天而已，不要担心。

贾慧无语，没有多远就进了学校。她今天来得早了点儿，绝大多数同事都还没到。办公室里，一片寂静。她来到自己的桌前，意外发现桌子抽屉的缝隙里，斜插着一枝玫瑰花。鲜红的色彩，清澈的露珠，清新欲滴。她心里好奇，转身去查看，只在角落里那张桌前有个中年男同事，她断定绝非此人所为，便问他看见这花是谁送的，这位同事笑笑摇头说不知道，他今天来得最早，开门进来后，除了她再没见第二个人进屋，而且这枝花，他进门时就发现了，这肯定是哪位同事仰慕贾小姐，昨晚下班前偷偷放的。

他笑呵呵地说着，贾慧却高兴不起来。她坐下来，低头端详这枝玫瑰，反复地察看花形、鲜艳程度，都不像是昨晚下班前放置的。而且，这花看着熟悉至极，像是——

她怔住了，这不就是从自己家中花坛里剪下来的吗？她条件反射般地站起身，离开屋子，离开学校，沿着街道一路小跑赶回家中。她关上门，去那簇玫瑰花前检查，寻找着花茎的断口处。果然，有一处倾斜的切口，这枝玫瑰是从她的花坛里剪下的无疑，匪夷所思地插在她学校办公桌的抽屉上。怎么回事？是谁干的？这看似罗曼蒂克的浪漫之举，让她浑身冰凉，四肢乏力，再也站立不住，一下子坐在石阶上，放声哭泣起来。

其实这件事不用猜测，一目了然，谁会在深夜里潜入贾慧的院子，剪一枝玫瑰插在她的办公桌上？除了他还能有谁？他昨晚被她无疑中撞破了行踪，立即顺势而为，来了这么一个献花之举。这枝花，鲜红夺目，根茎刺手，吸收了下面尸体的养分，格外地娇美，也格外地令她不安。

贾慧在青石台阶上坐了一刻钟，重新打起精神来，她将这枝饱含着死者精粹的花儿，插回到花坛的泥土里，冲着所有的植物轻蔑地啐了口唾沫，转身返回学校去了。

学校里，贾小姐因一枝玫瑰花而失态的情形，已经在同事中传播开来，此刻瞧见她进了校门，眼神全都有些怪怪的。吴尚这地方不比其他去处民风淳朴，对于男女间的事情看得比较严重。像贾慧这样，先是一直拒绝男性的追求，隐然有单身终老的架势。可是，突然间就跟一位年轻军官好上了，且不避嫌地在大街上出双入对，举止亲昵，令人侧目。而今天，办公室里又冒出枝玫瑰花来。这种花是什么含义，读过两本外国小说的人都知道。贾慧小姐的男朋友，多日不见，又有新的追求者到来，这在风气保守的学校里，不亚于扔下一颗炸弹。男同事们绝望，女同事们嫉妒，聚在一起交头接耳，忽然间瞧见她来了，便各自散去，几乎没人跟她打招呼。

贾慧感觉到了这里的暧昧，但是并不放在心上，她从容地坐在桌前，低头整理书本，一张折叠得整齐的纸条横放在眼前，纸质雪白、坚韧，一看就跟那些印刷用纸有天壤之别。她拣起纸来，将它展开，上面是一行打字机敲出来的铅印字：

这黑夜，我拥你入眠，再不需要阳光。

这是一首诗的末尾一句，写于七年前的一个阴雨连绵的春天。那是她由少女变为妇人的第一个夜晚。那天，她托词去邻县同学家游玩，实质上却走进了刘家在那里的一座别院。他们相约在那里幽会，溜得远远的，将老督军和他的那支忠于职守的民团甩得远远的。在那座宅子第三进东侧的厢房里，他们从寻常恋人间的牵手、接吻向前跨出了关键性的一步。他动作轻柔而又熟练地剥除了她身上所有的衣物，抚摸她每一寸肌肤，一步步将她引入欲望的肆虐中，令她如痴如醉，无法抗拒。

那个细雨如织的清晨，他们相拥而卧，他半倚在床头，嗅着她身上淡淡的香气，由衷地吟出这一行诗句来。在她疑惑不解的目光下，他披衣下床，提起毛笔，将这首诗完整地写了下来。这最末一句，最令贾慧喜爱，深深烙刻在心中。虽然这些年来久不理会，早已蒙尘、不甚清晰了，可是此刻展开来一眼看见，怎不让她茫然若失？她不用再费心思，就知道这张纸的来历，它是跟那枝玫瑰花一起抵达此处的。花插在外，字藏于内，两度让她接受煎熬。

本已在家中决绝毅然的贾慧，再度被这貌似柔情，实如刀刃之物所伤。她这番受扰，心情软弱到了极点，深陷在勾人魂魄的句子里，无力自拔。

二

林峰的伤势，在乡下军营里，经过纵队司令的小灶的滋养，恢复神速，住进军营半个月后，便拆掉了纱布绷带。在河边晾晒内衣时，弯起肘部来看创口，已然结痂半脱，新皮生成了。一个铜钱大的椭圆形印记色泽月白，显示着这个弹洞的残痕。他信心十足地挥动一下臂膀，除了一丝隐痛再无半点不适。这枪伤的愈合已经到了尾声，完全不妨碍他回到吴尚，继续工作。

他的一系列举动，全然落在了正举竿钓鱼的程兴柱的眼里。程兴柱吸了口烟，半开玩笑地问：“归心似箭啊！是想念那位女教员贾小姐了？”

林峰笑道：“狗嘴里吐不出象牙来。我这是在想回吴尚之后那些家伙的嘴脸。他们吃了苦头，定然怀恨在心，可是又抓不到我的把柄，这可有意思了。”

程兴柱思忖了一下，说：“这次回吴尚，可不同以往。你的身份，他们不但怀疑，而且可以确定，形势险恶多了，万事都要小心。”

林峰摇头，说：“怕什么？这次回去，我是棋盘上的明子，吸引他们的注意力，掩护其他同志活动。二黎以及他们的手下们，瞧见我大摇大摆地回来，怕不把门槛都踏平了。”

程兴柱放下鱼竿，问：“你这次回去，以何托词解释这些天的去向？”

林峰轻蔑地一笑，说：“好说，我去三十三师本部参加‘剿共’，结果迟到了一天，国军溃败，卖鸡的找不着买鸡的。在战场附近转悠了一阵子，没有结果，只得乔装改扮，从新四军的防区过来向西，一路侦看打探，逍逍遥遥回到吴尚城里，履行旧职了。”

“三十三师那边，你安排妥当了吗？”程兴柱略微有些不放心。

林峰自信地一笑说：“临出吴尚，我发了个电报，往新四军根据地去侦察兵力调动的详情，回去发一份刚刚过期的情报，就算把这半个月的行踪做个了结。俗话说天高皇帝远，我又是他们在这边的唯一耳目，成绩斐然，想来是不会起疑心的。”

程兴柱哈哈笑道：“原来这几天你躲在帐篷里默不作声，是在盘算这些事情。我跟你不同啊，带着这几千人马，整天无所事事，筋骨都快软掉了，得有一场血战，提振士气。可惜，日本鬼子老是不给机会。这次，他们早早地动手反而好，我这装备了德式装备的主力团，至今还没开荤呢！”

林峰拍拍他的肩膀，说：“少安毋躁，大战将临，大家都保持冷静，日子长着呢，一步一步走路，一口一口吃饭，硬仗有的是。”

在六纵军营里又休息了三天后，林峰决定启程回城。他换了整洁的军服，跨上战马，在几名精干便衣的护卫下离开营房，沿大路以中速镇定自若地踏入吴尚北门。他进城后，直接抵达绿杨旅社，洗漱休息，静候盘查。

不出两个小时，侦缉处长黄参议果然登门拜访了。他知道自己这番大摇大摆的做派，引人注目，就是要以此来钓鱼，让人来验证自己的成色，黄参议果然应招而至。敲门声响后，他起床来开门，迎接客人。黄参议站在门下，没有进来，故作专注地上下打量他，微笑着问：“林参谋归隐养伤，想必伤势一定痊愈了。”

林峰假作诧异，反问道：“承蒙黄参议厚爱，感激不尽。不过，做军人的哪个身上没有战伤？不过近期却是没有负伤，身体棒着呢。”

他挥拳踢腿，虎虎生风。

黄参议紧盯了一气，心底恨不能扒掉他的外衣，把他身体的每一寸都仔细检查一遍，从中找出那天他留下的伤痕。但是，此刻他却不能撕破脸皮。他面对的，不仅是一个少校军官，还是三十三师、四十五军、三战区的代表，投鼠忌器。他笑容不变，进了屋子，看了一眼窗户对面自家旧居的模样，问林峰这些天不见，去哪里公干了。

林峰拿起桌上的卷烟，请他品吸，点火之际漫不经心地说："没走多远，就是在新四军所谓的根据地里转悠了一圈，昨天才离开。"

黄参议听他直言不讳承认去了新四军根据地，倒是十分意外，问道："老兄艺高人胆大呀，敢去那里，是座上宾呢，还是——"

林峰吐了个烟圈，说："都不是，奉命侦察，为本部提供第一手情报，供长官指挥作战时参考。"

"可是，贵部已经退回安徽境内，你这些情报顶用？"

林峰笑而不答。

黄参议自觉问得唐突，便掩饰尴尬似的咳嗽一声，换了个问题，提醒般地说："你这一走倒不打紧，我那位侄女可跟掉了魂似的。你还是要抽空去看看她，这咫尺的距离，应该不会耽误你的公务。"

林峰却不接他这话茬，继续原先的话题："不过，这次我们得到些对你老兄有用的情报，想不想了解？"

黄参议大感意外，那对浓眉皱成了八字形，煞是有趣。他拱手作揖，说："那就请林参谋讲一讲，感激不尽。"

林峰仰头望着上方袅袅飘荡的烟缕，说："新四军此战之后，已经成功地将苏鲁皖三省的几个根据地打通并连为一体了。日本人向新四军军部展开扫荡，其军部撤离盐城转移向北，所辖各部也返回各自的根据地，开展反扫荡部署。二师主力日前刚刚抵达河安、云台地区。泰兴的鬼子出动了两个大队、一个骑兵小队，向西向北进发，黄桥业已落入敌手，贵部在东南的防区，已经和日本人面对面了。还有，二师主力分散成若干个团，分内外线活动，省韩的水网险要已成摆设。你们新得到的东部防区，两面受压，前景堪忧啊！"

黄参议对于日本人进抵黄桥，保安十二旅不战而退的消息是今早刚刚得悉的，印证了这个年轻军官的话不假。独七旅、独八旅新扩充的地盘，左右受新四军和日本人的威胁，不知前途如何，一切都要等黎星源和新四军首脑谈判归来后，才能明朗，这就非他所能预料了。

不过他依旧对独七旅那次败绩耿耿于怀，趁机借题发挥，不动声色地说："林参谋的情报是准确的，你向来手段高明，常常能做出些出人意料之举。我那侄女何等精明，却心甘情愿乖乖地为你所用，像是中魔了一样。真是佩服你。"

林参谋故作惊异，说："哪里，在下仰慕贾小姐的人品，正想方设法讨好她呢，怎么敢利用她？你做长辈的可是言重了。这话千万不能在她面前提，拜托，拜托！"

黄参议摆手说："算了算了，我这姑父的话，她未必肯听。一个女人死心塌地之后，那是什么事情都肯做的。她对你已经到了这一步，你好自为之吧。"

两人再无话可说，就此打住，一起下了楼，出了旅社，各奔东西。黄参议去光孝寺，等候黎星源和新四军谈判的消息。林峰去学校，看望多时不见的恋人贾慧。

这段养伤的日子里，他抽空细致地规划了他们之间的事情。他想发展她加入自己的地下工作中来，成为爱人加同志。可是，程兴柱提醒他，不要贸然将贾慧拉进来，她现在的状态才适合掩护他的行动，挑明了反而适得其反。他在矛盾中思忖再三，觉得虽然程兴柱的话有一定的道理，可是还是想尝试一下，旁敲侧击，看她的反应再作理会。总之一切小心为上，绝不急躁冒进。他对她的了解还停留在多年之前，现在的贾慧究竟是个怎样的女性，他还没有揣摩透呢。

他心底盘算着，走进学校，和已然熟悉的门房热情地打招呼。他的声音不高，却足以引得走廊里、课堂上、操场边那些教员的好奇，不约而同将目光聚焦在他的身上。林峰没有感觉到自己已成为众目睽睽下的焦点，略招了下手后，继续向前，依照过去的习惯先去教室课堂上找她。

贾慧正在带着孩子们朗读刚教的课文，声音轻柔而飘忽，时而被大片的童声掩盖，时而又因为加快或者拖延语速而呈现出来。林峰听到她缥缈的声音，顿觉无比悦耳，再从侧面看她那清瘦的小脸，苍白的面容，一种怜惜的感情油然而生。他背靠着廊柱，点起根烟来，默默地抽吸，目光紧随着她的一举一动、一笑一颦，再不能移开。

贾慧带着学生们念了两遍课文，转身拿起粉笔，在黑板上写了一行字，正要开口说话，却从窗口飘过的一丝烟缕中感觉到了异样，微微踮脚瞟了一眼，就看见了全副戎装、英武逼人的林峰，不由得惊呼了一声，她本能地朝门口走了两步，但随即醒悟，忙掉头去拿起竹棒，指着那行字让学生们认真抄写，这才轻轻走出教室，平静地打量他片刻，悄声问：“伤好彻底啦？”

林峰抑制着将她一揽入怀的冲动，点了下头，说：“好啦，归心似箭！在外面朝思暮想，今早马不停蹄地一路赶回来了，终于见着你了。你——还好吧？”

两人四目相对，他这才觉察到贾慧消瘦了许多，下巴尖削、腰肢纤细，仿佛一阵风都能将她刮走。她愈发地显得楚楚动人，这样的形象，令林峰既心醉又心疼，他向前一步想抓住她的手，但她却后退了一步，含笑说：“那你算是重返军中，重操军务了。我晚上请你吃一顿饭，以示庆贺。咱们不走远，就在绿杨旅社，几步路就到了。你可等我。”

林峰明白她话中的含义，她是不想在学校大庭广众下太过袒露自己的感情。他们之间的爱意，要等到天黑之后，在一壶酒水、几碟小菜的参佐下，才能表白。他挺直腰身，抬手敬了一个军礼，在贾慧刻意压抑着心底复杂的情感所假装的平静注视下，走出了校门。

校门外大街上，一标骑兵驱马而过，在前面路口急转，直奔光孝寺方向去了。其中领头的军官，马靴呢裤佩上校军衔，正是黎星源的贴身副官卫队首领。他们的路线由东向西，熟谙城中内情的林峰一眼就看明白了，黎星源从东边回来了，他出城数日，名为巡视防区，实为面见新四军首脑人物，商谈战后形势。这在吴尚，已是许多人心知肚明的秘密。这次，他会带回怎样的结果呢？

三

黎星斗在光孝寺心情急迫地等候了整整一天，直到日头西沉，才得到禀报，总指挥乘汽艇由水关入城，在光孝寺后的码头上岸。他的骑兵卫队佯作从东门回来，并没有护送汽车。那辆车子，是万众瞩目之物，就让它留在独七旅防区内，日后再回吴尚。这真真假假、扑朔迷离之举，用来掩饰他方耳目问题不大，但洞悉内情的人，是想骗也骗不了的。林峰少校如此，黄参议亦是如此。

黄参议站在保安司令部所在殿堂的高高石阶上，窥测着黎星斗心事重重地在殿外场地上背手踱步的动静。等到暮色将临，众人渐渐散去各自回家，他依然不走，坐在休息室里，装模作样地翻阅着文件。

在漫长的等待过程中，眼见马队归来，黎星斗快步返回司令部，有副官赶去府前街点要菜肴，预备美酒。他看在眼里，记在心中，明白大约得到天黑之后，黎星源才能露面。

果然，又一个钟头过后，晚上整七点，黎星斗穿戴完整，率了几个贴身侍卫，脚步匆匆地往大殿后院跑。他悄然起身，拐到寺庙西侧的藏经楼，蹑手蹑脚地爬上去，低头俯瞰，光孝寺前后院墙内外的情景，一目了然。一艘漆成军绿色的小型汽艇停在光孝寺专属的后码头，船上持枪警戒的士兵，衣着气质都很陌生，他一眼就瞅出了异样，咂巴出了滋味。

黎星源是坐船回吴尚的，白天的马队是佯动，这样的障眼法不仅是在掩盖行踪，更有重大的阴谋。只见黎星斗侍立在河岸上，迎候船中人上岸。黎星源披了件抵御河上风寒的日本军官大衣，边走边作出谦让的姿态，照应身后那个穿灰布军服的男子，主宾虚实，一目了然。此人来历必不寻常。黄参议屏住呼吸，不敢吭半声，生怕被这些夜里出没的人们觉察，给自己带来杀身之祸。

黎星斗对于身后围墙内足以监视四方的藏经楼上有人偷窥的情形毫不知晓，他遵照黎星源的嘱咐，以秘密方式来迎接秘密来访的新四军要人。黎星源率先登岸，握了握他的手，回过头来介绍身后来客。此人是新四军苏中军区副司令员兼参谋长黄庄，黄将军率部负责苏中门户，是二师中的第一位骁将，黄桥决战中，参加指挥过围歼独六旅之役。黎星斗心中暗惊，黎星源这样介绍，用意深刻。他们歼灭独六旅不过用了三个小时，围歼自家独七旅超过了这个时间，是给他面子了。

他满脸堆笑，跟来人握手寒暄，连称久仰大名，无缘得见，这次一定要好好地招待贵客。

黄庄笑道："这次来吴尚，是总指挥力邀，正好军部也有指示，要加强与抗日友军的联络，所以用了这艘缴获来的日军巡逻艇，一路上倒也通行无阻，直达吴尚城里了。"

三个人相互谦让，从后院便门进了寺内，径直去苏鲁皖游击总指挥部会客室小坐。寺内警卫明松暗紧，卫兵们都藏身在暗处，全力戒防。黄参议上了楼，此刻却下不得了，蜷身躲在栏杆后面，仰望一天星光，等待着他们会晤的结束。至于公馆里眼巴巴等候的黄太太，一时也顾不上了。

这一行人进了会客室，先小坐品茶，随后便有预订的菜肴送来，主宾之间把酒言欢，气氛一片融洽，似乎没有什么谈不来的事情。黎星斗要尽地主之谊，起身执壶先为黄庄斟酒，笑容可掬地大加赞叹新四军兵强马壮，俨然已有问鼎天下之势了。

他这大肆热捧，黄庄并不接受，拱手说："这可不敢，如今咱们都要听重庆蒋委员长的号令，抗日才是第一位，只有赶走小鬼子，天下才能得到太平。太平天下是老百姓的天下，不是任何一人、一党、一派的天下。"

他这一通说辞，义正词严，无懈可击，二黎半点毛病也找不出来，只得击节称是。这一套虚头花枪要过之后，话题自然要转入实质了。黎星源让这个盟弟先斟满酒，一口干掉为敬，答谢新四军方面的情义。黎星斗心中一喜，自然是满了杯子，扬起脖子喝下去了。黄庄回敬了一杯，泛黄的脸上隐隐有了些血色，说这一次总指挥不辞辛苦，风尘仆仆地来到河安，亲随本军一部行动，观摩了设伏歼灭鬼子一个小队的全过程，那份临阵从容的气度，在国军将领里算是凤毛麟角了，不由众人不钦佩。这次师长本来准备亲自过来接待的，可惜忙于应付日军主力对军部的扫荡，只能在电报里叮嘱要热情招待了。

黎星源大笑，说款待黎某看了一出灭倭寇的好戏，已是莫大的荣幸了。黎星斗也笑，说可惜这两天日本人没了动静，不然的话，也可以请黄司令去莲花镇走一趟，看看苏鲁皖游击将士们和鬼子交手的场面。黄庄点头说知道了，苏鲁皖两个纵队利用预先挖成的壕沟，抵挡住了南部旅团的进攻，迫使对方搬走了上百具尸体，铩羽而归，这可是苏鲁皖近年来打的一次漂亮的防御战。不过，据可靠情报，日本人在扬州一带做兵力集结，苏鲁皖方面还是要谨慎小心。

黎星源出了会儿神，说这个情报是准确的，但不知道集结后的日军行动的目标。也有另一种说法，南部旅团作为战役预备队，时刻准备南下增援长沙战场。眼下，日军大本营已经纠集了20余万兵力，准备进攻。薛岳也率国军数十万劲旅摆下了战阵。这一仗，必是尸山血海，残酷至极，再在另外战场动手，可能性怕是微乎其微了。

黄庄微微一笑，不再多说，端起酒杯来，与二黎周旋、啜饮。他们仿佛心有默契，对刚刚结束的这场战事只字不提。至于地盘、防区的问题，黎星源早已在河安和对方商定，无须再提。倒是黎星斗心里没数，有些急躁。黎星源目光示意，等酒宴结束，再作商议。他会过意来，也就学起了锯嘴的葫芦，任由黎星源跟客人闲谈了。

晚宴结束后，为免行踪暴露，二黎安排黄庄一行就在寺内客舍下榻过宿，明天一早，依旧从寺后码头返回，这趟行程来去均无人知晓，可谓真正做到了神不知鬼不觉。黄庄拱拱手，客气道："今晚就借佛门清净之地睡个好觉，养足了精神回去。多谢二位的热情款待，咱们来日方长，有的是机会再见面。"

安排好客人休息后，二黎没有散去的意思，两人布置好寺内严密警戒后，去了黎星源公馆，关起门来商谈此次赴河安之行的收获。黎星源拿起笔来，在地图上以吴尚为中心，画了一个圈子，告诉黎星斗这次谈判之后探知的新四军方面的真实想法。

吴尚这块地方，当初他们只是当作一块过江发展的跳板罢了。那所谓的郭镇之战，打得真是稀里糊涂，当时新四军挺进纵队只是暂时在那里歇脚休整，真正的战略意图是要过吴尚地区向东，和南下的八路军靠拢、呼应。吴尚之东，才是他们的目标所在。吴尚及其周边地区，易攻难守，本就不是个理想的所在，所以，这次揭开底牌后，一切都明朗化了。这块过江的跳板，并不适合他们立足，食之无味，弃之可惜。好在有苏鲁皖游击部队守着，首先，二黎非反共顽固派；其次，南部旅团这两年来终究未能越雷池一步，染指吴尚，在国共之间，有这么支实质上保持中立的抗日军队作屏障，南边的威胁压力会减轻许多。因此，二黎仍然是友非敌，对于友军，那块地盘让出来也无妨，就留给黎星斗养兵，羽翼壮大后，跟顽固派控制的省府分庭抗礼，也是件乐见其成的事情。这次独七旅的防区，就照现实情况定下来，日后再有变化，双方协商解决。另外，上次围歼独七旅时收缴未还的重武器，因为急于东进增援，再加上战后部队重新改编，已经无法统计收回了。这次，汽艇里载运来 5000 现大洋，作为补偿，由苏鲁皖方面用于购买武器弥补损失。

黎星斗见新四军出手如此，也算是给足了自家面子，心中万分高兴，手抚头顶连声喊好，站起身来走到黎星源面前，深施一礼，说：“大哥，鞍马劳顿，实在是辛苦了。”

黎星源摇头说：“你且先不要高兴，我出去走了这么一趟，深知局势的微妙，咱们处境的艰难和尴尬，人心险恶啊！咱们这支队伍，现而今算是无依无靠了。日本人虎视眈眈，省韩心存嫉恨，新四军纯属利用，大家都是心照不宣。一旦形势有变，谁会关心咱们？从今年起，把指望他人的心思都且收起来，自谋生存。这生存之道，无非是四个字——队伍、军火。这两样充足了，就是天王老子来了，也得让咱们三分。”

黎星斗呵呵笑道：“大哥，且先宽心，兄弟我近日正琢磨着这件事呢。队伍、军火，归根结底都落实在一个字上——钱。有钱就有一切。”

黎星源面无表情，说：“你好自为之吧。这地盘是争取过来了，东边的事情已经了结，西边日本人的动静要密切注意，派得力的人过去侦察侦察。至于省韩那边，不足道了。把六纵调到西边去吧，驻屯在莲花镇北，深挖沟壕，修筑工事，日本人万一动手了，就靠它抵抗了。程兴柱此人虽然心怀异志，但提到打日本人，干劲比谁都高，人尽其才嘛。”

四

黄参议在藏经楼上被困，上不得天，下不了地，只得进了阁内，将就着和衣而眠。这一夜，惊醒过来三四次，扒到窗口来看，依旧是一片森严。直到早间七点钟，二黎赶过来，跟客人应酬一番后，派卫队上了汽艇扛下几个大麻袋来，送进寺内锁进了总务库房。他们在码头口殷勤送客，眼见汽艇突突突地驶远了，这才下令解除戒严。

那些整夜值守的士兵哈欠连天地回营房睡觉时，黄参议也哈欠连天地下了楼，装着刚到的样子，找了个借口面见黎星斗。黎星斗同样睡眠不足，两眼艰涩，拍拍他的肩膀，叮嘱他稳妥地把那件事办好。黄参议立即回答，一切都已安排好了，这一两天就有消息过来。两人一起无精打采地离开光孝寺，各自回公馆去补觉。

黄太太昨晚久等丈夫不归，只得先睡。半夜里醒来，发觉身边依然空空荡荡，不免心中生疑：这两天没有战事，公务也不甚繁忙，他突然不回家过宿，行迹很是可疑，难不成又有新欢了？

她心中愈发不安起来，点灯起床披衣，坐在窗下足足等到天光大亮，左思右想不是个事，必须去光孝寺走一遭。她刚刚妆扮好，换上衣服，正待出门，黄参议却先回来了。他一进门，就唤老婆先来点食物充饥，这一夜算是要了他的命了。看他一脸的憔悴，两眼失神、胡碴儿丛生的模样，黄太太既觉得可笑又觉得生气，吩咐女佣去准备早饭，将他拉进屋里，恨声道："你个没良心的，去哪里鬼混了？这一夜害得我提心吊胆，担惊受怕，哪个骚狐狸迷得你成了这副失魂落魄的模样？"

黄参议低声呵斥道："鬼叫什么？这一夜老子是睡在藏经阁上，内外都荷枪实弹地戒严了，怎么回来？我是个贪恋女色的人吗？"

黄太太先是被他一吓，随即不甘示弱，说："怎么不是？你不贪女色怎么会娶我？"

黄参议气急，伸手指着她半晌没话说。这时女佣端着肉包子和米粥小菜进来，黄参议无暇再理会老婆，先坐下来咬了一大口包子，猛喝了半小碗稀粥，边吃边说："饿死我了，没饭吃没水喝，再拖上半天，怕不送掉性命。"

黄太太看他这饿鬼样，倒信了他的话。这确实像是一夜受困的架势，于是也不为难他了，换了副面孔来体贴地整理床榻，由着他吃饱喝足后上床小憩。黄参议这才改嗔为喜，掐了她的脸蛋一下，说："这才像话。我答应你的事一定做到。不就是枚鸽蛋钻戒吗，指日可待，手到擒来。你且耐心等候几天。"

黄太太半信半疑，在他面颊上亲了一下，说："那我就等着，不急，该我的就是我的，还怕飞掉不成？"

黄参议脱衣上床，拉过半幅薄被来盖住肚子，合上眼，片刻后就鼾声大作，睡得香甜了，连中饭都省却了。直到下午三点钟，蒙蒙眬眬中被门外廊下的动静给闹醒了。他睁开眼，侧耳聆听，一下子便清醒过来，心中一声笑，坐起身来穿衣。

屋外来的不是别人，正是那隔壁交好的邻居，富甲吴尚的大盐商李西沅。这会儿李西沅独自进门，外面门楼下还站着他派去乡下收粮的管事。他此刻进了黄公馆，要见黄参议。黄太太推却说他正在睡觉，等会儿睡醒了告诉他李老板来过，让他回访。

但李西沅心急火燎，哪里肯等，当下就再三请求，边说边硬闯，因此跟黄太太在长廊里纠缠不清。正混乱时，忽听得里面黄参议一声笑，问道："是哪位朋友啊？请去客厅稍坐，我稍后就过来。"

听了他的声音，李西沅一颗心放了下来，便客随主便听从安排去客厅等候。十分钟后，黄参议着便装穿拖鞋，懒散地来见客人。李西沅顾不上许多，一把拉住他的手，说："兄弟，乡下的收粮船出事了，出大事了！"

黄参议佯作吃惊，忙问究竟。李西沅便告诉他事情的原委。这趟下乡收粮，起先一切都顺利，没人找碴，足足收了 18 船麦子，返航到距离吴尚 20 里的新桥集时，突然遭遇了保安司令部稽查队的人拦截，登船搜查。这一查，就查出天大的麻烦来了。

黄参议一愣，问："什么麻烦？粮食能惹什么麻烦？我的手续俱全，证件硬朗得很呢！"

李西沅跳脚叫苦道："要是这些事儿，哪还用得着巴巴地来找你？这船舱下面居然有夹层，不知道哪个天杀的藏了几十条枪在里面，都是崭新的三八大盖，这可坑苦我了，害死人了。眼下船和粮食都被扣了，只放了管事的回来捎话让我去投案自首。这可如何是好？"

黄参议大惊失色，手里刚端稳的茶杯啪的一声掉在地上，水渍、瓷片狼藉不堪。他惶然问道："这枪是从哪里冒出来的？谁会把枪藏在粮船里？这中间一定有蹊跷！"

李西沅哭丧着脸，说："船是我派人从秦家货行租的。他们家信誉好，江南江北都去得，起先我想，也许这枪是上趟客人丢在船底，忘掉取走的。"

黄参议说："那赶紧去查查这船上次的货主。"

李西沅负痛似的叫唤一声："老天，查过了，这船已有两年不运货了，秦家船行歇业也有多时了。这是两年来第一次出航，船体都用桐油、麻丝重新整饬过。这暗格里，也是新油漆的痕迹，绝对不存在上趟货主遗留的可能。"

黄参议跺跺脚，说："这真是一塌糊涂，一塌糊涂！真是乱套了！这可如何是好？如何是好？”

李西沅说：“查船的人是稽查队的，跟你们侦缉处同属保安司令部，彼此同僚之间还是有通融的余地的。眼下，船已经押回了水关，派人看守起来。事不宜迟，你得去找稽查队的冯队长谈谈，让他手下留情，放过咱们一马。我们这次是中了别人道儿而不自知，真是倒霉！”

黄参议思量了一气，穿戴起军服，让李西沅先回去等候消息，自己赶往光孝寺疏通。眼下侦缉处与稽查队争权不和，底下的小动作太多，结果还很难说呢。他打发走李西沅，径自来到光孝寺，一没去侦缉处，二不到稽查队，直接去面见了黎星斗，报告了这个喜讯。那姓李的盐商中了圈套，下乡运粮的船在返程中遭遇稽查队搜查，查出三八式步枪40余支，枪弹若干，这偷运军火的罪名怕是洗脱不了啦。

黎星斗也是午睡方醒，在指挥部里喝茶念佛，听到这个喜讯，哈哈大笑，赞许地捶了一下桌面，说：“果然不让老子失望，将这小子套住了。再下去戏就这样唱，你用稽查队冯某人的名义，先敲他几千块大洋，敲完后，我就把冯某人撤职查办。这狗日的先前瞒着我吃独食，事情闹到总指挥那里，我正好拿他开刀，杀鸡儆猴。查办了姓冯的，再下令彻查这偷运枪支案，将这位李财神抓起来押进大牢，还怕不掏钱赎命？”

黄参议连连点头，称赞不已，这样的连环巧计施展出来，对方可是插翅难逃厄运了，他这便回去秉承总司令的意思办理，绝不含糊！报了功劳并得到下一步指示后，黄参议匆匆地回到公馆，先喝了碗银耳莲子羹，然后换了一副神色登了盐商李府的门。

此刻，李西沅正如热锅上的蚂蚁，团团乱转，忽听到用人报说黄参议来了，一溜小跑迎出来，握住他的手，哀求道：“老兄救我！老兄救我！”

黄参议神色紧张地将他拖到一边，附在他耳边悄声说：“这件事麻烦了，姓冯的不买账，非要把这事捅给黎星斗。黎星斗是什么人？杀人不眨眼的主儿，事情落到他手里，只有一个‘死’字了。”

李西沅愈发慌乱，哪里肯松开手，死劲又攥紧了一圈，说：“老兄在吴尚也是个手眼通天的人物，怎么会摆不平呢？只要能把这件事抹平，我情愿破财出血。”

黄参议摇头皱眉，说：“冯某人可不是一般的吃客，胃口大、吃相难看，我看这条路走不通。”

“那他开价了吗？要多少？”李西沅听说了他对冯某的评价，顿时像捞着一根救命稻草样，瞪大眼问道。

黄参议从他的双手中抽出手来，愤恨地叉开拇指和食指，说：“这个数。”

李西沅嘴巴张开，疑惑地问：“8，多少呢？ 80、800，还是 8000？”

黄参议哼了一声，说：“拣大的算。”

“8000 大洋？”李西沅先是咋舌，但转念盘算，那十几艘船以及装载的粮食，怕也值这个数了，权当是这趟生意折掉了老本吧。但他却依然寄一丝希望于黄参议，叫苦不迭地说：“5000 行不行？我一时到哪里凑得出这笔钱呢？”

黄参议不便催促，假意道：“那好，我再去跟冯某人还价。”

李西沅左右作揖，送他出门，回来后坐在厅屋的角落里出神。一场做生意赚暴利的美梦，就此破灭，不但赚不着钱，还要被那个姓冯的地头蛇敲诈，真是晦气，倒霉！这真叫作人在家中坐，祸从天上来。早知道是这样的结果，打死也不听这姓黄的撺哄了。兵荒马乱的，做什么生意？怎么着也逃不过这些丘八的手掌心。不过，那几十条枪究竟是从哪里冒出来的呢？自己派的管事、伙计暗中做了手脚，明里贩粮私下偷运军火？绝不可能！这些枪来得蹊跷，那些稽查队查得也是蹊跷，难不成还有隐情？

李西沅拿起一根卷烟，放在鼻尖下嗅着，好一阵子才将它丢开，招呼管家进来，吩咐他连夜出城，去省府找那个在通信处做科长的外甥，捎带给他 400 块钱，请他尝试着和重庆财政部的电台联络，他要借这条线跟儿子通上气。眼下的情形，着实不对劲，得预先有个准备。管家领命，带上钱坐了自家的船，直奔北边去了。

此刻，后宅里四姨太不放心，独自到前面来看望，瞧他铁青着脸坐在暗处，便上前柔声慰问两句。李西沅扭头间，被她手指间那耀眼夺目的钻戒晃了一下眼，猛想起一件事来，扬起手来指着她说：“把手上的钻戒取下来，放进首饰盒子，没事不要乱戴。我这身家性命被人盯上了，没准这东西就是个惹祸催命的根源！”

四姨太不明所以，但不敢违拗，只得应承了，反过来问一句：“什么人吃了豹子胆，敢对咱们李府动手脚啊？”

李西沅长叹一声，说：“别提了，也是我一时疏忽，财迷心窍，才被他人有机可乘。算了，吃一堑长一智，慢慢地来，难关总是能熬过去的。”

五

贾慧放学后，看看天色仍早，并没有急着走。她坐在空荡寂静的屋子里，稳了稳起伏不定的心情。此刻，她犹豫不决起来，是该将那个人在吴尚露面的事告诉林峰吗？在林峰没有回来之前，她急切地想见他，倚他为主心骨。可是真正等到他人到眼前，却又觉得难以启齿了。这件事中，存在着一个巨大的障碍，难以逾越。

那就是她说得清那个人在吴尚的事实，却道不明他死而复生的经历。她无论如何都不能让林峰知晓，她和那个人的分手是以枪杀为手段的。他们俩离开吴尚后，不是劳燕分飞，而是反目成仇。她在他完全没有戒备的情况下，举枪将他撂倒。这是个只有她和那死而复生者才知道的秘密，所有的人都被蒙在鼓里。现在，她如何自圆其说，将这个秘密维持下去呢？

这样，在办公室里足足待了一个钟头，眼看夜幕落下，贾慧无奈地起身，去了绿杨旅社。旅社在楼底设了几张桌子，供客人们吃饭喝酒，消磨时间。林峰提前跟伙计招呼过，要了顶南边临街的窗口，静候恋人的到来。

两人见了面，彼此微笑问候，相对而坐。伙计们将预订好的酒菜送上桌来，代他们斟了第一杯酒后，就识趣地离开了。贾慧先捧起杯子，以祝贺他伤愈归来为由，啜了一小口酒，用筷子搛了一块菜却没入口，放在面前的小碗里，出了一阵子神。

林峰奇怪地问她这是怎么了，心情不好，还是有心思说不出口。

贾慧摇了下头，拿起筷子复又放下，勉强挤出笑脸来，说：“没什么，我是好些天没见你，感觉陌生了，得酝酿酝酿情绪。”

林峰忍俊不禁，笑道：“什么傻话？才几天就陌生了？我出去半年的话，难道就不认识我啦？真是变傻了！不过书上说过，女人在恋爱期间，是会变傻那么一点儿的。你这也算是正常，不值得担心。”

贾慧苦笑，无语。

林峰看出了点儿端倪，抗议说："你这皮笑肉不笑的，难看死了。我想看你真切地、发自内心地笑。我就爱看你的笑容。有了这张笑脸陪着，做什么都不觉得累，不觉得乏味。"

可此时的贾慧哪里笑得出来？她掏出手帕来半掩住脸，摆了下手，说："你这人，真是有点傻，没瞧出我心事重重吗？"

林峰惊讶："有什么心思？说出来听听，我替你分担分担。"

贾慧的泪水忍不住夺眶而出，这一刹那，她摆脱了迟疑，拿定了主意，只拣对自己有利的去做，哭声微弱宛如蜂鸣一般，但却足够让林峰心神大乱了。他伸手一把按在她的肩头，问："什么事情？你快讲出来，告诉我会轻松些的。"

贾慧只是摇头，然后以某种含混不清的口吻说："他——也在吴尚，就在我们的身边。我不知道该如何是好呢。"

"他？谁？"林峰心中一沉，依稀感觉到了什么，但仍然以侥幸之心追问。

"刘……"贾慧省却了后面的两个字，但已能明确无误地告诉他了。

"他？他来吴尚干什么？不会是找你吧？"

林峰在一连串的疑问中，先自发慌。他看她的状态，再明确了答案，马上就明白了一件事，他与贾慧之间两情相悦、一帆风顺的现实，即将成为回忆。他认识刘益谦，他们曾经是中学同学，共同追求过这位督军府的千金小姐。在几轮较量中，他败下阵来，眼睁睁看着心上人投入他人的怀抱。过了这些年，他和她在吴尚重逢，本以为这道阴影早已化为过眼云烟，不复存在了。谁承想，此人阴魂不散地现身吴尚，再度成为他情感生活中的心腹大患。他无法抑制自己消失已久的醋意，握住她的手问："那你是什么意思？你心中怎么想的？"

贾慧擦拭着眼泪，说："我怕，我只有害怕。他像鬼魅一样在我的身边飘忽来去，却捕不着踪迹，真像是一只狼。我害怕极了！"

林峰心底稍有宽慰，听她的口气，鬼魅、狼，这样的词汇可不是一个年轻女子对待心中留有爱意的男人的称谓。他替她斟酒，凝视着桌面上的某处细节，斩钉截铁、一字一句地说："我是这样想的，假如你仍然放不下他，那我就放弃；假如他在你心目中的位置，已经被我取代了，那么告诉你，一切有我，不要惊慌。

在这最关键的时刻，我会一力承担的。”

贾慧要的就是这样的承诺。她心底主意已定，摆脱那个人的手段，只有借助林峰之力了。她破涕为笑，端起杯子说：“这些事情暂且不提了，我只想安安稳稳地在吴尚生活下去，做一个平凡的人。过去的一切，都已不存在了，没有必要去多想。”

他们彼此装作把往事都遗忘殆尽，情意绵绵，举杯共饮，一直喝到醉意醺然的地步，方才收手。他们扶醉而起，相互依靠着离开旅社，走在夹杂着零星细雨的空旷街头，微风习习，暮春里那种芬芳的夜的气息，比这酒更加令人陶醉。

林峰的手从肩头下滑到贾慧的腰肢，先是轻柔，继而用力地揽抱住，鼻尖嗅着她发梢的香气，以这种若是在白昼定会被人骂作伤风败俗的姿势，悄然行走着。贾慧没有抗拒，将脸颊侧向另一边，不去看他的脸，也不让他看到自己的反应。

他们这样温情脉脉，无须辨识路径地漫步行走，既像是须臾间，又仿佛经历了漫长的过程，抵达了贾慧的住处。他们相拥在门檐下，贾慧想推开他进门去。可是，他这军人的双臂坚强有力，更加不肯松开了。在他的怀抱里，男人的气息宛若潮水般席卷而来，令她一时间失去了方向，失去了方寸。

她低声说：“放开我，我想休息了。”

林峰在她的耳畔低语：“我陪着你，靠在我的怀里，会睡得更香、更安稳。”

贾慧半是酒醉，半是被这异性身体迷惑，丧失了全身的气力。她的理智在告诫自己该是停手的时候了，可是，躯体却像是锅炉燃烧的火车，开动起来哪里能刹止？林峰大胆地去亲吻她的双唇，她只是微作闪避便接受了，双手回应般在他的脊背上抚摸两下。

林峰呢喃道：“开门吧，在外面多不好！”

贾慧顺从地开了门，半倚在他坚实的胸口上，倾听着那一阵阵激烈的心跳，不能自已，任由这个男人将自己带入卧室，铺开床被，脱去衣衫。正当林峰埋首于她那对平日里不显山露水，关键时刻却惊艳当场的丰乳时，只听得床头上方一尺的窗户咣当一声脆响，碎裂的透明玻璃屑落了他们满身。

这对男女陡然惊起，急速分开。贾慧伸手探入枕下去摸枪，林峰的动作更快，一刹那持枪冲出门去。院子里一片寂静，墙边草茎飘摇，那被砸坏的窗口，横搭着一块青砖。有人在他们浓情似蜜，行将入港成就好事时，按捺不住，出手阻止了。这个人，不消猜想，呼之欲出。

贾慧点起灯来，清理干净浑身上下的玻璃屑，默默地穿衣。林峰经此一惊，像是有了几分羞惭，没有再继续亲热的意思了。他披上军衣，坐下点起根烟。等这烟抽尽时，他强作笑容，说："我总算明白你这些天消瘦的原因了，就是因为有他。为什么不光明正大地站出来见你，搞这种鬼祟的动作？这算什么？这个人，我过去很看重他，现在却开始鄙视他了。"

贾慧此刻与他不同，女性的羞愧早已被激起的怒气冲淡。

她冷冷地说："这家伙喜欢玩这花样了，倒出乎我的意料。我不怕，只想他能在光天化日下站出来让我细看清楚他到底是鬼是人。"

林峰问一句："你们当初究竟是怎样分手的，是他遗弃了你，还是你离开了他？"

贾慧给了一个模糊的答案："不存在抛弃遗弃的问题，两个人缘分尽了，老天都阻拦不住。我们之间，早已无话可说。"

林峰琢磨这句话的含义，仍然是不得要领。但有一个情况明确了，这对昔日的情侣之间肯定出了重大的变故，此刻恶脸相向。他不敢正面现身，她提到他时话语闪烁，由旧爱变为新仇，彼此反目了。这情况，对林峰而言是件大好事。他从容地穿戴整齐，出了门站在屋檐下，望着瓦蓝色的天际，以及风消雨散后的漫天星光，说："你跟他之间，绝对发生了不妙的事情，不然，他怎么会有如此举动呢？不过，一个男人跟女人斗什么气？搞什么名堂？有事可以正大光明地摊牌嘛，真是个宵小之徒。"

贾慧就此不再吭声，她明白"言多必失"这个道理，再多讲几句，那个秘密便保不住了。他们静穆地站在如水般的月光下，察看院落四周的动静。先前那横空飞来的砖头，会来自哪个方向呢？她的住处南边是门外大街，西、北两边都是盐商李氏的宅邸，东边是邻居李嫂家，这个人能够做到在顷刻间消失，从大门进来的可能性很小，至于从隔壁李嫂那边来也是不方便的，只有李府那半边包圆了她宅子的院墙，才具备这样的条件。

李府宅深人静，倘若是从那里动手，一时还真难以查出个端倪来。而且，那块砖头更加证实了贾慧的猜想，这个人居心叵测地出没于她的住处附近，直至今夜公然出手。从这一点上来看，此人旧时的脾性并没有改变。贾慧对于他爱吃醋的毛病了如指掌，眼瞅着自己跟林峰缠绵，激得他的妒火中烧，便拿块砖来泄愤了。看来，贾慧新近在吴尚展开的这段恋情，是一块试金石，试的不是她和林峰的真情实意，而是那个隐没在黑暗里的人是否真实存在。这一试之下，恍惚、模糊、猜疑、幻觉，种种阴霾被这愤然一揭，真相自己跳了出来，纤毫毕现。

冲着这点收获，贾慧和林峰都不能闲着，各自利用自己的关系，开始在吴尚城里搜查这个青年男人的下落。照眼下的情形，他绝无可能离开吴尚，离开贾慧。这暗地里如影随形地跟踪，对贾慧而言，是一种煎熬，也是一种愉悦。她心中所知比林峰所知，不知道超过了多少倍。这夜所发生的一切，对一个单身女人而言，其实不算悲哀。一个充满醋意的男人，一个洋溢着爱意的男人，归根结底，他们都在以各自的方式表现他们的渴求。

六

黎星源出去巡视几天后，稍微料理了一下苏鲁皖方面的军务，就称病不出，隐居公馆，闭门谢客。但吴尚城里云集的那些来自各方的说客，每日里都变着法子想登门求见，一逞口舌之利，以便完成使命。可是，黎星源这种方式婉拒了所有的人，并不厚此薄彼，倒也让人无奈。

且说这天上午，从南官河码头刚刚抵达的一艘小客轮上，下来一个青年男子，穿一身藏青的中山装，胸口垂着怀表挂链，步履轻快地提着皮箱登岸，举手召唤了一辆黄包车，说了目的地后，一路直至黎星源的公馆。到了目的地下车付了钱后，他将衣兜里早已准备好的一封信函递交给门房，彬彬有礼地颔首致意后，便坐下来等候。

门房拿了信，送到后面去。黎星源接了信看看封皮，上书六个字：呈星源兄阅览，右下角落款两个字：雪广。他手持信函犹疑起来。这个“雪广”，是他昔日在北伐时军中要好的朋友，后来跟他一样淡出了军界，直到抗战伊始，才又重披战袍，就任二战区督导参议。但前些日子，听说日本人在中条山大肆进攻，国军十万将士惨败入豫，此人生死不明。这会儿，有人持他的手书来见，什么意思，是卖个面子，请他收容、提携这个送信来的人，还是另有所求？

他迟疑了几分钟，拆开信，内容果然不出他的所料，如是写道：

> 星源，南京一别已有多年，我等各在天涯一方，艰酸难言。今特着本家亲戚持信来你军中，望能够予以照应。他日相见，必当重谢。

他笑颜一展，招手让门房带人进来。那位在信中被称作柳云的年轻男子进了公馆，见到黎星源，抢先施了个大礼，唱喏道："拜见黎伯父。"

黎星源客气地搀他起身，去椅上坐下，含笑问他跟这位旧交是怎样的亲戚关系。柳云直起腰身，正色回禀道："这位世伯是我父亲的旧部，跟家父以兄弟相称。家父在北洋时期，做过一任省长、一任财政次长。"

"哦！"黎星源心中一声惊叹，原来他是柳师道的儿子。自己这位旧友是柳师道的旧部，说是亲戚，其实比亲戚还近一步呢。不过，这位柳老先生退隐已久，久居曹县，而且已于去年秋末病故。他身在沦陷区，并未投靠日伪，重庆老蒋还特地发了唁电悼念。难道他死之后，子嗣无法立足，走了门路要在吴尚自己的手下落脚？

他拿起信又看了一遍，说："既然是雪广荐来的人，好说，好说。我这就安排你一个闲职，先行历练，日后有了功劳，就好升迁了。"

不料，柳云拱手道："小侄并非投军而来，只不过是借世伯一封信来面见黎伯父，唐突之处，还望见谅。"

这下子倒把黎星源给弄糊涂了，他不是来投奔自己的，那巴巴地拿了这封信来，究竟想干什么？他心底隐然不悦，摆了下手，说："那你来吴尚想做什么呢？我竭力帮忙就是了。"

柳云笑了笑，说："小侄今天来见伯父，先行奉上一件礼物，请伯父察看。"

他双手呈上一页对折的纸笺。黎星源接过去展开一看，上面一行颜体字：上月30日，苏州来客面见黎星斗，名为访友，实为江苏省政府主席熊克西所遣，双方密议一个钟头。

黎星源板起脸，将这张纸撕得粉碎，冷笑道："这就是你来吴尚的目的？"

柳云摇头道："这只是小侄的一份见面礼而已。我这次来吴尚的责任重大，此时此刻，还不宜透露。"

黎星源笑了起来，说："在我这里卖关子？休想！送客吧，我这可累坏了，得回房去睡上一觉。"

柳云急忙起身，低声说："小侄不敢在伯父面前班门弄斧，这下知错了，请息怒。"

黎星源垂眼望着那封信，说："你那位世伯，难不成投汪了？"

柳云深鞠一躬，说是。

黎星源长叹一声，说："一世名声，尽数被污泥染了。可惜！"

柳云说："世伯于中条山之役后，深感从军事上抵抗已无希望，这才改弦更张，要走汪先生和平救国的路线。只身前往南京，面见汪先生，现已就任江浙清乡总署主任。"

黎星源意味深长地望着他，问："敢问你在汪政府里担任何职？"

柳云欠身，说："清乡公署第二督导区专员，现在是陈公博先生的密使，持窦雪广世伯的信函，面见黎将军。"

他这番话，终于让黎星源摸清了底细，哼了一声，道："我说呢，绕来绕去搞得这么复杂。你明说是陈公博派来的就是了，我跟他又不是不熟？他是我在南京的旧交，旧人的情谊，见个面总是可以的，更何况两国交兵还不斩来使呢。"

柳云笑容一敛，神色恭敬地低下脑袋，说："不过，有关熊克西和黎星斗私下密会的情报，绝非杜撰，实有其事。"

黎星源不以为然地说："这个我自然信。但是，眼下形势如此，谁没有几个投靠的旧友呢？你我这次见面，没准儿传出去，就成了黎星源密会陈公博密使。见个面，谈谈往事，无伤大雅，如此而已。"

柳云听他的语气，趁势说："将军坐镇吴尚，东抗日军、北拒省韩、西和共党，数年间岿然不倒，是沦陷区抗日军队中的一面旗帜，众望所归呀。不过，这样局面的形成，也是有它的深层原因的，一是南部旅团忙于支持南下作战，拱卫南京、镇江，无力东顾；二是汪先生仰慕将军，朝思暮想要引为己用；三是省韩和新四军势成水火，需要一个缓冲势力。你们苏鲁皖游击部队，就在这夹缝中腾挪，立于不败之地，形势使然，天意使然，人心使然。”

黎星源哑然失笑，这个家伙年纪轻轻，分析总结起来倒也煞有其事。这种类型的青年人，他见过不少，依此自以为是的禀性，在这样的世道里易于飞黄腾达，但却往往不得善终。

他喝了口茶，侧眼问道：“陈公博派你来，就是跟我说这些？”

柳云依然是一副谦和的姿态，说：“这仅仅是小侄作壁上观的形势分析。但是未来的形势风云莫测，据陈先生获悉的机密情报，这次南部旅团非但不参加南下作战，大本营还从山东抽调来一个联队增援，全力展开肃清江浙地区敌对势力的军事行动。吴尚、新化、盐城，是日方开战以来没有占领过的地区，这次要一战而定。汪先生的意思，让陈先生嘱咐我转达。他器重两位的人品、才干，不忍心看你们被日本人消灭。我此行来的目的，就是转达这个意思，任由伯父决定，绝不敢勉强。”

黎星源叹息，说：“日本人嚷嚷着要打过来不是一天两天了，前些日子，不是交过手吗，结果如何？我苏鲁皖麾下三万将士，宁为玉碎，不为瓦全！汪、陈两位的美意，心领了。但各人处事原则不同，我黎某人不会降日，搞什么和平运动。和平救不了国家，还得靠枪杆子！”

柳云趋前几步，说：“汪先生岂能不知道这个道理？他手里无兵，还在依靠华北方面那些土包子。他竭力想收贵部为己用，目的就在于此。”

黎星源摆手说：“能言善辩，可惜不在点子上，我就不多说了。陈公博的面子给了，你那位世伯的面子也给了，这会儿仁至义尽，送客！”

他将茶杯端在胸前，做出逐客的姿态来。柳云站起身，却没有去意，再说了一句：“小侄暂时不走，暂住在绿杨旅社。身份嘛，是江南过来的商人。我会住些日子，静候伯父回心转意。”

黎星源目送着这个年轻人的背影消失在院门外，喃喃自语道：“小小年纪，也敢玩逼宫这套把戏，是活得腻味了，还是有所恃呢？”

那自称柳云的年轻男人，果不食言，真的在绿杨旅社住下了。他没有依照住宿的惯例，先行跟管事、伙计沟通，而是长驱直入，到了先前黄参议夫妇俩住的那间房子，掏出钥匙来开锁，径自住了进去。这个房间，众所周知是个收猪鬃的商人常年包租的。他租下这里后，绝大多数的人都不认识他，除了老板和个别伙计。今天，算是他的第二次入住，好像是要刻意改变以前的作风，真正地要久住不走了。

老板赶紧来应酬，瞧着他脱下外套换上长衫，由一个有为青年转成了买卖人。他站在镜子前左顾右盼，哈哈一笑说："我起先还担心你们趁我不在，将这房子转租掉，原来你还是位守信的商人。"

老板拍胸脯说："怎么可能呢？拿了租金，客人就是全年不来，也不能起这个念头。生意人，要讲信用。没了信用，寸步难行。"

柳云走到内里窗前，开了小半扇窗，朝对面察看。那屋子里光线依然充足，隐约可见林峰穿着衬衣来回地走动。他掉头问一句："这当兵的，还住这里？跟我一样，也成了你的老客？"

老板笑道："他是跟你一样，全年包租，据说是三十三师的联络官，住住走走，也没个定数。他也是刚回来不久，瞧着年纪跟你相当，都是有本事的人啊！"

柳云嘿嘿直笑，说："他是有本事，我只是个做小买卖的，哪能相提并论？"

老板的看法却截然相反："依我看，还是比那个稳妥些。扛枪当兵的，年纪轻轻免不了要做枪下鬼；你做生意，赚赔的是银子，没有性命之忧。"

柳云摇头道："错了，兵匪最狠。我们这些生意人，都是他们砧板上的肉，任其宰割。他们是我的克星，难道我说错了吗？"

老板想起自己的窝心事，不禁说道："对对对！你说得一点儿没错。太平时节跟兵荒马乱时，确实不好比。"

柳云慵懒地往床头一倚，说："老板，替我留意一下，不是今天就是明日，有个女客要来投奔我，我若不在，你替我留她在这里。"

他话音还没落，楼下门口就传来伙计的招呼声："小姐，请问你是住宿，还是找人？"

一个清脆的女声应道："找人，请问有位柳云柳先生住这里吧？"

伙计稍愣一下，会意过来，连声说："有，我这就带你上去。"

随后木质楼梯一阵脚步乱响，那伙计领着个明眸皓齿的青年女子来到门前。柳云坐起身，笑吟吟地说："我以为你今天到不了，还叮嘱老板替我留意呢。"

这女子带了几分撒娇的意态，说："差点儿没赶上船，害得我崴了下脚。这乡下地方，正经道路都没有。"

柳云朝她脚下瞧瞧，笑个不停，说："我的天，你当这里是上海四马路呢，还高跟鞋？赶紧换掉。这满地里都是麻石板，崴脚还是小事，闪了腰可就麻烦了。"

他们这里对话，老板、伙计察言观色，都明白过来，一起识相地离去了。

这女子带上门，坐在柳云身边，在他的面颊上亲了一口，说："大老远地把我从无锡约到这里，干吗呢？"

柳云含笑说："我一个人无聊，想找个人陪着，不找你，还能找谁？"

这女子笑道："我可不信，在南京好好的日子不过，非要跑到这里来，难道你只有胆子在这里跟我做野鸳鸯？"

"什么话？在南京我就不敢吗？"柳云一把搂住她，按在身下，在她的额头、双眼、鼻尖、嘴唇、下巴接连狠命地吻了几下，放开手说，"等这边的事情办完了，我们就回去摊牌。我可不想一直这样偷偷摸摸地下去。"

这女子被他这么一通乱吻，忽然间动了情，躺在床上一动不动，手却在他的大腿根部蛇一般蠕动，悄声说："浑蛋！我看你就是有心没胆。怕什么？"

柳云抓起她柔软的手掌，轻咬一口，说："从此刻起，你就是柳太太，做了太太的人，还怕我不动你？今天晚上咱们吃饱喝足，就在这里认认真真、反反复复地干上几遭，让你过足了柳太太的瘾。"

女子甩开手，说："我自己有名字，凌青，凌小姐，才不稀罕做什么柳太太呢。"

柳云又抓住了她的胳膊，说："这可由不得你了。凌青也好，凌小姐也罢，最后归根到底要叫柳太太！躲不开、避不掉，这就是命，你命中注定要跟我过日子，长相厮守。时间嘛，就从现在开始。"

这叫凌青的女子转嗔为喜，就势伸展右臂将他扳倒在身边，又去吻他。一通折腾后，爬起身来，去镜子前照照，说："快带我去四处走走。这地方我是第一次来，新鲜着呢。"

柳云却不肯，继续懒洋洋地躺着，说："我这次来身负重要使命，不能到处抛头露面。晚上就让伙计送几样菜上来，咱们来个行酒助兴，弄它个昏天黑地的，如何？"

凌青有些失望，但被他末了这段描述撩拨起了兴致，微微闭眼，说：“好吧好吧，那就听你的。做柳太太，就得嫁鸡随鸡、嫁狗随狗，是吧？”

七

林峰骑马出城，走了约莫20里地，在城西北陆家村外和程兴柱碰头。

程部第六纵队已经全数开拔向西，数千人众分别在六七个相距不远的村落里落脚，遵照黎星源的指示，深挖壕沟，坚固堡垒，构筑工事，将仅有的几门大炮配置在合适且关键的位置。正忙碌着这一切时，程兴柱接到了林峰秘密会晤的通知，为掩人耳目，他们将地点安排在这四不靠的地方，只假作是半途中的邂逅。

两人下了马，走到一棵大树下，避开刺眼的阳光和可能尾随的耳目。

林峰长话短说，简要地把来意说明。长沙方面战事激烈，敌我双方均死伤惨重。日军三井师团、八木旅团作为预备队，已经乘火车南下增援，但南部旅团却丝毫没有动静，要谨防近期内可能对苏鲁皖方面有所异动。目前，南京方面说客如云，几乎滥了整条大街。二黎的态度貌似坚决，但私下里的情况却不明确。目前，新四军主力正在向北、向东广袤的地区发展，这偏处一隅的吴尚，已不在重点区域内。这一地区的工作，要多依靠地下组织、暗中隐蔽的我方力量，以及那些半公开活动的游击队。程兴柱的第六纵队，是一直握在我党手中的主要力量，在关键时刻可以起到扭转乾坤的作用，希望他全力抓住队伍，在军中建立起秘密党组织，维系士气，必要时可以脱离苏鲁皖游击部队。但不到紧要关头，绝不能轻易跨出这一步。

另外，在二黎的问题上，要区别对待。黎星斗是铁杆反共分子，跟他打交道要处处留心防范，而黎星源是北伐名将，既有人望，又有亲共的面目，要确保足够的尊重。日后的工作，要在秘密活动的吴尚专署领导下进行。当前主要任务是稳住局势，保持现状，不主动尝试对吴尚既定局面进行改变，在复杂的地下斗争中，要善于随机应变，维护共产党在这一地区的影响。

吴尚专署日前刚刚成立，前吴尚县委书记韦伯仁任行署专员，携带电台随游击队活动于城东北水网地区。吴尚城里原有电台，均受其节制，只留一个联络站和林峰保持直线联系。而程兴柱方面，不到紧急时刻，不要启用电台和专署联系，只由林峰以军中联络员的身份往来通气。这样做的目的，是不让二黎觉察到六纵的异常，安心任由他自行发展实力。

传达完军部敌工部的命令后，林峰轻松下来，半开玩笑地用伤愈的右臂在程兴柱的肩窝上捣了一拳，说："还是羡慕你呀，有机会跟鬼子真刀实枪地干一场。我还得留在城里，跟这帮家伙虚与委蛇，不爽不快的，真是累人。大丈夫当如程兄，如我之辈，只得长叹无奈了。"

程兴柱挤眼笑道："你温柔乡里会佳人，才是值得羡慕的呢。这也是缘分啊。要是你晚认识她几天，那晚黎星斗请客，说不准就成了咱的媳妇了。呵呵，一念之差，失之交臂，可惜呀！"

林峰不禁莞尔，摇头说："世间莫提那个情字，让人消受不起，哪能像你想象的那样？有了爱人，就有了因爱而起的难处；没有爱人，也就省却了这麻烦。哪天有机会，我替你物色一个，也让你尝尝这难言的滋味。"

程兴柱大笑："你这家伙饱汉不知饿汉饥。老哥哪天不想娶个媳妇，留在军营里暖暖被窝？废话讲了一箩筐，只有最后那句才像人话。我就指望你了，也托嫂子，不，贾小姐，帮咱介绍一个。"

两人齐声一笑，互敬军礼，翻身上马后一扬马鞭，各自绝尘而去。

林峰离开会面地点径直向东，马不停蹄地沿着吴尚城外的通衢大道绕城而过，直到进入独八旅的防区，才拨转马头转向南，再折向西，从东门进城。经过城门关卡时，正应了那句俗话：狭路相逢，迎面碰上了那位浓眉奸猾的黄参议。黄参议率了一队人正要出城门向东，一眼瞅见在骏马上顾盼自雄的林参谋，举手拦住了，笑嘻嘻地问："林参谋出东门，莫非又去了独七旅办事？"

林峰礼貌地颔首，说："不是独七旅，而是独八旅。我经独八旅防区，由东向北查勘新四军游击队，以及省韩各部的活动，好向本部报告。眼下，正值多事之秋，多走走看看，不是坏事。"

黄参议皮笑肉不笑地说："省韩方面，任由林参谋看，但保安司令部下辖各部，还望不要擅自骚扰。黎总司令严令，各保安独立旅严禁与外人交往，否则军法从事。你老兄虽然不属本部，但做事过格了，一样是要追究责任的。"

林峰嗤之以鼻："笑话，我是堂堂国军三十三师联络官，干的就是这个活计。在吴尚防区，上自两总指挥，下至各级营连官佐，都是可见可不见的。难道黎总司令害怕我三十三师意图来吞并他的两个保安独立旅不成？"

黄参议依然笑脸相向："在吴尚，操生杀大权的是两位黎总，由不得他人撒泼放刁！不过，看在三十三师的面子上，我们依旧尊重林参谋，希望林参谋也要自重些。"

他说完这句话，率队扬长而去。林参谋不再看他半眼，脚跟一磕马肚，继续前行。这匹马儿训练有素，在这人流如织的街道上放慢了脚步，与其说是在马驮人走，不如说是在替主人展示威风。林峰骑在马背上，居高临下，一眼望出去，足有几十米远。他心中思量的无非是一件事，黄昏时要不要去学校接一接贾慧，陪她在吴尚城里散散心、解解闷。

但当他行至天禄街转角时，目光不经意间从人丛最后滑过去，冷不丁瞧见了一张熟谙至极的面孔。这是个 30 岁上下的男人，穿青色竹布长衫，手里提着只小皮箱，头发顺滑，面带微笑，步履从容地沿着大街向前走。他的身边有个打扮入时，在吴尚城已属鹤立鸡群的年轻女子相伴。她深情款款地依偎在他的身边，两人之间的距离，远远超过了吴尚本地对于公开场合男女之间亲密度允许的极限，也打破了自己和贾慧之前所创下的纪录。

不过，林峰关注的并不是这一点，他发现此人的那一刹那，心中不禁叫出三个字：刘益谦。他就是令贾慧魂牵梦绕、惴惴不安、夜不能寐的前男友，曹县世族子弟，自己的中学同学、青春期的情敌，风度翩翩的刘公子。

他一下子勒住马缰，此人已经在相隔三米远的地方和他交错而过。他在马上掉头，目送着他在北山庙转折向西，心中稍加思量，便催马加速，从府前街路口转向南，要在半路上二度会他。他自恃马快，抢先一步到了一家饭馆门口，将马儿拴好后，进店上楼，从窗口眺望。果然不出所料，这对男女的身影由远及近。他们之间的关系，一目了然，定然是情侣，甚至还有超出这个的可能。在这是非之地，大庭广众之下，公然示之以人，只有两个可能：要么他们真实的关系与行为相匹配；要么，他们是刻意装出来，做给别人看的。这个"别人"，一个是贾慧，一个是自己。

他伏栏思忖，自己的行踪是经过缜密计划的，程兴柱都想不到自己返城的路线。所以，他在吴尚街头露面，并无明确的针对性，自己跟他们纯属偶然相遇。可是，这却不能排除他们刻意展示的目的。这区区方圆几里路的吴尚城，在繁华路口招摇一下，便等同于向所有人公布了他们的存在。

他拿定主意，要在第一时间把这件事情告诉给贾慧。她昔日旧爱，令她惶惶不可终日的新仇，带着个漂亮的女子公开露面了。他们的露面，将有助于揭开之前一些扑朔迷离事件的真相。有一点，林峰心中倒是忐忑不安，当贾慧和这个男人再度见面时，将会发生怎样难以预料的戏剧性变化呢？

当林峰重新骑上马，一路来到学校时，贾慧刚刚授完自己负责的国文课，从教室里出来。这暮春时节的天气，时不时就会丢一阵雨点下来。等到人们找出雨具来避雨，这细雨却又消失无迹了，很令人郁闷。此时，小雨正淅淅沥沥地下着，林峰拴好马，冒雨一路小跑进去，恰巧跟贾慧撞了面。

贾慧陡一见他，讶然问："你这时候来这里干什么？"

林峰看看课后乱奔打闹的孩子们，问她还有课没有。她说没了，待会儿就放学。林峰让她别在学校里拖延了，自己有很重要的事情跟她讲。看看他郑重的表情，贾慧隐约感知这重要事情的分量，她草草跟同事交代两句话后，便随着他离开了学校。

两人步行没出多远，在绿杨旅社楼底门前，迎面跟方才林峰所见的那对男女狭路相逢。身份是猪鬃商人的青年男子柳云，挽着位交际花般的美人儿刚刚下楼，正待出门，刚好和意欲进门的林峰二人照了面。

贾慧低低地惊叫了一声，掩住嘴，木然僵立。

但柳云却对她和身旁的林峰无动于衷，似乎从未见过他们一样，只顾着跟身边的女伴卿卿我我，半眼也不瞧他们，旁若无人般与之擦肩而过，扬长而去。

这二人骇然并惊奇，面面相觑，好一刻说不出话来。贾慧用手指着他们的背影，疑问地望着林峰。林峰默默地点头，这样的状态延续了足有几分钟，他们才回过神来。贾慧脸色白如素纸，问："是他？"

林峰耸耸肩，说："是他。"

"那，他——"贾慧陷入混乱当中。她对准这个男人开枪之后，曾经无数次地做噩梦，梦到他浮尸水泊的惨象。后来发觉他生还之后，也曾臆猜自己再度跟他相见时的情景。所有的一切可能都揣摩过了，唯一没有想到的是，他居然视她为无物，以全然陌生的姿态飘然而过。他这一走不打紧，却将贾慧折磨得几欲发狂。她随林峰上楼之后，向伙计确定了对方的住处，从那扇窗户眺望过去，看他挂衣架上的外套，看他折叠整齐的被单，看他随意摆放的闲书，凄然一笑，说："他居然认不出我了，这简直是一个笑话！"

八

林峰在旅社里跟老板、伙计详加查询，将这位现名柳云的人看似诡秘、实则寻常的行踪摸了个一清二楚。他是在黄参议夫妇搬离旅社后住进来的，而且一包就是全年，对于老板开出的价钱，半点都没有犹豫。这种豪爽劲头跟黄参议对比强烈，因此给老板留下了深刻的印象。而且，租下这间客房后，他仅住了一宿就离开了，之后空了个把月，昨天中午，才正式住了进来。到了黄昏时，他那个女伴也来了，就此开始成双结对。

就这位传说中的猪鬃商人，老板曾经跟林峰开玩笑探讨过这桩买卖的特殊之处。那时候，无论如何都想象不到，他居然是林峰在曹县故乡的熟人，熟悉程度虽不到刻骨铭心，但也到了相当深的地步。

林峰随即想起，这"刻骨铭心"四个字应该用在贾慧身上才对。男女之间，爱可以刻骨铭心，恨也可以，爱恨交加更是如此。正处于爱恨交加中的贾慧，在那匪夷所思般的重逢见面后，几乎崩溃。她是一个自视甚高的女子，寻常男子根本入不了眼，可偏偏昨天未入他人的法眼。那人却又是她的旧恋人，情仇纠缠，难以明言。可就是那充满漠然的眼神，宛如利刃，横掠过她的心房。这种痛楚，对于自尊心极强的她，几乎是致命一击。自此之后，她便陷入了深沉的忧郁和间歇性愤怒的状态中。

这样的结果让林峰大伤脑筋，甚至有时怀疑，这个现名柳云的男人，并非自己和贾慧共同认识的那个刘益谦。可是，这么一个大活人站在眼前，改名换姓只相当于换了件外套而已。他想找个机会跟此人当面谈谈，打开天窗说亮话。不过，假如他矢口否认自己是他所熟悉的刘益谦，那又该如何呢？从已经发生的经过来看，这样的情景几乎是可以肯定的。

他打消了这个念头，决定将计就计，陪着这个形迹可疑的家伙演这出戏。但这出戏，贾慧也必须参与进来，没有她便没有由头，失了兴致，没了目标。林峰拿定主意，决定先去找贾慧，将她从那种莫名的境况中拉出来，这可是个有力的托词。

贾慧向学校请了两天假，上午睡在家里，中午时熬不过饥饿勉强起身，想喝昨晚的粥，却发觉馊掉了。她在井边打水准备淘米重新煮粥。可是隔壁大嫂没等到她来吃中饭，又听到了墙那边的声响，便招呼了一声。她在这边答应了，放下水桶，大嫂将准备好的饭菜端过来，问她怎么在家。她借口自己生病了，没去学校，想歇息一天。大嫂没有多问，放下饭菜回去了。贾慧放弃了煮粥的想法，坐下来吃饭，扒两口，搛一口菜，然后愣神半天，时而郁闷，时而切齿，时而垂泪，时而冷漠，种种神色，都发自内心。昨天那猝然的见面，对她精神上的摧残，无法以语言来形容。

当贾慧将午餐进程绵延到日头开始偏西时，林峰来了。他不知道她请假了，先去学校，再折回她的住处，瞧见院里廊下小桌上的残羹剩饭，猜知她眼下寝食难安的心情。他摸了摸她的额头，关切地问："没着凉吧？这天气变脸快，可得小心。"

贾慧努力地扒了几口冷饭，说："没事，歇息一下，过去了就行了。这年头怪事多了，见怪不怪，也就罢了。"

林峰听她并不避讳，主动谈及昨天傍晚时的事情，稍微放心，便坐下来把今天自己暗中了解的情况告诉她。贾慧去泡了茶来，边吹漂浮在表面的茶叶，边说道："他以这样的面目在吴尚亮相，什么意思？把之前的一切都洗脱得干干净净，这是不是在暗示，我在杂货店认错了人，半夜扔砖头砸窗子的不是他。他只是个收猪鬃的贩子，一个月前订了房间，眼下才正式入住？他不是曹县刘府的公子哥刘益谦，而是做猪鬃生意的柳云。他非但没有重提往事的意思，甚至做出漠不关心的姿态来，什么意思？"

林峰自嘲似的笑，说："他岂止是不认识你，连我这个厮混多年的中学同学也忘记了。这年头，真是人心叵测，翻脸如翻书。我都看不懂啦！”

林峰算是局外人，他看不懂是自然的，但倘若他知道了贾慧当年和刘益谦一起出逃后的事情，那么就会重新以另外的视角看待眼前的怪象了。

贾慧自然会将那个秘密藏掖在心底。那秘密，导致林峰视野里出现了盲区，无法辨清事实；那秘密，却是贾慧解析眼下怪象的唯一有用的工具。这个刘益谦，是她生命里遭遇的最难描述的人物，性格、脾性先放在一边，只讲他这两度现身的事情：其一，是死里逃生；其二是恍如隔世，漠不相认。这两件事，便足以勾画出此人行事诡秘、心机深沉的特点了。当然“心机深沉”这一点，差一点儿断送了他自己的性命。那天晌午，贾慧再镇定一点儿，再细致一点儿，再手狠一点儿的话，他便再无可能起死回生、人模狗样地在吴尚街头招摇了。猪鬃商人柳云？贾慧心里骂了一句脏话：他妈的！烧成灰、碾成末，自己都能认出他来，装什么蒜？作什么怪？他假装不认识他们，改名换姓，无非是要让他们慌乱迷惑，无暇再顾及其他方面的事情。他身边携手挽臂的女人，保不准就是拿来刺激贾慧的，让她在妒意、醋意、惧意交织中难以解脱。

她望着林峰，突然间脑子里电光石火般闪过一个人影来，不由得深深地吁了口气，说：“这件事，得去找四姨太，请她援手，让我那位挂名的姑父出出力。”

林峰眼前一亮，赞许说：“不错，这是个好主意。咱们那位堂堂保安司令部侦缉处长，是专门查这些事情的，他一出手，真相揭开指日可待。”

这二人在乱麻般纠缠不清的难题面前，由束手无策的绝境，轻易地解脱出来。他们喝了茶，一齐去了那边街口同样毗邻李府的黄参议的新公馆。

九

黄太太坐在家中，让人闭紧了朝向隔壁李府的所有窗户，图个耳边清净。连着两天，那边李家几个姨太太哭天喊地的声音此起彼伏，彻夜不息，着实令人烦恼、心慌。

邻居家闹出这样大的响动来，起因是那位盐商李西沅，在付出6000大洋之后，没有安逸三天，便被捕入狱。罪名在偷运军火之外，又加上一条：贿赂官员。此前一天，省保安司令部稽查大队长冯某被黎星斗撤职查办，交由侦缉处处置。黄参议伺候了他三道酷刑，鬼哭狼嚎之际，恨不能把前世里贪污所得都招出来。这笔敲诈盐商的银洋吐出来不谈，还在黄参议的诱导下，供出了自己已然抹去的有关李西沅的罪状。

黄参议将这份供词和钱财送呈黎星斗。黎星斗喜滋滋地下达了逮捕令，一帮人闯入李府，将这位在吴尚城里闲居的大富商捉小鸡一样拿进了大牢，并派人在外面放风：偷运军火是杀头的罪名，这次李西沅是免不了一死了。李府中一众女眷即将成为寡妇，再不能继续以往那种锦衣玉食的惬意生活了。李府上下全凭李西沅一个人主事，这主心骨被抓，顿时就如船儿断了帆、折了舵，只剩下团团打转的份儿了。

几个姨太太平日里素来不和，值此危机，聚在一起束手无策，只剩下号哭的份儿。四姨太多少知道点内幕，猜出老爷这次出事跟那位新邻居有关，索性带头在跟黄公馆一墙之隔的地方哭泣，且几个人分出时间段来轮班，白天群哭，夜间独泣，非要闹得黄家人心神不定，出一出心里的恶气。

林、贾二人到达时，黄太太正烦躁不安，头疼欲裂，想在脑袋上缠块手帕镇一镇，忽然听女佣报讯，赶紧出去迎接，一见面就摸着额头抱怨道："你这丫头，近些天也不来看我。这日子没法过了，隔壁几个泼妇，天天号丧，号得我吃不下饭，睡不着觉，恨不能找个袋子钻进去才好。"

贾慧不明所以，先安慰几句再问详情。黄太太指指院墙，告诉他们，那位大盐商，花银子如流水的李老板，被抓起来了。据说是偷运军火，有通敌的嫌疑，搞不好要掉脑袋。这个案子，林峰隐约听说过，但没有细究。贾慧是全然不晓，此时才知道，听说之后也觉得诧异，但想想这些日子以来夜间作怪的事情，总是猜疑这一墙之隔的李府那边有鬼，所以并不同情。更何况，她自己有要事而来，无暇理会其他了。

黄太太请他们在池塘边的水榭里坐下，让用人沏茶端来糕点招待。贾慧刚刚吃完午饭，只能喝茶，林峰吃了两块栗子糕，暗忖黄参议手握权柄之后，日子是过得越来越好了，鱼肉乡里，敲诈富绅，那位李盐商的下场，怕也是出自他的手笔。贾慧喝了几口茶，四处张望，问姑父怎么不在家，黄太太说他这两天尤其忙，晚饭也从没在家里吃过，总得到九十点钟才能回来。不过，还好他记得回家，这一点上倒不讨厌。

贾慧微笑，道贺姑妈择人有眼光，不比自己年轻不懂事，惹下了许多麻烦。黄太太惊讶地看了林峰一眼，以为他们之间出了变故，才有这种话，可是再三打量，又不像，这可就糊涂了，便追问其详。

贾慧叹口气，说："不是他，而是……他。"

黄太太疑惑不解："什么他、他，到底怎么回事？"

林峰避嫌般起身，沿着池塘散起步来，任由这两个女人在那里猜谜一样地聊天。

贾慧看他走开了，这才埋怨了一声："你糊涂啦，那天晚上我意外发现的那个人。过去曹县的刘——"

"刘家大公子？"黄太太总算会意过来，恍然道。

贾慧当即便隐隐约约、含含糊糊地把近期发生的变故告诉她，一直讲到在绿杨旅社门前撞见时的情形。当然，其中省去了她所刻意隐瞒的那个秘密。黄太太听得津津有味，突然没了下文，抬头望着她问："就见了一面，什么都没有发生？"

贾慧无奈地说："天才知道他心里的想法。不过，他现在名叫柳云，身份是猪鬃商人，大约在一个月前租下的客房，就是你们在绿杨旅社住过的那间。眼下，刚刚正式搬进来住。之前的经历，谁也不清楚。这个人的举止透着股邪气，得小心提防，所以才登门来求援。"

黄太太明白了她的来意，原来是想借着丈夫黄参议的职务，近水楼台先得月，彻查这个改名换姓的刘公子的底细。她跟林峰一样，对于整件事的来龙去脉，虽然略知一二，但具体的一些事情仍然被蒙在鼓里，譬如贾慧跟刘公子私奔出逃后，他们之间发生了怎样的意外变故？他们为什么要分手？所有人都以为他们会隐姓埋名，躲到一个老督军鞭长莫及的地方，厮守相伴，生儿育女，就此终老不再回来，谁知道他们隐然有了反目成仇的意味，看得出当初至少是不欢而散的。但散就散了，他为什么又找到吴尚来，行迹暧昧地出没在她的住宅附近？为什么又要公然入住绿杨旅社，并在他们二度见面的时候，装得像什么也没发生过一样？

她以女人敏锐的感触，完全置身事外的旁观角度，问了一个林峰绝不可能问到的话题："小姐，你怕是逃出曹县之后，跟这位刘公子也结下深仇大恨了吧？明摆着，他要对付你。也许，近些日子发生的那些事情，都跟他有关。他先是藏身幕后，现在自己跳到台前来叫板，一切的一切，你应该比我更加清楚，对吧？"

贾慧被她这一问，顿时变了脸色，惊惧且尴尬。黄太太提出的问题，其实是明眼人早就该分析出来的疑点。心思缜密的林峰也该洞悉其详，但是深溺爱情当中的他，被蒙蔽了双眼，混淆了视线，而且又持有几分不情愿打破砂锅问到底的侥幸心理。他既然不能置身事外，也就成了剧中人，难免为情事所困，不如黄太太也是碍于这个原因。

贾慧无法回答这个问题，尤其是林峰在场的情况下。她抹了下眼泪，说："其实聚聚散散，本是人之常情，谁会想到这个人会记恨在心，意存报复呢？也许是我跟林参谋的事情，激起了他的愤恨，要处心积虑对付我们。"

黄太太不禁笑了起来，在她的额头上戳了一下，说："傻丫头，那位刘公子还肯为你吃醋呢，这可是件好事啊，他越是装作不认识你，越是冷淡你，就越说明他心里有你。这一点上，我是过来人，见得多了。有这么种男人，就喜欢玩这套把戏。哎呀，从前的事儿啦，想起来就让人掉眼泪，真是这样！"

她这番以过来人身份所讲的话，贾慧之前倒是想过，但后来被这男人意外的反应弄得方寸大乱，现在经她一提醒，顿时如醍醐灌顶，明白过来。她破涕为笑，笑容里仍然有驱散不走的忧虑。这忧虑，维系着那个秘密，任黄太太是多年的情场老手，也猜想不到。

她们絮絮地轻声谈论着。林峰为避嫌疑，躲得远远的，正背着手欣赏着公馆门楼精雕细琢的砖雕时，半闭的门扇朝里一推，跨进个穿着军装、皮靴的人来。两人一齐抬头相见，惊诧间互相颔首致意。

这来者不是别人，正是黄参议公务完毕后回家来了。一见林峰，他狐疑地朝里面看，瞧见贾慧跟黄太太坐在水榭亭阁里赏花看鱼，明白过来，淡淡一笑说："林参谋城外的事情忙完了，开始忙城里的事了。"

林峰故作腼腆地笑笑，说："贾小姐要来看姑妈，让我陪着，不敢不陪啊！"

黄参议嘲笑道："这叫作英雄气短，儿女情长。老兄光临寒舍，不胜荣幸。今晚，咱们就在这园中赏月小酌，风花雪月一番，如何？”

林峰推辞道：“我就不在这里打搅了。让贾小姐陪你们夫妇，过后我再来接她。”

黄参议摇头说：“这可不成。总不能让我陪着两个女人喝酒吧？那多没劲！今晚我有兴致，岂能放你这贵宾走？来来来，咱们一起坐坐，机会难得。”

他一改昨天在城门遇见林峰时的警惕态度，拉住他的手臂，半拽半拖，热情洋溢地留住了这个客人。

今晚，黄参议的心情如此之好，自然和林峰、贾慧二人无关，却和隔墙那边女人们的啼哭声有关。李西沅中了圈套，接着步步上钩，越陷越深，直到眼下身陷牢狱不能自拔，全是他运筹帷幄一手促成的。这件事，干得漂亮，手段巧妙，又借机除掉了另外一个对手，正是他自信、自得、自满高涨之时，在同僚中无法炫耀这份快乐，遇上了林峰，虽然明知他的身份特殊，嫌疑颇大，那也顾不得许多了。

说到底，他对于共产党、新四军并无好恶，只存有贪功之心，只要林峰在他面前露出马脚，证据确凿，那就算把臂坐在酒桌边，也是能够拉下脸皮来演一出鸿门宴的。不过，鸿门宴今晚演不了，来个亲情小聚，温馨之宴，倒是可以期待的。

林峰被这个自己憎恶的人强拖回头，无法可想，只好硬着头皮坐下来。四个人围着一张黄花梨小方桌，先尝了点心，由着用人忙碌招待。今晚，他们小宴所用的酒菜，半是外面饭馆送来的，半是自家烹制。黄太太亲自下厨，做了一盘小炒肉，无非是带油肉片、青蒜条、慈姑片，外加上干辣椒，猛火爆炒，再浇上芝麻香油，那滋味果然不同凡响。

黄参议连搛了几筷子，回忆说这菜还是在上海时常吃，后来住进旅社改吃外卖，搬到这里又是用人做饭，把老婆的手艺全数淡忘了，真是罪过。贾慧生平从未吃过这位昔日督军府四姨太亲手做的菜肴，品尝之后，也觉得好，巴求着她教会自己。林峰心中不免奇怪，想不到这个养尊处优的妇人还有这两下子，想来也是当年取悦老督军的一种独门手段而已。

四个人暂且将其他事情搁下，议论起这菜肴来。其中，尤以黄参议走南闯北，见多识广，如数家珍，听得其他人心里馋虫直爬。黄太太按捺不住，哧的一声笑，说："你就会吹，手底下却不会做。我是不会吹，只会做。"

黄参议微笑说："我不会做，可以教你做。等到你会做了，大家不都又有口舌之福了？"

贾慧闻言暗笑，正要说话，不料远处墙那端，一个女人啼哭声明显地大了起来。想必，她感觉到了这边欢宴的动静，陡地发出一声惨绝人寰的高音吊嗓的哭喊。这一声高亢入云、宛转回旋，显露出了这个女人本嗓绝佳的音质来，顿时令人精神一振。黄太太是个中好手，一听之后，用筷子在碗沿上一敲，叫了声好！她知道这一声必然是那位李府四姨太所发，旧年间唱昆曲的底细显露无遗，比那块镶在戒指上的钻石更加醒目。

黄参议跺跺脚，先是暴怒，转瞬间又笑了起来。他仰头一口干掉杯中的酒，说："这帮女人用这种方法来逼宫呢。我可不欣赏。这桩案子落在黎星斗手里，还牵连了老冯，差一点儿将我也拉下了水，害人不浅，真是害人不浅！有本事把家搬到黎公馆隔壁去，聒噪给他听，让他杀不了人、念不了佛，憋屈死了，乖乖地放人。"

他说这番话时，声音借着酒劲，倍显洪亮，破空传出去，那边墙后的女人们听了，先是沉默，但这沉默不过十来分钟，哭闹声又起。黄参议无奈，敬了林峰一杯酒，说："咱们权当它是上海租界里西餐厅弹钢琴唱歌助兴的白俄，不就成了吗？"

黄太太一肚子的郁闷，听了他这句话忍俊不禁，扑哧一声笑了，望着贾慧。贾慧明白她眼神的意思，趁着桌上的氛围在这一笑之下缓解了，说："姑父，我有件私事想请你帮忙，姑妈已经允了，不知道你答不答应？"

黄参议一愣，望着老婆笑道："擒贼先擒王，你这个丫头，知道我宝贝着你姑妈，使了这法子，也让我服了。不过千万不要让我搭上身家性命啊。隔壁这出戏好厉害，差点让我也脱不了身。"

贾慧当即便把自己所遭遇的窘迫难言的事情，简而化之地讲了出来，目的是要借助侦缉处的力量，查清这个猪鬃商人柳云的来历，其中包括他的原籍住处、背景、生意往来，等等。这些问题如果能够水落石出，他就是再装也是白搭。而且瞧这情形，此人身上保不准还有更加难测的秘密，能够让黄参议再度建功立业。

黄参议听了个大概，笑称这算是个顺水人情，给了也就给了，当即应允，明天一早就派干员明察暗访，管保将他的画皮剥下，赤条条地现形在贾小姐的面前。

贾慧不觉脸红了，推了黄太太一把。黄太太作势欲打他，笑骂道："什么屁话！家里的晚辈女孩子，你也瞎说？"

黄参议带着酒意抱歉笑道："酒多了，忘掉了，谁让你把这位侄女儿藏了这么多年，最近才告诉我？我还没适应过来呢。"

众人齐皆一笑，笑声欢悦，跟院墙那端的哭泣声互相衬托，宛若冰火两重天。亲手制造了这个现象的黄参议，此刻丝毫没有意识到这一点。他心怀愉悦地跟妻子一起送走两个客人，眼见他们走得远了，还在咧着嘴笑。黄太太看着生疑，又想起他方才的那句唐突话，啪地打了一下他的手背。他丝毫没有生气，抬起手来瞧瞧，轻声笑道："傻婆娘，知道我为什么高兴吗？那枚戒指已经在向你招手了。"

十

黄太太朝思暮想，一见就难忘却的那枚鸽蛋大小的钻石戒指，原本是在上海法租界里，白俄所开的珠宝店托卖的，卖方是沙皇王室巴普洛夫公爵。流亡前，他是沙皇尼古拉的御前大臣，十月革命后，参加了那次穿越西伯利亚的死亡之旅，作为寥寥无几的幸存者，从海参崴（今符拉迪沃斯托克）乘船南下来到了上海。他临行前随身携带的珠宝很多，抵达安全之地后，只剩下极少量的精华部分。他卖掉这枚戒指后，拿了巨款，带着新娶的妻子和尚在襁褓中的婴儿，乘坐路易安拉号邮船迁往美国，彻底地离开了亚洲大陆，此后再也没有回来过。

得了这枚戒指，讨得女人欢心后的李西沅，也携着新婚的四姨太回到吴尚乡下。始料未及的是，这枚沙皇的钻戒居然引起了前督军四姨太的贪婪之心。而不为人知的是，那位许督军与这枚戒指曾经的拥有者巴普洛夫有过一面之缘。当年，许督军麾下收编了一支白俄骑兵部队，巴普洛夫的外甥就是骑兵队的上校团长。在随奉系大军南下作战时，督军随骑兵部队曾经短暂地经过上海，与这位流浪异国的皇室公爵共进晚餐，共醉一晚。当年谁都没有料到，这枚戒指会在另外的时间里延续他们之间互不知晓的故事。

黄参议与妻子不同的是，他不但热衷于李西沅那枚戒指，而且还觊觎他所拥有的巨大财富。他在黎星斗的授意下，设计陷害李西沅入了牢狱，这种养尊处优的富人，无须用刑，只要每天给些粗劣不堪的食物就足够他受的了。再加上每天里让手下去恫吓，不出三天的工夫，身体强健、浑身肉团团的一位盐商富翁，就急剧地消瘦下去，憔悴不堪，俨然要奄奄一息了。

到了这个时候，自然还是黄参议亲自出场了。他换了一套剥去军衔番号的军装，空空荡荡地进了监狱，装出千托万请的样子，用一叠纸票打发了狱卒去外面放风，这才一声惨哭，说："老李，我来迟了！"

李西沅一瞧见他，先是厌恶，但看清楚了模样，忽然省悟过来，问道："你……你这是……"

黄参议悔恨道："都怪我只顾着想赚钱，忘记提防别人了。那姓冯的设计陷害你，敲诈了几千块钱，恰巧因为其他事情东窗事发，被黎星斗逮住，抄没家产后严刑拷问，他便把你、我都咬出来了。这事犯了黎星斗的忌讳，当即也把你、我抓了。我好不容易托人讲情，才能够放出来。只是这官也丢了、职也免了，无处立足。黎星斗要我向你捎话，要你拿出巨资来助饷，不然非但性命不保，连阖府的财物都将充没，这可如何是好？"

李西沅听得明白，原本悬在嗓子眼儿里的一颗心意外地落下了。这几天，他害怕的是性命就此丢了，还要葬送祖业家产。现在听他的意思，是要拿一笔钱来赎命。这个他千情万愿，人到了这个时候，只要能活着，身外之物没有什么舍不得的。他当即说："黄兄，他要多少钱，才能放我出去呢？"

黄参议照旧叉开虎口伸出两根指头来。

李西沅哀声道："你就说个明白数字，别跟我比画，我没那个精神了。"

黄参议一咬牙，说："八万大洋，拿了钱了事，他放你回家。"

这个数字着实不是个小数目。让李西沅倒吸了口凉气，扑通坐倒，喃喃道："这可太狠了。黎星斗是要我倾家荡产啊，可太狠啦！"

黄参议察言观色，问："那老兄家中到底能拿多少出来？我拼着性命，替你再缓颊几句。保命要紧啦！"

李西沅扳着指头算了算，说："家中能拿出的还有两万，剩下的是上海花旗银行的存账票据，折合起来也只有六万多一点儿，再也拿不出了。你看在跟我儿子朋友一场的分儿上，救救我吧。他在财政部做官，日后总要见面的。”

“拿不出了？”黄参议佯作同情地叹息一声，良久不语，半晌之后，他站直了身子，说，“老李，这件事因我而起，我就冒死再替你去争一争，他不肯，我拼了这条性命，来陪你坐牢！”

李西沅无话可说，只有垂泪而已，眼睁睁地目送他离开监牢。又两天之后，黄参议换了一身便装前来，告诉他黎星斗经他多次恳求，并找出朋友来担保斡旋，终于消了气，答应了六万大洋的赎身费。不过，有位朋友居间出力不少，全凭他的脸面，才减去了两万大洋，虽然说厚恩不言谢，但礼数还是要到的。他看李府已无余钱，就替他做主，应允了拿四姨太手上那枚钻石戒指去答谢人家。

李西沅先是感激涕零，陡然听他提到那枚戒指，脸色微变，笑容僵硬起来。不过，他的态度未改，连声表示一切都由黄参议居中做主，他没有什么不答应的。得了他的承诺，黄参议拿出一张具结文书来，上面清清楚楚写明白了：

> 劣绅奸商李西沅，抗战期间，偷运军火，勾结敌人，本该议罪处死，但眼下正值军情吃紧时，该犯情愿以家产助饷赎身，非常时期，以非常措施应对，故同意该犯请求，着令其自愿献金银洋六万，抵充所犯各罪，释放回家。此款是李某自愿捐助，绝无其他原因。

结具人下面是个空白，留待李西沅本人签字画押。

李西沅神情木然，盯着这条款看了又看，长叹一声，提笔写下自己的名字，拇指蘸了印泥摁在名上。

有了这份具结文书，剩下的事情自然好办了。黄参议拿着它先去李府，勒逼四姨太交出那枚戒指，拿回去献宝般交给了黄太太，引得她惊喜连连，抱着他一口气亲了七八个嘴，然后将戒指套在手上，迎光招摇，那份兴奋劲儿，难描难写。

黄参议凭空得了一万块钱好处，外加这枚钻石戒指，快活得像只小鸟。他照旧施展这过手不空的伎俩，陪着李西沅出狱回宅，当庭收钱，现大洋悄悄地抬送到了黎星斗的公馆，那些在花旗银行的存账，着令军需处派干员办理，无非是拖延点时间而已，没有取不来的。

且说李西沅吃了这平生唯一的大苦，像生了一场重病差不多，回到家里，延医请药，就此在病榻上缠绵，再难起身了。不过，他这是外示于人的假象而已，实质上，已经派人悄悄潜往省府驻节之地，和那本家亲戚取得联系，查询和重庆方面联络的相关事宜。那亲戚拿了他的钱，自然卖力，没几天就和财政部联络上了。

但李家少爷此时不在重庆，正在香港办理几笔海外华侨捐款的转账事宜。等到他回到重庆，拿到电报，得悉老爷子遭人算计，倾家荡产，险些性命不保，顿起无名之火。他一没有找上司哭诉，二没有向报馆揭露这支杂牌军的恶行，三没有向江苏省府抗议，只做了一件事：将原本拟定划拨给三战区的巨额开支勾销了。这利用手中的权柄，掐人脖子的举措，在他是家常便饭，每次都是为了索要贿赂规费，而这次却是只字不提，由得三战区催款的电报雪片般飞来，权当没有瞧见一样。他这手，是要卡得这些赳赳武夫非但吃不了空饷，还要担心自己以及部下的生计。当然，这些举措目的是鲜明的，就是要替父亲雪耻报仇，非得整治得这帮人叫苦连天、俯首帖耳才行。

第五章

一

黄参议这次设计玩了富翁李西沅一把，替黎星斗立下大功，还出了一口昔日夺妻之恨的恶气，事后计算下来，连钱带钻戒，得有两万之数。这可是他平生所获取的最大数目的一笔财富。钱，被他另藏别处去了，钻戒亮闪闪地戴在太太手上，也不枉她当年在上海跟了自己的情分。但是关键时还得紧要地提醒一句，这东西藏好了，没事别拿出来显摆。搞不好，可是倾家灭门的祸根。黄太太亲眼瞧见李府的下场，自然懂得其中的道理，只躲在卧室里关起门来把玩，连贾慧都不告诉。

不过，贾慧此时可没有心思理会这些珠宝类的身外之物，她关注的是那个姓柳名云的猪鬃商人。

黄参议答应彻查此人之后，倒不食言，次日大早坐在办公室里的第一件事就是吩咐干员去绿杨旅社走一趟，以非常时期侦查日伪奸细为由，对那刚住入不久的年轻男人进行盘问检查。那人自称名叫柳云，江南无锡人，在江北做猪鬃生意近三年，业务多在郭镇、吕垛这一带，那里近年来一直是国内最大的猪鬃交易集散地，收货经营的全都是无锡人，通过上海租界的一家贸易公司出口美国。据说这是战略物资，眼下日本人占领了郭镇，生意暂时中断，静候形势变化再做理会。

得了这信息后，黄参议也不含糊，马上发电无锡日占区暗中有往来的商行，请他们协同调查此人，核实身份背景和来意。不想严查暗访到节骨眼上时，黎星斗突然来了电话把他叫去，开门见山地质问为什么凭空对绿杨旅社的那个新住客感兴趣。黄参议心中吃惊，忙回答说这只是例行检查，并非专门针对此人。

黎星斗沉吟片刻，叮嘱他就此打住，不要再查了。据他们所知，这个人是从南京过来的，绝不是什么猪鬃贩子，刚刚手持窦雪广的信件登门拜访过总指挥，来头不小，要小心提防。黄参议愣住了，心道原来是这么回事。这个叫柳云的家伙，居然是南京方面的背景，幸好没有贸然声张或动手。不过，他是哪条路子上的呢？窦雪广此人闻所未闻，在汪政府内必然没有实力。他不会自讨没趣派人跑到吴尚来劝降的，除非是汪精卫，或者周佛海、陈公博等人，才有这个资格。再说，自己前不久也为黎星斗拉过一条熊克西的线，熊是周的亲信，投汪时手里有税警团千把人为后盾，所以做到了江苏省主席的位置。倘若二黎过去，有枪有地盘有名望，至少是中央大员的级别了。

可惜黎星斗态度暧昧，这件事悬在半空里还没有着落呢。不过，黎星源既然接见了南京来的柳云，那么说明他和汪政府私下里也有接触，大家都是心照不宣地留伏笔，后面有的是好戏瞧。

他离开黎星斗公馆时，不觉出了一身冷汗。不过，他倒不为这次调查柳云的举动而后悔，这也算是打草惊蛇、引蛇出洞的策略吧，但是没有想到会引出这样的情况来。他决定立即和苏州熊克西取得联系。熊上次遣派密使过江，是秉承了周佛海的意思。这柳云的背景，可是要借机了解的，有了出处就不怕没来处。

当然，这件事他还要对那对青年男女，特别是贾慧进行盘问。她是怎么回事？跟汪伪方面的人有了瓜葛，似乎那个有共党嫌疑的林峰也掺和进来了，真是出人意料，乱成一团糟。

他回到公馆，先去询问老婆知道多少贾小姐跟那个猪鬃商人的事情。黄太太所知不多，却不泄密，只是含糊着说这男人好像是贾慧的旧相识，大约还是抗战前的事情，有些男女间的矛盾。事隔几年，莫名其妙地又在吴尚发现了他，偏偏又装神弄鬼，还摆出陌生人的架势来。是贾慧不放心，才托他来查一查的。这件事说要紧也不至于，权当是为这女孩子排忧吧。

黄参议半信半疑，但从这独居吴尚的单身女子身上，也找不出什么名堂，反过来让他感兴趣的，是她目前的恋人林峰。这个几乎是板上钉钉的共党分子，在这件事中扮演着什么角色呢？他对柳云的底细又知道多少呢？如果二黎和南京方面私下有秘密接触，一旦消息泄露被他得知了，那麻烦可不会少。他需要探探林峰的口风，但是又不能直接找他，只有贾小姐这一条路走了。

他定下心，等到了无锡方面的回复，是有柳云此人，常年做猪鬃生意，但年龄和长相却大相径庭。真正的商人柳云，年约40，在无锡城里有商号铺面，常年住在上海租界里，跟美国人熟络，专营猪鬃出口。目前，绝无可能出现在江北吴尚。得了这个信，他胸有成竹，让老婆在公馆里摆家宴，邀请林、贾二人到场，诱饵就是有关柳云的信息要当面告知。

黄太太全然不知道丈夫的用心，欢喜不已地替他跑腿，提前一天去了学校，约了贾慧，并叮嘱她带上林峰一起来。办完了这件事，她离开学校回去，途经绿杨旅社时，正好从住过的那个房间窗户下走，情不自禁地抬头打量，恰好看到一个眉目如画、烫着卷发的女人正凭窗而立，嘴里叼着支香烟，俯看街头的人流。她心中嘀咕，这就是贾慧提过的那个刘公子携来的女伴吧？她是久经欢场的老手，阅历甚深，一眼就辨识出这个女子的特质来，不觉轻蔑地一笑，扬长而去。

次日黄昏，贾慧和林峰准点来到黄公馆。正值李西沅从狱中归来的第三天，隔壁宅子里一片寂静，那曾经时而高亢时而恍惚的啼哭声早已消失无痕了。黄太太穿了件无袖露肩的旗袍，站在水榭亭阁里等候他们。桌上已经安排好了零食甜点，用来佐茶闲话。

贾慧进了门，就四处寻找黄参议的身影。黄太太瞧出她急不可待的心情，笑道：“别找了，人还没回来呢。先坐着，喝杯茶水，天气眼见热了，梅雨季也快到了。”

贾慧说自己是在留意隔壁那些女人的哭声。

黄太太如释重负地说：“她们不闹啦，李老板放回家了，自然就不折腾啦。”

林峰风闻此事，也是一笑，说：“人被放了，钱也罚了，拿钱买命，财去人安乐，自然不会再用哭声来扰人清梦了。”

三个人一起笑了，坐下来品茶，看夕阳西沉。黄太太瞅瞅贾慧，再望望林峰，不禁叹息，告诉他们自己昨天从绿杨旅社楼下路过，没看到那个人，倒看到他带来的女人。那女子，临窗吸烟，目光动人，不是个贤淑良善之辈。假如她是那个人的相好或老婆，日后有罪受了。

贾慧觉得这句话很受用，是黄太太隐约将她来跟自己比较，奚落那个人没有眼光。作为一个年轻女性，是很乐意听到这样的评价的。不过，从某种意义上来说，她与那个人之间的分离，是自己亲手而为，是她抛弃了他。当时，她不但从感情上弃之如敝屣，甚至还对他的生命做了一次遗弃。只不过，他运气好，自己又捡回来了。

但是，这些话她是不能在这两人面前乱讲的。恪守秘密的警惕，无时无刻不在暗中提醒着她，稳住嘴，千万不能失言。林峰听黄太太如此评价那个女子，并没有什么联想。他只是想了解刘益谦的底细，以及神神道道、故弄玄虚的目的。当一个往日的熟人在多年不见之后，以这样的面貌碰面时，势必要引起疑惑和关注。刘益谦，不，柳云，做到了这一点，而且是不费吹灰之力地做到了。

黄参议在侦缉处主事，心中惦记着晚上请客的事，特地提前返回。他于夕阳犹在时回到公馆，对黄太太而言，是例外中的例外。她忙不迭地起身说糟糕，还没来得及让用人去订菜呢。

黄参议洞察秋毫地说："我就知道，所以刚才顺路已经吩咐过了。晚上，有菜、有点心、有酒，丰盛得很呢！"

林、贾二人没兴趣听他们闲扯，连忙请他坐下，问起查询柳云的结果来。黄参议摸了下左侧的浓眉，说："查了，结论很简单，柳云不是柳云。"

贾慧和林峰相视一笑。

贾慧问："不是柳云，又是谁呢？"

黄参议呵呵笑了起来，说："这个不用问我呀，该你说实话了，他到底是谁？"

贾慧懊悔冒失地问了这一句，掩饰说："我认识他时，他就叫柳云，却原来早就是假的。跟他一起的那个女子，怕是也跟咱们一样，不清楚他的底细吧？"

她一句话便扭转了自己被盘问的处境。黄参议刚要说话，黄太太掺和道："那女人，怕是风尘中人吧？我昨天领教过了，瞧那做派，不是良家妇女该有的。也许他们是一对露水夫妻，在这吴尚城里搭伙行骗呢。"

黄参议的思路顺着那女人走了一截，猛然省悟，他可不想把柳云真实的底细和盘托出，特别是有林峰在场的情况下。他又去摸另一条浓眉，说："原来他认识咱们的乖侄女时，也用了这假名字。这个人本事不小啊，莫不成就是上海滩上的拆白党，浪到咱们这个小地方来了？那可得小心。”

黄太太一心要为贾慧掩饰，顺竿子说：“是啊，你们两个年轻人不知道上海滩上青洪帮的厉害。尤其是那些拆白党、小标客，骗起女人来那真是花样百出，防不胜防，不知多少良家妇女栽在他们的手里，人财两空呢。”

林峰、贾慧装作糊涂，瞠目结舌。

黄参议半信半疑，但他还不能轻举妄动，要等那家饭馆老板给他回信才行。在吴尚，他自觉是这方面的主事者，凭空出了这么个年轻人，真是碍手碍脚，非得弄个水落石出才行。

这次晚宴比上次而言，气氛要逊色许多。林、贾二人验证了自己心里仅存的疑惑后，便不再作向下的深究，就此让刘益谦成为柳云。黄太太为了保住贾慧的秘密，间接地也保住自己的秘密，腾挪回旋，将丈夫后续的疑问齐齐截住。大家心里都有提防的意思，于是，酒水寡淡、饭菜不香，甚至连隔壁的李家也失去闹腾劲儿，沦为死寂。

黄太太把杯住箸，望着身边的三位，说：“奇怪了，这天气看似清凉，实质上却闷得很，难道半夜要有雨下了？”

二

六月中，横跨长江中下游广袤地区的梅雨季节正式开始。这雨水时而倾盆如注，时而霏霏拂风，足足下了三天三夜没有停歇。吴尚城里各条河流全都漫到了堤岸的顶端，溢上了大街。这大水自北面来，从决口直泄下河洼地水网。省府所在地被淹，大部迁向东北部。夏涝灾民们纷纷涌向吴尚，一时间，街头巷尾全是逃难来的下河农民。

黎星源下令边救济边疏散这些灾民，在城内支起若干大锅煮菜粥免费发放，同时派部队遣送大批灾民出城向南，填充那些地广人稀的村庄，就地觅食落脚，等待灾后开荒自救。

绵延大雨下了半个多月，灾民潮水般涌来，耗费掉苏鲁皖部队囤积的大半军粮。眼见这情形再延续下去，就要军民争食，皆不得食了，他火速向三战区发出求援电报。可是，三战区那边也是束手无策。原先军政部批准拨发的军饷，已经多日未发，军需物资粮食，全都面临匮缺，若干个中央军嫡系主力都危机重重，哪里还有能力援助这支编入另册的杂牌部队呢？

二黎困守吴尚，坐吃山空，眼见情势不妙。那些聚集在城里的说客，比往时更加欢腾，不但紧缠着二黎，甚至还将触角伸到那些纵队司令、独立旅长的头上，形势比战时更加严峻。

黎星源和黎星斗紧急磋商后，以省保安司令部名义下达了肃奸令，将业已列入名单的那些可疑人物全数逐出吴尚，用一艘小火轮载着送往镇江去，免得他们动摇麾下各部的军心。

众人皆走，唯独绿杨旅社里那位以猪鬃商贩名义常住的柳云岿然不动，一是黎星源有了密令，二是黄参议存了心思。等这阵风波过去了，他还要亲自去旅社拜访这位身份暧昧且特殊的青年人。

此前，汪记江苏省主席熊克西，已然有密电送达，叮嘱黄参议要小心对待此人。他是持窦雪广的推荐信来见黎星源的。窦某人是新近投奔过来的大员，虽然不能小觑，但未必会令黎星源破格接见并暗中保护，可能有更大的背景起了作用。

黄参议心领神会，一阵子嫉恨，一阵子羡慕，一阵子失落，但至今为止，他仍然不知道这柳云的真实履历。其实柳云的来历，吴尚城里只有三个人清楚，都是以亲眷论，与他关系最为密切的：老婆黄太太、内侄女、未来的侄女婿，他被他们合伙蒙在鼓里，但他也对他们如法炮制，以其人之道还治其人之身。彼此，都只有半张底牌，可偏偏又不肯开诚布公地亮出来，合二为一，彻底弄清楚这个年轻男人的秘密。

柳云自从那天携着美眷和林峰、贾慧在绿杨旅社迎面撞见之后，便深居简出，关起门来跟女伴胡天胡地。这叫凌青的女子，正应了那黄太太锐利的目光，确实不是一个良家女子。她是天津人，自幼学唱大鼓，17 岁被一个青帮流氓头子强逼着做了外妾。日本人来了之后，这家伙参与了军统的一次暗杀活动，败露后被逮去枪杀了。她无所依靠，只得离开天津去北平，重操旧业，混迹于堂会、剧场，日子过得很是拮据。

去年初，有人托话来，说新到任的伪维新政府许老爷看上她了，想纳她入房，好带着四处去抛头露面、迎来送往。起先，她嫌弃老头子年龄太大，搞不好一两年就会弃世而去，二度让自己顶上寡妇的名声，但等见了人，发现这老家伙精神矍铄，身板硬朗，不是个垂老待毙的样子，于是便改了主意。这位许老爷年纪老迈，床上的本事自然丢了，但是舍得花钱，供养她那是绰绰有余。她有了挥霍的本钱，也就乐得如此了。

这样没半年，汪伪政府与伪维新政府同流合污。许老爷带着她南下，在南京政府里担当高位，有公馆有汽车，比过去更加气派了。在南京这地方，宴请迎送的场合太多，她陪着老头子几乎是天天出场。这些场合里，自然有少年得志的俊俏青年，舞会上频频碰头，想不发生些事都难。在这样的环境里，她千挑万选，最后跟这位当时名叫柳秉衡、眼下化名柳云的专员勾搭上了。这位年轻有为的柳专员，是个单身汉，家境殷富，人漂亮又懂得情趣，不下三天，便将她乖乖地拥上床铺，颠鸾倒凤了。

她本是个年轻女子，守着个老头，房事空旷，如今得了这青年男人的出力卖弄，死去活来，酣畅淋漓，几度春宵后，就将名义上的丈夫丢在了一边。许老爷年纪一大，对这些事有心无力，只得睁只眼闭只眼任他们去，只要不显在明处，保住颜面就成。他们暗中苟合，日子一久，便生了心思，想嫁给他做明媒正娶的夫人。上个月，柳云一直处于暧昧的状态，却忽然明朗起来，答应要娶她为妻，但前提条件是必须陪他去江北吴尚过一段安静的日子。她未加思考就答应了。于是两人约定，分开离宁，先后去吴尚碰头。她临行前哄骗老头，说要回天津一趟，料理家务，实质上坐船过江后没有乘车北上，而是坐船东去，赶去吴尚和情郎会合了。

这几天，两人在旅社里欢纵无度，过的是神仙也艳羡的日子。正在有滋有味时，那位黄参议煞风景地来了。伙计小心翼翼地先附在门上偷听动静，然后敲门。柳云放开女人，坐起来穿衣开门，询问来由。伙计告诉他有位黄参议前来拜望。柳云对于此人似乎并不陌生，微微一笑，吩咐请进来坐。

黄参议走进自己的旧居，房间里整日不开窗户，一股子异样的气味，难闻却又撩人欲望。他瞟了一眼那个女人，请柳云下楼外去说话。柳云欣然从命，穿戴完整随他一起离开旅社，在斜对面找了家茶馆，坐下来叙谈。

这两个人彼此过去都不认识，一个在上海滩上蹉跎混迹，一个在曹县故里春风得意，没有这场战事，怕是这辈子都走不到一起。但他们之间的关系，却像是被冥冥之中一双无形的手导演形成的。黄参议娶了许督军携资逃跑的四姨太，柳云与督军女儿相恋，闯下弥天大祸后双双潜逃，在吴尚这块全不相关的地方，他们戏剧般地相逢了，为的却是一个共同的目标：诱降二黎，以在汪政府飞黄腾达。但有一个不同点是，柳云对所有的事都了如指掌，装作糊涂，而黄参议只能算是半知半解，他只想利用南京背景来跟这个年轻人作礼节性的沟通。

其实，他这样做也是情非得已，熊克西方面的特使在他的引荐下见过了黎星斗，毫无结果。而柳云面见了黎星源，结果不明，但看他就此住下不走，便让人产生联想了。黎星源的态度，直接决定苏鲁皖的未来。这个问题，所有人都再清楚不过。所以这次见面，黄参议就是想从中探探口风，猜测黎星源的大致态度，至于柳云的详细背景，熊克西那边也好有所答复，有所作为。

茶馆伙计见这一军一商来了，不敢怠慢，忙来殷勤伺候，先上了壶上好的茶，一盘子新炒的瓜子，一碟绿豆糕。黄参议安静地望着这铜托焊锡的壶把、壶嘴，心中暗想这些茶馆里的用具，跟寻常家中所用的家什的区别在哪。柳云既然是商人，那一定是要扮演好买卖人的角色，他从兜里摸出烟来，替对方点上火，等到瞧见黄参议鼻腔、嘴巴里溢出淡淡的烟气，才缩回手自去点燃。

他们这样默默地抽掉半支烟后，进入了某种默契的状态。黄参议是主动者，自然要说话，他将剩下来的半截烟搁在桌边，任由烟雾袅袅，开口说：“郭镇是进不去了，猪鬃很难收到吧？”

柳云笑笑，说：“等等总是有机会的。就怕没耐心，那可就麻烦了。”

“郭镇那边虽然是日本人占了，但我有法子能让你的货物进出自如，有没有兴趣试一下？”黄参议诱惑道。

柳云摇头，说：“我只信自己的路子，旁人的路子也许有陷阱呢，到那时岂不是人财两空？”

黄参议说：“这年头做生意，单凭一己之力，怕是寸步难行。事事有人相助，那才吃得开。”

柳云说："有的事，有人相助是好事；有的事，反而会帮倒忙，这中间深奥着呢。"

黄参议将最后的烟蒂弹在地下，用脚跟碾灭了，说："原来是信不过我。"

柳云望着桌面的纹理，说："一个素无往来的陌生人，突然找上门来，开口说要你相信他，你会信吗？"

黄参议不觉莞尔，反过来递烟给他，说："熊克西是我多年的好友。我是税务官，他是税警团，合作得很愉快。他信我，你信不？"

柳云不露声色，仿佛对这个名字毫无反应，掸了掸尚未形成的烟灰，说："我只识猪鬃，对识人一道，很不在行。"

黄参议说："猪鬃是死的，人是活的，活人比较有趣。"

柳云却不同意，说："那倒未必。猪鬃单靠外观就可以辨别出优劣好歹，人却做不到这一点。善人、恶人，单凭脸蛋眉眼是不着数的。"

他有意在眉眼上加重口气，用意明显，就是针对黄参议那一双浓眉而来。黄参议昨天下了气力，四处打听，终于弄清楚了那个从未听说过的人物的背景，说："是啊，窦雪广看人怕也不靠面相，就写了封荐信给黎星源。"

柳云呵呵笑了起来，说："在吴尚这块地面上，倒是什么事情都瞒不过黄参议，连窦雪广都知道。黎星源倘若知道你对他如此关心，怕这个处长的位置是坐不稳了。"

黄参议不耐烦地拍了下桌子。伙计以为自己照应不周，客人发火了，唱了一声喏一溜烟跑过来，提起壶替他们斟茶。他这样一插进来，倒让黄参议心里憋着的一口气消退了，改颜笑道："龙有龙路，虾有虾道，在这吴尚城里，谁没替自己留后路？有的通汪，有的通共，有的通省韩，大家貌似齐心，实质上已成散沙。如今，就靠着二黎的力道在撑持着。他们一旦动摇，控制不住局面，一切就完了。"

柳云吸一口烟，缓缓地吐尽了，说："黄参议把话说得这么明白干什么？人人心中都糊涂，就只有老兄一个明白人？"

黄参议说："打开天窗说亮话，老这么憋闷着，劳神伤体。说实话，我原本是想动你的，后来得知了你的来历，这才停下。倘若不看在南京方面，你就别收猪鬃了，去拔毛吧。"

柳云不屑道："我下榻在绿杨旅社，里里外外恐怕黎星源早已密布下天罗地网，还劳你动手？是有人下令你收手的吧？"

黄参议算是碰了一鼻子的灰，恨不能不顾一切地将他抓去侦缉处，先吊起来打一顿才解气。但他是个圆滑只认利益的人，忍住了这口气，笑道："少年人就是少年人，恃才自傲，来就来了，走就走了，何必强留在这里做别人的眼中钉呢？这吴尚城中形势复杂，保不准有人想动你呢？"

柳云垂眼看着腕上的劳力士表，说："我在贵部的严密保护下，谁敢动我？"

黄参议冷笑，说："譬如省韩呢，譬如共党呢？他们未必如二黎这样态度暧昧。格杀汉奸，那是名正言顺的事情。"

两人这次会面，不欢而散。黄参议却是个嗅觉灵敏的老狐狸，已然胸有成竹。他和柳云分手后，去了那家饭馆，叫了两样菜、一杯酒、一碗饭，先吃饱了，然后在一张纸上写下如下一句话：

已与该员接触，言谈倨傲、态度生硬，疑为汪本人所遣。

他将这张纸叠起来夹在钞票里，算是结账，递给了老板，悄声嘱咐发出去。老板点头，转身下楼去了。他看看时间还早，便坐到窗口，俯望着街道上的行人散心。这过程中，那些芸芸众生并没有给他提供什么灵感，他只是在反复地考虑着一个人：林峰。这个少校参谋，住在天井的那端，他监视这个姓柳的年轻人倒是简捷便当的，要不要利用他来达成自己的目的呢？他和柳云之间，不，应该是贾慧和柳云之间那点不为人知的过节，可以促成这一点，但他却举棋不定，陷入了踌躇之中。

三

林峰住在绿杨旅社，确属近水楼台先得月，隔着十来米的距离，和那位旧日密友、今时的陌路人遥遥相对。他心中坦荡，毫无掩饰，把两扇窗户整日里大敞着。而柳云那边，却整日里门户紧闭，一对男女躲在里面鬼混，这种房子隔音效果不好，难免会有些缠绵的声响传出来，一时间令众旅客侧目，恨不能去叫警察，以有伤风化的罪名论处。但这猪鬃商人的背景可疑，有侦缉处的人来查过，后来都不见下文了。众人无奈，只得任由这荒唐事儿继续下去。

林峰对于这一两天发生的事情，异常关注，先瞧见侦缉处来人，知道是黄参议所派。但之后却杳无音信，和黄参议本人印证过后，大抵就是那么回事了。黄参议查出的结果，使得林、贾二人都确信，柳云就是刘益谦，不可能存在容貌上相近的可能了。他闲暇时，坐在窗前一张木椅上，并不喝茶，暗暗生疑，总觉得此人来到吴尚，尤其是以这种放浪形骸的状态外示于人，恐怕不单单是为了贾慧。他在这里，一定还有别的什么事要做。这个疑问，反而成了林峰最关注的焦点。

男女情爱的报复方式，在他读过的小说中并不陌生，但眼前的情形，摆明了不像那么回事。单从表面上分析，他看不出来，贾慧也是，前督军四姨太也是。

于是，他决定瞅准机会，主动出击，密切注意对面的动静，听到门响便假装出去办事，有意地在楼道或门口邂逅他。有两次打了个照面，对方面带谦和的笑意，和所遇见的人都是客套地颔首致意，跟他也是一样。他在第二次迎面时，再度咄咄逼人，将他拦下，微笑着说："听说柳先生是做毛料生意的，这一带似乎并不产毛货啊，倒想请教请教。"

柳云客气地淡然笑道："不是毛货，是猪鬃，美国人用来做刷子，清理飞机、军舰仪表用的。"

"噢，"林峰佯作好奇，继续说，"我以前在无锡待过，也认识一位柳云，40多岁，也是做猪鬃生意的，难不成，这一行里有两个柳云？"

柳云眉开眼笑，说："那个是我的叔叔，他在上海租界贸易行里主持大局，我们收的货最终都从他的手里出口。我原来叫柳近，但因为叔叔早年在这一带收货，名气太大，所以建议我用他的名字，时间一久就叫熟了，不改啦！业内好朋友区分我们时，就叫大柳、小柳。我是小柳，他是大柳。"

他面不改色这样说，让林峰哑口无言了。此人不但冒充他人，连被揭穿后的辩解说辞都准备好了。这猪鬃商人柳云，是铁定要冒充到底的。林峰不再跟他纠缠，更把少年时的怀念抛在脑后，但是，这件事彻头彻尾透着诡异，他举棋不定，不知道该如何应对。

他这边正在失落时，随着城外洪水的泛滥，吴尚的局势更加动荡了。黎星斗向三战区接连发电，请求兑现那笔用于省保安司令部的专款。可是三战区似乎没有拿到这笔钱，甚至连其他的款子都收不到了。用于军需方面的财力，到了严峻时刻。

二黎无奈，在光孝寺召开高级军官会议，各纵队、各独立旅的头目们都赶来赴会，一见面就抱怨这场大水害苦了大家，不但秋后就地取粮成了泡影，而且还要分出一部分粮食赈灾，兵民争食，如今士兵的口粮已经开始逐步地削减，到了万不能再降的时候，激发兵变，那可是麻烦极大！

黎星源苦笑，说昨天已经和吴尚商会几个富绅商量过了，他们每家愿意再拿出 8000 大洋支援。这些钱要拿到敌占区去买粮，途中要过日本人的封锁线，路途艰险。他已经向省府三战区直接请求派粮，但他们的日子也不好过，好几笔巨款被财政部以稀奇古怪的借口拖延住了，正在托人疏通。唯一的指望就是新四军那边，他们的辖区里受灾情况轻得多，而且还是从日占区运粮过来的必经之地，所以，只能指望他们了。他和对方联系过，新四军方面愿意无偿提供 2000 石米面，以解燃眉之急。他已派人去接收粮食，并附上大洋 8000，请对方施以援手派兵保护运粮队进出日军封锁线。

会场上，众将官一阵议论纷纷。有人说最后还指望上了新四军，真是运气；有的在窃窃私语，南京方面的说客们，左手拿支票、右手提军粮，站在门口吆喝，只要答应易帜的条件，眼下的一切困难都会迎刃而解的，何必去舍近求远？

黎星源站直了身子，双手按在桌子上，继续说：“当然，也有人说，咱们还有一条路走，只要投了汪精卫，粮饷军械就不愁了。但是，我要说这是短见，妇人之见！甚至还不如妇人！咱们是个什么队伍？苏鲁皖游击部队！三万之众，居然为了填饱肚子就投降日本人，那将会成为千百年的笑话！我和副总指挥也将会被人画了像挂在城头上任人唾弃。为国家计，为百姓计，也为咱们老祖宗计，咱们不能这么做。眼下，我们只要还有一口饭吃，就要坚持下去。往日占区的运粮队，我已经安排出发了，新四军一定会鼎力相助的。他们还指望着咱们替他们守住吴尚这西大门呢。这叫作什么？叫作《战国策》中的纵横之学。彼此照应，免得唇亡齿寒。我们这支队伍没有了，对他们而言绝非好事。艰难时期，大家体谅着过吧。”

他这一席话，给大多数人鼓了把劲。程兴柱坐在前排，举手发言，报告说眼下大水淹没了新挖的壕沟，不能再驻军防卫了，请求防线后退，另筑防御工事。黎星源笑了起来，指着地图示意说那些壕沟又深又宽，再蓄满了水，每一道都成了小河，形成了密集的河网地带。只要在壕沟附近屯兵就可以了，日本人真来，怕是实力展不开，优势火力发挥不了作用，也是白搭。再者，新近发来的长沙战报，日本人没占到多大便宜，正在进退两难呢。南部旅团也是举棋不定，不知道是该南下还是西进。一切都得等主战场的战事尘埃落定，才有可能。

听说军事压力减轻了，众人不约而同地松了口气。

黄参议坐在人丛里倒没多想，只惦记着那十几船李西沅被扣的粮食，如今，它们已被自己辗转运到了城外一个隐蔽地带囤积起来。眼下这局面，有两种选择：一是主动献出军粮，讨得二黎的欢心，可以谋求在这支队伍里的发展；其二是假他人之手将粮食转卖掉，赚个钵满盆满，坐在洋钱堆里开心。这样犹豫了半天，盘算了半天，他咬咬牙，决定还是卖掉粮食图个眼前的实惠。军中缺粮不是吗，有钱买不着粮，正好可以方便出手。有了钱，日后回到南京，再活动汪政府那些上层人物，在那里谋划飞黄腾达才是真道理。

他们在殿堂里开会，外面廊下一众参谋侍从中，林峰正在凝神倾听。这场岌岌可危的战事没打响，洪水却代替枪炮将这支杂牌军弄得狼狈不堪。他今早从三十三师本部接到密电，长沙会战，国军以惨重牺牲抵挡住了日军的攻势，日方亦遭受重创，暂时无力发动大规模的进攻，双方转向相互据守的态势。重庆最高方面通令嘉奖参加长沙会战的各部将士，并宣称已经完成己方战役意图，此战以我军全胜而告一段落。

这正面战场上，日军受挫，近期大规模的战事发生的可能已不存在，但是其他战场的态势因此变得复杂起来。据最新情报，日方在津浦路一线增兵，将要对苏鲁皖地区的中国军队有所动作。关外的主力已经有两个旅团驰援南下。为应对军事态势可能的变化，四十五军亦将伺机转进苏鲁，相机支持苏鲁战区余部。目前，该战区尚有两个军、若干游击支队的番号。这本是重庆高层安置东北军余部而煞费苦心设立的战区，以于学忠为最高军事长官，但近一年来，该部屡遭日军清剿，又和友军摩擦，生存艰难。这个地带是威胁津浦大动脉的重要所在，日军大本营用意明确，不彻底拔除它，寝食难安。

所有的情报都揭示，未来的形势不容乐观。这场因梅雨而引发的洪水，一方面给苏鲁皖游击部队造成了损失，另一方面也延缓了日本人可能的行动。吴尚西北已成泽国，但盛夏一到，大水迟早是要退去的，到那时，以一马平川来抵御配备有装甲大队的南部旅团，确实不是易事。

殿内会议散后，众将领谈论着出门，各自赶回部队。程兴柱似乎有所期待，在殿外廊下放慢了脚步。林峰会意，边和其他人客套地招呼，边不动声色地走过去，依旧摆出场面上的礼仪，先行了个军礼，握了下手，满脸堆笑地寒暄了两句。

程兴柱的声音不高，所说的内容却让林峰大吃一惊。这是程兴柱刚刚在会场里无意中听身后的二纵队司令丁聚元和独七旅旅长低声私语中得来的。丁是亲省韩派的，公馆里就住有省府的密使，这已是人人皆知的秘密了。但是，他对黎星斗忠心耿耿，毫无背叛之意，只是老想拉着他倾向省韩。可是省韩对待二黎又很不地道，这就使得他的处境很是尴尬。但尴尬归尴尬，他倒是那种锲而不舍的性子，只抱着两个宗旨：一是忠于黎星斗，二是倾向省韩，无论形势如何变化，很难改变。

正因为这个缘由，黎星斗对他虽然有时不满，但却宠信不衰。那一刻，程兴柱依稀听到丁聚元说："两位总指挥坐在台上充好汉，其实早就八面玲珑了。那个绿杨旅社里姓柳的小子，不就是南京方面派来跟总指挥接洽的？人人都留了一手，偏偏要我们死扛，岂不是笑话？"

丁聚元这句话令程兴柱印象深刻。他端坐在前排，心中急速盘算，应该将这个消息传递给林峰，一方面是提醒，另一方面可能算是印证。林峰原以为他有军情密报，没料想会是这么件事，先是吃惊，继而兴奋。这看似简单的一句话，已经将住在绿杨旅社里，看似放浪形骸的猪鬃商人的真实形状勾勒出来。他把握住方寸，点头一笑，又去跟另外的人套近乎去了，甚至还包括那位黄参议。他面对这个浓眉大眼的男人时，又有了些新感觉。黄参议眯缝着眼，在一对浓眉压抑下，几乎可以忽略不计。

他放声笑问："林参谋，局势又有新的变化，贵部将会有什么行动啊？"

林峰笑道："动手呗，长沙会战，我军挫了日本人的锐气，现在各战区都要趁此良机激励士气，主动反击。苏鲁皖将会顺势而为吗？”

黄参议点着头说：“顺势而为，自然是要的。两位总指挥自有良策，且看后事吧。”

柳云的汪伪密使的身份，在吴尚是个秘密，黎星源是亲历者，然后不避嫌疑地将这件事转告给了黎星斗。黎星斗只将这件事告诉了手下两名亲信，一个是黄参议，一个是丁聚元，就是这位丁司令坐在会场里卖弄给了交好的同僚，恰巧被这位长了顺风耳的程司令听去了。他知道了本不打紧，可是他却是共党地下分子，随即便将这信息传递给了同样身份的林参谋。这林参谋正为男女之事，跟那个猪鬃商人柳某纠缠不清呢，得了这秘密，无异于手里掌握了一把锋利的砍刀，是件称手又称心的兵器。

他离开光孝寺后，先行将这个情报送出去。他使用的手法简单，又不易被他人察觉。他回到设在都天行宫的联络处，让卫兵去对街饺面铺子叫一碗盖浇面来。饺面铺子的伙计送面来时，他将纸条夹在钱里漫不经心地交给他，只说一句：“不要找了。”

这铺子是新成立的吴尚行署地下联络点，开在都天行宫对面就是为他单独而设，有情报通知时，他叫人送面来；有情报回复时，面铺外面不起眼的角落放一把收拢起来的油纸伞，他见了自然会派人去叫面，那通知就由伙计藏在托盘下带进去给他。自始至终，都不用他和面铺直接接触，是个妙不可言的方法。黄参议即使暗中派了盯梢者，那也是无法觉察的。

通知了地下组织之后，林峰考虑再三，决定将这件事透露给贾慧。他认为，对她而言，这件事至关紧要。那位化名柳云的家伙，果然不是想象中那样简单，此人今非昔比，背景复杂得足以令她咋舌。

四

得知这个消息时，贾慧正值洗浴之后。她在这闷热多雨的天气里，已经多次重新使用了那只修补后仍然留有刀痕的浴桶。每当她赤身裸体坐在温热的水中时，总是情不自禁地去看闭掩门扇的缝隙中漏进来的光线。那光线来自花坛方向，其中似乎还夹杂了花草的芬芳气息。那气息怪异而娇艳，失去了植物本身特有的清新，像是被刻意添加了某些物质，仿佛一个浓妆艳抹的杂和着香水的女人在门外廊下起劲地来回走动，随风挥发出来的那种味道。

贾慧时刻不离的那把勃朗宁手枪，此刻就藏在一堆脱下的衣物下面。枪把正对着自己，以便使用时一下子就能顺手握牢。她的两条光洁的手臂在水面惬意地划动着，让水波一阵一阵荡漾肌肤，洗涤身心。眼下，门外花坛下的那个孤魂野鬼，早已不对她起任何作用了，那意欲劫色的夜行客死有余辜。以前，每当她对咫尺之遥的泥土下埋葬的那具尸体生出恐惧时，就会去联想如若自己反应慢了一拍，没抢先几秒拿起枪，那么早就受尽凌辱，成为死尸了。在那千钧一发的生死关头，不是你死就是我活。她每想到自己曾经光着身子面对过那个猥琐的家伙，春光外泄，气就不打一处来，恨不能提起枪去花坛前，对着泥土再射上几枪，以解心头之恨！

正当贾慧用皂角洁净了身体，重新沉入水中时，这个细雨连绵的下午，林峰来到了她的院外，拍打着院门。她在堂屋里匆匆应了一声，赶忙起身来揩擦穿衣，披一头湿漉漉的头发去开门。林峰从开门的那一瞬间，就嗅出了她洗浴的气息，不由得抱歉地一笑。

贾慧感觉到了这笑声的含义，微微脸红，请他进屋去坐。林峰拿了把条凳，放在檐下，望着院中雨下摇曳的花草，说还是在外面吧，外面透气，还有风，不让人烦躁。贾慧转身去取了条毛巾，边擦干头发，边陪他坐着，问他此刻冒雨登门的来意。

林峰轻声说："刚刚得到了一个消息，这个人，是南京方面派来的，似乎负有劝降的使命。而且，比其他说客不同的是，他没有被赶走，反而在吴尚城里住下了。这事情透着古怪，难道他已经得到某种保证，有把握在这里静候时机了？"

贾慧对这个人劝降可能的结果不感兴趣，她留意的是，他来吴尚所办的事情。如果林峰所言是实，可不可以从另一个角度来解释他对她佯装陌生的动机呢？他是为了掩盖南京方面的背景，假装出来的？但这个说法不能成立，因为无论他是否跟他们熟悉，都与他南京方面的背景无关。他刻意如此，就是针对他们，针对自己的，毫无疑问。他来吴尚或者留在吴尚，只有一个结论：他是公私兼顾，一方面诱降二黎，另一方面要复旧仇。

林峰对她的判断基本上同意，但是，对于此人要复的仇怨，还是心存疑窦。他对自己不了解的事情，难以预测后面可能的发展变化，但是对于此人汪伪密使的身份，却不能作壁上观，在该当出手的必要时刻，绝不含糊手软。

贾慧坐在廊下，借风吹发，用牛角梳子将剩余的水分剔除出去，融入雨水当中。她漫不经心地问林峰，她那位姑父黄参议会不会知道这个人的底细。林峰说极有可能，这件事是从丁聚元口中透露出来的，以黄参议最近跟黎星斗的亲近度看，丁还不如他呢。丁知道了，黄必然知道。但这件事事关重大，谁也不敢轻易越雷池一步。见面谈判是一回事，真要易帜投汪，那是另一回事。这吴尚四周，除了日本人，还有省韩，还有新四军，可都不是能耐住性子坐看他们自甘堕落的主儿。韩德勤至少手里还捧着重庆的印信，挂着三战区副司令长官、江苏省政府主席的招牌，下属叛变，岂能袖手旁观？

贾慧笑了起来，说："提到了他南京方面的背景，我倒想起来了，老爷子据说也到了南京，这是真是假？四姨太透露的，怕不会是杜撰吧？"

林峰倒迟疑起来，他只风闻许督军去了北平出任伪职，至于他是否南下，却没有确凿的消息。但这点一查便知，隐藏不了的。倘若他真的在南京，那么这中间就有好戏看了。他和刘某人的仇怨可不浅，丧子失女，一夜之间膝下空空，何等的凄惨？他会不报这个仇？

他们在雨幕如织的背景下谈论，思绪也跟着这随风飘荡的雨丝一样，没个准数。正在这时候，院门外响起了对面街坊老崔的嗓音："贾老师在家吧？请开门。"

贾慧开了门，老崔穿着黑色的警察制服，撑着把油纸伞，咧着嘴巴笑道："三个娃儿都没上学，就知道学校今天放假。有件事特地来跟你说一声。"

他随后便将来意细说了一遍。原来和那个曹三是酒友的酒鬼丁某，醉酒中风后拖了些日子，昨天早上断气死掉了。照顾他吃喝拉撒的邻居在收拾他的遗物时，找到了两样东西，送到警察局来。一把枪、一封信，都用细麻绳捆紧了，绑在床板的背面，不揭被褥，根本瞧不到。那枪装填了子弹，似乎是有所戒备的样子；那封信用油纸包裹，拆开来看时，上面歪歪斜斜地写了一行字：许小姐在吴尚教书。落款是曹三。想来，这两样东西都是曹三生前的遗物，它们怎么会出现在这个中风醉鬼的床板下面呢？警察局的人不明白。至于什么许小姐在吴尚教书云云，更是让人疑惑不解，因为吴尚中小学里，只有一位姓许的教员，50 岁开外，说是小姐太过勉强了。因此，枪支上缴官方，信函留待存档。至于它们所蕴含的意义，局外人无法理解。

林峰站在院门内檐下，听得清清楚楚，他毫不犹豫地叮嘱贾慧，先去警察局看那封信的原貌，再作理论。贾慧向老崔道谢后，赶紧挽发换衣，撑起雨伞，和林峰一起顶风冒雨前往府前街的警察局，迫不及待想亲眼瞧瞧死鬼曹三最后遗言的真相。到了警察局，这里当班的几个警察正围在桌子边赌钱，不亦乐乎之际，眼见一男一女进来，想不理睬，可是又不敢得罪这个少校军官，于是敷衍了几句，听说来意后忙不迭地将那封还没来得及归档的信件交给他们翻阅，随后继续开牌算账。

林、贾二人走到隔壁房间里，轻轻带上门，去看那封流经两个死人之手后留存下来的纸张。这是一封标准的信件，外皮封套、内里信笺一应俱全。里面的内容，他们大致听老崔说过，封皮上的字却是首次看到。贾慧屏息静气地读那一行字时，浑身的血液像是被冰冷凝固住了一般。那是一行出自曹三之手，歪歪扭扭的字迹：

山东　曹县北固街　许府收

这是督军府在曹县的地址，许府就是许督军的府邸。曹三这封信是要寄到老督军手里去的。结果，这封信未能寄出，便遭人栽缸，一命呜呼了。那么他把这东西放在酒鬼丁某手里干什么呢？自己上街去寄掉，岂不是更便当？假人之手，恐怕是别有缘故了。

贾慧反复地看信封、看信笺，终于能够确定，曹三那天拆弹时认出了自己，他要去拿老爷子的赏金。可是，另有一些变故使得他无法寄出信函，或者动身离开吴尚，只得将这封信托给他人代为邮寄。偏偏所托的人是个酒鬼，将这事耽搁下来。而后，正是因为这耽搁，这个发了些财并梦想发更大洋财的家伙被人在夜间劫杀之后，让酒鬼害怕起来，不但没寄，反而将信藏了起来。这一藏，几乎使得它永远湮没，再无下落。之后，他因暴饮中风而死，才使得藏匿在床板后的信函浮出了水面。

贾慧说："真相大白了，他想出卖我讨赏钱，可是老天保佑我，让他及时死在了他人手里，就这么简单。"

林峰满腹疑团地摇头，说："真的这么简单吗？我看，没这么简单。"

他们将信函重新交还给了警察，离开了警察局。外面的雨势渐止，太阳放出光芒来晒得遍地里水汽蒸腾，比下雨时更加让人难以接受。贾慧刚刚洗涤过的身体闷躁难受起来，掉头去看林峰，只见他穿一身军服马靴，浑若无事样，不由得佩服，问："你不热？"

林峰笑道："我习惯了，一年四季都是这个样子。刚入伍时，三伏天里出操练站姿，那是靴筒里汗水没了脚跟，都不带哼一声的。"

听他这样说，贾慧油然忆起从前少女时代所相识的那个青涩少年林峰，再想想那个躲在绿杨旅社里跟不三不四的女人鬼混的男人，不禁感慨人的变化真是难以预测，曾经儒雅文静的刘益谦，居然做了汉奸，而稚嫩淳朴的林峰却成了坚定的抗日军人，彼此的差别，简直不可以道里来计。

林峰没有猜到她的想法，仍然沉浸在对那个本部因伤离队、已然惨死的工兵曹三的谜底分析中。他思索的是，首先曹三之死对谁最有利？猝然一个念头在他的脑海里闪过。他收住脚步，扭头望着贾慧，若有所思地笑了起来，说："曹三之死，你是最大的受益者。他本来是要揭发你的，却连信都不敢亲手寄。这说明，他遭到了别人的威胁。他半夜想溜之大吉，是感觉到了危险逼近。有人杀掉他，阻止他向老督军报信，实际上是在保护你，对不？"

贾慧不由自主地打了个寒战，一股冰冷的寒气在这梅雨闷热的季节由头到脚将她的整个躯体冻结住了。她僵立在吴尚街口的一棵槐树下，双腿发软，坐倒在一张闲置的麻石磨盘上，久久说不出话来。

倘若林峰的推断是真实的，那么吴尚城里，自己的四周早已织下了一张大网，她在这里的一举一动，无时无刻不在监视之下。有人觉察了她的身份，想去讨赏报信，信没能寄走，人未能出城，就在吴尚城里被碾压成灰。如果不是这封信在偶然中现身，谁能想象这样的可能呢？

但贾慧在没有确凿的证据下，不愿相信这个推断，而且，这仅仅是推断而已，不是事实。她勉强支起身来，挽住了林峰的胳膊，说：“管它呢，天知道会是谁，或者根本没有什么谁在保护我，都是咱们自己臆想出来的东西，对不？”

林峰一笑，说：“有个人惦记着，暗中保护，是件好事啊。尤其是对你这样一个单身女性来说，那是求之不得的。不过，在我们没有重逢之前，这是件好事，但此刻，我却有很大的压力了。是谁在扮演这个护花使者的角色呢？”

他这样说的目的，与其是在帮她分析，不如说是在旁敲侧击，让贾慧去考虑那些她不肯面对的事情。贾慧松开了他的手，看着他奇怪地笑，说：“皇帝不急，急死太监。你的参谋角色，关键时刻就一览无遗了，是不是？”

林峰听出她话里的不满和讥讽，付之一笑，就此不再多言。两人提伞回到了贾慧的住处。贾慧没有开门，转身背贴着门望着林峰，含笑说：“多谢你了，这种天气陪我走了这么久。改天，我好好请你吃顿饭。我虽然做菜的手艺不成，但至少还有一样拿得出手的。”

林峰是个聪明人，明白她这是想一个人待着，回避自己的打搅，当下也不多言，自然地抬起手在她光滑的面颊上抚摸了一下，道声别后离开了。回去的路上，雨水又簌簌地下了起来。林峰没有撑开伞，让这细如牛毛的雨丝濡湿了军服，浸凉了他有些混乱的头脑。这一刻，他在茫然中隐约感受到了失意和寂寞。

五

其实，林、贾二人在归途中对于那个隐身幕后、杳无迹象，只在前工兵曹三这件事上一露峥嵘的神秘人物，都已然有了判断。不过，林峰是以主动积极的态度来面对，而贾慧则是与之截然相反地选择了逃避。他们态度上的这种差异，是个人心境与处境的不同使然。

林峰对于那个看似神秘的人物，充满着蔑视和不屑，揭露他的真面目，是想借此促使贾慧就此能够当机立断，挥刀斩断与往昔一切的藕断丝连，完全彻底地站在自己一边。可是贾慧过去面对所有事情时的果断决然，此刻却消失无踪了。她变得优柔寡断，继而痛苦不堪，以至于到了最后，采取这样掩耳盗铃的举措。

当然，这宗新发现也有很多模糊不清的地方，给她这样做提供了借口。

近几个月来发生的那些事牵扯出来的那些人，无非着落在两个去处：一个是她的父亲老督军，一个就是那个长久隐没于死亡中，千呼万唤始出来的刘益谦，现在化名柳云的男人。但这件事就诡异在，他居然会截杀了意欲向老督军报信的告密者。如此做法，是什么用意，真的是在保护她吗，还是另有所图？她在理智上不相信那个险些命丧自己枪下的男人会反过来庇护自己，但是，内心深处的某个角落里，似乎又依稀存在着那么一丝丝的期望。他确实是在这么做，动机是他仍然对她留有余地，泯却了仇恨，爱意犹存。

这两种自相矛盾的想法犹如两条纠缠紧密、翻滚中又互不相让的蛇类，折磨着她的思想和神经。这让她不知所措，难以拆解。贾慧可以应对每一个意图明确的敌人，但应付不了这样态度暧昧不清的对手。不是能够洞悉她性格和思路的人，是不会使出这一招的。

她在两难中再度失眠了，倾听着窗外的潺潺雨声，手中握枪。这枪恰恰也是他所赠送，而她曾用它将他打翻在芦苇丛中。这把枪的本身，就象征了现实里他们之间的关系。

林峰无论是在个人感情上，还是出于职责所在，都不能容忍这个化名柳云的家伙在吴尚城里招摇下去。他曾是他中学时的密友、青春期的情敌，如今是不共戴天的敌人。汉奸刘益谦，不，汉奸柳云，是他在心底对他唯一的称呼。他在吴尚，肯定不是自己所知的这短暂的时间，假如从曹三之死算起，那至少三个月了。在此之前，他在此地经营又会是多久呢？这可不是可以用天数来计算的。柳云在以猪鬃商人身份公开现身前的行径，足以让他疑心吴尚城里已存在着一股不易为人所觉察的秘密势力。这是他们长期布局的所在，目的很明显，就是为这支杂牌军队，为了这块地盘而来。眼下的亮相，是说明事态到水到渠成的时候了，还是迫于无奈的狗急跳墙？林峰倾向于前一点，这更加令他忧心忡忡，在上级还没有答复前，再度将新发现的情报通过联络点发了出去。

一天之后，吴尚行署转来一封敌工部的密令，通过面铺伙计送达他的手中，寥寥一行字：静观其变，了解内幕，不到关键时刻，切勿打草惊蛇。他看了这指示，有些失望，但暂时也没有办法来违背它，只好等待第二封情报送出之后的反馈意见。

他在等待期间并不是无所作为。目前在吴尚，他手里可以掌控的武装，只有守卫联络处的一个加强排，50 多人，装备精良，对他完全服从，绝无二话。他要利用这点力量先行组织一个应急分队，人数不用多，15 人即可。他设法假手程兴柱所部，配备了短枪若干把，以及足够的弹药，在自己熟知特点和优势的士兵中选出了一批枪法好、格斗能力强的，在都天行宫后殿秘密训话，要求他们在吴尚本地开展便衣行动，将绿杨旅社这些重点目标严密监视起来，一切听从指挥，守如处子，动如脱兔，用最简捷的方式处理那些需要清除的敌人。这个三十三师驻吴尚联络处，俨然是联络官林峰的独立王国。在这里，他是说一不二的国王。他不在时由一个上尉连长负责，这连长对他的态度极为恭敬，只负责守卫职责，对军务机密所知甚少，对于林峰这样的动作，也只有服从的份儿。

一夜之间，林峰有了自己的地下别动队，自然是得心应手。他这边三下五除二，不费吹灰之力做好了准备进行秘密活动，那边贾慧却因死鬼曹三未能寄出的那封信而忐忑起来。

贾慧每天从绿杨旅社对面街头过去时，总是情不自禁要抬头去看那扇窗口。那里时常在暮色垂降时才打开。一个眼神迷离的女人倚窗而立，娇艳而慵懒，手指间夹着支烟，只偶尔吸几口，其余时间都让它在眼前袅袅而燃，仿佛这不是解闷的东西，而是件用于装饰演戏的道具。残阳如血，一个美貌的女人，站在西式洋楼的窗口，俯瞰古老的街道，那是怎样的一个场景啊！怎不令人痴醉，特别是吴尚城里的那些年轻男性？

贾慧第一次路过时，便被这景象震慑了一下。这个女人是个尤物，是所有良善妇女都恨不能将其撕扯成碎片的目标。她不须言笑，只要斜着身体，微微扬起手臂，脸蛋边游离着淡淡的烟雾，便足以勾引来世上的大多数男人。刘益谦带了这个女人来吴尚，不会靠她来诱降二黎吧，或是利用她的姿色来羞辱自己？她就是他对付自己最为得心应手的武器，一经施展，立见其效。

贾慧作为一个年轻女人的自信和自尊，在那一刻立即便被激发起来。第二天中午，她在吃完李嫂代办的中饭后，特地在家里换上一套自己衣箱里最为华丽的旗袍，穿上新做的布鞋，临镜妆扮，用脂粉匀和出最美的自己来。她下午去学校时，有意仰望那窗口，只见窗扇紧闭，帘幕严密，让人充满了暧昧的想象。她失望且焦虑地去了学校。

等到夕阳西下，贾慧再度稍作整理，途经了那扇窗下。这女人今天穿着件银白色绸缎旗袍，头上别着火红的珊瑚发卡，皓白如雪的手腕上套着只绿得夺人心魄的翡翠玉镯，更加要命的是，此刻她手里的香烟套在了一根足金嵌宝的细长烟嘴上。她眼神妖艳，与这头脸手上的饰品交相辉映，一个照面就将原本信心十足的贾慧打得一败涂地。她无颜继续从这里路过，转身从巷子里绕回了住处，远远地避开这个女人。

正当贾慧自感狼狈不堪的时候，黄太太登门来看望她了。她们所住的地方只隔着一条纵横街的空当，步行不过几分钟。自从那天晚宴之后，连着好几天没有贾慧的消息，不免有些担心。她曾经是她的庶母，熟知她那次恋爱的过程，以及感情的投入之深。虽然对后来的变故不甚了了，但眼瞅着那位跟她海誓山盟过的刘公子另抱美人，招摇于街市，生怕贾慧受不了。

她是过来之人，个中高手，猜测得半点不假。这晚，先行吃完晚饭后，吩咐女佣告知黄参议一声，自己便来到了贾慧的住处。隔着院门，她嗅到了一阵浓郁的粥米香味，知道贾慧在家，便敲门招呼道："开门，是我，姑妈！"

门随后就开了，贾慧容颜憔悴，强作笑脸请她进去。黄太太进了屋子，先去檐下台阶上看那个放在炉子上的粥锅，揭开锅盖，已经见了底部，隐然还有锅巴的焦香，再看看贾慧碗里剩下的粥汤，不由得笑了起来，说："这什么吃相？穷神吼吼的，哪像个年轻的女孩子家！"

贾慧拿起碗筷，又接连扒了几口，见了碗底，这才说："郁闷得慌，吃这个不痛快。"

黄太太笑骂道："吃成个肥婆，就爽快啦？笑话！遇上什么不顺心的事啦，是为了那个刘公子吧？"

她这一说，牵动了贾慧的痛楚，不觉泪如泉涌，哽咽起来，先点头，后摇头。黄太太见自己一卦算准了，呵呵笑道："这郁闷什么？你有林参谋，他有那个狐狸精，各不相欠。拿什么稀粥出气？这一肚子水，得跑好几趟厕所呢！"

但贾慧却笑不起来，丢开碗筷，说："今天，我从绿杨旅社楼下走，看到了那个女人，她……”

她无法用合适的词语来描述或者形容那个千娇百媚、风情万种的女子，只好以停顿来省略。黄太太看她吞吞吐吐、欲言又止的模样，再细看她的穿着，忽然明白过来，不禁又好笑又生气，啪地打了一下她的手臂，责怪道：“你怎么这样糊涂啊？你是什么尊贵的身份，要去跟那个下三烂怄气？比那骚浪劲头，你就是100个加起来也不是对手。哈！人都喜欢上流，你却舍长取短跟她较劲下流，真不知道是吃错了药，还是脑袋成糨糊了！”

贾慧被她一通教训，回过神来，不觉有些羞恼，急忙起身去洗尽了铅华，恢复了本来面目。黄太太坐在一旁打量着她，忽然冒出一句：“小姐，难不成你心里还没有把他放下，还恋着从前的事儿？”

贾慧听她如此问话，愣怔了片刻，随即摆了下手说：“没有，从前的事情早已忘记了。我现在有了林峰，岂不比他好？”

黄太太疑虑重重地说：“不对，你今天这件蠢事，不管是有心还是无心，都证实了一点：你真的没有放下。这可是危险的兆头。一个女人，在这样的关键时候，可要头脑清醒，把握住了。不然，这一脚滑下去，可是无底的深渊，再也回不了头。”

黄太太这样提醒，贾慧一面否认，一面深以为然，一面还有些扯不断、理还乱的情绪。她坐在空空的粥碗前，沉默了大半晌，想起一个借口来，问黄太太知不知道这个人的真实底细。黄太太惊讶，黄参议不是说过他是个猪鬃商人吗，虽然是冒名，但那也可能是为了掩盖过去的身世，就跟贾慧一样。

贾慧摇头，说：“我那位姑父糊涂啦？难道没有查出来，他是南京方面派来的人，要劝说二黎投汪呢？”

黄太太更加诧异，这一点，黄参议在家里从未透露过半句。她跟他婚后这几年来，还真没见他刻意对自己隐瞒过什么。难道这件事关系重大，不敢泄露？可是，这种所谓至关紧要的事情，连贾慧都知道了，岂不滑稽？她冷笑一声，说：“这家伙，还真没跟我提过。是留了一手防我，还是防范你和林参谋？但这事情你都知道了，还一本正经地防个什么意思？真是没劲！”

她这样愤愤不平地说着，还不忘安慰贾慧两句。贾慧一手垂在膝盖上，一手支住下颔，幽幽地说："眼下的事情，太乱！我直到昨天，才理出了个大概的头绪来。原来，他并不如我想象中的那样，存了歹毒的用心。就冲着这一点，我的心狠不下来。"

她这话其实是矛盾的，她对这个男人早已狠过心、下过手，只不过是陡然发现，他可能还在暗中保护自己，以往的怨恨瞬间就转成了柔情。

黄太太站起身来，在她的额头上探拭了一下，正色道："小姐，不要再胡思乱想。听我一句吧，不要再跟这个人有瓜葛，好好地跟着林参谋。我是过来人，经历的事情多了，绝不会让你吃苦头。"

六

黄参议从饭馆老板处得到了苏州方面发来的情报，从几个侧面来验证这个化名柳云的人在南京的根底。首先，他姓柳，名叫柳秉衡，在场面上混迹的身份是清乡第二督导区的督导专员，柳专员。但这个职衔是虚的，清乡委员会存在，主任就是那位窦雪广。下划的六个专区，都在地图上，目前并无落实的可能。众多专员，只是支一份干薪罢了。他借这个专员的幌子，出没于各个场合，似乎并没有跟最高层接触的迹象。大家都只当他是个玩角儿，吃喝帮闲玩女人，并不太当一回事。

黄参议哑然失笑，这行径正是柳云在吴尚绿杨旅社里的真实写照。原来他在南京也是这个做派，一样不改地搬到这小地方来了。这样的浪荡公子哥，谁对他委以重任，简直是瞎了眼睛。他就此对这个行止无状的年轻人产生蔑视的态度，着手进行下一步罗织罪名、敲诈鱼肉的工作。

这次，他看上的是住在城关大街外的黄老板。此人跟他同姓，是做木材生意的，整个江北地区的木材都在他手里经营着。他本是婺源人，安徽、江西一带山林茂密，为徽商发财致富提供了无尽的资源。黄家老一辈躲避太平天国的战火，从江西到吴尚来，顺带着把木材生意也拓展过来。一年四季，那些顺江而下的一队队木排，大都是黄家本源记的山货。到了江边码头停留后，有的继续顺水路向北，有的则走陆路，路径虽不相同，但财源滚滚却是毋庸置疑的。他的财富不全在吴尚，江南有，江北有，上海也有，所以这条鱼儿一旦进网，收益绝不在李西沅之下。

但是，对付他再用以前的老法子是不成了。黄参议因为李西沅一事，早已声名狼藉，众商户闻之色变，躲都来不及。所以，用计策要阴谋那是难了。但是，他还有一招可用，那就是硬碰硬，看看谁是石头，谁是鸡蛋。在黄参议眼里，答案早已摆在眼前，无须多想了。他已经派人在江边木排做了手脚，故技重施，搜出枪支来加他个私通敌方的罪名，捆送大狱，何愁逼不出银子来赎命？这样计划定后，说动手就动手，他提前安排了手下夜里潜往江边蔡圩镇，做好准备。

第二天一早，黄参议大摇大摆地率了一队人马，上路出发了。一行人刚刚到了城南门口，突然有飞骑追赶上来，连声喊住他。黄参议疑惑着勒住马缰，掉头瞧去，原来是黎星斗的副官。他一头汗水，气喘吁吁地说："副总指挥，不，总司令，请你回去，有急事商议。"

商量急事？黄参议猜疑着，拨转了马头，吩咐部下们去侦缉处待命，自己跟随着副官一路赶往光孝寺，匆匆去见黎星斗。入了寺、进了门，便见黎星源坐在办公桌后，似笑非笑地看着他。原来见了他总是挂着笑脸的黎星斗，此刻也变了脸，抬手在桌子上重重一拍，厉声喝道："来人呀！将这个惹是生非的家伙给我捆起来！"

黄参议不明所以，被簇拥上来的一伙人摁倒在地，双臂拢后，左三道右三道麻绳纠缠，绑得扎蹄一般。黄参议这才缓过神来，大声叫道："冤枉啊！冤枉啊！两位总指挥，我冤枉啊！"

黎星斗抬腿一脚将他踹翻，踩住他的胸脯，目光严厉地盯住他，说："你伙同冯某设计陷害李老板，敲诈人家六万大洋，犯下这等重罪！李老板将诉状送到了重庆，三战区高层震惊，下令我们严查。你说，你是怎样和冯某勾结设圈套害人的？胆敢隐瞒一个字，我要了你的命！"

黄参议侧身横卧，两眼紧盯着黎星斗的脸，一时间陷入惊骇至极后的浑噩状态。这件事陡然发作，着实令他料想不到。而且，事先黎星斗根本就没有跟他通气，一个照面就痛下狠招，先将他打蒙了。但是，以他的反应速度，不出三两分钟就迅速地清醒过来。这一定是整治李西沅的事情东窗事发了。黎星斗无法庇护他，要拿他出来顶缸，但同时却还将业已被抓的冯某扯出来，用意自然是明显不过的，暗示他推诿给冯某，转嫁罪责。

想明白之后，黄参议就地大哭，连声喊道："总座！两位总指挥！卑职勤勉办事，从不敢违抗军纪，鱼肉乡里的勾当，是稽查队干的，全是冯某一手操持，卑职全然没有参与啊！两位总指挥，卑职身受牵连，无以自辩，但请查清事实，如与我有关，情愿以死相抵！"

黎星斗咧嘴骂道："这宗案子我亲自查，你知道自己惹下的祸事有多大？李西沅的儿子在重庆财政部手握重权，身居要位，你们算计了他的老子，人家就算计我们三战区、苏鲁皖游击部队。怪不得一连好几笔迫在眉睫的专款拖延了下来，害得三战区拿不出军粮来救济我们，全是因为你们办事荒唐惹下的。这罪行导致的后果，枪毙你们三次都不够！"

黄参议终于明白过来，李西沅那个与自己有夺妻之恨的儿子李侍中，如今在重庆平步青云高升了一步，手握财政大权，自己本想报过去的夺妻之仇，却不料捅了马蜂窝。这下子指向明确，自己怕是在劫难逃了。

黎星斗怒喝手下先将黄参议收监关押起来，回过头朝黎星源笑道："大哥，想不到这家伙给咱们闯下了这灾祸，兄弟一定严办他们，让他们伏法认罪，使重庆方面消气解恨，早日放行。"

黎星源不置可否地笑了笑，说："这些事，你是要好好管管。这帮人糊涂到了这种地步，简直匪夷所思。地方缙绅录也不好好地翻翻。他的儿子在重庆是手眼通天的人物，又直接掌握着财权，去招惹他，岂不是自讨没趣？"

黎星斗明白他话里的意思，恨恨道："这个黄参议，还有冯某人，净给我惹麻烦。这次，是要拿颗人头来镇镇邪气了！"

黎星源也不多说，起身来拍拍他的肩头，说："是得拿个人头向重庆方面交差，至于拿谁的你看着办，我就不管了。"

送走黎星源后，黎星斗回到休息室里坐下，连喝了两大杯茶水，举棋不定。这桩事众所周知是黄参议所为，受害人李西沅也向儿子点了此人的名。按理说，是得拿他的脑袋去平息众怒。可是，这个人是自己的得力部下，做事勤勉，头脑灵光，是误打误撞遇上了李西沅这块硬石头，运气糟糕而已。他有心想保住这个顶用的干才，寻思着法子找症结的根源所在。黄参议的生死一线，自然是操在那位盐商李西沅的手里。他如果肯松口，另用冯某的人头顶缸交账，就算搪塞过去了。否则，无论怎样煞费苦心，黄参议是必死无疑的。

他暗暗拿定主意，要竭力救一下这个死心塌地为自己卖力的家伙，次日天黑之后，趁着无人之际，悄悄去了光孝寺后院墙外的监狱，探望这个已然魂飞魄散的中年男人。

黄参议被关在一个单间里，绑绳去掉，外衣剥除，身上剩下件衬衣，孤零零一个人坐在木凳上发愣。听到脚步声，以为是狱卒，便没有掉头来看。黎星斗打发卫兵退出去，走到栅栏门前说："明知对方的底细，还要隐瞒上司，自寻死路，十颗脑袋都不够你丢的。家眷那边有安排吗？要不，我替你安置一下。"

黄参议听到他的声音，如获至宝般一下子扑通跪倒，双膝交错而行，到了栅栏前，从缝隙里伸出双手，死死地拽住黎星斗的裤脚，哭号道："司令救我！司令救我！看在我殚精竭虑为你效力的分上，饶我一命吧！"

黎星斗叹了口气，俯身席地而坐，望着他因惊吓业已惨白如纸的面孔，说："我不想杀你，可是却不得不杀你。李西沅点了你的名，我想拿冯某替你去死都不成。据说，你明明知道他儿子是有背景来历的人物，却一意孤行，连我也蒙在鼓里，是出于什么目的？"

黄参议这下再也不敢隐瞒，改跪姿为坐姿，老老实实说道："不瞒司令，多年前在上海时，他儿子倚仗权势，夺取了我的妻子。我是在奉司令之命去李府设圈套时，无意间发现的。这样，就此公私兼顾了，一来让他出血助饷，二来报了心头之恨。万不料，他儿子在重庆已成气候，竟能以财政手段反击，责任在我。但我并不是有意要瞒住司令，请您相信。"

黎星斗不免好笑起来，说："乱七八糟，一塌糊涂！你原来跟李公子还有夺妻之仇。这陈年烂账反倒成了新闻，真是说不清道不明了。那么，你现在的老婆是后娶的？"

黄参议惨笑道："这个老婆是我失意时在上海娶的，倒是个能同甘共苦的女人。万一我有不测，还望司令予以照顾。"

他说这话时，眼中含泪，确实出自真情实感。

黎星斗看着他悲戚的模样，说：“你死与不死，不在于我，而在于李西沅。你有法子能让他松口，我自然给你一条活路。说句实话，这次你捞了多少，连同上缴的总数是多少？”

黄参议这时岂敢含糊，当即实说了。

黎星斗笑了笑，说：“为了一万大洋、一枚钻戒，冒掉脑袋的风险也值了。”

黄参议身子凑前，说：“司令，在下的性命可不止这个区区数目。卑职还能为司令效力，还能为司令、为苏鲁皖弟兄谋事。卑职不是酒囊饭袋，恳请司令留下卑职这条性命。”

黎星斗哼了一声，问：“你自己有办法说动李西沅放你一马吗？”

黄参议说：“有。”

黎星斗哈哈一笑，说：“你的脑筋转得够快。这么点工夫，就有了自救的法子啦？”

黄参议压低了声音，说：“有了司令的承诺，我就有法子。”

“那，你有什么法子？”黎星斗倒有些好奇。

黄参议露出了一丝笑意来，说了七个字：“强龙不压地头蛇。”

黎星斗咂巴了一气，点点头，站起身来，说：“那你自己去走一趟吧，我派几个卫士护送你。盐商李府，大门朝南，人人都是去得的。”

七

黄参议早间出了家门，天黑后未归。到了半夜时分，突然有侦缉处的人跑来报了这一噩耗。黄太太是个女流之辈，得悉之后，如遭雷击，双腿一软坐倒在地，放声号哭起来。来人安慰几句后，匆匆走了。黄太太的悲伤和惊恐无人能理会，那哭声自然不会停息。她心底有意无意地模仿了隔壁李府先前的套路，来了个彻夜长哭。两个女佣没有切身之痛，只能在一旁陪着流泪，所以这哭声要逊色许多，一来声音单薄，始终是一个腔调；二来，是花样简单，全是黄太太本人在独哭，无人替换；三是体力不支，势单力薄，哭了几个钟头后，就嗓子沙哑了。

等到了黎明时分，黄太太已经几乎发不出声音来，躺在檐下走廊里的竹椅上，泪流满面。黄参议出了这样的大事，她事先并非毫无觉察，那枚钻戒的来历就是明显的苗头和迹象。可是，她以自己的阅历认为，这些事在这个乱世间是再寻常不过的，虽然缺德，但有利益。而且，黄参议不去做，另外还会有人下手的。他们和李府是隔壁邻居，与其让别人得了好处去，还不如自己动手，肥水不流外人田。

她对于这件事情导致的后果，没有充分的心理准备，当然，也更不知道丈夫和李家潜在的仇恨，那个从未露过面的李公子，居然就是夺了黄参议前妻的权势人物。黄参议假公济私，一举两得，弄得李家元气大伤，成了几十年来仅见的奇耻大辱，人家报复过来，其力道可想而知。

她哭到最后，泪尽嗓干，茶饭不思，只得让女佣去学校请贾慧来商议对策。在吴尚，她只有这么个有瓜葛的人了，说亲不亲，说近还是算得上的。贾慧得了信，不明所以，跟同事调了课，急急忙忙赶到黄公馆。只见这位昔日的庶母、现在的表姑妈脸色如土，眼泡肿胀，仰面朝天，泪痕不干，不由得吃惊，忙问缘由。

黄太太将自己所知晓的事情原委大致地说了一遍。贾慧皱起了眉头。这件事她和黄太太都是无能为力、束手无策的，黄参议不仅得罪了二黎，还又得罪了三战区以及重庆方面的要人，是自寻死路，神仙也难救。她坐在黄太太身旁，安慰几句后，只得又将希望寄托在林峰身上。他是军官，在吴尚算是有头脸的人物，即使暂时帮不上忙，了解清楚情况还是能够的。而且，由他出面与相关人士通融，还是行得通的。

想到这里，她大略地一说，转而告别了黄太太，一路去了都天行宫找林峰。今天林峰在联络处里办公，正口授电文向本部发报，有意无意间泄露一点儿南京方面有密使游说二黎的情况。忙碌告一段落后，正要松口气，却见贾慧找上门来。起初，他以为是为了那个猪鬃商人柳云的消息，却不想是黄参议出了事，闯下了弥天大祸，性命即将不保。

他冷笑一声，说："这个人，多行不义必自毙，这些日子，在吴尚城里就没干过几件人事来，敲诈勒索，栽赃陷害，无所不用其极，早已民怨沸腾。这次终于来了报应，活该！"

贾慧嗔怪地推他一把，说："他虽然做了坏事，但是没有害你啊！你帮着打听打听到底是怎么回事，四姨太都给急死了！”

林峰两手一摊，说：“他几次三番要害我，你都忘掉了？拿着那件独七旅的军服，满大街地搜我，不是我见机快，怕是已经死在他的手里了。”

贾慧想起旧事，一时语塞，迟疑了一会儿，转而撒娇般地说：“你就看在四姨太跟我的面子上，好不好？他死了丢下四姨太一个人，这日子可怎么过？”

林峰无奈答应了，拿起电话来先跟相熟的几个人询问了，又发了一份电文去三十三师本部请他们代为向三战区查询。不久，贾慧得到的信息是，黄参议伙同稽查队长冯某，设圈套栽赃陷害盐商李西沅，罪行败露后，三战区下令彻查，黎星源亲自督办，黎星斗无奈之下，将这二人捉拿入狱，看样子事态重大，这次是凶多吉少了。

一天后，林峰从三战区探听来更加详细的消息，贾慧知道了也没用处。因为这位看似身陷死地，再也无法脱身的黄参议，居然能够自救，挣了条性命回来。这其中的过程，只有他自己、黎星斗，以及老婆黄太太知道，其他人无论如何是想象不来的。

且说黄参议在狱中听黎星斗松了口风，答应晚上派人押送他去李府登门谢罪，听候李西沅的发落，争取在言辞上打动这个蒙受耻辱、意欲一雪前仇的富商。

晚上八点，天色全然黑透之后，黄参议和几个卫士在监狱里吃了一顿饭，各自喝了几两烈酒。黄参议满不在乎地吃菜，解开衣扣，拍着胸脯说今晚出去这一趟，正应了蒋委员长的话：不成功便成仁。运气好，就有命继续活下去；运气糟糕了，那这顿酒就是断头酒、上路酒，不须等到上司下令杀自己，他在狱中就可以自裁谢罪。

喝完酒后，黄参议穿上笔挺的军服，拿来盆水洗净手脸，梳理顺通了头发，甚至还系了皮带，挂上卸掉子弹的空枪，在四名卫士的簇拥下，离开监狱直奔李府。到达目的地时，他特意驻足朝自己公馆处张望，依稀听到了老婆的呜咽声，不禁摇摇头，示意卫兵敲门。

门开之后，李府管家提着盏灯笼出来，瞅了瞅，被这门前几个荷枪实弹的军人震慑住了，特别是当中这位黄参议，浑然不像是入狱受罪的样子，不但精神好，一身戎装也是丝毫无损。他小心翼翼地询问他们的来意，黄参议说是特地来会老朋友李老板的，请他进去回禀一声。管家转身进宅，跌跌撞撞地摸到后面书房向李西沅报信，那个天杀的黄参议非但没下大狱，还神气活现地亲自率了几个卫兵找上门来了。

李西沅先诧异，再斟酌片刻，一挥手说："不怕他，让他来书房，事情到了这一步，他还能反天不成？笑话！"

管家心中有了数，暂且把惊惧放下，去请来客进府。黄参议一言不发，在前面走。那几个卫兵寸步不离，紧紧相随，一直等他进了李西沅的书房，才收住脚，守住屋子的出口，持枪警戒。

黄参议一只脚跨进门槛，脸上强装出来的从容顿时消失，改作一脸的哀切，隔着老远就双手抱揖，深深地欠下腰来，问候道："老兄近些日子，身体可好？"

李西沅冷笑说："我的身体没事，黄参议的身体怕是不太好吧？"

黄参议点了下头，说："是，眼见同僚徒作刀下鬼，心里难受，茶饭不思，自然是困顿了。老兄真是明察秋毫。"

李西沅听他不说自己反提同僚，倒有些莫名其妙，但却不随他的话走，端坐在书桌前不动，冷眼看他有何下文。黄参议看他没有疑问，倒也不慌不忙，自己拣了张椅子坐下，幽幽叹口气说："虽然在粮运的事情上得罪了你，心存不轨，可大家毕竟是熟人，又在吴尚这块地面生活，两位总指挥又很看重他，老兄就放他一马，留条性命再图报效赎罪，弥补过失。"

李西沅以为他是在替自己求情，不理不睬。

黄参议依旧要弄太极，欲虚还实，欲实还虚，重新站起来，作礼施揖，说："冯队长上有八旬老母，下有六七岁的孩子，做了错事得罪了你，还望放他一条生路，恳请网开一面。"

李西沅这下终于听明白了，这黄参议是在给冯某求情，而不是为他自己，这下子，惊诧加疑虑，再掺杂了好笑，在嗓子眼里似笑非笑地哼出了一声。他这反应算是走进了黄参议事先预定的路数，连忙说道："讲句实话，这冯队长是黎总指挥的心腹，似乎还沾了点亲，这次闯下如此大祸，得罪了李兄，是他有眼不识泰山。两位总指挥本想亲自出面替他求情，但心中愧疚，不便来贵府，因此托我拜访老兄求个情。他闯下的祸事，我负责妥善解决，所有没收款项如数奉还，分文不少。

另外，再在醉仙楼摆上十桌宴席，邀请吴尚地方头面人物，给你压惊，挣回脸面。这样可否？”

李西沅听他说了还钱，丝毫不以为然，说：“本该我的，终究要归我，只需按照我的惩办元凶的条款来办，那都好商量。”

黄参议见他依旧不肯松口，心底有些着急，暗想婉劝已经到头，现改一下强硬方式试试。他重新坐下，一手托在案儿上，手指弹出一连串清脆的声响，轻轻笑道：“冯某得罪了老兄，是他的不对，自寻死路也是活该。不过，我既然受了上峰的嘱托，有的话还是要讲清楚的。这吴尚在夹缝中生存至今，实在不易，全仗着两位总指挥运筹帷幄，巧妙周旋，才能维持这样的局面。重庆方面有意停了三战区转拨保安司令部的专款，无非是想替老兄报受辱之仇。可是，一旦吴尚局势因为粮饷匮缺撑不下去，苏鲁皖各部激成兵变，弹压不住局面，像老兄这样的富户，是乱兵们首当其冲的目标。真到那时候，就是蒋委员长过问也是无济于事的。眼下以大局为重，先求稳当，行不行？”

李西沅目光严峻，盯着他看了足足三四分钟，凛然道：“你这是在威胁我？”

黄参议笑了笑，说：“是实情，是实话。”

李西沅仰头靠着椅背，喃喃道：“这么说来，我这些日子所受的惊吓羞辱，就全是白搭了？二黎情愿为了手下一条狗腿子，跟我跟重庆方面翻脸？宁愿酿成兵变玉石俱焚，也不肯惩戒部下？他们这么做，就不是二黎了，是二傻。”

黄参议听言辨音，凑前一步，说：“老兄只要手下饶人性命，其余的法子，都好商量，都好商量。你只管开口，只管开口。”

李西沅没有理会这个话茬，思绪忽然又飘得远了，悠然道：“这冯某与小儿昔日结下了梁子，其实也是做了件好事。那女人本就是个淫娃荡妇，在重庆又跟缉私总署的一个头头好上了，眼下怕是已经做了人家的填房夫人。她不跟小儿走，也要跟别人走，不是冯某关养得住的主儿。可冯某这个瞎了狗眼的东西，居然恩将仇报，狗咬吕洞宾，不识好人心啊！”

黄参议脸皮红了，赔笑道：“是的，是的，我一定捎话回去，让他反省。有什么事，您尽管吩咐，一定照办，一定照办！”

李西沅干笑了一声，说：“能有什么法子出气呢？叫他学日本人剖腹谢罪，他愿意不愿意？算了吧，死就不必了，但得依照我的一句话去做。”

“什么事？请讲。”黄参议心中暗喜。

李西沅手掌在椅子的扶手上拍了一下，说：“让那个戴着我钻戒的女人，后天晚上这个时候来这里。该我的东西是要还的，还得付利息。让她单独一个人来，明白吗？”

黄参议纵是再无耻，也无济于事，眼眶突然间红了，强撑着笑脸说：“明白了，我明白了，这就捎话回去。”

八

事态的变化，总是出人意料的，一场杀身大祸，就此消解于无形。黄参议出了监狱，歇息了一两天，回到侦缉处，面无表情地发号施令，将那十几船粮食交付给李府管家。下午三点，率队押送原稽查队长冯某去了西门小校场，就地正法。可怜冯某，死也没弄清楚是怎么回事，白白地做了替死鬼，一声枪响后，奔赴黄泉地府去申冤了。

黎星斗不知道黄参议那天晚上去李府做了什么事情，密谈了什么内容，居然让李西沅松了口，不过也算是给自己撑起了面子。虽然黄参议替他敲诈来的钱财要物归旧主，但想到重庆方面那些失而复得的军饷、物资，多少也弥补了他心底的缺憾。

黎星源对于这些事，本来是不闻不问的，但关键时刻弄出大纰漏来，不管是不行的，这次拿冯某的脑袋警戒众部下，力度不能说不大，借此机会重新整肃一下军纪，是必要之举。只可怜黄参议，替人作恶，尽管最后使出了吃奶的力气，才得逃脱厄运，但是所付出的代价之惨重，对他而言，简直就是惨不忍睹了。

昨天凌晨，黄参议回到公馆里，彻夜守在灯下的黄太太惊喜交加，迎上去一把抱住他，嘤嘤地哭泣，泪水鼻涕糊了他满脸，但他却不敢面对她的关心体贴，闪避着她的亲吻，洗漱后先行上床休息。在卧室里，他仰望着天花板，耿耿难眠。黄太太贴着他，絮絮地询问他这次出事的究竟。他不想回答，先在心底酝酿着勇气，怎样才能将李西沅开出的条件跟她讲清楚呢？

这样内心纠结痛苦着，眼见天色微微亮了，报晓的鸡儿早啼了，他再也压抑不住自己的委屈和对她的歉疚，哇的一声哭了起来。这样一个年过40岁的男人作如此小儿状，涕泗交流，伤心程度可见一斑。黄太太吓了一大跳，忙坐起身来，问他究竟出了什么事。他不肯说，黄太太着了急，双手扳住他的肩头，摇晃了几下，急切道："什么事？到底出了什么事？"

黄参议止住哭声，在初晓的光线里仔细看她风韵犹存的面容，展开双臂将她拢在怀里，放声大哭道："我对不住你，为了保命，我对不住你，我……答应了他的要求，把你……"

黄太太此刻全然明白了，听他哭得如此悲恸，知道出自内心，当下也随之哭泣起来，死命地贴在他的身上，连声说："不要哭，不要被别人笑话，不能哭！"

这对夫妻在凌晨的模糊光线里相拥痛哭，哭了足足个把钟头。清晨六点左右，黄太太用力推开丈夫，起身去洗漱了一下，回转来时又略作妆扮。她去首饰盒里取出那枚鸽蛋大小的钻戒来，挑在指尖上，赤足上床，依偎在他的身边，轻声说："不要便宜了那个老家伙，让他刷你的锅底。来吧，来吧！"

她诱导着羞耻交加的黄参议，脱去了衣裤，在这东方旭日初升的时刻，交合欢好。黄参议忘记了疲倦，忘记了痛楚，骑在妻子身上，或被妻子骑在身下，奋勇向前。

黄太太边享受着丈夫效力所带来的快乐，边用那些房中污物作践着那枚价值连城的钻戒，另一种快感盘旋在她的脑海里，比肉体所带来的更加强烈、持久，无休无止，让她在这炫目的光华下放声叫喊起来。

整个上午，这对夫妇打破了平日里生活上的常规，关起门来赤身相拥睡在床上。女佣们在外面得到女主人的指令，傍晚时订一桌丰盛的菜肴，等休息整个白天之后，晚上好吃好喝。女佣们不明所以，只得去照办。这个白天，吴尚城里出了两件事：一是绿杨旅社附近，猝然间响起一阵枪声，路口打死了两个相貌寻常的男人，另有人负伤潜逃，警察局巡逻队却没有抓到行凶者；二是北门外突然警戒，驻守城东的保安独七旅紧急调防，一部分穿城而过，由城外水路前行，抵达了与省韩驻军接壤的地带，占据有利地形，修筑工事。

本来负责保安司令部侦缉要务的黄参议，必然要站到这些事情中去。可是，此刻他和妻子生离死别般躺在床上，泪眼相对，想象着即将到来不堪设想的一幕，痛心疾首，却又无可奈何。天色从明亮走向暗沉像是一瞬间的事情，眼看日影西斜，鼻中嗅到了饭店里厨子烹调出来的味道，耳听到了外面用人们准备饭菜的脚步声，黄参议翻身坐起，擦干眼泪，改作欢颜，拦住黄太太的手，说："去，我替你饯行。喝几口酒，就没有愁心事儿了。"

两人相对苦笑，各自举杯在窗外沉沉夜色中无语而饮。墙壁上挂着的壁钟，钟摆来回摆动，像是挥动着皮鞭驱赶着时间向前。眼见七点过去，八点过去，九点即将来临，黄太太放下酒杯，推开面前的碗筷，扶醉而起，扬眉笑道："不过是去逢场作戏而已。但是，你可记住了今天的仇恨，一定得记住！"

黄参议遣退女佣，扑通一声跪在她的面前，双手执住她的衣角，郑重地发誓："记着，我一定记着，我和李家的仇恨，又添上了一笔，终有一天时机成熟，我要灭他的满门！"

黄太太一笑，去内室对镜妆扮，换上一件色泽华美的衣裙，将那枚晶光闪亮的钻戒戴在指上，扬长而出。黄参议面色肃然，一直将她送到公馆门口，停住脚步。黄太太回头冲他挥手，轻声说："回去吧，咱们……明儿见。"

黄参议点头，应了声"再见"，但脚下却不肯移步，眼睁睁瞧着妻子缓步向前，婀娜的背影拾级而上，从开着的角门进了李府。

黄太太沉下心来，狠下心来，镇定自若地进了李府，门内管家早已在等候，急忙在前面引路，带着她在回廊巷道里穿行，几分钟后来到后宅深处的一座庭院前。这间屋子今晚与往时不同，特地加挂了一盏红灯笼，但烛火不旺，映不出红色的鲜艳。

黄太太心知这就是那个李老板的书房所在了，也不迟疑，一撩裙摆站在门前，先聆听里面的动静，然后开口说："李先生，让你久等了吧？"

屋里的李西沅哈哈大笑，说："等迟暮美人，自然时间要晚一点儿，越晚越有意思嘛。"

黄太太推门而入，只见李西沅穿了套府绸睡衣，坐在熏炉面前，袅袅烟气从网格里缓慢地溢出，香味独特。李西沅指指身边的座位，示意她过来坐下，介绍说这炉内点的是印度上好的安息香，房中助兴，市面还真买不着，北关大街黄老板知道李府有一些，要花大价钱来买，他却不肯卖。好东西，得供自己享用，钱不钱的另作打算。

黄太太微笑说："李先生是玩钱的，黄老板是挣钱的，不是一条道上的人。玩钱的能挣会享福；挣钱的只挣不花，是土财主。李先生，对不对？"

李西沅啧了下嘴，点点头说："想不到黄太太还有这样的见识，失敬。"

黄太太竖起右手，轻轻抹下那枚钻石戒指，送在他的眼前，淡淡道："原物奉还，请收下。"

李西沅笑道："不急，不急，你暂且先戴在手上。我今夜款待佳人，特地准备了两颗灵丹妙药，平时可舍不得拿出来用，今天为你开戒了，也是你的运气。"

黄太太眼光一瞟，当年她在督军府中时，这玩意儿是时常领教的，无非是催情鏖战的春药罢了。老督军隔三岔五地用它，靠它来吊起兴致，满足欲望。这位李老板原来也是个中好者，并不稀奇。

但她装作不懂，凑过去看了又看，问："什么灵丹妙药？"

李西沅笑嘻嘻地卖弄说："九转回春大力丸，是彻夜享乐的好东西。黄太太，今夜得让你吃饱了，日后才能记得李某。"

黄太太一笑，未置可否。

李西沅拣起药丸来，将它们纳入口中，用茶水送服后，自去一旁坐下盘腿养神。约莫半个钟头后，他一声笑，招手让黄太太过去，先请她目睹奇观，再将她抱在膝上，先事温存，然后办事。这药丸果然力道非凡，撑起了李西沅那年过五旬看似老迈的身体，他在这位隔壁邻居老婆的身上驰骋纵横，上下左右、前前后后，弄得黄太太喊叫不已。

凌晨时分，李西沅正在兴头上，黄太太精疲力竭，忽然想出个主意来，搂住他媚笑道："两个人来来去去的也乏味了，不如，请四姨太来。我们姐妹俩联手服侍你，送你做个天上的神仙，岂不更好？"

李西沅得了药力之助，正在癫狂之际，听到这个提议，眼前一亮，大笑道："好！对，对！快去请四姨太来。黄太太，你真是个妙人儿，我都有些舍不得放你走了。"

九

目送妻子一步步走进李府之后，黄参议无法再在公馆待下去。他掉头向西，沿着街道漫无目的地走，心底只有屈辱和悲恸。在他此生的经历中，这次打击要远胜于几年前那次夺妻之恨。那次是女人变心，贪图李侍中的金钱、地位弃己而去，仅仅是伤及了自己的颜面，而这次，却大不相同。

他和黄太太是在一文不名时结合的。她的过去，他不甚了了，但也没有兴趣去追问。她自从跟了自己，恪守妇道，还常常在关键时候从自己的私房钱里拿出部分来供他周转，维持体面。他们是半路夫妻，感情却非比寻常。这次她又是为了他以身偿仇，更让他感激涕零。

黄参议在心痛之余，再度想到那对父子的卑劣，情不自禁地从腰间拔出枪来，拨开了扳机，想要一鼓作气把子弹全数打出去。但就在手指触及扳机的那一刹那，他停了下来，意识到自己这个行为的可笑和无用。

他收起枪，双臂后振，胸膛鼓起，深长而低哑地呐喊了一声，终于将心中的郁闷吐尽了。从此刻起，惶惶不安的黄参议，饱受屈辱的黄参议，万般无奈的黄参议，荡然消失，那个阴鸷、心狠的侦缉处长黄某人再度归来了。他甩开手，大步疾行，在吴尚城里几条大街上奔走。

穿过府前街，拐过街角时，却见前面自己曾住过多时的绿杨旅社门前，三三两两聚集了不少闲人，交头接耳地议论些什么。他站在一家打烊了的店铺檐下，聆听着那些人的谈话内容，十几分钟后，大致地弄明白了缘由。今天晌午后接近黄昏时，这里曾发生了一起短暂的枪战，死两人，另有一个伤者在同伙的协助下潜逃。这交火双方的身份不明，原因也不清楚。那一刻，正是街市繁忙的时候，做小买卖的齐聚街头，热闹喧杂时，没来由地就枪声大作了，但见人仰马翻。不过，仅仅三五分钟的时间，双方就此在街头消失。等到警察和巡逻队赶到，现场只有尸体和血迹了。

黄参议也觉得蹊跷，但直觉使得他情不自禁地抬头去望街对面绿杨旅社二楼临街的那扇窗口。那里是他过去的住所，现在住着南京密使。眼下，那里灯光熄灭，黑洞洞一片，此人是否仍在房间里，还是个未定之数。但是，在听到那些议论的一瞬间，他就认定了这件事和柳云有关。他的脑子开始兴奋地运转起来，渐渐从无奈和哀伤中脱离，沿着这块适时送来的跳板，彻底地摆脱了原本的窘境，仿佛得到了雪中送炭的援助一般。

黄参议以前所未有的激情，开始针对这场莫名其妙的交火探寻真相。他来到旅社灯火犹在的底层，推门进去。正在柜台上打盹儿的伙计以为来了客人，一抬头看是他，不免失望，勉强撑起笑容来问候。黄参议自行坐下，冲着门外努嘴，问是怎么回事。

伙计唉声叹气地说下晚前乒乒乓乓打了一通枪，死了两个人，什么结果也没有。尸首运去了警察局，旅社里吓得走掉了几个客人，老板正骂娘呢！黄参议一凛，问：走掉了哪些客人，有那位收猪鬃的柳先生吗？伙计说有他，天还没黑，他就拎着个皮箱出门了。但他是一个人走的，那个女客还在，大概已经睡觉了吧。黄参议笑了，这个情况足以让他举棋不定了。这个柳云是走还是留呢？走不像走，留不像留，倒让人费神猜疑了。

但是，他肯定那阵乱枪跟他离开旅社有直接的关联。他在其中扮演了什么角色呢？这开枪双方的人马中，哪一路是他的？交火的缘由又何在？他的好奇心格外地高涨，在旅社里再坐了一刻钟，将出事时的情形细问清楚后，便前往警察局，查验那两具死尸。

警局里值班警察依旧是聚在一起赌钱，正热闹时，见他露了面，个个心底发怵。黄参议摆摆手，只指定一个有经验的跟自己去停尸房，其余任由继续打牌。停尸房里，拉开电灯，雪亮的光线将仰卧在木板上的两位死者的脸部细节映照得一览无遗。这两人都穿得普通，一个是脑门中弹，一个是胸口中枪，都是顷刻间致命的创伤，甚至连表情都没有来得及改变。其中一个还带着死亡前的笑容，那张裂开的嘴巴显得诡异莫测。

黄参议对验尸一道虽不在行，但主意是有的。他假装考核似的，让陪同自己来的警察依据职业经验，谈个大概。那警察虽然兴头上被他抓差，心中不乐，可是在这样的大人物面前，又熬不住要卖弄本事。他忆着白天时的印象，再参照眼前情形，逐一对这两个业已僵硬的死人进行甄别。半小时后，他擦拭着额上的汗珠，说两个死者中一个是当兵的，另一个不是，双方用的家伙倒是相同，清一色德式驳壳枪。当兵的那个年约30岁，腿部有伤斑，是个老兵；年轻的那个细皮嫩肉，营养很好，是个平时游手好闲的主儿。

黄参议未置可否，先去那个被认定为老兵的尸体上仔细研究、揣摩，思来想去明白过来，其额头上那道白色印子，是长期戴军帽留下的。另外那个死者倒没什么特征，算是不事体力活计的闲散人也对。他们应当是分属两个阵营的对手，交火之后，互有伤亡。这个当兵的便衣，是苏鲁皖游击部队的，还是从外面而来？他是柳云的人，还是对方的人？这个问题在他的脑海中盘旋了好一阵子，还是倾向于来自柳云的对手那边。这个南京密使，突然有了自己的武装，竟然又与对头交火，确实意外。那么，他的对手肯定不是南京的人，他们会是谁呢？

黄参议在这个凉爽的夜晚，以一种孜孜不倦的态度，研究着这宗乱枪交火的案件，一时间，把妻子此刻的处境全然抛开了。这种对于现实选择性的转移和回避，是他的拿手绝活。他从警察局回到侦缉处后，下令值班的下属连夜行动，寻找柳云的下落。他想知道，这个柳云与枪战的确切关系，以及他匆匆离去的原因。他是根黑夜里用来指路的蜡烛，有了他，黄参议可以从容地避让危险了。

在绿杨旅社发生的那场枪战，林峰只知道经过，却不明白缘由。他不在现场，但他所组建的别动队，有四个人负责绿杨旅社方面的监视任务，他们在街道两侧互不相识，装作闲逛。约莫下午四点，日头偏西时，绿杨旅社二楼那扇窗户开了，那个打动吴尚男人们心扉的女子，午睡方醒，两眼惺忪地站在窗口，伸展双臂打了个哈欠。

紧接着，对面街口突然有了异常，几个像是做小买卖的男人，放下了手里的物事，陡然间亮出手里的家伙，横穿马路就要往旅社里闯。与此同时，有几个人从斜刺里杀出，抢先开火，先打倒了两个。对方立即反击，也撂倒了一个人。大街上顿时混乱起来，人人惊叫着争先恐后地夺路狂奔，拥挤的人流把交火双方冲散了。等到众人走尽，地上就剩下两具尸体和一串向北绵延而去的血迹。

这四个人边随人流走开，边注意交火双方逃逸的方向，分头追踪。但这两伙人溜得太快，吴尚城里巷道纵横复杂，没多远就丢失了目标，只好回来向林峰汇报。林峰也一时琢磨不透这件事的内幕实质，从表面迹象看，是有人对柳云下手了，可是他不是吃素的，早有预防立即反击，双方各死一人，算是打了个平手吧。

但，想要袭击柳云的人是什么来历呢？新四军游击队？不可能，如果是他们，行署早就提前通知了。是重庆方面的人锄奸而来？这倒有几分像。可是，这里不是省韩的地盘，出了事情二黎是不会买账的，弄不好，还要偏袒柳云。在吴尚闹市里进行这样的举动，纯属愚蠢。

于是，林峰在事发后一个钟头，率了两个卫兵，亲自去绿杨旅社走了一趟，当面瞧瞧这个老熟人的现状，想趁他惊魂未定之机，弄出点名堂来。他到达旅社时，外面的情形已然混乱，警察们封锁了街口，那两具尸体依然没运走，一路血痕狼藉，四周聚集了大批看热闹的老百姓。林峰倚仗自己军官的身份，分开人群，穿过封锁线进了旅社。

旅社里，众位住客都挤在门前，朝外面张望，浑然不知这混乱现象是跟旅社有关。但是，人群里没有柳云的影子。林峰心中有数，径直上楼，去看这位共用一个楼梯，隔着一片天井的近邻。

柳云的房间门是虚掩着的，他用指尖轻轻点了一下，这扇轴根部用蓖麻油润滑得光溜的木门悄无声息地开了。只见柳云俯身在床头收拾着行李，那个妩媚的女人，嘴边含着轻蔑的笑意，朝上望着屋顶。这二人全然没有留意到门外有人，正沉默之际，听到林峰笑吟吟地说："柳老板，方才楼下这趟热闹，好像过年似的，何方神圣给你拜年啦？"

柳云猛回头，右手似乎在摸什么东西，但发现是他之后，便停住了，呵呵笑道："这世外桃源的名声也是徒有虚名，原来跟别处一样，光天化日之下开枪杀人，如同家常便饭。君子不立危墙之下，我还是先避避。"

林峰嘲笑道："走南闯北见识了那么多的大场面，这几声枪响，个把条人命，就吓住你了。这胆子，还出来做什么生意？跑什么江湖？"

柳云摇头笑道："走江湖，就是要见风使舵，避险躲灾。要是硬扛着，早就活不到今天啦。"

林峰嗟叹道："我自信记性还好，眼神不差，常常以为跟你老兄过去有些渊源，但看老兄这副精神气质，似乎跟我那旧友相距甚远。"

柳云面不改色，说："那就是你认错人了。人的记性难免会出错。尤其是在这乱世间，有的人死了，有的人死而复生，有的人只剩下躯壳，内里充填了其他物什。

所以，靠眼睛去辨认别人是错误的，得用心。用心，就会发现真相。”

林峰不再多说，看看天色渐晚，便回都天行宫去了。现在，他肯定这次交火开枪和柳云有关，吩咐另两个便衣去旅社街口，盯住这个转移的猪鬃商人。

与此同时，又有更重要的事件发生了。苏鲁皖游击部队开始大规模地调动，据属下报告，独七旅一个团正在急行军穿城向北，似乎新化那边发生了重大军情。他情知事关重大，急忙跨马出门，赶往光孝寺探听军情。等到瞧见寺门外拴着的几十匹军马，便知道二黎正在召开军事会议。他不便进会场，便在门外廊下跟那些等待各自官长的参谋闲聊，打听事由。

他们告诉他，日本人发动了进攻，但出乎意料的是，没有向苏鲁皖方面动手，而是向东北越过水网地区，对驻扎新化的省韩进攻了。南部旅团动用了两个联队的兵力，又有汽艇的支持，水陆并进，正在和八十九军等部激战。据最新战报，该部守军在奉命掩护省府机关且战且退向东，目前由于事发突然，友军各部的支持极其微弱，无法解省府之困。二黎正在商议，发不发援军。林峰知道二黎和省韩之间的恩怨，此刻是很难指望他们去救省韩于水火之中的。即使救了，那也可能是引火烧身，非但起不了作用，还会引来日军的报复。

他在香烟纸上手拟了份急电，让卫兵飞速送回联络处，向本部报告，自己仍然留在会场，等候消息。一个钟头后，天色漆黑，会议散场。苏鲁皖游击总指挥部的应对策略已经出台，派独七旅向北前进，接应省韩部分向南溃散的余部，第六纵队向北派出一个团，抢占有利地形，谨防日军挟势偷袭。独八旅留一个团守卫防区，余部向西靠拢，以便应对后面的危机。

林峰在散会的人群里四处找寻程兴柱，想跟他交换一下意见。不防黎星斗站在台阶上点名喊住他，进殿详谈。林峰无奈，只得随他过去了。黎星斗问林峰三十三师有南下夹击南部旅团援救省韩的可能吗，林峰看着地图，摇头说路程太远，远水解不了近火，等不到他们赶来，省韩肯定守不住。南部旅团养精蓄锐已久，这次突然全力进攻，志在必得，完全出乎所有人的预料。有着水网地势便利的新化城，居然是他们首选的攻击目标。

黎星源盯着地图揣摩良久，叹息道：“省韩若守不住新化，吴尚就岌岌可危了。南边是长江，无路可走，西、北两面都是日本人，只剩下东面一条路。可是，新四军跟我们并不是一条心。我苏鲁皖这三万兄弟，哪里吃得了他们的苦，只有自立一条路走，需要从长计议。我这就向三战区发电，请求与贵部南北合进，加上省韩余部，先行三面夹击南部旅团，拼死一战，夺回新化。”

林峰答应回联络处后立即将他的意思告知本部以及相关单位，江北形势急转直下，诸镇皆失，沦陷区这些坚持抗战的国军部队即将无路可走。他离开光孝寺，策马回到都天行宫，即刻发电将这边的局势汇报本部，然后看看天色已晚，便让卫兵去对面即将打烊的面铺叫一碗肉丝面来。他想利用送面之际，向行署请示应对的策略。目前，行署正随游击队在北面的水乡活动，难保不会被卷入这场战事。

一刻钟后，面铺伙计端着托盘送来面。他将纸条塞在钱里交给对方。那伙计响亮地唱了声喏，道了谢转身回去了。林峰心中依旧难安，再去地图上看态势变化，程兴柱的第六纵队目前全军驻守于吴尚的西北角，正是南部旅团未来可能进攻吴尚的主要方向。这支部队是党组织的一支健全队伍，难道就眼睁睁地看着它数面受敌，身处险境？他端起面，飞快地吃完，决定连夜离城，去那边走一趟。今晚匆忙中，他无暇与程兴柱交流，只有去他的驻地见面了。

鉴于眼下局势紧张，又值黑夜，他索性率了别动队随行，将所有的马匹都牵出来，一行人从西门出城，沿着通衢大道快马加鞭。这样紧赶慢赶，到了柳村路口时，前方突然枪声四起，交起火来。他心中一紧，勒住马缰侧耳聆听，分辨了一下枪声的密集程度以及武器型号，一边是德式冲锋枪和驳壳枪的声音，另一边则是清一色的驳壳枪。这两伙人，什么来历？

他凝神细想了一下，霎时间叫声不好，随即命令部下全体子弹上膛，驱马慢行，等到接近交火处，朝天率先开了一枪，大声喊道：“程司令，别慌，我们来了！”

前方右侧田埂边有人应道：“没事，这几个王八羔子，老子还对付得了。”

林峰听到程兴柱的声音，放下心来，随即下令全队开火与之配合，夹击那些半路伏击拦截的家伙。那伙人黑暗中听得马蹄声响，不明虚实，边打边撤，消失在茫茫的夜幕中。林峰下马收枪，笑道：“我要去你的驻地找你，没想到你今晚出城迟了，竟然被人暗算。这样也好，既帮助了你，又能省了不少路程，算是一举两得了。”

程兴柱站起身来，拍打着身上的灰土，说：“这帮人什么来历？算准了我会走这条路，够狠的。会不会是黎星斗动了杀机？”

林峰摇头，说：“这倒不像，眼下这节骨眼儿上，他们还指望着你这支劲旅打头阵，扼守门户呢。把你做掉了，这支部队不就散了？白白便宜了日本人。”

程兴柱哼了一声，说：“我也不相信，但一时找不出可能的对手了。”

林峰此刻倒联想起下午时在绿杨旅社附近的那阵交火，猜测道：“做掉你，对日本人是大大的有利。难道是他们所为？”

程兴柱恨恨地吐了口唾沫，说：“这像是他们做的。但这些人的底细我们却一无所知。躲在黑处里打枪，狗日的，够狡猾的！”

林峰一笑，说：“就冲着今晚的险情，你得有所答谢。给我一个排，到都天行宫驻扎。我想跟这帮子浑蛋们玩一把，也算是替你出气。”

程兴柱一口答应了，明天就挑选精干人马过来帮忙。

林峰抓紧时间，转了话题，问他如何应对即将到来的战事。程兴柱笑了一笑，说无非是马革裹尸，战死沙场，没有第二条路可走。林峰默然。本来他是想让他伺机而为，不在战场拼光基本力量的。但战斗一旦打响，这局面就是不可控的。他这支队伍，替苏鲁皖游击总指挥部全军出力，虽然可惜了，可是这毕竟是在抗日战场，打日本人是没有选择的。

他打消了自己原先的念头和担心，只是挂念行署以及游击队的安全，请程兴柱派部队向东搜索，如果找到他们就好，可以将他们秘密收容在军中，或者经由吴尚护送前往新四军根据地。程兴柱一口答应下来。

两人看看夜色已深，便不再多说。林峰留下几个人继续护卫程兴柱回营，自己带着三名护卫回转吴尚。今夜这通伏击，他忽然醒悟过来，那个常住绿杨旅社的猪鬃商人的真实面目呼之欲出了。这个柳云，果然不是个泛泛之辈，有些本事和手段呢。他倒想以吴尚的安危为契机，好好地奉陪一局了。

十

黄参议在侦缉处枯坐了一夜，绞尽脑汁推测着这两具尸体的来历。直到太阳露了脸，下属们来报到时，他才恍然想起，这一夜已经过去，他想起了先前被自己刻意遗忘的妻子，不禁喃喃自责了一声，起身匆匆赶回了自己的公馆。

清晨时分，黄太太正在厢房里清洗自己的身体。下半夜时，她使出巧计，拖了四姨太入伙，两个妇人一齐使劲，总算在黎明时化解掉了李西沅所服的两颗春药的力道。说来也怪，一旦泻火，李西沅顿时失神、失色、失力，赤裸着苍老的身体仰面躺在床上，昏昏欲睡，连话都说不出来了。

黄太太心中冷笑，将手上的钻戒从容地摘下，替四姨太戴上，别有用心地按住她的手背，说："妹妹可收好了，再丢了，怕就真的拿不回来啦！"

四姨太心知肚明，招摇般竖起手掌，笑道："姐姐放心，是我的就是我的，跑到天边，也会回来的。"

黄太太用奇怪的神情，深深地看了一眼这闪烁着夺目光芒的钻戒，保持着从容的姿态，走出李西沅的书房，离开了李府，回到自家公馆里。她踏进门槛之后，脚步漂浮发虚，险些倒下。毕竟，这一夜要在床笫间将一个服用壮阳春药的男人服侍过去，不是件容易的事情。当然，这种事情也亏得是她，当年在督军府家常便饭般应付过有同样癖好的老督军，有经验、有手段，换了别的女人，怕是要被这老家伙弄死在床上了。她在亢奋中忘却的疲劳，此时却如同一座大山般压在她的头顶，乏力、恶心、倦怠，连忙让女佣搀扶住自己，张罗着烧水洗浴。

正当她坐卧在澡桶里仰面朝着天花板闭目养神时，黄参议回来了。听女佣说太太正在屋子里洗澡，他心中有愧，便不吭声，站在临水亭榭里，望着院墙那边屋脊翩连的李府，阴恻恻地冷笑。这一回交手，他算是输了。但在不久的将来，他是绝对不会对李西沅心存善念的。他在老婆面前发下的毒誓，绝不是空口白牙一说就了的，它已经深深铭刻在他的心中，静待着时机。

黄太太坐在温暖的水里，闭眼睡了约莫半个钟头，水温渐凉，又听到丈夫回来的动静，便起身出浴，穿上睡袍出来。黄参议看到妻子一夜别后，眼泡浮肿、容颜憔悴，心疼且心痛，将她安置躺下，盖好薄被，说："好好歇息，夫妻之间的事，大恩不言谢，日后为了你上刀山下火海，半点都不会含糊。”

黄太太微微闭目，含笑道：“别说那么多，咱们是患难夫妻，一切都是应该的，来日方长嘛，什么都好说。”

见妻子安然回家，黄参议叮嘱女佣买些老母鸡之类的材料做些滋补菜肴给她补养身体，自己又回了侦缉处。他刚刚进门，就有手下来报告，黎星斗刚刚来电话，要他去光孝寺。他正要走，那人拉着他附耳说了几句。他不觉笑了，问人在哪里，那人冲后面努努嘴。他立即转身，到了自己的办公室，握住把手往里一推，只见一个眉清目秀的男人正仰靠在办公桌对面的长椅上打盹儿，此人正是那位猪鬃商人柳云。

他踱步进屋，将他叫醒，问他来了多久。

柳云擦拭着惺忪的双眼，笑道：“穷途末路，来投奔你老兄，难道不收留？”

黄参议推辞道：“道不同不相为谋，你到我门上来，何苦呢？”

柳云却摇头，说：“咱们都是同道中人，你知道，我知道，南京的朋友们也知道。怎么，我暂时遇上些小麻烦，你就害怕受牵连了？”

黄参议一笑，问：“什么麻烦？绿杨旅社下面开了几枪，死了一两个人，就吓成这样子，哪像是办大事的男人？”

柳云吸了吸鼻子，似乎伤风着凉了，说：“形势正在逆转，你竟然全然不知？熊克西算是白交了你这么个朋友了，真是丢人！我来这里，是告诉你，汪先生已经耐不住性子了，放手由日本人施展武力，这吴尚嘛，快了！”

他站起身，拎起皮箱朝外走去，丢下一句话：“跟我相处，是容易的。换了别人，怕是不会拿你当道菜的。”

他边说边走，旁若无人。

黄参议听他的话意，虽然心中狐疑，但却惦记着要赶去光孝寺面见黎星斗，无暇再跟他纠缠。等他急急忙忙赶到光孝寺，见到黎星斗，这才明白柳云所说一席话的含义。

黎星斗一见他，也不多说，指着地图上吴尚东边那块空白地带，让他不能懈怠，迅速出城展开税赋预收的工作。眼下，大战将至，粮食、弹药都需要补充，没钱可不行。总指挥派出去的采购队伍正在返程途中，在新四军地盘上估计没多大问题，但不知道时间是否还能赶上。他要通过黑市，直接跟江南的掮客做买卖，将那些不见天日的武器通通买回来；再组建一个独立旅，用来防卫北面。省韩所部，已经撤离新化，日本人即将入城，斩断吴尚向北和三战区的联系，彻底地孤立苏鲁皖游击部队。一支孤军身陷重围，再行招降，那是成算颇大的。眼下黎星源算是病急乱投医，江南那些掮客，都是忠义救国军的招牌，但他们手里有货，当初国军撤退时，许多隐蔽的军需仓库都由他们负责，他们人数少，用不了这许多的武器，于是就卖给友军。黎星斗曾经跟他们做过几笔交易，买了机枪 30 挺、迫击炮 12 门、长短枪 1000 多支，足以装备一个团。现在，形势迫在眉睫，只得如此。

他接受了任务，赶忙回到侦缉处，召集人马。好在这方面他预先有所准备，半天之后，将众人派遣出去，到各镇、乡公所，贴告示催租税，顺带着从那些灾民中招募新兵，以作不时之需。但这次，他没有亲自下乡，办完了公事，换了衣服后，直接去了那家饭馆。饭馆老板一见他来，惊喜交加，原以为他这次凶多吉少，出狱无望，正准备向江南报告，不想他这么快就恢复了自由。

嘘寒问暖几句后，黄参议不跟他扯闲话，开门见山地问苏州方面有信息没有，老板拿出两张字条来递给他，果然不差，上面明明白白地写着：日本人将有最大行动，希望他在吴尚注意二黎的态度变化。即日，南京方面将有大员亲赴吴尚，希望妥善保证安全云云。

这下子，黄参议倒摸不着头脑了。南京方面派人过来，而且是大员，怎样的大人物？至今他还没露面呢，如何接洽？这跟他猝然入狱打破了原有的进程有关。大概那位传说中的大员，对于自己被抓一事已有耳闻，也就不来了。当然，也有可能是此人还在半途中，尚未抵达吴尚。至于他来的路线，那是不用费心猜想的，必定是从太平无事的江南顺风过江，顺水而下，沿南官河直抵吴尚码头。

眼下，这条航道正值黄金时节，水大河深，吃水重的大轮船都趁势进来了，运着许多吴尚一带的富户离开此地，以躲避可能到来的战事。他坐下来，将这几天自己身处囹圄无暇理会的事情大致地梳理清楚。日本人向新化进攻，攻占此地后，利用长江天险对吴尚形成半圆形包围，苏鲁皖游击部队孤立无援；与此同时，南京又有大员来吴尚，企图说降二黎，用的是文武之道，一张一弛。昨天绿杨旅社遭遇枪战，柳云避开，今早来侦缉处拜访，陡然间提出合作，言语含糊暧昧。他临走之际表示的别人不会把他当道菜之说，与这位大员的到来，是因果关系。现在，唯一不明的是，枪战是怎么回事，是无关柳云的其他两伙人火并，还是有人对柳云下手，双方交火，还是柳云对别人下手，主动出击了？

三种可能皆有，他一时也难辨是非，只得暂且作罢。但这外界形势的急转直下，却是对他越来越有利了。上次，他带了熊克西的密使拜访黎星斗，这次会继续让自己使用这条线牵头吗？他要在这次谋划吴尚易帜的举措里拔得头筹。等吴尚成了南京汪政府的天下，那个李西沅以及他阖家上下众人性命，都是自己的盘中餐、板上肉了。就算他儿子在重庆做上财政部部长，又奈他何？

隔宿的刻骨之仇，此刻如同附骨毒蛇，伸展盘旋在他的心上。他笑了起来，惬意地吃起了热气腾腾的蟹黄包子，恨不能立即将这件事告诉老婆，让她也解解心头的郁恨，以免伤心伤身。

第六章

一

贾慧对于外界的事情，知之甚少，大局变化更是一无所觉。她对那位挂名表姑父的生死仍有所牵挂，歇了两天，没见林峰那边有回信，正在忐忑之时，忽然瞧见门房伙着一帮小孩去校门外看杀人前的示众，七嘴八舌地议论着。

她吓了一跳，以为黄参议行将一命呜呼了，急忙也挤在人群里看。只见那位倒霉透顶的稽查队长冯某，插了草标，双手绑在身后，被一群士兵簇拥着游街而过。几乎令她不敢相信自己双眼的是，她所担心的假姑父黄参议，正率人在后面弹压，俨然是一副监斩官的架势。她这下惊诧非语言所能叙说，本以为被杀之人，反倒成了杀人之人。

她僵立了许久，转身赶去都天行宫，找林峰探听底细。林峰听说了也觉得奇怪，这个黄参议竟然有这等本事，拿冯某做了替死鬼，自己从阶下囚摇身一变成了监斩官。这乱世间的事情，匪夷所思者居多，相较之下也堪称一奇了。林峰和除了黎星斗之外，整个吴尚驻军大多军官们一样，被蒙在鼓里，其间情由，只有黄参议的枕边人知道。黄太太确实是洞悉并参与了这个荒唐事体中的关键人物，但是他们对此并无深刻的认识，只当她是一个妻随夫荣的女人而已。

贾慧想拖林峰一起去黄公馆看望黄太太，顺带着卖个人情，表示自己也曾关心此事，好让黄参议知道他们也是出了力的。可是林峰心中牵挂着战事的发展，哪有心思陪她去看那个半老徐娘。他托词不去，顺便告诉她，新化行将不保了，在日本人大举进攻之下，此刻失守是注定的。日后想要逃离吴尚，只剩下向东一条路走。万一日本人从通州向西进攻，与扬州、镇江之敌对进，新四军和苏鲁皖游击部队都够呛。一旦新四军北撤，苏鲁皖就真的成了四面楚歌的孤军了。所以，必须加强双方的联系，保持军事上的互动。

贾慧听得恍恍惚惚，不甚了了，但是明白一件事，就是吴尚这些年来的太平日子，怕是即将到头了。这场战事避不开，躲不掉，只能承受。她过去的那些逃亡策略，通通都不管用了。在乡下穷乡僻壤，万一遇上兵匪，清白难保是小事，性命都成了问题。她默默地离开了都天行宫，回到学校，忙忙碌碌到了傍晚，便往自家方向走。

她心事上身，无暇再忌讳那个在楼上卖弄风骚的女人，夹着布包从对面街口过去。走着走着，她还是忍不住侧脸瞟了那处窗口一眼。这一眼瞥去，两扇窗户半开半闭，没有那女子的姿容，倒是有个戴着眼镜的老者，叼着雪茄烟露出个侧脸。

贾慧的心脏咯噔猛跳了一下，下意识地低下头去，浑身发抖，几乎走不动路。但她咬牙坚持着向前迈出几十步，在一家店铺凉棚下站住了脚。她假装买东西，悄悄朝来路窥探，看有没有人在后面跟踪。等到确信自己方才那惊诧的刹那，他并没有觉察到自己，这才稍微地放心。但是，惊骇稍减，疑问却铺天盖地般汹涌而来，顷刻间就将她淹没在其中。

绿杨旅社的这间客房，是柳云携着个同样来历不明的女人长年包租的。可是，这个人竟然凭空在这里出现了。他们之间的仇恨，本该是万年沉积的冰层，永远也难化开的，一见面就必须是雷霆闪电，刀枪相向。可是，这个在窗口处侧脸显示的老年男人，丝毫没有带来剑拔弩张的气氛，那一眼的感觉就好像，这间客房的旧主人柳云被鸠占鹊巢了。他们之间的见面，真的像表面显示的那样平和安详？

她脚步沉重地回到住处，就在廊下煮起粥来。手里将废木条点燃了，两眼紧盯着锅盖，企图用这份活计来转移并缓解心中的紧张情绪。危险一个接着一个，纷至沓来，而她却无法像以前那样，动如脱兔般逃逸而去，让他们寻不着自己的踪迹。战乱四起的嗜血年头，像她这样一个单身女子注定是无处可逃了。现在，跟以往不同的是，她不是一个孤独的逃亡者，她有了同伴。林峰、黄太太，在吴尚这座城市里顶得上用，具备官方的身份。而许督军和刘益谦，都是汉奸，至少在眼下，属于过街老鼠，处置他们比他们对付她，要名正言顺得多。

眼见锅里粥汤沸腾起来，她将锅盖虚担起，关小了风门，由着它慢慢地熬煮，自己去布包里摸出那把手枪，迎着夕阳瞄准了一个虚拟的目标，食指碰了下扳机，油然一笑，喃喃地说："我还有你，怕什么？"

傍晚时，贾慧盛起第一碗粥，竭力让脑子空白，平静地啜吸着。这碗粥喝到一半时，林峰来了。白天里，他忙于其他紧要事务，冷落了她。这会儿得了闲空，想来想去觉得应该来安慰她一下。他是个想做就做的人，于是马上就过来了。他敲开门时，嗅到了米粥的气息，不由得动了点馋虫，也舀了碗端在手里吸溜溜地喝着。

贾慧白他一眼，说："男人喝粥没滋养，回去还是得吃一大碗面条填饱肚子。"

林峰喝得香，忍不住又去盛了半碗，正待入口，忽然听得贾慧幽幽地说："老爷子来了，你知不知道？"

林峰一时没领会过来，盯着她看。

贾慧为他的迟钝反应感到恼火，说："老爷子来了，督军老爷！"

林峰吓了一大跳，急忙放下碗，问："你亲眼瞧见的？在哪里？"

贾慧说："是亲眼所见，但是，在一个你做梦都想不到的地方。猜猜看？"

林峰这下倒犯起疑来，她有意反问这一句是什么意思？老督军来此现身的地方很特殊，在吴尚城里绝难想象的地方。哪里是绝难想象？这里巷陌纵横，靠死猜是不成的。这地方必须有点意义，他出现在哪里才会有意义呢？

想到这里，林峰眼前浮起了那位猪鬃商人的面孔来，不禁笑道："难不成，他会在绿杨旅社里住下，跟我也成了邻居？"

贾慧毫无感情地大笑一声，说："算你聪明，居然能想到那里。"

林峰却没有应和她的话，只将手里的粥喝完。这无意中得来的新信息，使得他这两天疑窦重重、无处着手的思路豁然开朗。那迷踪似的街头火并，死伤两人的无头事件，答案也渐渐浮出水面。他在心里已经将交火双方确定了下来。老督军和柳云之间，依旧是水火不容的关系。也许，在南京时他们双方没有联系，一个位列中枢，一个是他人门下的走卒，无缘得见。而在吴尚，这弹丸之地，彼此相逢了，随即就爆发了这样的枪战。

这一阵枪响，同时也昭示着另外一个事实：前下野督军，现在的南京伪政府要员许霆震，在吴尚这个看似狭僻的所在粉墨登场了，他的抵达和北边新化的战事，应该是配套实施的方案。这一文一武相得益彰，看来，汪精卫对于这支杂牌部队是志在必得了。这几万人马的去向，已成了多方关注的对象。

贾慧对于林峰心中所想并不清楚，只是在奇怪这命运之手像是跟她开了一个大玩笑。原本以为吴尚这样的偏僻县城，是再适合不过的藏身隐居之所，谁料想，一番世事变迁后，不过半年的时间，就陡然变得如此热闹、显眼。她自己也在一连串稀奇古怪的事件中，由默默无闻变得几乎路人皆知了。小学教员贾小姐，因一枚落地不炸的日本炸弹，一举成名，载誉全城，想不被人注意那是妄想。果然，这枚炸弹带来的后遗症，逐一显现。爱她、恨她、必欲除她而后快的那些人一个个登台亮相。时至此刻，她的父亲许督军不远千里而来，算是敲响了她命运里最为响亮的一记警钟。

她扭头望着林峰，问："你对他的到来，有什么建议？"

林峰将竹筷在碗沿敲出一记脆亮的声音，说："这出戏，既然在吴尚搭台，主角们都已经开唱了，那就陪着走走、看看。眼下这出戏按照哪个剧本唱，可由不得他们。二黎，还有黄参议，未必就喜欢听这一口。你那位假姑父，也卷进来了。堂堂督军府的四姨太在这里，怎能不搅起一场风波呢？"

二

黄参议得了苏州方面的信儿，比照着眼前形势的变化，信心顿时恢复。他决定借此机会好好地表现一番，以便在日后南京方面论功行赏时，拔得头筹。他是走的熊克西的路子，投在周佛海的门下。熊克西做到了江苏省主席，他至少是个财政厅厅长或省府要员。如果策划二黎易帜成功，他的地位至少应该和熊克西平起平坐，到那时，一展胸中的抱负，有恩报恩，有怨报怨，有仇的复仇，半点儿都不马虎。

他替黎星斗安排好了收缴税赋的一干事宜，忙里偷闲做了监斩官，去小校场枪毙了同僚冯某，一时间搞得吴尚城里上下官员们惊诧莫名。一个身陷囹圄，眼见性命不保，为人所耻笑的可怜虫，居然有如此强的力道复出，这印证了所有人的猜测，他是黎星斗的心腹，得力的干将，须臾不可离的帮手。他的地位显赫，重新为同僚们所侧目，别有用心者所附炎。但他一反以往的作风，不和任何人敷衍，困守在侦缉处里，摆出稳坐钓鱼台的姿态，静候来者入彀。

果然不出他的所料，在通过饭馆老板向苏州方面报了平安之后，第四天，有客人登门来拜访了。来者自称是粮商，从江南运来一批粮食想在吴尚出手，他是熊克西推荐而来，想跟黄参议商榷，谋个比较满意的价码。黄参议充满崇敬的心情，望着这位登门来访的老者，感慨之意非语言所能形容。

他请来客及贴身随从坐下，借斟茶之机，细细地打量他爬满皱纹的面容，以及满头银白色的发丝，暗地里判断出他的年龄，发出一声惊叹，说："您这样的高龄，还不远长途跋涉来吴尚，真是让人敬佩。"

老者自称姓徐，含笑说："我也是为生计所迫，赶鸭子上架，不得不为。不过，这次来吴尚的买卖确实不小，上百艘的粮船就停在江对岸的码头上，价码谈成了马上过江，一天之内直抵吴尚南官河码头。苏鲁皖的全体将士，吴尚一带的饥民，都将不再为饭食担忧了。"

黄参议表示明白，恭恭敬敬地问他在吴尚有什么需要帮忙的。

老者想了想，说："你尽快促成我跟黎星斗的见面，生意要谈，不碰面，怎么好商量条件呢？"

黄参议心领神会，问他下榻何处。

老者略带三分炫耀的口吻，笑道："绿杨旅社，二楼东二客房。我是借了一个朋友的地方住，暂住而已。"

黄参议听他说出的是自己过去、如今柳云所住的那间客房，心中既诧异又狐疑，犹豫道："那位柳先生，不住那里啦？"

老者笑而不答。他不便再问，起身来送客。这老者出了侦缉处大门，坐上黄包车，五六个随从前呼后拥，一路往旅社方向去了。黄参议站在路口相送，直到他们走出视野尽头才回去。他伏桌出了半天神，这就是苏州熊克西来信中所说的南京方面的大人物？以他这样的年岁，还能出远门操劳政务，也算是个奇迹了。想当年，怕也是一时的风云人物呢。他再想想柳云那几句话，一时忍俊不禁，笑出声来。这吴尚城中的招安大事，与他无关了。他只是一个马前小卒而已，现在轮不到他说话了。

黄参议送走这位身份特殊的贵客，开始着手安排他和黎星斗见面的事宜。

这五天，尘埃落定，在日军南部旅团重兵攻击下，省韩及麾下几千人且战且退，最终弃守新化，向东数百里，穿越黄河故道，在远离吴尚的一个偏僻地带落了脚。省府新辖地，只有方圆不到100里地，且是穷瘠之地，跟随省韩一路颠沛流离至此的大批文员，唉声叹气，但又无计可施，只得硬着头皮在这里暂住下来。

新化一失，军事态势完全恶化。二黎虽然久经战阵，但也明白吴尚已成绝地，开始做最坏的打算。他们俩先在彼此公馆里密商前途，能够公开说出口的只有两条：一是死战到底，二是向东投奔新四军。他们虽然各自心中对这两点看法不同，但也不瞒着手下将领，特地另选了秘密所在，将几个纵队司令、独立旅长召集起来，开会询问他们的意见。结果，所有人都反对投奔新四军（包括程兴柱表面上避嫌，也投了反对票），认为苏鲁皖部队的大多数官兵，绝不可能在那样的环境里吃苦忍耐下去。部队真的过去了，用不了一个月，士兵们便会开小差走散大半，这支军心齐整的队伍，将会不战自溃。至于“死战”一途，程兴柱和丁聚元鲜见地态度一致，认为不狠狠教训日本人，他们会更加骄横，必须以战止战。

摸清了众将领的底牌后，二黎也颇有同感，但要想在这两条之外再选一条路走，几乎毫无可能，除非降汪。但平心而论，他们俩都不愿意，尤以黎星源的心念最为坚决。他从同盟会开始，一路历经讨袁、北伐诸多战争考验，清誉在外，大半辈子的名声决不能毁于一旦，为了卫护这个声誉，哪怕是搭上性命也是值得的。

他对黎星斗苦笑，说：“实在不成，我率程、丁两个纵队守死吴尚。你率其余人马向东，经由新四军防区，投靠韩德勤。韩某人明里恨咱们，其实是恨我，重庆方面能给你个省保安司令，就是证据。”

黎星斗却不肯，两眼流泪，说：“大哥，我宁可跟你在吴尚城下与日本人拼了，也绝不肯去投靠省韩。那是自取其辱，还不如一头撞死算了。”

黎星源想了想，说：“这是咱们未雨绸缪，先行商议着。眼下最主要的还是如何守吴尚。六纵队我还是放心的，丁聚元亲省韩，而省韩西去如孤魂野鬼，居无定所，也绝了他的念想。其余几个纵队都算可靠，肯听我们的话，有的时候用江湖上的套路，可以笼络住人心。尤其是在这乱世间，什么主义、什么思想，都不如‘兄弟’两个字有效。咱们苏鲁皖一帮子弟兄，也得好好地表现表现，别让世人瞧扁了，说二黎只会做缩头乌龟。”

黎星斗摸着光头，大笑起来，胸中豪气顿生，说：“我已经着令预收税赋，购买枪支，招募壮丁训练，再组建一个纵队，问题不大。当前局势，走一步看一步吧，人算总是不如天算的。”

两人就此别过。黎星斗跨马回到光孝寺来，查询税赋收缴情况，电话打到侦缉处，要黄参议赶紧来见。黄参议正要见他，得了信，带上新汇总的账册，去汇报进度。他们一见面，黎星斗就笑，告诉他三战区的款项已经拨发了，只是通向那边的交通已断，总指挥又要托请新四军放行，为了表示谢意，还得留一部分作为买路钱。不管人家收不收，心意总是要到的。这笔款项抵达吴尚，是件好事，但还在途中，难解眼前燃眉之急。他这些天的税赋征缴，进度如何？

黄参议将手中的明细账册奉在他的面前，说：“都在这里，请司令过目。这一带富户少、穷人多，再加上新受水灾涌来的灾民又多，所以远远低于预期。那些大富之家，因为刚刚出了李西沅这件事，所以未敢轻举妄动，生怕再惹麻烦。”

黎星斗沉思着说：“不管他了，大难临头还顾这些？拣几家没有背景靠山的先开刀，告诉他们，日本人来了，他们的家私全部完蛋，还不如捐一部分出来，权当是花钱雇了咱们。咱们是保安队，啊？哈哈！”

他说得高兴，挽起袖子，露出了粗鲁的本色。黄参议连连称是，但他没有顺着这个话题继续聊下去，忽然转了话锋，悄声问道：“司令，眼前这形势，对咱们可是大不利。两位下定决心，要在吴尚跟日本人血战到底？”

黎星斗沉默了一气，说：“不打又能怎样？我们只有这条路走了，几万弟兄，死就死在一起吧。黄参议，你怕不怕死？陪着我们死，肯不肯？”

黄参议一笑，说：“不肯！有现成的活路不走，为什么非要想死呢？司令，不只有死战一条路走。”

黎星斗侧眼看他，问道：“你苏州的朋友又来啦？”

黄参议微笑说：“上次那个只是个捎信跑腿的，分量不够跟司令平起平坐，谈论天下大势。”

黎星斗拿起佛珠，在指间飞快地捻动了十几下，又问：“那么，又换了有分量的人？”

黄参议点头，附在他的耳边说：“来了个大人物，已经抵达吴尚。”

“大人物？”黎星斗疑问道，“汪精卫，还是周佛海、陈公博？”

黄参议说：“我不敢多问，但至少比熊克西要高几分呢。”

黎星斗闭上眼，冥想了半天，缓缓地说：“大战将近，我却私下里会见敌方的要员，太不成体统了吧？再说，我还有心跟日本人比试比试拳脚呢，看看我手下这支队伍，能不能打，经不经敲。”

黄参议心底略有失望，低头说是，随即又加上一句：“卑职是在为司令着想，并无他意。愿与司令一起战至最后，绝不做软蛋！只不过是想不到那一步，何必轻言绝望呢？这位来客如何处置？我礼送出境，还是赶出去？”

黎星斗沉吟了一下，说：“人家来了是客，我可以不见，但却不能失礼。你稳住他，等战场上见了分晓，再作理论。”

黄参议心中有数，这黎星斗是在两难之间，他未必想投汪，但也未必想跟日本人硬扛到底，只是对战事还抱有幻想而已。不过，他拒绝见客倒无所谓，只要他不肯彻底翻脸，逐走来人，那还是有机可乘的。他行了个礼，离开光孝寺，秉承黎星斗的意思，对所属地区的缙绅们来了个起底调查，归拢出十几家没有什么靠山背景的商贾，准备再度施以雷霆手段，勒逼钱粮用以备战。

至于那位神秘的徐老先生，他秘密约见了一次，将黎星斗犹豫两难的心态详述了一遍。徐老先生坐在侦缉处最里边光线暗淡的角落里，默默地听完了，笑了笑说：“不到黄河心不死，不见棺材不掉泪。临行时，我已经有所准备了。不过我初来吴尚，暂时不走，等局势变化了再说。你在吴尚，也是一号人物，有些事日后用得着你，肯帮忙的话，将来少不了你的好处，明白吗？”

黄参议听他如此许愿，知道其中的分量，急忙起身作揖说：“老先生但有吩咐，敢不从命。”

徐老先生捧起茶杯，喝了一小口，说：“那个收猪鬃的消息，你给我查查他的下落，好些年不见，怪想他的。这个人，我志在必得，你明白吗？”

三

黄太太在贾慧发现老督军现身之后的第二天下午，得悉了这一消息。当她听了贾慧专程而来的详细告知后，情不自禁地打了个嗝。这种因意外惊吓而导致的嗝，极难止住，就此一直纠缠她近四年的时光。在此期间，延医问药前前后后不知花费了多少钱，也只能暂停一两个月，心情稍有紧张，这毛病便死灰复燃。

她吩咐女佣端来碗凉水，一口气灌下去，却毫无用处，只得在抑制不住的嗝声中询问贾慧会不会是看走了眼。贾慧说自己这辈子什么人都可能看走眼，就两个不会，一个是老爷子，一个是他。可昨天，老爷子居然出现在他的房间里，那他会是怎样的处境呢？更何况，之前一天黄昏时，在这座旅社楼下发生了一起火并枪战，死了两个人。第二天，老爷子就堂而皇之地出现在他的客房里。那岂不是……

贾慧无法再往下联想。黄太太手抚胸口，死劲地捶打着，说："这件事想要确定也容易，跟老黄说一下，让他查清楚不就得了。"

贾慧迟疑："那……用什么借口？"

黄太太想了想，说："就用那个刘公子说事儿。他走了，换了个糟老头子，还是他和糟老头子共处一室？算是个由头啦。"

贾慧忧心忡忡地说："这些旧事，你可不能让他知道。还有，更重要的一点，你的行踪千万别让他知道了。当年，你并不是光明正大地离开的，这一点，知道的人越少越好。"

黄太太柳眉蹙起，想起了当年在督军府所受到的非人折磨，不由得愤恨，但念及那个老男人的变态和狠毒，不觉有些沮丧。她抱着最后一点儿希望，说："也许，你是认错人了呢？不是他，该有多好？"

贾慧明白，老爷子的出现不仅给自己带来了威胁，也在她的头顶上方笼罩了一片阴霾。作为督军府一个携资潜逃的妾妇，老督军可以诉诸法律，或者付诸家法来处置她。只不过，这里是吴尚，是苏鲁皖游击部队的天下，也是黄参议的天下，万一行迹败露，黄太太可以借此自保。但是，黄参议倘若得知了她刻意隐瞒的过去，会作何反应呢？这一刻，她情愿自己昨天是看走了眼，认错了人，那扇窗户里的老者侧影，只是相似而已。

两个女人陷入到了畏惧和希冀纠缠难分的矛盾状态。黄太太挽留贾慧在水榭亭阁间坐下，嗑瓜子，吃水晶糕，喝绿豆汤，消暑纳凉。天气已经热了起来，开头的三板斧，给芸芸众生来了个下马威。梅雨季后，余留的水分被蒸腾挥发，先是闷热，然后是酷热，连着热了三天，街口路面上的水洼已经荡然无存。但这公馆中的池塘里，因为和外面稻河相连，间接连通了里下河水网盆地，所以水位丝毫未减，水面上的凉亭里凉意盎然。她们以闲食和有一搭没一搭的闲聊来打发时间，一起等待黄参议的到来。

夏天到了晚上六七点依然亮堂，黄参议进了家门，就开始脱军装，卸掉脚上的军靴，连喊吃不消。等他进了屋，换了短袖薄衣拿着把蒲扇来凉亭里吹风，才意外发现了这位贾小姐的存在。他笑嘻嘻地招呼一声，挨着黄太太坐下，使劲地替她扇了两下，问："还好吧？比屋子里凉快。"

黄太太喝了几口绿豆汤，将凉着的那碗推给他，含笑问："这两天公事忙吧？"

黄参议苦笑说："哪里是忙，简直是三头六臂也应付不了。这吴尚的太平日子，也快到头了。日本人占了新化，江北的国军，就剩下苏鲁皖这些人了。日本人迟早是要来拔这颗眼中钉的，不知道后面的路该怎么走呢。"

贾慧佯作惊讶和不解，问："姑父，哪有这么悲观？我昨天从街头来，发觉绿杨旅社里多了不少外地人，冒出了许多新面孔。那个小拆白党没了踪影，倒换了个头发雪白的老头，难道老先生的见识还不如年轻人？"

黄参议听她漫不经心地说，突然间将话直接对准了绿杨旅社二楼的那位新住客，冷不丁吃了一惊，抬眼望她脱口问道："你认识他？"

贾慧摇头："好奇而已。那一头白发，太显眼了，隔着十丈远都能瞧见。不仔细辨认，还以为是那女人套了白狐皮呢。"

黄参议夫妇不由笑了起来。

黄太太扯开距离，说："你就知道吃那个卖弄风骚的女人的醋。现在，换成个糟老头子，天天亮相，哪怕是竖蜻蜓，你也无所谓了，是吧？"

贾慧装作害羞地笑，说："那个死鬼走了，免得天天在这路口显摆。那个专骗女人的下三烂，死掉才好呢！"

黄参议对于柳云的所作所为有些了解，知道是个好色风流之徒，他昔日里跟这位贾小姐的瓜葛，应该属于男女间的琐事。当年，他对她是骗财，还是骗色？他不便问，清淡地笑着。

黄太太乘机追问一句："哎呀，那老头什么来历？别是收猪鬃的亲戚，也许是他爹呢？难不成他也姓柳，是位柳老太爷？"

贾慧吃吃地笑，说："叫柳风，风生云吗？将来这柳云有了儿子，就叫柳龙，云从龙啊！"

两个女人肆无忌惮地开着玩笑，将问题抛给了黄参议。黄参议虽然无意卖弄，但还得说上一句："别瞎扯了，这老家伙的来历有些特别，你们女人家别乱打听。日后少在绿杨旅社这条路上走。前天，不是乱打枪死了人吗？子弹不长眼睛，远远避开了才好。"

他毫无遮掩地将危险性说了出来。黄太太和贾慧对视一眼，便不再多问。眼看着围墙西边的红日坠沉下去，贾慧便说天要黑了，该回去了。明天散学，得过了夏天才开课呢，这帮皮猴子，一定会满大街地粘知了、捉虫子，搅得一塌糊涂了。

她起身来告辞。黄太太送她出了公馆，回来后又问丈夫这样神秘兮兮的，要干吗，那老头究竟是什么来历。黄参议四顾无人，便不瞒她，凑在她耳边悄声说："南京方面的大人物，不能提的。这里面是战是和，还没有个定数，我倒希望打不起来。这枪炮一响，玉石俱焚，谁肯白白地去做送死鬼？"

黄太太心中抽紧，不禁叹口气说："那就罢了，这么说来那个收猪鬃的，也是……"

黄参议一笑，说："大神登场，小鬼让位，那是自然的事情。这仗只要不开打，和平解决，我们报仇雪恨的日子就到了。你等着瞧我的手段！"

他掉头朝李宅方向恨恨地瞥了一眼，一拳砸在石桌上，忘记了疼痛。他只顾着发泄自己心里的愤懑，全然没有注意身边妻子的神色变化。黄太太心乱如麻，她从丈夫的言语中嗅出了一缕不妙的气息来，为了将潜在的危险降到最低，便叮嘱道："你的事情，自己忙就是了，别扯到公馆跟我的身上。这些日子，我心里烦得很，除了贾慧，其他人就别带回家来了。两耳不闻窗外事，求个安静自在，好不好？”

黄参议以为她仍然耿耿于怀那些事情，心里愧疚，又体贴地替她扇了几下风，说：“你放心，我再让你清静不了，还算是人吗？你就在公馆里歇着，想怎么着就怎么着，要不，让你那位侄女儿也搬过来住，陪着你？这地方大，多住几个人也绰绰有余。”

贾慧回到住处，一身大汗，这样的炎热夏天，每天的洗浴是必不可少的。她放下澡桶，先放凉水，烧了开水后关起门来，舀了几勺进去，依照习惯脱衣下水，舒张开毛孔，将身上的污垢清洗干净，再用陈年的老丝瓜瓤裹了皂角，在皮肤表面轻轻地搓揉着，植物纤维所形成的摩擦，令肌肤格外地受用，不一刻，浅白色的皮肤已经泛红。

她额头出汗，用清水冲洗了一遍，抬脚跨离澡桶，先赤身坐在摆放衣服的长凳上，暂歇了片刻。正当她伸手去拿换的衣服时，北侧厢房门口有个男人轻声笑道：“出水芙蓉，果然不差。”

贾慧闪电般从衣底抓起手枪，对准那里，那门口却已经有个黑洞洞的枪口抢先对准了自己。但那男人没有开枪，淡淡地说：“慢了一拍，许小姐，还是慢了一拍，这些年你没有长进啊！我就知道你不会变的，你在 20 岁时就是这样了，以后 30 岁、40 岁，也还是这样。收起枪吧，咱们好好聊一会儿。”

他似乎信心十足地先放下了手枪。贾慧犹豫了片刻，垂下枪来，手忙脚乱地穿衣。这人好整以暇，边端详着她，边笑道：“殷红如花，美人依旧，十年一梦伊人来，倒好似这里不是吴尚，而是在曹县了。”

贾慧穿上衣服，脸色臊红，猛然重新举枪对准他，厉声道：“你再说这些轻薄的话，我就打死你！”

这人哈哈笑了几声，双手揭开胸前的衣襟，在心窝处亮出一个伤疤来，说：“别拿死来吓唬我。蒙你亲手所赐，我已经死过一次了。”

看着那创痕，贾慧闭上了眼，二度垂下枪来，说：“你走吧，我没什么跟你说的了。”

那人却走近她，在条凳上坐下，说：“我来，是有话要跟你谈。”

贾慧将枪口顶在他的腰间，问：“你是谁？你现在叫柳云，我凭什么跟一个收猪鬃的陌生人说话？”

柳云似乎不以为然，说：“把门打开吧。这屋子里热得很，我都想在这里洗个澡了。”

贾慧一脚挑开门，示意说：“滚出去，这地方容不得你这种人玷污了。”

柳云将条凳搬到廊外天井里，在晚风中悠然合眼，说：“这年头，谁比谁干净？贾小姐。”

贾慧冷笑：“这年头，谁还能比你脏？柳先生，请吧，不然我去叫警察了。”

柳云摇头，笑道：“你不会去的，叫来了也是白搭。我是什么人？他们其实心里都有数。谁敢乱来？”

贾慧冷笑道：“你是个汉奸，不要脸的汉奸。”

柳云哈哈一笑，说：“说到汉奸的话，我的资格可没有令尊高，充其量，只是个小汉奸。令尊许督军，是个大汉奸！而且做汉奸还做得走马灯似的，从北平做到了南京，又从南京摸到了吴尚。这份劲头，令人钦佩啊！”

贾慧哼了一声，说：“对不起，你们这伙人我全然不认识。左一个汉奸，右一个汉奸，不要脏了我的耳朵。请便吧，我这地方是干净的，恕不接待汉奸。”

柳云懒洋洋地点起根烟，左右打量着院中的景致，最后将目光停留在那座花坛里开的茂盛的花草植物上，冲她努嘴说：“看着干净，其实肮脏。那泥土下三尺，怕是蛆虫白骨，难看得很呢！”

贾慧一颗心猛跳起来。这个男人对自己的一举一动都了如指掌，甚至连那个夜行客葬身花坛之下的秘密也洞察明了，这表明，果真如她所做的最糟糕的设想，他在吴尚不是一天两天了，而是至少半年。最后半年她夜不能寐，被窗外古怪的声音惊吓，正是这个人在搞鬼。眼下，鬼已现身，她平素里心底存留的惊惧化为愤怒，恨恨地跺脚，坚持说一个字：“滚！”

这两人在院子里，一个嬉皮笑脸要赖皮，一个冷若冰霜，屡次逐客，正僵持之际，门外传来隔壁李嫂的声音：“贾小姐，傍晚时学校门房路过这里，捎来封信，你不在，就丢我门口了。快开门拿去。”

贾慧说：“待会儿我来拿。”

李嫂说：“我这就要出门去了，两三天都不在家，你快点开门收好了信。雇的船已经在码头等了，我得下乡去。”

贾慧无奈，只得先去开了院门。李嫂将信递给她，目光却麻利地朝里面瞅了一眼。这一眼不打紧，霎时惊得脸上失色。这个年轻男人，那天半夜一瞥之下，印象深刻，正是那个率着伙飞檐走壁强人的头目。他这次用不着夜里现身了，天还没黑透，他已然登堂入室，俨然成了贾小姐的座上宾。贾慧觉察到她的神色变化，想问一句，但她却已惊惶不安地一溜烟回去了。

贾慧心中疑惑，再低头看这封信，信封表面只有“贾小姐收”四个字，字迹娟秀，似乎是出自女人之手。她拆开信封，抽出信笺展开一看，一颗心又吊到了嗓子眼儿。那上面正书着一行字：

我已抵达吴尚，下榻绿杨旅社，你来，或者我去？

她无力地叹息一声，将信笺塞回封套里，望望那正对花坛做细致观察的柳云，说：“菜齐了，人满了，可以吃了。你是不是觉得这样很有趣？柳先生。”

柳云撇了下嘴，说：“狗咬吕洞宾，不识好人心。头发长见识短，你真的相信在吴尚能够销声匿迹，无人查找得出来吗？天真！一枚日本炸弹就将你的行迹暴露了。不是我当机立断，把那工兵插在了荷花缸里，你还能安安静静地在这里待下去？”

他这句话，主动地揭开并印证了贾慧以及林峰对于这一连串事情的判断。但贾慧举一反三，走到那花坛边，恨恨地吐了口唾沫，伸手指着花草根下的泥土，问：“是你的手下，对不对？”

柳云点头，笑道：“何必耿耿于怀？他已经是个死人了，为他的鲁莽唐突付出了代价。每个人都会犯错误，但是付出了相应的代价也就算了。我也是，你打我的那一枪，是我为自己的错误付出的代价。你至今还记恨我，那就是完全没有必要的。我死过一次，你居然恨一个因你死过一次的男人，真是不可理喻。”

他再度亮出心脏处的伤痕，走近她，让她仔细看个清楚。贾慧瞧见那伤口的残痕，不由自主地往后退，他却步步紧逼，丝毫不放。贾慧被他挺着胸膛堵在了廊下的死角边，无处可避，绝望地闭上眼亮出枪指着他，高声喊道：“再靠过来，我就一枪打死你！”

柳云仿佛看穿了她的底牌，依旧将胸前的伤口凑上来，抵在她的枪上，柔声说：“你再打死我一次。我至死都不怪你。”

贾慧双腿发软、手上乏力，指间一松，那把精巧玲珑的手枪啪的一声摔落在台阶上。这一下清脆声响，对于正处于暧昧状态中的他们，没有任何影响，但却惊动了外面新的来客——少校林峰。

林峰推开方才贾慧只顾看信忘记关紧的院门，跨进门槛，陡然听到这一声金属物体落地的声音，抬头看去，只见那人正将贾慧逼在死角里，欲行不轨的姿态显露无遗。他不假思索，愤怒地斥骂了一声，以百米冲刺的速度直接猛扑过去，中途跨越了两道木栏。

柳云正在咄咄逼人，顷刻间就能将贾慧降服之际，斜刺里闯出这么个人来，既惊且怒，收住向贾慧的去势，转身来迎。他的本意是想借着情形，说几句话来激怒这个军官，令他铩羽而去。可没想到林峰心牵贾慧，心中暴怒，并没有跟他语言交流，直接拳脚齐动。一个是行伍军人，一个是浪荡公子，一经交手高下立分，林峰三拳两脚就将这个唐突无礼的男人打得鼻青眼肿，扑通一声摔下台阶去了，在天井里连着打了几个滚，嘴角流出血来。

林峰抬腿正欲再用马靴狠踹他两脚，却被贾慧拉住了。她噙着泪拦腰抱住林峰，带着哭腔喊道：“让他滚，让他滚远点！我再也不想见到他！让他滚！”

她的声音充满了悲伤以及羞愧的意味。方才的一刹那，她已是芳心大乱，倘若不是林峰及时地出现，她是无力拒绝这个唐璜式的男人下一步的举措的。而柳云，这次是有备而来，将她的心思揣摩透了，一点一点引她入港，迫她就范，就在最后准备使出撒手锏来，吟诵出那句动人心弦的诗句，一举将她俘获，带回到那个他们初次同床缠绵的氛围中去时，却被赳赳武夫坏了事，同时也将贾慧从悬崖边缘拉了回来。

当下，他无法以武力跟林峰对抗，只得悻悻然爬起来，抹去嘴边的血迹，颔首笑笑，说：“林参谋的拳头硬，领教了。来日方长，咱们改天再会。”

他整理了一下皱乱的衣服，出门去了，再未多看贾慧一眼。贾慧蹲下身子，捡起那把手枪，掩面抽泣。林峰将她拉起来，进了堂屋，却发现了屋里余香犹存的澡桶以及漂浮着皂角碎屑的温水。他似乎意识到了什么，咬牙切齿地骂道：“这狗东西，刚才就该打死他！”

贾慧挣开他的手，在门外的条凳上坐下，收起枪，绝望地说：“这个人是打不死的，打死了又活过来，像是邪鬼附体了一样。能不能找个地方，避开他呢？”

四

黎星源所担心的局面，眼下已经形成。南部旅团小野联队攻占新化，尾随省韩向东近100里地才停止追击。省韩余部7000余人，战死、失散、被俘近2000人，就此式微，只能栖身于大东沟这样的僻乡山野，勉强维持着江苏省政府的招牌，苟延残喘。

吴尚目前已成孤城。更为揪心的是，通州、太兴的日军向北向东逐步推进，前锋一度抵达黄桥。新四军一师所部先撤后进，在镇北20里地打了一个漂亮的伏击战，以优势兵力歼灭了日军一个中队。日军在黄桥的驻军势单力薄，只得向太兴方向回撤15里，寻求主力支持。这场小规模的战斗表明，日本人及汪伪视吴尚为志在必得。吴尚在半年前还处于群雄割据当中，有纵横捭阖的空间，眼下却成了单独面对强敌，前景堪忧了。

他在公馆接连召集自己的心腹部下开了两次会，提出弃城别走、死守待援两个方案，结论都不堪实行。让城可以，别走，去哪里？从近一年来的变化可见，几乎所有的县城重镇都已经落入日本人之手。那些遍地生根的友军，如今也已风光不再。重庆方面为东北军特设的苏鲁战区，在于学忠的统率下，接连大小十余战，损失惨重。于本人亲率精锐卫队突破重围，仅以身免，已然前往三战区。苏鲁故地，眼下已不复为己有。重庆方面发出电令，撤销苏鲁战区所遗各部，由三战区统辖，于学忠改任中央军事参议院副院长，即将飞赴重庆就职。战事如此，无法可想，只有每天几封加急电报，恳请三战区发援军，与苏鲁皖游击部队会攻新化，重新打通和三战区总部的交通线。必要时，弃守吴尚奔新化，逐步退向北面，不至于被日本人四面包抄，无路可退。但三战区对于吴尚的局势也是爱莫能助，所辖各部，一面要跟日军周旋，一面还要救援接应于学忠所部，三十三师正在和日军僵持，掩护苏鲁战区余部南撤，损失不小，实在是无力再做大规模进攻了。

黎星源的情绪低落，想亲自出马再度往东一趟，会晤新四军高层，看看他们对于苏鲁皖游击部队的前景有无协助之心或者好的建议。但新四军方面的回讯却让他希望落空。眼下攻占新化的日军，正在向东南推进，舍省韩而不顾，前锋直抵盐城，同时，阜宁的鬼子也向南进攻，南北夹击新四军军部所在地。

放在更大的战略态势上看，长沙会战未能达成目的的日军大本营，改正面进攻为后方清剿巩固，逐一对重要地区进攻扫荡，江浙是鱼米之乡，盛产粮食，工商业发达，成为这个计划的重中之重。这次进攻，秉承的是占领县城、控制集镇，最后总揽全局的目的。无论是国军还是新四军，都是清剿的对象。在这样的形势下，新四军方面正为反扫荡做准备，自然无法分心来回应黎星源的会晤要求。

黎星源明白这其中的轻重缓急，坐在公馆里喃喃地骂了一句："小鬼子看样子是腾出手来了，不问青红皂白，见人就咬，真正成了疯狗。跟狗斗，还真得倚靠咱们自己手里的打狗棒了，指望别人，毫无用处。"

他思忖良久，打电话到六纵队司令部，要程兴柱来自己的公馆，有要事相商。程兴柱接电话时，刚刚从新化方向赶回来。他依照和林峰商议的计划，不但派兵去北面寻找行署以及游击队的所在，甚至自己也亲自出马前往，结果在缪家湾得到了信，独七旅前天下午，曾与一小股武装短暂遭遇，这支队伍随即脱离接触向北逃逸，结果与日军前哨部队撞上，打到傍晚时生还者所剩无几，趁着夜色逃离了。据独七旅传出的消息，这支队伍是新四军游击队，现场有击毁的电台，不排除有重要人物随队行动。

程兴柱上了火，急赶到交火地点，重新掩埋了尸体。从现场搜集的证据表明，这支几十人的队伍就是行署所在的游击队，但行署主任等主要领导并不在死者中，估计他们已经安全突围了。可他们此刻会去哪里呢？南去吴尚，有独七旅等部严密防守，向西是日军的地盘，更不可能，只有一条出路，撤往根据地方向去了。他们这一走，自己和林峰与新四军总部的联络就此中断，这条线在如此重要的时刻，决不能断，必须尽快恢复。

他正准备借故前往吴尚，却不料黎星源先打来电话召请。得了这个天赐良机，他定然是要去吴尚走一趟了，于是安排了军务后，率了一个排做卫队，快马加鞭赶赴吴尚。他进了城，没有去黎星源公馆，先折道去了都天行宫找林峰。林峰正在接受三十三师本部的指令，开始焚毁一些重要的往来电文和文件，以防战事突然措手不及。这庙内硕大的圆鼎香炉内，浓烟滚滚，士兵们守在炉子的四周看着纸张在火苗中跳跃，化为灰屑，继而随风而起漫天飞舞的情景，齐声喝彩。忽然看见程兴柱进了庙门，这其中有一半是六纵派过来帮忙的人，立即齐刷刷地敬礼问候。

程兴柱回了个军礼，脚下却不停留，径自去了办公的庙舍。林峰正在整理文件，闻声抬头，看见他来了，知道有重要事情，忙请他去内室谈话。程兴柱扼要地告诉他，游击队以及行署在城北遭遇敌军，陷入重围，损失惨重，只有两三个领导幸免于难，撤往根据地去了。他必须利用城内地下组织重新跟总部接上头；否则，关键时刻没有上级的指导，很难把握。

林峰叹口气。这次游击队误陷重围，就是吃了情报传递不及时的苦头。倘若能够及早得到通知，或向西去程兴柱驻军，或向东靠拢根据地，都不会有这样惨痛的损失。他将尽快通过手里这条线，跟上面取得联系，并要求开通电台，以便24小时便捷地传递、接收情报和指令。

程兴柱告诉他，黎星源召集自己，怕是有事商谈，无非是激励士气，和日本人拼命之类。事已至此，到了考验一个军人的时候了，也只有一个字好说：打！林峰送他到了庙门口，互道珍重，并叮嘱他一句，到了十万火急的时候，可以直接使用电话，到了那一步就顾不了许多了。

程兴柱在都天行宫逗留了约莫半个钟头的时间，转而赶到了黎星源的公馆。今天他是单独召见程兴柱，吩咐厨房简单地预备一下，沏好茶水，请他到后宅说话。程兴柱摆出恭敬的姿态，跟在他的身后，等他屏退用人之后，才捧起茶杯喝了一口温热的茶水，稍稍屏息，敬候下文。黎星源开门见山地告诉他，可以再扩充两个团的兵力，武器直接从南官河码头一个秘密仓库里提取，这批物资，是他历年来积攒下的用作不时之需的余粮，眼下要派上用场，自然是好钢用在刀刃上。这两个团建制算上的话，六纵队近万人，算得上是苏鲁皖第一劲旅，跟日本人较量还是拿得出手的。

程兴柱避重就轻，先表示感谢，然后报告说正在开挖堑壕，该灌水的灌水，该置备火力的置备火力，加固了主要工事，调整了兵力部署，就等着动手了。

黎星源对这些琐碎的事情倒不感兴趣，让他派干员在驻地和吴尚之间寻个地方用来屯驻训练这两个团的人，算作是预备队，可以分批地补充到各部去。他摆出恳切的姿态，拱手说："外面都谣传你是共产党，我倒不以为然。是又怎样，不是又怎样？你首先是我苏鲁皖第六纵队司令，是不是共党分子，都得打日本。我绝对信任你。"

程兴柱笑了笑，说："感谢总指挥的信任，我们做部下的，在前头冒死出力，无非是为了党国，为了长官。这往下的局面，是战是和，都没个定数。两位总指挥的心思，卑职愚钝，难以猜透，但是军令如山，谨遵不怠。"

黎星源微笑道："你这是在暗示说时至今日，我和总指挥心意未决吗？别的话我就不讲了，但有一句你听仔细了，不管日后形势多么困难，我绝不做汉奸投降日本人。你是否也答应我一件事呢？"

程兴柱挺起胸膛，说："总指挥这句话，卑职谨记着，但有吩咐，绝对服从。请您示下。"

黎星源伸出手，按住他的肩头，说："日后不管形势如何，你必须跟着我。我若有意志动摇的举措，请你动手取我的首级向重庆方面请罪。人人都说你是共党分子，我也相信。但看在抗日大业上，请不要弃我而去，弃苏鲁皖众弟兄于不顾。"

他说出如此重话，不由得程兴柱不感动，他眼角不禁湿润了，站起身来，向他行了一个军礼，说："指挥的话，我一字不漏地都记在心里。为抗日计，为总指挥计，也为苏鲁皖众兄弟计，我愿意跟随总指挥，誓死效力！"

五

黎星源单独召见程兴柱，这巴掌大的吴尚城，没有不透风的墙，不过半天工夫，就传到了黎星斗的耳中。黎星斗在公馆里听黄参议汇报之后，抚膝长叹，这一仗总指挥是铁了心要打，不打不行。临阵之际，安抚猛将替他效力，是必需的做法。六纵是苏鲁皖中的头等劲旅，打得好可定吴尚的平安；打得不好，吴尚危在旦夕。这件事，他们可不能落了后，从江南新购的那批装备，抽调二十挺机枪、六门迫击炮以保安司令部的名义送到六纵，用行动说话，支持程兴柱。

黄参议点头，小心翼翼地又问了一句："大战将至，不知道对于那些南京方面的重要人物如何安排，是逐是留？"

黎星斗笑笑，说："旁人都不管他们，我何苦作恶人？你派人名义上保护，实为监视，看紧他们就是了，反不了天的。"

黄参议呵呵一笑，探出他的底线，便不复再提此事。吴尚地区，以及苏鲁皖游击部队、各保安旅，人人皆知要跟日本人硬干了。城里不少老百姓自发地送了布鞋、鸡鸭到军营去，几户巨富人家也纷纷再度捐出银洋来，只李西沅闭门不出，半文钱也没有吐。黄参议此刻不去惹他，只在造账册时留下一笔，写了这个吝啬家伙的嘴脸。

目前，南京或者也可以说是苏州方面委托的事情，因为局势陷入了僵局。黄参议决定以执行黎星斗命令为由，去绿杨旅社旧地，拜访一下那位徐老先生。他率了人来到旅社，先问伙计那位客人在不在，伙计告诉他，自打来了之后就待在屋子里，很少出来露面。不过，他的随从倒是不少，里里外外地将他伺候得无微不至。黄参议打听了一下猪鬃商人的踪迹。伙计压低声音，笑嘻嘻地说他走了，腾出房间来给这位老先生，顺带着连那个女伴儿都让掉了。黄参议愕然，这倒是超出正常想象之外的事情。这个柳云葫芦里卖的什么药？敢情客房和女人都不是他的，是事先给别人预备的？

他带着好奇上了楼，礼节性地敲门。

里面传来那个女人的声音："是谁啊？"

黄参议自陈了身份。门吱呀一声开了，只见徐老先生坐在靠椅上翻书，眼皮稍稍提起，瞅了他一眼，说："正好，我有件事要你去办，先坐坐吧。惠芬，去给黄先生倒杯茶水。"

女人应了一声出去了。黄参议心底窃笑，但听此老的口气，像是使唤久了的，难道他们原本就熟？这更加奇怪了，这女人跟柳云、跟徐老先生，到底是个什么关系？

徐老先生指间夹了张纸条递过去，说："替我查查，本地学校里有一个姓许的年轻女教员，二十六七岁，个头中等，相貌还算端正，就是脾气倔，不肯让人。查到了，跟我讲一下。”

黄参议接过纸条，算是领了命。这吴尚城里一所中学，两所小学，私塾若干，查一个姓许的年轻女子，那是手到擒来不费气力的事情。他暂且将这件容易的事放下，开始询问徐老先生的确切来历。他问老先生战前在哪里做事，老先生一笑，说这把年纪早就不能做事了，躲在家里享清福。这次，是多方劝说才出山的，无非是收拾收拾这因战乱而千疮百孔的局面，为老百姓谋个出路。黄参议又说以他现在的身份，可以揣摩出多年前的风采，不知道他当年是同盟会还是北洋政界中的要人。

老先生不肯跟他这样绕圈子，直截了当地说：“都不是。我是两淮巡阅使，坐镇淮上的霆威上将军，难道你没有听说过？”

他一句话自揭了来历？黄参议恍然大悟，原来他姓许不姓徐，许霆震这个名头还是颇为响亮的，在北平伪维新政府里做过第三号人物，北平和南京合流后，他代表北方势力南下赴宁，地位显赫，足以和周佛海、陈公博等人平起平坐。只是他不是原来党国一系中的人物，一时还真想不起来。他在这大战将起时跑到吴尚来做说客，甘冒危险，倒是出人意料。

老先生在椅上晃悠了两下，说：“二黎是铁了心要抵抗到底，还是依然三心二意？既想依靠这三万乌合之众抗衡日本人，又不愿人马耗光，想试探我们的底线？汪先生的脾气，好东西拿到就拿，拿不到，就毁掉了，谁也别想得到。我看，他们不吃些苦头，是断不能幡然悔悟的。我就坐在这里，坐看苏鲁皖损兵折将。等到烂摊子不可收拾，我再出来说话。”

黄参议无话可说，不便再问他身边这个女人以及柳云之间的关系，先行告辞。出了门后，将那张写有姓氏、相貌、年龄等大致情况的纸条交给随从，让他送到侦缉处安排人员去各个学校查询一遍。他自己看看天色已晚，便回公馆去了。

进了公馆大门，就听到老婆和那个远房侄女在亭子里闲聊着什么，他先招呼了一下。两个女人看到他回来，忽然就不吭气了。贾慧埋头盯着水面，似乎有点不好意思。黄太太说：“她从今天起就搬到公馆里来住了，陪我解闷。等过了夏天，再回去。”

黄参议笑道："这可求之不得呢。你一个人在这偌大的地方，时间久了是会闷坏的，有个人来陪陪，是件大好事啊！她住哪里，你安排好了，可别委屈了人家。"

黄太太笑了一声，说："她是我的亲戚，又不是你的，难道这点亲疏远近我还分不清吗？"

黄参议吩咐开饭，贪个凉意，依旧在亭子里小酌几杯。辛辣的酒水下肚，他想起刚刚受托的那件事儿，便趁着酒劲问道："贾小姐，打听一下，这几所中小学的老师，你都熟悉吧？"

贾慧点头，说："就那么几个人，基本上都认识。"

"有没有一个姓许的，中等个子，二十六七岁，长相不错的女孩子？"

贾慧脸上微微变色，说："这倒没留意，似乎中学里有个姓许的，不过五十开外了。别的吗，就没印象了。"

黄太太也警觉起来，问他查这个干什么。黄参议说是一个老先生托自己办的事情。

"这老先生什么来历？"她们几乎是异口同声地问。

黄参议眨了下眼，说："绿杨旅社的老邻居了，托我帮忙而已。"

贾慧点戳一句："怕是新邻居吧？"

黄太太更是开门见山，追加一句："大概就是住在咱们客房里的那个老头吧？听说那个姓柳的收猪鬃的年轻人搬走了，让给他住了？"

黄参议没想到她们对旅社内外发生的事情了如指掌，不禁摇头笑道："这年头什么事情才算秘密呢？不错，是那位老先生托我查的，我顺便问问而已。"

他漫不经心地搛菜就酒，不再聊绿杨旅社的琐事，但身边的这两个女人却是惊诧和疑虑交织在一起。特别是贾慧，她决定搬到黄公馆来住，一是为了避开那个柳云的纠缠，更主要的是畏惧寄来那封威胁要登门拜访信函的主儿，却不想，从黄参议口中得到的信息，又是另外一回事。按理说，老爷子对她的下落应该是再清楚不过了，何必再假手于黄参议呢？难道此举别有用意？

黄太太担忧的是，黄参议被老督军拉扯得太近，将自己暴露出来。她的底细，柳云不知道，林峰估计也不熟悉（除非贾慧告诉他）。她比之于贾慧，是安全的。但是，怕就怕他们顺着贾慧这条线找到自己。因此，趁学校放假之机，将贾慧请到公馆里来住，就是想借此消除掉她在吴尚的踪迹，让外人无迹可寻。

可是，黄参议这短短时间里，竟成了老督军委托查找女儿下落的受托人。这中间的蹊跷，着实令人费解。他明知贾慧的下落，也清楚她和黄参议夫妇间的关系，是有意为之，还是真的不明白实情，出于无奈，还是那封以老督军名义寄来的信件，实质上不是出自他的手笔，另有其人？总之，是头绪纷乱，再难理清了。原以为对于危险洞悉透彻的贾慧，惊诧之际，忽然又生奇想，这黄参议就在得悉自己正式搬来公馆的当天说出如许话来，会不会有逐客的意思？他却不过太太的情面，改用这样釜底抽薪的招数，也是有可能的。

难道他对于自己的身世也有所觉察，甚至是跟老爷子暗中通过气，以某种妥协来换取对自己的驱逐？但如果她离开黄公馆，就不能再回原来住处了，只剩下一条路可走：都天行宫，三十三师驻吴尚联络处。

六

南部旅团对苏鲁皖游击部队第六纵队的进攻，是从上午八点日头爬升时开始的。南部襄吉本人亲率卫队抵达前线督战。为了这次进攻，日军大本营特地从山东抽调出藤田大队南下参战。这支部队在微山湖地区长期驻扎，有丰富的水网湖泊作战经验，并配备有汽艇。南部特地将长期珍藏的装甲战车大队派上前线，作为开路主力，领头掩护步兵向前冲锋。

在前沿阵地，程兴柱督率部属提前赶修了堑壕水网防御体系，起了效果。日军装甲战车被阻止在深而宽阔的堑壕前，改装在车顶的重机枪凭空向对面目标扫射，打得地面浮尘扑腾、草茎横飞，使得温度渐渐升高的空气里，平添了浓烈的硝烟气味。

程兴柱站在前沿阵地的掩蔽所，用望远镜察看敌军行进的情况，命令所有官兵都不准还击，静待其变。日军前哨部队无法向前，只好沿着堑壕去寻找它的尽头，渐行渐远，拉开了一条长长的横直线。程兴柱下令，预先埋伏在堑壕对面的神枪手们，各自瞄准了各自的目标，听由队长下令，一齐开枪。

五分钟后，但见草地里站起一个人来，挥动手上的三角红旗，只听得一阵枪响，沿河而行的日军士兵们栽倒了二三十个，有的翻下了沟壑，尸体在水面半浮半沉。那些原本挺胸而行的日本人纷纷匍匐，眨眼间趴倒了一大片。装甲车上的机枪报复性地扫射，但却无计可施。

又半小时后，工兵部队赶到，在轻重火力的掩护下，开始铺设舟桥通道。装甲车依旧打头阵，缓缓地沿着桥面越过宽度已然超过寻常河流的堑壕。士兵们躲在装甲车身后面，亦步亦趋。

等到五座浮桥搭成并通行，大队的日军人马抵达，分五列纵队顺桥而行。程兴柱下令隐蔽设置的几门大炮瞄准那挤满了人车的浮桥轰击。这小小的炮群一个齐射，炸飞了其中一座桥，桥上人车俱毁，浮尸累累，伤者哭喊一片。听到这边的响动，日军炮火捕捉方位，开始反击。这次，南部旅团不但用上了本部的炮队，甚至还从友军调用援手。炮火之猛烈、密集，远远出人意料。接近堑壕埋伏的部分六纵的士兵被炸死炸伤不少，那些神射手一下子折去大半。至于择地埋伏的几门火炮，也被击毁两门，阵地上一片叫喊声。

程兴柱下令，前部回撤至第二道防线，同时放芦丁河水进入第二道堑壕，不出半小时就成为第二道更长更深的障碍，形成了对敌军的有力阻挡。日军故技重施，再度以火力掩护工兵开路，继续向前推进。但这次，六纵预先埋设的大量地雷起了作用。沿着敌军抵达的岸堤成片成片地爆炸，日军工兵死伤枕藉。日军攻势稍停，后面汽车运来了几十只橡皮筏，从两侧下水，架起机枪边射击边向中央靠拢，企图一部分借此架设浮桥，一部分直接登陆对岸。这时候，程兴柱下令，迫击炮专门攻击水面上的浮舟，机枪火力封锁河岸。对面岸上的敌军也以火力回应，一时间打了个旗鼓相当，相持不下。

两个钟头过后，日当正午，天空一片湛蓝，半点云彩都没有，原野间的温度飚升到了近 40 摄氏度。早间战死的尸体，开始有苍蝇盘旋，空气中隐然飘荡着腐臭的气息，夹在硝烟里令人反胃。交战双方的枪声渐渐稀少，似乎开始吃午饭，为稍后的交火做准备。

但这平静的时间只不过延续了几十分钟，随后日军阵地上炮声大作，几百发炮弹落在六纵的阵地上，炮弹坠落后并没有爆炸，开裂成几块碎片，散发出一阵淡黄色烟雾，顺着风势向东蔓延。烟气所过之处，官兵们惨叫、咳嗽，双手掐住脖子丢开武器，躺在地上打滚抽搐。

程兴柱猛地反应过来，连忙招呼快用潮布捂住口鼻，敌人发射的是毒气弹。未曾嗅到毒气的人们急忙撕下布条去蘸水弄湿了，缠在脸部防护。不少来不及赶到附近水源的，没走几步就中毒倒下了。这次毒气弹攻击，使得苏鲁皖至少折损了另外五分之一的兵力。程兴柱率人阻住不少忍受不住想退出阵地的部下，鼓励说鬼子不过三板斧而已，熬过去就是胜利，直接真刀真枪地干！

此刻虽然风向朝着六纵阵地，但是风速大，没多久毒气就过去了。程兴柱大喜，立即下令组织敢死队，趁着对方沉溺于毒气弹所带来的喜悦中，予以反击。这批挑选组建的敢死队，人人背一把大砍刀，手执德式冲锋枪，腰挎手榴弹，集结在最前沿，等这边仅剩的几门炮开了火，几十架迫击炮相与呼应，无数轻重机枪交叉射击掩护，沿着先前挖开的隐蔽旱道，潜伏前行，抵达那几道破损浮桥后，风一般冲过渡口，杀入敌阵。

这一伙人是六纵的精锐，最好的武器、最充足的弹药、最勇悍的士兵，带着最凌厉的杀气，冲锋途中仅有少数人倒下，其余众人发一声喊，手中冲锋枪吐着火舌，眨眼间撂倒了大片的鬼子。他们这次反击出乎敌方意料，仅仅一个冲击就被击溃了，败退下去。程兴柱率主力趁势向前，收复了先前被攻占的一道防御阵地。这一仗，从早间九点打到了下午三点多，双方死伤枕藉，血流成河，竟是打成了平手。

二黎率卫队在六纵阵地后十里地观战，看得惊心动魄，扼腕叫好。

黎星斗喃喃道：“这个程兴柱真能打，早知道就早用他了。哪里需要那样婆婆妈妈的！”

黎星源虽然高兴，但却冷静谨慎，说：“胜负未定，先不要将话说满了。他们都是在徐州会战中跟日本人干过的，不可小觑。”

黎星斗除下军帽，笑道：“奶奶的，看得兴起了，我带个警卫排上去，跟程兴柱一齐干上一把，出口鸟气。这闲了许久没仗打，真是闷死人啦！”

黎星源含笑道：“你去六纵指挥部，但不要再上前。我在望远镜里看得清楚。只管看，不准动手，切记！”

黎星斗吆喝了一声，带着自己的卫队，沿着交通壕一路向前，赶到了程兴柱的指挥部，看见他一身硝土，不禁揍他一拳，笑道：“这一仗结束，老子手下的其他部队都交给你训练，如果七个纵队都有这样的战斗力，怕他个鸟的南部旅团，就是师团来，也不惧他。战况眼下如何？”

程兴柱指着前面鏖战的地方，汇报说夺回前沿阵地后，日本人反攻了两次，又占领了阵地，我方正在反击，部队伤亡不少，目前右翼如果有援军，今天集中兵力有把握稳住阵地。夜里，再派敢死队突袭，摸过去跟他们来个白刃战。大家伙儿刀法练得精熟，对破日本兵的拼刺很有把握，该拿鬼子的脑袋试试了。

黎星斗双手搓了两搓，问：“夜间我代你指挥，成不成？”

程兴柱连连摇头，说：“总指挥刚刚来电话吩咐过，你只管观战，不能插手。苏鲁皖的弟兄都指望着你跟总指挥呢，可别有个闪失，不好交代。”

黎星斗笑骂一句：“乌鸦嘴，老子是福将，大大小小上百次战斗都没负过伤，指挥还沾了我的福气呢，在南昌城下逃过了一劫。算了，不肯我就回城去了，明早来听你的捷报。”

他转身回去，在半途上跟一个熟面孔迎面相遇，定睛一瞧，笑问道：“林参谋，你也来观战？”

林峰敬了个军礼，说自己是奉命前来观摩战事的，研究南部旅团的战力和战法，为日后在其他战场上的碰面做好准备。黎星斗拍了他一下，心中暗想恐怕是为新四军日后跟南部旅团打交道积累经验吧，但他嘴上却笑道：“你靠后隐蔽，咱们可不能让你这样的客人出安全问题。瞧瞧我，想去干他娘的一下，结果被总指挥下令阻止了。当兵的听到枪响，心里急着呢。”

林峰目送他从交通壕离开，快步赶到前沿指挥部，了解了战况后，夸赞说：“看看，还是你老哥能耐，把一支杂牌部队调教成了一支劲旅，连南部旅团这样的甲等部队也顶住了。”

程兴柱啧了下嘴，说：“别的都好，就是鬼子的毒气弹厉害，光这一样，就让我部近千人失去了战斗力。这伙畜生，亏了这里是水网密布，水源随手可寻，不然，整个部队怕是要垮掉了。不成，夜里一定要狠狠地教训他们一下。我这里有个连是由老西北军的人组编的，人人刀法精熟，夜里摸过去肉搏战，狠搞他一下子。这次夜袭，我亲自指挥。”

林峰听着眼馋手痒，恳切道：“那我也跟去瞧瞧。我的刀法一般，但拼刺还可以。那年守郎城时，我亲手挑死过日本人两个曹长、五六个士兵，战绩还说得过去。”

程兴柱摇头，说：“你就在我指挥所歇息吧，明天天亮了，再明刀明枪地跟鬼子干。”

林峰哪里肯，说道：“我这次来，是行使总部提出的保护你的职责，这支队伍有实力，你是主心骨，可不能有闪失。我必须寸步不离！”

程兴柱无奈，便没有坚持，说：“那你必须跟着我，寸步不离。”

林峰大笑，一口应承下来。

这两人在初夏的夜晚走出掩蔽所，望着天上的月色，找了点瓜干酒就着两块风干肉脯、一包花生米，边喝边聊，等候时间。下面的敢死队重新编排，有近战特长的官兵们，分成了八个小队，每队设队长一名，队副两名，以便随时替补。每个军官士兵都发两个鸡蛋、两个馒头、二两烧酒，蘸了盐酱就着下肚，养精蓄锐。

对面的几百米外，隔着堑壕是日本人新修筑的简易阵地，沙包装填了泥土，垒成了一字长蛇，架起机枪警戒，再往后的宿营区，遍地是搭起的行军帐篷，士兵们席地围坐在一起吃喝。一天的鏖战令他们倦态横生，昏昏欲睡。

这会儿，旅团长南部襄吉中将正在距离前沿阵地八里外的神女庙召开军事会议，检讨白天的战事，下令炮兵重新集结，等扬州方面的增援部队抵达，组建成一支达到师团规模的炮兵群，形成对苏鲁皖方面的摧毁性打击。另外，他和航空十四联队联络，请求明天上午九点整，派遣轰炸机群抵达战场，从空中打击苏鲁皖的防御纵深。各步兵联队必须冒死进攻，当面对这支顽强之敌予以沉重的教训，力争此战过后，重创乃至全歼该部，令敌军其他部队胆寒，不敢再做无谓的抵抗。

会议散后，南部趁着月色乘车返回扬州官邸歇息，明天一早赶来督战。各联队长负责各自战役目标部署，彼此做好战斗协调，纠正今天战术上的失误，吸取教训。

七

与此同时，南京汪伪政府要员们云集在新成立的军事委员会里，关注江北吴尚的战事进展。一辈子很少穿军装的汪精卫，全身披挂，清秀的面目中平添了几分杀气。秘书拿着刚刚从日方参谋部转抄来的战报，向他汇报。

今天南部旅团正式开始对吴尚守军展开全面进攻。当面之敌的番号为苏鲁皖游击部队第六纵队，该部号称二黎麾下第一劲旅，司令程兴柱，大学生，参加过国军，队伍溃散后拉起一股队伍，投奔了黎星源。他的政治面目不清，但有明显的亲共倾向，其部队也被怀疑有共党组织渗入，士气旺盛，装备精良。二黎对他们表面上恩宠有加，暗地里小心提防，利用其守卫西北部，屏障日本人的进攻。今天，激战一个白昼，证明传言非虚。由于此地水源丰富，再加上风力较大，日军的毒气弹未能起到关键作用。双方攻守相当，日方损失近千人，估计对方伤亡近3000。南部中将正在部署下一步的进攻方案，力图从根本上歼灭或摧毁该部的实力，为南京政府招降二黎的计划打下牢靠的基础。另据有关情报显示，吴尚城内有新四军地下组织活动，名为三十三师驻吴尚办事处的代表林峰，共党嫌疑很大，曾经参与谋划数月前独立七旅兵败。现在，在吴尚地区活动的共党游击队，误入小野联队的防区，根据缴获的电台文件，共党吴尚地下行署也在其内，除少数主要头目逃脱外，悉数被歼。

汪精卫默默听完，转而去看地图，心情矛盾。他意在招降苏鲁皖这三万人马已不是一天两天的事情了，特别是这次在一个白昼里能够和南部旅团斗个旗鼓相当的第六纵队，令他眼馋。可是二黎却要凭借这支部队跟日本人抗衡，不肯来降。要他们就范，就必须折断他们的梁柱。从这个角度上看，不消灭第六纵队，就不能达成战略意图。两难之下，鱼和熊掌只能取其一了。毕竟，六纵只是苏鲁皖游击部队七个纵队中的一支，先拔除它，后面的事情就顺利多了。

他叹息一声，说:“一支劲旅，白白地被日本人消灭了，可惜。不过，不借此机会打痛了二黎，他们是不会轻易就范坐下来跟我们谈的。咱们的许老督军，在吴尚可好啊？”

周佛海笑道:“好，好得很呢！听说他在距离二黎公馆不到两里路的旅社里住着，天天抱着小妾，坐拥美人看天下呢。可不是件让人艳羡的事情？”

汪精卫笑了起来，问：“老人家有雅兴呀，还携妾出行？”

周佛海摇头。

陈公博一笑，插话道：“他的如夫人是先到吴尚去的，老许是闻香访美人。”

汪精卫省悟过来：“原来他请缨出马，不仅是为了招降二黎，还有另外的目的，老谋深算，果然用心良苦啊！”

几个人齐声一笑。这时，大厅西侧进来个佩中将军衔的壮汉，向他们立正行礼，笑道：“在苏州听得江北炮声隆隆，我心痒得很，赶到南京来拜望主席，庆贺大计告成，胜利在望了。”

汪精卫指着地图，说：“熊主席，你来看看，我建议先打韩德勤，拿下新化，再逼降二黎的计划战果如何？”

此人正是汪记南京政府江苏省主席熊克西，原是税警纵队第七旅旅长，忠义救国军第二路军司令，战败后被俘降汪，收聚残部2000多人为汪政府摇旗呐喊，得到重用。他受周佛海委托，安排旧日熟人黄某携妻去吴尚投奔二黎，作为眼线，对吴尚的情况了如指掌，是南京方面重要的情报来源之一。听说讨伐二黎的战役开始了，他迫不及待赶来南京，一是探听虚实，二是要在汪精卫的面前表功。此刻站在地图前，详细看了会儿地图，大拍马屁道：“汪主席妙计一出，这二黎安能不败？迟早是要束手来降的。我预先祝贺，主席麾下又将添劲旅了。南京政府大旗帜下，各方豪杰必将纷纷来聚，未来前途，不可限量啊！”

汪精卫很是受用，感慨说：“蒋某人误国，该打时不打，不该打时偏偏要硬撑，这不，山河破碎，生灵涂炭，我等也是不得已而为之，替国家计百姓计，勉为其难了。但愿二黎能够理解我的苦心，来助我一臂之力。咱们重整山河，以和平换战争，是件功在千秋的大事啊！”

众人齐声应和称是。熊克西又去看了战报，说：“这程兴柱的六纵解决了，一切就快了。在下甘为马前卒，替主席去一趟吴尚，我在那里有不少朋友，盼望您也是很久了。”

汪精卫说：“许老督军已经在吴尚静候局势变化了。二黎对他是既不见面也不逐客，大家都心照不宣，等着这番交手后的结局呢。到时候，你可以去吴尚走走，做我的私人代表。许老是政府代表，你们一公一私，配合起来肯定是相得益彰了。”

熊克西受宠若惊，连声说：“能够代表主席私人去吴尚，跟二黎见面，是我的荣幸，定当不辜负主席的重托！”

周佛海笑道：“熊主席做这个私人代表，是最佳的人选，主席英明。”

陈公博却冷不丁抛出一句话来：“可是，窦雪广窦主任呢？这次我派干员去吴尚，持的就是窦主任的推荐信。他跟黎星源私交很好，他去的话，方方面面都好说话。”

他这样一说，倒让汪精卫举棋不定，从实际情况看，窦雪广的推荐信确实起了作用，但窦某人的地位是个障碍。以他的声望，不足以显示出南京方面的诚意，而许督军是昔日全国闻名的人物，他当年割据两淮，游离于直奉两系之间，拥兵自重不肯俯首他人，最终兵败于北伐军手下，这才黯然下野。日本侵华战争发动后数年，他瞅准了形势才出来押宝在日本人这边，先去北平，再南下就职，其名望足以代表南京政府了。

他稍作思考，拿出个两全之策来，吩咐陈公博让窦雪广再写一封言辞恳切的劝降信，表面只讲昔日的故旧情分，以情动人，暗地里示之于势、晓之以理，对黎星源有所触动就行了。

陈公博无奈，不便再坚持，应承下来。

八

正当南京方面几个巨头认为战事已经稳操胜券，开始密商招降事宜时，吴尚方面的战事却不是他们想象中那般顺利。

夜半时分，月色清朗，田野间清风习习。八支夜袭小队静坐在宽达十余丈的堑壕边，等候堑壕内蓄积的河水从南北两侧新开的几十处缺口向附近干涸的池塘、水渠、河道流淌干净，在堑壕底部铺上木板，悄然穿越。到达彼岸后，他们根据地面的标志，揭开伪装物，找到通向几处日军宿营地的地道入口，鱼贯而入，直趋敌营。在凌晨两三点，汪精卫、南部襄吉等一干要人分别在各地不约而同地进入黑甜梦乡时，一场意料之外的杀戮开始了。

夜袭队从隐蔽的地道出口出来，先将附近的日军岗哨摸掉，然后依然按照预先定下的目标，八个小队分头齐动，悄无声息地进入敌营。先头几个穿着敌军军服的人趁其不备，将那些露天里席地而坐的士兵干掉，掩护后续的人手撩开帐篷，对里面熟睡的官佐们动刀，犹如砍瓜切菜一般，酣畅淋漓。十来分钟后，终于引发了遭袭者的惨号和逃亡。

担任警戒的巡逻队万万没想到，敌人会摸到身后的营地里发动袭击，闻声赶回来，两下里交火。敢死队仗着出其不意的优势，照旧是见人杀人，巡逻队开了几枪，又怕伤及自家人，受形势的挟制，只能拼命地吹哨唤醒那些睡得死沉的官兵。

这边的枪声引起了后面军营中驻守部队的警觉，纷纷提枪整队，赶过来增援。这边夜袭的六纵官兵们，也不与之纠缠，短兵相接后，就以大刀玩白刃战，距离稍远的就用驳壳枪扫射，手榴弹招呼，总之，打光身上所有的弹药后才撤退。

日军营房里一片火光，众人乱成一堆，鬼哭狼嚎，谁也料不到对方竟能如此神出鬼没，借助地利和预设地道前来偷袭，根本无法组织起抵抗和追击，白白损失了几百人后，才稳住阵脚。可夜袭者已然消失，无迹可寻了。

这一战，成果辉煌，程兴柱和林峰都随队出去耍了一趟，各自收获颇丰，将十个鬼子从睡梦里直接送回了老家。他们回撤过堑壕后，下令放水。顷刻间，上游接通了河流的沙袋撤除，汹涌河水倒灌进来，再度将坦途变成了险阻。程兴柱有些懊悔，应该将每个被杀的鬼子割只耳朵回来，好算清对方的损失。这次夜袭堪称大捷，足以告知天下了。

这一战统计的战果出来，毙杀敌方官兵500多人，缴获官佐军刀七把，军旗一面，武器若干。天亮时二黎驱车赶来，先行祝贺，当即向重庆、三战区、省府报捷：苏鲁皖游击部队第六纵队等部，经一天一夜激战，痛歼日军南部旅团近2000人，毙杀佐级军官多名，战绩斐然。这个消息一经传出，整个吴尚城乃至江北平原都欢欣鼓舞起来，期盼着苏鲁皖游击部队能够再创佳绩，粉碎日本人的战略意图。

经此夜间重挫后，南部襄吉急匆匆赶到前线，先行视察现场，再从望远镜里眺望远处的第六纵队阵地，冷笑良久。他下令召开军事会议，将损失惨重的部队全部撤下去重新整编，后面的预备部队调上来接管阵地，并再度和空军联络，将原定的轰炸计划延迟 48 小时。与此同时，他下令新化方面的小野联队向西进攻，先行攻击当面之敌，调动敌方的军事部署。

小野联队奉命向独七旅发动进攻。第一轮攻势，就将独七旅前沿阵地拿下；第二轮攻势，将独七旅的一个团全部消灭，独七旅稳不住阵脚，向吴尚方面败退。幸好独八旅一部及时增援，两家合二为一，才勉强挡住了小野联队的进攻。二黎猝不及防，由黎星斗赶往城北地带督战，但两个保安旅已然抵御不住一个日军联队的冲击，连连后撤。无奈之下，黎星斗只得乞援于六纵，调一个团从侧翼进行反击，将小野联队前锋击败，乘胜向北十余里，重新占领了丢失的部分阵地。

黎星源急调南边的守军北进，卫护六纵的右翼，全军总动员，准备对南部旅团作全力反击，将已然无力继续进攻的正面之敌彻底击溃。全军正在集结，大部分均已到位，准备由六纵领头，形成尖刀之势捅破日军防线，其余纵队从左右包抄，对当面之敌形成分割包围，聚而歼之。

这时，突然有紧急军报抵达，原驻江阴的日军山本联队今天清晨，分乘多艘船只渡过长江，已在墟口镇登陆。原驻墟口沿江防卫的部队已然调往主战场，吴尚的南面留下了巨大的空缺，形势危急。黎星源心中焦急，急令部队回防，抢占关键地区先行拒敌，等西边战线告捷，再图歼灭该股来犯之敌。

次日上午八点，二黎抵达前线，下令全线反击，苏鲁皖部队同时向南部旅团发动进攻。六纵一马当先，越过障碍向日军阵地冲击，不出一个钟头，已经占领日军前沿阵地。正待继续向前扩大战果，这时，南部旅团在第二道防线后面设置的强大的炮兵阵地突然开火。

这支炮兵部队有备而来，弹药充沛，齐射不断，不出半个钟头，就将六纵的几门大炮摧毁，将攻上本部前沿阵地的六纵先头部队全数炸光。又 20 分钟，日军第十四航空联队的轰炸机在战斗机群的护送下，抵达战场，重点对六纵阵地以及运动部队进行狂轰滥炸，并作贴地扫射。六纵霎时间伤亡惨重，不得不放弃所占领的敌方阵地，后撤回来。

但南部旅团在火力上占据了压倒性优势之后，毫不放松，第一轮轰炸结束后不过半个钟头，第二波的进攻又开始了。新的装甲车队投入了火力协同作战，掩护着工兵铺桥，步兵向前推进。第二批日军飞机从扬州军用机场飞抵战场只用了不到十分钟的时间，继续执行空中压制任务。

在这样具有空地优势配合的敌军猛烈攻击下，以阵地战对抗的六纵损失极大。程兴柱被弹片击中，左臂受了重伤，犹自死战不退，想再度组织反击。但林峰竭力阻拦，在这样具有压倒性火力优势的敌人面前，死战硬拼是没有用的，必须保存有生力量，才是正确的方法。程兴柱头脑稍稍冷静下来，命令前沿部队交替掩护，逐次撤退，向后方预设阵地转移。他要了黎星源的电话，请求后方增援，补充兵力和武器弹药。黎星源正在后边观战，看得一清二楚，昨天胜利的喜悦此刻早已荡然无存。他同意了程兴柱的后撤请求，派了两个团接应他们，然后下令在城西十里铺展开军事会议，商量目前急转直下的恶劣形势。程兴柱所部退却到了十里铺稳住阵脚，重新部署兵力。盘点之下，9000 余人的部队，剩下不到 5000，两天一夜的激战，折去了大半的兵力。他战前有败绩的心理准备，但却没想到损失会是如此惨重，忍不住流下眼泪来，说知道不该硬拼，可是有什么办法阻止鬼子呢？总不能白白地将吴尚送给日本人吧？林峰安慰他说这一战，南部旅团也损失不小，虽败犹荣。目前硬仗是打完了，下一步就要考虑改打游击战了，再硬拼下去肯定不行。

程兴柱问他有没有组织上的指示。他摇摇头，告诉他行署遭遇了敌人之后，电台损坏、人员失踪，城里的地下组织只能派人出城向东去根据地寻找总部，汇报这边的情况。但路途遥远，一时半会儿还难以联络上，眼前只能靠自己了。

南部旅团在友军的加强炮火和空军力量的配合下，花了一天的时间，将以阵地战应对，起初还略占上风的苏鲁皖游击部队主力第六纵队击败，前哨部队尾随其后追击，在刁庄和对手的断后部队短兵相接，展开了白刃战。前天夜间偷袭敌营大有斩获，天亮后撤下去休整的那支敢死队，两个营 700 余人，被委以掩护全军撤退的重任，这次依然使出了威风。他们当中不乏刀法专家和拼刺高手，一经交锋，趁着两股人马绞缠在一起的便利，大开杀戒，到处是日本兵叽里呱啦的哭喊声。肉搏战大约持续了一个钟头，枪声寥落，这支日军大队死伤 200 多人，经不住对手近距离的冲击，后撤下去。敢死队也不穷追，象征性地放了几枪后，回身追赶大部队去了。

这次殿后部队的凶悍战力，让误以为六纵已然溃不成军，再难组织有力抵抗的日军大感意外。南部在旅团指挥部得悉前锋部队败绩消息之后，恼火异常，正想调动骑兵大队出击，这时，南京参谋本部来电，鉴于目前军事攻势的战果辉煌，特令停止进攻，善后事宜由参谋本部以及南京汪政府协调实施。他丢下电报，知道军事进攻奏效后，政治招安的手段派上用场了。为配合上峰的意图，他的旅团在进攻新化、吴尚的战役中损失严重，尤其是和这支第六纵队的较量，令人心痛。好在本部完成了战略意图，全军可以就地驻守休整了。下一步的行动，要看吴尚城中那两个司令官的态度了。

九

吴尚城外的枪炮声，超过了节庆时通宵的鞭炮声十倍、百倍，城中居民们的心情也随着战事发展而跌宕起伏。先是听到六纵和敌方势均力敌，稍稍心安，然后听说六纵打败日本人，顿时欢欣鼓舞。但第三天，望见天边飞来飞去的日军飞机，听到远胜往日的炮火和爆炸动静，又悬起心来。最后，前方失利的噩耗传来，六纵在鬼子的飞机大炮之下，苦守苦攻，但也难以用血肉之躯抵挡住，部队损失大半，正在撤回。整个城池里不久便一片唉声叹气，不断有人离城去乡下投亲靠友，以免在战火临头时送掉性命。

贾慧搬进了黄公馆，这期间她悄悄去都天行宫找了一回林峰，偷偷告诉他自己的藏身处。林峰觉得这样也好，老督军、柳云这一老一少，都不是良善之辈，能避则避，但黄参议这边也得小心提防。虽然，他至今对她的来历身世还一无所知，但是他正跟那两个人打交道，谨防无意中走漏了风声，透露了她的下落。

贾慧为防止这一点，特地叮嘱过黄太太。黄太太自然要办这件与自己利害攸关的事情，再度叮嘱黄参议，自己身体、精神都不好，他要体谅，别将公务上的琐事惹到家里来。黄参议一口应承，让她放心地跟侄女贾小姐在这座花园里享清福，不管日本人能否到吴尚，对她们而言，天下都是太平的。

贾慧和黄太太在院子里静听着城外交战的动静，暗暗替林峰担心。数天后，前线败绩的消息传来。黄参议回家时，脸上竟漾起了欣喜轻松的笑意，以事后诸葛亮的口气声称，早就知道二黎梦想利用武力来抗衡日本人是根本不靠谱的事情。打阵地战，以往无数次交锋的结果明明摆在那里，多少中央军嫡系劲旅都打不过日本人，上海、南京、武汉、长沙，几次重兵集团对抗，都落在下风，这次也不例外。仗打完了，二黎的指望也算完蛋了。下一步只有议和，白白搭进去多少条人命，换来的还是和谈。这吴尚弹丸之地，无处可走，除了投汪，再无第二条路可走了。

对于他的态度，公馆里两个女人的反应却截然不同。黄太太本质上是个夫唱妇随的女人，觉得丈夫的话有道理，打不过就讲和算了，自家的富贵不断就成。而贾慧到底是个知书识礼的女性，又受了林峰潜移默化的熏陶，所以不禁反感，对黄参议嗤之以鼻，说打不过就投降，那么重庆政府早就没有了。蒋委员长跟日本人讲和，哪里还有汪精卫的份儿？这岂不是南京方面自相矛盾的说法？不久前听说长沙打了一个大仗，日本人也没占到便宜啊！她就不信，区区这些日本人能把全中国都占了，老天是有眼的，多行不义必自毙。

黄参议笑了笑，说自己原先比她还激进呢，但眼下形势如此，谁能有回天之力？贾慧反唇相讥，眼下形势如此，日后形势如何呢？未必永远都是日本人占上风吧？黄参议却说日后的形势也要根据眼前的形势判断，从现在往后瞧是没有出路了，只有走和平救国的路线，少死些人，老百姓休养生息，比什么都好。

贾慧却不信，日本人占了偌大的中国地方，哪个地方是太平之所？他们草菅人命，为所欲为，拿中国人不当人，与其日后被慢慢折磨死，还不如当下痛痛快快地跟日本人干一场，虽败犹荣。在这点上，林峰是条汉子。

黄参议笑了起来，说：“你中林参谋的毒太深了，他是共党分子无疑。你以为新四军是真心抗日，看不出是别有企图吗？”

贾慧却为林峰辩护，他是不是共产党自己不清楚，但他明摆着的身份是国军三十三师联络官，是堂堂的党国军人，眼下他不会躲在城里议论投降，正在前线浴血奋战呢。

黄参议碰了一鼻子灰，但也不生气，摇手说：“算了，不争辩了，有些事情你们女人是不懂的，走着瞧吧。”

此刻，正是天色将暗时，酷热无风。他草草地吃了一小碗米饭，啃了一根鸡大腿，准备出门办事。这时，门外有卫兵吆喝一声：“什么人？”

有人答应道：“老朽姓许，是黄处长的朋友，来登门拜访的。”

黄参议听出了来者的声音，不禁脱口道：“督军来了，这么晚他来干什么？”

与他几乎同时听出来人口音的黄太太和贾慧顿时脸上失色，不约而同地站起来，转身便走。她们离开凉亭，沿着曲折回廊向屋里走去。

外面的来客许老先生刚刚踏进一只脚，抬头望见这两个女子远逝的背影，稍一愣神，却似乎又不敢确定，自嘲了一句：“人老了，眼花了，看人看物都是旧时的景象。”

黄参议赶上前去招呼，说：“还劳老先生屈尊光临寒舍，真是过分，该着我去拜望您才是。”

许老先生摆了下手，笑道：“尘埃落定后，我才出来呢。不过年纪大了，一个人出门不方便，还得累人搀扶，真是麻烦。”

他的身后门角处转过一个娇媚的丽人来，笑吟吟地说：“你这一路上走，比我快多了，还说我搀扶你呢，岂不是个笑话？也怪我穿了双高跟皮鞋，在石板路上真不受用。”

她脚下鞋声噔噔地走进园子，惊讶道：“这地方真不错，有假山、池塘，夏天肯定是个避暑的好去处。那旅社里，靠一张吊扇吱吱呀呀地转，让人睡不好觉。”

许老先生似乎觉得她这样说话不礼貌，示意她过来搀住自己，去凉亭上吹吹风，然后问一句：“家中女眷这大热天的别闷坏了，一起出来乘凉吧。”

黄参议念起妻子的叮嘱，便笑道：“贱内身体不适，让她的侄女照顾着呢，都是不见世面的人，上不了台面的。”

许老先生微微颔首，说：“吴尚的战事告一段落了，接下来是坐到谈判桌上的时候了。我需要一部电台，可以直接跟南京方面联络。你代为办理，密码本是汪先生亲手交给我的。吴尚的事情，他极为关注。临行前，周佛海也跟我提到你，不简单，办成了这件大事，后面是一条光明坦途，可期可许呀！”

黄参议立即答应下来，他在饭馆老板那里有一部定期开机和苏州方面联络的电台，使用不算频繁，这时候拿出来给老先生作为专用电台，是说明他们已经成为一个整体了。那个柳云，自从来侦缉处拜访之后，就再难发现他的踪迹了。侦缉处的手下们四处查找，却没有结果。他对此颇为好奇，便低声问了一句。

许老先生面无表情地嗯了一声，双手扶住拐杖，说："他不参与谈判，随他去吧。谁有心思理会这些闲人。"

黄参议不经意间，瞥见他身旁那个女人脸上飞快地掠过一丝鄙夷的笑意，这笑意稍纵即逝，本以为无人觉察，却不料被黄参议刹那间捕获到了。

黄参议不动声色，接了许老先生的话，说："是的，我随便一问而已。眼下形势如何应对，需要在下做什么，请一并明言。"

许老先生说："你尽快安排我和黎星斗见面吧，他这次怕是巴不得要跟我碰头了。"

黄参议答应道："我明天一早就去光孝寺跟他见面，今晚，他要去黎星源公馆商议军务，怕是不方便找他。"

许老先生冷笑道："军务？败军之将还敢言勇？我出马，就是打消他们最后一点儿幻想，最后一丝顾虑的。天下大势如此，螳臂当车之举，是自不量力。你们苏鲁皖这几万人马，命都捏在老夫的手里呢！"

两人议定明天的事情后，就此别过。黄参议送客人出去时，宅屋廊下紧闭的窗扇后缝隙里，贾慧和黄太太正在密切注视着凉亭里的一举一动。黄太太被老督军突然的来访惊吓得失魂落魄。她已有多年未曾再见过这老爷子，乍一瞧见，差点瘫倒，幸好贾慧已经有了心理准备，虽然紧张却不慌乱，半架半搀地将她拖进了屋去。

她此刻细看情由，暗自思索，猛然间明白了一件事，悄声说："那女人是他的，不是他的。"

黄太太听懂了意思，前面那个他指的是老督军，后面那个他指的是刘公子。这风骚女人，起先是跟柳云来吴尚的，在旅社里出双入对，同屋共眠，都以为是他的妻子或者相好，谁承想老爷子来了之后，柳云逃之夭夭，这女人却又陪侍在他身旁。她是老爷子后纳的小妾，听口音京片子熟练，怕是在北平任职时纳下的吧。可是，她怎会又跟柳云纠缠不清呢？难道……

她啐了一口，看着贾慧说："这小子，作孽呢。"

贾慧顿时红了脸，恨恨地骂道："这个畜生，什么事都做得出来。真是个畜生！"

她们虽然各自的出发点不同，但都同时对柳云报以鄙夷不屑。

黄参议送那个女人和徐老先生离开后，回转来，吩咐女佣上了门闩，就此闭户准备休息。屋子里的两个女人出来，依旧去凉亭里坐下，摇扇驱赶着蚊虫，佯作不认识，问那对年龄跨度相距悬殊的男女是什么来历。

黄参议竖起拇指，说那老者就是赶走了柳云并取而代之的徐老先生。那女人嘛，是他的侍妾。贾慧板着脸，心里觉着臊得慌。黄太太惊愕至极，脱口说难道这姓柳的之前是背了这老头子私通他的小妾？黄参议点头说大致是这么回事。但有一样不明白，老先生似乎对这女人并没有痛恨不满的意思，旅社伙计说这一老一少两位男客走马灯似的换了房间，唯独这女人没变，难不成他们之间达成了默契，共同使唤着她？

黄太太愈发觉得匪夷所思，以老督军的脾性怎么可能？他当年是何等暴虐的性子，碰上这等事，早就拔枪将那小子和这女人毙掉了。这些年未见，他容貌未改，难道性情发生了天翻地覆的变化？

贾慧的羞怒渐渐不能把持了，转身走出凉亭，站在那端的廊檐下，说："管他呢，这些人本来看着就古怪，不像正经人。咱们再说，就更没劲了。"

十

贾慧第二天一早，就见到了劫后余生的林峰。他名义上观战，实质上参战，和第六纵队将士们共同体验了这场战事的悲喜。在日军铺天盖地的轰炸中，他的左肩、后背都负了伤，包扎好后，稍事休息就来见她。贾慧有些心疼地在那些白色绷带上触摸，劝慰他别往心里去，胜败乃兵家常事，休养好了，重新来过。

林峰苦笑说再打怕是难了。这一仗结束，吴尚估计是守不住了。二黎只剩下两条路，或走或降。他来这里，是想跟她郑重地商量一下，吴尚已不是久留之地，前途渺茫，不如她跟他离开，去东边。

"去东边？"贾慧重复了这三个字，问，"是去投奔新四军？"

林峰点头。贾慧却觉得这个提议太过唐突，犹豫起来。她对于共产党、新四军的了解仅限于传闻，唯一接触过的人，就是林峰，但她跟林峰是那种暧昧不清的情感关系，既像恋人又像好友，却始终未有与那个人相爱时的那种如胶似漆的感觉。她心底一直意识到这个症结的所在，只当他是依靠，没法将身心全部交托。从这一点看，他们之间虽然彼此关心、牵挂，但并不是情人间的，他对她或许是，但她对他想竭力去爱却无能为力。一个人可以欺骗所有人，可是无法欺骗自己的心。曾经有一段时间，她真想嫁给他，把这辈子支托给他，再不提及“爱”这个敏感的字眼。可林峰不但是国军军官，还是共产党地下成员，在生活上并不能给予她保障。她不是一个有政治抱负的女子，在督军府养成了刚强的性格，但没有拓展她的眼光。她骨子里还是一个谋求平静和幸福的小女人，最奢侈的追求是嫁给心爱的男人，从此过上相夫教子的生活。倘若没有那场变故，她怕是早已成为刘府的媳妇，生儿育女了。只可惜，命运如此安排，令她无话可说。

她站在水榭曲廊里，踌躇再三，还是婉拒了林峰的要求。跟他离开吴尚之后的日子，是无法预测的漂泊生活。在未知的环境里，和陌生的一切打交道，出于女性的本能她本就不肯，再加上眼下跟黄太太住在一起，她是她天然的盟友，又有黄参议这层关系的庇护，她还幻想着在吴尚周旋下去，不到最后关头，绝不离开。

林峰心中失望，他的担心如今变成了现实。从根子上说，她没有真正倾心于自己；从面子上看，她对于参加革命成为同道中人，有着天生的隔阂，这是往日督军府大小姐养尊处优的身份决定的。可是，对于这样一个女人，他还能有怎样的奢求呢？期望她跟自己一样舍生忘死地去跟敌人战斗，建功立业？这简直等同于天方夜谭的神话了。

他叹息一声，转身欲走。

但贾慧想起一件事来，叫住他低声说：“老爷子昨晚来过这里，我们及时避开了。他跟黄参议谈了什么不清楚，但是，似乎他们之间是早已熟悉的。”

林峰恍然醒悟，握了一下她柔软的手，道声珍重，转身离去了。他毅然决然地告别心仪的女人之后快步返回了都天行宫。方才贾慧提醒的这句，表明那位黎星斗的心腹红人、少将参议、侦缉处长黄某人，也是一个和南京方面存在着千丝万缕关系的投机角色。老督军是南京汪政府中枢要人，又有北方势力全权代表的身份，住在吴尚城中，摆出一副姜太公钓鱼的姿态来，看似胸有成竹，其实应该是他在吴尚有内应，这个内应角色，一直隐藏很深，不易被人发觉。昨天，他得悉前线军事上的挫折后，是忘乎所以，公开地亮出了姿态。如果这个推断成立，那么苏鲁皖游击部队和汪伪、日本人的关系，从军事对峙走向谈判桌，已是无法挽回的趋势了。

这样新的形势变化，该如何应对呢？自从行署随游击队在城北遭受惨重损失后，他和吴尚城内的地下组织就与根据地失去了联络。城内电台只能跟城外电台直接联系，再经由行署和总部沟通。这中间环节的中断，导致他们陷入了群龙无首的状态，而城内交通站派往根据地的交通员，要去根据地找到正在进行反扫荡的主力部队，不知还要耗费多少时间。这漫长的等待中，局势却是变化不停，不能再两手空空地等下去。没有上级的指示，或者在等待上级指示的日子里，他们还是要将工作做下去。其中最重要的一点，就是力求延迟并阻止南京方面的谈判，以免他们作出让步，结成城下之盟，成为万人唾骂的汉奸。

但这件事，他自己一个人无法做主，还必须跟程兴柱商量。此刻，程兴柱在城西十里铺补充了两个团的新丁，重新部署了防线，并派出小股部队对日军进行夜间袭扰。黎星源特地到他的军中送来一批武器，叮嘱他小心，持重待援。他和黎星斗已经联名向重庆方面、三战区急电求助，但目前，不只是苏鲁皖游击部队一家在和日本人交手，目前在三省之地，日本人集中兵力汹汹而来，意图明确，无论是国军还是新四军，都陷入苦战当中。据悉，新四军军部已经突围离开盐城，正在向北转移。最严峻的时刻，就在当下。

程兴柱问他，是否存在跟日本人或者南京方面谈判的可能，黎星源说有谈判的可能，谈判也是军事策略的一部分，可以拖延时日，可以麻痹对手，是必要的政治手段。程兴柱笑了笑，又问道："总指挥，苏鲁皖有没有易帜投靠南京方面的可能呢？"

黎星源神色凝重地摇头，说："苏鲁皖绝不会投降日本人，战至一兵一卒，决不投降。我承诺过你，一旦发现我企图投降，你随时可以取我的项上人头，向重庆方面请罪。"

程兴柱听他再次承诺，稍稍放心，送走他后，随即开始重整军备，意欲再度和南部旅团交手。这时候，分手不到几个钟头的林峰再次来访。两人走进帐篷屏退卫兵，悄声商议了一会儿。程兴柱对于林峰所带来的消息并不怀疑。黎星源亲口许诺不会投降，谈判只是手段不是结果。但结果如何，他心中也不能确定，两边为难。林峰建议密切监视可能的谈判进展，如果苗头不对，先行出手将敌方谈判代表刺杀，阻止并破坏掉可能不利的结局。程兴柱想想，觉得他的担心和应对手段值得一试。林峰建议他不要长期住在军中，应该经常回城，便于探听情报，关注局势的发展，有利于迅速制定实施刺杀计划，必要时，甚至可以以兵变来达成目的。

他们积极磋商之后，相约关键时候以暗语在电话里沟通，这才匆匆分手，以免被他人的耳目盯上。回到都天行宫，林峰发电报向三十三师本部报告了战后吴尚城内的最新动向。本部回电，目前三战区是日军重点进攻的目标，各部均遭受攻击，激战正酣，已然无法对吴尚苏鲁皖等各部给予军事上的援助。为谨防不利的结局，他可在必要时率联络处撤出吴尚城，改去周桥镇第二十一保安旅驻地，密切监视吴尚、新四军、日本人及汪伪的动向，及时向本部和三战区汇报。林峰明白这不利结局的含义，就是二黎投靠汪伪，替日本人效力，转过头来对付仍在抗日的同胞。

这可能吗？他按照目前在吴尚所感受到的状况，觉得二黎投降的可能性并不大，更不能想象他们会死心塌地给异国仇敌卖命。可防范是必要的，出手阻止这不利局面的形成更是义不容辞的。他那支新组建的便衣队，目前正散落在吴尚城内的各个地方，一边寻找那个柳云的下落，一边监视着绿杨旅社里老督军的动向。这个奸邪老朽，昨晚居然去了黄公馆，今早得知情况后，他赶紧去找贾慧，生怕他对她不利。不承想，贾慧竟未提及此事。想来，她跟黄太太一起，已然可以回避掉了。这个贾慧，眼下处境如此，也有些黑云压城的势头呢。如果自己能动手除掉老督军，算是于公于私都有利的一件大好事。

林峰已然心生杀机，杀机一动，便再难止住了。

第七章

一

二黎意欲走和平路线、投汪降日的风声，在吴尚城内街头巷尾流传开来，又随着城中聚散的过客传播到更遥远的地方去了；隐藏在吴尚与外界的多部联络电台，也正以无比快捷的速度向各方传递。一时间，上至重庆下到战区、省府，都有耳闻。随后各处的电报又雪片般发来苏鲁皖指挥部和保安司令部质询这一流言。

诸事皆没有眉目，却惹来这样的名声，二黎心里郁怒无比，特别是黎星斗，拍桌子摔杯子怒骂，说自己拼着性命跟日本人血战，却有人暗中搞鬼，传这样丧尽天良的谣言，真是歹毒无比！难道真的要逼着自己带着手下的弟兄们，自杀性地冲向鬼子的阵地打光为止，才算表明心迹？

黎星源沉思半天，说："有人栽赃陷害咱们，犯不着生气。我们以苏鲁皖游击总指挥部的名义，发一个誓死抗日到底的通电，也好堵死这些乌鸦嘴。"

黎星斗倒消了气，反问一句："这电文发了，就没有回旋的余地了，大哥。"

黎星源摇头，说："有，我还留着呢。这三万弟兄，第一条就是要有出路，我不会把出路给堵死的。"

黎星斗半信半疑，只得依照他所言，着令幕下文笔，起草一份通电，在重庆方面质询后三小时，正式对外拍发。这份电文同时被各方势力收悉，重庆方面无语，南京方面却引发了一阵骚动。

日军参谋本部与汪伪政府联络，要求汪精卫放弃收编这支杂牌军的幻想，由南部旅团会同周边各部，全力进攻，将二黎及其部属消灭在吴尚地区。眼下，日方已经是忍无可忍了。汪精卫急忙回复，这件事还是要按照预定方略办，已经通过武力达成战略目的了，目前正是不战而屈人之兵的最佳时机，却丧失了忍耐，岂不是前功尽弃？眼下，南京方面的密使已经在与二黎作沟通了，一份分文不值的电报，无须动怒。他安抚了日本人，又急忙指令吴尚方面的代表，抓紧时机和二黎接触，并在必要时出示这份日军本部的电文，以示形势之危急，以及南京政府对于他们的殷切期盼。

绿杨旅社里，许老先生收到了黄参议转递来的这份电文，望望他说："你替我想法子联系黎星源见面谈谈，他是主心骨。"

黄参议无奈，但却无法与黎星源直接搭话，思来想去，觉得还是通过黎星斗比较方便、妥当，于是，暗中将老先生的意思转达给黎星斗。黎星斗有些为难，他感觉黎星源不会投降日本人，自己出面跟对方接洽，会不会惹他生气，以为自己生了二心呢？

黄参议心中窃笑，已然将这位陷于穷途末路的副总指挥、保安司令的心思揣摸透了，他提示一句："总指挥不是通过窦雪广的推荐信见过南京方面的人吗？你的面子，大过窦雪广吧？"

黎星斗思忖再三，想出个法子来，让黄参议立即去绿杨旅社，请这位许老先生手书一封求见二黎的信函，再由自己转呈给黎星源，算是仅作传递，首先撇干净自己的嫌疑。黄参议见他这样瞻前顾后，全不似往日里的豪爽气度，心底不悦，但他只能如此了，赶紧去绿杨旅社面见老先生，劳他累累手腕，胡乱涂写封信件，算是给黎星斗一个台阶下。

可是，他人到了旅社，却不见了老先生，甚至连他身边的那位两易其手的女人也不见了，于是忙问伙计和负责守卫的士兵。他们说老先生携那女人出去了，坐着黄包车，有五六个保镖样的人前后卫护，方向是向东，已经走了十来分钟。

黄参议猜不出这位老先生的去向，又不愿待在旅社里久候，于是干脆决定尾随其后去找一找。这小小的吴尚城，他们能走到哪里去呢？他下了楼，率了几个卫兵一路沿街打听，走走停停，最后拐过一个街角时，竟在一处他熟悉的地方寻着了老先生的踪迹。

只见自己老婆内侄女、小学女教员贾慧小姐的门前，那位老先生依旧坐在车上，向隔壁邻居打听着什么。那个中年妇女大概是告诉他，贾小姐出门多日，去向不明了。老先生一脸的严峻，似乎是为这次造访不遇而心情不悦。黄参议猜不透这其中的关系，盘算了一下走过去，招呼了一声，问他怎么到这地方来了。

老先生闻声掉头，问他是否认识她。黄参议微笑说这位贾小姐在吴尚城，也算得一个名人了，能有几个人不认识她？老先生哼了哼，叹气说有几天不露面的话，那她大概已经离开吴尚了。那中年妇女迟疑了一下，说有个姓林的少校，还有一个年轻人……

老先生打断了他的话，说："去都天行宫，也请黄参议陪同，一起走走吧。"

黄参议更觉茫然，同行之际，便询问他与这位贾小姐的关系。老先生冷冷地回答，这小女子跟自己有些渊源，自己也有快六年没见过她了，她在吴尚可好？

黄参议心机颇深，听他的口吻，便开始为自己的老婆担忧了。他不知道这位前督军跟贾小姐的确切关系，但从气氛和态度上瞧，看得出是来者不善。他必须守口如瓶，先保住他的秘密，再试探他的来意，以作周旋，于是，便虚与委蛇，笑说这么个女孩子，知书达理，容貌又美，自然不乏追求者，林参谋是国军三十三师联络官，就是其中之一。他们关系不错，应该算是在恋爱吧，但不知这位贾小姐是不是他的亲眷。

老先生点了下头，也不细说，径直赶赴都天行宫去了。

都天行宫里，林峰正在煞费苦心地研究刺杀许督军的计划，盘算怎样才能做到置之死地又不引起连锁反应，加剧形势的恶化。说实话，杀一个下野督军容易，但既不能让事态恶化，又能拖延时间的杀人方法，却是极难做到的。他脑子里翻来覆去地研究，正值精疲力竭的时候，忽然卫兵报告，黄参议陪同一个白发老者前来拜访。他吃了一惊，立即猜出这个所谓白发来者的身份。老督军来这里干什么？于公于私，他跟他之间都没有瓜葛，当年在家乡曹县，他与他的女儿交往，他认识老督军，老督军却不认识他。再者，老督军来吴尚招降的是苏鲁皖游击部队，不是国军三十三师，彼此应该是无话可说的。可他偏偏来了，他心中猜测着这不速之客的来意，以及黄参议陪同的含义，迎出门去。

只见黄参议抢先一步，拉着这老者的手介绍："这位是许老先生，这位是林参谋。"

说话之时，他飞快地眨了下眼。林峰隐约有了点数，敬了个军礼。老督军上下仔细打量了他一气，点点头说：“是个军人的模样。这丫头找来找去，还是找了个当兵的！”

林峰一愣，没料到这个老头儿见了面劈口就是这么一句。这表明，他已经知道自己跟他女儿的关系了。从口吻上看，他似乎并没有表现出多大的恨意来，甚至语气中夹带了些失落和不屑。但林峰没有应和他的话，挺直腰板，凝视着这个已然列入自己即将杀戮名册的老朽，平声静气地问道：“请问老先生，您是谁？”

二

贾慧婉拒了林峰提出的带她去东边新四军根据地的要求后，心底一阵犹豫、一阵坚持，陷入矛盾当中。诚然，这是躲避父亲以及前恋人纠缠报复的最好法子了。可是，她内心深处却又无法真正地从这些往事所带来的现实纠葛中脱身。因为目前的情形，跟她过去长年累月深陷恐惧中设想的结果完全不同，昔日逃亡中出现的惊险场景也没有出现。尤其是那个在她心中死去多时的恋人，以极其意外的形式现了身，更让她瞠目结舌，至今疑虑重重。至于已然粉墨登场的老父，将会玩出怎样的花样来，反倒让她好奇并期待了。

从已知的情况来看，她曾经托付终身的那个男人所玩的把戏还在继续。他带来的那个跟自己较劲，并一度令自己自惭形秽的妖娆女人，竟是父亲的侍妾。更为夸张的是，父亲随后入住绿杨旅社，以某种当仁不让的姿态收复了失地。现在，她的脑海里一想到那个一度在吴尚街头临窗卖弄姿色的女人，就油然地反胃欲吐。

当然，对此同样惊愕的黄太太，却没有恶心的感受。她从另一个角度来看待这件事，对那个年轻人的失望以及对贾慧的同情，同时上升到了顶点。她敏锐地感觉到，这个纨绔公子是在变着法子跟老督军争斗，手段之巧妙，令人咋舌。他拐了老督军的女人，去他的女儿处炫耀，引得贾慧心神紊乱，这一招是对他们父女俩极度的戏耍，不但让老督军颜面无存，连带着贾慧也尊严扫地了。这个男人太狠，必将不得好死。她做出如下判断，安慰贾慧。贾慧在心中应和着这个想法，回忆起自己在芦苇滩头拔枪对准他胸口开枪的情景，食指情不自禁地勾动了一下。

她后悔自己那天没有多开一枪，将他彻底击毙，否则就省却了后来的许多麻烦。

她笑了一声，倚靠在凉亭栏杆上，说："都来了，这出戏比我想象中要更加匪夷所思。这一老一少的举止，都远远出乎我的意料。他们想干什么？想干什么？"

她的嗓门提高了，在廊柱间回荡。是的，从那枚可恨的日本炸弹砸进堂屋之后，她所遭遇的一连串变化，在时间的推移下，逐步显现出真相来。但这些所谓的真相，却又纠缠成了一个更大的谜团。这样的情形使得她欲走不能，欲留不得，身陷两难的境地。黄太太看出了她的痛楚和不安，感同身受，轻轻地按在她的后背，悄声提议说："要不我们先离开这里，不是要打仗了吗，咱们暂时避开，等这里杂七杂八的人都走了，再回来。"

"那去哪里呢？"贾慧迟疑地问。

黄太太说："去苏州吧，那里虽然是日本人的地盘，可是形势比这边安全，老黄有朋友在那里做官，借个地方暂避几个月，问题不大。咱们走了，这里打仗也好，和平也好，都跟咱们无关了。现在的吴尚，只有往江南的路是通的。再不走，也许就走不了啦。"

贾慧同意了，感觉这个提议比林峰的想法更加适合自己的处境。她决定暂避一时，任由他们把这吴尚搅得天昏地暗。

她们商量妥当后，决定由黄太太提出请求，以安全的原因离开吴尚去苏州避乱，这边形势稳当后再回来。贾慧等到黄昏后天色冥暗时，悄悄地回住处，收拾必要的随身物件，准备动身。

她从黄公馆位于深巷里的侧门出去，依旧在巷道里穿行，在暮色的掩护下回到了家里。看看窗口灯火，发觉隔壁李嫂已经从乡下回来了。她不想打搅邻居，悄悄地开门进院，去厢房卧室里就着暗淡的烛火翻箱倒柜，收拾必要的随身物件。这厢房里星光点点，在临院的窗户跳跃着。对面墙角的花坛里，花草在夜风中摇曳，姿态婀娜。这日复一日、夜复一夜的庭院景致，是贾慧司空见惯了的，毫无新意。她临窗之际，也无心看顾，草草地料理一番后，拎起那只从当初离开曹县起就跟随自己多年的牛皮行李箱，推门出屋，欲从檐下穿过去院门。

这时，只听耳后院墙下有个熟悉的声音笑道："许大小姐，又要逃跑啦？你这回可想好了往哪里跑，离了这吴尚，哪儿才是你藏身的地方呢？"

贾慧闻声一惊，转身来看，只见柳云徐步走到堂屋门前的木凳上坐下，手执一把纸扇来回地扇动，一副悠闲的模样。

她冷冷地说："这天下，我哪里都去得，用不着你担心。"

柳云摇头道："依照眼下这情形，天下虽大，也无你的容身之地了。你只有留在吴尚这一条路可走，别作他想了。贾老师，不，许大小姐，无论是哪种身份，你都只能留在吴尚。在这里，把你我的账都算清楚了，日后自然是光明大道。"

贾慧放下箱子，狠狠地盯着他，说："好吧，有账就算，我们之间的账，上次没算清楚，这次可得弄明白了，死而复生，可不是什么让人喜欢的好把戏。"

柳云乐不可支，像是几乎要笑得岔气一般，倚着廊柱连连捶胸，突然爆发出一阵惊天动地的剧烈咳嗽，足足持续了近三分钟，咳得他上气不接下气，好不容易才收住口，抚胸作痛苦状说："我这毛病，就是蒙你所赐，稍一受凉就会发作。你这个狠毒的女人，那天冲我开枪的样子，真是——美极了！世上再难寻第二个。"

贾慧听他咬牙切齿地说着，突然峰回路转来了末尾那句，不觉一愣，啐了一口说："那一枪打在左胸，你怎么不死？"

柳云哈哈一笑，手指右胸，故作神秘地说："告诉你一个小小的秘密，我的心长在右边，我自己都没有留意过，这是救治我的医生告诉我的。在医学上，我叫镜像人，你这一枪打中的是镜像中的我，所以只给我留下了肺病，没能夺去我的性命。许大小姐，是上天让你这一枪只能伤我，不能害我。所以，咱们之间的姻缘没断，你跑不了，还得做我刘家的媳妇，天意已定，想跑是跑不掉的。"

贾慧顿时气羞难当，脸如红布，甩手掉头便走，可是已然迟了，院门口冒出两个陌生汉子，分左右守住出口拦去了她的出路。她转而沿檐角向旁边走，一只手探入布包，摸出那把精巧的手枪，可是，廊柱后闪出个人来，斜刺里出手，一把将包拽走，她拿捏不住那把枪，啪的一声掉落地面，随即被那人捡起，手法熟练地卸下弹夹，将一粒粒子弹抛落石阶。贾慧顿足怒骂了一句，却无计可施。

柳云站在廊下又是一阵笑，说："许大小姐，故技重施是愚蠢的，你就认命吧。这枪不响了，帮不了你啦。你就依从了我，从今晚起咱们圆了房，我去街上买些红烛，春宵一刻值千金啊！"

他双手背负，一副潇洒倜傥的劲头，飘然走过院落，站在他面前，俯首在她的耳边低吟了一句："这黑夜，我拥你入眠，再不需要阳光。"

这一句是他们首度幽会欢好时的标志，是柳云盘算已久，用在她身上最为犀利也最得力的一招，自以为一旦使出，这个女人定然是全身酥软，瘫倒在自己的怀抱里，就此死心塌地，再无抵抗的可能。

可是此情此景下，他算错了她的心态。此刻的贾慧可以用"羞怒交加"一词来形容。她不假思索，趁着这个男人的面孔凑近自己，使足了气力，愤然抽了他一记耳光。这耳光声音响亮、清脆，犹如空荡荡的庭院里放了个炮仗，院内外都能听到。柳云猝不及防，眼前顿时金星闪耀，木立在那里，脑袋里一片空白。贾慧奋力推开他，捡起砖头来欲砸，却被他的两个手下劈手夺了去。柳云如梦醒一般，抬手作势要打，但扬起的手臂画了个弧线，手掌触及她光滑的面颊时，变为了抚摸。

他怜爱地在她的脸上摩挲着，叹息说："这许多年了，我还记着咱们好时的情形。算了，让你白打了。将她捆绑起来关进屋里！"

三

柳云在贾慧潜回住处，收拾行李准备离开吴尚避风时，将她抓住了，就地关押。贾慧双手被拢后绑住，一块布紧紧缠住了嘴巴，无法高声呼救。她羞愤难当地坐在床边，床头方柜上，丢着那把卸去子弹的空枪。这把枪跟随她多年，曾经在关键时刻起过至关紧要的作用，可是这次却无能为力了。是命运如此吧？她心乱如麻，猜不透目前的处境以及后续的结局。

柳云躲在自己的住处，避开黄参议满城的追查，这个藏身之处，真是隐蔽巧妙，非但黄参议想不到，林峰也想不到，甚至老爷子也想不到。她离开这里去黄公馆暂住，用意是对的，这时候贸然归来自投罗网，却是巨大的失误。他抓住了她，关押在这里，想达到什么目的？纯粹是想借这地方藏身，还是利用她做诱饵，将那些与她有关的人一网打尽？

她凝神关注着窗外的动静，柳云在这座小院最里面的正间堂屋里，这座房子左右两侧是厢房，彼此有廊檐相接，空隙处是院墙。这两侧院墙，通向盐商李西沅那边，高耸壁立，难以攀爬。通向李嫂那边的墙高尚属寻常，一人举一手，再空出的距离短窄，防君子不防小人。但让贾慧意外的是，偏偏柳云会舍易取难，利用两副软梯悬挂在半空，自如地出没于李府宅邸和自己住处之间。那李府宅深屋广，大约是难以觉察到有人会以自家后园和邻家小院作为栖息地的。一有意外，这几个人可以来去自如，让人难以发觉。

柳云自从擒获了贾慧，再未踏入这间房子半步，时而在院落里踱步，时而在堂屋里歇息，若有所思，若有所待。等到夜色微亮，他换了件外套，悄悄借道李府出去了一趟，约莫半小时后返回时，手上顺带了只油纸包裹的粢饭，让手下送到厢房里给贾慧吃。贾慧看得真切，忽然明白过来，柳云原来是从李府进出的。他莫非已经跟那个盐商沆瀣一气，成了同伙？她愈发感觉到不可思议，正待说话，不料院外有人敲门喊着她的名字，听口音，正是林峰。

贾慧心里一急，张口欲喊，提示谨防院内有埋伏，可是身边的看守抢先一步，将她手里的半截食物就势塞入她嘴里，再用布堵上。这软糯粘连的粢饭，令她无法出声，瞪大了眼，差点噎死。院内的柳云等人也不应声，拔出枪，以廊柱、窗台为隐蔽物藏身警戒。

外面的林峰似乎也没有进屋的意思，高声唤了几声贾慧之后，便不再敲门。又静候了约莫十分钟，柳云示意手下去院门前，从缝隙里察看虚实，结果，外面来人已经离开了，安全无事。柳云松口气，挥挥手让手下散开，自己进了屋，坐在贾慧的面前，将那块布解开，似笑非笑地端详着她，说："林参谋来看望你，惦记着你。可惜了，你不爱他，他做什么都是白费力气，哪怕为你死了，你都不会爱他，对不对？你爱的是我，不管我怎样对待你，你的内心深处依然是爱我的，一辈子都改变不了。"

贾慧两眼仿佛要喷出火来，死死地盯住他俊秀的脸庞，咽下了嘴里剩余的食物。这个男人所说的每一个字，都像鞭子一样抽打在她的心上，令她想痛哭一场，却又辩驳不得。他说的是实话，可这实话却是她不愿意去听、去面对的。她只恨自己那一枪没能打死他，或者掉过枪口来打死自己，也就能一了百了。

柳云温柔地贴近她，将她的双手依旧拢到身后去，边用麻绳捆绑，边亲吻她的耳垂、面颊，悄声地说："你的脾气太暴躁了，得捆紧了，不然再瞅空打我一枪，那可就没得救了。等我忙完手里的事情，咱们就可以天长地久地守在一起了。你舍不得杀我，我也杀不得害你，我们是一对冤家，不是冤家不聚头，这辈子就该守在一起的。”

贾慧被他重新捆好了，丢在床边，扭过头去默默地流泪，不愿意被他看到。林峰在院外叫门，一定是去过黄公馆，知道自己一夜未归，黄太太肯定心中焦急生疑。他来叫门，应该能猜到自己眼下的处境吧？他如果心中有数，那么此时应该正在做营救自己的准备。她细数过院中这些人，连同柳云一起大约五个，对付他们应该不成问题。可是，万一他并不认为自己仍在家中，而是猜疑她被人绑架到别的地方去了呢？这样一来，麻烦可就大了。

她暗自做着几种猜测之时，隔墙李嫂家正在杀鸡，那只鸡先在丝瓜架子下扑腾，被捉住后就高声尖叫。李嫂骂骂咧咧地下了刀，鸡在咽喉处的闷哼被喷涌而出的血流阻止了，只剩下尖锐爪子在砖地上细微的拨拉声。

再接着，隐隐有几下轻微古怪的声响传递过来，没等她回味这声音的来由，便有几声枪响震耳。院子里扑通连声，有人操着曹县的家乡话叫喊咒骂着翻墙过来，直奔厢房，踢开门伸进枪来左右比画，等到确定无人，才提高嗓音问一句：“你是大小姐？大帅让俺来接你回去。”

贾慧如堕五里雾中，茫然失措间被请出屋子，只见院内伏尸数具，另有几个人持枪在各处搜寻未果后，扯着架软梯指着隔壁李府，说那龟孙子翻墙溜掉了，手脚真他妈的快。贾慧明白，柳云再度逃脱了一次袭击。可是，听口音和话意，来者是督军府的人，跟随老爷子日久的部属，这“大帅”“大小姐”的称谓，听起来如此熟悉，却又恍如隔世。她叹了口气，心里清楚，自己是才离狼穴又入虎口了。

但这伙人开枪救了她之后，并没有远走，出了院门后将她扶上预先准备好的黄包车，沿街走了一段路，拐入小巷，看似漫无目的地转了一大圈，直到中午时分才又转折回头，最后停在她住处东边的一道巷子里，从李嫂家的后角门进去了。

她内心疑惑地跨进院子，只见那李嫂双手捧着只砂钵从厨房里出来，微笑着招呼道：“贾小姐来了，今儿给你准备的午饭是炖鸡，洗洗手准备吃吧。”

贾慧嗯了一声，依照往日的习惯去井边木桶里舀水洗手，进了房内，在自己惯常坐的位置上坐下，先拿起汤匙尝了口汤水，平稳住心情。这时候，她陡然明白过来，那个首次从本地邮局寄来老爷子亲笔信的中年妇女是谁了。她一直猜测是黄太太所为，结果竟然是她，这个看似淳朴、来自乡下的寻常小户人家的主妇。

李嫂安排她坐下吃中饭，那几个救她脱困的人早已走了，一声没吭。贾慧默默地喝了一碗鸡汤，吃了一根鸡腿，扒了小半碗饭，站起身来抹抹嘴，问她隔壁的事情是如何收尾的。李嫂说警察来过，拖走了尸体，向自己询问了情况，自己说贾小姐出城探亲五六天了，这是座空宅。贾慧苦笑一声，借她这院墙一用，不惜弄脏自己的衣服，也学那些人的样子翻墙回去，将自己原先收拾好的包袱以及那把已成摆设的手枪携带出来，离开李嫂家向都天行宫走去。李嫂依照常情，只是一声笑，任由她走掉。她心底更加奇怪，这一夜的遇险和脱险经历，仿佛做梦一般。

都天行宫内，林峰正在研究吴尚地图，对绿杨旅社附近纵横交错的巷区予以特别关注。用红蓝铅笔将它们一一区分标注。谁也不明白他此举的意义，甚至还有人以为他是在为日后吴尚城破后打巷战做准备呢。

贾慧疲惫不堪地走进林峰的办公室，倚在门上松了口气，说："你这个人，为什么还在这里？"

林峰抬眼见是他，赶忙过来照应，问道："你果真是在自己屋里？我没猜错吧？"

贾慧点了下头，哭泣起来，双手按住他的肩头，浑身颤抖。她这番失态绝非伪饰，而是出自内心。她在吴尚的遭遇，以这次所受惊吓最深，也以这次脱身最险，此刻将她的全部尊严和矜持尽数丢开了。那个柳云，不，刘益谦，简直如同魔鬼一般。

林峰抚拍着她的后背，挥手让看热闹的士兵们走开，让她坐下，说："我疑心你在家里有不便之处，所以想了个法子，让人送信去绿杨旅社。但是，收信人刚刚抵达，你这边住处的枪声已经响了。我率人赶到时，院子里除了那几具陌生的尸体外，并没有新的发现。我估猜，你已经被人救走了。但却一时猜不出是谁，不是黄参议的侦缉处，就是老督军的手下，前者的可能性大一些吧？"

贾慧摇头，说："是老爷子，他的手下都操着曹县乡音呢。"

林峰这下子啧啧称奇，自己刚刚通风报信，他就已经抢先动手了，出手如此神速，简直不可思议。贾慧揩擦掉脸上的泪水，说："不是你通知他的。他在我的隔壁早已设下眼线，这样算来，该有快五年了。我说奇怪呢，李嫂夫妇几乎是跟我同时来吴尚的。他们的戏演得真好，跟我若即若离，每天还替我做午饭，锱铢必较。结果，哈，是老爷子派来的。我这些年就没有逃脱过他的监视。他为什么不让人一枪打死我，这样鬼鬼祟祟地干什么？我不领这个情！我是害死他唯一儿子的凶手，是帮了那个畜生害死哥哥的仇人，为什么不让我死得痛快一点儿，要这样受折磨？"

四

黄参议谋划黎星斗和南京特使见面这件事，在吴尚城内苏鲁皖游击部队众将领中还是一个秘密，但其中多数人已经知道了绿杨旅社里暗藏玄机，那位猪鬃商人和新来者之间离奇的老少交替，诡异的女人交接，都是酒桌上闲谈的话题，成为眼下严峻形势里众人仅有的几个有趣话题之一。这个话题，有故事、有男女、有隐私，放到太平时节也足以吸引人关注，并津津乐道。

黄参议掺和在大伙儿中间谈笑风生，极尽猜测之能事，但一转身趁着无人之际，便向黎星斗禀报了那位受他指令暗中保护的南京特使的最新动向，并不动声色地揭示了来人的真实底细。黎星斗行伍出身，入军籍早，对于北洋旧事也知道一些。当他得知来者是许霆震许督军时，不觉笑了，说："冤家路窄，原来是他。"

黄参议一惊，问："莫非司令跟他熟悉？"

黎星斗竖起了大拇指，说："总指挥跟他是战场上的熟人，邵伯湖一战，总指挥是北伐军先锋，许督军是孙传芳五省联军的干将，这一仗咱们把这位两淮巡阅使打得惨败，七八万人马溃不成军，他就此带着金银珠宝马不停蹄地逃回曹县老家去，通电下野了，从此之后销声匿迹。想不到多年之后，他会成为汪精卫的特使来招降咱们。这真是天道轮回，三十年河东，三十年河西，一言难尽！"

黄参议叹息说现在沉渣泛起，乱糟糟的局势把这些人都从水底翻上来了，可是形势比人强，英雄好汉拗不过天时，顺势而为是天道，逆势而为是自寻烦恼。

黎星斗沉思了许久，迟疑着说：“这件事恐怕还得总指挥出面接洽，我出面谈，不方便，也不名正言顺。”

黄参议提醒一句：“司令，仅仅是见个面而已，不是正式谈判。你先摸摸对方的底牌，也好和指挥商量对策。若是强硬不见，对方或许再有新的军事行动，咱们连拖延回旋的时间都没有了，那才是麻烦。慢慢地来，争取时间是目前的紧要所在。”

黎星斗捻动佛珠，又想了想，说：“先聊一聊是可以的，但不能去我公馆，也不能去绿杨旅社，选个第三地吧。听说你那个公馆环境不错，就去你那里。”

黄参议心中暗骂这个狡猾的家伙，嘴里却一口应承下来。他先和黎星斗商量定了时间，再通知了绿杨旅社里韬光养晦的许督军，然后一溜烟赶回家去，跟家里两个女眷商量，让她们帮着招待客人。但回到家时，发现黄太太已经收拾好了行李，正在等贾小姐回来，次日一早就想坐船离开吴尚。

这下子，他着了急，连说暂缓一缓，等明天晚上帮着把一件要事办好了，再走不迟。或者，这件事一成，她们根本不需要离开吴尚了。黄太太奇怪，问办什么事。事已至此，黄参议也不隐瞒，告诉她明晚约了那位前督军和副总指挥在自家公馆见面，不是正式谈判，只是家常闲聊，为免席间尴尬，有两个女人在其中周旋，融洽气氛，对促成日后的和谈，是大有好处的。

黄太太一口回绝，连说不能，她早已是身心俱疲，不愿再搅进这些烦琐事务。黄参议很着急，说只是吃顿饭而已，一切也都与她无关，仅仅是陪吃个把钟头，而且又有贾小姐陪着，不会烦神的。但黄太太态度坚决，不肯答应。黄参议无奈，正自束手无策时，贾慧提着包袱进了门。看到她，他如释重负，连忙请她过来把这件难事说给她听，让她劝劝姑妈。

贾慧听说了这件事，蹙眉考虑了片刻，笑了起来，说：“姑父着急干吗？这件事好办，依着姑妈的性子，由着她散心去回避就行了，我来做陪客。不过，咱们说好了，你别说我们的亲戚关系，改个称谓就成。”

黄参议大喜过望，立刻答应了，指指她笑道：“你是小学教员贾小姐，是外人。”

贾慧和黄参议达成协议后，去了黄太太那里，先不说这一天一夜的遭遇，直接告诉他，明天晚上宴请宾客时自己来作陪，让她先行避开。黄太太惊疑，问她为什么答应，难道会以为老爷子人老眼花，认不出她来了？

贾慧轻蔑地一笑，说：“他人老眼不花，怎么可能不认识我这个宝贝女儿呢？我改了主意，就是要堂堂正正地跟他见面。事已至此，我不怕他，但你不行，必须让一让。”

黄太太愈发糊涂，追问缘由。贾慧便把自己昨晚回去取行李时遭遇的经过详细地告诉了她。当她听到贾慧隔壁那个中年妇女李嫂，竟是老督军多年来安排的耳目时，不禁倒吸了一口凉气，说：“这可糟糕，万一认出我来怎么办？”

贾慧安慰她，李嫂是本地人，只是老爷子花钱在吴尚雇的眼线而已，并不认识她这位督军府的四姨太。黄太太稍稍安心，但随即又害怕他们父女在酒桌上碰面后，会将自己的秘密暴露。贾慧抓住她的手，郑重地发誓，以自己的性命为担保，绝不泄露半点她的秘密。

黄太太苦笑，说：“绕来绕去，还是逃不过这个老家伙。他是前世里注定要跟咱们纠缠的人，这就是命，听天由命吧！”

次日中午，黄太太指挥女佣将家中事务料理得差不多之后，借口访友，先行离开公馆，找了处僻静的地方暂歇避风，就等着晚宴散后，黄参议来接自己回去。安置好老婆后，黄参议马不停蹄地安排晚间的宴席。这样的天气，在凉亭里设桌置酒是最佳选择。为此，他特地让人在亭子上方悬挂了两盏气死风灯，用来增加光线。菜肴，自然是全由饭馆订送，酒是从陈德兴酒坊沽来的老陈汤，是吴尚一带极上等的佳酿。美酒、佳肴，又有贾慧这样的美貌女子相陪，想来，今晚的宴席一定是主宾融洽，尽在掌握中了。

他预备定当各项事宜，请贾慧帮忙居中调度，又派人去绿杨旅社跟老督军招呼一声。他自己不放心，再次去了趟黎星斗的公馆，将他守住。

黎星斗午睡方醒，正在喝茶提神，看他到了，便悄声附耳挑明这件事他上午跟总指挥提了，总指挥并不反对，叮嘱要小心应对，切忌风声外泄。黄参议赶紧保证，今晚全是家里人，而且，他们所商议的事情是务虚之言，不会将事情赤裸裸地放到桌面上来。黎星斗点头，瞧他神色紧张，不禁一笑，让他先行回去，自己绝不食言，保证晚上七点天色微暗时出门，准时抵达黄公馆。

黄参议得到黎星斗的保证之后，彻底地定了心。他回到公馆时，贾慧正在凉亭上指挥女佣们将预先洗净的瓜果青蔬用纱笼罩盖住，防尘防虫。他问了问她姑妈的情形，贾慧说刚走不久，这阵子姑妈的精神劲头不是太好，恐怕是西医中所说的神经衰弱，得好好调养。等忙完了这件事，干脆送她离开吴尚，好生休息。

黄参议自然同意，坐下来狐疑了一阵子，便问起她跟许督军的渊源来。贾慧面无表情，摇了下头说没什么渊源，可能是熟人吧，待会儿见了面，就知道了。黄参议一想也对，几个钟头后就可以见分晓了，何必此刻在这里询问。

他进了卧室，脱了衣服，嗅着老婆身体上遗留下的花露水香味，迷糊了一觉，醒来时已是一轮红日坠西山了。等他用井水洗脸提起神来时，黎星斗已然到了。他比许诺的时间提前了半个钟头，进公馆后，就在凉亭上歇息。

贾慧拣了只削好的鸭梨给黎星斗，他们彼此认识，不用介绍。黎星斗微笑，说原来贾小姐也在黄参议的公馆里。贾慧说天气太热，世面又乱，索性就在这里避暑了。她一语双关，将今早自己住处的几条命案一语带过。黎星斗本想问及此事，但听言辨音，姑且也就一笑了之了。

黄参议送来井水浸过的手巾把，递烟上茶，前前后后地忙。刚刚安定下来，另一位尊贵客人携带着那妖娆的美人儿踏进门来。黄参议赶紧过去，将他迎入凉亭，替二人介绍：“这位是黎司令，这位是……”

他稍一迟疑，贾慧竟接上了一句：“许老督军。”

黄参议一愣，随即点头称是。

黎星斗起身，与这位成名已久的前军阀握手致意。老督军抱拳说黎司令、黎总指挥，是这地面上的尊神，自己来吴尚有些时日，老想入庙拜神，可惜一直没有机会。

他说这些话时，对于方才陡然间插话点明自己身份的贾慧视而不见。

黎星斗回了一礼，说：“前一阵子军务繁忙，实在是心力交瘁，直至现在才略有些闲暇。督军是军界前辈，久仰大名，无缘得见，今天一见，果然是精神矍铄，不减昔日威风。”

老督军欣然就席，那女子挨着他坐。贾慧坐在他的对面，左边是黎星斗，右边是黄参议。女佣们将饭馆刚刚送到的菜肴端上桌来。老督军神色平和地应邀提筷搛菜。黎星斗在吴尚住了几年，熟悉本地特产的一些菜品，顺便说了几句它们的来历。老督军品尝几口，称赞果然是美味，不过自己年岁大了，在饮食上要注意节制，能品出滋味就行了，比不得黎司令正当壮年，是建功立业的好时光。黎星斗一笑，说自己也是精疲力竭，走下坡路了，比不得几年前的劲头。

老督军却不以为然，拿自己的经历举例，他四十来岁时，正在张勋营中任协统，作为前队攻打刚刚光复的金陵，战事胶着不下时，亲率麾下2000余人阵前倒戈，加入民军合力将张勋击败，自此之后，就在沿江驻军拱卫南京。后来风云变幻，局势动荡，他周旋于各方势力之间，成就了一番霸业。所以，黎星斗这40多岁，迈向人生顶峰的脚步才刚刚开始呢。黄参议附和说40岁不老，正当盛年，据此参照，也正是黎星斗振翅高飞、平步青云的大好年华。

他们三个男人，从年龄入手，心照不宣地议论着。两位陪侍的女宾也效仿，从年龄入手开始较量起来。贾慧的心思本来是放在这位须发银白的老父身上，察言观色，冷眼看他有何异动。不料，这位老人家也学了柳云的招数，彼此见面后来了个宛若陌路。许督军和许大小姐，在黄参议的府上同席，又有黎星斗作陪，本是件有趣的事情，但他们父女装出的冷漠姿态，却使得其间的趣味荡然无存。

男人们此刻的话题是从军、事业、天下，女人们牵扯的却是醋意和倾轧。那位随老督军来黄公馆，之前又曾经和柳云在绿杨旅社同床共枕，风姿绰约地亮相于吴尚街头的女人，开口就自我介绍说："我姓凌，凌青，你是贾小姐吗？"

贾慧内心极度鄙视，不屑于跟她搭话，但出于礼貌又不得不应，略略颔首说了一个字："是。"

凌青笑道："我以前天天都能看到你从旅社楼下的街上走，有人说你是这地方上数得着的女子，有学问、有容貌，百里挑一，我早就想结识你了，但一直没有机会。"

贾慧冷冷地笑，不吭声。

这女子等候了一阵子，见她不理睬，心里有气，冷不防抛出句话来："贾小姐今年有30岁了吧？30岁看上去依旧这样年轻漂亮，简直是奇迹！"

贾慧情不自禁地深吸了口气，心底怒骂了一句贱货，但脸上却漾起笑容来，说："我今年38岁，一晃眼就40了，依着凌小姐的容貌，叫我一声姑姑，也不为过呢。不过，你看上去岁数不大，但却能做事，尤其是服侍人，年老的、年少的，都游刃有余。”

凌青听她这样揶揄自己，却无动于衷，仍然是笑容满面，说：“女人嘛，服侍人，尤其是服侍男人，那是天经地义的事情。不然，嫁不出去熬成了老姑婆，虽然嘴上被人尊敬一句，但没人宠着、呵护着，终究不是个事儿。”

贾慧忍俊不禁，笑道：“那窑子里的婊子，多的是人疼，有意思吗？”

凌青掩口而笑，竟微微点头表示同意。

这两个年轻女人在桌上唇枪舌剑，来来去去说些让人瞠目结舌的话，男人们虽然都在议论天下大势，各怀心机，可这些话在耳边飘来飘去，终究是听到的。黎星斗飞快地捻动佛珠，心底窃笑。黄参议责怪地望着贾慧，暗示她不可唐突来客。只有老督军，还是置若罔闻的样子，像是耳背，根本没有听到一般。

贾慧对于黄参议的示意毫不理睬，微抬下巴，转而朝黎星斗嫣然一笑，提起酒壶来给他斟酒，笑嘻嘻地说：“司令多喝点酒，这凉亭上清风习习，吴尚城里再没有比这地方更适宜纳凉避暑的了。”

黎星斗大笑，说：“贾小姐不过二十四五岁，怎么充起老来啦？我上次吃饭时，本想给你介绍程司令认识的，但你跟着林参谋来了，我就不便多说了。眼下，林参谋还在吴尚吧？”

他直接挑明了，用意是在挺贾慧的腰杆，但老督军却眉目耸动，悄悄附在他耳边问一句：“那程司令，是不是六纵的程兴柱？”

黎星斗点头。

老督军便不再问，将话题一扯而回：“我这次来，特地带了两件薄礼，敬献给司令。其中一件，是轻易不能示于外人的，你可以拿去跟总指挥参详参详。我这个人向来是无所谓的，只做顺水推舟的事，绝不逆势而为。”

他从怀里掏出一张折叠的纸，递了过去。黎星斗接了，就着烛火和月色瞄了一眼。上面是日军华东派遣军参谋部的一份密电，要求汪政府放弃招降的主张，集中南部旅团等部，合力消灭苏鲁皖游击部队。

黎星斗将这电文收起来，神色淡然地道声谢。老督军对身边凌青嘱咐了一句，让她起身去敬众人的酒。凌青遵命，拿起杯子提着酒壶，也不提筷搛菜，从黎星斗起竟是马不停蹄地连干了三杯，面不改色，徐徐坐下。

黄参议叫声好，侧脸看了贾慧一眼。贾慧一笑，也如法炮制，敬了一遍酒水。当她替老督军斟满杯中酒时，手隐约还有些抖动，洒了几滴出来。老督军手扶酒杯，浑然不觉，倾身向前，跟黎星斗谈起吴尚的风土人情来，直到贾慧手端酒杯轻声提醒一句，才转过身来拿起杯子，凝望了一眼其中酒水，一口饮尽了。

贾慧去敬黄参议时，他借着碰杯之便，悄声问："他不认识你？还说什么跟你有渊源，要拜访你，怎么回事？"

贾慧笑道："我没说过认识他呀。你自己去打听吧。"

黄参议无奈，但眼下情形已经达到目的，无须节外生枝，只在心底存了这点疑虑，留待日后解决。

黎星斗谈笑风生，和老督军又互敬了几杯酒，直到月上枝头，夜色深沉，才兴尽而归。黄参议派卫兵护送老督军先行，自己陪同黎星斗回公馆，将老督军预先写好，自己还没来得及呈送的那封请求和黎星源会面的信交给了他。

黎星斗接过信，在掌心拍了一下，说："这封信，加上那电文，我可以去跟总指挥开门见山地商议这件事了，久拖必然生变，预先防备才好。"

黄参议连声称是，一路陪同到了公馆后，这才别去，往那僻静处接老婆黄太太。他想跟她一起参详参详贾慧和这位许督军之间的关系。这层关系，假如对自己有利，无疑又是一大收获了。

五

次日上午，黎星斗前往黎星源公馆，将手里两件物什交给他，大略地讲了昨夜应邀和那位许督军借黄公馆夜宴碰头的经过，黎星源先问这次会面是否保密，谨防抓不着黄鼠狼反惹了一身腥。黎星斗说分道而去，分道而散，又没有他人在场，基本上是可靠的，应该不会泄露，但是这两份文件，请他先行过目。

黎星源先看了求见信，笑了笑，说："他见了你，就等于见我了，我们是彼此不分的。"

但当他看完那份日军参谋部门的电文，脸色峻然，知道它是针对自己和黎星斗联名所发的那份坚持抗战的通电来的，轻声骂道："狗日的日本人，图穷匕见了。

不过，我猜南京方面拿给我们看，说明他们已经制止这一计划。他们对于咱们这几万人马是垂涎三尺啊，军事、政治手段无所不用其极。重庆方面刚刚有了电报，眼下形势大为不利，日本人正面向西、向北都无力再攻了，反过来清剿后方，无非是想做长期占领的打算。我们指望不上援军，他们也指望不上我们反攻收复沦陷区的国土了，只能让我们相机行事，这四个字让人好生为难。相机？这两张纸就是机，但让我们行事，那是何等困难。”

黎星斗也觉得为难，眼下的选择无非是两条路：死战，或者投降。是这几万人全数完蛋，还是自己和黎星斗的名节、苏鲁皖游击部队的名誉，都将堕入地狱而不复超生？左右选择都不能，但两害相权取其轻的话，只有结城下之盟，投汪加入所谓的和平运动这条路可走了。他迟疑了半天，试探着说了一句：“大哥，我有句话想说。”

黎星源似乎明白他的意思，苦笑说：“你是想说留得青山在，不怕没柴烧吧？”

黎星斗点头。黎星源摇头说：“我的想法和你有些不同。我还想在战、和之间，再找出第三条路走，明白吗？”

“走第三条路？不战，不和？这个可能性微乎其微。”黎星斗犹豫道。

黎星源微微一笑，说：“方法是想出来的，路是走出来的。咱们好好想想，总是会有路可走的。”

黎星斗似乎意识到了点什么，问道：“大哥，莫非你有法子可行？”

黎星源点点头，说：“你先别急着问，我的想法还不完备，得仔细推敲。这样吧，许督军那里你可以跟他敷衍，再争取点时间。眼下，时间是最宝贵的，能拖一天是一天，不到最后，绝不亮出底牌。”

二黎会晤结束后，黎星斗没弄清楚这位大哥葫芦里卖的什么药，但从言语上分析，他的态度已经有所转化了，从不肯接触变为默许自己代表他跟南京方面周旋。难道他真的有第三条路可走？

黎星斗回到光孝寺，召集部属开会，两个独立保安旅外加两个纵队司令全都到会。他大致地了解了一下三边的情况，得悉日本人目前按兵不动时，舒口气让他们加紧休整队伍，补充兵员、物资。这次血战后，三战区终于将重庆方面的拨款转发到位，又能够从江南黑市上买一批武器弹药回来，但因为入江门户墟口镇被日本人占领了，所以运送的船只从独八旅的防地绕道抵达南官河码头，多耽搁了两天的时间。重庆方面用于组建保安司令部的款项所购买的军火，按照事先的约定，是要重点照顾程兴柱的第六纵队的，但黎星斗考虑再三，一支枪一粒子弹都没有给六纵，全数拨给了自己的心腹部队。不过世上没有不透风的墙，他前脚分掉了军火，后脚其余三个没有分得一杯羹的纵队就知道了。另两个纵队司令去找黎星源理论，程兴柱却是单独去了保安司令部，直接面见黎星斗。

黎星斗知道他的来意，一面客气地招待，一面跟他兜圈子。程兴柱开门见山，点明主题，问这批新从江南黑市上购来的军火，为什么不按照承诺，首先补充给六纵？他们在前面抵死跟鬼子干，后方却连起码的军需都补充不上，岂不令人心寒？日后还有谁肯再出力卖命？黎星斗早已想好说辞，解释说这批枪支都是低价买的过去地方保安团的装备，陈旧不堪，给保安旅用还凑合，但六纵是瞧不上的。下一批物资才是为六纵订购的，属于原国军十八师仓库里的货色，清一色的德式装备，机枪、冲锋枪，都跟六纵原有的装备衔接，拿上手直接好使。这批军火非他莫属，尽管放心，请他回去耐心等候。在属下几个纵队中，孰轻孰重，他还是分得清的，没糊涂到那一步。

程兴柱被他这番话暂时稳住了，一时也没有其他法子可想，只得回城里新的住处歇息。这时，林峰佯装路过，跟他碰了头。他们进了屋子，趁着身边无人，林峰将自己预先设想的计划叙述了一遍，利用老督军和柳云之间的关系，来个借刀杀人，最好由着他们两败俱伤，这样南京方面也无法迁怒于二黎，还得重新派遣特使过来重新谈判，这样既赢得了时间，又能锄奸以警示那些动摇分子，是一举两得的计策。

程兴柱思量，这策略好是好，但是如何能挑起这两个同是来自南京汪伪政府的汉奸内讧呢？林峰一笑，说自有妙计。据他所知，这二人之间有一段陈年宿仇，眼下又夹着些利益攸关的事情，利用它们做文章，不愁此计不成。前天他已经巧用了一次，收效不错，将导火索点燃了，现在要做的就是牢牢掌控局势，借机行事。程兴柱大喜，表示如果有需要，自己可以直接派兵支持。林峰想了想，说城内无须烦劳了，但如果在城外，六纵的野战部队还是得借用的。

林峰的打算是，利用许督军和柳云昔日的杀子之仇、现时的夺妾之恨，再加上贾慧的因素，让他们鹬蚌相争，自己好坐收渔翁之利。那天，他去黄公馆找贾慧不遇，黄太太告诉他，贾慧回家去取东西了，一夜未归。他拐了弯去了贾慧的住处，叫门不开，当即心生疑虑，猜测其中的蹊跷。本来，他可以率便衣队动手，围住那里将柳云制住，但转念一想，别生一计，赶往绿杨旅社报信，由着老督军跟柳云火并，自己再出面收拾残局。不过不等他信息送到，老督军已经动手了，这说明，老督军对柳云的行踪是心知肚明的。根据他的现场勘查，老督军这次没有手下留情，乱枪齐下，柳云仅是侥幸逃脱而已，而贾慧能够全身而退，获救脱险，了却了他的担心，并为自己的猜测提供了证据。老督军目前并没有对付这位昔日掌上明珠的打算。丧子之痛后，思女之情自然会浮上水面，这是人之常情。设身处地，这是可以想象的。

这一变故后，他派人密切监视贾慧住宅周边的情况，猜想他这半年来进出此地的路径，心底不由得对那位盐商李西沅占地极广的豪宅起了疑心。倘若柳云是以这座宅邸为据点出来骚扰，还真是能做到神不知鬼不觉的。一座高墙的阻隔，对他们而言，形同虚设。贾慧认定自己近期夜里的噩梦都与此有关，不是凭空乱想的。

李西沅这个商人，据说有儿子在重庆方面任要职，先前还被那位黄参议设局陷害并敲诈过，但他凭借着儿子的能耐扳回了一局，不但弄得黄参议灰头土脸，连黎星斗也脸上无光，他会暗中跟柳云合作，与南京方面暗通款曲吗？这个问题对于林峰毫无悬念。这种局势下，这些人处处暗设退路，依靠重庆老蒋也好，暗中和汪伪交往也好，为的都是保住身家性命和富贵。狡兔三窟，已属正常了。如果这次变故后，柳云依然潜身李府，那么解决他问题不大，他可以巧妙地引祸水西延，让这座豪奢的所在成为两个汉奸的葬身之地。他们之间火并而死，才是设想中最完美的结局。除此之外，再无完美可言了。

林峰默想定当自己的计划，付诸实施时，自然不会忘记其间最为重要的一个人——贾慧。他在她脱险之后的第二天上午，悄然来到黄公馆造访。公馆里一如先前，只有两个女子在凉亭里闲坐。此刻的贾慧，经历了昨天和父亲面对面的较量之后，信心大增，在她幼时的心目中曾经霸气十足、叱咤风云的老督军，虽然外表改变不大，但内里的气质和精神都差了许多。虽然她昨晚只是象征性地与那个淫妇在言语间做了短暂的交锋，但老爷子似乎对此心不在焉，毫无反应。他是心系和黎星斗碰面商谈的招降要事，无暇顾及这些女人间的把戏呢，还是愠怒在心，引而不发？要知道，尽管他已经体力衰竭，心智却更趋老辣，几年间在自己身边布下李嫂这枚棋子，自己却惘然不觉就是证明。李嫂旁伺在侧，侦测着她几乎所有的生活细节和喜怒哀乐。非但她是被蒙在鼓里的，就是那个狡猾奸诈的柳云也没有想到，夜里谋杀前工兵曹三，派夜行客刺探自己的秘密，全是多此一举，放在老爷子眼前，不值一提。

当她将这件事告知林峰时，他也吃了一惊。南京方面表面上派出的是一位白发苍苍、行将就木的老朽，实际上却是一个老谋深算、心思缜密的老狐狸，想要跟他较量，想稳操胜券，可不是件容易的事情。

这会儿，眼见这位少校军官进得门来，黄太太笑了起来，扶栏说："跟这位林参谋道个别吧，咱们后天一早启程，老黄都安排好了。"

贾慧点了下头，目送她回屋去了。林峰进了凉亭，除下军帽扇了两下风，问："四姨太心事重重，莫非又遇上了不顺心的事情？"

贾慧摇头，说："她比我幸运多了，不在旋涡的中心，我却不成，昨天晚上，老爷子来了，就在此地，还有那位副总指挥。我当仁不让，陪了这顿酒宴，说来说去，也不过如此。我想象中他见了我拔枪就打的情形，并没有出现，甚至，他跟那个柳云一样，只装作一个陌生人而已。"

林峰听说黎星斗跟老督军见过面，心中一紧，忙问详情。贾慧大略地说了些，也不甚了解，老爷子只是恳请黎星斗转交黎星源两张纸而已，其余就是闲话了。林峰心想，这是二黎和南京方面私下里见面的开端了。之前的传言，未必当真，但现在所获悉的情况，真实无误。他决定立即将这个得到证实的情报，通过面铺联络站送出去。不管先前派往根据地联络的人有没有结果带回，但这件事至关紧要，大意不得。像这种谈判接触，一旦启动，达成某种妥协是非常快的。眼下唯一可以用来延迟这个进程的办法，只有一个，那就是抢先动手对付这个老督军。

临别之际，他叮嘱贾慧，要她把柳云借隔壁李西沅府邸潜藏过的事实告诉黄太太，借她之口转告黄参议。在他分析看来，黄参议跟那个盐商之间的宿怨，也是可以利用的一张牌。他打出这张牌后，审时度势，要做的一件最重要的事情，一定要瞒住贾慧。他在锄奸的同时，对她则负有杀父的冤仇，虽然她和这位父亲之间存在着难以解脱的怨恨，可是血缘亲情是最难琢磨的东西，还是小心谨慎为上。

六

贾慧送走林峰，转身便顺便将柳云利用李府暗中行不轨之事的消息传递给了黄太太。黄太太听说李府和柳云之间存在着这种关系，心里有些不踏实，思来想去，觉得要提醒丈夫一下，天黑之后，等到黄参议回来，便在床榻上转述给他听了。

她这一说不打紧，却让黄参议吃惊不小。李西沅和柳云有关系，这就意味着，他已然搭上了南京方面的这条船，一方面，他倚着重庆方面儿子的权势，令二黎为之侧目；另一方面，他又有汪伪这张牌可打，两边结合起来，这根基愈发地牢靠了，要报那仇怨，了却耻辱，简直是不可能的事情。不行，他必须在这些可能成为既成事实之前，阻断并打消它们，拔除掉这颗眼中钉。他躺在床上，在黄太太摇动蒲扇带来的微风里，思忖了半夜，想出个对策来。

第二天上午，他去光孝寺面见黎星斗，谎称有密报，那个李西沅宅中有省府方面的眼线，正在收集二黎通汪降日的证据，准备向重庆方面告发，幸亏自己眼明手快，查出了端倪。眼下，正是和南京方面接触频繁的时候，可别事情还没办成，先惹了一身臊气，那就得不偿失了。

黎星斗本就对那个借重远在重庆的儿子，反扑自己一把的盐商心存芥蒂，再经黄参议这样轻轻浇上一勺油，心底的火气腾腾地上升，喃喃骂道："他妈的！老子要援兵、要军火、要粮食，全都没有，反而派人来盯我梢！这个为富不仁的家伙，是得整治了。你派人暗中埋伏，将这宅子监视起来，有出入身份不明者，立即逮捕严刑拷问，看他究竟掌握了多少咱们的秘密。切记，凡是有外人来他宅中，有进无出，给我牢牢地封死了。等我们目前所处的困境过去，再作理论。"

黄参议讨得他这柄尚方宝剑后，便又打听黎星源对此番接触的反应。黎星斗叹口气说："总指挥正在斟酌利害得失，他想走出一条两面光光的道路来。难啊！"

黄参议心下不以为然。当下日本人大军压境，势在必得，黎星源这种想法是太过天真了。不过，南京方面大约是不会容他如此犹豫的，必然要使出手段来催逼，但这些事还属后话，暂且不谈。他要解决的是眼前的难题，借获悉柳云和李府这层秘密关系的契机，解决李西沅，报那受辱之仇。

他离开光孝寺，一路去了绿杨旅社。

此刻时间尚早，还在上午九点。老督军凌晨起来转悠了两圈，吃了点东西，天亮后又上床睡觉，睡得昏昏沉沉时，被他这一登门叫醒了，赶紧起床来擦汗揩脸，询问来意。

黄参议瞟了他身边那侍妾一眼，假意请他去附近的饭馆吃顿早茶，品尝一下本地有名的蟹黄包子。老督军欣然答应，跟他下楼。两人在保镖卫兵们的护拥下来到黄参议那处重要的联络点，老板看他们来了，亲自来殷勤招待。

黄参议要了楼上临窗的座位，让他沏壶上好的明前春茶，取一笼新蒸好的蟹黄大包，让这位近年来久住北方的老督军尝尝淮扬美食的滋味。两人对面而坐，左右部属都退到楼梯口坐下，自有伙计照应喝茶。眼前周边清静下来，黄参议先行开口，说老督军来了吴尚住进了这家旅社之后，那位柳先生突然间就没了踪影。不过，他失踪之前，曾经去侦缉处小坐了半个钟头，说了两句不尴不尬的话。他不明白这些话的用意，想再问明白时他已经走掉了，搜遍吴尚城就是寻不着，真是个有趣的家伙！

老督军笑了笑，说："狗嘴里吐不出象牙来。这收猪鬃的家伙，说出来的自然是不尴不尬的东西。"

黄参议摇头，说："他让我跟他合作，还莫名其妙地说些什么其他人来了，就没他这么好说话了。说的这个'其他人'，是指您吧？"

老督军未置可否，淡淡道："人与人都是好相处的，只不过要看彼此间投不投缘。事实证明，他跟你无缘，咱们有缘。这小子年龄不大，太过精明，行为又不检点，是个早夭短寿的面相，我不看好他。"

黄参议忆起他们交替轮换时发生的那起交火事件，心领神会，笑道："是啊，他算是见机快的，但是老天不会总是让他得手的。脚底抹油，哪天滑倒了，可就热闹啦。"

老督军摇摇手，说："不谈这个人，煞风景。还是谈谈二黎的态度吧。"

黄参议却坚持补加了一句："听说他如今潜藏在本地一家大盐商的宅子里，就在我公馆隔壁。那户人家宅广人稀，钱粮殷实，莫非他是有所图谋？"

老督军问："那人什么来历？"

黄参议悄声说："盐商，有个儿子在重庆，据说是孔祥熙跟前的红人，这家伙莫非想脚踏两条船？既想替汪先生做事，又要讨重庆方面的好，玩个两面光，吃得开？"

老督军沉吟片刻，点头说："那好吧，你发个电报给熊克西，告知此事。我嘛，写一封信派人送到南京去，交给周佛海。他是陈公博竭力推荐的人，想必是他这条线上的。他自甘堕落，要走回头路，那也由不得他了。"

黄参议明白他话里的意思，自己发电熊克西，转汪精卫。他的信作为旁证，这两相印证下来，那小子就是浑身长满嘴，也难以说清楚了，是为一招置其于绝境的撒手锏！坐实了他的罪状，那个李西沅与他再有瓜葛，也是无用，更添了杀身之祸。自己届时趁着易帜时的混乱出手，置其于死地。他与许督军商量定当后，准备着手去草拟电文，发往南京。

与此同时，他借黎星斗的密令，派出人马突然间将李府前后出口悉数封锁起来，美其名曰"形势紧张，为防兵变特意派人保护李西沅阖府上下的安全"。李西沅坐在家中，凭空碰上这个变故，惊疑不定，派管家来找黄参议打听情由。黄参议先是装糊涂，回过头来趁势从这管家身上反过来查探，说街头人心惶惶，匪类杂陈，近期有没有什么形迹可疑的人在府中进出，谨防是盗匪踩点，伺机而动。那管家知晓主人跟这位邻居之间的事情，心里就不大把他当回事，暗加提防，只当他是主动讨好主人，想了想说平时也没有什么人进出，只是四姨太有个远房表弟，在南京大学读的是土木工程，建议说后园子里可以建一个花厅，用水磨石子、彩色玻璃、西式的百叶窗，别有风貌，让老爷闲暇时有个静养的去处。所以，经四姨太一力鼓动，老爷同意下来，他带着匠人进进出出地忙活着施工呢。

黄参议心中一动，追问道："那位四太太的表弟，是个 30 岁上下的俊秀男子吗？"

管家说是。黄参议冷笑："这个倒不妨事，有空可以去府上观瞻观瞻，我家公馆里也可以建这么座建筑。"

问完了管家，黄参议心里有数，知道这柳云假冒了李府四姨太的亲戚身份，以建花厅为由，潜身府中，那些进进出出的工匠中，有他的部下爪牙。他随即将这个发现转告了许督军，自己就此下令，将柳云以及他的那些手下就此堵死在李府内。至于如何处置，一要等许督军的主意；二是他还想施展借刀杀人的手段，先行借贾慧之口放出风去，让林峰知道那个汪伪政府的特使柳云，目前潜伏李宅，和黎星源密商吴尚易帜的事宜，进展迅速。

但贾慧明天一早就要坐船离开，陪黄太太一起去苏州，临行前，必须让她捎到话。他存了这个心思，赶在晌午后匆匆回了一趟公馆，果然见贾慧正为明早的出行做准备。他佯装赶回来见黄太太，先是故作惋惜劝留她几句，说吴尚这边仗估计打不起来了，那个收猪鬃的家伙销声匿迹了好些天，居然在隔壁李府住下了。原来他是潜藏起来游说黎星源呢。眼下，黎星源差不多就要同意加入“和平运动”了，南京方面将有二、三号人物过江来，跟二黎正式见面。

接着，他不无懊悔地说还以为许督军就是汪政府的特使呢，原来是利用他的名望做幌子，转移外界的视线，包括昨晚赴宴跟黎星斗来闲谈，都是掩护柳云办事的。如今事情已成，免了这地方的战火蹂躏，大伙儿又能弹冠相庆，岂不是皆大欢喜？眼看和谈启动，巴巴地跑到苏州去，其实是得不偿失，还不如留在吴尚呢。

他看似在劝说黄太太，却让一旁的贾慧听了个真切，回过头来假作关心，问她这次离开，那个林参谋知不知道。贾慧说他不知道，不过暂避一时，也不是多大的事儿。

黄参议加上一句：“那还不去看看人家？你这一走，空留林参谋饱尝相思之苦，多心狠啊！”

黄太太见丈夫破天荒地关心起贾慧和林峰的事情来，不便拂了他的美意，也劝说一句。贾慧考虑了一下，觉得临行前似乎是该跟林峰见个面，因此也就听了他们夫妇俩的劝，丢下手里的事情，去了趟都天行宫。

林峰利用贾慧，将柳云藏身李府一事假黄太太之口，转达给了黄参议，想的就是坐看汉奸内部倾轧，好从中借势得利，此刻见贾慧来，心中高兴之余，不免要询问一下黄参议的反应。贾慧随口就把不久前黄参议刚刚说的那些内容告诉了他。

林峰听说柳云才是真正与黎星源谈判的特使，而老督军只是幌子，为的是吸引外界的注意掩护柳云暗中的图谋，心中吃惊不已。如果真的是这样，那么自己的谋划就全然错掉了。所谓汪伪政府特使诱降的进程，远远不是自己所了解的那样刚刚开始有了眉目，而是即将完成。如果是这样，麻烦可就大了。在失去和根据地上级领导联系的情况下，不能果断行动，坐失良机，导致吴尚拱手交给日本人，几万苏鲁皖将士易帜成为汉奸部队，这简直是犯罪！他无论如何也接受不了，两眼霎时红了，说了一句：“看来，这盐商李府藏污纳垢，是个祸害，得想个法子锄奸杀贼了！这个柳云，不，刘益谦的死期快到了。”

贾慧见他听了自己一席话之后，面露杀意，不禁吓了一跳，问道：“这个黄参议的话，当真？”

林峰摇头，说：“宁可信其有，不可信其无。而且这个家伙在吴尚为害不浅，咱们是得除掉他了。早这样做了，你也未必会去苏州，对吧？”

贾慧脸上一红，想点头，但又似乎觉得不妥，硬不下这个心来。

七

无意中替黄参议传递了信息，并达成目的之后，贾慧回到黄公馆收拾整理，一夜无话。次日天明，她们早早地起来洗漱完毕，吃完早饭后，由黄参议率卫兵亲自护送，抵达南官河码头，登上了南去的客轮。黄参议送她们进了客舱，将转呈给熊克西等人信函交给太太，要她妥善收藏，再三叮嘱到达苏州需要注意的事项后，这才离船。

轮船收锚，撤回跳板，汽笛一声长鸣，轮机发动起来，桨叶搅动着水花离开了码头，沿河道向南驶去。这一路沿河有两处码头，顺带了两座镇子的旅客，途中大约耽搁了一个钟头的时间，等到驶入墟口镇时，远远望见日本人的膏药旗高高悬挂着。轮船照常靠岸，有人上岸去通过翻译给守关的日军少尉缴纳过路钱。

这是自从日军进占墟口后，双方商谈好的交接方式，以保证航道的通畅。正当船方代表以为可以回船继续航行时，那少尉神色严厉地叽里呱啦又说了几句。

翻译官也板起脸来，说日本人要登船检查，据密报有两个女人是奸细，必须扣留。船方代表一听，着了急，正待阻拦，但日本人已然动手。一队士兵持枪上船，少尉招手叫过来一个穿对襟绸衣的年轻男人，由他引路。

这男人笑吟吟地登船、进舱，目光扫视，落在贾慧和黄太太身上，悠然说道："贾小姐、黄太太，咱们又见面了，真是人生何处不相逢。苏州，去不了啦，还是上岸来陪我回吴尚一趟吧。那么有趣的一个地方，两位怎么舍得离开呢？"

贾慧和黄太太方才正在揣摩究竟，忐忑不安，忽然瞧见柳云进得舱来，立刻就明白了原委。这个被大家疑心藏身李宅的家伙，早已离开吴尚，在这里张网以待呢。她们相视苦笑，默然无话，只得随他登岸，目送着这艘本该载着她们远离烦恼之地的轮船向着宽阔的入江口远逝而去，直至没入苍茫的雾霭当中。

然后，柳云招手唤来一直在河汊里等待的木船，和日军少尉寒暄几句后，率人将这两个女人押进舱底，一路沿着她们的来路返回了。两个女人坐在黑暗的舱底，心底懊悔，本想离开吴尚这是非之地，却不料半途撞入了狼口。柳云将她们送回吴尚，想来是要利用她们要挟黄参议和林峰他们了。不到半天的工夫，就沦为囚徒真是始料未及。这狭小的空间闷热不透风，与黄公馆里池塘上的凉亭相比，犹如地狱和天堂间的差别。

这船沿着南官河走走停停，不时还拐进旁边的池塘苇荡里藏身，避开苏鲁皖方面的巡逻队，天色暗沉时，才从水关进城，在月色桨声中抵达一处地方停泊，将这两个女人堵上嘴捆绑结实，送上岸去。

与此同时，黄参议刚刚从轮船行得悉，他那宝贝老婆以及贾小姐在墟口镇被日本人抓走了，领头的是一个年轻的中国男人。他接了报信后，浑身发抖，手足无措，拔出枪来就要打报信的人。那人大惊失色，扑通一声跪倒求饶。黄参议明白这不关人家的事情，挥挥手让来人走了。他冷静下来，再三思量，这件事是经过精心策划的，自己想借刀杀人，孰料对方反将一军，没等他动手，就先发制人将他的老婆和贾小姐捏在手心里了，让他投鼠忌器。吴尚城里，他手握权柄，为他人所忌惮，这一下，算是束缚住了他的手脚。

黄参议左思右想，心神大乱，一时不知该如何应对，但想到贾小姐和林峰的关系，觉得他反倒成了可以与之磋商应对这件事的伙伴了。念及于此，他立即前往都天行宫。

这时，林峰正在研究深入盐商李府的锄奸计划。鉴于黄参议已经秉承黎星斗的意思，派兵以保护为名将李府围得水泄不通，柳云极有可能陷身宅内，无法脱身，可以派遣一支精干人马，从贾慧的住处翻墙进入李府，将他杀掉，力求做到神不知鬼不觉。但是，倘若他果真如黄参议所透露的是谈判特使，宅内肯定有他自己的护卫，以及二黎派遣的保证他安全的部队，要想近他的身，非常困难。想要引他现身，只有一个良策，利用贾慧引蛇出洞，只可惜贾慧已经去了苏州，远水不解近火。

林峰正计较间，突然见黄参议脸色难看地跨进门来，不禁讶然，问了一句："黄参议，你这是……"

黄参议沮丧地坐下来，两臂伏桌，轮流用拳头捶打桌面，说："刚刚收到的消息，今天上午，贱内和贾小姐所乘坐的轮船在墟口镇河口，被日本人拦截了。她们被一个年轻的中国男人带队抓走，生死难料！"

林峰惊愕不已，问道："此话当真？"

黄参议带着哭腔说："千真万确，我正托朋友查问这件事呢！明摆着，这是那个王八蛋干的，他就像是一条浑身滑腻的毒蛇，不钉死了七寸都不成。"

林峰奇怪他怎么凭空产生了这样仇怨，他不是上赶着引狼入室，要替南京方面效力吗，怎么摇身又变了？那汪伪特使柳云有如此狗急跳墙的手段？看样子，这位黄参议倒是位令人捉摸不透的主儿。但是，贾慧和黄太太一起被日本人截走这件事，不由他不急，以他对贾慧身世、黄太太根底的了解，这件事倒像是另外一个人做出来的——老督军。

这两个和他有着特殊渊源的女人，是杀子潜逃的女儿、携资潜逃的小妾，都是这个老年男人的眼中刺、肉中钉，正好借着她们意欲逃离吴尚的机会来个一网打尽。至于那位柳云，他倒有些怀疑黄参议所获信息的准确性。

不过，此刻她们身在何处呢？墟口镇，还是吴尚？这个疑问，黄参议跟林峰的看法却是一致的。是柳云下手也好，是老督军也罢，这两个女人都得送回吴尚来，放在眼皮底下，让他们猜得着，见不到，这可是个高明之举。若是丢在墟口，押在日本人手里，才是暴殄天物，愚蠢至极呢！

黄参议恨不能马上就派出人手，在吴尚城里挨家挨户地搜找她们的下落。林峰劝他少安毋躁，反思一下，为什么柳云会突然间狗急跳墙使出这一招？他捉了黄太太和贾慧，会将她们藏匿起来，就此杳无声息吗？黄参议手抚下巴，思忖良久，陡然间省悟过来，竖起食指来说："明白了，我派兵将李府前后封锁，打中了他的七寸，他是为此才铤而走险的。"

林峰也疑惑，这李府里难道真有什么紧要的秘密不能暴露？为了转移黄参议的注意力，特地使出这招来转移他的视线？虽然对于这个意外变故都关心异常，但他们彼此提防，该讲的都讲了，不该说的，一句也没有透露。互相印证出李府宅邸这个症结所在后，便不再多言了。

约好了有消息及时通气后，黄参议告辞而去。林峰本来是想借用贾慧的住处入宅毙杀柳云的，现在计划并未就此取消。他再三衡量，还是觉得老督军出手的可能性大。他想起前天这位白发长者唐突地跑到都天行宫来看望自己，欲言又止、意犹未尽的情形，灵机一动，觉得自己也可以如法炮制，以其人之道还治其人之身，亲自去登门拜访。

这几天，他在绿杨旅社的客房一直空着，无暇去过宿，但今晚却是要走一趟的。他看看手表，时间是晚八点，不早不迟，正是从容散步而去的最佳时机。

他丢开手边的琐事，出门去了绿杨旅社。这时，街上行人稀少，各家各户都关起门在院中纳凉，说笑声从院墙里传出来，给这看似寂寥凄清的街头平添了几分喧嚣的色彩。林峰独自回味着往日天黑之后和贾慧挽臂散步的情景，心中一阵惘然、一阵悲伤。所有事情，都从柳云在吴尚露面之后，开始走向难以言说的暧昧，走向隔阂。有时候，他甚至想倘若没有这个人的介入，他也许早已跟她暗结连理，或者缔结婚约了。这大概就是常人所说的缘分、劫数吧。他和贾慧缘分不到，柳云是他们之间的一个劫数，但也算是一个考验，必须经过之后，才有可能重续前缘，他坚信这一点。

绿杨旅社里，朝外的窗户俱都大敞着，流萤飞虫在灯光里起起落落，愈发增添了夏夜里的烦躁气息。林峰一身军装，后背浸湿却浑然不觉。他进楼后，直接去了那处老督军住的客房。

老督军年纪一大，阳气不足，不怕热而惧冷，和侍妾凌青形成了巨大的反差。

这女人穿着凉薄，坐在电风扇下犹自吹风，以羡慕的口吻提及黄公馆里那座凉亭，恨不能插上翅膀飞过去。老督军充耳不闻，仰靠在躺椅上时而翻书，时而闭目养神，忽然间，听到有人敲门，摆摆手让她去瞧瞧。凌青从缝隙间瞅见来客是个英武挺拔的军官，似曾相识，便回头说了一句。老督军凝神一想，猜出了来者的身份，让她开门。

林峰进了门，也不跟他绕圈子，行礼之后，问候道："前辈您好，承蒙关照去都天行宫寻访，但咱们是邻居，都在一座旅社里，恐怕您未必清楚吧？"

老督军示意他坐下，说："林峰少校，三十三师驻吴尚联络官，三战区在江北平原的耳目，还有风声传说你是共产党地下分子。总之，在这个小县城里，你是一个异数，跟那些杂牌军的干部都不一样。眼下，三十三师在哪里呀，正在跟小野师团作战吧？这个甲种师，参加过淞沪会战、徐州会战，如今实力大减了吧？"

林峰听他如数家珍般揭露自己以及三十三师的底牌，知道他早已做足功课，算是有备而来，当下也不客气，说："我在三十三师做少校参谋，负责和苏鲁皖游击部队联络协调，但形势转折至此，乏善可陈，可能近日将会撤离吴尚了。我们走了，这一进一出，其中的内情您比我清楚吧？"

老督军手掌轻拍椅把，慨叹道："一将功成万骨枯，我是不忍见生灵涂炭，才冒着暑热出这趟远门的，其中的苦衷，难以对人言说。你我眼下应该是道不同不相为谋，此刻来登门，有何见教？"

林峰点点头，笑道："督军说得对，从公而言，我们确实是道不同；但私务上，还是有句话要讲。据我所知，贾慧小姐今天上午乘船前往苏州途经墟口镇时，被日本人拦截了。有人假日军之手，将她劫持了。这件事跟您有关吧？"

老督军屏息片刻，吁了口气摇头说："我枯坐楼中，对这些外面的琐事所知甚少。你找我查询，是找错人了。"

林峰怀疑："前辈，古语说虎毒不食子，如果此事是您所为，可要三思而行。"

老督军哼了一声，说："不是我，便是他，何必多问！"

林峰听出话意，不便再多问，起身告辞。老督军也不送他，由着凌青去关门。凌青关门回来，冷不防问了一句："那个什么贾小姐，就是黄公馆里咱们见过的那个？”

老督军没有理睬她，合上眼似睡非睡。凌青走到临街的窗口，朝下面张望好久，有些失望地说他果真是在旅社住下了。为了验证自己的判断，她快步去了里间的窗口，吱呀一声打开窗户，瞧见对面窗口那位林少校精赤着上身，在用毛巾揩擦，那一身彪悍的筋骨、肌肉，与她所经历过的那些男人毫无相似之处，不由得咽了口唾沫。

老督军喃喃问道：“他就住在对面？”

凌青应了声是。老督军说：“这小柳在吴尚，还有其他住处吗？”

凌青冷不防听他提及这个人，慌张起来，但又不得不应，含糊道：“有吧，但我不是太清楚。”

老督军依然闭着眼，像是梦呓般继续道：“天气太热了，你出去吹吹风，顺便看一下那个女子是否在他手里。在与不在，看了知道就成，回来给我个信。”

凌青没想到他会指派自己办这件事，迟疑了一下，问：“是要我查探？”

老督军轻轻地发出了鼾声，对她的问话置若罔闻。

八

凌青在内室换了身深色的薄衣，找了块薄毯替老督军盖好，出门时小小地环视了四周一眼，下楼后趁着夜色一路走了五六分钟，再拐入巷子里，东绕西拐，确定背后无人或者即使有人也被甩掉之后，这才踏上真正的路途。她利用巷道的便捷和隐蔽，穿过半个吴尚城，来到一户不起眼的人家，轻轻敲门。里面的人从门缝里窥视了一下，开了门。她问柳先生在哪里，那人让她随自己进屋，挪开箱柜，将看似天衣无缝的板壁分开一条通道来，请她随自己下去。他们在地底一片潮湿的地砖上举着油灯向前笔直地走了很久，重新上到地面来时，已在一片黑压压的建筑群内了。

柳云正背着手在出口处的院落中踱步，听闻动静转身来看，见是她到了，不禁又惊又喜，一把抓住的手，问：“你怎么来了？”

凌青哼了一声，说：“丢下我一个人不管不顾，这时候还好意思问？”

柳云呵呵一笑，说：“我这是为你着想，老家伙一定是听到了什么风声，再加上其他的缘由才不顾年迈来蹚这浑水。他来吴尚，出乎我的意料。总以为该是老窦主持这件大事的。他这一来，还没见面就来了个下马威，要不是我有所防备，那天怕是连性命都保不住了。我走时，不是跟你说过吗，老家伙拿你没什么法子。他来这地方，起居饮食全要仰仗你照料，若是对你无礼，那后果可是狼狈不堪的。”

凌青啐了他一口，说：“都是你出的好主意，这快进棺材的老东西，蔫了家伙办不了事，就瞎折腾，让我脱光了身子让他摸，摸得我浑身难受，我在心里先诅咒他，再骂你，你们这两个男人，真是一对王八蛋！”

柳云笑着纠正道：“他是王八蛋，我是让他做王八蛋的，不可混为一谈。”

凌青长叹一声，幽然说道：“这老东西像是发了癔症，都追到这里来了，还有什么地方是他去不了的？”

柳云冷笑：“你以为他是寻你来了？嘿嘿，这就叫作自作多情！他来吴尚，是为了两件事：一是不顾年老体衰，要替汪精卫立下奇功；二是要解决掉他这辈子最后的遗憾。这两件事办成了，他死都瞑目了。”

这下子轮到凌青冷笑了，她以洞悉内情的姿态，淡淡地问：“其实，他的遗憾跟你差不多，就是那个女人吧？我此刻就是为这个来的。”

柳云一惊，问：“你为这女子来的，什么意思？”

凌青说：“那少校邻居刚刚来串过门，跟老东西提了这件事，说今早日本人在墟口镇截获了她，眼下去向不明。他开了口，让我来瞧瞧。他只想知道她在不在你手里，其他的话都没提。”

柳云傲然笑道：“这老家伙也有软下脾性来求我的时候？去，我带你去瞧个新鲜的。”

他伸手揽住她的肩头。凌青就势依偎在他的怀中，随着他离开这进院子，去了另外一处地方。她边走边四下里打量，但见房屋累累，曲径通幽，竟似有无穷无尽之势，不觉心惊：这是个什么去处？好大的一座宅邸！

柳云带着凌青到了地点，进得门去，但见一座小院空空荡荡，门扇洞开，里面的椅子上，用麻绳拴牢了两个女人，正是贾慧和黄太太。柳云喜滋滋地在凌青的脸上亲了一口，笑道：“贾小姐、黄太太都聚齐了，什么黄参议、老督军，都在我的掌心里蹦跶呢。你回去后跟老督军讲，一切尽在我的掌握中，让他放心，全力以赴跟二黎谈交易，大功告成之日，这两位自然会物归原主的。我嘛，只想在南京诸位大员面前显摆下本事，这就足够了。”

凌青就近打量了一下这两个神色困顿的女子，撇了下嘴，说：“早就听说过这么位美人儿，可是闻名不如见面，这样一看，也是稀松平常。”

贾慧左右看看这对男女，恨恨地骂道：“贱货，狗男女！”

凌青一恼，举手欲打，却不防被柳云抓住了手臂，说：“她们，你是打不得的，只有我可以。其实，咱们还有更好的法子对付她，你有没有兴致？”

凌青一笑，说：“那得看你有没有兴致。”

柳云大笑，将她拉过来坐在膝上，双手探入胸口搓揉起来，自得地一笑，说：“这是我最惬意的时光，也是最过瘾的一次，以后怕是再没有这样的机会了。贾小姐，你说是吧？”

贾慧闭上眼，不愿去看这对男女的丑态，可是却无法捂住耳朵。柳云的喘息和凌青的呻吟声幻化成惊涛骇浪，排山倒海而来，将她的听觉淹没在无尽的淫欲当中，几乎窒息。

黄太太悲悯地望着她，叹息说：“这可怜的孩子，遭遇的都是些什么人什么事儿！”

柳、凌二人在月色辉映的树影下，借着一张竹椅翻云覆雨，鏖战良久才歇，各自穿衣离散。凌青自回旅社，将柳云的回话捎给老督军。

贾慧气得几欲昏厥过去，侧脸望着黄太太，绝望地说：“我想死，这些男人怎么这样恶心？”

黄太太理解她的心境，劝慰道：“男人多少都有些恶心，但像他这样的，还真少见。你别陷在这里。我不是说过吗，好男人有的是，像那位林参谋，我看跟他比那是天壤之别。”

贾慧情绪低落到了极点，抬头仰望着屋外的情景，说：“现在不知道他正在做什么呢，事情糟糕到了这个地步，我却不敢肯定能不能指望上他了。”

黄太太默想了半天，说：“我们这是在李府，我来过一次，门北边那座两层小楼太显眼了，后面就是李西沅的书房。我们眼下成了这个人的人质，老爷子、黄参议，甚至还有林参谋都要看他的眼色行事了。这招可真厉害，但却是我自找的。我真后悔，早知如此，何必去什么苏州呢？”

贾慧哼了一声，说：“我们对这个人的品性太过高估了。怪只怪，那天我没能亲手杀死他，贻祸至今。我这是咎由自取！”

这两个沦为囚徒的女子在李府里自怨自艾时，与她们相关联的三个男人都不约而同地度过了一个不眠之夜。

老督军听说了女儿的下落，便将这件事抛开，提笔写了一封电文，准备交由黄参议发出去。黄参议独坐凉亭，对柳云如此行事的根源百思不得其解。而林峰在绿杨旅社里几番冲动，想动手刺杀这位咫尺之遥的老督军，既想借此逼得潜藏的柳云浮出水面，又恐怕打草惊蛇，更加难觅他的踪迹，直至次日天明他出门，途经楼梯走廊，依然犹豫不决。这时楼梯口传来的一声咳嗽惊醒了他，他掉头去看，有个手抓凉帽的汉子正在抽烟，这必定是老督军留在旅社里的暗哨无疑。这些人来自曹县，自己的家乡，曾经将贾慧从绝境里救出来过。他抑制住冲动，与此人擦肩而过，走下楼去。

林峰返回了都天行宫，正到庙门时，目光习惯性地朝街对面那个面铺瞄了一眼，一把桐油纸伞——久违的信物，挨墙依靠着。这把伞，在他的记忆里消失了许久，自从吴尚行署误入日军防区损失惨重后，再未出现过。

他几乎抑制不住内心的兴奋，不知不觉向那边走了几步，随即猛想过来，摇头自嘲般笑了笑。进了庙后，他吩咐勤务兵替自己去面铺叫碗脆鳝面来，在等候面铺送面过来时，他翻阅了一下凌晨值班室送来的电文，本部三十三师援救东北军余部已获成功，日军追击部队已经被阻止。驻守黄桥的第十一保安旅，在接防后不到十天，便遭太兴日军的进攻，撤出了该镇，正夺路向省府靠拢。日军业已重新占领黄桥，正向东向南展开部署云云。

这样的局势，对吴尚苏鲁皖游击部队而言，确实不是个好消息。黄桥是吴尚东南边的重要门户，此地一失，日军东线可以从这里扑向吴尚，独立八旅是守不住的。倘若南部旅团再同时配合协同，这一战是凶多吉少了。

他正想去地图前察看地势，面铺伙计捧着托盘进来了，他示意连托盘一起放下，半小时后来收碗拿钱。伙计唱个喏走了。他端起碗来先咬了几口油炸得酥脆的鳝鱼条，四顾无人时，揭起托盘，从底部抽出纸条来展开去看，只见上面写了一行字：

尊重并信任黎星源的选择，暗中打击敌伪奸细在吴尚猖獗活动，支持根据地反扫荡的胜利。

他对于第一点，很有些奇怪。尊重和信任？难道黎星源会不负期望，坚定地站在抗日阵营里？黎星斗呢？他的选择会与黎星源一致？二黎会在这危机重重的形势下反目，分道扬镳吗？他对此不敢肯定。在与这支杂牌部队两年多的相处中，他对二黎之间的关系是熟悉的。黎星斗和黎星源合与散，是这支部队生存与覆亡的关键。这个道理不但他明白，苏鲁皖游击部队下属各部的军官、士兵们也都明白。但上级既然表明了态度，他只有遵从指示,。眼下，他做的就是这件事。

他拜访许督军时，撂明了他女儿的处境，一方面是想借此机会让老督军和柳云的关系更趋紧张；另一方面，又通过老督军来打探贾慧的下落，以便积极营救。这次，他下定了决心，决不让她再在吴尚住下去，他要将她送到根据地去住上一段日子，在那里耳濡目染，时间一久，自然会改变她的性情和看法。只是，当下的情形已然成了僵局，柳云后发制人，抓去黄太太和贾慧，黄参议、老督军以及自己都被束缚住了手脚，不敢与之放手一搏了。柳云这一招厉害，一箭三雕，如何破解这僵持的局面呢？

九

黄参议这两天通过电台向苏州方面接连发了三封电报，要熊克西和日本人斡旋，查清墟口镇渡口被掳去的妻子及其侄女的下落。第三条，有了回讯。熊克西回电，已与吴尚南线指挥官小林正一联队长联系，此举乃配合南京方面的行动，所捕人等已被南京富民代表秘密押运至吴尚。执行这一行动的，是南京政府特工总部的人。想来，黄太太她们并无大碍，只是借此策略，促进谈判进程而已。

黄参议骂了一句，抓了自己的老婆和她的侄女来促成二黎的易帜？简直是放他娘的狗臭屁！不过，这个柳云的身份也由此浮上水面。原来他表面上那个空头的清乡专员是个虚衔，实质上却是特工总部的干员。这次他来吴尚，是替老督军保驾护航的？简直荒唐！保护他和二黎谈判，竟然顺带着将老督军的侍妾保护上床了？这件事可不能就这样听之任之。他又急电苏州，要求熊克西托周佛海出面，责成丁默邨或者李士群下令放人。自己在吴尚一手促成和谈，却被同一阵营里的人如此对待，简直是是可忍孰不可忍！难不成，是用自家老婆当人质，监控他办事？这也太过分了吧！

他愤愤不平地发了电报，心中这股子邪火无处发泄，想到正在代表汪精卫来吴尚谈判的许督军，索性一不做二不休，直接去找他诉苦，请他直接和汪本人联系，敦促这个胆大妄为的家伙先行放人。

他一路赶到绿杨旅社。老督军才起床，拄了根拐杖正要下楼，在楼梯口迎面碰上，以为他此刻来是有急事，不料竟是来诉苦的。老督军打发走侍妾，坐在躺椅里，听他絮絮叨叨一番说，皱起了眉头，说："这个年轻人，怎么专对自己人下手？令夫人据说身体又欠佳，这样一折腾，不好啊！我这就写信，您用我的名义直接发给南京，这吴尚谈判正在紧要关头，他没本事为和谈出力，却来干这煞风景的蠢事，真是一个蠢材，一个成事不足败事有余的蠢材！"

两人商量好通过南京方面向柳云施压，迫其放人的方法后，通过绝密频率发出了电报。本以为就此毋庸担心了。谁知道当天下午，南京方面就有了复电：已令相关人员保证两位女客的生命安全，给予生活优待，静候和谈成功，政府定有重金补偿。

黄参议大失所望，将这电文送到许督军眼前，带着哭腔说这难道就是自己替汪先生卖命的下场，连自家妻子的安全都保不住？老督军也觉着奇怪，细细掂量了一气，悄声说："咱们办咱们的事情，有了这份电文，谅他也不敢对尊夫人无礼，反过来，倒束缚住了他的手脚。咱们不动声色，暗地里动手，你最好拉那位都天行宫的林参谋下水，有他掺和进来，事情就有趣多了。借他之手，除掉这个讨厌的家伙。我可以从侧面做些事情。"

黄参议自然听得懂他的意思，他有黎星斗的尚方宝剑在手，弄出声势来，自然是举手之劳。吴尚城就这么大一块地方，悬起画像按图索骥，自然能逼得他难受，再将城内外水陆要冲封锁了，何愁他不拱手放人？与此同时，再联络那位林参谋，那个共党地下分子出手，毙杀汪伪特使，这台面上闹腾，正好为许督军和二黎的秘密商谈做准备。

老督军思忖了一阵子，眼下事态变化至此，他始料未及，本以为可以利用柳云和那李府的秘密关系，套他一个脚踩两条船、首鼠两端的罪名，将他除掉。孰料，黄太太和贾慧的出走，反而授人以柄，一下子颠倒了局势。但此间唯一的收获是，揭露了柳云和七十六号特工总部的真面目。他有这层背景，那倒是要重视的。汪精卫麾下缺少军队，不过做秘密工作的角色却着实不少，不能大意了。目前，只有按照这个法子走，以二黎抗日军队的名义来搜查他，才是上佳之策。

黄参议辞别了许督军，赶往光孝寺。黎星斗正在看编练壮丁的方案进度。见他来了，连忙招手喊他过来，指着统计名册问他前次洪水泛滥时，安置在吴尚南部就食的几万灾民，怎么抽丁时，却只有这么寥寥千把人？黄参议颇为无奈，解释说这些人是逃荒来的，大水退去后，自然要回去。而且，谁都知道吴尚方面要开战，只有东边是太平地界，所以都纷纷向东迁徙了，原地落户的也就挑出这么些人，一个团的编制而已。

黎星斗哀叹一声："咱们对外号称有三万之众，实质上经过这场血战，六纵折去 5000 多，二纵在南边也损失了千把，独七旅、独八旅在北边跟鬼子交手，死伤溃散了近 3000 人，眼下手里的可用兵力只有两万出头了。后备兵员补充不上，怎么办？"

黄参议凑上前，急声道："司令，不能再打啦。照这样子，再打一仗，咱们就真的完蛋了。汪精卫要的是这支队伍，没了队伍，咱们几个人站在吴尚城头，人家才不稀罕呢！"

黎星斗叹息一声，说："是不能打了。总指挥也明白这个道理，可是他幻想以拖待变，这可能吗？汪精卫不傻，南部襄吉也不笨，他们会坐等咱们恢复元气，或者援军四集时才动手？关键就是一点，他不肯做汉奸。可是谁愿意做汉奸？我堂堂的中将保安司令不做，上赶着去做二尾子伺候人？是形势所逼，没的选择了！"

他这番感慨，黄参议自然明白，平白无故谁肯跨出这一步？自己在之前的宦途上走得跌跌撞撞，最后落魄沪上，成了个一文不名的小人物，趁着这场战争，才谋求了个出人头地的机会。其实何止他自己，那南京政府里高高在上的几个首脑人物，不都是如此吗？汪精卫跟老蒋争了几十年，最终还是依靠日本人才如愿以偿，另起炉灶。这对自己，以及二黎来说，都是一个天赐良机。照这样的形势发展，日后偌大的中国，是没有老蒋的座位了，一切都将在汪精卫的主导下重建。所以，见机的快与慢，也是大有讲究的一件事。如果重庆政府崩溃，那改弦易辙的人将会多如牛毛。但到那时候，他们是不值钱的，能捞到点残羹剩饭就不错了，保不保得住性命，还很难说呢。

他接上黎星斗的话茬，说："司令，得当机立断。否则，优柔寡断，必受其乱。"

黎星斗咬住嘴唇，深深地吁口气，说："这件事，我必须对总指挥仁至义尽，决不能独自行动。他的真实想法，我如今也摸不准。这不战不和之间，第三条路是什么？"

黄参议一番劝说，最终在二黎之间的兄弟情谊、江湖义气上碰壁。不过，他从黎星斗焦躁不安的情绪中，想出了一个妙计，嘴边微微翘起，露出一丝狰狞的笑意来。

十

南京，汪精卫公馆里，从吴尚先后发出的几份电文，经拆阅后都放置在客厅的茶几上，其内容分成三个部分，一是由陈公博转交来的，二是周佛海转来的，三是许督军发给汪精卫本人的。周佛海转来的是潜伏在黎星斗身边的黄某人的电文，揭露了南京方面密使柳云在吴尚和具有重庆背景的盐商李西沅秘密交往，有脚踏两条船的嫌疑。另外，黄参议已然洞悉二黎及麾下各级军官的想法，有必要在军事上予以重压，彻底粉碎其抵抗的信心，替他们扯下那层遮羞布，则大事可成。

许督军的电报，弹劾柳云擅自行动，针对自己人大打出手，却无一功于诱降二黎，非但未能助其一臂之力，反而几乎坏了大事，险些激怒黄参议撂挑子不干，亏得自己多方劝慰，才使得他忍住羞愤继续效力。

陈公博转来的是柳云的来电，声称许督军闲坐旅社，只顾着拥妾享乐，全无和二黎谈判的心思，并与黄参议沆瀣一气，狼狈为奸，他已然出手绑架了黄某的妻子以及许督军的女儿，以此为要挟，勒逼他们加速和二黎谈判的进度。另，他已经和重庆方面某财政高官李某搭上线，李父愿意跟南京方面合作，力争让儿子归顺汪先生，为和平救国出一份力。

这些电文内容互相攻讦，形成了二对一的局面，让汪、周、陈三人大伤脑筋。但从切实可行的角度出发，无疑黄参议和许督军的意见极具价值，而且，许某人是从北平来的代表，投靠日本人较早，他的立场是毋庸置疑的。不过这个柳云是李士群担保的干员，手段、心机都是上上之选，应该不会有二心。另外，这些电文里的意见分歧虽大，但还是有一个共同点的，不管互相如何诋毁，都聚焦在一点上，尽快完成招降二黎的计划，让驻吴尚的苏鲁皖游击部队易帜，为南京政府所用。

汪精卫抓住重点，罔顾其他，左右看看另外两人，问："对于吴尚二黎，我是够客气的了。可是他们还不归降，是继续施以军事压力呢，还是任由他们这样拖延下去？"

周佛海说："已经动过干戈了，再打，恐怕这支队伍就被消灭了；不打的话，又不能为我所用，那样的话还不如打掉它算了。"

陈公博冷笑："汪先生，军事手段并非就要大打出手。难道就没有威逼胁迫的手段？"

汪精卫沉吟道："让南部佯攻，还是步步紧逼，将他们围死？这不太可能。万一他们夺路向东，跟新四军合作，我岂不是替他人作嫁衣了？"

陈公博俯首盯着地图看了半天，用拳头砸了一下，说："要不就学希特勒的战法，用飞机轰炸。"

汪精卫眼前一亮，这倒是个好主意，以飞机轰炸的威慑力，从天上做文章，既形成威胁，又不会损耗这支部队的实力，切实可行。他当即拨通华东派遣军总部的电话，向畑俊六大将请求空军支持，对吴尚进行持续性小规模空袭，炸得这个地区的驻军和居民人心惶惶，无力再硬撑下去。

日军驻华东派遣军与第十四航空队司令横山正部通气，制定出了轰炸吴尚的计划，以轰炸为主要手段，达到心理震慑的效果，省却了动用地面部队的麻烦，威逼当地驻军投降。航空队参谋小山石两三小时内就拿出了该计划，每天派出三架轰炸机，分上午、下午两个波次抵达吴尚上空，执行轰炸任务，所携炸弹只对准非军事目标，不炸军营等处，先期执行以一周为限，如未达到效果，再延长一个星期，轰炸机数量再增加一倍，力争达成战略迫降的目的。

次日上午九点，中断数月后日军对吴尚县城的轰炸继续开始，三架轰炸机，四架战斗机护航，从城市西边的地平线上现出身影。抵达吴尚上空后，对准房屋密集的居民区俯冲下去，投下了六枚航空炸弹。巨大的爆炸声响起，烈火浓烟滚滚，一片凄号叫哭声。然后四架战斗机也俯冲下来，一通扫射后掠过房屋上空。

轰炸大约进行了一刻钟的时间，五架飞机拉起机头，大摇大摆地沿来路返回驻地去了。这毫无预兆的空袭，炸毁房屋20余间，炸死平民15人，伤40余人，比之前那次空袭的损失要严重得多。

黎星斗愤懑不已，站在院中拔出手枪对准飞机远逝的方向连开数枪，打光了弹夹才罢手。他这几近失态的反应，让站在附近的黄参议瞠目结舌，不敢多说一句。这次轰炸，他是预先知情的，并提前通知了老督军，发电报将几个重要目标报知给南京方面，以防误炸。眼前，黎星斗暴烈的脾气发作，他不免担心这样的行动会适得其反，令二黎怒极生变。轰炸过后，他心中忐忑，去见老督军商量对策。老督军是惯经战阵的，轻松一笑，说这样的反应是正常的，倒是黎星源老谋深算，没有表示，才是劲敌呢。不过，轰炸才刚刚开始，再炸他几天，这位黎司令、黎副总指挥的情绪就没有这样激动了。轰炸的目的是什么？是让他俯首帖耳，结城下之盟，不然白费这些气力干什么？

黄参议心领神会，转而又担忧起妻子的安危来。她眼下不知道被那个浑球囚禁在哪里，日本人的炸弹又不长眼睛，万一误打误撞中了，那可怎么是好？老督军虽然也担心，但转念一想，说这个小子肯定跟她们藏身在同一个地方，他不会拿自己的性命开玩笑的，必然也提前知晓了飞机轰炸的目标和规律，轻易不会失手的。

黄参议听了老督军的劝，暂且心安，先行离去。走在路上时，看到街头慌乱骚动的人群，以及手拎包袱忙着逃难离开的居民们，心中不由得一动。这阵日本人的轰炸，也许就提供了一个千载难逢的便利机会，他可以借机对李西沅下手了，彻底干掉他以及宅子里所有乌七八糟的人等，到时扔上几堆集束炸弹，对外谎称是日本飞机投弹命中了李府，岂不是正好将自己报复的举措掩盖得干干净净？他一阵兴奋，快步赶去了侦缉处，召集齐手下，但左看右看，似乎能为己所用，并能替自己保守秘密的心腹亲信没有几个。他发了一阵子愣，转念想到老督军那些彪悍的属下，何不借来用用？第一，他们是外地人，蒙在鼓里，不知道自己和李西沅的仇怨底里，只管做事；第二，他们动手还可以消除嫌疑，一改日后暴露自己的可能，是个一举两得的好法子。除掉李西沅，还需借兵行事。他拿定主意，坐在办公室里免不了又把老婆想念了一遍，望着吴尚的地图出神，猜测着她以及贾小姐被柳云藏匿的地点。

这样枯坐了一个下午，等他感觉到了肚子饿，正想起身去找个地方填饱肚子，日本人当天的第二次轰炸又开始了。依旧是三架轰炸机、四架战斗机的编队，由西向东而至。这二番空袭，出乎所有人的意料，六纵预设的机枪阻击阵地，还没来得及反应，这六架飞机已然从头顶掠过，直奔县城去了，照旧是投弹、扫射，再掉转头回去。

但回程的半途上，程兴柱指挥机枪开始对空射击。敌机编队猝不及防，一架轰炸机中弹后冒出一股子浓烟，摇摇晃晃向西，勉强逃走了。这下，程兴柱既高兴又惋惜，下令在前沿推进几里路，伏下暗哨和电话，一发现敌机露脸，就迅速通知，以便狠狠地干它几架下来，杀杀鬼子的骄横之气。

这样做好了准备之后，机枪阵地枕戈待战。第二天上午九点整，果然前面哨位报告，有日本飞机出现。阵地上立即忙碌起来，摩拳擦掌准备动手，却不料，日本飞机先行派出了八架战斗机打头阵，仗着机身轻捷小巧，竟抢先俯冲下来，对机枪阵地先行展开了三个轮次的扫射。阵地上，机枪奋力还击，但却无法抵挡，但见子弹横飞处，尘土飞扬，阵地上的人无处隐蔽，被击中倒下了一片。扫清障碍危险后，日军轰炸机登场，一个波次依旧去执行轰炸吴尚的任务，另一波次的飞机对六纵机枪阵地俯冲作密集投弹。几十枚重磅航空炸弹将阵地掀了个个儿，几乎夷为平地，阵地上的人员、武器损失殆尽。

这时，吴尚城中再度遭到空袭，浓烟烈火和地动山摇的爆炸声此起彼伏，城内慌张的气氛开始蔓延滋长。

十一

盐商李西沅被日本人笼罩天空的杀气震惊，他本是被炸弹惊吓过的人，知道这东西不辨敌友是非，落地就炸，难以幸免。而他这座宅邸从天空俯瞰，是再明显不过的目标了，需要万分提防，却又难以提防。

他在首度空袭当天的黄昏时，叫过四姨太来，问她从那位南京来的表弟那里得到了什么信息。四姨太说日本人看似狂轰滥炸，实质上是有挑选的，李府这地方人家做了记号，不会丢炸弹的。他半信半疑，天黑之后又叫来管家，让他仔细留神那位南京来的年轻亲戚的举动。管家悄悄告诉他，那位柳先生已经将府中藏的两个女人弄走了，看情形是利用了府中当年为逃避兵匪预先设下的那条暗道，难道他也是心中没底?

李西沅听了心中既喜又恼，喜的是那两个女人藏在自家宅子里，是个祸害，一旦为人觉察，麻烦不小；恼的是，那个黄太太曾经跟他有彻夜鏖战的交情，是个房中高手，很让他受用和留恋，想再找个机会较量较量，谁知道却被那小子不告而转移了，未免失望。他默坐了片刻，低声吩咐管家去准备船只，他想离开这恐怖的氛围，去城外避风。他在城北十里外那处四面环水的庄园，正是为此而设的。

管家愣了一下，据他所知，那姓柳的年轻人已经将两个女人抢先运到那里去藏匿了，但四姨太拜托他帮着隐瞒，他不敢多话，想着回头提醒一下，老爷也要去那里避难了。

李府这边忙着躲避战火，但一墙之隔的黄公馆里已然杀机重重，黄参议瞅准了这样的机会，要抢在日本人空袭之前，解决掉这个令他深恶痛绝的仇人。

他赴绿杨旅社借兵，跟老督军只说了一半实情，要借日机轰炸时进入李府搜查，伺机消灭那些潜藏在宅子里的可疑分子。当然，这可疑分子表明的含义，老督军心知肚明，是指向那个柳云，但老督军没有想到女儿可能会在这盐商府邸内藏身，只叮嘱了一句，让他不要操之过急。

黄参议借得八条汉子，都是腰插双枪能翻墙越户的主儿，趁着天黑后夜幕的掩护，先行藏身在黄公馆里，半夜时，他那十来个心腹也悄然抵达了，都安顿下来，静待时机。

等到凌晨三点，他下令动手，按照预先的布置，先行派人翻墙入户，解决掉守门的两个护院值守的家丁，开了角门，他率一众人等杀气腾腾地闯入李府。这次，他们是早有准备，人人佩枪的同时，又都口衔利刃手提麻绳，逐院逐户地拿人。李府中的家眷、下人都在酣沉睡梦中，哪里想到会有这样的剧变，有的在惊醒后反抗，当即被打晕，有的稀里糊涂被捆起来，堵住嘴巴，无计可施，只能束手就擒。

这李府宅第占地巨大，但黄参议事先有过侦查，知道府里的人都聚居在前面几进，后宅只有两个值守防盗的护院，无关紧要，于是，没费多大气力，就将除了李西沅、四姨太外的所有人都集中看守在两个院子里，勒令管家来辨认计数。那管家一夜之间成了阶下囚，无法可想，为求保命只得一一查点，结果是整个李宅阖府上下 30 余人，全都不缺。

黄参议心底有数，将他提到另外一处地方，逼问那个所谓四姨太亲戚的下落，并追查近期知不知道那个柳云还绑票了两个女人，是否藏在这里。这管家眼中闪光，心思活络，马上嗅出了其中的意味，忙不迭地招供，那姓柳的年轻人果然在前两天藏了两个一墙之隔的邻家女子——贾小姐和黄太太。她们在这宅中被暂押了些日子，昨天天黑之后，就被柳云转移走了。

黄参议一听老婆居然这两天一直在自家公馆隔壁李府里藏身，不由得心急火燎，恼羞成怒，拔出枪来抵在管家的脑门上，恨恨地说："这座宅子，前后左右都被军队封锁了，这姓柳的怎么可能带着她们来去自如？"

管家吓得屁滚尿流，哭喊说这宅子有条密道通往外面，是李家当年为避匪盗时预备下的，出口在天禄街东侧蓬莱巷里的一座小宅子里。那宅子的后墙外，就是稻河，可以转乘小船出城。黄太太和贾小姐被柳云从这条逃生路线弄到城外的李家庄园去了，他愿意带他们去寻找。

黄参议的本意是不想留这个活口，将他捉住之后，一并除掉，但是心系老婆的安危，也就顾不上许多了，先行将他捆了，依其所供的内容去那个暗道出入口检查了一遍，冷笑不已。这李西沅断不会料到自己及其祖辈设下种种应对灾祸的方略，都将成为南柯一梦，泡影一场。他的死期将近，想必还在四姨太的卧床上高眠吧？看看天色渐亮，他再不肯拖延下去，自己带了两个精干的手下踏进那处李西沅留宿享乐的所在。

东方微露鱼肚白之际，李西沅正在四姨太温软的怀抱里沉睡。局势的紧张令他夜不能寐，只得出此下策，以纵欲伤身的举动来营造困倦，好好睡上一觉。与四姨太云雨之时，又想到了那位黄太太，心底一阵失望、一阵愤然，就拿眼前的四姨太泻火去愤了。精疲力竭之后，他正睡得沉熟时，院门被人挑开，一批不速之客闯进门来，领头的就是那位跟他恩怨难分的近邻黄参议。

黄参议推开门扇，拐过屏风，站在这张红木质地、精雕细琢的大床前，俯看着光滑丝被覆盖下的人形，笑了一声，伸手揭开，瞅见这对年龄相差悬殊的男女交颈而眠的奇特姿态，当即讥笑道："鸳鸯交颈死方休，李老板艳福，真是让人羡慕啊！"

他这声音在宁谧的清晨，令正在梦乡里的李西沅陡然打了个寒噤。盛夏时节，又有四姨太的丰腴肉体所包裹，这寒意愈发显得突兀，并给他带来了彻骨的寒凉。他睁开眼，邻居黄参议冰冷的眼神铭刻在他的印堂上，霎时心生一丝不祥的预兆。

他坐起身来，问："你怎么在这里？"

黄参议大笑，说："你该终结时，我就来了。今天，我非抢非盗，是堂堂正正地来报仇的。识相的，拿出钱财来消灾灭祸，不然你们满宅子的人都逃不过这一劫。"

四姨太这时也被惊醒，睁眼就发现自己和丈夫已经陷入绝境，惊叫了一声，将头藏进丝被下面。黄参议伸手抓住一缕露在外面的头发，将她揪出来，狞笑道："李太太，谈谈你那位远房表弟吧。他是南京大员，还是你的姘头小白脸？今天的祸事，是你引狼入室所带来的，怨不得咱们了。奉黎司令的密令，在防区内格杀汉奸，无须再上报待复。非常时期，我有先斩后奏的权力！"

李西沅似乎心中明白过来，这黄参议又是假公济私，连忙觍下脸来，就势跪在床头作揖，哀声恳求道："黄参议，黄处长，这一切我都不知情，那个姓柳的是她引入府的，说是远房表亲，在南京方面有熟人，日后万一形势有变，可保平安。我哪里知道他就是什么南京方面的大员啊？"

黄参议用食指挑起四姨太的下巴，左右端详，笑道："这小柳儿是个风流浪客，四姨太跟他春宵几度啊？填不饱淫欲，竟将他引入府里，方便了偷情，给咱们李老板戴绿帽子，对吧？他施奸计绑架了我老婆、侄女，也曾藏在这里，管家就是人证，想抵赖是赖不掉的。这种事情，就是闹到重庆老蒋面前，他也庇护不了，别说你那个小人得志的儿子了。今天，我要替党国除掉你这个汉奸！”

李西沅在床上磕头如捣蒜，连声说：“我愿意拿钱赎命，拿钱赎命！”

黄参议一笑，对四姨太说：“那枚钻石戒指，内人一直惦记着呢，你且取来。我不饶他，但你这么个千娇百媚的女子，可舍不得杀了，干脆到我的公馆里做个二姨太吧。我升你两级，肯不肯啊？”

四姨太正在犹豫，李西沅口中竟先替她答应了，死命地掐她的大腿示意，四姨太缓过神来，连声答应着，下了床快步去梳妆台前将首饰盒子捧过来，揭开盒盖，露出里面的钻石戒指以及其他的上等首饰，递在他的手里，说：“全都送给黄太太，不，姐姐吧。我甘心做小，服侍你们。”

黄参议也不客气，伸手将盒子里的钻戒等首饰一股脑抓了，塞进口袋里，命令门外等候的人将他们捆绑看押起来。接着，在他所预知的日军轰炸之前，下令老督军手下的人先行从那条新发现的密道撤离，返回绿杨旅社，完璧归赵。自己的那些手下，则留下来开始动手。他们将原本聚押的李府中人四处分割，并对所在的房屋堆柴浇油，然后把院内准备好的手榴弹分成几捆，拧开保险待用。一众人等坐候西边天空出现异样，即刻动手。

今天上午，日本第十四航空队的轰炸机群，因为天气原因，迟飞了半个小时，等到天色晴朗，短暂的阴晦消失，才飞离跑道直奔吴尚。这半个小时内，黄参议心中焦急万分，生怕日本人取消轰炸计划，别作他图了。他在院子里来来回回地踱步，直到树顶上瞭望的人远远看到了几架日机的影子，向他打手势报信，这才如释重负。

他一挥手，下令各院中人按照事先的计划，一旦日机投下炸弹，他们就将集束手榴弹丢进人群引爆，以日军的轰炸来掩护自己的屠杀。他亲自去了李西沅的卧房院内，亲手将李西沅和四姨太背靠背死绑在一处，将三枚手榴弹固定在他们中间，咧开嘴狂笑了一气，凑在李西沅的耳边，说：“这下子你儿子收不着你的全尸了，你就和四姨太一起粉身碎骨吧。”

李西沅被堵的嘴里发出一阵含糊的声音，身体剧烈地扭动着。四姨太被这临死前的恐惧笼罩，瘫软下去，连带得丈夫也倒作了一堆。

上午 9 点 30 分，日军对吴尚的第三天首轮轰炸开始了。第一颗炸弹对准了府前街中山塔投掷，炸弹呼啸而下，一声巨响，将街口不及闪避的商贩和居民吞没在烈焰里，死伤无数。紧接着，李府中传来几声巨响，但见火势熊熊，浓烟滚滚，竟是烧成了一片火海，喊叫声此起彼伏：李府被炸了！李府被炸了！李府被炸了！

但轰炸机仍在继续，日本飞机爬高后，重新调整了角度，俯冲下来，又是几枚炸弹丢下，整个吴尚城，俨然已变成了人间地狱。

第八章

一

苏鲁皖游击总指挥部内，一片死寂。所有高级将领都奉命留在部队，时刻预防日军地面部队的进攻。二黎坐在往日济济一堂的会议室里，面前分别放着烟灰缸和茶杯，茶水已经喝干，却没心思再加水，烟灰缸里堆满烟蒂。

黎星斗平日并非嗜烟之人，但在当前严峻形势的压力下，只得借烟消愁。黎星源反转身体，仰望着后面的巨幅作战地图，许久之后，才长长地叹息一声，喃喃说道："你可以约见那位许督军了，谈就谈吧。"

黎星斗一凛，问道："大哥，你决定啦？"

黎星源点了下头，拿出一封事先拟好的电文交给他看。黎星斗仔细瞧去，只见上面写着：

> 重庆军事委员会，并呈委员长：苏鲁皖游击部队深陷日军包围，所部伤亡惨重，在此绝境前，多次请求增援未果，为幸存的将士计、为吴尚百姓计，无奈出此下策，留一部与日伪媾和伪降，静待时机反正，重归党国；另一部撤离吴尚，以水泊湖荡为掩护，继续与敌周旋，暗中配合，待形势有利时，重返吴尚，重整旗鼓。如同意以上事宜，请予复电，急盼。
>
> 苏鲁皖游击总指挥部总指挥黎星源，副总指挥黎星斗

黎星斗嘿了一声，丢下电文，说："大哥原来所说的第三条路是这样的。好是好，只是兄弟分手，让人难舍。"

黎星源说："你可以先行和许督军接触，我在这里静守重庆方面的电文，假如允许，就依计而行。"

"那，不允许又怎么办？"黎星斗追问一句。

黎星源苦笑道："照旧依计而行。"

黎星斗掐灭了烟蒂，大步出去，拿起电话接通了侦缉处，迅速通知黄参议，让他去绿杨旅社通知那位许督军，双方可以正式接触商谈了，时间是今晚七点，地点依然定在黄公馆里。

黄参议正在侦缉处里撰写日军今天轰炸导致的伤亡损失报告。日军共投炸弹14枚，其中三枚命中城中地带盐商李府，将这座豪宅南部的人口聚集的几个院落夷为平地，李府主人李西沅以及阖府上下30余口，死于轰炸以及随后引起的火灾，实为吴尚数十年来未见之惨剧。

写完了报告，他正自得于自己如此手笔，谈笑间将仇家灭了，而且还不留痕迹，突然间接到黎星斗的电话，让他去约见绿杨旅社的许督军，以他的住处为地点，正式开始谈判。他心中一喜，日本人的飞机轰炸果然奏效，逼得二黎接受现实，也顺带着让自己一吐郁积已久的怨气。他立即丢开手边的其他事务，全力以赴做好今晚首度谈判的准备。

他先去绿杨旅社，拜望许督军，转达黎星斗的意思。老督军在躺椅上伸展了双臂，仿佛午睡方醒，对于现实里的变故恍如隔世一般，带着并不确定的口吻问道："这么说二黎愿意和谈啦，不是敷衍老朽吧？"

黄参议郑重地说："今晚七点，就在寒舍，挑开天窗说亮话。您静候多时，终于云开见日了。早些了结掉吧，这天天有飞机在头顶上扔炸弹的日子，谁也不想再持续下去了。"

他通知了老督军后，回公馆的路上突然想起一件事来，临时斟酌了一下，转而奔都天行宫去了。

行宫里，林峰对于二黎与汪伪方面即将开始的谈判一无所知，但从军事角度上来判断，像这样规格的空袭轰炸，苏鲁皖方面是坚持不了多久的，吴尚的老百姓更是如此，接下来将会发生什么，他隐有所觉。要么是二黎撤出吴尚，恳请新四军的帮助，双方合力打开一条通道，由此向东投奔依附几成光杆的韩德勤，局促于比吴尚狭小得多的贫瘠地区，听天由命，自生自灭；要么就此投靠汪伪，参加所谓的“和平运动”，由一支抗日武装沦为汉奸队伍，助纣为虐，为天下人所不齿。他想到了新近收到的上级指示，尊重并信任黎星源的选择。难道他去做汉奸卖国贼，也要如此吗？除非上级有十成的把握，确定无论处于什么境地，他都不会降日投汪，可是谁能替他打这个包票呢？

但眼下切实可行的，只有一条路，就是执行上级指示，打击汪伪奸细的猖獗活动。可是，那个狡诈的对手劫走了贾慧和黄太太之后，再无下文。这两天的轰炸，会不会让他暂避出城呢？城里地带狭小，保不准日本人的飞机没长眼睛，误将他们击中，那可就成了笑话：日本人以空袭威逼二黎就范，却将谈判特使炸死了。从今天所获悉的情况来看，这样的可能性极大，李府不是中了几枚炸弹吗，死伤枕藉，那地方可正是他谋划已久的目标所在，那个柳云会带着她们藏身其间吗？生死如何？

他正对自己面临的局面伤神烦恼时，黄参议登门来了，送上一个最新获知的情报：李府遭受轰炸之后，他奉命救援，从瓦砾堆里找到了奄奄一息的管家，管家在弥留之际向他透露，那个所谓四姨太的表弟，带了两个女人在空袭的首日，转移到李府在城外的庄园去了。

林峰得悉这个信息，半信半疑，但黄参议如此解释，自己在南京方面有一些位高权重的熟人，曾经委托自己照应这个柳云。可是这家伙是个白眼狼，非但不知恩图报，反倒过来咬了自己一口。本来，他想使出全力来对付他的，但眼下的形势，日后苏鲁皖游击部队的出路尚属渺茫，为防二黎态度有变，翻脸不认人，他不便亲自动手，只有借林峰之手去办这件事了。虽然眼下他们的动机不同，但目标却是一致的：杀死柳云，救出黄太太和贾慧。即使捅出娄子，二黎也拿林峰没有办法。更何况，这局势恶化下去，无论是作为三十三师联络官，还是其他暧昧难言的身份，他都会离开吴尚远走高飞。倘若没带上贾小姐，那岂不是要遗憾终生？

林峰犹豫了一下，觉得黄参议话里的借口倒是说得过去的，并不讳言当前严峻形势下二黎屈服投汪的可能，而且，最后一句话实实在在地打动了他的心。是的，他不能让贾慧留在吴尚，更不能让她还留在那个人的手里，必须抓住这个契机动手，锄奸的同时救出心爱的女人，一举两得。

他拿定主意后，还谨慎地追问一句黄参议，他参不参加这个行动。黄参议说自己不便出面，但是可以派人协助并提供李氏庄园的详细情况。眼下那座四面环水孤岛，已经被部队四面秘密围困住了，只准进不准出，如果林峰动手，这些人都可以归他调遣。

林峰考虑了一下，先行答应下来，送走黄参议后，去找程兴柱借兵。

程兴柱在轰炸结束后，正赶进城来面谒黎星源，请求出兵向北，全军进攻新化，放弃吴尚。两三万人局促在这弹丸之地，四面皆敌，只有束手挨打的份儿，还不如孤注一掷，倘若能就此击破小野联队，进占新化城，重新恢复和三战区的交通线，那么部队可战可退，远比当下的险境要安全许多。

黎星源安排黎星斗和许督军谈判，心思正在这城下之盟的细节上推敲，心底也明白程兴柱所谓向北进攻，恢复和三战区交通的托词下所隐藏的真实目的。那就是向北进攻，加入新四军和日本人的扫荡战场中去，减轻新四军方面的军事压力。这一招在他看来是纯粹的败着，跳入井中救人，胆气虽壮，却是臭棋。但他没有将这话挑明，只是让程兴柱全力休整部队，话中有话地点题：后面的日子怕是比眼下要艰苦许多，跟着他要有吃苦、吃大苦的准备。程兴柱只当他说的可能是下一步战事的艰巨，心里顿时有了慨然赴义的准备，大不了全军都战死在吴尚城下。

可是，他对于死战硬打的战法已然有了怀疑，想借鉴新四军的游击战术对付鬼子。他知道林峰转达的上级领导对于当前局势的指示，但还是忍耐不住说出了那个萦绕在脑海里许久的问题。林峰想了一下，那份指示中虽然没有提及程兴柱以及六纵的问题，但一切都尊重并信任黎星源的意愿中，这个“一切”，必然是包含了六纵去留的问题。

程兴柱刚刚从黎星源的公馆回来，默想着黎星源的语气、神色，倒也摸不清他的真实想法。不过，他有绝不做汉奸的承诺在先，此人敢冒天下之大不韪，投向汪伪的可能不大。只是他的想法和黎星斗是否一致？种种迹象证明，那位省保安司令已经沉不住气了，在日本人的重压下，他会一如既往地听从黎星源的意见，不离不弃吗？

林峰一笑，说不要坐在这里胡猜乱想，还是去做一些实际的事情才好。他要借一个连，往城北一个去处走走，趁着夜色，围住那座水泊中的孤岛，就地毙杀南京方面的特使，救出被绑架的人质。没了谈判代表，汪精卫必然会重新派人来，这一去一来，又可以给吴尚方面争取一段时间。

二

林峰在城外准备营救贾慧和黄太太，铲除柳云时，城里的好戏已经拉开了序幕。

黄参议外松内紧，派便衣配合部队暗暗封锁了李宅以及自家公馆四周的交通，名为收拾李府遭轰炸后的残局，实为晚间的谈判做安全准备。下午时，他走了趟都天行宫，使用了一招调虎离山之计，由着林峰去替自己火中取栗，一方面排除了干扰，另一方面也省却了自己的担心。他来吴尚多时，以今晚最为荣耀，特意不顾暑热，换上笔挺的军装，衣冠楚楚地陪同在黎星斗的左右，内心里为自己能够操控这支杂牌部队的生死存亡而自鸣得意。

黎星斗照旧一身短袖绸衣，站在凉亭里扶栏瞧着池塘中隐约可见的鱼儿出神。这两天日军飞机轰炸，终于逼出了黎星源藏在心底的最后的应对策略。这计策出乎他的意料，想必也更加让重庆、南京方面衮衮诸公们所料不及。当然，此计一出，也让他多日来的担忧减轻了不少。他在战与和的选择上，倾向于和，但这“和”又跟已有先例的其他人不一样。这一点，他也没有和黎星源私下里交心。因为，黎星源此前根本就没有和谈的意思，说了无益。眼下讲和谈判，已经与他无干了。作为留驻吴尚的最高军事长官，他必须为自己、为跟随自己的部属争取最大的利益。

老督军傍晚时，趁着天色微黑出了门。这次，他没有带侍妾凌青，派人将她看守在旅社里，不容她乱跑乱说。临行前两个钟头，他约定黄参议向南京方面发电，谈判正式开始。这份电文，是远在数百公里之外的汪精卫梦寐以求的结果，半小时后，得知了这一信息，不禁喜悦万分，随即约见了周佛海，让他密切关注进展，并想就此停止轰炸。周佛海赶紧劝阻，这轰炸此时切不可停，频率可以适当放缓，改一天两次轰炸为一天一炸，始终将刀刃抵在对方的咽喉间，不让他们有侥幸的想法。汪精卫想想也对，但又叮嘱一句，不可炸兵营等重要位置，这支队伍眼看就要归顺派上用场了，保存一个是一个。周佛海大笑，说还是汪先生体恤下属的安危，日后一定要告诉他们这些详情，让他们死心塌地为汪先生效力。

许督军沿着黄参议精心划定的路线，从旅社出来后，走了约莫二里地，远远看到李府标志性的高大建筑时，拐入一个巷子，悄然抵达了目的地。黄参议正在门内檐下等候，见他露面，赶紧过去伺候，请他进门。

黎星斗正在亭子里吃半只鸭梨压火，见谈判对手到了，便丢开它迎出凉亭去。两人在水上曲廊里二度握手致意，在黄参议的殷勤引导下，重新进入亭中，分宾主坐定。许督军见亭子里只有黎星斗，不见黎星源，心中只当他们依旧分别扮演台前幕后的角色，也不生疑，拱手笑道："黎司令，请代为向总指挥问好，我来吴尚也有一个多月了，来时是夏天，此刻仍是夏季，看来，咱们注定要在这盛夏时节把事情解决掉了。"

黎星斗继续啃了几口梨，笑道："是啊，夏天太热，大家火气都大，大概要到秋天，才能心平气和一些，岂不更好？"

许督军说："汪先生在南京翘首以盼，就等着吴尚的好消息呢，咱们可不能让他久候。"

黎星斗一笑，说："他都等了两三年了，还在乎这两三个月？"

许督军说："此一时，彼一时。那时候，是时机未到，眼下正是瓜熟蒂落的采摘时节，倘若过期了，任由它落地腐烂，却不是暴殄天物？"

黎星斗将梨核往亭外水中一扔，说："果子熟了，空口白牙也是摘不到的，还是先把南京方面的条件摊开来说说吧。"

许督军对于汪精卫开出的招降条件，早已烂熟于胸，当下也不客套，直接将它摆在了桌面上。如果二黎能够易帜投向南京方面，南京政府将授予上将军衔、第一集团军总司令、中常委、江浙清乡委员会主任、清乡部队总司令、军事参议院院长等职位，苏鲁皖游击部队改编为第一集团军，原纵队司令改任中将师长，所有军饷、粮饷都由南京政府解决，各级军官均有升迁和赏金。这支军队将会是汪政府最为倚仗的武装力量。

黎星斗思量了一下，大致跟以前那些游说之客透露的情况差不多，但是，这些条件是与黎星源无缘的，自己一个人担当，倒是有些嫌累赘。他细想了一气，又拿起只鸭梨来，边吃边说道："你的条件讲了，该我提了。这就叫作漫天要价，坐地还钱，你不要放在心上。"

许督军呵呵笑道："谈判桌上，一切都可以谈，司令有话，请直说。"

黎星斗开出了自己的条件：一是虽然易帜，但仍驻吴尚，防地不变；二是日本军队撤回，恢复战前的原状；三是日军不得有一兵一卒进入吴尚；四是苏鲁皖内部是战是和，内部自行解决，南京方面不得擅自插手；五是即刻由江南运送粮食来接济吴尚军民。

许督军听了这些条件，沉吟了片刻，说："我一定全部转达，但决断权不在我手里，一切都等汪先生的意思。"

黎星斗将第二个梨核扔进池塘，捻了几下佛珠，说："行，就这么着吧。咱们都亮了牌，何去何从，那是汪主席的事情了。咱俩在这里强撑着也没什么意思，各自忙事情去吧。"

许督军笑道："我是受人之托，转达情况。司令还有什么事情赶在此刻忙碌？"

黎星斗笑了起来，说："整军备战。我这个人做事，一是一，二是二，绝不对他人报以幻想。"

许督军脸上隐隐变色，竖起大拇指，说："好汉子，直来直去，我喜欢这脾性。最讨厌那些只在肚子里藏花点子，其实不敢担当的家伙。"

谈判的首个回合就此结束，短暂但实际，没有虚话，全是铁板钉钉的条件。大约四个钟头之后，谈判的详情由黄参议掌控下的电台发往南京。半夜里，这封密电将汪精卫从睡梦中惊起，他爬起身离开卧室，去楼下客厅，从机要秘书手里接过电报，就着灯光仔细看了两遍，仰面朝向屋顶出神。

黎星斗提出的条件，远远出乎他的意料。如此看来，这支杂牌军的易帜，也就仅仅是易帜而已，在军事意义上毫无用处，但政治意义上呢？他陷入沉思中，久久不语。

与此同时，黎星源在公馆特设的电台里，收到了重庆方面的绝密复电，上面寥寥一行字：危急时刻，准予便宜行事，望诸位曲线救国，保存实力，伺机反正。

黎星源如释重负，站起身来在屋子里走了几个来回，喃喃自语道："苏鲁皖有救了，苏鲁皖有救了，我黎某有救了，几万弟兄们有救了，吴尚的老百姓也有救了。"

他手握的这份电文，是继请示电报发出近十个小时后才回复的。接到那份电报时，蒋介石正在开会商讨这些处于沦陷区内的大批军队的出路问题。日军自长沙之战后，转而对后方用武清剿，目标明确，就是要解除后顾之忧、腹背之扰。而陷落在那里的各支部队，遭受日军进攻，无力支撑，纷纷来电求救，但是远隔千里之地，实在拿不出什么法子来救他们于水火之中，心中只恨这些人为何没有共产党的本事，在敌后发展壮大，既可以打游击牵制日本人，又能够跟共产党争夺地盘，成为可以倚重的力量。这些人都是几年来跟日军作战时溃散或者后撤的杂牌部队，成分复杂，打着重庆方面的旗子，实则天高皇帝远，个个都成了割山称雄的草头王，指挥调动他们很难，但伸手要起钱粮来，却是一个比一个上劲。现在，他们的生存成了棘手的问题，最后的出路，还得由他来定。这方法怎样定？自己想让他们克服艰难，抗战到底，他们会真当回事，真的能取义成仁？像吴尚二黎能发来密电请示，已经是好的了。有些人跟日伪勾结，有奶便是娘，早就将他这个委员长忘在了脑后。不过，除了少数关键地区的部队需要并能够予以救援外，他也是无法可想，与其让他们给日本人消灭了，还不如任其自便。这些人投靠了汪精卫，协同日本人在沦陷区里能做什么？自然是要对付共产党的八路军、新四军，权当是执行自己的秘密战略意图了。

想到这里，他有些释然，甚至觉得他们这样的选择，是代自己解决了一个难题，从今而后，他再也用不着为筹集供养他们的军费发愁了，他将这个累赘一股脑地抛给了汪精卫，由他去想法子代为养活这帮子人吧。不过，他对于黎星源所报的应对方案还是报了几分赞赏的。这位老同盟会员、北伐军名将，关键时刻，保持了气节，又有灵活变通的办法，上对得起党国，下对得起士兵，在政治上又立于不败之地，倒是老辣圆滑得很。若不是他有亲共的嫌疑，这等人物，比韩德勤之流高明多了，日后有机会还是能一用的。

三

吴尚城东北有一条运盐的河道，历年来，河上走的都是盐船，往来的都是运盐的挑夫、船夫，因此有了一个不雅的名字——卤丁河。这条河在邻近县城十二三里的地方，宽阔水深，和一个湖泊相连，湖中心，有一处地势高的所在，历年来疏浚挖河的泥土将它逐步垫起，俨然成了孤岛形状，上面，不知何时起建造了一座庄园。这地方因为地处偏僻，不为人所关注，是一个可以避灾躲祸的世外桃源。

这天夜幕降临之后，云朵增多，随风而动，不时遮掩月色，使得水面上明晦不定。寂静时分，夏虫远远近近地噪鸣着，水底下不时有体积硕大的鱼类劈开波纹游弋的迹象。这些鱼儿撞进了隐藏水底的扳网，徒劳地挣扎着，无法逃脱。但是，看守渔具的渔夫却无法来起扳拿鱼了，他被这支混杂着军装和便衣的队伍临时征用，带路前往李氏庄园，解决人质。

这支队伍的指挥者，便是少校林峰。他为了解救贾慧和黄太太，铲除柳云，今夜是倾力而为，不但动用了自己的便衣队，还从六纵借了一个连随行，外围十几里方圆是黄参议所派的部队布防，势必要毕其功于一役，解决掉这个祸害。

这扳鱼的渔民对前往庄园的水路透熟，有他做向导，自然隐蔽便捷。十几只水划子在芦苇荡中穿行，逼近了泥土垒起的庄园，四面堵住出路，静候着深夜的来临。

这座沿着堤岸建筑高墙的庄园里，有灯火的迹象，隐约还有赌钱时喧哗的人声，表明它不是个空荡的所在，更给黑暗中的捕猎者以希望和信心。

半夜时，林峰根据渔民的讲述以及李府管家的交代，挑选出几个士兵，迂回到庄园北面，先行泅渡抵达，拽住草稞芦根，爬上坡度陡峭的岸崖，接着将预备好的挂钩取出，在半空里抡圆了甩向高大的围墙顶端，这精钢打造的挂钩除了钩尖锋利外，其余部分都用棉花包裹扎牢了，与砖块的碰撞几乎没有声响。缓缓回收后，吃紧了墙顶的缝隙和凹凸部分，晃一下确定稳妥后，口衔利刃腰插双枪，双手交替两脚蹬爬，不出一刻钟的工夫，便上到墙头，随后将背负的软梯垂放下去，直达水面，供后来者攀爬。几具绳梯一固定，后续人手便随之跟进，不出半个钟头，进去了二三十人，当下一面望风一面搜索，一面去开启码头口庄园的大门。

林峰见前队得手，大功告成，率着大队人马从正面方向浩浩荡荡登陆，沿院门进入。那先头人马早已将这座与世隔绝的庄垛内部的局势控制住了。这堵高墙，卫护着五进大院、一座小楼和一个空旷的场地，房屋坚固，存粮极多，关起门来过上个三年五载问题不大、屯兵据守极为方便。今天深夜，落入了林峰之手，着实让他惊喜交加。他指挥手下逐屋搜找那两个女子的下落，结果，在那座鹤立鸡群的数丈高楼上发现了她们的踪迹。

但与此同时，守楼的人也觉察到了外面的危险，向下面连打了几枪，厉声询问，威胁要放火烧楼。林峰高声问他们的头目柳专员呢，请他出来说话。楼上人大笑，说柳专员自有公干，怎么会在这里等他？他这次可是失算了。

林峰一惊，问道："他去哪里了？"

楼上人答："他去哪里，怎么会告诉我们？必定是你想不到的去处。"

林峰心系贾慧的安全，又说道："他丢下你们在这里做替死鬼，自己却脚底抹油溜掉了，你们还想为他卖命吗？"

楼上人大笑："有这两个女子在我们手里，我们自然有活路。"

林峰冷笑："那好吧，咱们定个君子协议，你们放了那两个女人，我放你们离开，绝不食言！"

楼上人哈哈一笑，说："这叫作识时务者为俊杰。我们在这鬼地方也待腻了，就这么办吧。你们在码头给我准备两条船，一条放上这两个女人，一条由我们乘划，离开河岸后十分钟，你们再去接她们，行不行？"

林峰思忖了一下，只得答应，当即下令在庄园大门外码头口布船，撤去楼下的围困。果然，楼上的三五条汉子下得楼来，枪顶着两个憔悴不堪的女人，向着庄园大门退去。等到平安无恙地抵达目的地，他们上了船，将贾慧和黄太太丢在另一条船上，用缆绳拴住，吱吱呀呀地荡起桨来，离开了码头，向远处划去。

林峰抬腕看表，心中焦急，约莫 十分钟时亲自上船，在后面尾随追逐。这伙人为了赶紧逃命，果然践约，将两条船之间的绳索砍断，一路奋力划水，飞也似的脱离了这片水域，留下了两个女子给对方。

等到林峰他们赶上，只见那只木船在水中央随波横斜打转，先行搭靠上去，解开她们的绳子，急问柳云的下落。贾慧正待回答，那远处河岸却传来一阵阵密集的枪声。林峰明白过来，这伙劫匪以为逃脱了罗网，却不料跟黄参议远处戒严的部队碰上了，一无暗语，二来陌生，紧接着一通乱枪齐射，怕是没有活路可走了。

林峰在这紧要时刻，救下了贾慧和黄太太，心中喜忧参半。贾慧虽然几经折腾，疲乏困顿，但事事都留存着心眼，赶紧告诉他柳云前天就离开了庄园，说是有件大事要办，办妥了，就能一劳永逸地解决吴尚的问题了。林峰先是迟疑，有什么事情能够如此关键，随即倒吸了一口凉气，说声糟糕。这件所谓的大事，若是放在过去，肯定是难猜，但当下日军飞机频频飞来轰炸，目的在于逼降二黎。难道他离开此地，是往吴尚城中跟二黎碰面了？自己从下午起，就忙于安排救人这件事，疏于监视二黎的动向，难道是中了调虎离山之计？他隐约觉得此时此刻身处在一个错误的境地里，无暇多想，火速带着两个女人返回吴尚，第一步直奔黄公馆。

黄公馆里一片寥落，黄参议光着膀子在凉亭里睡觉，夜风吹拂，将这空旷中所有的蚊虫吹得站不住脚。正睡得安稳时，突然门响，廊下两个卫兵持枪来开门，看见了黄太太，连忙去叫他。黄参议听说老婆获救回来了，急忙擦眼一溜小跑到门前，就着烛火抓住黄太太的手，左看右看，不禁流下泪来，说："终于找到你了。这个王八蛋，真是死不足惜，宰了他没有？"

林峰留意他的神情，刺探一句："他不在那里。这位特使是跟苏鲁皖游击总指挥部的两位总指挥在吴尚商量要事吧？"

黄参议摆手，不容置疑地说："不可能，他在城里是过街的老鼠人人喊打，我在城内密布眼线，只要他敢公开露面，性命就保不住了。再者，他想见两位总指挥，难道还绕得过我这个侦缉处长？"

林峰想想也对，可心底依旧疑惑：如果他没有和二黎碰头会晤，那他会干什么事情呢？

黄参议见了老婆心中高兴，不想再跟他多说，使了个眼色，笑道："这次失手，想必她们都记住了这个教训。这乱世间，哪里都不可靠，只有自家男人身边最安全。林参谋，还有这位乖侄女，这番挫折后，该明白了吧？对不住了，我自家的女人自家宠惯了，你们自便吧。”

林峰和贾慧对视一眼，不禁笑了起来。林峰挽过她来，说：“我送你去都天行宫，咱们互相照应着。对不对，黄太太？”

黄太太这两天的担忧顾虑全都消解了，含笑说：“随你们住哪里。有了空就来这里坐坐，夏天里黄公馆是个避暑的好去处。”

林峰送贾慧回去，半途中，再度担心起那个柳云的去向和意图，走到三岔路口时，吩咐手下护送贾慧先走，自己带了几个卫兵拐个弯去附近的程兴柱下榻的地方走走，想从他那里得到一些线索。

凌晨四点左右，天色见亮，街头早起的人们已经不少。他快步穿行其间，须臾便到了程公馆。只见这处宅子院门虚掩，他心底暗自生疑，先拔出枪来，抵住门板向后猛力推开，霎时间，里面的情景将他惊呆了。院子里，横七竖八地躺着几具尸体，都是六纵的番号。庭下廊柱前，程兴柱倚柱坐着，浑身是血，惨不忍睹。

林峰叫声不好，冲了进去。他这一刻终于恍然大悟，柳云昨天离开那处庄园后的去向再明显不过了，他是率人来这里偷袭了程兴柱，置其于死地，折断了苏鲁皖游击部队的一根顶梁柱，也是迫降二黎的有力举措。

他垂下握枪的手臂，心情沉重地站在程兴柱的面前，默不作声，两眼中不觉涌出泪水来，长长地吁了口气。背靠廊柱的程兴柱突然微微睁眼，笑了一笑，声音微弱地说：“林参谋，男儿有泪不轻弹，你哭什么？”

林峰吓了一跳，急忙蹲下来端详他的脸，检查他的伤势，发现他身中五刀，都在要害附近，却偏偏没能要了他的命，当即不由得惊喜交加，连声招呼卫兵快点过来帮忙，送这位名噪一时的抗日猛将去医院抢救，他还没有死！

四

六纵司令程兴柱夜里遭到身份不明者的袭击，手下卫兵俱都毙命，他本人身中五刀，这个消息传遍了苏鲁皖游击部队。黎星源大发雷霆，他在僵死之局里另辟蹊径的妙计中，准备带走的部队就是六纵。这个时候，程兴柱居然遭到了暗算，看上去就是针对自己这个计划来的，不由得他不疑心黎星斗。黎星斗比他更焦急，一心要洗脱这个嫌疑，表明心迹，只有命令黄参议全力侦查。

黄参议未经深究，就拿出一份报告来，那夜袭击程公馆，意图杀害程兴柱的主谋及实施者，就是那位曾经持着窦雪广的推荐信来吴尚拜望黎星源，尔后又长期留居吴尚的柳云。他是汪伪特工总部在吴尚地区的特派员，专门从事暗杀、绑架行径，目的在于破坏并挑唆苏鲁皖下辖各部的关系，以达到不战而屈人之兵的目的。黎星源看完这份报告不再多顾，只是问黎星斗南京那边有没有回电，黎星斗说还没有，自己提出的那些个条件，恐怕汪精卫一时难以做出决断。虽然于事无补，但至少还能拖延些天数，好让自家这边能从容些行事。

黎星源叹口气，说："能拖一天是一天，弟兄们聚了这些年，天下没有不散的筵席，是到分手的时候了。多叙叙兄弟间的情谊，为日后反正重聚做准备。"

黎星斗笑道："大哥不必担忧，只要汪精卫应了我的这些条件，吴尚还是我们的，等时局变化对咱们有利，即刻反正重归党国阵营，那是举手之劳。"

黎星源摇头说："造化弄人，只能走一步看一步，想得太远是不济事的。"

但黎星斗依然乐观，胸有成竹只要南京方面承认了这些条件，他就有办法将吴尚打造成铁桶阵，用汪精卫的银子和军火来养精蓄锐，再回过头来对付他。这叫作以子之矛攻子之盾，真是件有意思的事情。

黎星斗的算盘，自认为打得精明，但黎星源对此并无信心，那南京方面的诸大员，哪个不是人精，还能看不破这其中的机巧？二黎商谈之时，南京那边，除了汪政府几个大员都参与讨论外，日本军方也派员列席了会议，一个是华东派遣军参谋长柳原中将，一个是第七旅团长南部少将。

会议中，几乎所有人都反对接受黎星斗提出的条件，这样的条件对他们而言，几乎等同于戏弄。不驻军、不听调，要他们这伙人来干什么？其中尤以周佛海反对最烈，直接挑明这支杂牌部队已是无药可救，不如就此驳回所列条款，还是由日军武力解决。

南部主动请缨，有把握在三天之内，会同友军围歼这支部队，以震慑其他负隅顽抗的敌军。

陈公博思忖再三，不无惋惜地表示这吴尚二黎是不知变通的蠢人，覆灭当头，还要强撑门面，非得将自己的身家性命丢在江北这块地面上吗？周佛海建议，要不再打一仗，给予他们惨重的教训，让他们失去决一死战的信心和胆量，不敢再作困兽之斗。

汪精卫手里把玩着一支派克金笔，聆听众人发表意见，沉吟不语。等到大家都摆明了态度，抬起头左右看看他们，微笑着说："我的意见，同意他们的条件。现在的形势，我是要这支杂牌部队亮明自己的态度，态度决定一切，只要他们表了态，后面的事情就好办了，一切都可以迎刃而解。所谓精诚所至，金石为开，我的诚意定能换得他们的效忠。"

此话一出，举座皆惊。汪伪政府各要员不便反对，但与会的两个日本将官却不肯了。南部站起身来，说："汪主席，我的部队弹指间就可以消灭他们。他们是无路可走的败军，为什么要再三地让步？"

柳原赞同他的看法，说不能开这个先例，日后如果其他人都是抱着这样的态度来效仿，那贵政府还有什么颜面来维持占领区的统治？

汪精卫笑了几声，请他们少安毋躁，说："两位，前面的军事行动已然告一段落，时机已经成熟。为了达到这一目的，双方都已死伤不少精锐之士，我的主张，既省却了贵军的损失，又能得到尽可能多的军队来降，这是个皆大欢喜的事情。我只要吴尚城头升起南京政府的旗帜，一切就都算落实了。这支实力犹在的军队，日后将成为你们的友军、助手，化敌为友，难道不比兵戎相见要好许多吗？"

南部想起前几番恶战，脸色潮红，声色俱厉地说："这支支那军队，对皇军犯下了不可饶恕的罪行，我要将他们全部消灭掉！"

汪精卫不以为然，说："这件事，我已经在电话里跟畑俊六大将反复讨论过了，他已经同意我的意见，为了避免付出更多的代价，两位将军，不要意气用事。"

他抬出派遣军司令官的牌子来，柳原与南部无话可说，只得悻悻然坐下。会议就此以汪精卫的意见为主导，达成一致，同意黎星斗提出的全部条件，复电即刻发往吴尚，由许督军告知二黎，并催促他尽快商定易帜时间，签署文件。届时，南京方面将派要员赴吴尚，与许督军一起为二黎的归顺设宴庆祝。

黄参议接到回电，欢欣鼓舞，立即将南京方面的意见转告给黎星斗。黎星斗听到这个消息，既没有表现出兴奋，也没有沮丧的意思，神色上甚至可以说有几分木讷。沉默了一气后，他指示黄参议代表自己与老督军一起商议和南京方面易帜归顺的文件制订。他这两天心烦意乱，不想多过问这件事。黄参议见他如此反应，心中疑惑，问了一句："总指挥对这件事的态度有没有改变？"

黎星源摇了下手，说："他委托我全权负责，我只有硬着头皮顶上去。这些闲话，你就别管了，一心一意去做吧。"

黄参议又问一句："盐商李府被日本飞机轰炸绝了户，我代为料理了丧葬后事，但他的家产细软，不知该如何处置？"

黎星斗老实不客气地撸了下袖子，说："非常时期，先行造册收归充公吧，正好襄助我们的军费开支。有句话说得好，是你的终究是你的，飞到天边还得飞回来。这些事，你觉得呢？"

黄参议赞道："是这么个理，司令一言中的，精准无比。"

黄参议探得了黎星斗的最终态度，离开光孝寺，半途上看到独八旅的部分队伍正穿城向西进发，步履从容，不像是奔赴前线参与战事，更像是一次寻常的调防。和谈将成之际，这样的军事行动意味着什么？他心中狐疑，当下亲自去查探，结果出乎意料。原来，吴尚驻军从昨天开始陆陆续续开始了东西调防，独八旅向西，逐步接管六纵的防地，六纵移交防区后，向东接防独八旅的地盘。这是怎么回事？二黎这个调防举措，让黄参议猜不透底细。难道是前天程兴柱遭偷袭负伤后性命不保，为防六纵哗变，将他们调离？可是，这向东不正和新四军根据地相近吗？要么是二黎心中和意已决，避开这支劲旅，做出姿态来。这似乎也不像。一旦他们易帜投汪的决定漏了风声，岂不是更容易兵变投共？

他正为这个变故疑惑难解时，只见少校林峰骑着快马穿街而过，急匆匆向西去了。看行色像是有急事在身。他心中一动，眼下这关键时刻，这个暗藏的共党分子，会做出怎样的事情来呢？

那天晚间的谈判，他巧施妙计，既利用他去救自己的老婆和贾小姐，又支开了他免得碍手碍脚影响了谈判。结果，是一切皆如所愿，谈判离成功仅有一步之遥，老婆和贾小姐也被安全地救出来了，皆大欢喜。在面对共同的敌人时他们之间的联手同盟已告结束，在面对易帜投汪这件事上，他们是互为敌手的。林参谋此刻的匆忙行止，哪能不引起他的关注呢？

黄参议在大功将成之际，可不想节外生枝，招来麻烦。他心中计较已定，将老督军从绿杨旅社请到黄公馆或者李府里去住。那里至今依旧处于军队的严密包围下，足以保证他的安全。李西沅及其一家，适时地被自己送上了西天，恰好又能腾空屋子来安顿许督军，岂不是天意？

他拿定主意，派人密切监视都天行宫方面的动向，自己去绿杨旅社以商谈易帜文件细节为由，将许督军及那个侍妾一起搬入隔壁李府，一劳永逸地解决了安全隐患。

五

林峰策马过街，是去看望程兴柱，告诉他刚刚从面铺联络站得到的消息，二黎已经与汪伪特使展开密谈，情况紧急，必须出手展开针锋相对的行动，锄奸杀贼。程兴柱正在养伤，听了这个消息大吃一惊，连忙挣扎起身，去地图上琢磨片刻，拍了一下桌子，恨声说：“怪不得下达调防命令，将独八旅放到了城西，原来是想开门揖盗。也罢，六纵既然到了东边，大可以拔营起寨，投奔新四军去，这一路上坦途无阻，谁也拦不住。”

林峰思忖一下，提议他可以再去面见黎星源，挑明这件事，看他的反应。从调防的迹象来看，二黎降敌似乎没有必要将六纵放到东边，难道他们就不怕这支亲共的部队会借此良机兵变投共吗？这一着棋，看来还得详加思量。

程兴柱遭遇偷袭，与来犯者恶斗了许久，他是从睡梦中被惊起的，顺手拔出一把丢在床头赏玩的缴获的日军中佐佩刀，这把刀不是制式刀，而是武士家族世传的利器，说是断玉分金也不为过。在月色下，一番格斗，刀劈了对方两人，但寡不敌众，后背吃了一刀。幸亏他闪避有术，伤口从背上斜插到了肋下，看似插得深，实质上是斜侧的刀口，仅仅伤了肌肉，未损内脏。他倚柱持刀，强立良久，直到体力不支，才缓缓坐下。对方忌惮他手中的利刃，不敢逼近，只当他会慢慢血流干净而死，在劫难逃了，这才悄然退却。他的伤势比外面传说的要轻得多，此刻也顾不上遮掩，命令卫兵去叫来黄包车，他要面见黎星源，问个清楚。

林峰没有在他的住处坐等消息，赶忙返回都天行宫，等候上级的回电。

贾慧在庙里北侧的一间临时辟出的厢房里，才稍稍恢复了一点儿精神。这几天几夜的囚禁与精神所遭受的羞辱，曾几度让她愤恨欲死，幸得黄太太在一旁劝解，不然，怕是活不到林峰来救的那一刻。她随林峰回庙里暂住，先行休息再论其他。庙里的军官士兵们几乎都认识她，知道是林少校的女朋友，心照不宣。眼看她和长官的关系又近了一层，怕是离谈婚论嫁不远了。

林峰忙于其他事务，只在天黑后才来看望她，大致地询问了她被捕后的遭遇。她照实讲了这几天从墟口到李府、再到那个孤岛庄园的辗转历程，目光里杀机重重，找出那支随同自己被掳，又一直跟着转移的袖珍手枪来，让他想法子给配齐子弹，自己要拿着它亲手毙掉那个荒淫无耻、无恶不作的浑蛋。好在这种枪外形虽然小巧精致，但却是勃朗宁系列统配的子弹，在国军装备里并不难找。林峰没费气力就搜集了十几发，一股脑全给了她，心中却盘算着送她去根据地，正好用以防身。

此刻，恢复了精神的贾慧坐在屋子里，正将子弹装填入枪内，打开保险，虚拟性地瞄准了紧闭的木门，试了下手感。林峰推开门，屋里屋外这对男女同时吓了一跳。贾慧忙不迭地垂下枪口。林峰心有余悸地拍了下胸口，说："吓死我了，可不能这样乱来！"

贾慧松口气，收起枪说："给我几个士兵，我要找到他！"

林峰摇头，说："他比兔子跑得还快，这次是功败垂成。若是在庄园里逮住了，就省了许多麻烦，那该多好！"

贾慧不信，说："你们都找不着他，他不是特使，要谈判吗？抓住这一点，还怕他飞上天去？"

林峰无奈地笑，说："据我所知，谈判已经开始了，但他却杳无踪迹。难不成他是躲在二黎的公馆里？这绝不可能。"

贾慧眼前浮现起囚禁期间柳云来到他面前的得意模样，皱眉沉吟不语。是的，那个从自己枪下逃过一劫的男人，几年不见，已然变得比狐狸还要狡诈，每走一步，都出人意料，真是摸不着榫卯。但是，这其中似乎又有某种规律可循。

她一时也想不起来，迟疑着说："这个家伙是够狡猾的，怎么老是让人猜不透他的想法和做法呢？最近几乎每件事都跟咱们判断相反，可真是邪门了！"

她这一句看似感慨的无意之语，倒给始终摸不着边际的林峰提了个醒。她的这个说法，是点明了因为柳云的诡计，使得他们的判断跟实际真相相左，如果这是一个规律，那么在兵法上就叫作示之以左，实在其右。如果遵循相反的规律来思量，自己眼下正在猜疑柳云与二黎谈判，实质上，他没有干这件事。那么，他在吴尚地区扮演的是什么角色呢？他这次主动出手，难不成是替另外的事情打掩护？倘若这个谈判正在进行，而谈判者又不是他，汪伪特使只能落到一个人身上——许督军。

他恍然大悟，在自己的脑袋上狠拍了一记，懊恼道："怪不得呢，上当了！他、黄参议、老督军，是合谋在演戏。我怎么没有留神呢？"

贾慧看着他这如梦方醒的反应，似有所觉，问了一句："难道咱们上当了？"

林峰抬手指指她，说："你被他利用来在吴尚营造扑朔迷离的气氛、转移我们的注意力和关注方向。黄参议在配合他做局，我猜，他几次主动到这里来找我，都是别有用心，也是我大意误信了他，忽略了老爷子。他不是树大招风的幌子，不是假公济私来吴尚追杀女儿的恶毒父亲，更不是挟私怨挽回颜面来追讨小妾的糟老头子，他是汪伪的特使，柳云所做的一切，都是在掩护他。唉！我想拖延局势的进展，延缓二黎与南京方面媾和的想法，恐怕已经晚了。不行，必须当机立断，解决这个问题，挽回损失。"

贾慧站在门外廊檐下，望着林峰匆匆上马，率人出庙去了。她发现这句话似有所指，隐然也将自己纳入了柳云这个所谓迷局中。难道他认为自己甚至还有黄太太都在有意或无意地配合柳云做局，陷他于误判局面的境地？

她心底涌起一阵莫名的悲哀，先是茫然失措，木然望着场地里游移的光线和阴影，这样恍惚了大约半个钟头，一个念头让她猛然想起，刚才林峰匆忙离开，似乎是下定了决心要去办一件大事。会是什么大事呢？在得知柳云变着花样引诱他丢开许督军，紧随他转悠的真相之后，他挥刀斩断乱麻，一定是冲着绿杨旅社的老爷子去了。他这样的激愤之情，在当前的形势里，肯定是要惹出大麻烦的。

在电光石火间拿定了主意，贾慧回身进屋，取了那把上满子弹的手枪，掖在宽松的袖管里，快步离开都天行宫，赶往绿杨旅社。

六

程兴柱扶伤而出，再度前往黎星源公馆，当面质询。

黎星源一眼瞅见他的神色，无须多问，便知晓了他的来意，先请他坐下，沏茶上水果，询问他身上的伤情。程兴柱说这些伤倒不打紧，无非是歹徒想暗杀自己，以方便他人行事，搬掉与汪伪和谈的一块绊脚石而已。自己命硬，两次遭人偷袭都没有死，看来上苍还是关照他这样热血卫国的汉子的。

他这番话直截了当，甚至将其内隐藏的苗头对准了黎星源。

黎星源微微一笑，说："你大难不死，必有后福。我说过你不仅是一名骁将，还是一位福将。苏鲁皖有你在，我心里就有底。日后，身边要加强警卫，别再给人可乘之机了。"

程兴柱喝了口茶水，抹抹嘴唇，说："挨了一两刀，倒没什么大碍。我听说苏鲁皖游击总指挥部已经开始跟汪伪方面的特使谈判了，吴尚城易帜在即，有这么回事吗？"

黎星源摇摇头，说："我至今并不知情。至少，我本人没有以任何方式与汪伪方面接触。这一点，依旧与上次我的承诺同样郑重。你若发现我本人或者我同意他人以我的名义做这件事情，你可以不客气地开枪打死我。我个人，绝无投降的可能。"

程兴柱见他态度如此坚决，依旧存有疑惑，又问："那么为什么要将我的部队调防到吴尚以东？"

黎星源叹息说："你这个人，真是粗心，难道就看不出我的良苦用心？当下形势如此，要做好应对的准备。我调六纵在东，就是将苏鲁皖的部队重心东移，个中用意还用再说吗？"

程兴柱思忖一下，说："你是想往东走，经由新四军的防区，去投奔韩德勤？"

黎星源摇头说："错了，我要下乡打游击。你届时愿意跟我走吗？"

程兴柱站起身来，直起腰板，说："如果总指挥坚持抗日，在下鞍前马后，誓死随从。"

黎星源按住他的肩膀，语重心长地说："我不止一次跟你讲过，在抗日的前提下，你我不离不弃，难道短短几天就忘记了？好好回去休息，养好身体在水乡里打游击，风餐露宿，需要一副好身板。"

程兴柱离开黎公馆，仍然是疑虑重重。黎星源如此信誓旦旦，又透露了打游击的准备，让他无话可说。但是这依然不能解释当下正在暗中进行的和谈。难道是黎星斗在办这件事，而黎星源被蒙在鼓里？绝不可能！这不是二黎之间行事的风格，至多是一个装作视而不见，一个在默契地暗中做事而已。

他在归途中拿定了主意，不日就去城外军营养伤，牢牢掌握住队伍，假如黎星源违反了他的诺言，自己就能率部向东，投奔新四军根据地。他回到住处时，林峰已经等了一会儿，正自心急火燎，见了面一把拉住他追问跟黎星源谈话的内容。程兴柱便原原本本地相告。林峰分析了一下，说了自己不久前推敲出来的失误以及应对办法，由程兴柱出面，派兵公开迅速地解决问题，包围绿杨旅社，逮捕老督军，将他押到城外六纵的兵营里去，先行审讯，看看到底是怎么回事。黎星源不是有过承诺吗，拿他的矛戳他的盾，想来二黎是无话可说的。

程兴柱正有愤愤之心，听了这个主张，是一拍即合，当即亲自率了警卫排一路直奔咫尺之遥的绿杨旅社，一众人等荷枪实弹将旅社前后包围起来，不容闲杂人等进出，自己不顾伤痛登上楼去，就要缉拿那位曾经叱咤风云的前军阀。

但这次，他们失算了，这间客房已是人去屋空。旅社老板和伙计从楼底尾随上来，连声招呼，询问来意。程兴柱手指客房，说是来拜访客人的。老板说那位徐老先生已经退房搬走了，走的时候前呼后拥，是黄参议亲自来接的，眼下不知道他是否还在吴尚。

程兴柱乘兴而来，败兴而归，回到住处见到正在等候下文的林峰，无奈地告诉他去晚了一步，今天大早，黄参议就率人来接走了许督军，去向不明。

林峰此时的反应也快，说声不好，黄参议这样大张旗鼓地来绿杨旅社接走他，可不是什么好兆头，恐怕这秘密谈判已经有了结果，他们需要将老督军保护起来，以免意外。这种情形下，他们必须沉着冷静，不能乱了阵脚。程兴柱即刻出城，掌握部队，不能再轻易离开，需见机行事。林峰返回都天行宫，向根据地发电，汇报当前情况，再度请示应对措施；同时，派人密切关注城里二黎公馆以及黄公馆的动静。

就在程兴柱率部下冲入绿杨旅社时，贾慧已经提前坐在街对面的一家茶馆里，冷眼看他扑空，悻悻然而去。这其间的变化，她已经了然于胸。老爷子离开这个众目关注的所在，必然是大功告成了。他和柳云在自己面前宛若合谋一般，上演了这出好戏，真的匪夷所思。但她至死也不能相信，这两个人会握手言和，相互配合，将杀子之仇化解于无形。那个柳云的所作所为，并不像是全在掩饰老爷子来吴尚招降的使命。从某种意义上看，他们俩又像是两条互无关联的船只，只在某个河道的岔口，才有交臂而过的关系。但交臂之后，一切如故。但这也只是她的猜想而已，并没有证据来证实。所以，她必须亲自来验证这一点，顺带着也解决掉自己无意中帮了倒忙，导致林峰应对失误的愧疚。

她目送着程兴柱率部属离开绿杨旅社，便付了茶钱，起身往黄公馆方向走去。那里是她设想中老督军的新居所，同时也将是黄太太经受煎熬的所在。她必须当面见见那个年逾花甲的，犹如风中残烛，却还出来作孽的老父亲。她袖中藏枪，再加上愤慨之气，早已将几年来东躲西藏的惶惑和恐惧忘却得干干净净了。

黄公馆以及附近的街口，果然比往时改了氛围，岗哨林立，肃杀森然，给这个酷热的夏日增添了六七分紧张。贾慧在接近目的地第一道路口被阻拦了一下，但是随即就在相识的值守军官的授意下被放行了。到了公馆门前，又被挡住。她自报了身份，新换的卫兵进去禀报验证。不一刻，黄太太急急忙忙将她接进了宅子，也不敢放她在外面，径直入屋，关上房门拍着胸口说："老天，你怎么还敢来这？老爷子被老黄请进了隔壁的李府住下，这可比在身边落下一枚悬而未爆的炸弹更加可怕。我想避开，可是老黄死命不让。上次去苏州不成反而给他惹了麻烦，这次是无论如何不肯了。可你好端端的，来这里做什么？"

贾慧坚定地笑："我想见见老爷子，当面揭穿这个伪君子的面目。"

贾慧惊惧地盯住她，问："你当真不要命了？他找了你这么久，怨恨未了，你还敢送上门去？”

贾慧凄凉地一笑，说：“在这里，又不是没有见过面。更何况，他们都能默契配合了，这样的仇怨能咽下肚子，我还怕什么？怎么着我们也是父女关系。”

黄太太连连摇手，不肯同意。

贾慧洞悉她的心思，说：“放心吧，我不会透露你的秘密，相反还要替你遮掩。难道这一点你都信不过？”

黄太太流下了眼泪，说：“我其实跟你一样，从骨子里想开了。我不怕他，但是万一因为我的事情，他对老黄不利呢？”

贾慧冷笑：“黄参议跟这位督军大人亲密得很，他们在做一些天大的买卖，还在乎你这鸡毛蒜皮的小事儿？”

眼见贾慧坚持，黄太太只得让步了。两人出了房间，去凉亭上透气吹风。此刻，距离上午九点日本人象征性的轰炸，已经过去了五六个钟头。城内着弹处人家哭声一片，救火收尸刚刚结束，其余不相干的人都松了口气，各自吃饭喝酒，议论时局，等候着明天上午日本飞机的再次光临。人心惶惶，几乎人人都有了坐以待毙的绝望感。

黄参议在光孝寺里被黎星斗责怪了几句，既然条件都已谈好，为什么日本人还要如此咄咄逼人？黄参议解释说这空袭轰炸，是不能戛然而止的，现在比前几天早已宽松许多了。今天一共才来了两架飞机，各扔一枚炸弹走路，算是敷衍了事了。黎星斗说一枚炸弹也不能扔了，双方都达成了协议，只剩下文件签字和履行步骤而已，再因这点事酿成事变，自己万一控制不住，一切就都白费气力了。黄参议连声称是，表示马上去找许督军，请他致电汪主席，这些军事手段可以告一段落了。

黎星斗摸着脑门坐下来，压低了声音说：“黄参议，这次吴尚易帜如果成功，你在南京方面可算立下了大功一件。我猜，日后你怕是不会留在我这里，当然另有高就了。你离开吴尚之后，还会记得我们吗？”

黄参议从他的话中听出了弦外之音，若是放在过去，一定会吓出浑身的冷汗，但现在却毫无惧意，点点头说：“司令，咱们在这吴尚城中聚首，也是缘分。我本是个穷困潦倒的人，落魄异乡，承蒙司令厚爱，委以重任。恰逢时局剧变，为司令计，为众弟兄计，我无奈之下做的这点事情，既是在救人也是在自救。在苏鲁皖这一年多的时间，是黄某人终生难忘的日子，日后无论走到哪里，都将铭记在心。”

黎星斗挥了挥手，打发他走了，独自在屋子里出了会儿神，苦笑了两声，自言自语道：“大家都束手旁观，就看我一个人在台上演戏，我这出戏还不能唱砸了，真是赶鸭子上架，让人活受罪了。”

七

黄参议回到公馆，想洗把脸稍事休息，再去隔壁李府面见许督军，转达黎星斗的意见。进了门，远远竟瞧见了贾慧坐在凉亭里，心里有些警惕，疑心她是替林峰来探听消息的，便装作不经意地询问林峰的动向。贾慧似乎不感兴趣，说他不知道在忙些什么，自己一个人住在兵营里，里里外都是些粗鲁的男人，还不如回家去住呢，于是就顺带来这里看一下姑妈。黄太太趁势挽留，说她一个人住那里是欠考虑，不过回家还不如留在这里呢，外面有卫兵守着，安全没问题，而且两个人做伴也有个照应。贾慧顺水推舟也就答应下来。

黄参议心中想反对，但碍于老婆的面子，只好作罢。好在和谈已近尾声，就剩下签字了，窦雪广作为汪精卫的私人代表，已经从南京出发，沿镇江、扬州一路直奔吴尚而来，也不过就是两三天的路程。这一个小女子，还怕她翻天不成？

贾慧重新在黄公馆落脚。当天黄昏时，趁着黄参议去光孝寺面见黎星斗，汇报有关日方飞机轰炸的相关事宜，在黄太太的陪同下，提了一只盛满水果的篮子，出了门转到隔壁李府角门外。

守门的卫兵本想阻拦，但黄太太却扯起丈夫的大旗，说这是黄参议吩咐的，天晚时送点水果给徐老先生润喉，这位小姐就是奉命送水果的。有她开口，不由得对方不信。贾慧抬脚欲行，黄太太在她的手腕上用力捏了一下，提醒她小心谨慎。贾慧会意，微笑着让她回去，自己独自绕过不久前刚刚遭劫的那些建筑的残垣断壁，在林立的岗哨间向后面老督军的住所走去。

老督军被黄参议有意地安排在了后面原主人的书房下榻。这地方有书，有禅床，有御女的用具，他一见之下便嗅出了前居者跟自己是气味相投的。他住下当晚，先把玩了书画、古董，再让侍妾凌青躺在合欢椅里，弄得她香汗淋漓，欢畅不已。然后，他自己坐在一旁，捻须欣赏她的媚态，从视觉上满足了自己的淫欲。凌青是青春年少的女子，仅仅靠这个哪里过瘾？眼望他垂老干瘦的身体，诅咒之余，心中恨恨地又把柳云想念了几遍。

老人家没有真枪实弹地办事，却也觉得身子疲乏，在屋里药匣子中找了些黄芪、大枣煮茶来补气，直到午睡之后，才缓过精神来。这时，黄参议奉命来找他，商议停止轰炸的事情。他说刚刚收到密电，窦雪广已经带了文件上路，顶多再炸两天就算了事了，啰唆也是无用，让二黎收拾人马准备迎接易帜检阅吧。

黄参议心领神会，原话回复黎星斗去了。打发走了黄参议，老督军端起一碗井水镇过的莲子糯米羹，刚刚尝了两汤匙，却见外面院门一开，走进个女子来，手提竹篮，篮子里有梨子、苹果和香瓜。她徐步迈上青石台阶，进得门来，将篮子放在案头，说："黄参议说你喜欢水果，特地让我送来的。你尝一个？"

老督军放下碗，拍手唤过凌青，让她把这水果拿到后面水井边洗干净。凌青在嗑瓜子，冷不防贾慧这样的不速之客现身，正要打起精神看她的来意，以防她在老爷子面前讲自己的不是，但老督军却不给她在这里容身的空间，打发她避开了。

贾慧目送着她提篮出去的背影，冷笑说："这就是堂堂的督军太太？领教了。"

老督军侧过身子，去案头摸到一件玉器，捏在手心里把玩，说："回去替我谢谢黄参议，知道我老人家还有几颗牙，咬得动这些东西。"

贾慧冷冷地说："捎口信给黄参议，那是举手之劳。不过捎信给刘益谦，或者柳云的话，就没我什么事了。你可以派这位姨太太走一趟，她熟门熟路，驾轻就熟。"

老督军没有应声，像是忍受了她这样咄咄逼人的羞辱，腰板笔直，依旧保持着军人的风范。

贾慧跨前一步，悄声说："许督军、刘公子居然沆瀣一气成了伙伴，说出去，简直就是一个笑话。世间会有这样的事情发生，其他的就不必想象了。我很想听听这其中的故事。"

老督军嗓子里闷哼了一声，依旧没有理会。

贾慧见他保持缄默，心下的气恼愈加强烈起来，从他的身后绕过案儿，转到他的正面来，怒目而视。这一刹那，连她自己都奇怪何以有这样的胆量和勇气。老督军见女儿怒不可遏地正视着自己，漫不经心地打了个哈欠，终于开了口，却说："我不想看见你，带上门，滚出去，滚得越远越好！"

贾慧在他本来低垂眼帘遮掩住了，此刻却郁怒一瞥的眼神下，后退了一步，但她迅疾地抬起手，将那把捂得热乎的手枪直挺挺地顶在了他脑门中央，低声说："别再跟我摆什么督军大人的谱儿！我不怕你，现在我连死都不怕，还怕你？"

老督军的额头被这坚硬的枪口硌得生疼，但却没有退缩，努力地向前倾斜，与这支枪形成了近 30 度的锐角。他两眼聚焦，顶住这乌黑的枪身以及女儿白皙的手指，喃喃地说："拿一把枪来吓唬 70 岁的老头，真的是愚蠢到家了。你这个蠢丫头，除了这火暴的脾气有些像我外，没有一样遗传我的血脉。我怎么会有你这样的女儿？上天造物，真是荒唐！"

贾慧听他终于开了口称自己为女儿，承认了自己的身份，心底一软，几乎把不住持枪的姿势，微微合眼竭力抑制住那即将夺眶而出的泪水。但就在她这软弱的一刹那，苍老的督军伸手在她的腕部一握，就变戏法一样卸掉了她手里的枪，倒转枪口顶在她的太阳穴上，两眼几乎要喷出火来，一字一句地说："如果不是在吴尚，如果放到一年之前，你的性命就到此为止了。你真让我失望，这些年一点儿长进都没有，还是一个自以为是的蠢东西！"

贾慧失手反被父亲所制，紧闭双眼，泪水却夺眶而出，形成两条垂直淌下的清亮的白线。她禀性里所有的弱点都被父亲一一点破。是的，她不得不从心底赞同父亲的评价，甚至开始痛恨起自己来。为什么要几次三番地自取其辱？为什么不果断地狠下决心？即使在吴尚，她也有诸多机会可以一举瓦解掉对自己生命的威胁，几个柳云都经不住横下心来的贾慧，老督军也同样如此。她摇了下头，带着三分乞求的意味，说："你开枪吧，打死我以解心头之恨，为哥哥报仇。我绝无半句怨言。"

老督军勃然大怒，掉转枪身，用枪柄在她的脑门上重重敲了一记，顿时鲜血迸流。他毫不手软，骂道："你这个给许家带来灾祸的扫帚星、丧门星，还有脸再提你的哥哥，你不配提他，半点都不配！”

贾慧手捂额头，鲜血从指缝间流淌下来，漫溢了半边脸，模糊了她的视线。她原本就虚弱的身体，哪里经得起愤激中的一击，支持了片刻之后，但觉天旋地转，两眼一黑，就此昏晕过去。

老督军此刻显示出了与他年纪极不相符的敏捷来，迅速伸手穿过腋下，将她托住，就势一转安置在那张湘妃竹编就的逍遥椅上，转身向院外唤侍妾凌青前来帮忙。凌青托着水果走进屋，看到这幕场景，吓了一大跳，连忙去找来纱布、乌贼骨粉，一面拭擦敷药包裹，一面问这是怎么回事，好端端的，却弄成了这副模样。

老督军长叹一声，吩咐她将贾慧安置在隔壁院中。他坐下来，生了会儿闷气，出了会儿神，再瞧瞧缴自女儿手中的那把勃朗宁手枪，古怪地笑了一声，让人去通知黄参议，那位贾小姐要在这里小住几日，不要费神担心来找了。

八

贾慧离开黄公馆，进了隔壁李府之后便没了音信，只有黄参议夫妇知道她的去向，至于她在府中和老督军的那番匪夷所思的纠缠，却是毫不知情。黄太太几次催促丈夫进府去查看，可黄参议却被迎接汪精卫私人代表的要务所缠，腾不出空隙来。目前，苏鲁皖游击部队各纵队司令还被蒙在鼓里，尽管市面上有传言，但是二黎暗中商议各演各戏，摆出的姿态哄骗了所有人。日本飞机轰炸的次数日渐稀疏，三面围逼过来的日军部队也出奇地安静，甚至还有少数地方出现退却的迹象。这似乎预示着战事已到了尾声，吴尚从岌岌可危的边缘，重又挽回了太平之地的名声。

都天行宫里，林峰对于贾慧的离开并没有太过在意，仅仅猜测她又去了黄公馆。他此刻全力在侦查许督军的下落，最后根据城内军队警戒的状态，终于将目标锁定在那座业已经历轰炸全家蒙难的李府。可是，这个情报也显现了它的不确定性。因为另有消息透露，这是黎星斗觊觎里面死者遗留下的巨额财富，以保护为由想占为己有。更有风声流传，李西沅之子已经在重庆获悉了父亲死于轰炸的消息，怪罪于二黎，二黎为逃失职，做出姿态准备给星夜从重庆潜回吊唁的来人看看。

总之，三种说法将许督军潜居李府的真相遮掩起来，同样只有二黎和黄参议清楚内幕。但是，还有更秘密的消息，连南京方面绝大多数人都不知情。江浙清乡委员会主任窦雪广，以汪精卫私人代表的身份已经抵达镇江，准备稍作停留后，经扬州前往吴尚。这条线，背离传统的路线，舍近求远，为的就是掩人耳目。

林峰跟其他人一样，对这件事一无所知。他一心要抢在二黎在战后作出决定之前搅乱局势，执行并完成上级所交付的任务。面临这样错综复杂的局面，他百忙中对贾慧的思念也就成了件奢侈的事情，只在神经稍微松弛时才会想到。他不愿意再将她扯进这个旋涡里，他要杀她的汉奸父亲，从血缘问题上来说，是有悖于人情常理的。虽然他们父女间有那般的冲突和仇怨，但让她置身事外，保持两手的洁净，免于担负弑父的名声，是个明智之举。

可是，贾慧对于都天行宫里林峰的想法并不知晓。她被父亲那一记敲打，体力不支昏晕在地。等到醒来，天色已亮，屋子里还掌着灯，凌青坐在她的床头，正用奇怪复杂的眼神俯看着她。她感觉额头的疼痛，抬手一摸，有厚实的纱布包扎了。

凌青暧昧地一笑，说："是我替你裹的，手艺怎么样？"

贾慧脑海中仍然留着父亲夺枪敲击的那一幕，明白这情形的前因后果，努力地想支撑起来，但被凌青用力按住了，说："老爷子吩咐，你就在这里休息，哪儿也不能去。等恢复了身体再问你的话。"

贾慧放弃了挣扎，躺倒，闭上双眼，对眼前这个女人不理不睬。凌青似乎是真的奉命看护她，就坐在床头案边，翻了翻闲书，把玩了下古董摆件，觉得气闷又到院中散了几圈步，折了一枝牡丹花，插在瓷瓶中作装饰。这样磨磨蹭蹭，很快一个白昼就此度过了。

到了次日天黑之后，凌青实在忍耐不住无聊，在屋子里蹑手蹑脚地踱步时，喃喃骂起人来，只是被骂之人指向不明，不知道是老督军还是柳云。这样又过了一两个钟头，她放轻了脚步，悄悄走到蚊帐前，低声唤道："贾小姐，贾小姐，你醒一醒。"

床上的贾慧依然沉睡，没有答应。凌青哧的一声笑，心说这个傻女人，没日没夜地睡，已经傻掉了。她放下心来，将两扇房门合拢好，轻轻地出了院子，去外面透气散心去了。

凌青对于这座规模宏大的宅子并不陌生，上次夜间从外面暗道进来过，捎带口信之余，还和柳云私会。现在，她算是这座豪华宅邸的女主人了，虽然前面两三进房子已经毁了，但对整体而言，只是损其皮毛而已。那些余下的房屋，依旧维持着原貌，足以挑动起她的好奇心。

她独自一人，借着月色，在曲径回廊中穿梭来去。这一路探幽寻秘，其实并没有走到宅子的深处。她在这迷宫般的走廊、通道里迷失了方向，自以为是地转了不少弯子，最后重新回到了位于宅邸前后院中枢的所在：昔日李西沅的书房，眼下老督军的卧室。这里前后四通八达，本是旧主人为防意外特意设计的，但在今晚却迷惑了这个心存好奇的女人。

她站在廊下，擦了擦眼才认清了路径，不禁失望，正要离开，不料，屋子里有个熟悉的男人声音引发了她的好奇，不由得停住脚步。

这男人正是那位成功避过林峰、黄参议等人的围剿，提前从孤岛庄园脱身，并对程兴柱痛下杀手，几乎取其性命的柳云。他这两天销声匿迹，去向不明，这会儿突然现身在李府，足以令人心生疑窦了。

凌青侧身靠在廊柱边，倾听里面的谈话，只听得柳云侃侃而谈，自得之意溢于言表："老爷子，我用令千金作为一张王牌，揭来翻去，把这伙人弄得团团转，全然将您这样一面飘扬在城头的大旗忽略不计，全力以赴地在我的屁股后面追逐，我这明修栈道、暗度陈仓的妙计，还算高明吧？"

老督军咳嗽一声，说："整件事做得还算不错，但也还是有瑕疵的。黄参议向周佛海和汪先生重重地告了你一状，也逼着我表态。如果汪先生没有坚持，这出戏就演不下去了。他的老婆，你平白无故地去惹，岂不是画蛇添足？"

柳云一笑，说："这个女人是自投罗网，我总不能只捉令千金，放她走吧？这斧凿痕迹也太重了。不过，这女人跟令千金走得很近，不知道是什么原因，她们是冒牌的亲戚关系，什么远房姑妈，恐怕黄参议也是被蒙在鼓里呢。"

老督军哼了一声，说："黄某人你不要再去沾惹，他是周佛海的人。再加上黎星斗对他是宠信有加，言听计从，这次招降易帜，他在其间居功至伟，我想，日后汪先生是要重用他的。这时候结下这个梁子，毫无意义。"

柳云语带嫉妒道："这个蠢材，居然就骗取了黎星斗的信任，这黎星斗也是个蠢猪，一对蠢货！我们费尽心机，绞尽脑汁，骗过共产党方面的地下情报站，才将这件事办妥了。他坐在那里不动不摇，竟然占大功为己有，这年头还有天理不？"

老督军说："你也不要太得意、太张狂了。'谦受益，满招损'，亏得你的名字就是这个意思，难道还不懂？我为了招降二黎，殚精竭虑，耗费了多少心血？连小妾都借给你了。你在我面前，就不能恭敬一点儿？"

柳云笑道："岳丈大人，我的丈人老爷，这个女人是你从天津买去装门面的，还真当姨太太使唤了？我当初在南京负荆请罪，蒙您三刀六洞消解了往日的仇怨，就发过毒誓，日后必定入赘督军府，跟令千金多生几个儿子，先续了督军府的香火，还了许家的血脉，我替您养老送终，难道您都忘啦，或者还有什么不满意的？"

老督军叹口气，说："我看你这张脸，就想起死去的儿子，恨不能即刻就拔枪打死你。可是打死你，又有什么用呢？我堂堂的许督军，最后不能成了无后的光棍。唉！那丫头不知道你我之间的事情，若是明白过来，肯不肯嫁给你，还是个未知之数呢。"

柳云自负地笑道："岳父大人请放心。对于她，我是太了解了。她心里有我，又负疚于当年为兄复仇打我的那一枪，我只要挑明真相，她就能跟你重归于好，一切都会如愿，许、刘两家联姻，皆大欢喜！"

老督军的情绪有些低落："只怕她得悉了这些真相之后，未必肯听你我安排。再者，她与那位林参谋关系密切，正在恋爱中，难道你还能横刀夺爱？"

柳云大笑："老爷子，那姓林的不过是我掌心的虫子、笼中的小鸟，他那三十三师联络官的身份，吓唬二黎是可以的，对咱们是屁用没有。吴尚一旦易帜，我抢先一步就要解决他和程兴柱。程兴柱或可率部投共，他在这城里庙中，怕是插翅难逃了！"

老督军沉默了一气，叮嘱道："你要小心仔细了，各个环节都不能出差错。我这里有士兵保护，安全无忧。你名义上还被苏鲁皖方面通缉，别要失手了才是。"

柳云言语改为肃然，说："我明白，待会儿就出城，赶往镇江，争取明天下午与窦雪广碰头。他这一路东来，须谨防生变，以致功败垂成，我必须亲自负责他的安全。"

老督军似乎还有话想说，但迟疑了一下，便没有开口。

此刻屋外廊柱下，凌青听了个仔细，早已是七窍生烟，羞怒交加。她与老督军、柳云都有同居，想不到他们背着自己隐然已成翁婿，还将她说得如此不堪，哪里再能忍受下去？她怒喝一声，推开门冲进去，扑向柳云，双手揪住他的衣襟，死死地不放，骂道：“你这个畜生，负心的王八蛋，丧尽良心，把我当作什么了？你把我当作什么了？”

柳云冷不防她进了屋，言语间明摆着是听了自己方才的那些谈话，做贼心虚，一时作声不得。老督军坐在躺椅上，怒声呵斥她放手，不要乱来。这要放在以前，凌青早已撒手听从了，但此刻，连带着也对他愤恨起来，手执柳云，扭头骂道：“我是你什么人？你凭什么使唤我？你这个老王八，绿头乌龟！”

老督军被她这几句骂在了软肋上，嘿了一声丢开手里的书，也作声不得。柳云慌了，一手去解脱，一手轻拍她的后背，强笑着解释。可她在火头上，哪里肯依从，口中喃喃地咒骂，坚不肯放，一时间纠缠了个难解难分。

正当屋里这一女两男翻脸相向之际，屋后廊下转出个人来，小心翼翼地欠身穿过了那个门外走廊。出得院子，她在院门外恨恨地吐了口不屑的唾沫，一路直奔那处通向宅外的暗道入口，从这个只有寥寥数人知晓的所在离开了李府。

依稀月光下，映照出她的面容，以及头上那一块包裹着的纱布，正是三度沦为囚徒的贾慧。她装作睡觉哄骗过了凌青，潜去老督军的书房，正窃听之际，发现凌青随后而至，同样作壁上听者。她得悉了这些内幕，心里郁怒，但一直不敢出声，生怕露了行迹。直等到凌青进去搅局，这才趁机逃离。她沿着这条逃生密道出了李府，赶往都天行宫，这一路中，暗暗下了决心，她必须将过去的一切都切断并抛弃了，她要嫁给林峰，让那两个老少男人的谋划成为泡影。

九

作为汪精卫的私人代表，窦雪广带着三分不满的心情离开了南京。本来招降这件事，首功该落实在他的身上，他利用自己昔日和黎星源的交情，写了那么一封推荐信，将柳云安置在吴尚，算是打前站，站住了脚跟。接着下去，该是他出马，担任南京政府的特使，和二黎平起平坐，谈判易帜事宜。他和黎星源的故旧情谊，还是可以利用发挥的。但汪政府内部几个手握重权的核心人物，却别出花样，把那个来自北平的许督军推上了台前坐镇。

那个腐朽的军阀，风烛残年的老头，在吴尚城里拖拖拉拉，毫无建树，最后，还是日本人大开杀戒，双方死伤枕藉，才达成了协议。二黎归降，是日本人的枪炮逼迫的，不是他这个过气督军的功劳，这一点最令窦雪广腹诽，很不以为然。按他的计划，由自己出面跟黎星源摊牌细谈，并将自己的亲身经历现身说法，再动以故人之情，怕是费不了那样的周折，早已成功了。此刻，吴尚已然是南京方面的地盘，那三万人马也会毫发无损地成为汪精卫的队伍，替他驰骋疆场，攻城略地，何至于今日这样残破不全？

含着这股子怨气，他带着文件到了镇江，就此住下，访了几个旧友故交，摆起了谱。他这样跟南京方面拿架子，汪精卫等人急电催促了三次，他只以安全问题为由推托，无奈之下，南京方面电令那位柳云柳专员来镇江迎接他，一路上卫护安全，他心中这才稍稍平衡。柳云当初是持了自己的亲笔信去的，知道他的分量，他这个私人代表，跟吴尚城里的老朽之辈是不可同日而语的。届时，在这份文件上签字时，他还要拿几句话来好好地嘲讽一下那个早该识相退出政坛，去苟延残喘、颐养天年的老家伙。

他在镇江原省政府东侧的一幢洋房里住下，等候柳云，同时还同途经暂留的几个日军将官碰过头，其中就有南部襄吉。言谈中，自然是牛皮吹得满天飞，谈及双方的战事时，更是不以为然，当面表示这一战本不用打，自己提早出面，大事已定，免去了这无谓的纷争。日本人对他的话是半信半疑，但知道他是汪精卫的私人代表，去吴尚主持受降事宜的，还算是礼敬有加。

这样，窦雪广在镇江逗留了三天，准备第四天一早跟柳云会合，从陆路经由扬州马不停蹄直奔吴尚，成就他加入南京方面后的功勋。但在临行前的这个深夜，他的大限到了。

当时，他和镇江地方官员以及日军石野师团长共进晚餐后，送走客人，上楼休息。晚宴时，他陪客人喝了不少日本清酒，这种口味寡淡的酒，对他而言如同白水，但喝多之后，聚积起来的酒精力度还是起了作用，将他击倒了。

他躺在床上，酣然入梦。半夜，有两条人影从盥洗室通向外面的下水铁管爬上来，用螺丝刀撬开了窗户把手，从窗口进屋，悄无声息地摸进了卧室，借着窗台上依稀的月光，端详了片刻，认定了他的身份。

接着，这二人互打手势，商议定当后，奋然出手。一人左手一下子死死压住梦乡里睡者的额头，右手执刀抵在他的咽喉部位，宛如杀猪一般来回地切割。这把刀锋利无比，半点声响未出，就将这颗头颅与躯干彻底地分离开来。窦雪广仅仅来得及睁开眼，在视觉里留下杀手模糊的身影，就此一命呜呼。另外一人同步配合，先是强行按住窦雪广的身体，不容他动弹，待到斩首成功之后，反过来撩起被单，将这失去脑袋的尸体裹了个严实，任由那颈部血流潮涌般夺腔而出，牵带着四肢作机械性的痉挛。

两个刺客将人头塞进事先准备好的包里，提在手中，从阳台出去，穿过花丛茂盛的花园，避开巡逻的卫兵，赶向附近的瓜洲码头。码头上，早已有汽艇等候，接到他们登船，便立即起航向东疾驶而去。

汪精卫派往吴尚招降的私人代表，在镇江城中下榻处被身份不明的杀手割去了脑袋，一夜过后，尸身现场被发觉，顿时引起一阵轩然大波。星夜从吴尚赶来迎接窦雪广的柳云，没有见到他最后一面，只看到他那具无头尸体浸在血泊里，陈尸在室外台阶上。日军宪兵队里里外外地侦查，几条纯种狼犬在现场嗅着气味，暴躁地吼叫着。他木然地站在尸身前，发了一阵子愣，长叹一口气，转身离开了。

这样的变故，刹那间将柳云原来的信心和兴致击打得粉碎。他这些日子在吴尚城里运筹帷幄，声东击西，处处占着先机，牵着他人的鼻子走，颇有几分玩弄于股掌之间的意味。但却想不到这位行将给自己带来荣耀，铭记功勋的象征性人物，在半途中丧命。他一死，直接影响到吴尚易帜，对于态度软化的二黎，更是一个警示。他一时间头脑混乱，无法可想，前往特工总部设在镇江的分站，通过那里的电台，向南京、向吴尚发电，一方面请示下一步应对方案；一方面稳住黄参议，告知他窦雪广在镇江突患急病，预定日程怕是要拖延下来了。

窦雪广之死对柳云打击不小，对即将大功告成的南京方面而言，其影响也是非同小可。汪精卫正在筹划将二黎这三万之众整编成军，在日占区内逐步接管城镇，推行落实自己的施政方略，这一下突变，实在是料想不及。窦雪广此人，他是准备在日后重用的，将他和二黎提起来充实军事，减轻周佛海、陈公博等人对南京政局的影响，削弱他们的势力。现在，窦雪广非但不能去吴尚招降二黎，自己还在镇江丢掉了脑袋，实在成了一个笑话。他立即下令，封锁窦雪广的死讯，只准以急症重病死亡对外发布消息。至于吴尚招降事宜，立即由身在吴尚的许督军代为主持，所列条文由其代签，即刻正式落实，以防夜长梦多。至于窦雪广的丧事，等他的尸身运回南京，由政府方面进行隆重的祭奠，给他一个勤勉奉公、积劳成疾的名声下葬。同时，他严令丁默邨、李士群等人全面进行侦查，窦雪广的死因是否涉及了吴尚易帜，还是跟其他方面有关。

这件事，自然最后落到了身在镇江的柳云身上。他会同日本宪兵队以及本部镇江站，四下里查探，却毫无收获。但是，他心底已然将目标从这里转移向了吴尚。窦雪广之死和吴尚易帜有着直接的关系，有人想借此阻碍和谈进程，并杀一儆百。他在窦雪广遇刺后的第三天，飞速赶回吴尚。其实，窦雪广的首级早已运抵吴尚，身份不明者还写了一封信函，一起送呈苏鲁皖游击副总指挥黎星斗。

黎星斗尚未得悉窦雪广镇江被暗杀的消息，莫名其妙地得到这封信以及盛放人头的木匣子，猛不丁吓了一大跳。他急忙拿着它们赶到黎星源的公馆，向他展示了这两样新收到的物件，怒气冲冲地说手脚可真够快的，居然赶到镇江去办了这件事，真是太过分了！

黎星源跟窦雪广是旧交，看了信的内容后，揭起盒盖，忍住臭味看了石灰腌制后的死者面容，叹息一声，将信笺塞回盒里，吩咐卫兵拿去荒地里找个地方将它埋掉。

黎星斗问他猜得出是什么人干的这勾当不。

黎星源摆摆手，让他不要再追查下去，凝神思索了半天，说：“这件事，只能造成两个后果：一、延缓十天八天的时间，南京方面重新派个人来；二、不再派人来了，许督军就此代表汪精卫签字，授予大权，这件事就算成了，加速了谈判的进度。”

黎星斗一惊：“这么说，许督军怕是就来我的公馆了。我得赶紧回去。”

黎星源送他到了门外，叮嘱一句：“如果真如我所说的，咱们就预备亮出底牌吧。到时候，小心谨防风声预先泄露。我担心会场里会有争执。”

十

许督军被侍妾纠缠了小半夜，好不容易才打发柳云去办正事。一阵纷乱方定，忽然想起凌青本是负责在后面院中看守女儿的，急忙让她回去，千万不能误事。但是此刻想起已是迟了，凌青回到后院，意外发现床上空荡无人，贾慧已经不知去向，于是赶紧去前面报信。许督军听说了，跺脚拍桌急忙下令搜找。在他估计，这地方守卫森严，她怕是逃不出去的。可是，这一夜闹腾到了天亮，依然是两手空空。贾慧的踪迹成了一个难解之谜。

李府中人个个狐疑难解，除了凌青。她是走过那条暗道的人，心里明白贾慧被柳云几度转移，知道这个秘密，夜里趁着自己去前院跟他们较量时，从那里逃之夭夭了。但是她却不敢说出来，担心老督军怪罪，因此一并跟着装神弄鬼，只当这个女子是凭空化蝶飞走了，难觅下落。

老督军忧虑了一阵子，含糊其词地告诉了黄参议。黄参议也着急，派人在城里四处寻找贾慧的下落，但依然没有结果。这样一打岔，两天时间倏尔即过，正当他们打起精神来准备迎接汪精卫私人代表，正式照会二黎签字时，南京密电到了：窦雪广已遭刺杀，情况复杂，形势严峻，为防夜长梦多，特请许督军代表南京方面，便宜行事，即刻和二黎签约，将生米煮成熟饭，让他们再无推托。

许督军先是吃惊，随后大喜，黄参议看了电文，也奉承他单凭一己之力，就做成了这件大事，为南京政府立下了奇功，无人可及。老督军欣喜之下，说出了心里话，他对于窦雪广前来吴尚一事，从心底视为抢功。再者，当初柳云拿着窦的亲笔荐信去见黎星源，知道他们是一丘之貉。现在他死于途中，不能掺和到这件事情里来，那柳云纵然蹦跶得厉害，也是无用。他不是负责保卫谈判安全的人吗？就由着他保卫去，日后在论功行赏时，是自己说了算，定多扔几根骨头给他尝尝，吃肉喝汤的好事，怕是轮不着他了。

黄参议放下手里的一切琐事，全力协助许督军，秉承汪精卫的意见，参照谈判意向，在最短的时间里，重新拟定有关文件，并代为送一份去光孝寺，交给黎星斗。黎星斗见他前来，便猜出了缘由。南京方面是按照黎星源预测的第二个应对方案来办的，心中不由得佩服，又有些隐隐的遗憾。他翻阅了文件条款，自己所提的条件全部陈列了，再无遗漏，无懈可击，便让黄参议在这里静候回音，自己带着文件前往黎星源公馆，将文本交给他最后过目，拿定决心。

黎星源与这位副手兼盟弟刚刚商议分手不久，忽然又见他登门，马上明白了原委，长叹了一声，知道汪精卫已是不顾一切，等不得了。这难看的吃相，令他从心底鄙夷，当下冷笑一声。黎星斗也不多说，将文件递给他阅览。他摇了下头坐下来说："我不碰这东西，劳烦兄弟替我念一念吧。"

黎星斗知道他的心思，暗里有些不以为然，但他既然想完全撇清，那也没法子，只得陪他坐下，用食指蘸了点口水，逐页翻开，一行行断断续续地照本宣读。

这份文件总计千把字，黎星斗识字有限，虽然吃力但大体还能通读。等他费尽力气将其中大意说清楚，黎星源微微合眼，久久地不吭声。黎星斗静候了一气，却发现他的眼中隐含泪花，不由得心中一酸，喊道："大哥，你这又是何苦？"

黎星源抹了下眼睛，斟酌了片刻，说："你将上面'苏鲁皖游击总部''省保安司令'等字样都划掉，只说黎星斗等愿意投向'和平运动'。咱们走了这条路，不要辱及党国，日后伺机反正，也能够得到重庆方面的谅解。"

黎星斗点了点头，又问："其余的都没有问题了吧？"

黎星源点头，说："可以了，你就以此为据办理吧，没有必要再知会我。明天上午，召集全体高级干部开会，我要宣布这件事，然后部署拟定的行动方案。"

黎星斗察言观色，知道他心中难受，不免也受到感染，但此刻他无暇陪他伤感，拿起文件，匆匆返回。黄参议在黎星斗的公馆里正焦急等待，见他返回，忙不迭地迎上去，询问黎星源的态度。黎星斗一笑，说："他没有什么态度，一切都是我在操办。你将文件内所有涉及苏鲁皖、省保安司令的字样全部删掉，只标注上我及麾下官兵即可。"

黄参议惊疑地问："难道总指挥不参与易帜？他还有什么打算？"

黎星斗摆了下手，说："不管他了，我全权处理所有事务。这块地面上，大部分人马都跟我走，你慌什么？"

黄参议无语，急忙将这份文件的修改意见赶去李府反馈给许督军。许督军听了，脸色微微一变，笑道："到了关键时刻，黎星源终于亮明态度了。汪先生在南京时，对这一点也是有所预料的。他不降，也随他去吧。苏鲁皖的三万人马，七个纵队，他只有一两个纵队可用，其余的都是黎星斗的亲信。咱们不稀罕他，这个犟人，由着他去投靠韩德勤吧，在那边寄人篱下，可不是件惬意的事情。”

黄参议持谨慎态度，问这件事需不需要向南京方面请示。许督军摆了一下手，说：“汪主席在上次电报上说明了，授予我便宜行事的大权。这件事，我代为做主，一切遵照黎星斗的意思修改，改好了，咱们一起去签字，签了字，木已成舟，他就得发电弃暗投明，向南京政府投诚，加入汪先生的和平运动。这一步跨出去，九头牛也拖不回了，哈哈哈……”

黄参议连声附和：“高见，高见，姜还是老的辣。这一点，他们是做梦也想不到的。”

这一天，黄参议在李府和光孝寺之间来回走了若干趟，忙前顾后，终于将这份正式文件拟定。双方预定明天下午四点在光孝寺签字，签字之后 24 小时内，黎星斗领头，率手下众将正式宣布投靠南京政府，加入“和平救国运动”。

到这时候，他才完全地放下心来。天黑之后，洗了把舒心澡，爬上黄太太的身体，进进出出撒欢干了一气，这才睡觉。临睡前，得意扬扬地说明天就瞧好吧，吴尚又是个避难保命的宝地了。

黄太太应付他睡着了，心里发愁，把进入李府后再无踪迹的贾慧想了几遍，担心她的生死。她眼下还在李府吗？老督军会放她一条生路吗？她有没有泄露自己的行踪？老天，丈夫这炫耀般的话语，她听得懂的。二黎投汪易帜，不用再打仗了。这件事办成后，老督军也应该回南京去了吧？他走了，她才放心，这柄悬在头顶上的利剑才会消失。她可以跟黄参议长相厮守，继续过安然的生活了。

她瞅了一眼睡梦中的黄参议，悄然起身，去床头梳妆台抽屉里取出首饰盒，将那枚晶莹夺目、鸽蛋大小的钻石戒指戴在指间，竖起手掌，就着窗前的月色左右晃动，暗想，自己那日从督军府潜逃时所携带的细软，加起来也抵不上这枚戒指的价钱，假如老督军发现了自己的真实身份，用它足以偿还往日的旧债了。但她又有些不甘心，想起在督军府受过那个老淫棍的日夜蹂躏，不由得咬咬牙，恨恨地咒骂了一声。

十一

这一夜，吴尚城中难以入眠的人，何止黄太太一个。二黎公馆、都天行宫等处的军人们，都陷于各自的忧虑中，不能自拔。

林峰率人急行数百里，风餐露宿，在地下组织的接应下，一击得手，毙杀了汉奸，携其首级归来，将它送达黎星斗的公馆，以示警诫。他这番行动未经上级批准，是从李府逃出来的贾慧口中得悉了底细后，急中生智想出的举措。铲除汉奸是秉承上级的指示，只不过超出了吴尚的范围而已，目的在于阻拦这支杂牌军队背叛投敌。但是此举能否奏效，他心中也没有底，不过借此行动，挫挫汪伪方面的锐气，挽回被动的局面，无疑还是成功的。

事后，他将这次越界行动的详情向上级作了汇报。上级复电：全力保证程兴柱及六纵的安全，静待局势的变化。他看了电报，明白了上级的良苦用心。二黎和苏鲁皖游击部队与汪伪的谈判已经无法逆转，这样的时刻，程兴柱和六纵的安危成了最为重要的事情。如果事态恶化，不排除该部脱离苏鲁皖，东进易帜加入新四军的可能。

他为此特地去了趟东门外六纵的驻地，向程兴柱转达了上级的指示。程兴柱反倒忧心忡忡起来，告诉他刚刚得到命令，明天上午在光孝寺召开军事会议，各纵队司令、独立旅长必须到场，不得托词缺席，这个会议的时间选得蹊跷，万一是商议投降日伪的事，就地扣押了自己，六纵群龙无首，那可就不妙了。

林峰也觉得这会议开得有猫腻，其内潜伏着杀机，万一是对付程兴柱而设的局，那问题就复杂了。他思来想去，觉得不妥，程兴柱不能去冒险。但程兴柱却很为难，这次会议已经在通知中明令必须到场，自己想托词不去是不成的，可是去了，又唯恐这些人暗藏祸心，先劫持了自己，再收拾六纵，那局面可就无法控制了。

两人相对而坐，一时间无计可施。

林峰沉吟着说："要不，先急电请示上级，由他们定夺？"程兴柱迟疑，上级远在苏北，对于眼前的形势没有切身的体会，斟酌起来，这时间上已然经不起拖延了。林峰叹息，说恨不能自己代他去一趟光孝寺，参加这个凶险的会议。

程兴柱闻言，眼前一亮，笑道："你这话提醒了我，你不用代我去开会，你替我坐镇六纵，代理指挥，队伍有了主心骨，还怕什么？有你在这里，他们在光孝寺纵有歹意也是没用。这个主意，可算是神来之笔。"

林峰击节叫好，当即答应下来，决定明天清晨他来军中坐镇，换程兴柱去光孝寺开会，一旦发现情况不对，就率部东撤，让潜在的危险化为乌有。他们只言片语间商定主意，各自分头去做准备。

回到都天行宫，林峰匆匆安排部下烧毁新近和各方的联系电文，掩藏好密码本，做好撤离吴尚的准备。然后，去后面厢房看望贾慧。贾慧额头的伤势比想象中要轻，受伤时，与其说是老督军用枪把打晕了她，还不如说是她自己身体虚弱，扛不过这不轻不重的一击。她从暗道逃到都天行宫后，把自己在督军窗外所偷听到的一切，都详详细细地告诉了林峰。林峰率人离去后，她伤心欲绝地重新在庙中卧房里睡下。这一睡，又是整整一天两夜，等到林峰忙完手里的要务，风尘仆仆地归来时，她已经恢复了早先的精神状态。此刻，眼见林峰进门，赶忙起身去给他倒了碗水，并不去询问他这段时间的去向和作为。

林峰瞧瞧这个僧舍低矮的屋檐，说："这地方太过郁闷了，久住下去，对健康有害。你这阵子脸色比以前差了许多，比如换个环境吧。"

贾慧问："去哪里换环境？"

"向东，去新四军的根据地。那边的风光比这里大有不同，去了，你就明白了。"

"那你同去不？"贾慧又问。

林峰摇头说："我这边的事情未了，暂时怕是不能陪你同行。"

贾慧幽然叹息，说："我这边的事情也没有了结，就此离开吴尚，心里实在是不甘。也罢，等我们都将手里的事情做个了断，再去那里吧。"

林峰强笑道："这个当然要尊重你个人的意愿。不过，明天你得换装跟我出城，留在城里似乎不太安全了。等过了明天，一切无恙的话，你再回来。"

贾慧猜测说："明天城里又要出大事了，是火并，还是日本飞机要来轰炸？"

林峰摇摇头，握握她温软的手掌，说："别想这么多，好好地睡一觉。明天早起，我们去城外透透新鲜空气。这吴尚城里，有些龌龊的气味得避着点儿。"

他掸了掸膝头的灰尘，起身欲走，却不防坐在床边的贾慧伸手悄悄拽住了他的衣角。他停步掉头来看油灯下的贾慧，只见她双颊微红，目中含情，默默地凝视着自己，似有所待。他心神一漾，情不自禁地弯下腰去，在她那略显苍白的嘴唇上吻了一下。贾慧双手蓦然环抱住他的脖子，用力往自己身前拉扯。他一个踉跄，身体失去平衡，将她扑倒在坚硬的床板上。贾慧抬起头来，主动吻他，双手由颈部向下滑移，抚摸着他宽厚的后背，低语呢喃道："别走，留在这里陪我。我真的很孤单，你陪陪我。"

林峰被她这番主动的姿态诱惑得意乱情迷，俯伏在她柔软的身体上，嗅着这异性的体香，浑身颤抖。这是他意中人从未有过的亲密邀请，也是他这些年思慕的最终结果，又正值这夏夜时分，清风拂袭，如何不叫人销魂？他下意识地去探摸她那对残留在记忆里的丰硕乳房，忘情于峰巅之间良久。正当他想要顺势而下，一遂多年来的相思心愿时，庙墙外深巷里有巡夜的更夫手执竹梆，啪啪地敲击着深夜的宁谧，口齿不清悠长吆喝着。

这清脆的声响，立即将林峰从欲望深渊里拖拽回了现实的世界。他想起明天所要做的那些重要事情，猛然警醒过来，说："明天是个至关重要的日子，我得全力以赴，抓住这点时间，仔细地思量可能出现的变故和应对之策。"

贾慧今晚是存着心思想将自己的身体交给他，就此断绝与父亲和柳云的一切瓜葛。这个举动是为了坚定自己的信心，以偿林峰多年来对自己的爱恋，从此之后将自己的命运托付给他，却没料到，他在这即将入港的关键时刻，刹住了蓬勃的欲望。她如梦方醒般地呻吟一声，拢起衣襟，没有说话，不无失望地望着他的背影走出门去，脚步声回荡在走廊之间。不过，她没有因此对这个男人失去信心。他的话不是托词，明天大概真的是个重要的日子，他要带着她出城去避险，他的心底牵挂着她就好。

林峰在自己的卧室里只草草地睡了三个钟头，随后起床，集合起部属们，分派留守任务，叮嘱一切行动要听从自己的安排，不得擅动。他这次离城，没有兴师动众，只带了四名贴身卫士。

大约凌晨五点，贾慧被叫醒，洗漱完毕后，换上一身三十三师的士兵装束，跟随林峰骑马出城，直向东去。走了大约半个钟头的路程，抵达六纵司令部。程兴柱看来也是夜里没有睡好，正在院子里用冰凉的井水冲洗，在这悬殊的温差中刺激神经，保持敏锐的反应。

上午七点，他召集手下团、营、连级军官在村中打谷场开会，将先期抵达的林峰郑重地介绍给他们，说明了形势的严峻。他马上就要进吴尚城参加这个动机不明的会议，万一会上生变，希望他们完全听从林峰的指挥，向东投奔新四军。众军官都抱有进步思想，其中有几个甚至已经秘密入了党，自然明白他的良苦用心和林峰的身份，纷纷答应。林峰经过深思熟虑，与程兴柱交换了一下看法，决定各部军官回营后，集合队伍，沿运河一线布防，守住几座重要的桥梁，静候城里的消息，如果发现有异常变化，全军掉头向东，以急行军速度脱离，同时二团先行向东抵达宣堡，守住南大门，谨防日伪联动，抢先动手切断通向东边根据地的交通线。

这临时会议开得简短扼要，一刻钟后散会。程兴柱率警卫排离开营地，前往吴尚。林峰送他出行，临分手时安慰他一句话："你放心，他们只要知道你有所提防，有所安排，自然不敢轻举妄动。你一个人与这几千人马相比，孰轻孰重，傻子都看得明白。"

程兴柱哈哈大笑，说："借你吉言，我这就去观瞻一下二黎今天这出戏的底细。有你在军中主事，我放心得很！"

第九章

一

上午九点，光孝寺内气氛肃然。二黎提前到达会场，城内外预先布防，荷枪实弹的士兵将寺庙、大殿围得水泄不通。众将领从吴尚四面各自的防地匆匆赶来，参加这个会议，都不知道缘由，种种猜测因此而生。但猜测归猜测，只能放在肚子里，谁也不便在这大庭广众之下议论。更何况，用不了多久会议召开，二黎自然会揭开底牌让大家看的。

程兴柱来到光孝寺的时间不早不迟，正赶上人多时进殿。二纵司令手搭凉棚朝西边眺望，不无担心地开了个玩笑，要是日本飞机这个时候飞过来，往大殿里扔两枚炸弹，那苏鲁皖今天可就土崩瓦解了。程兴柱和其余人听了，齐声大笑。但他看了看手表，正值上午九点，该是日军飞机按时点卯飞来扔炸弹的时候了。今天这晴朗的天气，湛蓝的天空一丝浮云都没有，正适合飞行轰炸。但飞机至今没有露面，难道日本人也知趣识相，不来打搅这盛会?

众人进入大殿，程兴柱拣了居中的位置坐下，静待下文。不一刻，黎星源与黎星斗走进殿内，在大佛金身前的台上落座。黎星斗四下里看看，七个掌握部队的司令、旅长全都应命来到，没有一个空缺，心中稍安。他喝了口水润润喉咙，开口说道："各位，今天的会议非常重要，事关咱们整个苏鲁皖游击部队的出路、几万弟兄的生死存亡，所以大意不得。为防意外，我和总指挥的意思，大家都先将佩枪交出来，等散会后各自再取回。"

台下人头耸动，议论纷纭，为这个提议惊讶不已。黎星源站起身来，解下所佩的武器交给卫兵，亲身做了示范。他以身作则，其他人也就不好再说什么了，只好也跟着交出所携枪支，由卫兵记录后拿去外面，留待会后再取。

眼见场里与会众人卸去了武器，黎星斗挥手示意关上殿门，警戒士兵们退出会场，他掉头朝黎星源看看，笑道："各位，这就叫作关起门来说亮话。我与总指挥应对眼下的困境，商议好些日子，拿出了几个方案来，请大家逐项参详讨论。第一个方案，我方趁日军尚未对吴尚合围，心存幻想之际，撤出吴尚穿过新四军防区，去投奔韩德勤。"

台下众人交头接耳，都不同意，甚至连丁聚元这样的亲韩派也大摇其头。眼下东北边的局势，比吴尚这边好不到哪里去。日本人的扫荡不但针对新四军，韩德勤所部也遭受打击，正在勉强支持，甚至有消息说他本人已经离开省府驻地，将军事指挥权交给他人了。苏鲁皖游击部队长途跋涉去投他，搞不好到不了目的地，路上就会被日本人或者新四军给吃掉了，那才是得不偿失呢。

黎星源给出第二个方案：死守硬战，直至全军覆没。这个方案，说起来壮烈豪迈，做起来难。大家有抗日之心，却无必死之志，坐以待毙，谁都不愿意。眼下吴尚还没有陷入日本人合围当中，一味蛮干，不但害了自己，也害了吴尚的老百姓。这些日子，天天有飞机来轰炸，街头已经是怨声载道了，若是再昏天黑地混战起来，不是明智的做法。

黎星斗又拿出第三个方案：与日伪讲和，投靠南京政府，终结苏鲁皖游击部队的历史，保存这几万队伍毫发无损地去替汪精卫效力。这个提议，众将中三成人反对，两成人同意，五成人不吭声。反对者旗帜鲜明，与其投降日本人，那还不如赌一把，按第一个方案走，弃城东去投奔省韩呢。

黎星源手中夹烟，任其自燃，在面前形成一片淡薄的雾气，他在这烟雾后观察每一个人的表情和反应，心中有数。待黎星斗讲完三个方案，站起身来双手虚按，平息了下面的议论声，说："我和副总指挥还商议了第四套方案，其实是两个方案合二为一：一战一和，走一条看似险恶、实质上却是两利万全的策略。不瞒诸位，前些日子副总指挥秉承我的意见，和南京方面的特使谈判，来来往往、讨价还价，很像回事儿。最终，汪精卫答应了副总指挥的所有条件：第一，日本人停止进攻，恢复战前的态势；第二，我方依然驻守吴尚，只象征性地易帜，南京方面不得调我军离开吴尚；第三，我军所有给养、军饷，均由南京政府提供。大家对这些条件有没有意见？”

台下众人大半就此不语，意见明确，但另有少数人愤愤不平，尤其是程兴柱，他所担心的情况终于发生了，一时间怒愤交加，站起身来责问道：“请问总指挥，你对我的承诺不知道是有效还是失效了？请问你的信用何在？”

黎星源苦笑一声，说：“程司令，黎某的承诺依然有效，且听我往下讲。这件事非同小可，岂是我和副总指挥可以擅自定夺的？我先前已经将本部所处的严峻形势电告了重庆方面，蒙重庆方面同意，做出如下部署：黎星源，率六纵及教导大队撤离吴尚，向东北进入水网地区，以苏鲁皖游击总指挥部的名义继续坚持抗日。黎星斗率余下部队伪降南京方面，等待局势好转之后，择机反正。一句话，就是咱们一家人，兵分两路，名义上打两样旗号，实质上还是旧有格局。这一点，大家还有异议吗？”

他此言一出，不光程兴柱，除黎星斗之外的所有人顿时都瞠目结舌。他这个方案，简直匪夷所思，怕是历代史书上都没有记载。说是妙计，确实煞费苦心；说它不好吧，又找不出什么毛病来。当前的局势，除此之外，也没有更好的法子可想。最关键一点，作为苏鲁皖部队的主心骨，他肩上依旧扛着抗日的大旗，他没有易帜，就只能称苏鲁皖游击部队部分人马降汪，对外可以遮羞。而且，这又是经重庆方面同意的计划，只能如此了。

程兴柱这时才领会到他的良苦用心，原来将六纵东调，是要让自己率部随他下乡打游击，从这一点上说，他是愿意的。可是黎星斗降汪，自己居然身在这大殿之内参与其会，对他而言，不能不说是个耻辱。但他对此也无能为力，只能寄希望于日后，他们能按照计划行事，时机一到断然反正，重返抗日阵营，洗去污迹了。

底牌全部亮出后，场内众将全部默认了。接下来，就是商议方案的施行进程。会议散后，后勤处负责调集城内外的船只，运送六纵及教导大队离开吴尚。下午两点，黎星源正式出城，沿运河向北，进入里下河水网地区，在那里坚持。他走之后，再由黎星斗会见 南京方面的特使，正式签字，通电易帜加入南京政府，接受改编。

会议开了一个半钟头，散会后已近中午。黎星斗本想挽留大家聚餐，但谁都没有把酒言欢的心思，以防务为由就此各自散去。

程兴柱临行之际，受黎星源特别叮嘱，三十三师联络处目前也不宜再驻吴尚，最好随六纵一起撤出。程兴柱深以为然，行了个军礼后，骑上马，心情复杂地出东门，向驻地疾驰而去。

六纵防地上，林峰心急火燎地等候着。天近正午时，远远瞧见程兴柱一行归来，心里一阵高兴，迎上前去，询问会议的内容。程兴柱除下军帽，边扇风边说道："你得赶紧向上级报告，吴尚剧变。苏鲁皖游击部队分兵两路，一路由黎星源率六纵和教导大队以原来的旗号下乡坚持，其余部队，由黎星斗率领，易帜降汪。这个计划已获重庆方面的批准，吴尚城就要变天了。"

林峰陡然吃了一惊。他心中将这次会议所有的可能都猜想了个遍，就是没料到会是这样的结果。但事不宜迟，他必须将这个情报赶紧送出去，同时指挥本部转移。这时，他心中百感交集，实在想不出是安慰程兴柱好呢，还是鼓励他好。事情紧急，已经容不得他多想，随即由程兴柱派出一个连作护卫，临时征用了三辆邻近农家的骡车，先行返城，料理都天行宫的残局。

光孝寺会议散后，吴尚市面马上乱哄哄一片。苏鲁皖游击总指挥部以及直属的教导大队近千人，正在紧急集合，收拢文件，与黎星斗的保安司令部做好交接，满大街地征用车辆先行出城，城内留守的部队，向各处码头搜集用于在港汊湖荡中行驶的水划子，用以载送黎星源及随其出城的部队。

林峰回到都天行宫，以最快的速度将吴尚城中事变的情报交给以面铺为掩护的联络站，叮嘱他们赶紧向根据地报告。与此同时，他命令电台也将这个情报报送本部三十三师以及三战区，自今天开始，江北国军失去了最后一个县城。随后，在六纵部队的协助下，他们将几部电台拆卸装箱上车，离开这驻扎了两年之久的所在。离开东门后，前往六纵驻地与程兴柱会合，从运河向北进入水网地带。

至于化装潜伏在军中的贾慧，得悉了这个信息后，不觉愤然。此刻，正是父亲老督军和柳云得意忘形、弹冠相庆的时候，她决定不让他们的喜悦与自己有丝毫的关联，暂时跟随林峰下乡，一来是为了托付终身，二来是在非常时期去城外寻个安全的过渡住所。她迟早还是要回吴尚的。

二

下午两点，黎星源正式出城，离开吴尚。他走的路线与先行出发的六纵以及教导大队的路线不同，没有再费力向东尾随部队，而是直接出吴尚北门，在卤丁河口登船，取直线向北，与程兴柱所部会合。

黎星斗率几个纵队司令、旅长一路步行相送，一行人等沿着城中南北通衢大街走着，两旁的行人以及店铺里的主客们，纷纷关注。城里消息已经传开了，老百姓都知道黎星源要走，想想这两年来他在吴尚没做什么坏事，军纪甚严，这一走之后，还不知道何时能回来，留在城里的黎星斗能否延续他的作风，心中一时都没了底，对他恋恋不舍起来。

黎星源在这近两里路的街道上，边走边向两边的百姓们作揖，目中噙泪。黎星斗等人簇拥着他出了北门，抵达河口码头，一艘木船已然在岸边等候。黎星源拉住黎星斗，向前走了几步，轻声叮嘱说："兄弟，我在乡下你一切都不要牵挂，但在这里千万要小心行事，脾气不可暴躁，有紧急军情，可以电台联络。你在这里应付汪精卫和日本人，比我的处境要凶险百倍，千万小心了。"

黎星斗流下眼泪，握住黎星源的手，说："大哥，一路顺风，吴尚的一切尽管放心，乡下生活艰苦，你要保重身体，咱们再相会的日子不会久的。再见！"

他收腹抬头，双足并拢，举手敬礼，身后众人立即效仿。在他们的目送下，黎星源登上木船，解缆升帆启航，沿着卤丁河顺流而下，驶向里下河水网腹地，消失在夏季里遮天蔽日的芦苇荡中。

码头上，黎星斗长长地吁口长气，放下手转过身来，苦笑一声，说："诸位，总指挥走了，下乡坚持抗日去了，咱们还得在这里敷衍汪某人和日本人，我丑话说在前头，咱们一定要心齐，心齐了，几万弟兄都能得到保全。谁他妈的变了心，祸害弟兄们，我黎某人绝不放过他！"

众人精神一凛，感觉到了他话里的杀气，齐声应道："司令放心，我们一切唯司令马首是瞻！"

送人的众人原路返回吴尚城里。黎星斗看看天色不早，便命令黄参议去李府，请南京特使许督军前来光孝寺，履行易帜投汪的相关事宜。许督军已经和南京方面密电交流过，将吴尚城中的变数如实汇报。汪精卫虽然对黎星源率亲信部属退出吴尚不肯来降一事心中失望，但对黎星斗以及苏鲁皖游击部队大部已成囊中之物这一事实甚感欣喜，喜悦之情还是超过了失望。毕竟，从名义上来说，黎星斗还是省保安司令，比黎星源的名头还要响亮点，有他带了这个头，后面的形势可想而知。

许督军彻底摸透了南京方面的意思后，也就全然放心，安坐在李府中静观事态的发展。侍妾凌青一只眼青肿，瘸拐着腿，端茶送水来服侍他。她这身伤痛，是那晚纠缠老督军和柳云所导致的暴打造成的。这两个都染指并肆意挥霍过她肉体的老少爷们，毫无怜惜地对她一齐动手，打得她鬼哭狼嚎，惨不忍睹。特别是昔日柔情蜜意的柳云，显示出另外一副面孔来，差点没把她给吓死。至此之后，她算是彻底明白了自己在他们心目中的真实位置，知道这条小命的可贵，再不敢恃宠任性了。

但打完她之后，柳云却就此失踪，连着两三天都不见露面。直到此前半个钟头，她心底依然疑惑。可现在，他依然登堂入室，坐在了老督军的面前。老督军对他的失踪毫不诧异，示意她端上茶水后，问道："窦雪广之死，有眉目了吗？"

柳云叹口气说："这件事成了无头悬案。我估计是军统干的。原来随省府投降的重庆背景的一干人中，可能有卧底。老窦也真是的，从南京来吴尚，拖拖拉拉，刻意在镇江逗留干什么，想借此跟汪先生讨价还价？结果，事与愿违，事情没做成，先丢掉了性命。也罢，他这一死，反而促成了事情的进程加速。请问，眼下情况如何？那个林峰、你的宝贝女儿可都要看紧了，别让他们跑掉。"

老督军毫无感情地干笑一声，说："事态是加速了，但与我们预计的不同。黎星源走了，带走了程兴柱的六纵和一个教导大队。黎星斗率着不足两万人的队伍易帜投向南京方面。我想，这个林峰以及三十三师联络处，也将随同黎星源走。二黎合谋，弄出这么个首鼠两端的伎俩，演了这么段双簧戏，厉害！佩服！"

柳云一听，倒吸一口凉气，问道："汪先生居然同意了？南京政府就没人提出异议？"

老督军说："汪先生对这件事的意义看得比实质重要，黎星斗是省中将保安司令、苏鲁皖游击部队副总指挥，这两张牌的牌面意义不小啦。他有他的考虑，咱们办成了这件事就行。再往下去，秉承南京方面的意见，你还得保持秘密身份，暗中看紧这支杂牌部队。我觉得日后，他们不会服服帖帖地听从号令，得留一手。”

柳云本意是抢在易帜签字前赶回来，风风光光地亮明身份，出席这个意义重大的盛会，却不料被他打了一记拦头棒，他想提出反对，执意公开身份，可是老督军是扛着南京方面的大旗，有便宜行事的权力，他的用心对他有利或者不利，都是命令，这个分量，还是掂得出来的。当下，也只能委屈地抱怨一声：“老爷子，我这鞍前马后地替您效命，总不能白忙活吧？”

老督军明白他的意思，微笑说：“你的作用，南京方面是清楚的。这件事成了，在有功人员的密报上你排在第一，还不称心？你还年轻，需要有耐心，懂吗？再者，我这个女儿还在这里，你得找到她，这也是个重要的任务。”

柳云只得从命，继续扮演不见天日的角色。窦雪广之死，对他形成了致命性打击，使得他在这个针对吴尚二黎的招降易帜行动上，所获甚少。他心中盘算着设法向陈公博求情，以期能够通过他“上达圣听”，让汪精卫知道自己在其间所立下的汗马功劳，能扳回一局来。至于特工总部那边，他只负有对这些谈判大员的保护职责，那些声东击西、巧用妙计，是分外之事，他们也不会领情。本来，他在南京的一切全靠他父亲的旧部窦雪广居中调解，甚至包括他和老督军的仇怨都是借此抹平的。窦雪广和他同样都是郁郁不得志之人，却在即将大功告成之际，暴死镇江，难道是天意？

他们在李府谈话，不久黄参议匆忙赶到，禀报老督军，黎星斗已然送走了黎星源，独揽吴尚军政大权，正式发号施令，第一件事就是派他来请南京特使，要在太阳下山之前，签署这份文件，正式对外宣布易帜，参加汪精卫的“和平运动”。老督军虽然胸有成竹，但此时也忍不住松了口气，如释重负。他随即让侍妾凌青取来衣服更换，前往光孝寺，主持这件意义重大的事情。至于柳云，他侧脸看了看柳云，说：“你就权先充作我的随从吧，先完成了丁默邨交给你的护卫之责。”

柳云无奈地一笑，在黄参议鄙夷的目光下点了点头。

黄昏四时许，许督军带着随从护卫，在黄参议的陪同下，乘坐黄包车抵达光孝寺。黎星斗率手下几员大将远远迎出寺来，一齐行礼。他笑容满面地下了车，一一和他们握手致意，在黎星斗的殷勤引领下入寺，来到作战会议室。他们见过面，彼此都心照不宣，客套话讲了几句后，许督军便从柳云所拎的皮包里取出两份颜体楷书誊写得工整的协议文件，请黎星斗过目。黎星斗接过去认真地看了一遍，又将它在六名纵队司令及旅长手里传阅。众人皆面如土色。

许督军安慰道："各位弃暗投明，未来前途不可限量。我老朽也是过来之人，想想重庆、省韩方面对你们的薄情寡义，何必再作留恋？一刀斩除烦恼丝，从头换作开心人，大家向前看，前途一片光明。汪主席对你们寄予厚望，千万不要辜负了他的一片美意啊！"

黎星斗拭去眼角的一颗泪珠，咬了下牙关，拿起笔来，在文件上写下了自己的名字。许督军趁机召唤那几个将领也过来附签，笑道："各位坐拥精兵数万，都是响当当的实力派，老朽日后恐怕还要托庇于你们的枪杆子下呢。大丈夫金戈铁马，立不世功业，就从此刻开始！"

光孝寺外，残阳如血，大殿屋脊上留下一抹艳丽却又凄凉的殷红。随着天色渐渐暗淡下去，暮归的群鸦从远方飞来，冉冉降落聚集在殿后那株千年银杏树上，低鸣声此起彼伏，在庙宇上空回旋，在吴尚城的上空回荡，久久不能停息。

三

次日凌晨，黎星斗正式率部投靠南京政府，就任汪伪第一集团军上将总司令，并兼江浙清乡部队总司令、军事参议院总参议，头衔之多，煊赫动人。跟随降汪的部属，从原少将纵队司令摇身成为中将师长，上下官兵一齐换掉了军装。在江对岸久候的船只驶过江面，从南官河一路直下吴尚，运来了粮食、军火。黎星斗趁着手里有枪有粮，索性在四乡八镇招募拉夫，要将这不足两万人的队伍扩充为原先的三万之众，甚至更多。

省保安司令、苏鲁皖游击部队中将副总指挥黎星斗公开投敌，通电一出，舆论大哗。这是抗战以来，华中地区首次大建制的部队投降事件，开创了抗战后最为广泛的投敌浪潮。那些孤悬于沦陷区内，进退维谷、生存艰难的国军部队，纷纷紧随其后易帜。"曲线救国"，这个出自重庆方面之口，又被这些人别有用心地当作借口利用的词汇风行一时，并创造了历史上的一个奇观，本国伪军超过了侵略军的数量，与中央政府却又暗中勾连，担负起在沦陷区内清剿对付共产党军队的任务来。这个局面，是二黎商量易帜伪降时万万没有料到的。

两个月后，初秋时节，日本派遣军参谋部、南部旅团，以及汪政府联合召开军事清剿会议，邀请黎星斗参加会议。黎星斗托病不去，改派伪二师师长丁聚元前往扬州，代表自己列席会议。这次会议总共开了两天，部署的军事任务是，黎星斗所部以及新近投降的几个保安旅，会同南部旅团一部、驻通州的三木联队、驻太兴的川崎大队，全面展开对江北、苏中地区的扫荡，将这个地区的国军和新四军部队歼灭或者驱逐向北，配合山东方面小林师团的秋季攻势，力争实现肃清苏鲁两省占领区的计划，为巩固后方奠定基础。

丁聚元开完会后，正要返回吴尚。不想临行之际，被取道扬州返回南京的许督军挽留了几个钟头。老督军在吴尚逗留了一个多月，监督黎星斗及其部属通电、易帜、改编等若干事宜，协调南京政府新任命的吴尚县长就任，等一切都已遂愿，协议实施完成，这才完全地放了心。借着这次会议的机会，他携着侍妾离开吴尚，并按照拟定计划，邀请丁聚元在绿杨春饭庄吃了一顿饭，算是替他送行。

丁聚元本是苏鲁皖军中亲韩一派的人，但省韩败离新化，在苏北挂着个空牌子几乎无立足之地，对他再无益处。他无奈之下，随黎星斗易帜，正和其他同僚们一样，处于忐忑不安当中，这时，像许督军这样的南京政府要员请他吃饭喝酒，心中提防却又推辞不得，只好从命。他让随行副官、士兵在楼下等候，自己端正了一下装束，拾级而上。

二楼上，老督军独自一人，面前放了一只漆皮匣子，一对杯盏，六七样菜肴，都是时令新鲜之物。听得楼梯口皮靴声响，知道客人到了，他便虚扶桌面略站了一站，只见丁聚元全副戎装前来赴宴，笑道：“丁师长，百忙当中还能赏光，真是给老朽面子。”

丁聚元行了个军礼，说：“老先生太客气了，在下有心亲近您，一直没有机会，今天是天赐良机，正求之不得呢。”

两人客套着坐下。老督军亲自执壶要给他斟酒。丁聚元赶紧抢过酒壶来，先替东道主斟满了再自斟。他们先行互敬，干了这头杯酒，将气氛融洽下来，再步入正题。酒过三巡后，老督军将面前的皮匣子往丁聚元面前一推，说：“听说你一家老小都带在身边，家里的开支费用肯定不少，汪先生体恤将士们的辛劳，让我特地转交给你。区区之物，不成敬意，你且收下。”

丁聚元接过匣子，入手沉重不知是何物，揭起匣盖来一看，里面竟装了六根黄灿灿的金条，不禁吃了一惊，意欲推辞。老督军摆了下手，截去他的话头，说：“这只是些见面礼，别无其他，你放心收下。黎星源在吴尚治军过严，属下大多手头拮据，是人所共知的事情。这乱世之中，笼络部属，单靠口头空话是没有用的。”

丁聚元心底犹豫，既贪这金条，又恐怕它们附加了条件，低声说：“无功不受禄，这东西，我不能收。”

老督军笑了起来，说：“放心，我知道你们这些人的关系，绝不让你为难，做违背誓言的事情。而且，这点东西只是聊表心意而已，日后，在军饷、物资方面，我会让相关方面对你多加关照的。”

丁聚元稍稍放心，依然斟酒表达谢意。

老督军示意他坐下，问：“丁师长对于这次军事扫荡计划有什么想法？你估计黎星斗会派哪支部队参与行动呢？”

丁聚元迟疑了片刻，说：“他的亲信四个师是不会用的，只有我和四师最有可能担负这个任务。他这次派我代表他参加会议，恐怕是要我担当得多。”

老督军点了下头，说：“黎星斗和黎星源的心思，其实大家心中都明白得很，走投无路之际，耍花样来应付我们，一个在外扯大旗，一个在内伪作投诚，都在等待机会，对吧？”

丁聚元一惊，不置可否。

许督军继续说：“形势到了这一步，再不省悟，就真是糊涂了。这两个月来，倒戈来投的国军已不在少数。但这苏北一带，多少个保安旅？一夜之间易帜的就有六七个，眼下，以降将如云来形容，也不为过。汪主席力排众议，答应了黎星斗的一切条件，难道他不明白这其中的道理？哼哼，不过他们伎俩虽有，却不明大势，就犹如高山上水库开闸，黎星斗是那个开闸的人，这闸门一开，山洪汹涌而下，想再关闸，那是比登天还难了。说句实话，这天下形势，谁有回天之力？只有汪主席！重庆老蒋日薄西山，再无翻身的可能了。跟南京方面走，是一条生路；执迷不悟追随老蒋，是条死路，傻子都该明白了，还需要我在这里多讲吗？”

丁聚元额头汗珠直淌，头顶上缓缓转动的风扇叶子，驱走的是热气，却挥不去他心头的惊悚。这老头子将话挑明到这个地步，对他的心理压力可想而知。

他强作笑脸，说："老先生，眼下的事已是走一步算一步，有弄假成真的，也有弄真成假的，你说呢？"

老督军笑道："我这时说黎星斗，不是说你。你的境地，更是糟糕。在原来苏鲁皖几个纵队当中，你是亲省韩的，二黎并不拿你当自家人看，猜忌之心早有。如今，省韩已成墓中枯骨，救不了你，你不另寻靠山，难道真想在这区区弹丸之地，沦为他人砧板上的鱼肉？我今天请你吃饭，是指一条明路给你走，你自己斟酌。"

丁聚元试探地问："您的意思是——"

"死心塌地投靠南京政府，他黎星斗是集团军司令，你日后也可以做。那几个师长同样如此，大家都有机会。在汪主席面前，机会是均等的，谁先努力，谁先受益。我保举你做第二集团军司令，时机成熟时，去浙江、去安徽，那里才值得你一展宏图。"

丁聚元内心挣扎了一番，悄声说："老先生，我是江湖中人，'道义'二字还是要讲的，我不能违背誓言。"

老督军不耐烦道："谁让你违背誓言、违背道义了？我没有，汪先生也没有！我说的是日后的事情，不是当下，你慌什么？"

丁聚元点头，问："那么，老先生的意思，'当下'有何指教？"

老督军一笑，说："这次军事会议，是向东向北围剿，兵锋所指，是新四军根据地。倘若是你领兵出击，我送你八个字：勤勉努力、勠力向前。你做得好，不但黎星斗脸上有光，你本人更是出彩。不要顾忌损失实力，到时候，那几个保安旅都调归你节制，成立第二集团军，那是指日可待的。前提是，必须首战卖力，懂吗？"

丁聚元听他这么一说，终于明白了今天这小宴的目的，无非是要自己在这次行动中，对新四军不要手软，敢于大开杀戒。他本来就不是亲共的人，在郭镇之战中吃过新四军的苦头，对他们下手，还真是无所顾忌，当即一口应承下来。

老督军把玩酒杯，说："你在吴尚，有事需要帮助，有人可以助你一臂之力。他抽空会去找你的，你留意即可。多吃点东西，我知道你军务繁忙，今天就不多耽搁了。”

丁聚元起立拱手，说：“有劳老先生费心，你叮嘱的这件事，我一定不负期望。”

四

日伪气焰嚣张，以新归降的数支伪军部队配合，出动了两个联队的兵力，从三面向新四军根据地进攻。吴尚方面，不出老督军所料，由丁聚元率部向东，担当正面主力。这一路，丁聚元将黎星斗临行前不出头、保实力的嘱咐丢在脑后，长驱直入，将这个方向守备的地方游击队和民兵压得喘不过气来，进攻猛烈。

新四军方面此次部署，是以地方部队应付伪军，主力迂回向北，准备歼灭新化方向的日军竹村大队，取其一路，震慑余敌。孰料，这伪二师在丁聚元的指挥下，竟是格外地卖力，就此深入了根据地腹地，烧杀抢掠无所不为。武器低劣、人数微寡的地方部队拼命抵抗，损失惨重，急电请求主力支援，但主力已经潜出根据地，在外围打伏击，无法回援，只得忍痛通知他们北撤，寻找有利地形继续阻击。这苏北地势一马平川，无险可守，地方部队最后在黄河故道设置了阻击线，奋勇抵抗。

战至第三天，新化方向的日军竹村大队，作为左路主力，进入了新四军借用水网便利设置的伏击圈。时机已然成熟，守株待兔的主力部队轻重火力一齐开火，将一字长蛇阵排开的竹村大队截为三段。竹村中佐率部弃艇上岸，急速向吴尚方向逃逸，并再三请求黎星斗派兵接应，但向南不过逃了五六里路，便又遭到意外阻击，阻击部队番号竟是苏鲁皖游击部队第六纵队。他们误打误撞一头钻进了程兴柱的游击区，死伤不少，只得掉头向东拼死突围，企图求救于伪八师。结果，在撤逃途中，被尾追的新四军主力赶上合围，全部歼灭。竹村中佐负隅顽抗，被乱枪击毙在水田里。

日伪的左路进攻被彻底粉碎后，其他两路敌军闻讯立即回撤，但丁聚元的伪二师进入根据地太深，仅仅一个团逃过了新四军主力回师的封堵，余下两个团被四面合围，一举全歼。丁聚元侥幸逃得性命，随残部溜回吴尚，见到黎星斗后双膝跪倒，抱头痛哭。

黎星斗焦躁万分，在地图前踱步良久，苦笑说："你这样卖命地去打，结果就真的成了卖命了。我让你去应付场面，你他娘的倒成了拼命三郎，一眨眼的工夫，就剩下这么点儿人了，这个光杆司令，不，光杆师长的滋味，很享受是吧？"

丁聚元擦泪说："司令，这一路全是民兵游击队，打他们就没费气力，部队进去了，只在黄河故道才有些像样的抵抗。我想倘若把这一大块地盘拿下来，就是咱们的防区了，比吴尚现占的地盘大得多。就因为贪图这个没及时收手，才吃了大亏。"

黎星斗啐了他一口，说："做你的白日梦呢！新四军那么好打？摆明了是张开了网引你进去。别人不钻这个圈套，偏偏你要钻。结果，人家毫发无损，只我们这一路，丢盔弃甲，一败涂地，成了笑料！你赶紧去写一份损失报告，我要向汪精卫索要军需、粮饷，都要足了，这三四千人的损失，伤筋动骨啊！"

丁聚元打死也不敢说这一仗是在许督军的撮哄下打的，自己还收了人家几根金条。看来，都是贪小惹来的麻烦。他如今几乎成了光杆师长，是得向他们讨回损失了。于是，回去后接连做了三件事：一、做损失报告；二、秘密联络许督军，请他在南京方面替自己美言，拨给损失补充；三、就地招募拉夫，迅速将这杆摇摇欲坠的旗子扶稳了。日后，他再不干这种折本买卖了。

吴尚城里，黎星斗怒气冲冲地斥责丁聚元后，无法可想，吃了这个大亏只得捏住鼻子不吭声，暂时偃旗息鼓，谋求弥补损失的办法。但与此同时，挟大胜之威，粉碎了日伪三路进攻的新四军，却没有就此罢手。军区二师主力，以及各分区地方部队在消灭伪二师大部后，开了一个作战会议，并报军部批准，对扯下苏鲁皖游击部队旗帜，改挂汪伪第一集团军的黎星斗部，准备发动一次突袭，攻克吴尚，给这个在抗战困难时期带头率部投敌的汉奸予以沉重打击，杀一杀这股邪风，振奋抗日军民的士气和信心。

军事部署如下：二师主力及一个地方团，星夜突进，趁着对方正面守备力量空虚的机会，出其不意，攻打吴尚，象征性地占领这座县城，彰显新四军抗日到底的决心。此次行动，由军区参谋长、副师长黄庄指挥，于会议后当晚就出发，在敌军阵营尚未缓过气的空当里，一展军威。

黄庄曾经借送黎星源之机去过吴尚，对那里的地理形势比较了解，领命之后，率大军随后跟进，趁着茫茫夜色的掩护，展开了继郭镇之战后第二次针对吴尚的军事行动。

吴尚城中，对于这个已然进行的巨大危险，毫无所觉。从黎星斗起，至麾下各级军官，都没有料想到，新四军会在激战之余，不顾疲劳奔袭吴尚。黎明时分，正当城内众人仍在睡梦中时，城东五里铺一带突然枪声大作，霎时间将他们惊醒，城东守备的伪二师余部 800 余人，略作抵抗后，便被新四军缴械，前锋部队急行军半个钟头，已然抵达吴尚城下。黎星斗从被窝里爬起来，刚接了一半电话，副官就率着几个卫士冲进卧室，急声催促说新四军已经突破东门进城了，城里守卫部队，正在溃逃，请他立即转移。

黎星斗这一梦方醒，就丢掉了吴尚城，不由得惊恐万分，跺脚大哭，拔出手枪来说："我不走，我就坐在这里等着新四军来杀，谅他们也不敢动我，担这忘恩负义的名声！"

副官着急，提醒一句："司令，总指挥不在吴尚，他们不会投鼠忌器的。更何况咱们已经易帜，他们不会客气的，走吧！"

他不等黎星斗答应，指挥卫士搀扶着黎星斗换鞋向公馆门外走去，但这一刻，已是迟了，前面逃进来的士兵报告说新四军已经到了公馆门外，正向里面进攻喊话。众人一急，忙又掉头去了后宅花园，找来两张椅凳，叠拼起来，将黎星斗推拉上墙头，终于救得他离开了公馆，取近道直奔城南，趁新四军还没有合围，上船从水关出去，沿水路直奔墟口去了。至于城中守军主将，来得及逃的都逃了，来不及的死的死，被俘的被俘，一片狼藉。

新四军不费吹灰之力，奔袭吴尚得手，两个钟头占领了吴尚全城。这一猝然变故，各方都未能料想得到。黎星斗一夜之间丢掉了老巢，狼狈逃向墟口伪三师驻地，急电苏鲁皖游击总指挥黎星源，请他出马斡旋。汪精卫获知这一情况后，先询问黎星斗的下落，随后急忙联系日军方面，要求南部旅团尽快帮助黎星斗收复吴尚。南部襄吉得悉黎星斗不战而弃吴尚之后，冷笑连连，下令驻扬州的部队集结，向东移动，准备经由莲花镇向吴尚的新四军展开反攻。原驻莲花镇的伪四师会同伪五师向南，与黎星斗会合，从西南方向攻击吴尚，形成钳形攻势，将新四军聚歼于吴尚城及其周围地区。吴尚重新陷入岌岌可危当中，那一顶"300 年无战事”的太平桂冠行将坠落。这守城者身份已然改变，不是苏鲁皖游击部队或者汪伪第一集团军，而是有血战之能的新四军。这支部队，会在吴尚和日本人动手吗?

五

吴尚这一仗，最为着急痛心的人是相距不过几十里地，栖息于水乡腹地的黎星源。这次反清剿，虽然他们不是日本人的针对重点，但在歼灭竹村大队的战斗中，依然由六纵出击参战，将其通往吴尚的退路切断，立有阻击之功。眼看日本人发动的这一轮围剿行动宣告结束，可以喘一口气，谁知道风云突变，新四军猝然出手，一下子就将丁聚元所部吃掉，更想不到的是，新四军主力竟然尾随溃军，日夜兼程，出其不意拿下了吴尚城。这样一来，黎星斗的大部人马已经没有立足之地，他本人在墟口镇苟延残喘，前途一片晦暗。

黎星源给新四军军部接连发了两封电报，解释黎星斗率部易帜的真相底里，一再强调他是伪降，已经重庆方面同意，仍然可视为友军对待，请求他们不要再为难该部，得饶人处且饶人。

新四军军部那边署名陈毅的复电：鉴于吴尚已经被新四军二师占领，黎星源可以直接与该部联络，商量善后事宜。他看了电报，抹了一把汗，略加考虑，决定请一个人代表自己前往，和新四军接洽。此人不是别人，正是有着共党嫌疑，不，几乎可以确定为共党分子的三十三师联络官林峰少校。他是目前的最佳人选。

林峰受了黎星源的委托，倒也不好推辞，也想看看新四军主力拿下吴尚后的面貌。临行前，顺道去看望程兴柱。程兴柱心里也正高兴，前两天率部拦截了竹村大队，正嫌这一仗不过瘾，没想到新四军如此神速地进占了吴尚，心中不禁一阵冲动，隐然有了率军易帜的想法。这次见林峰要去，便托他捎信给二师首长，转达自己的愿望。林峰答应了，但心底却不抱太大的希望。他这趟去吴尚，除了卫队还带上了贾慧。贾慧随他在这水乡里住了一个多月，对于吴尚的消息完全闭塞，不知道完成这次诱降任务后的老督军和柳云的去向。她要借此机会返回吴尚，彻底弄个明白。

一行人上了船，在曲折的河道芦荡里左拐右绕，最终进入卤丁河，顺风挂帆。不久，远处吴尚城楼隐约可见。河岸上，有小队穿灰布军服的士兵在巡逻，见了这艘船指指点点。船在北门外码头停泊，守卫码头的卫兵前来盘查。林峰便说奉黎星源总指挥的命令，要见城里的最高首长。负责码头守备的是一个排长，检查了他的证件后，派人向城里请示，一刻钟后得到回复，放来人进城在光孝寺会面。

林峰一行登岸进城。沿街走到天禄街附近时，贾慧停住脚步，表示要先行回去，看看自己的住处。假如李嫂还在隔壁，他们办完正事后可以来这边吃顿饭。林峰明白她的心思，笑了笑安排了两个人护送她，在那里等候自己。

贾慧在两个士兵的卫护下，回到了久别的住处，去隔壁邻居家查看，李嫂夫妇仍然在此居住，没有搬走。她便登门先打了声招呼。李嫂正在院子里拣菜，冷不防听到她的声音，吓了一跳，赶紧起身叫了一声贾小姐。贾慧不想再跟她纠缠过去的事情，询问一下自己那边的情形，便去开门，顺便请她帮忙收拾，先生火，再去街上买些菜肴来烧煮，等待林峰他们完事后过来。

且说林峰等人一路径直去了光孝寺。新四军指挥部暂时就沿用了黎星斗的家当，将军用地图、囤积的物资收缴一空，装船运回根据地。指挥部内职务最高的人是军区参谋长、二师副师长黄庄，他也是进攻吴尚的前线总指挥。这次不费气力拿下吴尚，主力部队并没有进城，二师恢复了原独八旅过去侵占的根据地，派遣游击队训练民兵，并将吴尚行署重新设置下来，将己方的势力范围伸展到了吴尚城外广袤的平原地带。留守城里的，不过一个团的兵力而已。

黄庄先前收到了新四军军部的电报，黎星源近日将有代表前来商谈，请他妥善接待，以示己方对二黎态度立场的区别。这会儿见林峰到了，客气地请他坐下。林峰此刻并没有先谈黎星源托付的事情，而是先行表明了身份，同时说明自己还负有六纵程兴柱向组织上的请求。

黄庄有些意外，请他稍等，转身派人与有关方面联系核实他的身份，这才露出由衷的笑容，握住他的手说："林峰同志，原来是一家人，欢迎你。你这次来，正好可以与重建的地下组织接上头，眼下主力正在城外全力建立游击区。黎星斗投降日伪，又甘为马前卒疯狂进攻根据地，我们对他也就不客气了。不过，他们这次易帜投降所带来的政治影响太坏了，仅仅近两个月内，效仿降敌的汉奸就如同雨后春笋般冒出来。他黎星斗带头做了一个极其恶劣的榜样，不加以教训，就无法提振抗日军民的士气。这目前的结果，他是咎由自取。”

林峰对于吴尚易帜事件的情况所知甚详，当下便将自己所知晓的内幕以及黎星源的请求和盘托出，向他汇报。黄庄笑了起来，说这吴尚孤城，守是守不住的，新四军也不想舍己之长，在这里死守，和敌人进行毫无意义的硬拼，等城里缴获的物资军火抢运完毕，就撤出吴尚，将这里还给他们。黎星斗再不幡然悔悟，在汉奸这条道路上走下去，不肯回头的话，他是不会有好下场的。在这一点上，黎星源是值得我们尊重的。至少，他知道担当汉奸的名声是极不光彩的。曲线救国？重庆的蒋介石是在跟汪精卫唱双簧戏，用意一目了然，就是将共产党视为敌人，蒋记也好，汪记也好，反共的面目是一致的，在这点上，他们是一丘之貉。

林峰深以为然，随后便向他提起程兴柱要求率部归队的请求。黄庄却不同意，说在这支队伍的问题上，军部是早有指示的，鉴于黎星源在黄桥战役中给新四军的支持，再加上他自己又能洁身自好，在关键时刻与黎星斗分道扬镳，各打旗号，在乡下坚持抗日，共产党不能做釜底抽薪不够朋友的事情。程兴柱是共产党员，只要这支部队能够抗战到底，心中保持红色，不论在怎样的环境里，都是抗日的队伍，都是自己的弟兄。这次围歼竹村大队，不就是齐心合作的结果吗？他请林峰转告程兴柱，六纵留在黎星源身边，保护他的安全，坚持抗日，这是主要的使命，一定要不折不扣地完成。

林峰茅塞顿开，笑了起来，说：“首长，我开始明白黎星源的良苦用心，他为什么要带六纵走，而不带自己真正的亲信部队二纵了。此人老谋深算，知道他若不带六纵走，程兴柱一定不会跟随黎星斗投降汪伪。这样，他就白白损失掉了六纵这支主力。所以，他倚重六纵下乡坚持，我方碍于旧日的情面，就不能不维护他的脸面。他是将自己变成一根绳索，缠绕住程兴柱啦。”

黄庄大笑，说：“你的说法也对。不过，我们更看重的是他这面旗帜不能倒。苏鲁皖游击总指挥部还在嘛，有人有枪，甚至我们还可以给他一块游击区。眼前严峻的形势下，像他这样的国民党将领已属难能可贵了，不能强求。有他在，至少一批像他那样立场的人能够看到希望，不至于投降，成为我们的敌人。”

林峰在新四军前线指挥部与黄庄商谈了半天，重新设定了联络方式，恢复和新建的吴尚地下交通站的联系，设立直线电台，以保持与他的联系，及时向他通报敌情。明天天一早，新四军就主动撤出吴尚，对黎星斗象征性的教训已告完成。这个县城，仍旧还给他，并留下严厉警告，再敢积极与新四军为敌，绝没有好下场！

林峰此行收获颇丰。他率着卫兵离开光孝寺，去贾慧的住处，却意外地见到了那位黄太太。原来，新四军来得突然，那位黄参议正在光孝寺办公，一时间措手不及，只得随众逃跑，将老婆丢在公馆里。黄太太一个人，吓得魂不附体，关起门来恨不能找个密室藏起来。但这次新四军进城，似乎没有她想象中那样大动干戈，没人来公馆打搅。正当她稍微心安时，忽然听到有人叫门，听声音竟然是贾慧。她不禁惊喜交加，开得门来果然是她，不禁抱住了痛哭一场。贾慧询问自己离开吴尚后，城里老督军等人的举动。黄太太便将所知所闻大概地告诉了她。老督军公开露面，以南京特使的身份在光孝寺与黎星斗签订了协议，那个柳云扮作随从陪侍左右。易帜之后，老督军在吴尚又住了好些天，监督黎星斗履行协议，等一切相关事宜完毕，才启程离开。黄参议的去向已经定了，据说可以选择苏州、南京两地。熊克西要他去省府任职，协助进行税赋征收。南京那边的职位虽然要高点，但是个没多少油水的闲职。黄参议本人正在两边为难之际，还没来得及决定，新四军就从天而降。他在兵乱中去向不明，可能是逃到墟口去了。

贾慧听了她的叙述，追问一句柳云的下落。黄太太说丈夫曾经公开嘲笑这个人，像一只躲在暗处的老鼠，见不得阳光。这次对于促成吴尚易帜的公开奖赏，并没有他的份儿。他奉命继续潜伏在吴尚，依旧干那些见不得人的勾当。她在吴尚城里再也没有见过他。贾慧冷笑，这个机关算尽的家伙卖力过头了，弄了个竹篮打水一场空，活该！

黄太太请她稍坐，去卧室取来那把精巧的袖珍手枪，交给她时说这是老督军请黄参议转交给贾慧的。这手枪，她本来是想抓在手里用以自卫的，现在不用了，可以完璧归赵了。贾慧接过这把枪来，在掌心反复地端详，油然忆起老督军将它夺去后，敲击自己额头的情景，不觉黯然，心想大约这个场景是他们父女最后一次见面的印象了。他在吴尚的事情已告了结，回南京炫耀功绩去了，今生再想跟她碰面，机会渺茫了。那一瞬间，贾慧流了眼泪，抓起黄太太的手，请她去自己的住处同住。在当下的环境里，她有林峰依靠，可以暂时保证安全。她那座小宅子，就是庇护之地。

黄太太随贾慧而去，捎带帮着料理菜肴。不一刻，林峰返回，双方一见面，不约而同地露出笑脸。林峰问起黄参议的下落，黄太太说自己在公馆里听得街头一阵枪响，眨眼间满大街都是新四军，苏鲁皖的人一个都瞧不见了，像是变戏法一样。林峰笑说明天兴许又像变戏法一样，新四军又都不见了，这满大街重又是苏鲁皖的人了。

黄太太一阵惊喜，问："你是说新四军要撤走了？"

林峰点头。贾慧问他走不走，他说自己自然是要走的，留在这里，名不正言不顺。

贾慧叹口气，坚决地说："我不走，我要留在这里。听说那个人也在吴尚，不知道藏在哪个角落里呢？我得报仇，不走了。"

林峰有些着急，说："没必要在这个时候冒险，他是恶贯满盈，不会有好下场的。"

贾慧仍固执己见，不肯离开。

黄太太在一旁劝道："你们两个争执也没用。这个柳云留在吴尚是个祸害，城里的黎星斗，城外的黎星源，迟早要除掉他。他知道得太多，又是那样的身份，谁不防他三分？老黄说，这个人不得好死。"

她这句话说出来，让林、贾二人大为受用。不错，柳云现在以秘密身份潜伏下来，实质上是南京方面埋藏在这里的眼线。二黎演的这出双簧戏，怕就怕被人在关键时刻揭了底。这底牌一揭，戏就没法演了。所以，要想这戏唱得精彩，这等不速之客是需要加以提防的，甚至应该予以铲除。

林峰问道："那么，黄参议有没有将他的底细告诉黎星斗呢？"

黄太太得意地一笑，说："上次他吃了豹子胆敢在老黄头上动土，这个仇自然是要报的。老黄在吴尚这块地面上，说话行事还是顶用的。"

贾慧微笑道："你看，我依然回来做教员，跟这位姑妈住在一起，又有黄参议的庇护，你怕什么？要知道，我只要在吴尚露面，他不来找我，老爷子也会逼着他来。他只要露面，死期也就不远了。"

林峰望着她清秀羸瘦的面容，心中恍然明白过来，怜惜地问：“你有把握？”

贾慧说：“有，不过这件事，如果你能参与进来，我就更有信心了。”

六

日伪军从西南、西北两面，以钳形攻势扑向吴尚。上午十点，黎星斗已经从黎星源的密电里知悉详情，亲率直辖的独立旅赶往吴尚，要抢在日本人之前进城，以示克复之功。其余各师，各自接管原先的防区，并做出追赶新四军的态势来。

一路上，他连电文都命令黄参议拟定了：黎某亲率本部劲旅诱敌深入，重创新四军主力，收复吴尚城云云。

部队沿着南官河两岸急速前进，黎星斗坐在汽艇里，从舷窗眺望遥远处隐约显现的吴尚城墙轮廓，得意地笑道：“大哥跟新四军的交情，这时显出分量来了。不过，我对新四军也不薄。这次骤然翻脸，一定跟丁聚元有关。这小子吃错了药，把我临行前的叮嘱忘得一干二净，自己吃了大亏不算，还把祸水引到吴尚来了。这次非得好好地给他点教训不可。”

黄参议对于其中的隐情，自然猜得出一二。吴尚易帜后，老督军赖着不走，暗中笼络各师师长，金银钞票送得不少。这些人因长期受黎星源的弹压，不敢肆意搜刮，日子过得紧凑，陡然间遇上了这么个出手阔绰的主儿，当然喜出望外。这一招金钱收买，已然将二黎商定的计划破解掉了三成。他是响应南京方面一手促成易帜的人，对这件事自然是乐见其成，但对于黎星斗本人似乎又有些负疚。他决定不参与其中，洗手作壁上观，等吴尚这边的事务一了，带上老婆过江去苏州，就此断绝跟这支队伍的关系，日后的事情，就与己无关了。

他这样默想着自己的计划，耳听得汽轮桨叶搅水破浪的声响，一路向北。突然间，只听得黎星斗喃喃地骂道：“他妈的，怎么挂起了膏药旗？日本人比老子还快？”

黄参议吃了一惊，也举起望远镜朝吴尚南门城头望去，果然有一面白底红心的膏药旗插在城头，远在莲花镇西的日本军队，怎么会抢在他们之前进城呢？这个问题，令人大惑不解。黎星斗下令船只提前靠岸，亲率卫队登陆向前，查探虚实究竟。

半个钟头后，副官赶回来报告，城头上那杆旗子不是鬼子插的，南门并没有日本人的踪影。黎星斗哼了一声，不知是哪个龟孙子装神弄鬼，当即指挥船队继续前行，一路从水关入城，抵达官河码头。

他和黄参议一行正欲返回光孝寺，检点损失，却不防北边路口一片喧哗，街头行人奔走四散，眨眼间空空荡荡。他心中疑惑，正想派人去查看，却见街道尽头转出了一队日本兵，打着三八大盖，刺刀上挑着膏药旗，排成两路纵队，翻毛皮鞋在石板地上踏出了咔咔的整齐声响。他这下子手摸脑勺醒悟过来，日本人真的到了吴尚。他急忙派人过去接洽询问，对面的翻译说这是日军南部将军亲率的宪兵队，刚刚进城。南部本人正在北门城头等候，邀请黎将军前去会晤。黎星斗恼火地跺了下脚，方才那挂在城头的膏药旗是个缓兵的幌子，有人在暗中帮助日本人争取时间，抢先入城。他知道日本人进入吴尚意味着什么，无奈之下，只好让黄参议陪同，在卫队的卫护下穿城前往西门，和南部襄吉碰面。

西门附近几条街同样空旷无人，吴尚居民从未见过日本兵，这一下子陡然露了面，吓得关门闭户，躲在家里烧香拜佛哀求保佑。胆子稍大的人从门缝里向外窥视，看到黎星斗的部队也到了，这才有点放心。

黎星斗率人到达西门，上了城楼，只见一个日军少将坐在城楼里，伏案喝茶，抬眼间一双狡黠的眼睛看过来，叽里呱啦说了几句话。翻译说南部将军说黎司令慢了一拍，这收复吴尚的首功，已经被第七旅团捷足先登了。

黎星斗居高临下看着这个五短身材的胖子，心中一阵愤怒。他从城垛左右俯瞰，看清楚了虚实。这趟随南部入城的日军，只有二三百人，全部乘坐汽车和摩托，怪不得能比自己快一步。原来他们也是有备而来，事先知道新四军撤走的风声。他笑了笑，走过去坐在南部面前，说："原来这趟南部将军是跟黎某赛跑，你拿汽车比我们一双腿脚，胜之不武吧？不过，算你们赢了吧，我替你接风，请你喝酒，这酒喝完了，恭送将军返回扬州。"

南部摇了下头，说："我率部助你收复吴尚，难道就没有一席安身之地吗？"

黎星斗也摇头，说："根据协议，贵军不得在吴尚驻兵，白纸黑字写着，怎么好抵赖？"

南部不屑地一笑，说：“你丢掉了吴尚，我们皇军替你夺了回来，自然要分一杯羹的。是贵军无能，两万人马守不住这弹丸之地，才导致了当前的局面。”

黎星斗冷笑：“你们日本人倒会捡便宜呢。这不费一枪一弹的交易，是把黎某当三岁小孩哄吗？请回吧！”

南部脸色铁青，拍桌怒吼道：“黎司令，你见过日本皇军一枪不发就拱手让出战果的先例吗？”

黎星斗也拍了一下桌子，提高声调回敬道：“老子有两万之众，就在这城里城外，不服气就拉出来比画比画。你这几百号人，还不够老子喝一壶的。”

南部怒极，情不自禁地去摸枪套。这时，一个日军少尉快步来到他的面前，耳语了几句。南部脸色先红后白，片刻间转怒为笑，既像是解嘲又像是缓和气氛，说：“不过，眼下还是要祝贺黎司令收复失地。地盘乃是区区小事，你们第一集团军的防区，日后不会仅仅局限于吴尚的。我们已经和汪主席达成协议，占领区内的皇军要抽调参加新的战事，后方治安，还得倚仗你们呢。”

黎星斗见他突然变了口气，省悟过来，知道是属下队伍已经占领了莲花镇，截断了对方的后路，南部怕激起兵变，一旦动手他这点儿人死无葬身之地。他大笑起来，说：“是的是的，黎某一定替汪先生守好这块地盘。请你们放心。”

南部沉吟了一下，站在城头左顾右盼，瞅见西门外两里地矗立于树丛的那座关帝庙，说：“那么我就向黎司令讨一块地方，安置部下。这城外的那座庙，驻一个宪兵队如何？你不会怕我这点士兵吧？”

黎星斗素来是吃软不吃硬，看他变了口气，又提出不入城，只驻城外关帝庙，不免有些迟疑，望望身边的黄参议，征询他的意见。黄参议正被他们这一通吵吓得两腿发软，生怕黎星斗一怒之下，跟南部翻脸，那麻烦可就大了。这时借着气氛缓和，便连使眼色，示意他同意。

黎星斗会意，说：“好吧，念在你们这趟奔波，就给块地方让你们住。你们可仔细了，没事就在城外待着，别惊吓了老百姓。”

南部脸上掠过一丝得意的笑容，端起杯子将茶水一饮而尽，说：“好，一言为定。”

七

南部率宪兵队抢在黎星斗之前进了吴尚城，由此取得了屯兵吴尚的权利，虽说仅有二三百人，但却成了日本人监视黎星斗的一双眼睛，时刻不离左右。更让人不安的是，南部本人也留在了这里，架起电台、接上电话，俨然将司令部设在吴尚，给黎星斗添了几分堵。

黎星斗无奈，但愤恨难消，下令彻查吴尚城里给南部送信并协助在南门插旗的内奸。这个内奸是谁？吴尚地区只有两个人心知肚明，城外是蛰伏在几十里外水乡里的林峰；城内，是正要打点行装准备离开的黄参议。

黄参议等事态平息，协助黎星斗安排了驻防事宜，回到公馆里，意外见着了那位陷身李府，接着不知所踪的贾慧，心头诧异，疑惑地问她这些日子的去向。

贾慧半真半假地告诉他，那个柳云借老督军之手陷害自己，幸亏自己知道李府那条暗道，瞅准机会从那里逃走了，一直等到老督军离开吴尚，她才敢出来见人。

黄参议早已断定她与许督军之间必有瓜葛，现在正好可以当面询问。贾慧盘算定当，要借父亲这张虎皮吓唬人，才好从容地收拾柳云。她略施伎俩，说自己曾是许督军认下的干女儿，幼时曾随父亲在督军府住过几个月，后来家道中落，也就不跟督军府来往了。这次在吴尚见面，老督军念起亡父的旧情，想携她去南京，她却不肯，只愿意在吴尚过平平稳稳的日子。没想到老督军听了柳云的挑唆，想让她嫁给柳云，她坚决不从，拂了他的心意。这老先生是个翻脸不认人的主儿，还有几分顺者昌逆者亡的跋扈劲儿，就以干爹的名义将她扣留了，准备等吴尚的事情了结，再议此事。但她既然脱了身，他也就拿她没辙了，就此将这个打算化为泡影。当然，这其间最可能的是柳云，可恨到了极点！

黄太太帮腔说这个柳云在绑架她们之后，对自己好生无礼。他的靠山走了之后，是得狠狠地教训他一顿了。黄参议心底暗笑，这些个女人真是头发长见识短，老督军哪里是柳云的靠山？这个年轻人在他的算计下，整个促成易帜的功劳簿上，连露面的机会都没有。他想用干女儿来笼络柳云，想必也是韬晦之计，利用他卖命而已。如今，柳云已成了一双弃之于道边的破鞋，隐蔽在地下不见天日，他只有投靠日本人这一条路可走了。南部这次出人意料的迅捷行动，与他有着直接的关联。这个人，自己不愿意去理会，临走时将他当作人情，卖给黎星斗，大约也能换回一笔丰厚奖赏，并纾解心头的旧恨。

他这个主意，可以说一半是在贾慧与黄太太怂恿下拿定的。他胸有成竹地一笑，没有言语。第二天，和黎星斗见面时，便变换了一下口吻，透露给了这位犹自心中愤懑的草头王。

黎星斗对柳云几乎没有印象，只知道他曾持窦雪广的推荐信见过黎星源，后来在绿杨旅社住下不走，替许督军打前站，至于他在吴尚的那些所作所为，以及他与黄参议之间的这些恩怨，并不清楚。现在听说此人是南京方面派遣暗藏在吴尚的卧底，又是通风报信导致南部率宪兵队深入险地抢占吴尚的罪魁祸首，气顿时不打一处来，马上就要全城缉拿他。

但黄参议力劝不可，此人本就是隐藏地下的亡命之徒，公开捉拿，难以奏效。再说他到底是南京方面的人，不宜先兴师动众地翻脸，只能以其人之道还治其人之身。他那边偷偷地暗通日本人，这边也就偷偷地将他做掉，水里来水里去，不留痕迹。

黎星斗觉得这个建议很有道理，便从谏如流同意了。但如何对付这个暗藏在城中的肉中刺、眼中钉，他并没有什么办法，索性委托了黄参议去处置。黄参议心存走意，哪里肯揽这事，索性建议这件事无须自家动手，完全可以利用外人来做。黎星斗疑惑，问什么人。黄参议挤了下眼，说让共产党去处理他，岂不是更好？借刀杀人，省了自己的麻烦。黎星斗问他难道和新四军方面有瓜葛，黄参议一笑，找新四军还不容易，发份电报给总指挥，他的身边现成就有。

黎星斗如醍醐灌顶，明白过来，连拍几下他的肩膀，笑道："还是你行！说实话，我都舍不得你走了。干脆留下来，我升你做中将参谋长，如何？"

黄参议心思不在这里，婉辞推托，直说这是自己临行前为总司令做的一件干净利落、除却后患的事情，算是报答他这一年来的知遇之恩。黎星斗是个爽快人，也不强人所难，表示临行之际，没什么可送的，就着军需处拨 3000 块大洋做路费以及安家费用，苏州、吴尚隔着条江而已，大家可以常来常往，做个长久的朋友。

从本质上而言，黄参议以 3000 大洋送行的程仪，将曾经合谋完成吴尚易帜之举的同僚柳云出卖给了黎星斗，而且亲力亲为，设下了铲除他的计策。当然，这是跳出他们之间的纠葛而言的。在黄参议自己看来，这个柳云是个桀骜不驯的浑球，行事手段下作，根本就摆不上桌面来。许督军多年的老江湖，也看出了这一点，略施小计将他压在不见阳光的暗处，是明智之举。自己借他人之手除掉此人，比老督军更见功底。他既出妙计，又袖手置身事外，心里说不尽的得意。

黄参议离开光孝寺去街口万福池浴室，进了雅座，脱衣下池，浸泡在热乎乎的水里，仰面半浮半沉，舒坦到了极点。他正想开口唱几句，舒展胸中的快意，有个人突然在身后拍了下他的肩头，说："黄参议，擦个背呀，留些泥垢在吴尚做个纪念。"

这声音浮华但不失清亮，让黄参议一凛，掉头看去，竟然是许久不曾露面，潜伏地下的柳云。他同样精赤着身体，身材匀称，没有赘肉，与他的面孔一样显得干练、精明。

黄参议将脑袋枕在青石池沿，半闭着眼说："好久不见了，你老兄终于从下面浮上来了。有事吗？"

柳云语带酸意，说："恭喜你呀，不日就要高升了，把咱们这些一起并肩办事的朋友都抛在九霄云外了。"

黄参议一笑，说："我这算什么高升？你才是后劲无穷呢。等你再立下几件功劳，诸功齐赏，丁默邨、李士群他们都要让你三分呢。"

柳云也笑，说："李士群刚刚接任江苏省主席，熊克西调南京军政部，刚刚收悉的南京政府人事变动，难道你还不知道？"

黄参议一惊，这个消息他确实不清楚。这么一来，自己去苏州的事情怕是要泡汤了。但不知道熊克西的新职务的权限，是升了职，还是由实缺转为虚职？他赶紧抹了肥皂，准备洗干净离开。

柳云却拉住他，说："不忙走，你赶回去也阻止不了这件事。咱们都是小角色、小把戏，由不得自己做主。我劝你，还不如就在这吴尚城干一番事情，让日本人青睐，可比在南京政府里钻营强多了。这吴尚易帜，猫腻重重，咱们联手，解除后患。等把黎星斗这匹野马套上了笼头，这支杂牌军才能真的为日本人所用。有了日本人支持，还怕南京方面没有你我的交椅？"

黄参议此时证实了自己的判断，南部率宪兵队抢先进入吴尚，就是此人搞鬼，保不准那在南门城头插日本旗的动作，也是他所为。他笑了几声，说："这得容我好好想想。照你这么一说，吴尚已是个是非之地了，去留问题，还真的棘手呢。"

柳云似乎有话要说，但欲言又止，脸上保持着笑容，坐在池边，认真地用丝瓜瓤在身上擦拭着，动作不紧不慢，刻意地从容。黄参议暗暗有些佩服这个年轻人了，经历过巨大的失望之后，还能这样死撑着体面，在他所见过的青年中，算得上佼佼者。只可惜，他心比天高、命比纸薄。也许这八字评语，真的就是他今生的写照呢？

在回公馆的路上，黄参议思忖着柳云今天突然在浴室现身相见的目的。此人倒是个乖巧之辈，在自己和黎星斗心生杀机时，就主动亮相了，一反这两个月来的低调。不过，这种姿态的改变，恐怕跟其他无干，只与南部宪兵队在吴尚落脚有关。日本人成了他直接的靠山，他终于要露面了。殊不知，一张大网已然在他的身边慢慢地展开，浮出水面的那一刹那，大约就是他的死期了。

他是自寻死路，无人能救。

八

黎星源收到吴尚发来的密电，意思明朗：

> 吴尚有内奸，勾结南部入城，强驻关帝庙，请派干员返城，先行毙杀内奸柳云。

南部居然能够冒险率宪兵队肆无忌惮地抢先抵达吴尚，黎星源简直难以置信，去翻阅了先前他们反攻吴尚的军事部署，这才恍然大悟。南部调伪四师离开莲花镇向南集结，表面上是对吴尚形成了致命的钳形攻势，实质上却已留下伏笔。只要城里有人将新四军不战而走的情报提前告知，他们就可以凭借交通工具，在这一马平川的平原上长驱直入。黎星斗虽是心存默契，但却不知有人在跟他赛跑，抢这进城的头功。南部抢先进城，以此为借口留驻关帝庙，兵力虽有限，却在他们内部楔下一根钉子。这个隐患是个麻烦，无形中就将黎星斗易帜条件中最关键的条款给废掉了。南部亲自在卧榻之旁监视，他再也不能高枕无忧了。

他心情沉重，反复地看电文，揣摩许久之后，拿起电话来摇给了程兴柱，将电文转述给他，请他设法派精干人员潜入吴尚，刺杀南部深入吴尚内部的那个奸细。

程兴柱听说南部率宪兵队入关帝庙，吃惊不小，再琢磨一下黎星源电话中的意思，这解决柳云的最佳人选，非林峰莫属了。他出了司令部，穿过一片田垛，来到三十三师联络处的驻地，将这一情况详细告知。

林峰抵达这里后，架起电台继续和本部联系，告知最近这里的战事变化，履行表面身份的义务。他刚刚去了吴尚一趟，本以为诸事顺利，没想到竟是这样的结果。再听说柳云在其中扮演了如此的角色，不由得心头火起，咬牙切齿地说早知道他是这等的祸害，那天就该亲手将他给掐死！

程兴柱笑了起来，说："黎总指挥劳烦了你一趟，不好意思再开口打搅，打电话给我，意思摆在那里，想请你二进吴尚城，锄奸灭邪。我们合计一下，向上级请示，看他们能不能同意我们介入此事。"

请示电报十分钟后发往新四军军部敌工部，当天傍晚，就有了回复，上级同意行动，并已通知吴尚地下组织配合行动，拔除汪伪暗藏在吴尚的耳目。得到电文回复后，林峰立即行动起来。他大致交代了联络处的工作，并程兴柱代为照应后，率了十人左右的精干小分队，带上黎星源的亲笔信，扮成运送杂货的农民船夫，乘船连夜赶往吴尚城。

一行人抵达吴尚，夜泊城外候了约莫两个钟头，黎明时分上岸进城。这一路上果然气氛不同。这座城市，连同它的居民、驻军，都仿佛在一夜之间蒙上了一层晦暗不安的色彩，尽管今天天气晴好，阳光明媚。他进城之后，先安排手下和地下组织交通站接头，自己径直去了黄公馆，趁着天色尚早，登门先将黄参议堵在被窝里，询问当下的具体情况。他去黄公馆，是熟人熟路，但为了掩盖行踪，没有从正门进，转到旁边的巷子深处，看看四周无人，便从后院翻墙而入。

林峰双脚着地，所处的位置恰恰选在建筑的西厢房一个隐蔽的夹角里，他转过这个夹角，正是贾慧的卧室。房门敞开着，贾慧半倚半睡在一张湘妃竹编的躺椅上，半睡半醒。林峰一眼看到她，不禁吓了一跳，再仔细端详她的睡态，又觉得妩媚动人，当下凑近过去，在她面颊上轻吻了一下。这一吻不打紧，没有深睡的贾慧蓦然惊醒，袖中紧握的那把手枪闪电般抵在他的胸口。

林峰赶紧高举双手，悄声说："是我。"

贾慧定睛一看，不觉脸上一红，说："你怎么才来？害我白白守了一夜。"

林峰慢慢挪开枪，笑问："你怎么知道我会来的？"

贾慧朝那边一努嘴，说："他说的。"

林峰立即明白过来，黎星斗向黎星源发电求助的主意来自谁了。他笑了起来，摇头说："你这个姑父，倒是活蹦乱跳的主儿，主意一个接一个。他和柳云之间，又生了仇怨？"

贾慧茫然，说："他前两天一直嚷嚷着要走，昨天回来后心神不定，晚饭时，很诡秘地说你要来吴尚，保不准就直奔这里来了，要我小心候着。原来，他是早有安排啊。"

林峰冷笑，说："我这会儿来，就是要看看他这葫芦里卖的是什么药。"

他们携手去了黄参议夫妇的卧房。

林峰在门上拍了几下，高声说："天已大亮了，老是躲在暗处会贫血的。"

黄参议正搂着老婆呼呼大睡，听得这声音，懒洋洋地睁开眼推了一下黄太太，说："起床吧，你那个乖侄女来了，起来招呼一下。"

黄太太慵懒地起身，坐在梳妆台前。黄参议跨出门来，先点了根烟提神，左右打量林峰，点头说："得到通知，星夜出发。对这位柳专员，你的杀气比我重啊！"

林峰淡淡地笑："一个人自绝活路，已属不易。像他这样变着法子绞尽脑汁求死的人，确实少见。听说，他惹得黎星斗大发雷霆，这块地面就是他的葬身之地了。"

他们谈笑间，就将柳云的生死判定了。贾慧倒是担心，让他们不要太过自信。柳云虽然可恨，但手段、心计都是厉害的，需要小心对付。

黄参议不屑道："他厉害？厉害的话，早就该在南京领赏了，还用得着在这里继续将脑袋别在裤腰带上寻死？"

林峰说："对待此人，我总结了一条，那就是大势上藐视他，细节上重视他。咱们几个回合打下来，他已比不得过去那样猖狂了。"

黄太太在屋子里略作装扮，出了门望望林、贾二人，微笑道："奇怪，变了天之后，他倒销声匿迹了。我以为这样卖力的主儿，怎么着也得弄个官做做，在大街上鸣锣开道，抖抖威风。"

四个人齐声一笑。

林峰看着他们夫妇，问："黄参议，什么时候动身去赴新职啊？"

黄参议皱了下眉，说："行程略有变动，我大概还得在吴尚待些日子，估计最终要去的是南京。"

林峰笑容里夹杂着不屑，但又因为要利用他的缘故，不便过于明显。这个中年男人，放在这乱世里，不知该怎样形容或评价他。他也算是个有心计、有手段的对手，暗中不声不响地居然就一手操办了黎星斗投降汪伪的丑事。虽然说时势比人强，但他凭借着复杂的局势，一步步从一文不名仅靠拿干薪住旅馆的清客，成了主宰这支杂牌军浮沉的人物。他与三战区本部往来的电文中，还有一件不能明言的任务，和他、和一墙之隔的李府有关。重庆方面某要人委托三战区调查其父李西沅的死因，对于全家死于日军轰炸一说，予以了严重质疑。这件事，如今回过头来看，确实疑窦重重。要达成李府阖家老幼同时死于轰炸，可不是件容易的事情。换一个角度看，李府上下几十口人被预谋杀害的可能性更大。阴谋策划并实施这件事的人，非黄参议莫属。他的嫌疑，已经被重庆方面的苦主认定了。当前的形势下，他投身于汪伪，倒也一时拿他没办法，但这笔血债，迟早是要偿还的。他有预感，这位浓眉男人不会安然度过余生的，他和柳云一样，注定要死于非命！

黄参议全然不知道他心中的想法，只当他是在考虑如何对付柳云，呵呵一笑，说："林参谋，想在地洞里找一只耗子出来，可不是件容易的事情。要想逮他，只有一种方法：用诱饵引他出来。"

林峰闻言一笑，两人一齐将目光转向贾慧。贾慧稍微有点脸红，但笼在袖中的右手却紧紧地捏了一下那把业已捂得温热的枪，毅然决然地点了下头。

九

吴尚西门外关帝庙，在全城居民的眼中俨然已成鬼域，连出城的人都特意避开，轻易不敢从它的附近路过。驻扎其内的日本宪兵队，平日里都不出门，只在庙里的空地上操练。门前持枪站岗的两个士兵，犹如泥塑木雕，自早到晚都纹丝不动，比城里的光孝寺门前的苏鲁皖游击部队的岗哨要正规、板扎。但这情形，很少有人去比较，其实这就是中日双方军力的鲜明对照。南部旅团隶属于坂田师团，是日军乙种师团中的佼佼者，参加过淞沪会战、徐州会战，后驻镇江、扬州一带，负责江北苏中地区的军务。这几年来，一直和驻扎吴尚的苏鲁皖游击部队对峙。如今一招诡计得逞屯兵城下，加上南部本人亲自坐镇，极具象征性。

黎星斗吃了这个苍蝇，心底难受至极，一时却又奈何不得，唯一能聊以解恨的，是他的伪四师回防莲花镇，阻断扬州方面和南部驻军的交通。南部和这二三百个部下，是陷在己方的四面包围中，一旦下定决心翻脸，号角一起，消灭他们那是举手之劳。他心底存了这么个念头，果真形势有变，这些自投罗网的鬼子就是他反正后奉上重庆方面的一份大礼，现在权当是将他们圈养在这里罢了。

城里光孝寺的黎星斗，城外关帝庙的南部，自城楼一见之后，再无往来。他们之间形同陌路，其他人自然也不敢越雷池一步。关帝庙前门可罗雀，一片静寂。

但是这天晚上，天色黑透后，却有个中国人悄然登了庙门。他穿一袭长衫，戴着顶掩去面目的凉帽，从庙后那条小河边登岸，穿过人迹杳然的荒地，避开大路绕到门前。两个鬼子哨兵见有人来，两把刺刀交错拦住去路，厉声询问。此人用并不熟练的简单日语对答了几句，卫兵撤开刺刀，放他进去。他进了庙内，这才取下帽子，手执帽檐驱除蚊虫，四处张望。

南部正坐在殿外廊下喝茶，脱去了军服仅着衬衣，后脑勺铮亮，听到脚步声抬眼望见来人，抬手招呼道："柳桑。"

这夜访者，正是被对手称作"地洞里耗子"的柳云。他潜身晚上，在黎星斗和新四军达成默契移交吴尚的空当里，出其不意来了这么一招，秘密和扬州的南部襄吉联络，将日军宪兵队抢先引入空城，算是替日方立下了一件奇功。这一步棋得手后，南部对这个年轻人青眼有加，与其相约今晚密议，在庙内等候已久，此刻见他来了，起身迎下青石台阶，握住他的手寒暄了几句。柳云稍懂几句，听得出他的口气，含笑致意。

他们进了屋里，南部拍掌叫来勤务兵，准备些酒食招待，并让翻译过来参与商谈，以免词不达意造成误会。

柳云在南部的办公处坐下，吸了一支烟，喝了点清酒，吃了一听肉罐头，尝不出什么滋味来，一切都持以谨慎态度。虽然他是汪伪中人，为这次南部抢先进入吴尚立下大功，但和日方将官的接触尚属首次，不能不小心翼翼。他的表现很令南部受用，但为免过于拘谨，他鼓励性地请对方多喝点清酒，先夸赞了他的功劳，承诺要向汪政府替他请功。

久藏于地下，昼伏夜出的柳云，脸上渐渐泛起红晕来，不知是因为听了他的称赞，还是酒精所引起的反应。他谦逊了几句，反过来称赞南部的胆识，竟能直率一支宪兵队就深入了对手黎星斗的防区，以迅雷不及掩耳之势，抢先进城，使得黎星斗的如意算盘落空。

南部大笑，说这个军事行动，是建立在他提供的情报基础上的，不知道新四军与二黎之间的秘密，就无法瞅准这个空当，达成奇效。他已经将旅团司令部前移百多公里，置黎星斗全军于眼皮底下，看看他们究竟还会有怎样的反应。柳云说这个计划虽然冒险了一点儿，但效果确实不错。他们既然在吴尚有了落脚地，做一个看客并不是最佳的选择，建议南部不必坐待其变，而是要先行施展手脚，逐步收拢缰绳，将黎星斗这支部队套笼于手中，为己所用。

南部很感兴趣，问他有什么办法。

柳云微笑，说有两个方法可以做到：一、利用当前的形势在吴尚召开军事会议，调集黎星斗及其他新降的各部，再派日军配合行动，重点围剿黎星源；二、将第一集团军麾下几个师分拆调开，诱以香饵，名义上扩大防区，让他们都得着甜头，实质上将这些师长都扶植成为独霸一方的草头王，时间一久骄气养成，自然就不会对黎星斗唯命是从了，这叫作釜底抽薪，让黎星斗在吴尚逐步被架空，沦为光杆司令。

南部听翻译逐字解说，面有喜色，伸出手来紧紧抓住他的肩头，啧啧称奇，连声道："柳桑，你是我遇到过的最聪明的中国人。你的计划很好，我后天就召开军事会议，任命黎星斗为这次行动的总指挥，让他领头去对付黎星源。妙计一件！"

柳云强抑住内心的激动，说："替皇军效力，是分内的事情。不过，在下目前在南京政府里并不顺心，所遇的多是嫉贤妒能之辈，我日前在迫降黎星斗一事立有大功，却被他们抹杀了，很令人寒心。所以，还望将军提携支持。"

南部点头说："你来找我寻求支持，是正确的选择。皇军替你撑腰，谁也不敢为难你。"

柳云端起杯子起身，预祝日后合作成功。南部欣然响应，两人在一声清脆的碰杯声之后，一饮而尽。在初秋微带寒冷的夜风中，吴尚西门外的关帝庙里，阴谋正在策划形成，一场新的危机犹如天边聚集的乌云，即将笼罩这座城市。

一天之后，斟酌已定的南部向江北所辖各部日伪军发出电报，在吴尚召开军事会议，商议下一步清剿作战计划。苏北伪军统帅机构主任一职由汪精卫本人亲自担任，他无暇过江来主持会议，委托南部代为行使职权。不久，镇江、扬州、吴尚、新化、静江、江堰各地的日伪军头目云集吴尚城。

因为会议选在吴尚开，黎星斗无法借故推托，只得勉强来参加会议。这次会议的会场选在光孝寺。南部借口关帝庙地方狭小，堂而皇之地进了吴尚城，将自己的权威凌驾在对手的头上。黎星斗眼见自己的司令部被日本人鸠占鹊巢，心里窝火，在会议前夕，当着前来参加会议的几个心腹师长的面在公馆大发雷霆。众人一起劝他压住火气，南部只不过借用光孝寺开个会而已，会散了，还得出城去关帝庙住着，小不忍则乱大谋，何必在这些小事上自寻烦恼呢？黎星斗苦笑，说这是步步紧逼呀，先是在城外安下钉子，现在又到司令部撒野，再下去，可就要在头上拉屎了，越忍越孬！几个人又都恳劝一气，眼下正是日本人处处占上风的时候，前途未明，总得先生存才是。

黎星斗无奈，长叹一声，说："我情愿去乡下，跟总指挥在一起。这吴尚城，真的是不能待了！"

南部襄吉以汪精卫苏北绥靖公署主任的名义，召集起各路降将在光孝寺开了易帜以来的第一次全体会议。他当仁不让地做了主人，左手拿令箭，右手挟刺刀，炫耀起武威来。会议室内，左右席上坐满了昔日的对手，不禁心中得意，说这次会议是汪主席委托自己代为主持的，一是调整防区，二是继续对占领区内的敌军予以肃清，现将到会各位的驻防区域调整方案公布如下，请大家看原田参谋长在地图上的示意。

第七旅团参谋长原田大佐，在巨幅军用地图上，先说明了当前各部的所在位置，然后照文宣读了新的方案，并重新标明各部新的防区。这次防区调整，对众多与会的师旅长们来说，是件喜出望外的事情，这次他们一下子就向外扩展到了周边的几个县，从日军手中接收了偌大一块地盘。静江、江堰、新化、江都，成为他们师部的驻地，特别是前期作战损失惨重的丁聚元，除了有重金招募部队外，还将两个保安旅纳入了他的序列，再许以通吴清乡专员的职位，独占江堰及黄桥等地，俨然可以与吴尚分庭抗礼了。

黎星斗心有疑惑，这次防区调整，将大块日军自己占领的地方划让给他们这些人，说是虎口夺食也不为过。难道他们是借此机会，转交防区后，集结兵力另有图谋?

南部留意他的神情，微笑着继续下面的议程，全权对周边游弋的国军苏鲁皖游击部队进行清剿。他开门见山，直指敏感话题，这支部队最高长官黎星源，在座的各位都是熟悉的，他是他们昔日的上司，只不过在一两个月前才分道扬镳。此人冥顽不化，不知天时，没能和大家一起投效汪主席，甘为无处容身的孤魂野鬼。前次围剿时，他竟敢配合新四军参与了对竹村大队的包围，致使该部全军覆没，犯下了不可饶恕的罪行。现在，是到了清算债务的时候了，由黎星斗司令任总指挥，指挥麾下各部，从东、西、南三面，向北进行清乡扫荡。北面新化方向，由小林联队出击，四面合围，务必一战消灭该敌。

南部左右打量众人片刻，冷笑道:“各位都与黎星源有旧，所以我不强求你们痛下杀手。如果谁有办法劝说他归降，为时不晚。他是你们的旧上司，你们如果下不了决心，可以围而不攻，由我大日本皇军来执行歼灭计划。总之，这支部队应当在地图上消失了，不能再存在下去。”

这个左手利诱、右手威逼的军事会议，在当天下午三点左右结束。南部并无暂留的意思，径自率队出城回关帝庙去。黎星斗等人忧心忡忡，先行将本部之外的人送离，继续他们内部的应对会议。

会场大门紧闭，外加岗哨之后，黎星斗脱去军装，除下帽子，声色俱厉地说："诸位，日本人要对总指挥下手了，你们当中有谁想扛这块牌子，可以去做，我绝不阻拦。但是，这件事替日本人做了之后，我估计他的脑袋在脖子上也待不了几天了。你们大伙儿说是不是？"

众人一齐起身，齐声说："总司令，我们都听你的号令，绝不敢对总指挥有歹念，一切请您拿主张。"

黎星斗挥了下手："拿什么主张，都在你们自己的肚子里，还需要我说吗？"

众人先是默然，随后不知是谁领头笑了一声，大家都不约而同地哄然大笑起来，光孝寺内原本严肃的气氛为之一变。

十

贾慧在林峰抵达吴尚之后，便搬回自己已然清理打扫过的旧宅中，重新拿起绣花布包，去学校继续教员的工作。这学校已经开学近一个月，她这段日子的失踪，很令校长及同事们担心。大家都猜想她是随那位林参谋离开吴尚，远走别处了，这会儿，见她露了面，都很惊讶，但谁都不便问起，一致地报以心照不宣的微笑。

贾慧恢复了工作，重新以惯常的姿态出没于吴尚街头，往返于学校和住处之间，仿佛这半年来的经历，都随南柯一梦逝去，再不可寻了。吴尚城内，风景依旧，除了驻军衣衫改了颜色，别无不同。那些暂驻于西门外的日本鬼子，都藏身于关帝庙内闭门不出，对城内外居民的俗世生活，几乎没有实质性的影响。她在庭院里，将花坛上疯狂生长，但已然渐显颓势的花草修整了一遍，残花败叶尽皆剪除扫去，只那两丛桂花树幽香袭袭，随风四溢，令门外行人为之驻足，心旷神怡。她在嗅觉迷离中，猜想着数尺泥土下那具尸体腐烂的程度。这个无名死者是柳云的手下，他像一团废纸一样，被丢弃在这里，再无人理会，成为蛆虫的食物、植物的肥料。而他身后的主使者，依旧如同魅影般游离在吴尚的夜幕下。贾慧宁愿将自己置身于危险当中，引诱这个夜色里的鬼魅现身。

她的住宅左侧，那幢普通宅院里，已经别有玄机，暗伏秘密。李嫂一如既往地保持着家庭主妇的面目，买菜煮饭，在院子里饲养几只鸡。她与丈夫的卧房隔壁的柴屋里，草料已空，面向贾慧院子的那个方向的围墙，有两块青砖被撬松，随时可以抽出，监看院内动静。那位林峰参谋及其两名得力部下，就栖身其中，严阵以待，等候着目标的出现。

但贾慧回来之后，一连两三天，没有任何动静，那个柳云都没有露面。黎星斗和日本人都在光孝寺里开了会，要对城外水乡里的黎星源以及程兴柱动手，在守株待兔的潜伏期间，吴尚地下组织的交通员往返了两次，向他告知外界的消息。他生怕出现意外，停止了这看似徒劳的策略，飞速出城，要抢在日伪动手之前将情报送抵程兴柱手里。

程兴柱正在驻地厉兵秣马，准备迎战，见他回来，当即将各自所得的信息相互交流印证。原来，黎星斗在会议结束后，已然密电黎星源，将这次出城进剿的军事部署和盘托出。林峰所知的内容远逊于他，于是放下心来，询问对策。程兴柱让他率所部联络处随黎星源及教导大队向东转移，向新四军根据地靠拢，自己率六纵全军向北，跳出伪军的合击圈，张开口袋阵对付从新化城出来的日军部队。

且说由黎星斗领头的伪军清剿部队，从吴尚、江堰、静江三个方向齐皆出动，其中吴尚和江堰两路，都是原苏鲁皖游击部队的人马，特别是丁聚元，刚刚吃过苦头，又久知六纵之能，再加上故旧袍泽之谊，大家心中默契。前哨派出几个连，分散了做戏一样向前推进，一有风吹草动就避开，根本不肯应战。只新化一路，是小林联队所部派出的两个中队，左右相距十几里齐头并进，并派飞机侦察助战。因为有了上次竹村大队全军覆没的教训，这次在进攻战术上，采取的是稳妥保守的做法，静待黎星斗所部先行发现敌方的位置，这才全力向前，将这支游离于国共之间的武装歼灭。

但是，这次军事部署看似严密，实质上许多方面是形同虚设。伪军各部表面上看都已抵达攻击位置，但却只是小股的部队虚张声势而已，主力各部，都在离城不足二十里的地方休息呢。程兴柱的六纵根本没有分一兵一卒来应付他们，一部兵力提前一夜突前 30 里，借水乡芦荡之便，埋伏在了新化城外咫尺之遥的所在。

上午九点，日军两个中队出城，不紧不慢地向东南进发。等到中午时分，各自离城已近20里，再听吴尚、江堰方向没有动静，他们心中犹疑，便停止前进，准备宿营吃饭。当士兵们架起枪坐下来刚刚捧起饭盒时，突然间四下里枪声大作。张网以待的程兴柱抢先动手，将南部日军一个中队包进口袋里，扎紧了口子。这些日本兵不少人连枪都没有来得及拿起，就端着食物被打死在当场，做了个临饱的饿死鬼。余下的日本兵在军官的指挥下，迅速四散开来，就地还击抵抗。但对手早已抢占了有利的地势，装备精良，以逸待劳，出手既稳又狠，不消一个钟头已然死伤一片。

新化城中的日军听到枪响动静，知道情况不妙，派出部队增援，但却被对方预伏的部队所阻，连续几次进攻，都不能越雷池一步。而与此同时，其余方向各路的伪军互相约定了似的，一齐朝天开火，打得不亦乐乎，造成四面皆有战斗，无力相互支援的假象。

这一通热闹，到了下午两点多才告结束。扬州方面飞来的敌机几次意欲助战，但双方队伍绞缠在一起，无法投弹扫射，等到战事接近尾声，才能滥炸一番，但已经是毫无意义了。这一个伏击战打得干净利落，日军被歼一个中队，其余参战的各部伪军，纷纷谎报伤亡数字，做出假象来。

南部襄吉惊怒交加，在关帝庙中坐镇指挥各处日本驻军出动，裹挟着附近的伪军马不停蹄地反扑过去。但此刻的六纵已经向东悄悄从丁聚元的防区北侧穿过，紧随提前转移的黎星源总部，进入新四军的防区，再难寻觅踪迹了。

南部以二黎相残为目的的策略，就此破产。清剿行动铩羽后的次日，他怒气冲冲地佩上指挥刀，率宪兵队进了吴尚城，向黎星斗兴师问罪。

黎星斗正和部下几个师长在光孝寺里装模作样地开战役检讨会，关起门来猜测此刻黎星源及六纵的所在，嘲笑南部是偷鸡不成蚀把米，竹篮打水一场空。正议论谈笑间，两扇木门被轰隆一声推开，一队日本兵夹道卫护着南部大步进了殿内。

南部站在门里，手扶刀把，狠狠地盯着黎星斗，用不熟练的中国话厉声喊道："黎司令，你要滑头！死啦死啦地！"

黎星斗正在兴头上，陡然被他打断，而且又出言不逊，心底的火气腾地烧了起来，挥手拍案回骂道："小鬼子，老子难道怕你？一点儿规矩都不懂吗？"

南部两眼冒火，就要拔刀。眼见两边在眼前就要翻脸，与会众人一窝蜂地冲过来拉劝，有的拦住黎星斗，连说司令息怒、司令息怒；有的来拉南部，请他坐下不要着急。南部身后的原田中佐懂中国话，也明白眼下的处境，赶紧附在上司耳畔低语了两句。南部的脸色稍稍缓和下来，将手边的刀把一甩，挺胸说："这次作战，我不想再看到第二次了，你们小心一点儿。"

他的目光在众人身上逐一扫过，行了个军礼，头也不回地离去了。

黎星斗骂道："好的，老子不受这个狗日的鬼子的气了，干脆把他们解决掉，咱们就地反正吧！"

他此言一出，那些部属面面相觑，都不同意，纷纷劝说眼下形势不好，三战区的日子都不好过，小不忍则乱大谋，还是静待时机成熟才是。

黎星斗阴着脸默不作声，坐在桌前沉思良久，灰心地挥了下手，说："暂且散会吧，各位先回防区去整顿队伍。我寻机再跟总指挥商量。我再提醒一句，咱们面临的形势险恶，大伙儿不抱成团，那是挺不过去的。你们都记住了。"

第十章

一

林峰离城之后，贾慧随即暂时搬回到黄公馆。从黄参议口中得知日本人吃了亏，心中欣喜，急切地盼望林峰重返吴尚。黄参议对于这场战事的结果很是漠然，他心里牵挂的是南京方面的人事变动给自己带来的困惑。

那天在澡堂子里，柳云所言不虚。伪江苏省主席已经易人，熊克西被李士群取代，前往南京就任军政部副部长，协助周佛海主事。这个南京军政部，比之于重庆军政部，权力和油水那是大打折扣了。他过去后，在下面做一个处长，或者去行政院办事，都不太理想。他失去了原先待遇丰厚的职位，总得有所补偿才是。他将目标盯在了财政总署上，请熊克西代为疏通关系。熊克西应允下来，但运作此事需要时间，他还得在吴尚这地面上耐心等待。他原本充足的信心受到了挫折，郁闷之余，迁怒于那个柳云身上。他是李士群的部属，这个缺憾可能就跟他有关，他是借机报旧事的一箭之仇吗？

想到这里，黄参议的愤恨更深了一层，不禁想念起那位出城离开的林参谋来，好在眼前有人与这两位令他爱恨不同的青年才俊相关，可以打听。他向贾慧询问了几句，但她也一时说不出个准确的时间。他去应付这场战事，战事结束了，应该回来了吧？黄参议何尝不知道这一点，但是他是在郁怒当中，无明火起而已。好在，他还得在吴尚料理完黎星斗的事情才能走。李府遗留下的财产，全部纳入了黎星斗的私囊，他也从中私分一两成。这几万大洋，用不着再去买军火了，汪精卫做了他的财神爷，替他养精蓄锐，想来也是件赔本的买卖。不过他估计，黎星斗想要再反水，也不是轻易能够办到的，首先，下面的人已经开始在这个问题上动摇，除非时局有了极大的变化，日本人跟汪精卫已然日薄西山。但在当下，1941 年的秋天看来，却是毫无希望的。他不为这个担忧，最为牵挂的是，自己在南京政府里未来的地位和权势的沉浮。这世上之事不如意者十之七八，像他从一文不名混到当下，已属难得了。可他偏偏就意识不到这一点，在这个问题上，比他的老婆黄太太差多了。

黄太太守着那一匣子来自李府四姨太手里的钻戒珠宝，作为一个女人已然今生无憾了。无论世事如何，她守着这嵌螺镶钿的漆雕木匣，保个衣食无忧是不成问题的。同样如是理，黄参议却对自己成为这支新近易帜的杂牌军中将参谋长不感兴趣。难道，他的潜意识里对它日后的前途不抱信心？他无法自省并剖析自己，只将眼光对准了长江南岸那处所在，惦念着去那里谋求晋升出路。吴尚和南京的区别，就是在这里吗？

黄参议参加完这次黎星斗几欲和南部翻脸的军事会议，黎星斗叮嘱他小心从事，抓紧时间先将那条通向南部关帝庙的眼线斩断，使得这个留着仁丹胡子的矮胖子，在吴尚城下成为睁眼瞎，也让他觉着了危险，不敢在这里久待。他本人如果离开了吴尚，那个宪兵队就形同虚设，屁用没有。但这场结果称心的围剿行动，却打断了锄奸计划的进程。林峰什么时候才返回吴尚来一展身手呢？

贾慧作为对付柳云的诱饵，回到了黄公馆就等于垂钓者撤杆起线。水里的鱼闹得再欢腾，那也是两码子事了。她有担当诱饵的决心和信心，每天从学校到公馆往返两次，但到外貌依旧的绿杨旅社，想起了柳云以及父亲在临街窗口所玩的那些把戏，恍如隔世。那旅社已然物是人非，幕布降落，遮去往事所有的痕迹。

她有时会留意那窗户，看里面换了怎样的住客，但那扇窗户始终紧闭，看不出任何的迹象。这里对她而言，已经成为一个哀悼往事的祭坛，每次目睹时都黯然神伤。她往昔的青春和情爱，犹如墙体上那在风蚀中不肯剥落的石灰，残忍地袒露着伤口。

贾慧心中一阵隐痛，快步向前。走到一处杂货铺前时，忽然有一个陌生人转过身来，恭敬地欠了欠身，低声问道：“您是贾老师吧？”

贾慧停下脚步，打量两眼，点了下头。那人做个手势，请她到路边说话。她以为是某个学生长辈有事相询，便跟随他来到店铺的门侧。这人脸色改为肃然，提了下手里的药包，说："林参谋打仗时负了重伤，生命垂危，乡下难以医治，我们刚刚将他送进城来。他想见您一面，黄公馆不方便去，只得在这里等您，请您跟我走。"

贾慧吃了一惊，问："他怎么受伤的？现在哪里？"

那人说："打鬼子时，遭到飞机轰炸，弹片扎进了腹部，军医没法取出来，只能送到吴尚来请福音医院的外科大夫动手术。不过，他手术前想见见你。"

贾慧腿脚乏力，匆匆忙忙地跟在这个陌生人的身后，先沿街走，后来转进一条巷子，斜穿过一条小街，来到一间茶叶铺子门前。掌柜老板视而不见，任由他们穿过柜台进了后面的宅院。贾慧要见林峰，牵挂他的生死，两眼含泪，心中只念叨一句：这是个什么世道？好人遭磨难，恶人没报应。

到了店后第二进院落，那人跨上台阶，揭起门帘掉转头一改方才的严峻，咧嘴笑道："贾小姐，请进吧。"

贾慧在看到他这笑容的刹那，心头一紧，知道自己上当了。她转身欲走。后面店铺里闪出两个人来，拦住了去路，努嘴朝那间屋子示意，让她进去。她无可奈何，硬着头皮拾阶而上进了屋子。屋子里，柳云坐在靠背椅上，手捧茶杯微笑着看她，一言不发。

她摇了下头，恨恨地问："你还没有死？"

柳云微微合眼，说："你一听说他受伤了，就不顾一切地赶来，我很失望。知道吗，我宁可这次抓不住你，也不愿意看到你为此来自投罗网。你这样做，我很难过。我不能再对你放任自流了。作为你的未婚夫，秉承你父亲的叮嘱，即日起就对你严加管束，择日回南京成婚，在此之前，斩除一切后患。我们肩负的责任很重啊，至少得生两个儿子，一个姓许，一个姓刘，续了两家的香火。不孝有三，无后为大，咱们怎么着也得对老人家尽了孝心才是吧。"

贾慧心牵林峰，被诱入彀，听得他如此说羞恼难忍，鄙夷地吐了一口唾沫，骂道："像你这种畜生样的东西，绝后才好！祸害人还不够吗？我巴不得你早点死，让这世上干净些！"

柳云阴恻恻地笑，自顾自地喝了口茶水，说："你不该这样对我说话。我不欠你什么，你却欠我一条性命。我这个人向来恩怨分明，许督军愿意我生个儿子来顶他那个死掉的儿子，我和许家的杀子之仇，已蒙他老人家的恩准，一笔勾销了。而你我之间的账，却不得不算清楚。”

贾慧冷笑，说：“算账？咱们各人各账。他饶了你的杀子之仇，我却早已报了杀兄之仇。只恨那一枪没能打死你！”

柳云哈哈大笑，站起身来凑近她仔细地瞧了又瞧，说：“你那个哥哥，是自己寻死，关我什么事？我不过是跟日本人合伙做点烟土买卖，赚点钱而已，但他仗着自己是省府派下禁烟的专员，千方百计要置我于死地。我是迫不得已才杀了他。更何况，当时我不动手，他就动手了。在死与不死之间，谁是傻子？只不过，你当时自己糊涂，误以为他因为生意上的恩怨要害我，抢先通风报信。呵呵，在妓院里一通乱枪，好不过瘾啊！堂堂的督军公子，省府缉毒专员，就背着跟刘某争风吃醋的名声，死在了烟花柳巷之地。你是事后得知了这个传言，才动了杀机吧？蠢女人，我刘某是什么人？会为了一两个婊子出手杀死未来的大舅子？也只有你才相信这个！”

他和盘托出了当年杀死她哥哥的经过和缘由。贾慧浑身颤抖，说不出话来，自己心中深埋已久对于死去多年的兄长的愧疚之情，一下子如火山爆发，将身心焚为灰烬。她清楚地记得那个秋意萧凉的黄昏，她路过哥哥院门外时，无意中听到他在吩咐随从要对情郎动手的只言片语。这位兄长就在省府任职，是新近回乡不久的，一回家后，就和柳云发生龃龉，坚决地反对自己的婚事。她询问原因，他说柳云作奸犯科不是个好东西，她要证据，他却说日后自然会明白。她当时自然是不明白，便向柳云质询。柳云却说她哥哥是因为一宗数额巨大的生意跟自己翻脸的。于是，当时在哥哥和情人之间，她选择了站在情人一边，因此，赶紧偷偷地向柳云报信。柳云得悉之后，赶紧将烟土转藏在妓院里，但许大公子还是追踪到了这批货的下落，柳云狗急跳墙，在妓院楼上当红头牌嫣红的房间里，伪造了争风吃醋的假象，开枪打死了许大公子，将这宗贩卖烟土的大案，转化成了风化误杀案。杀死人之后，他匆匆逃出，正巧碰上了去刘府探听消息的未婚妻，索性谎称出于自卫而失手杀死了她的哥哥，为了保护通风报信的她不被老督军追究，索性携她一起逃出家乡，暂避风头。但她在逃匿的路上，听到了市面上的传言，误认为他是因为争风吃醋而杀人，出于女人的嫉妒天性，以及对兄长的感情，她羞怒之下这才出其不意地开枪将他击倒在河滩上。万万没料到的是，他还能死而复生，还亲口说出了他杀害哥哥的幕后真相。

贾慧是事过六年之后，得悉了杀兄的真相，内心的震惊、愤怒、绝望，刹那间一起涌起，令她百感交集。好在，这几种情绪犹如深入腑脏的多种剧毒，同时发作，互相牵制，竟未能如柳云所愿，刹那间从根本上将她击倒，丧失所有的反抗意志，听由自己主宰。她在这剧变前变得麻木了，面无表情，脑子里一片空白，站在这个居心叵测的男人面前，将过去和他的种种缠绵残留的记忆，尽数抹除得干干净净，彻底地宛如陌路了。

她手里的绣花布包啪啦一声掉落在地上，但她惘无所觉，木然地转身向外走去，柳云挥挥手，示意手下拦住她的去路。她未作抗拒，就此原地而立，不经思索地说："滚开！别拦着路！"

柳云检查了一下她的布包，里面除了梳子和两件女人体己的东西外，别无其他，于是从身后拍了一下她的后肩，说："别想走啦，就在这里歇息着。等我办完事情回来，就带你去见你的老爹。他可正等着我们的消息呢。"

二

林峰战后第五天换了伪军服，乘小划子经由伪一师的防区，潜回吴尚。吴尚城中，一片死寂。黎星斗所部几个师都已经离开吴尚周边驻地，各自前往新划分的防区，最远的到了静江，相距300余里，连吴尚算在里面，伪第一集团军的地盘已经比旧日苏鲁皖游击部队时扩大了三倍多。当然这些防区，只是地图上看着养眼。其实，各个师所掌握的防地也只到一些镇子，乡村地带是新四军游击队的天下。因为换装易帜的前因，所以他们也就老实不客气了，就地发展游击队和民兵。白天时，是日伪的天下，天黑以后，就江山易主了。这一点，林峰印象尤为深刻。他夜间所经之处，都有游击队的岗哨盘查，幸亏有所准备，不然哪能这样轻易地进入吴尚城呢？

但入城之后，他去黄公馆找贾慧时，却得到了她失踪的消息，不甘心，又去她的住处，却是一把铁锁把门。隔壁的李嫂也不知道她的所在。次日，林峰在学校得知了她在吴尚最后的行踪：前天下午放学后，便再没有露面。林峰判断，她是落在柳云手里了。至于对方用了什么手段，不用猜测就可想而知了。贾慧再次落入敌手，他便失去了对付柳云最有效的筹码，由主动变为被动了。现在，他的策略从守株待兔改为拨草寻蛇。柳云手里扣着贾慧，反过来倒可以以静制动了。他心中懊恼，当时应该坚持留在吴尚，趁着外面战事激烈时，就此解决柳云。在二黎心存默契的情形下，完全可以将一切委托给程兴柱。这区区几天间局面倒转，他反而被动了，甚为伤脑筋。

柳云眼下藏身在吴尚的哪个角落呢？他一面请城里地下组织帮助寻查，一面再去利用黄参议的权势，大张旗鼓地在城里搜查，实行佯动。这吴尚城巴掌大的去处，经不起这般翻弄，只要柳云被惊动，他就会露出马脚，马脚一露，就有机可乘了。

黄参议夫妇对于贾慧的失踪，惊恼不已。黄太太心系贾慧的安全，黄参议除掉柳云心切，对于林峰的要求自然有求必应，立即由侦缉处牵头，打着黎星斗的令旗，调集了一个营的人马一个街区一条巷道，挨家挨户地进行地毯式搜查。另有大量便衣在各处交通要道巡查监视，一旦发现可疑者，马上予以逮捕。

这样折腾了三天后，全城一路遍搜下来，却没有任何收获。黄参议不免心中狐疑，难道这个柳云已经搬出城去，躲在城外了？他和日本人勾结，倘若躲在关帝庙里，那可就拿他没法子了。受南部庇护的柳云，有了日本人公开撑腰，日后更加是个祸害。

但林峰却不认为柳云会带着贾慧躲进关帝庙里。在他看来，他独自一人穷途末路时，可能会这样做，但是在当前形势下，带着贾慧加上随从走狗，他是不会这样做的。一来，在日本人的面前示弱；二来，带着贾慧一起动作，目标太大，除非当时他抓住了贾慧就一路送她出城。他认定，柳云一定将贾慧藏在城里，藏在他们根本不会去搜查的地方。这是与此人打交道以来，他最深的感触。

黄参议受他这个看法启发，去吴尚地图上仔细地研究，用红笔将搜查完毕的地区逐一划去，就剩下孤零零的几处地带：一是隔壁李府和自己的公馆；二是二黎以及几个师长的公馆；三是绿杨旅社里那些军官的客房。

他迟疑着在绿杨旅社上点戳，说："难道是这里？"

林峰未置可否，将这幅地图卷起来，带着它去实地走上一通。另外，他请黄参议办一件事，将这些地方所在区域严密监控起来，也许会有意料不到的结果。黄参议摸不清他的思路，只得遵其嘱咐。林峰携了这份城区地图，扮作一个伤寒病人，带了个帮手坐上黄包车，按图索骥走了一圈，苦思冥想了良久，将自己分析的角度大幅度地变换，站在柳云的立场来通盘考虑，这样，在临时栖身的住处，整整熬了一个通宵。

太阳升起的时候，他仍然未有主张，起身去端了盆井水来，弯腰将头浸没在水里，以此来刺激神经。直至上午九点，束手无策的他接到了吴尚地下组织转交来的两份密电，一份是程兴柱转发的三战区的命令，内容是：

据悉日军将有大规模的行动，各地驻军开始将防区转交给伪军接防，向各港口地区集结兵力，希密切注意其动向。

另一份是黎星源发给黎星斗的电文：

抓牢队伍，不可为敌所乘，分化瓦解，关键时刻，可以杀鸡儆猴。

他烧掉三战区的密令，再三研究了黎星源的电报，明白他的良苦用心，不禁叹息。他对于二黎用这套策略应对迫在眉睫的危机，很是不以为然，更对他们二人的分工角色充满了疑虑。倘若是黎星源留在吴尚，黎星斗率军下乡，比眼前的困境要好许多。黎星源如果留在吴尚，以他的谋略和经验，就不会有后来这一连串变故了。但偏偏是二人的身份和性格注定了他们不能互换当前的角色，抗日这杆大旗，非黎星源来扛不可。黎星斗是一介武夫，不懂政治，更不谙人性的弱点，这是他的致命伤。也就因此决定了眼前的处境。这份电文，在他看来内容正确，但黎星斗怕是做不到统揽局势了。这支杂牌军，这支伪军，分崩离析的兆头隐约可见。他心中慨叹一声：黎星源不是黎星斗，黎星斗不是黎星源，二者相距甚远。

他点着了这份电文，目睹着它在火苗的炙烤下蜷曲，成为灰烬，但"黎星斗"

三个字却未烧尽，在碎片上清晰可见。林峰捡起它来，正欲再划火柴去烧，陡然间，他看着这个名字生出了一种异样感觉来，顿然放下火柴，琢磨了片刻后转身果断地拿起笔来，在黎星源的公馆位置重重地一圈，冷笑道："好小子，专在匪夷所思处落脚，这次，我看你还能往哪里逃？"

当林峰将自己的判断讲给黄参议时，他几乎不敢相信自己耳朵，但随即恍然大悟，一拍自己的脑袋，嘿嘿笑道："在这吴尚城里，想要找个不被人搜查的地方，除非二黎的公馆。但黎星斗住着，只有黎星源的空着。他率军出城，家眷又在大后方，空是空了，但谁也不敢动它。这个家伙选它来落脚，高明！咱们这就动手，还是——"

林峰思忖一下，说："咱们几次对付他，结果总是差之毫厘，这回得有些耐心，先行派便衣将它监控起来，等发现了柳云的行踪再动手，不然，可能会重蹈覆辙又让他跑掉了，那岂不是功亏一篑？"

黄参议同意了，说："那就看你的了。解决这个人，你全权负责，我暗中襄助。咱们一击得手，彻底地免除后患。"

林峰细加斟酌，先行侦查黎星源公馆的虚实动静，确定了自己的猜测后，再作决断。与此同时，他还抽空调查了三战区交代的任务，果然如其所言，日军驻江北一带的部队有收缩的迹象，将部分占领区交由伪军接管。看来，局势真的是有了变动，但是针对哪些方面，还是难以估摸的。在这种变化中，得到甜头的是那些新近由黎星斗领头投汪的伪军。他们有人有枪，再有了地盘，腰板自然是硬了不少。

他将这些情报转由部下暗中送往城外，由联络处发三战区总部。但有一点疑惑的是，南部旅团等部集结的队伍虽然逐步向西开拔，但并没有远离吴尚，根据传言，他们是在等候海州港口的运兵船队抵达。他们出海要去哪里？

这个答案揭晓的时候，是在两个月之后。他不是未卜先知的神仙，根本无法预测将会有一件意义深远的重大事件发生，整个世界的战略格局将为之改变，他当前与所有抗日武装同样面临着的前所未有的艰难处境，也即将为之一变。

三

贾慧被辗转押送到一座宅邸里，奇怪的是没有从前面正门走，而是改由后院角门进去。进门之后，就被关在后园的花房里。柳云将她弄来之后，只待了半个白天就匆匆走了，临行前，很是自得地丢下一句话："这儿没有暗道可以逃脱，你那个什么鸟姑父，就是把吴尚城翻了个底朝天，也搜不到这个地方。你就老老实实、乖乖巧巧地在这里坐着，看我施展手段，弹指间将这支杂牌军东拆西撵，让它烟消云散吧。"

她双手被拴在背后，心中默默地牢记住这句话的每一个字，在这低矮的小屋里，靠着天窗的那一缕光线来辨识时间；同时，逐字逐句地分析柳云这句话的含义。黄参议在吴尚颇有权势，他率人多次搜找，找不着的地方会是哪里？第一，是黄公馆，这里绝对不是；第二，是军政办公地点？也毫无相似之处；第三，是各位显要的公馆？但从无人守卫的情形来看，这个也不像。可除了这些地方，还能是哪里呢？

这样，绞尽脑汁、翻来覆去地揣摩、探究，终是不得要领。至于那句话第二层的意思，她是明白的，此人要对付的目标，是整个苏鲁皖游击部队，将他们依照汪伪、日本人的意思处置，使之分崩离析，易于被分而治之，为己所用。要达成这个目标，只需做一件事：解决二黎。没有黎星源和黎星斗，这支队伍群龙无首，被抽掉了筋骨，自然是任人宰割了。他正在暗中行事，对她而言，不是秘密。他要借助日本人的支持，获得南京方面的重视。要想日本人倾力支持他，只有办成这件事才有可能。

他不是已经直言不讳地承认当年与日本人一起做鸦片生意了吗？为了掩饰这罪恶，不惜用风月情杀为借口，掩盖他杀害她那身负缉毒使命的哥哥的真实目的，保全那些隐藏在妓院里的毒货。她恨恨地想，如果当时自己知悉这一点，而非什么争风吃醋误杀的鬼话，那么绝对不会只开一枪的。那一枪，她是出于一个女人的天性，属于爱恨交加，冲动之举，事后还为此良心不安，这才让他在吴尚几番有机可乘。倘若她得知了真相，定然会将手枪里所有的子弹全部倾泻在他的身上。他的心肝五脏哪怕都转移了位置，那也无济于事了。

贾慧想到兄长之死，终于明白了他生前竭力反对自己这门亲事的缘由。他从省府回来，本就是有目的的，清楚柳云的罪行。那一年，正是国民政府推行戒烟、根除鸦片的运动如火如荼之时，他负有缉毒要务，就是要铲除这些毒瘤。而自己是少不经事，完全没有体会到兄长的良苦用心，结果，终于犯下了无可挽回的错误。

她的眼中泛起泪花，盯着天窗外那一片蓝天，将小腿内侧部位朝木桌腿的边缘轻碰了一下，发出轻轻的脆响。那支小巧的勃朗宁手枪，已然附着在她的身上。这是林峰离开后她做的唯一的防范。有了它紧贴着自己的肌肤，她就有了安全感。虽然双手被绑缚，虽然身陷囹圄，她都不会绝望。

天空的光亮暗沉了几次，便是几个黑夜来临，这样屈指算了算，已然过了将近七天。这七天，贾慧如井底之蛙，全然不知道外界天翻地覆的变化。她所痛恨的，必欲除之而后快，哪怕付出生命也在所不惜的对象、旧情人、杀兄仇人柳云，独自藏身在所有人猜想得到，却又无法证实的地方：吴尚城西关帝庙，日本宪兵队驻地里。当她心系林峰安危，并爱屋及乌担心这支杂牌军的前途命运时，柳云做的是与之截然相反的事情。

处理完贾慧藏身事宜后，柳云依然沿上次的路线，曲折迂回地进入了关帝庙。南部那天愤怒中闯入光孝寺，险些和黎星斗翻脸，窝了一肚子的火，正在廊下郁闷，见他来了，也不客气，直指他出的主意是低劣之策，不但没能达成目的，反而折损了皇军一个中队，长了敌人的威风，落下了笑柄。

柳云尴尬地一笑，说："将军，这次皇军付出的代价是大了点儿，但这代价并没有白付，至少，我们能够看清黎星斗的真面目。他跟他的那些手下不同，靠银子是养不了家的。此人脑后有反骨，毫无疑问了。这次围剿战役，他是明摆着和黎星源勾结，里应外合、吃里爬外，提前将军事部署透露给了对方，不然，敌人哪里会做出这般精准的反击措施，舍他部而不顾，独独对新化方向的皇军下手呢？所以，拨草寻蛇，咱们是有效的。下一步，我替你想出一招来，不知您还信任我吗？"

南部抬眼看他，点了下头。

柳云笑道："我这一招，叫作瞒天过海。"

南部疑惑，问：“柳桑，什么叫瞒天过海？”

柳云将双手挡在眼前，示意说：“那就是，这一次咱们悄悄地干，让他们都蒙在鼓里。黎星源不是在乡下，指望着黎星斗给他通风报信吗？他以为咱们的一举一动都躲不开黎星斗，咱们这次还就要躲开他。我建议，迅速组织第二次清剿战役，由皇军单独行动，出其不意，将黎星源所部合围歼灭。”

南部蓦然起身，叫了声好，但随即又踌躇起来：“此计虽好，但我方单独出击，兵力不足，要不联络第一集团军之外的部队参战？”

柳云连连摇手，说：“不可，万万不可。这次行动就由皇军亲自执行。兵力不足？您仔细想想，还是凑得出的。”

南部沉吟片刻，快步进屋，去军用地图前研究了一下，叫来参谋长原田，询问了本部和友军的调防动向。原田告诉他，静江、太兴大部守军移交防区后，穿过吴尚向扬州方向集结，等候大本营的舰船到来。目前集结地点，在扬州、吴尚之间，距离新化不过 15 公里，计有本部一个联队、隶属野村旅团的两个大队、新化城里小野联队所剩的一个大队。这几支部队都在休整，但调动他们，必须征得派遣军本部的同意。南部考虑了片刻，五指并拢在地图上狠砸了一记，说：“这件事请迅速密电派遣军本部，在这些部队调离本战区之前，请批准调动他们参加一次重要的军事行动。”

原田不敢怠慢，赶紧去草拟电文，急电拍发。南部邀请柳云去办公室坐下，一起喝些清酒御寒，等待回复，大约到了次日清晨七点，值班电台收到了参谋本部的密电：

着令南部旅团长全权调动有关各部，加紧行动，预祝成功！

南部狞笑了几声，将电报递给柳云看，自己伏在地图上胸有成竹地提笔画出几个箭头，口授电文做出如下部署：新化城驻军山本大队出北城迂回向东，绕过程兴柱所部抢先占领并切断该部向东的退路；本部两队分两路向东进发，阻断吴尚与黎星源所部的联系，野村旅团两个大队接防新化城，一个大队直接向南，发起正面进攻，约定统一进攻时间为后天凌晨四点。那一刻，天刚微亮，正是聚歼黎星源所部的最佳时间。

密电接二连三地发出。这些电波指示着日军开始在吴尚城东、西、北三个方向，交织起一张杀气腾腾的大网来。吴尚城外的黎星源、城内的黎星斗，都对这悄然逼来的危险浑然不觉，唯一透露这迹象的，就是这些密集拍发的电报，但这一点异常经电台侦听人员报告之后，他们做出的判断是，南部正在与南京方面紧锣密鼓地谋划，不久可能有新的计划出台，唯独没有想到的是，军事行动已然悄然展开了。而率手下正在严密监视黎星源公馆的林峰，犯了一个错误，只着重其中一点的细节，忘记了大局形势。

大批日军从四面八方，正借着夜色出动，有的经过长途跋涉，有的略费举手之劳，在凌晨时分都先后抵达了各自的攻击位置，就等着黑夜逝去，天色微明时动手。这水乡地带，芦苇沿河成荡，在夜风中波浪般起伏翻卷，发出铺天盖地惊涛般的声响。夜宿在其中的鸟儿，在枝叶间穿行啼鸣，声声凄厉，更给这夜色增添了无边的苍凉之意。

四

一战消灭新化方面派出的一个鬼子中队，刹那间改变了战局，粉碎了南部险恶用心之后，黎星源心中丝毫没有一点儿懈怠和喜悦。他与三战区、省韩方面的联络没有中断，而且又有三十三师联络处的情报汇总参考，当下的抗战局势，在他看来并未好转。日军向浙西进攻，经过近一个月的激战，已然将这块山区地带拿下，国军被迫弃守，江西告急。江西一失，整个湖南、湖北战区也将陷入岌岌可危的险境。这样，日本人可以从宽大的正面发动进攻，占了地理上的便利。

说到眼前周边的情况，国军地方部队几乎都随着黎星斗挑头的这股易帜潮流纷纷投汪，江苏全境无国军立足之地。与此前形成鲜明对比的是，新四军借着这一形势，主动出击，纵横淮海，将根据地游击区水银泻地般铺展开来。就连吴尚，若不是看在自己的面子上，也是不会这样轻易交还出去的。可偏偏黎星斗大意，竟让日本人硬插了一杠子进来，酿成了被动。说句实话，南部利用黎星斗领头围剿自己的计划是高明的。但是，他低估了二黎之间的关系。下一步，他还会使出怎样的招数呢?

他面对地图思量半天，只觉得当前苏鲁皖游击部队所活动的这片区域太小，数千之众游弋其中，不能做到游刃有余。但是，向东是新四军的地盘，向西是日占区，只有打他们的主意了。根据情报，新化城中的小林联队，经过屡次战败，所剩兵力无几，守一座城市虽够，但周边的乡镇地带是无力控制的。他们与其在这里坐等南部动手，还不如主动出击，攻占下几个重要集镇来养兵，要比在水荡里饱受蚊虫叮咬强许多。

他请来程兴柱，大致地讲了自己的想法。没想到听完之后，程兴柱笑吟吟地呈上了一份作战计划，稍稍一翻，两人不由得相视而笑。原来，他也是个有心人，不甘在这里消磨时光、坐失良机，想趁着小林联队元气大伤之时，大动干戈。程兴柱的计划，是以沙沟、许窑两个镇为目标，兵分两路而动。程兴柱自告奋勇，率军突袭沙沟，所部提前出击，先行拿下镇子，然后兵锋直指许窑之南，做出进攻新化城的架势，震慑小林联队不敢出城增援，由黎星源从容取下许窑。有了这两座集镇在手，再控制住周围的水乡平原地带，和吴尚的黎星斗暗中遥相呼应，南部就是生了三头六臂也没了法子。

这个计划极好，既能解决眼下的困境，又能主动出击彰显他们的抗战决心，还能鼓舞黎星斗等人的信心，不至于沉溺于汪伪的利诱，由伪降沦为真降，一举三得。他们研究妥当，决定付诸行动。程兴柱将这份作战计划内容提前扼要地向新四军方面汇报，等到复电同意后，他先行将手下部队分派完毕，听候号令，自己去总部找黎星源，请他做好准备，明天起早拔寨起营，向西北出发，利用水荡芦苇的掩护，抵达许窑，并派人进镇侦察守敌的虚实。

黎星源心中高兴，留他在总部吃晚饭，打了两只野鸡，剥了一只野兔，红烧了两大盆端上桌子，再跟老乡沽了一大壶糯米甜酒待客。两人坐在门外的草棚里，远眺着平原地带星罗棋布地点缀着湖荡、树丛的景致，聊起当前的局势，说到南部上次以黎制黎的奸计落空时，不禁大笑起来。但笑过之后，黎星源不免顾虑重重，这一仗打下来，二黎私下勾结、黎星斗身在曹营心在汉的底细，就真是昭然若揭了。南京的汪精卫也好，吴尚的南部也好，都将针对他暗中下手。他在吴尚的日子，将会一天比一天艰难。早知如此，当初还不如由他率自己的嫡系人马去投奔省韩呢，至少在那边可以保全性命和名节。

程兴柱喝了口酒，问他一个问题，日后黎星斗率部反正回归抗日阵营的把握有多大？黎星源略想了想，说起初认为有九成把握，眼下看来，一半对一半。程兴柱叹息一声，说当初他该将自己的嫡系两个纵队一起带出来。黎星斗挟四个纵队的兵力，即使无力反正也是危害不大的。现在，整个苏鲁皖游击部队大部在他手里，那些少将纵队司令摇身变为中将师长，有多少能经受得住日伪的收买？他那两个亲信随黎星斗投汪之后，可就难说了。日本人最近这一番措施，给防区地盘，给军需粮饷，目的很明确。真正等到这些昔日的同僚都吃得脑满肠肥，一切可就无法控制了。黎星斗眼下直接掌握的是一个独立旅，驻守吴尚城中，日后怕是只有这个独立旅用起来得心应手了。现在，该理解当初汪精卫为什么一切都不计较，将他提出的苛刻条件全都照单收下的用意了吧？条件是死的，形势是活的，那时候的汪精卫只需要黎星斗做出形式上的让步，这一步是至关重要的，让出去的同时就踏上一条不归之路。眼下的情形，不正在沿这条路径发展着吗？

黎星源无奈地笑，喝了一大口酒，说："我黎某人撤到水乡来，是明智之举，替这几万兄弟留一分脸面，留一分希望。日后如何，尚不得知，但你我发过誓言，绝不投降。这把年纪了，受不了这个屈辱的。"

程兴柱敬了他一碗酒，说："总指挥脱身登岸，还得救他们上岸吧？在乡下这些日子，环境虽然艰苦，但是心里却不窝囊。人活着不窝囊，比什么都好！我劝您择机将自己的亲信部属收归麾下，先行让他们反正。有什么困难，可以寻求新四军的帮助，只要总指挥抗日一天，他们就不会袖手旁观的。"

黎星源沉思了一阵，说："这件事，容我跟黎星斗秘密商榷。可以这样来办，他们那个伪职衔的空架子，仍撑在那里糊弄日本人，下面的部队可以一个连、一个营地悄悄过来，蚂蚁搬家嘛。这样不容易被觉察，又能拖延时日，达成当初我的初衷，用日伪的钱替我们养兵，吃他娘喝他娘，扯下脸皮来干他娘，以彼之矛攻彼之盾，岂不快哉！"

程兴柱一笑，举碗又敬他一大口，说："无论如何，这件事要抢在日伪将他们彻底拖下水之前落实，才有挽回的余地。"

两人谈论到了接近半夜时分。程兴柱酒尽之后，起身告辞返回驻地，相约明天一早便各自按照预定计划行事。他辞别了黎星源，率卫兵踏着月色回营，小憩了两三个钟头后，天还未亮时便起身，收拾行装，下令各部准备动身。两个团在悠扬的军号声中集结，分两路向沙沟镇进发。

程兴柱率六纵司令部随左翼行动，部队向前走了约莫五六里路，天色渐渐明亮起来。远近的景色在晨雾中若隐若现，先头部队在一里半路左右，陡然发现不远处路口出现了影影绰绰的人影，当即派人搜索。哨兵出去不过几十米远，就辨认出了对方，立即开枪射击。这枪声划破了拂晓时的宁静，回荡在水乡平原的上空。

对面而来的，正是从吴尚西边星夜穿插过来的日本军队，正在搜寻程兴柱所部的位置，这一下子狭路相逢，立即展开兵力，实施攻击。程兴柱正要出击进攻沙沟，冷不防和这股鬼子兵碰上，不明虚实，迅速抢占河堤、树丛边等有利地形，予以抵抗。程兴柱亲率卫兵冲到前沿，举起望远镜观察对方，辨闻火力，不禁吃了一惊，正要下令部队改变方向，向黎星源所率队伍路线靠拢。但听得那边枪炮声犹如炒豆般响了起来，到处是水鸟惊飞，凄厉的啼鸣声被这遍地的交火声掩盖。

程兴柱马上明白过来，这不是跟下乡扫荡的敌人偶然相遇，而是日军有预谋的进攻。西、南两个方向都发现了敌人，那么东、北两面会有敌军合围吗？他立即下令殿后部队派出两路侦察哨向北、向东快速搜寻，一旦发现异常就鸣枪示警。当下唯一的退路，就是向东撤退，谋求新四军方面的接应。他派通信兵骑快马往南，向黎星源报告当前形势，约定一个半钟头后在向东五里地的吴家舍汇合，全力向东突围。

这样接战之后，先头两个连损失惨重，边打边撤。程兴柱派了一个营接应并断后，炸断了几条河上的木桥，以延迟敌军的追赶。全军抵达吴家舍时，黎星源已然查明了四面的敌情。见他到了，第一句话就是日本人哪来这么多的兵力，刚才他率部向许窑进发，半途上遭遇了敌人，一开打就觉得阵势不对，当面之敌至少有一个大队。程兴柱也有同感，方才交火时可以判定对方的实力不弱，但眼下这四面八方都有枪声，他必须选择对方较弱的方向突围。这次日军的进攻，事先一点儿迹象都没有，看来是处心积虑的。黎星源心中诧异，这次日本人进攻，吴尚方面的黎星斗一点儿风都没有透过来，难道他们也被蒙在鼓里，没有参加这次行动？由此看来，南部是下了决心的，撇开这一干伪军，依靠自己的兵力动手了。

两人综合了一下手里的所有情报，决定向东突围，同时急电新四军方面请求接应。情况紧急，事不宜迟，他们迅速做出突围的部署，依然兵分两路，分左右向东突击，谁先冲出去，对空打三发信号弹报信。这种野外遭遇战，靠的是勇气和迅雷不及掩耳的速度，一旦日军修筑并巩固了工事，那麻烦就大了。

他们当机立断之后，立即各自指挥部队向东进军，走了不过六七里地，就和东边上来的日军干上了。这支鬼子队伍是从新化城出发，路途最远，走的是一个弧形路线，绕到了程兴柱部队东侧，切断了与新四军方面的交通。这个包围战中最关键的一招，就是要断绝他们最后的指望。这一路日军，是由小林联队长亲自指挥的。该部攻占新化城后，在对吴尚以及新四军方面屡次用兵中连遭败绩。这次，小林大佐发疯似的指挥士兵不顾疲劳，向前猛攻，来势汹汹，一时间竟将黎星源这一路的队伍压在了下风。

黎星源指挥部队奋力抵抗，不肯后撤，就此吸引日军主力来攻，做了必死的决心。正鏖战时，眼见远处有三发信号弹掠过空中，划过淡淡的白痕，心中一喜，知道程兴柱那一路突出去了。

他拔出腰间的手枪，大喊道：“弟兄们，加把劲！程司令已经率部突围了，咱们可不能落在后面。打退眼前的这股小鬼子，就大功告成啦！”

他这样鼓励士兵，心中却明白，程兴柱之所以能如此迅疾地冲出去，是因为自己和敌方主力碰上，并吸引来了更多的敌人，自己突围的可能渺茫了。他横下心来，将手上所有的兵力全部部署在河汊、垛田的高处，借助芦苇、树丛就地抢筑简易工事，要在这里血战到底，成仁报国。

日军一波次进攻完毕后，未加休整，又一波次进攻再度展开了。田间岸边，到处是端着三八大盖的日本兵，嗷嗷喊叫着冲向他们的阵地。阵地上，机枪猛烈扫射，枪管通红了，来不及找水来浇，直接就用小便淋湿冷却，降温之后继续射击。有几处地方，枪炮已然不起作用，直接是短兵相接、白刃拼杀，金属的碰撞声中夹杂着双方士兵惨烈的号叫声，战事已然到了白热化的程度。

正在这时，日军背后突然枪声大作，一队人马斜刺里杀出，清一色连射武器，火力凶悍。黎星源一听枪声，兴奋地挥舞了一下手，喊道：“援兵到了！程司令杀回来了！弟兄们，冲啊！”

这敌阵后的突袭，给所有人增添了生的希望和勇气。在黎星源的率领下，所部人马转守为攻，趁着当面之敌混乱之际，一下子冲破了敌围，和杀回马枪而来的援军会合。

黎星源一身泥泞，跟程兴柱握了下手，说：“多谢！我已经准备在这里成仁，没想到你还能回来救我。”

程兴柱指挥部队掩护黎星源向东撤退，亲自带队断后，接应包围圈中的余部，边战边走。

日军好不容易将黎星源包围，就这样被他突出去了，自然不甘心。其余各路的日军都改变了进攻方向，齐头并进，全力向东追赶。与此同时，又有飞机赶来助战，程兴柱断后的部队自然成了它轰炸攻击的主要目标。

轰炸机投下十几枚航空炸弹，制造了一片火海后，开始俯冲贴地扫射。密集的机枪子弹将散乱在芦苇丛中的士兵们齐刷刷成片地打倒，惨不忍睹。程兴柱在河岸边背倚柳树，端起捷克式轻机枪，对准这些肆无忌惮的日本飞机，奋力还击。他以及这棵树成了醒目的目标，又一轮敌机扫射，航空机枪子弹奔跑跳跃着，像横曳在地面的一根长长的鞭炮，将这棵尺把粗的树身咬出一排拇指大的窟窿。侧靠在树干上的程兴柱枪声顿熄，他双手无力再端住机枪，枪口垂直向下，抵住地面，他重重地咳嗽了一声，大股大股的血从嘴里喷涌出来，身上的弹洞瞬间收敛后，也血流如注。顷刻间，他已经如同血人一样。

五

日军清剿大捷，苏鲁皖游击部队第六纵队少将司令程兴柱战死沙场的消息，随着硝烟散尽，不胫而走。吴尚方面，黎星斗听着城外的枪炮声，提心吊胆了一天，天黑后得知了消息，顿足大哭起来。

他和程兴柱的关系，在昔日麾下七个纵队司令中，最为暧昧，一直报以敬其才、畏其心的态度，比黎星源更加提防他心存异志，投向新四军。没想到，他竟是一条履行诺言的汉子，卫护黎星源战至最后，以身殉国。他这番壮举，怎不令他失态悲恸？不久，城外得到消息的几个师长陆陆续续赶到吴尚，探求真相。

黎星斗擦拭眼泪，说日本人上次吃了大亏，耍了这么个花样，真是卑鄙至极。总指挥虽然突围，但身边的队伍已所剩无几，特别是折损了程兴柱这样一个大将，让人痛心。现在，他从独立旅中抽调一个营，先行换装下乡，补充到黎星源的队伍中去，保护他的安全。至于枪支、粮饷等，要每人都负担一部分。众人证实了程兴柱的死讯，心中都觉戚然，一口答应下来。但独立旅长匆匆进门来报告，日本人在战场上抢到了程兴柱的尸体，已然运抵吴尚，南部已经放出风来，要割下人头悬挂在城头示众。

黎星斗怒不可遏，咣当一声摔碎了茶杯，怒骂道："小鬼子欺人太甚，太不像话！老子要去一趟关帝庙，要回程兄弟的尸首来。各位，肯不肯随我走一趟？"

众人虽然心中想法不一，但在他这一问下，无人敢于当面推辞，齐声附和。黎星斗全副武装，带了一个营的部队在城门处预备，自己率着几个师长和卫兵来到关帝庙前，让副官去知会一声。

不一刻，南部也是一身军装齐整地出门迎客，见了面，就皮笑肉不笑地说："哪阵风把黎司令吹到这里来了？你是稀客，你们各位都是稀客。"

黎星斗等人随他进了庙，也不跟他客套，开门见山地问："这次清剿行动为什么不事先通知我们？是你们不信任我们了吗？如果是这样，双方的合作还有什么意义？"

南部笑道："黎司令，我是体谅你的难处，这才单独行动的。你们跟黎星源、程兴柱有旧，熟人之间动手，太伤感情了。我知道你的想法，所以这次就不劳烦贵部了，拼着多牺牲些皇军士兵的生命吧。不过，这次付出代价还是值得的，黎星源倚为心腹的程兴柱所部，被我大日本皇军歼灭，程兴柱被击毙，堪称大捷！"

黎星斗深深呼吸，抑制住自己的怒火，说："大捷？那么恭贺旅团长了。不过我们这次来，一是登门祝贺，二是有个不情之请，听说程兴柱战死了，尸体已经运抵这里，他生前跟我们以兄弟相称，人死了，弟兄们来给他收尸入葬，尽一下故人之谊，这是中国人的习俗，想必你不会反对吧？"

南部脸色微变，勉强笑道："程兴柱是我皇军的敌人，屡次作战中杀伤我皇军勇士。这次，我们付出了巨大的代价，才将他消灭，正要悬首城门，以儆效尤，想替他收尸？你们是站在哪一边说话，重庆还是南京？”

黎星斗双手一拱，凛然道：“朋友之道，兄弟之情，他生前是我们的兄弟，死后依然还是。我们虽然投奔汪主席，但朋友之间的情谊还是不能丢的。俗话说各为其主，你是一个军人，难道就不明白？”

南部大笑，说：“我是一个军人，在这个世界上，像你们这样的军人，还真是第一次见识，佩服得五体投地啊！”

他的话经翻译译出，黎星斗脸色立刻难看起来，强抑着怒火，说：“那么，像程兴柱这样的军人呢？他这样的勇将难道不令人心生敬意吗？难道你就没有一点儿军人应有的敬意吗？你真要侮辱这样的勇士的遗体？”

南部的神色由不屑转为郑重，打量着他说：“程将军的尸体，我已经下令礼敬，他是一个真正的军人，是在突破我军重围后返回来营救黎星源时战死的。他这样的勇气，值得我大日本皇军效仿。你们既然诚心而来，我就将他转交给你们安置了。请记住，黎司令，我是看在战死者的分上交出尸体的，不是因为阁下此刻人多势众。”

黎星斗听他松了口风，答应交出尸体，舒了口气，对他的嘲笑和讥讽虽然耿耿于怀，但却无法发作。一众人围在已然收殓在棺木里的程兴柱遗体前，齐齐跪下磕了三个头，将棺木启送回城，就在光孝寺内为死者举办了一场隆重的丧事。

程兴柱之死，由苏鲁皖边区游击总指挥黎星源电呈重庆、三战区以及省府方面。重庆方面立即发出唁电，并通令嘉奖，追授程兴柱中将军衔。新四军方面，除了发唁电哀悼之外，还在内部秘密召开了一个简单的追悼仪式，祭奠这位共产党员、抗日烈士；同时，派苏中军区副司令黄庄代为接收此战中突围出来失去联络的原六纵官兵，妥善安置。

六纵所部 4000 余人，此战之后，只剩下 2000 人，跟随黎星源没有失散掉队的只有 1000 多。黎星源自己的教导大队，尚存 500 多人，身边可用士兵不满 2000。他将部队带入毗邻新四军根据地的地点重新整编，直属总指挥部的卫队约莫 400 人，其余人马分为两个团，再分散为若干支游击队，返回原先的游击区，继续对日本人进行骚扰伏击，坚持抗日。

新四军方面，委托黄庄拜谒了这位老熟人，安慰之余，建议他率部进入新四军根据地，暂避一时。黎星源婉言谢绝了。以他的政治经验来看，跟新四军暗中合作可以，但明来明去地成为一家，万万不可。重庆老蒋的心思，他是揣摩透了的，他这个中将游击总指挥托庇于共产党，可比黎星斗易帜投汪罪状严重多了。他这点分得清楚，只跟黄庄要了一些武器弹药，用以装备手下队伍。

且不提黎星源在乡下的处境，吴尚城里，黎星斗等人将程兴柱的丧事操办得隆重而风光。几个师长都从驻地防区赶来拜祭，本地士绅、百姓也络绎不绝地前来烧香，连着三天，成了吴尚城里头个热闹之事。

等到第四天，南部忽然进城，现身于光孝寺。寺内众人一片惊诧，直到看清楚他身后随从手中的祭品，这才恍然，原来他也是来祭吊的，算是猫哭老鼠的把戏吧。南部来到灵前，除下佩刀交给卫兵，双手合十，站在程兴柱的祭桌前，深深鞠躬三下后，点燃了一炷香，供奉在香炉里。

黎星斗以及众人在一旁回礼。

仪式完毕后，南部和黎星斗握了下手，说："黎司令，节哀顺变。朋友之间的私情了结之后，正事还是要做的。汪主席年底要在扬州召开清乡工作会议，届时，我在扬州等你，给你接风。"

黎星斗一惊，问："旅团长要离开吴尚？"

南部点头说："军务繁忙，新四军在各地的活动猖獗。眼下秋收将至，为确保秋粮的征收，大本营将有新的军事行动。"

黎星斗听说他要离开吴尚，心里略略松了口气，再寒暄几句后，目送他远去的背影，喃喃道："送走了这个瘟神，大家的心里都舒坦。"

他招手将一干人等召集在一起，将这个消息先行告诉他们。大家都一阵高兴。这个眼中钉、肉中刺自行消去，是个求之不得的大好事。想来，日军是对这边的局面放心了。他们面有喜色，谈笑风生，一时间竟将身边的丧事忘却了。

黎星斗率众人出寺，各自回防区。迎面间，瞧见黄参议陪着个帽檐低垂的人走过来，留神瞅了一眼，认出了是那位三十三师的林参谋。他素有共党嫌疑，据说私下里跟程兴柱打得火热，此时出现，也属正常，但他另外还有军情向他了解。送走了诸位师长，他转身回来时，寺门里只剩下黄参议一个人。他询问林参谋的下落，黄参议低声告诉他，林参谋带人在寺内搜查奸细，请他先走，也许，随后这里将会有一场厮杀。

黎星斗半信半疑，但这黄参议说话向来有准数，自然不敢大意，便将寺内诸事交由副官负责，跟他一起离开了光孝寺。

六

黄参议所言非虚，此刻的光孝寺内杀机重重，林峰率着他的便衣队已然进场。方才，和黄参议并肩在寺门外公开亮相而行，不是给黎星斗等人看的，而是给那藏匿在暗处、玩弄伎俩的柳云当头敲响一记丧钟。

寺外，看似平静，其实早已布下了岗哨便衣，封锁严密。这是林峰反其道而行的第二次判断成功。之前的屡次失手，权当是给今天的行动作个铺垫，他要在程兴柱的灵前，替他以及六纵官兵们报仇雪恨。

程兴柱的死讯传来之前，从城北水乡传来的枪炮声中，林峰就感觉到了不妙。吴尚城里，伪军的行动一切照旧，甚至大多数人也如他一般，对这猝然而起的战事感到惊异。这场围剿战，和黎星斗所部无关，却又在他所谓第一集团军的防区里发生，到底怎么回事？他快步去找黄参议打听虚实。两个人爬上北城楼，举着望远镜登高远眺，依稀见到了硝烟，猜测了个大概。这是日本军队和程兴柱的六纵交火，从如此密集的枪声来看，战况激烈。日本人出动了大队人马，没有调用伪军参战，明摆着是将黎星斗所部丢在一旁，直接动手了。这次围剿战事前毫无征兆，想必黎、程二人遭受了这次突然袭击，损失必定不少，但愿能冲出包围圈。黄参议想了一阵子，虽然感觉突兀，但心思却不在这上面，借口回去找黎星斗探听究竟，拉着他一起离开了。

林峰无暇他顾，迅速与吴尚地下组织取得了联系，利用电台与外界联系。结果，他的联络杳无回信，想来也随同六纵等部陷入重围了。这样凶险的招数，出人意料，单靠南部这个外来之人，绝对是无法做到的，其间必然有洞悉内情的奸人居中策划。就像上次以黎治黎的策略一样，这次借二黎之间情报互相依赖的弱点，索性将黎星斗也蒙在鼓里，径自出兵，打了一个出其不意的包围战。

他眼前浮现出柳云那诡秘的笑容，一时间怒火填膺。他率人在黎星源公馆外埋伏了三天，就是不见柳云的踪迹。他不在或者没来这座宅子，而是独自藏身在关帝庙内，替日本人谋划计谋去了。他将贾慧安置在此地，保不住又是明修栈道吸引他人注意的法子。这次林峰猜中了一半，另一半却无法去了解。这个柳云，不顾一切地效力于日本人，其行径丧心病狂，是个不折不扣的铁杆汉奸了。

之后，林峰一面急电新四军方面，告知这次猝然发生的战事，请求对程兴柱所部支援，一面等候派出城去探听消息的手下回来报信。整个白天过去后，不利的消息一件件传递回来。南部坐镇关帝庙，不动声色地调遣了本拟另有去向的几支日军精锐，星夜出击，将黎星源及程兴柱所部合围。黎、程二人分路突围，程部冲出重围后，程兴柱亲率精干力量杀回营救黎星源，眼看大功告成时，遭受助战的日军飞机扫射，不幸中弹身亡壮烈殉国了，遗体已然落入敌手。

听到这个消息，林峰眼前一黑，几乎站立不住。他此前的种种设想中，都没有考虑到程兴柱会阵亡，以六纵的装备火力，和日本人交手，并不落下风。六纵战力之强，有目共睹。却不料天妒英豪，竟如此地壮烈牺牲了。他是为了援救黎星源突围而死，以自己的生命完成了使命，践行了自己的承诺，是为军人的楷模。

林峰悲恸之余，第一件事就是要为他报仇。为了不让伤感、气愤左右自己的思路，他特地关起门来静默了半天。这半天里，他全神贯注于柳云的下落及走向，紧盯住目标不放，在吴尚西门内外设下暗哨，或在城头用望远镜监视关帝庙前后路径上的动静，或潜近关帝庙查看进出人等的详情。至于黎星源公馆，更是重中之重，围而不动，就等着柳云得意忘形时来此地炫耀。

这样连着几天守株待兔，眼见黎星斗前往关帝庙，索要回了程兴柱的灵柩，在光孝寺内设下灵棚公开发丧，眼见那些摇身成为汉奸大员的故旧粉墨登场，眼见重庆方面痛悼嘉奖的电文公之于世，眼见新四军敌工部发来指示，命令他尽快完成锄奸任务，接替程兴柱参与余部的整编，并任命他为新编第一团团长，率部坚持水乡游击斗争，种种变故，都不能影响他的决心和冷静。

次日，终于传来消息，有人于天黑之后趁着夜色的掩护，离开了关帝庙，从后面那条小河登船经由水关进城了。林峰得信后，立即动作，亲自率队守候在黎星源公馆。但一天、两天，仍然没有发现柳云现身。第三天，是程兴柱祭奠仪式的最后一天，他心中犹豫了良久，该不该去故友的灵前送他最后一程。左右为难时，他心中忽然一动，想起了那夜柳云离开关帝庙入城，又没有踪迹现形的疑点来。以柳云这样轻浮的做派，参与谋划这样的军事行动，获得成功，岂能不扬扬自得，去查看自己的成果？他去程兴柱灵前走一遭，亲自吊唁，是自鸣得意之举，自壮胆色，好在日后向他人夸耀，好在日本人面前显示本领。他不来这里，绝对可能是在那里！

想到这里，林峰立刻改变方案，除了留人继续在这边监视外，还联系了地下组织加强力量，并假手黄参议，调遣人马以维持秩序为由，将这里围了个水泄不通。现在，正是收网之时。

林峰腰后插着双枪，目送黄参议护送黎星斗走远了，冷笑着进了寺内。方才那会儿，南部襄吉突然出现，惊吓走了不少来寺内吊唁的老百姓。搭建灵棚的空地上，除了十几个聊作仪仗持枪侍立的士兵，就是些负有职责的中下级军官，烧纸、焚香，手无闲暇。

光孝寺里的和尚在一侧诵经念忏，合目闭眼，不肯看这浮世红尘半眼。林峰四处张望，大步流星地进了灵棚，去查看那些忙于庶务的军官。其中一个人低垂着脑袋，只顾着将锡箔元宝逐一丢入火盆，看不清面目。林峰哼了一声，放缓了脚步向他踱去，想出其不意地一下子拿住他。

但此人似有所觉，在距离尚有三四尺远时，陡然身体后倾，打个滚钻入白色帷幕底下，就势贴地出了灵棚，这等敏捷的身手，林峰不由得心中赞了声好，反手往后一抹，拔出两把驳壳枪来，从灵柩后方空荡处追赶出去。这光孝寺殿前场地空旷，饶是那家伙腿脚快捷，也逃不出视野。林峰在后面紧赶几步，眼见他要跑出场子，即刻改变了主意，抬手便是一枪，正中那人的小腿。那人一个踉跄，仆倒在地，但距离殿堂仅有咫尺之遥。那人忍住伤痛，也拔出枪来还击。林峰反应奇快，急忙闪躲，子弹贴耳而过，枪法之准不在他之下。他不敢怠慢，双枪连发。那人一边对射，一边故技重施，在地上连滚了几滚，避让到了大殿的墙角处，就地凭借着砖墙还击。

这鹘落兔起的几个来回，各自都竭尽所能，一连串枪响，惊得四下里众人慌乱，发一声喊四散开来，有的抱头鼠窜，有的拔枪寻找目标。寺庙外的守备部队冲入寺内，听从林峰的指挥，向那身份不明者开火。

那人腿上中枪，自觉无法脱身，索性鱼死网破一拼，出手狠辣，接连放倒了五六个士兵。林峰眼见此人如此身手，绝非柳云，心中疑惑，不过此人已成瓮中之鳖，倒也不急着抓他。他环顾寺中虚实，心中焦急，心生一计，取过身边一个士兵手里的三八大盖来，屈身弯腰沿着庙外廊檐一溜烟拐入后面，直奔藏经阁。他三步并作两步，登上了阁顶，弃那负隅顽抗者于不顾，居高临下观察寺内外的动静，找寻柳云的下落。

电光石火间，他沿着阁楼上外沿走廊走了一圈，发现只有寺外码头口没有士兵值守，一叶扁舟已然离岸。他无暇多想，双手端起步枪，瞄准与辨别二者合一，将准星朝着船头，一下子认出那个穿长衫、执礼帽的男子正是柳云。他果真狡诈，留下手下一个亡命之徒做掩护，乱人耳目，自己竟要在这合围中趁乱逃跑。

林峰心中愤然，看准了他的左胸心脏部位，扣动扳机。枪声响处，只见柳云手抚胸前，向后笔直地倒栽下去。这一枪命中，林峰如释重负。那船上的人手忙脚乱，来不及看顾他的伤情生死，拼命地划桨，将这轻舟荡开波浪，如同离弦之箭一般远去了。林峰自忖这一枪击中了他的致命要害，必死无疑，在枪口上吹了口气，掉转身来俯瞰那仍在射击抵抗的家伙，居高临下如法炮制，也打了一枪，这一粒子弹将那人肩头击中，身体一个前倾，手里的枪脱手飞出去三四尺远。众士兵趁机冲上去，将他活捉，倒拖着双腿来藏经阁下报功。

林峰收枪下楼，打量了一下这个俘虏的相貌，冷笑道：“倒看不出，你居然能替他卖命。他已经先你一步上了西天，你眼见就要跟着去了，说几句实话吧。”

此人癫狂地笑道：“姓樊的小子，老子多年前就认识你，我们是受刘家世恩，这条命报效给少爷也无所谓，20年后又是一条好汉！来吧，有种就开枪杀了老子！”

林峰一脚将他踹倒，笑道：“失敬，原来是刘府的护院保镖。没有你们为虎作伥，柳云还不会死得这么快呢。这个浑蛋，像条狗一样被我打死了。你的死相，比他也好不了多少。”

他挥手吩咐士兵们将他捆绑好转交给黄参议，自己率着手下扬长而去，直奔黎星源公馆后宅，去营救贾慧，顺带着将这个喜讯告诉她，让她高兴高兴。

七

贾慧被关在花房里，倏尔已是近十天的时光了，除了两个看守她的木讷汉子，没人来看她。她心中焦急，从自己寥落寂寞的处境里，隐约猜到了柳云的用意。莫非他是故技重施，利用自己转移林峰等人的视线，又瞒天过海去干别的坏事了？

她心中又恨又急，但却没有任何办法来改变当下的处境，只能听天由命。这样，默算到第十天，她被囚在这方寸之地，浑身乏力，奄奄一息时，门外稀里哗啦响动了一气，木门被打开，一个人进了屋，瞧见她后惊呼了一声，忙来解开绳索，怜惜道："你还好吧？"

贾慧听到林峰的声音，见着他关切的面容，霎时间泪如泉涌，泣不成声，双手无力地在他的胸前捶打，埋怨说："你怎么才来？你怎么才来？"

林峰抱歉道："我早就猜到他会将你藏在这里。但是，为了不打草惊蛇，为了彻底地解决他，我不能立即来救你，你心里怪我了吧？但是，我有天大的喜讯告诉你！咱们先离开这里，去安全的地方再细谈。"

贾慧听他如此说，稍稍放心，听任他抱起自己，走出这囚禁自己多日的地方，上了辆事先准备好的黄包车，一路往林峰近些日子的藏身之地转移。

这辆车以及随同者穿过两条街，来到一处僻静的所在。林峰上前去轻轻拍门。只见门扇一开，内里出来个留着一抹细胡子的中年男人，笑嘻嘻地伸手做了个邀请的姿势。林峰弯腰抱起贾慧，向门内走了两步，突然犹豫了一下，问："老周呢？我车上有件重要的东西要交给他。"

那人笑道："老周在里面等你呢，东西我来拿。"

林峰笑了起来，点了下头，向门内又走了一步，左手用力托住贾慧，右手顺势一撩，从衣底拔出枪来，一枪将这人撂倒。

他这样一声枪响不打紧，但听得里面院中一阵脚步凌乱，片刻间伸出七八支枪来，对着这门楼之内一通乱射。好在林峰借着这须臾间的空当，已经冲出门去。只可怜那个黄包车夫不明所以，不及避让，被乱枪击中，当场丧命。

且说林峰的四名手下眼见他冲出门来，知道情形不妙，一起拔枪来迎。这刹那间的变故，谁都没有预料到，内里埋伏的人都被林峰这一枪打乱了节奏，本想以逸待劳，静待他自投罗网，手到擒来。林峰伸脚拨转黄包车，将贾慧丢在车上，命令手下立即将她从北门转移出去，自己手执双枪，据守于门前，和另外两名手下一起交叉射击，封死追兵的出路。

这短暂的时间里，他猜不出设伏者的虚实底细。那柳云，是自己亲手开枪击毙的，再难有活路，不会是他死而复生，绝地反击。难道是黄参议秉承了黎星斗的意思，或者自作主张，借刀杀人之后，反又过河拆桥？

他心中懊悔，这处暂时落脚的联络点是自己大意间被敌手跟踪发觉了，连累了里面的几个同志白白牺牲了。此刻他奋力阻击，一是要掩护贾慧脱身，二是要替战友报仇。这一番交火下来，院内敌人被打死了三四个，通道狭窄，再加上林峰他们驳壳枪连射强劲，竟被压制住了，无可奈何。

眼见阻击收效，贾慧被车拉走去远了，林峰做了个手势，两名手下明白，从腰间取出一颗手榴弹来，揭盖拉弦扔进门去，在一声剧烈的爆炸声中，分道向巷子的两端撤退。林峰撒开双腿，飞一般拐过这条直巷，只往曲折深处去，东绕西拐，大方向却是向北。

他虽然这一通周折，却没有耗费多少时间，抵达北门出城时，跟那辆载有贾慧的黄包车会合了，马不停蹄地先行离城，在城外码头处觅了家客栈住下，然后派那同伴回城去和地下组织联系，通知他们自己所住的那个联络点已被敌人破坏，有关人员要进行转移，以免遭受更大的损失。

贾慧在那处囚笼中困顿多时，脱险之后，再遭遇这样的折腾，更加承受不起，在客房里睡了一个黑甜无梦的好觉，直至第二天太阳升起后才醒来。

这时，林峰正在隔壁的客房听取交通员的汇报，昨天遭遇的埋伏，仅限于那座宅院，四周没有军队调动配合的痕迹。至于那位黄参议，正忙于其他事务，毫无迹象表明他策划并参与设计了这个圈套。这下子，林峰倒踌躇起来，设伏谋害是针对自己无疑，这件事目前只有黄参议能做。本来第一嫌疑人该是柳云，但他已经死在自己枪下。他死了，黄参议就自动替补为最大的嫌疑者。不是他，还能有谁？

贾慧洗了把脸，过来找林峰，询问昨天在那宅前巷中交火的缘由。

林峰苦笑说："那出把戏，大概是你那挂名姑父干的。趁着我大功告成之际，过河拆桥，反咬一口，够狠的！”

贾慧疑惑，问：“怎么会呢？难道不是柳云干的？”

提到柳云，林峰心情舒坦了许多，摇头笑道：“柳云是绝无可能了。这会儿，怕是正在黄泉路上散步呢。”

贾慧一惊，忙问究竟。林峰便把自己在祭吊程兴柱的最后一天，纠结于是否吊唁时，猛然省悟并意识到柳云可能会去冒险逞能，在灵前对死者及其伙伴进行象征性的羞辱，所以将计就计倾力一击，将他围困在光孝寺内，同时破解了他声东击西、李代桃僵的伎俩，最后在他行将逃脱的瞬间，亲手将他毙杀于码头河口的经过细叙了一遍。

贾慧听说柳云已然死于林峰之手，并未过多地显示出喜悦之色，照她的经验，这个比狐狸狡猾、比虎狼凶狠的人，是不会轻易死掉的。他不是在自己的手中死而复生过一次吗？这次，他的死状未能亲眼目睹，只耳闻了死讯，就一厢情愿地认为可以一劳永逸了。她迟疑了一下，问林峰是否能够确定开枪击中了目标，并明确无误地看着他咽气死去。

林峰见她这样絮叨不放心，有些不以为然，当即又将自己登到高阁，俯瞰寺后码头，用射击精度可靠的三八式步枪，瞄准了柳云的左胸心脏处直接命中的细节重新讲了一遍。

贾慧听完之后，毫无感情地笑了一声，说：“你已经打中他了。但他却不会死，绝对没有死。昨天，我们遭到的暗算，就是他受伤后的反击，不是什么黄参议所为。”

林峰惊诧，忙问她判断的依据在哪里。

贾慧犹豫了片刻，拿定了主意，说：“你昨天开枪打中的部位，六年前，我早已试过了。他中了弹，像条死狗一样仰天倒在芦苇丛中，我原也以为他绝无活着的可能。但他却又活了过来，继续祸害人。他上次自鸣得意时，跟我显摆过自己的伤处，那心窝位置弹痕犹在。只是，他跟常人不同，是个反骨坯子，他的心长在了右边，他吹嘘自己是医学传说中的镜像人，五脏六腑跟正常人相反。所以，我一枪、你一枪，都不能置他于死地。他还活着，肯定还活着。”

这番话，将早已逝去的往事和盘托出，林峰不由得出了一身冷汗，与此同时，心底的狐疑更盛。他实在不能理解贾慧的所作所为。六年前家乡人众口一致，认定这位督军小姐随着杀兄仇人刘公子一起逃离老督军的追杀，浪迹天涯去了。谁知道，他们逃出去不过一两天，她竟已将他一枪打倒，险些丧命。这其间，又是怎么回事？她难道还有些事情藏掖在心里，不肯明言？

对贾慧深沉的爱意，使得林峰再也按捺不住自己的好奇和疑虑，追问起真相。贾慧叹了口气，便将自己昔日的所作所为及其缘由和新近所获的真相，毫无隐瞒地讲了出来。林峰默默地听完了，心中啧啧称奇，万没料到那时候他们之间的关系竟是如此错综复杂。她哥哥缉毒要抓他，她误会后通风报信，他闻讯后设局相害，她受谣言所惑对他痛下杀手，只身逃亡，流落在吴尚。多年之后，他居然死而复生，又在这样的形势下来到吴尚，再度惹出一连串令人咋舌的风波来，真是匪夷所思，想象不及。

贾慧讲完了自己的秘密，眼中噙泪，冷笑说："所以，替兄报仇，挽回错误，是我眼下要做的事情。为了除掉这个人，我愿意付出一切代价，包括自己的性命。"

林峰双手收拢，捂住她苍白的脸庞，斩钉截铁地说："我的决心跟你是一样的。除掉他，为他们残害的人复仇，是我当下唯一的事情！"

八

黄参议听了林峰转来的消息，那个年轻人柳云已然毙命于他的枪下，心中莫名其妙地一阵轻松。他将那个身负枪伤的家伙收押在牢房里，审都没审，派人在半夜时分用一叠白布蘸水，里三层外三层地蒙裹住头脸，活活地闷死了。这样的死状无迹可查，只推是伤重而亡，就此将这件事轻轻揭过丢开。

从立场看，他和柳云是一丘之貉；从利益上看，他们之间并无太大的冲突。但是，他对此人始终报以忌惮和厌恶，总认为他会在日后某些时候对自己产生危害。古语云"卧榻之侧，岂容他人鼾睡"，更何况是这等厉害的角色！他假林峰之手，将他除掉后，第一件事就是向黎星斗报信，那个里应外合、引狼入室的家伙，已经被自己巧施妙计，借他人之手解决掉了。

黎星斗郁郁不乐之际，听到这个难得的喜讯，心里自然高兴，奖励打赏那是寻常的事情。但他心中牵挂着的，是黎星源目前的处境。程兴柱死后，他在乡下再无依靠，领着些残余人马四处漂泊，安危难料。昨天接到他发来的电报，本想进城来吊唁，但被新四军方面劝阻了。日伪保不准要借这个机会设下圈套，以收战场未能做到之效。所以，他在城外遥祭之余，请黎星斗买一块上好坟地，妥善安葬程兴柱的遗体。至于他新近补充过来的两个连的人马，已经接收了，谢谢他的关心，但日后不可再从直辖的独立旅中派兵，要尽力将所掌握的兵力扩充，不能再轻信他人了。

黎星斗叹息一声，烧掉了这份密电。南部前天吊唁之后，果真履行诺言，离开了吴尚，取道莲花镇去了扬州。他这一走，自己心中的一块石头终于落了地，轻松了许多，立即命令守备莲花镇的四师师长严守各处关卡，不准南部返回。南部一走，这些个日本宪兵龟缩在关帝庙内，形如虚设，根本不放在他的心上。他倒想黎星源能进城来一叙，共谋后事，但黎星源的担心也不无道理。谁知道南部这步棋是什么用意？他听取黎星源的托付，在东门外找了块上好的风水宝地，将程兴柱的棺木掩埋了，坟上立了块石碑，上面刻写着“陆军中将程兴柱之墓”，以待日后理会。

再接下去的事情，就是开始向麾下各师进行征调，每个师团抽一个营，集结到吴尚，再成立一个旅，配以精良武器。另外，竖起招募旗帜，拟再建一个旅，这样手下重建一个完整师外加一个独立旅，牢牢控制在手里，以应对手下众将隐然以防区、队伍为后盾，所形成的分庭抗礼之势。

但是，这个命令下达后，各师都发电来婉拒，声称各自防区内，共产党游击队活动猖獗，防不胜防，请求暂缓调兵，等清剿后维持住提防治安，再作他论。黎星斗眼瞅着这些电文，一把撕扯得粉碎，索性命令黄参议，将业已搜刮清理完毕的李府资产，尽数充入军需，敞开大门招兵买马，拣精壮人力挑选，有来无回；把人头数算足了，分散到城外各处村庄，秘密进行训练；再从独立旅麾下提升一批军官，笼络控制住，预备在新编练出的部队里任职效力。

时间一晃就是个把月，隆冬将至，北风吹了一阵又一阵，大地蒙霜，平原河汊间，芦苇枯黄，一片萧然。在此期间，南线、东线的日伪军队，出黄桥、陈堡、阳垛等地，对新四军苏中根据地进行了一次扫荡。日军部队来自通州、太兴，分属南部以及其他旅团，但伪第一集团军编列中的一师、二师、六师，都直接奉苏北清乡公署主任汪精卫的命令，参与行动。新四军主力跳出日伪的包围圈，向东出击，连克十几座集镇，前锋直抵通州城下。日军回师援救，途中连遭伏击，损失了三四百人，配合出击的伪十二师杨忠华部大部被歼，扫荡就此结束。这边，伪一、二、六师趁此良机，瓜分了十二师的地盘防区，并占领了新四军根据地的几个集镇，算是尝到了甜头，受到了南京方面的嘉奖。

黎星斗坐在吴尚城里，眼看着这些部属忘乎所以，将原先的誓言抛在脑后，心里生着闷气，却又无可奈何。乡下蛰居的黎星源发来电报，建议是：守住吴尚，扩充实力，他事不管。这些家伙得意猖狂逞一时之快，迟早会被新四军收拾的。等他们吃了共产党的苦头，低头来见，再作理会。黎星斗深以为然，就此坐观局势变化，积蓄实力，以待时机。

这边方略既定，吴尚城里一片平静。黄参议将军中庶务料理得差不多了，自己手中也落下了一笔巨款，都是硬通货，无论将来形势如何变化，都不愁生计。他所关注的南京方面的职位有了音信。经由熊克西力荐，周佛海从中斡旋，汪伪政府财政部税务总署副署长的职位已然有了眉目，不日将有函文送达。他在吴尚的日子，已是屈指可数了。

他心中喜悦自然是溢于言表，关起门来在公馆里跟太太把酒言欢。不过，黄太太虽然高兴，但想到要去南京，接近那位在身边盘桓数月，幸而未能揭破自己身份的老督军，心底一阵不安。这个时候，她分外地挂念起贾慧来。贾慧自从那日被人诱入歧途，横遭绑架后，便再未露面，隐约听说她后来被林参谋救出，并趁势打死了那个穷凶极恶的柳云，两人已然成双结对出城，随黎星源在水乡湖荡间，做了神仙也羡慕的戏水鸳鸯。

她心底替她高兴，但也觉得遗憾。在她原来的设想里面，她脱险之后，应该回到黄公馆住下，继续陪伴自己，哪怕是和林参谋成婚之后，双双在这里住都行。这样，她可以不随黄参议去南京，就在这地头上久住，既安全又保险，免却了孤单之苦。可现在，贾慧远离吴尚，自然是倍加思念了。她们之间结成的情谊，既与往时督军府中的生活有关，又和吴尚城中最近半年来的经历密不可分。前者是渊源，后者是同仇敌忾、同甘共苦，她不拿她当名义上的女儿对待，俨然有了几分姐妹的意思了。

这天上午，陪丈夫在廊前晒太阳取暖时，无聊之中，自然又提及了这位名义上的侄女的下落。黄参议摇了下头，说到了这个时候，别再抱有幻想了，贾小姐随了林参谋，她跟的是共党分子，虽说没有直接仇怨冲突，但已是泾渭分明两条路上走的人。他们在共同针对柳云时的协作关系，已随此人之死而宣告结束了。弄不好，他黄某人已然成了林参谋预备谋划铲除的对象呢。真到了这一步，思念牵挂，岂不成了可笑的事情？

黄太太嗤之以鼻，说他所担心的是男人之间的事情，她们女人不掺和进去。他可以和林参谋变成不共戴天的仇敌，但是自己绝不会跟贾慧如此。她是自己的侄女，亲情远胜过政见不同。

黄参议淡淡一笑，不再跟她争辩。在他的心中，新的生活即将到来。他是个飘泊无定的人，在吴尚这一年的生活仅是生命中一段短暂落脚而已，在这里所遇到的人，也只是匆匆过客，并将在不久的将来被遗忘。他这一走，只带着她浪迹天涯，一切都将会是过眼云烟。

这对夫妇各怀心思，面对未来各自臆想时，外面守候宅门的卫兵跑步进来报信，贾小姐回来了，一个人提着皮箱，已经站在了门前。

黄太太一阵惊喜，站起身来就要迎出去。黄参议一把拉住她，示意暂缓一步。黄太太可不管她，甩开手穿过廊榭来到门前。贾慧穿了一身棉布袍子，肤色稍微黑了一些，看得出是在野外生活留下的痕迹，但是气色非常好，精神饱满，一脸灿烂的笑容。看到她来到眼前，甜甜地叫了一声："姑妈。"

黄太太一把拉过她来，左右端详，笑道："像是从乡下来的样子，你是从哪儿来的？是跟他——"

贾慧一笑，说："我回来还是做教员。已经去过学校了，校长正为走掉了几个同事人手不够发愁呢，我一回来，高兴还来不及呢。"

黄太太听她撇开了自己的问题，微微一愣，问："你这是——"

贾慧自顾自提包进了门，说："回来，好好歇息一下。在乡下蚊虫多，吃不好睡不好，还是在城里日子安逸，我不走啦。"

黄参议迎面而来，窥测她的神色，佯作关切地问："吃不了苦啦，就把林参谋扔下不管了？”

贾慧居然点了下头，说：“我们约好了，抗战胜利后就结婚办喜事。现在他要打仗，顾不了我。我也不想拖累他，索性干脆回来算了。”

“哦。”黄参议反而奇怪了，“你们算是私订终身吧。这林参谋也该来我这里拜谒长辈啰。吴尚城对他也不是禁地，这样小心干什么？”

贾慧抿嘴笑道：“姑父，就别苛求他啦。他在乡下可比不得以前住在都天行宫。黎星源身边没了得力的人，就依靠他呢。而且，又有联络处一摊子人要负责，事情太多。可惜我是个女人，帮不了他。”

黄参议与黄太太面面相觑，无话可说。这位失踪已久，突然又从乡下重新来投奔的侄女，时间在她身上镀上了一层神秘的色彩。她真的如其所说的那样，单纯地返回吴尚来恢复旧时的平淡生活，别无企图吗？她会给他们在吴尚屈指可数的日子，带来怎样的变化和影响呢？

九

贾慧在黄公馆暂住了两天，白天去学校教书，晚上抽空请了李嫂帮忙，将原来住的地方再度清理干净，第三天便搬回去了。李嫂的身份早已明朗，是老督军在贾慧抵达吴尚不久，就紧随其后安排来监视的人。但揭破之后，她却没有离开吴尚，依旧和贾慧比邻而居。贾慧心底的疑虑忍了些日子后，终于在她男人去码头时开口询问了。

她问李嫂，老督军已经走了，事情已然了结了，他们夫妻为什么还留在吴尚？李嫂迟疑了一下，说当初他们是在穷途末路时，被老督军物色了，代为置办了店面、货物在吴尚落脚的。她在吴尚住了这些年，生意上赚了不少钱，眼下留恋在这里的安宁生活，不想走了。

贾慧明白，这夫妻俩拿了老爷子的钱，几年下来做买卖，兼带着看顾自己，习惯了这样的生活，不愿意再有变动了。在吴尚这样的地方，过苟且的日子，是再稳当不过的。他们沾染上了这里居民的习气，再难消除了。不过，她对于他们继续与己为邻，还是很高兴的。至少，她还可以跟往时一样，每天中午吃到李嫂那些合乎自己口味的饭食。

她回到吴尚做了整整半个月的教员，眼见已是1941年的年底，寒潮抵达，下起了第一场小雪。她的宅院里一片肃杀，泥土冻得铁一般坚硬。她早起后，在檐下漱口，抬眼间，瞅见那座花坛，不禁想起那个埋在泥土下面大半年的夜行客来。他做鬼已久，肉体大概经历过春、夏、秋三季之后已消融殆尽，只剩下一具森森白骨了吧？他的身份至今仍然是个谜，无名无姓，没有来历。唯一的知情人，大约就只有他的主子柳云了。但柳云又在哪里呢？林峰那一枪洞穿了他的胸膛，却未能置他于死地。这个脏腑反转的男人，会像几年前那样，再度存活下来吗？

她这样愣愣地想了一阵子，门外突然热闹起来。街头烟摊传来摊主代卖报纸的吆喝声："大事！新闻！重要新闻！日本人偷袭珍珠港，消灭了美国太平洋舰队，日本人跟美国人开战了！日美开战啦！日美开战啦！"

她吃了一惊，抓起布包匆匆出门，只见报摊周围聚集了一群人，抢着买并不定期出的《吴尚日报》。她好不容易递过铜板去，买了一份，细细阅读。这份由黎星斗出资办的报纸头版头条果然写着老板口中招揽叫卖的新闻。日本海军于12月7日，偷袭美国海军，取得大捷。这场旷日持久的战争，终于将美国人也牵扯进来了。

她一路走一路看，心中既忐忑又兴奋，虽然并不清晰地理解这个新闻的意义，但隐约觉得这是个好兆头。到了学校，她将这份报纸给同事们看。其中有一个留过美，目前在本埠避难的男教员，拍了下巴掌，说美国人参战是件大好事。这个国家疆土广袤，工业、技术都是第一流的，上次大战，就是他们参战改变了欧洲的胜负局面，这次，怕是又要扭转乾坤了。众教员十分兴奋，但都互相示意提醒，要言辞谨慎，这里已是日伪的地盘，小心为妙。

贾慧从报纸上得悉这场战事之前36小时，二黎分别从自己的电台获悉了这一惊人的消息。他们的反应是一致的：击掌称好，然后恍然大悟，怪不得这半年来，日本人不停地收缩防区，将部队从港口运走，原来，是去进行这场战事。有了美国人加入进来，这场战争的未来，已然从漫天乌云中显出了一抹亮丽的希望。

重庆政府于12月9日，正式对日宣战；南京汪伪政府于12月11日，正式对美宣战，各自表明了自己的态度。而黎星斗，则迫不及待地向黎星源表达了急欲反正的想法。黎星源竭力劝阻，让他少安毋躁，以静制动，择机行事。

黎星斗虽然听从了劝说，但心中的高兴却是显露无遗，在吴尚召开的军事会议上，关起门来表达了自己的想法。与会的几个伪师长，看法却跟他截然相反，认为从一场日本人大胜的战役中，得出日本人将败的结论，简直是白日做梦。眼下，日军集结的几十万大军，已然攻向南洋各国，势如破竹，倘若美国人支撑不住，那形势就更加不妙了，哪里还存在战胜日本的希望呢？

黎星斗大为不悦，说："各位驻防在富庶城镇，过的是土皇帝的日子，大约筋骨都已经在温柔乡里泡软了，连眼神都不管用了，把易帜时的誓言忘记得干干净净了？"

众人一阵肃静，然后丁聚元站起身来打了个哈哈，说："总司令，这可是冤枉我们弟兄了。我们的意见，易帜之举是反复斟酌才确定下来的，日后的反正，也要审时度势。咱们打牌要打稳牌，稳赢不输时动手，没有风险多好。总指挥在乡下给咱们竖着旗子呢，一旦时机到了，咱们拉起队伍投奔过去，一夜之间就可以水到渠成，岂不是好？"

黎星斗叹口气，不再吭声，心底对这些人失望至极。他暗下决心，不再指望他们，自己另起炉灶，打造一支听自己用的部队。

会议结束后，不出三天，黎星斗在军事会议上表露的心迹，传到了设在扬州的南部旅团司令部。南部襄吉刚在南京参加祝捷大会，领受了下一步的军事行动部署。

他目前手头所能用到的兵力约莫3000多人，分驻在各个县城的有2000左右，直辖兵力大约1000人，而麾下所统率的伪军近五万之众。他的主力，其实正在几千里外登陆攻打吕宋岛。如何利用这些所剩无几的兵力，驾驭数万归降军队，维持偌大防区的军事优势，成了他最为头疼的事情。因此，听到密报后，不由得倒吸一口凉气，愤怒之余忧心忡忡起来。这黎星斗驻军吴尚心存异志，他是知道的，并早有了铲除之心，但碍于他在这支杂牌军中的地位和威望，以及当初易帜时领头通电的影响，迟迟难以下手。如今，军事态势发展到了关键时刻，倘若他有个风吹草动，那么连带起的恶劣反应，可不是朝夕所能平定的。他下定了决心，要彻底解决吴尚黎星斗的问题，而且是事不宜迟。

为此，他密会正在视察清乡工作，准备召开江浙两省清乡工作会议的周佛海，要求对这个心腹之患开刀。周佛海听了他的意见，踌躇之后，让他不要急于行事，自己先回南京跟汪精卫商议后拿出个妥善的方案来。南部有些不悦，但也一时无法动手，只得先行隐忍下来，等候汪政府的回信。

他正在郁闷时，忽然来了一个不速之客。卫兵禀报了此人的姓名，他一听之后大喜过望，快步迎出门去，笑道："柳桑，好久不见，你的身体恢复了吧？"

这来者，正是那个在光孝寺外夺路而逃时，被林峰一枪穿胸，幸得不死，辗转去了扬州日本陆军医院疗伤养病，如今已然痊愈出院的柳云。他虽然年轻，但左胸肺部两度遭创，暂时保住了性命，却留下了后遗症。两人见面握手致意后，他抚胸接连干咳了好几下，喘息良久，才说道："好不容易出院了。一出来就到将军这里拜访，唐突之处，还望见谅。"

南部摇了下头，说："吴尚有事，我正要找你，你来了就好。"

柳云点头，说："我也是听闻吴尚那边风雨欲来的局面，所以才匆匆地赶来。这枪伤算是好了，可是新仇旧恨总是要报的。全赖将军关心，安排我住进陆军医院，不然这会儿哪还能披挂上阵？"

南部赞许地笑道："柳桑是我的臂膀啊，没有你，我对这群乌合之众除了开战剿灭外，再无良策了。你看看，现在该当如何对付这个黎星斗？我有意引他到扬州来，借开会之机除掉他。但这个计划，恐怕南京方面通不过。他们顾虑着政治影响，投鼠忌器。但我想，这种事必须当机立断，倘若养虎成患，那可不成。"

柳云笑道："将军说得是。汪主席的担心也有道理。但这黎星斗脑后有反骨，不除掉后患无穷。所以，在我看来，除掉他是可以的，但要他的性命大可不必。他驻军吴尚，要动手确属不易，得将他引到扬州来动手。"

南部想了想，说："柳桑，你的话很对。这个人，不杀他而除掉他，是一个新思路。这件事，我先行安排特高课山本中佐，看他能不能从医药方面想个主意，让他成个废人，也就可以啦。"

柳云竖起大拇指，赞道："将军高见，这黎星斗再桀骜不驯，也是咱们的囊中之物，我准备午后时启程，去吴尚走一趟，召集部属就近先将他看住，城外的黎星源已经不足为虑，但这手握兵权的黎星斗，却要小心提防。"

南部握了握他的手，说：“那就祝你一路顺风了。我已经向新上任的南京政府特别顾问吉川将军推荐过你，他很感兴趣。以他的分量和汪主席等人交涉，安排一个重要的职位给你，那是举手之劳。”

柳云咳嗽几声后，含笑说：“多谢将军支持，这次回吴尚，我是要了却自己几桩夙愿的，想必回来时，将军已然大功告成，将局势掌控在股掌之间了。”

十

林峰虽然身处乡间，但仅存的两部电台足以使他和外界保持密切的联系，在朔风凛冽中，突然得悉日本人偷袭珍珠港的消息，马上意识到了其中的意义。

他持电文赶往黎星源驻地报信时，黎星源已然从重庆方面收悉了这份电报，正在斟酌品味。两人一见面，彼此瞧见对方手里的电文纸页，相视而笑。

黎星源说：“转机到了，我们不再是孤军作战，有了美国这样的盟友，战局从毫无希望已然浮现了一线生机。”

林峰说：“日本人利令智昏，不过，西方不是有句谚语：上帝想让谁灭亡，必先令其疯狂。捅了美国人这马蜂窝，有好戏瞧啦！”

他们大笑起来，取了些薯干酿制的烈酒，各尽一碗，以示庆祝。

黎星源拿起一份刚刚收到的电文，瞅了瞅说：“咱们的黎司令，总是沉不住气，听到这消息就想动手反正了。也难怪，一肚子的气憋了这么久，手下那帮人又不省事，有奶便是娘。他们日后是没有好下场的。但眼下确非动手的良机。他就坐镇在吴尚，拥兵自重，再暗中跟咱们通气，反而能让南部无计可施。眼下，咱们的军需粮食，有一半是从吴尚运来的，他就做这个后援也不错啊。咱们两个团在乡下伏击鬼子，抽空再拿下几座集镇，来去自由，鬼子也是干瞪眼没法可想。”

林峰明里是三十三师的联络官，但这联络处人员损失大半，剩下的都已随新一团行动。一团是由程兴柱的余部改编的，明着是奉苏鲁皖游击总指挥部指挥，实质上已成为新四军的部队，直接受命于苏中军区，数月间，参加过多次作战。这一点，黎星源心知肚明。他和游击总部直辖的队伍，都受了程兴柱的救命之恩，哪里还能计较其他？所以，蛰居水乡深处，总部及卫队四五百人足矣，放手由林峰他们去做，这也算是还共产党的人情。他将这支队伍未来的希望寄托在黎星斗身上，让他去全力扩充实力，也是出于这样的打算。日后转机一到，胜券在握时，率着吴尚守军反正，是一夜间可达成的事情。现在，他和黎星斗需要做的，是竭力苦熬，熬过眼下这段最困难的时期，就是胜利。

林峰对黎星源的心思，了然于胸。新四军高层也同样洞悉他的想法，乐得如此。一来，可以从他这条线控制黎星斗所部不敢明目张胆地助纣为虐；二来，利用他牵制南部，不能心无旁骛地全力进攻根据地；三来，那两个团实质上已经回归，在水乡一带坚持活动，打下了基础，抑新化城日军于城下，难以轻举妄动。南部的主力业已经海路往南洋作战，苏中、苏北一带，日军兵力严重不足，难以再发动大规模的扫荡了。

这天傍晚，林峰在驻地的电台，收到一份发自吴尚地下情报站的密电，四个字一目了然：鬼已出现。

他盯住这四个字看了半天，冷笑一声，起身派人通知黎星源，密切注意周边的态势，恐有变故。他要连夜去吴尚一趟，会一会那个死而复生、卷土重来的老对手。

与此同时，黎星源收到一份黎星斗密电，告知他明天上午启程前往扬州，参加汪精卫主持的江浙清乡工作会议。黎星源回电劝阻，但黎星斗复电解释，因汪精卫电邀，此行无法推托，但他已做好应变准备，率一个营护卫出行，进入会场时，带十名卫士不卸枪，贴身随行，人人胸前暗缚手榴弹，一有风吹草动，就来个鱼死网破。

黎星源知道他的难处，无奈中只得电嘱留心安全，不能大意。这时，忽然见林峰过来，以为他也得知了黎星源要去扬州的消息，正待开口，不料林峰是来辞行的，告诉他吴尚城里暗波涌动，似乎将要有事发生，他得赶进城去应对。

黎星源吃了一惊，将这两件事联系起来详加考虑，觉得其中有蹊跷，当即叮嘱他持自己的亲笔信连夜入城面见黎星斗，再尝试劝阻他去扬州。倘若不成，立即全城戒严搜找内奸，从他的口中盘查出内幕真相来。这个内鬼现身，与黎星斗去扬州开会之间，也许会有关联。

事不宜迟，林峰不敢耽搁，半小时后揣着黎星源的信函离开了驻地，前往吴尚。黎星源特地拍发一个密电给黎星斗：已遣密使前往吴尚。

林峰率精干手下八人，分乘两条小船拣便捷水道，借着月色赶往吴尚。这一路加速潜行，终于在凌晨三点多抵达吴尚北门码头。黎星斗收到电文后，派副官在城门口等候。双方彼此认识，不及寒暄，匆忙赶往黎星斗的公馆。

黎星斗上床小憩了三四个钟头，听得禀报，赶紧披衣起身。见是林峰，忙吩咐厨房赶做些御寒的汤水食物来，边吃边谈。林峰先将那封信交给他。他认真地看了，没有提及有关赴扬州的事情，只是查询了那内鬼的情况。林峰也不隐瞒，把柳云的大致行径和可疑之处和盘托出，并讲述了自己借程兴柱发丧之机，果断出手重创此人的经过，再三强调了此人和南部之间可能存在的密切关系。

黎星斗明白他的意思，考虑再三，说："我不去，必定会让汪精卫起疑心。日本人早已疑我，再加上汪精卫，日后的事情就不好办了。本来，我是将他当作挡箭牌用的，没了这牌子，吴尚一地就会有灭顶之灾。俗话说，是祸躲不过。我不去扬州，他们就没法子消遣我了？拼着个鱼死网破，我不做孬种！我有备而去，不怕他怎样。"

见他如此说，林峰无法再劝，只得转达黎星源的话，千万做好预防，小心为上。眼看时间不早，林峰告辞出来，先去黄公馆，叫开了门，眼见黄参议睡眼惺忪地出来，不禁笑道："黄参议不是近日要去南京的吗？怎么还在吴尚？"

黄参议略显踌躇，说："快了，快了，就这两天走。总司令舍不得我离开，特地授了我一个中将总参议的头衔，好让我记得这边的弟兄们，为他们谋利。唉！说句实话，我是有些留恋这地方。但这里已成了是非之地，再待无益了。不过今天这么早，是哪阵风把你吹来的？"

林峰说："一股阴风将我刮进城的。煽阴风点阴火的人，是那位柳专员。"

黄参议一愣，说："他……他不是做鬼了吗，借尸还魂了？"

林峰笑道："我忽略了一点，他本就是个厉鬼，子弹对他的身体不起作用了，得打脑袋。脑袋开花，他自然就玩不出死而复生的花样了。"

听他如此讲述柳云，黄参议乍从睡梦中醒来，不觉有些汗毛耸立，悚然道："你当真当假？开什么玩笑！"

林峰笑道："当真，肯定是真的。所以，我赶进城来，先请示了黎总指挥，转托老兄发兵支持，三个目标地点，一是黎星源的公馆，二是贾小姐的住处，三是尊府隔壁的李府。咱们将这三处围住了，我想，他也该浮出水面了吧。”

黄参议听他的口气，知道不是玩笑，当即依照他的意见下令调兵，趁着黎明前最黑暗的时段，将城内值守的驻军叫起，分兵三路行动。安排妥当后，打了个深深的哈欠，回去跟老婆搂在一起又睡了回笼觉。等到他在太阳升起二度起床时，吴尚城里已经是一片肃然。

黎星斗率卫队营启程，出西门直向扬州方向去了。林峰来到贾慧的住处，将她从梦乡里唤醒。贾慧一见是他，吃惊不小，忙问来意。林峰手指竖在嘴边，做了一个缄口意会的姿势。

她陡然一惊，问道：“他来了？”

林峰点了下头，说：“鬼是遁形的，无所不在，也许就跟咱们一墙之隔呢？所以，今天我要做一个捉鬼的钟馗，让他无处遁形。现在，你该明白我的想法了吧？”

贾慧微笑起来，说：“不错，我也猜他藏身在我这里和黄公馆之间呢。卧榻之旁，有人鼾睡，兴许他这会儿正在梦中呢。”

林峰摆了下手，说：“那咱们就从这里开始。”

他站在院中，指挥士兵们拆倒围墙，进入李府，挨院挨屋地进行搜查，发现有可疑人等，立即予以捕捉。士兵们从坚实的墙体扒开了一道通道，各自掸去了衣服上的灰尘，端起枪分散开来，进入李府后园。

林峰携着贾慧跟在后面，跨过地面散乱的砖块，踏进这幽暗深邃、充满了冤魂的所在。也就短短几个月的时间，这座宅院失去了人类的气息，荒草蔓延，将罗砖地面遮去了大半。一棵高大的柿子树上，硕果累累，却无人采摘，枯萎成铜板大小的坚硬球体。栖息在枝叶间的白头翁以此为食，养得肥壮，足以抵御寒冬，它们迎着东方初生的旭日，欢快地啼唱着。

林峰身处这清幽却又鬼气弥漫的所在，悄声说：“这地方挺适合他住的，让他在这里消亡，也算是死得其所了。更何况，还有那位横死在轰炸中的李府四姨太相陪呢。”

贾慧进了李府，心中莫名其妙地一阵发虚，忐忑不安中一把拽住了林峰，说：

“稍等一等，你能肯定他在这里吗？咱们再仔细想想，他会料到我们来这里抓捕他吗？”

林峰迟疑了一下，昨晚吴尚地下组织发来密报，发现了柳云的行踪。以柳云的行事风格，该现身时才现身，不该的时候，很难暴露行踪。他这一露面，难道是想以行动来昭告对手，他业已回到吴尚了？他既能这样做，那就是刻意吸引他人的注意，来追寻他的下落。以他的思路，这三处地方是林峰或者其他对头必然会猜测到的。他会乖乖地待在这里，等着他们来捕捉？如果不会，在这三处地方会有反制的计策吗？

一种不祥的预感陡然间涌上林峰的心头。他不假思索，拉起贾慧的手，沿来路快步返回，边走边大声呼唤众士兵撤出李宅。看到他这猝然的举动，耳聪心活的士兵们掉头便尾随而行，反应慢的士兵一两分钟后才省悟过来，正要退却，说时迟、那时快，但听得一声剧烈的爆炸声，地动山摇起来。林、贾二人以及那些见机走得快的士兵，被身后一股巨大的冲击力量向前抛起，宛若树叶一般飘落在地。走得慢的士兵，霎时血肉横飞，在漫天飞舞的砖瓦碎屑中惨号声声。

等到林峰起身来吐了一口血，去拖贾慧并回头去看身后时，李府后宅的主要建筑已荡然无存，变为废墟。无须猜测，这地方事先已经被柳云埋下了大量的炸药，就是要引诱他们前来，一锅端掉。

他喃喃地说：“好狠的家伙！”

贾慧目睹了这情景，惊得好一刻说不出话来。到了眼下这一步，此人用“丧心病狂”四个字来形容毫不为过。他想将自己和林峰一起炸死，什么老督军的嘱托，强逼她去南京成婚，重续许、刘两家香火的说法，已经全是虚伪的幌子了。他撕下脸皮，就是夺命的杀招，出于什么目的？难道竟然像小孩子一样，抢夺不到的东西，索性毁掉也不让别人得到？她方才在关键时刻，被林峰奋不顾身地压在身下，这会儿拍打着身上的灰土时，终于回过神来，去看林峰。他的胸口被砖头恰巧硌了一下，受了点轻伤，似乎并无大碍。惨的是那些没能逃过劫数的士兵们，四肢不全；侥幸逃生的士兵们被飞溅的碎砖破瓦打得头破血流，现场一片狼藉，不堪入目。林峰边指挥营救，边思考着一个问题：这么多的炸药是从哪里来的？如此的爆炸威力，说是一个军火库失事都不为过。

这天的清晨，剧烈的爆炸声惊动了城内外的军民们，流言长了翅膀般散播开去。黄参议急匆匆赶到，一见这情形，跺脚懊恼道：“这里是临时放置军火的地方，都是不久前刚从江南黑市购回的武器弹药，足足可以装备两个团，为了掩人耳目才藏在这里。谁知道，竟然被彻底毁掉了。”

林峰明白过来，这又是柳云的一石二鸟之计，破坏黎星斗暗中扩充实力的计划，同时将自己和贾慧炸死，逞一时之快。他立即建议黄参议封锁城门，严禁出入，不顾一切地搜查此人的下落。

贾慧却阻拦住了，笑道：“不要着急，他大概不在城里，但也不会走远。这个人我太了解了，他现在唯一盼望看到的，就是这次爆炸的结果：我们两人的死亡消息。我们死了，他就不必进城来了。但我们活着的话，他是必来不可的。”

林峰会意，略微思忖后挽起贾慧的手，说：“那么，咱们就去闹市里来回走几遭展示展示，我们仍然活着，毫发无损。他花费了这样的气力，居然没能如愿，一定会气疯了。他气昏了头，我们就有机可乘了。”

黄参议已然清楚了事情的来龙去脉，摇头说：“黎星斗去扬州开会，家里的军火却被人炸了，真是福无双至、祸不单行。我可怎么向他交代呢？”

林峰一笑，说：“到了此刻，不抓住这罪魁祸首，用他的脑袋来顶账，老兄真是无法交代了。”

黄参议咬了咬牙，摆手说：“我临走之际，惹来了这么个灾星，也是运交华盖、命中注定了。林参谋，这件事就全拜托在你身上。但有吩咐，一定从命！”

第十一章

一

吴尚城里惊天动地的爆炸声，四乡八里都能耳闻。黎星斗赴扬州参加军事会议的队伍刚刚抵达自己地盘的最后一站莲花镇，正在和路边送行的四师师长闲扯几句，准备继续前进时，听到这一声巨响，吓了一大跳。他登高用望远镜观察，瞧见城墙上空盘旋的烟云，当即打电话查问，得知自己交付黄参议藏在李府的军火被炸了，心中一阵绞痛，大骂了几句后下令彻查。

队伍无奈何间继续前行，过了莲花镇，进入日占区，一路上，但见碉堡、岗楼林立，守备森严，俨然是这些年为防备己方进攻而设置的。想不到今天，自己居然会亲临并目睹到，真是酸甜苦辣一言难尽。

从吴尚启程，车辆、马匹走了近一天时间，于黄昏时抵达目的地。城外，第七旅团参谋长原田大佐代表南部襄吉前来迎接，寒暄客套几句后，安排黎星斗择地驻兵，约定明天上午在苏北清乡公署开会。黎星斗不敢大意，驻屯下来后，加设了岗哨，命令人不卸甲、马不解缰，以防夜间生变。

但这一夜极为安宁，没有丝毫异常。次日天亮后，清乡公署派员来敦请上午八点召开军事会议，请黎星斗准时到会。黎星斗心中警惕，先行吃饱肚子，命令副官备足饮水，决意进会场后连外面的水都不碰，谨防对方下毒。至于随行的十几个卫士，连同副官本人，都在棉衣里衬绑了一排手榴弹，将保险揭去，导火索串联在胸前衣缝里，一旦会场有变，争取劫持一干日伪大员为人质，从容退出。

准备妥当后，黎星斗率副官卫队一行人骑马进城，抵达前清时的扬州府衙，现而今的扬州市府，苏北清乡公署。人到府外时，一行人下马进得府门，已经有不少人先到了，聚集在会堂前聊天，仔细看看，不少都是老相识，其中还有自己的亲信下属，驻守江堰兼清乡专员的二师师长丁聚元。他手下的六个师长，仅此一人与会，想来，是借了这个虚衔的缘故。

丁聚元一见他到了，快步来迎，敬礼问好。黎星斗问汪精卫到了没有，丁聚元说汪主席马上就到，据说有急事要回南京，但为了一见黎星斗，这才特意多耽搁半天，见了面交代完任务才走。

黎星斗笑了笑，没有多说什么。不一刻，南部襄吉带着参谋长出现了，老远就举手招呼，走近殷勤地握手寒暄致意。

黎星斗故意说道："哎呀，本来是不想来的，我吴尚的军火仓库被人居心叵测地破坏了，正想缉拿凶手呢，但汪主席、旅团长的盛情难却呀。我这是一边心疼，一边与会，好不难受。"

南部大笑，说："你回去后，将损失造册报过来。我从本部军火库房里调拨弥补你的损失就是了。这样的盛会不来，辜负的是汪主席的盛情啊！"

黎星源笑着点头，不再多说什么。

十分钟后，汪精卫抵达会场，众人齐迎过去，一一握手问好。当介绍到黎星斗时，他刻意用力摇晃了两下，说："将军立首义之功，汪某铭记在心。这江北的新局面，由将军而始，必将发扬光大。南京方面诸位同人，都报以深切的感激。明年，南京召开中委大会，一定要请你去，再授以重职。"

黎星斗颔首致意，说道："感谢主席的厚爱，黎某一定不负所望。"

众人簇拥着主子进入会场。今天的汪精卫一身戎装，甚至还佩戴了短剑以示威武。眼见这样的乌合之众，算一算他们背后的队伍，加起来竟也有十万之众了，心底的喜悦非言语所能形容。他和蒋介石争斗多年，一直因为手里无兵而屡落下风。现而今，这些将领识时务，弃蒋投己，是老天爷在天平上加了块砝码，往自己这边倾斜了。形势如此，天意如此，他怎能推辞？所以，他欣然心生豪情，要率这些部属建功立业，火中取栗，另起炉灶。今天这场会议，就是为此而开的，目的在于将江浙这块中国最富庶的地区，实质性全面彻底地掌握，利用这块土地上的丰饶的物产，养兵整武，维持战争，直至彻底将蒋政权消灭并取而代之。

他坐下之后，开门见山下达军事部署。浙江一省，由任原道率第一方面军、第二方面军、第十六师、第十八师协同作战，配合日军部队扫荡重庆军队的残余，阻断三战区和重庆方面的陆路交通。江苏方面，由他自任清乡围剿总指挥一职，黎星斗第一集团军、伪独立十一师等部为主力，黎星斗就任前线总指挥，丁聚元任副总指挥，率部配合日军向新四军展开壁垒扫荡，将军事力量投放到乡村一线，在清剿新四军的同时，韩德勤、黎星源等部也是重点进攻的目标。各部不得姑息养奸，养虎为患。

这场会议开了两个钟头，上午十点左右散会。汪精卫提议在府衙前的空地上合影留念。数十名高级军官再度将他围聚在中央，由本地照相馆派人来拍摄，冲洗出来后，加印了一行字：国民政府江浙清乡工作会议留影，再分寄给分驻各处的与会者。

拍完了照，汪精卫率着他们一起动身，前往绿杨春饭店，赴南部襄吉的招待宴席。这一通忙碌下来，黎星斗稍微松了口气，但心中警惕不失，只喝自己的水，不动其他。

进入饭店后，根据名单入座，他恰好和汪精卫、南部登共聚一桌。他看看桌前形势，心里有数，只留副官一人在旁侍应，自忖两人身上的爆炸物，足以将在座的所有人都送上西天，算是有恃无恐了。

南部身为主人，以中国礼数来行事，将汪精卫尊在首席，和黎星斗一起摆出两个武夫左右护卫的架势。汪精卫看上去心情颇好，似乎为这满座腰佩枪、肩耀星的场面感到踏实和安全。他的南京政权如今和日后，就靠着这帮子人撑持护驾了。他再也不是率着几个心腹政客，惶惶不可终日的处境了。

南部起身，替众人斟酒。黎星斗生怕他做手脚，酒过三巡，他面前的杯中之酒稍稍浅了两分，转而喝起了清水。南部看着，只是笑，没有说话。

汪精卫将自己的杯子与他调换了一下，说："黎司令，喝点酒吧。军人喝酒，这浅斟低饮不像话。"

黎星斗一笑，放下心来，端起杯子一干而尽，说："多谢主席。"

南部大笑，说："黎司令心有顾虑，生怕我摆的是鸿门宴。别担心，汪主席在这里，谁也不敢动你半根毫毛。"

黎星斗抹嘴笑道："我这个人戒酒很久了，只喝清水，所以很少出来陪人吃饭。今天有汪主席在场，喝酒是破例，下不为例了。"

汪精卫颔首说："这不便勉强，军人不耽于酒色，也是对的。"

南部会意地一笑，便不再给他斟酒，任由他饮水。

席间众人对于黎星斗的反常举动，不以为然，各自捧杯互相敬酒，喝了个不亦乐乎。汪精卫、南部或敬人或受敬，酒至半席时，已然是脸色酡红，显出醉意来了。南部趁着这醉意，让厨师准备好两道具有日本特色的菜肴，一是生鱼片，二是煎牛肉饼。众人一起尝鲜，赞不绝口。黎星斗自开席起，没有尝一口菜，只等着终席散场，回驻地弄些食物充饥。等到那小火素油煎得金黄的牛肉饼上来时，南部亲手将它们分到各人的面前。

黎星斗嗅着这诱人的香味，倒也把持得住，只看不动筷子。南部咬了一口品味，连连点头，作势请他也尝尝，说："滋味不错，滋味不错，黎司令请！"

黎星斗正想推辞说自己持戒茹素，不吃荤食。汪精卫侧过脸来，提醒一句道："黎司令，主人盛情难却啊，好歹尝一点儿，不可缺了咱们的礼数。"

黎星斗点了下头，盯着两寸左右的肉饼沉吟了片刻，用筷子夹起，在边缘咬了一小口咀嚼着，这东西确实外酥里嫩，鲜美无比。他吃了这一点儿，算是给了主人的面子，于是放下筷子不再理会。这席间余下的一道道菜肴，如流星般上来，客人们风卷残云似的吃了个精光。席终之时，已是下午一点了。汪精卫扶醉而起，率先离席，要赶回南京。众人和南部一起送他到饭店门外，等他上车之后，汽车轮子转动起来，这才互相道别，就此作鸟兽散。

黎星斗和南部握手告别，跨上马鞍，扬鞭而去，不复回头。出城后，他和卫队营会合，吃了新出炉的两只烧饼，启程返回吴尚。一路上马不停蹄，天色晦暗时抵达莲花镇，这才放松下来，对副官等人说："这扬州真是一个不祥的地方，老子在那里不敢吃不敢喝，到了咱们地界儿，肚子也饿了，口也渴了。加把劲，赶回吴尚去开火，敞开肚子吃喝！"

他拍马大笑，正要催马前行，突然间，双手拿捏不住缰绳，两腿夹不紧马肚，嘴角奇异地抽搐起来，涌出了成串的白沫。一阵寒风吹过，他不禁打了个寒噤，嘶哑地叫了一声，头下脚上从马背倒栽下来，摔跌在吴尚城外30里地坚硬的土地上，人事不省。

二

吴尚城内这惊天一炸，江北罕见，本埠空前绝后。曾经引得无数人垂涎、觊觎的李府宅邸，已然沦为废墟。这座宅子主人先遭灭户之灾，建筑再遇火药焚炸，成为他日吴尚居民心中最为重要的记忆。

林峰、贾慧逃得性命，坐在一墙之隔的自家院子里。原本自觉胜券在握的林峰，此刻神色沮丧。他完全没有料到柳云会使出这样的诡计来，利用李府中的那条暗道出入，躲过外面的守军，将黎星斗囤积的军火炸药四散分开，等待他们进府来搜查时引爆炸药，逃之夭夭。虽然事后在第一时间悟出了其中的猫腻，并率人封堵，但那里显然已是大门洞开，杳无踪迹了。

他失望之余，和贾慧洗净了手脸，换了干净衣服，以精神焕发的状态在绿杨旅社、县府等多处繁华地段公开露面，再加上身后的一队士兵助势，倒也是满城皆知。那个曾经裸体抗日的小学教员贾小姐，仍然在吴尚，毫发无损。这一番作势结束后，已到了中午时分。他们回到住处，无心去吃李嫂的饭食，只在思量一个问题，那个滑如泥鳅、恶如豺狼的家伙，眼下会藏身何处？根据他的分析，柳云此刻最稳妥的做法应该是出城，在城外静候结果，再作理会。但是，倘若他铤而走险，也可能仍然留在城中，甚至就躲在李府附近，要亲眼目睹自己的战绩。假如他在城内附近，那么发现未达目的，必然要再度施展手段来置他们于死地。这是个逮住并铲除他的机会。他们留在这里，目的就是要引蛇出洞。这会儿，小院门外街道巷间，都是暗哨密布，就等着柳云现身出手。

他们依然采用的是守株待兔的方法，但这个法子是很难奏效的，谁也没有把握，这样默默地等到了天黑，四下里没有一丝风吹草动的迹象。林峰背倚廊柱，抽掉了整整一盒烟，掐灭后的烟蒂聚集在柱底的石础上，仿佛是一堆遗弃的弹壳。

他时而盯着它们思索，时而眺望远处灿烂的云霞，久久不发一言。贾慧隔着衣裤，弯腰抚摩着脚踝上方那把精巧的手枪，也在沉思。此刻的柳云，一定闻讯而来，藏在了某个关键的地点。这地方，这一两天内，他们极有可能前往，它会是哪里？她一时间也茫然起来，作不出判断。如此这般，他们在苦思冥想中度过了耿耿难眠的长夜。

天明之时，地下组织派人来报信，已然从扬州内线方面获悉日伪此次清乡工作会议的详情。日伪即将对苏浙两省展开大规模清乡扫荡，汪精卫担任总指挥，黎星斗、丁聚元分别担任江北方面的前线正、副总指挥挟八个伪军师，配合日军围剿新四军以及黎星源所部，鉴于此严峻形势，要求他及早回去部署应对。

他内心叹息一声，起身来挽过贾慧，苦笑道："走吧，先随我下乡转移。他在吴尚，你身处险地可不成。咱们再找机会对付他吧。"

贾慧点了点头，去略作收拾，提起绣花布包，让林峰在北门码头等候自己，她要去黄公馆跟黄太太道个别。他们夫妇即将返南京，再度见面怕是遥遥无期了。

林峰知道他和黄太太之间的关系，体谅地一笑，叮嘱抓紧时间，一个钟头后船只起航，不能耽误了时间。贾慧答应了，急急忙忙赶向黄公馆。这一段路其实是围绕遭受灭顶之灾的李府走了一圈，抵达时，依然与之为邻。

公馆门前，两个士兵持枪肃立，看她来了显得有些热情，招呼了一声，替她开门。她道了声谢，跨进门槛向里走去。她眼尖，远远瞧见水榭长廊里，黄太太坐在椅子上晒太阳，神情似笑非笑、似愁非愁，有些古怪。她以为是受了意外爆炸的惊吓所致，便招呼一声。黄太太摇了摇头，没有起身。她走进长廊，伸手按在她的肩头，问："怎么一个人在这里，姑父呢？"

黄太太无奈地一笑，指了下身后房门。房门及时地吱呀一声开了，黄参议神情尴尬地站在门檐下，他的背后有个人咳嗽了几声，以熟悉的语调说："人生何处不相逢啊，贾小姐，不，许小姐。"

贾慧顿时浑身变得僵硬，连笑容都凝固起来。她和林峰等候了一夜，未能捕捉得手的柳云，竟然在黄公馆里。这个地方真是让人料想不及，但是应该想到的！

她心中懊悔与诧异交织，心底暗骂道："这个浑蛋，真是防不胜防！"

柳云枪顶着黄参议的脊背，咳嗽了几声，左右打量着她，笑道："昨天远远地看见你，似乎比以前黑了。走近了看，真的是黑了。咱们尊贵的督军小姐，弄得像乡下农妇一样了？你再跟小樊在外面混些日子，可就容颜尽失啦。”

贾慧呸了一声，吐了口唾沫，说：“你怎么还不死？你怎么就这么难死呢？你死了吧，对所有人都是件好事！”

柳云依然笑容满面，眯缝起双眼盯着她，说：“承你吉言，我是个命不长久的人了。所以，这次来是想带你们一起上路的。昨天早上，那么好的天气，那样适宜的时间，轰隆一声，一切本可以在那里结束，可你们偏偏不肯就范，不肯陪着我。所以，我只好如影随形跟着你们了。唉！这尘世苦多乐少，没什么可留恋的。走吧，跟我走了的好。”

三个人听柳云自称死期将近，要拖他们做垫背，都不肯相信。

黄参议侧过头来，说：“兄弟，有话好好说，男女间的事情，寻死觅活没多大意思。你跟贾小姐好好商量，一切都会好起来的。”

贾慧冷笑，说：“以死相逼？这又是你鬼花招的一招？”

柳云摇了下头，恨恨道：“我本来可以不死的，但是承蒙你和小樊这先后两枪，打得准、打得妙。五年前，你的那一枪因为射程力度不够，子弹留在肺部卡住了动脉血管，外科医生不敢开刀去取；五年后，小樊这一枪，因为距离远，子弹也留在了肺部。这两颗子弹，短时间内将一段血管夹成了一个血瘤，这个瘤正在慢慢地生长，做手术会引起主动脉破裂，有生命危险。不动手术，任由它长到一定的程度，会自行爆裂，死于可预见的将来。我所剩的时间不多了，等不了啦。这次回到吴尚，只为一件事，带你和小樊上路，三人一起共赴黄泉，路上也有个照应。”

贾慧闭上眼，身体倚靠在廊柱上，无力地缓缓向下滑坐在砖砌的围栏上，喃喃道：“既然这样了，那就开枪吧。我愧对哥哥，早已有以死谢罪的想法了。你下手吧。”

柳云阴冷地笑了笑，说：“你这个水性杨花的女人，真的变了心，一个劲儿地卫护他？小樊，不，林参谋会来的。他找不着你，自然会来这里接你。你想让我开枪，有了声响给他警示报信，逃过我这一劫，白日做梦！”

贾慧叹口气，说：“你想杀他，那才是白日做梦！他已经先返回乡下，针对扬州日伪清乡围剿军事部署去了。他的心思在抗日上，你的鬼点子全用在干丧尽天良的坏事上了。我不向着他，反过来帮你，那岂不是瞎了眼？”

柳云笑了起来，沉吟了片刻，好像对于林峰的行迹不能确定。

黄参议说：“兄弟，这件事与我们无关啊，你怎么一直拿枪指着我？我们是一条线上的伙伴，拔枪相向，没有必要吧？”

柳云哼了一声，说：“黄参议，本来是没你的事，是你老婆莫名其妙地把你扯了进来。她是她的远房姑妈？你知道她老子是谁吗？是堂堂的许督军，她是督军府千娇百媚、集万千宠爱于一身的大小姐，会是你这下三烂老婆的侄女儿？简直笑话！”

黄参议扭头去看妻子，问：“是真的吗？你是在骗我？”

黄太太脸色惨白，却口气强硬道：“老黄，这种事，你是信他还是信我？”

黄参议苦笑道：“这种时候，不信他还能信谁？”

柳云说：“你听了老婆的撮哄、蛊惑，一而再、再而三地派兵协助林峰对付我。昨天早上，本来是想连你一起算账的。你这个浑蛋，串通了老家伙合谋，篡夺了我的功劳，以为我看不出来？我这个人向来是有恩报恩、有怨报怨。对不起，此刻就要送你们三个上路了。不要抱怨，再等些时候，我会去找你们的。”

贾慧长叹一声，说：“姑父，你怎么这样大意，被他得手了？你的那些卫兵部下呢？”

黄参议带着哭腔道：“别提了，别提了，命该如此罢了。”

柳云说：“他率着部下去帮你们抓我，这边公馆一片空虚。我自然是不客气地乘虚而入了，先挟持了他的老婆，再趁其不备将他擒住。他的几个卫兵都被我的手下解决了，这就叫作神不知鬼不觉。黄参议，你以为你跟李府祸事的关联，我猜不出来吗？此刻杀你，也算是替天行道吧。”

黄参议听他语中带刺，牵连上了李西沅阖府上下绝户的惨事，忽然有了感触，难道这真的是天道好轮回，报应来了吗？

贾慧望着他们夫妇俩，问道：“姑父、姑妈，你们难道也有短处落在他手中了？”

黄太太正待回答，柳云笑了起来，说：“贾小姐，不，许小姐，你还是没有经验，死到临头，问这些闲事。这点借话题拖延时间的小伎俩，自然瞒不过我。呵呵，这也就表明，你的那位林参谋不在乡下，还在城里，他要来这里救你，躲不过这一劫了。”

柳云得意地笑了起来，夹杂着声嘶力竭的咳嗽声，在这个冬日的清晨，让人感到堵心和郁闷。这一刻，贾慧脸色如土，垂下头去，心中的悔恨无法以语言来形容。

在这三人尽皆绝望之时，远方宅门处隐隐传来些须许微的动静。柳云一凛迅捷抬起枪把，一下子敲在黄参议的太阳穴上，将他打了个昏沉，瘫坐下去；随即换手，将贾慧揽在怀中，将枪口顶在她的头上。

宅门轻轻地开启了，那两个持枪乔装成士兵的家伙直挺挺地站在门洞里，一动不动。柳云心中生疑，挥手命令埋伏四处的手下查看虚实。有两个人分左右走过去，还没靠近，那两个士兵的背后枪声响起，将他们放倒。柳云猛一挥手，宅内部下立即开火，将那两具死后用来掩护同伙的尸体打得像马蜂窝一样。

这边枪声未歇，陡然间他们头顶的屋脊上枪声四起。射击者枪法精准，居高临下，弹无虚发，将那些藏在草丛、假山石间的家伙逐一击毙。不出几分钟，庭院里一片寂静。

林峰的声音在空中回荡：“刘公子、柳专员，一出好戏啊！你总是出人意料，但这最后一次，还是被我猜中了。今天，你怕是无处可逃了。还不束手就擒？”

柳云望着屋顶，剧烈地咳嗽着，厉声道：“林参谋，下来现身吧。你心爱的女人在我的枪口下，我死不足惜，不带她走才是遗憾呢。你能有法子救她？”

林峰在屋脊上长笑了一声，说：“柳专员，咱们相识了许多年，想不到会在这里针尖对麦芒。你用女人来要挟我，可让人不佩服。”

柳云狞笑道：“打着你的痛处了吧？任你多了得，也到英雄气短这一天了吧？下来吧，屋上风紧瓦松，小心栽跟头。”

林峰依着屋角墙头宛如狸猫般左右腾挪，顷刻间下到了地面，手中持枪从侧面瞄准了柳云。柳云转过身依然是以贾慧的身体为屏障，手枪顶住她的太阳穴，咳嗽道：“今天，咱们三个人都聚齐了，死在一起，这是天意。”

林峰摇头笑道：“谁想跟你死在一起？自作多情罢了。我来个提议吧，咱们做个交换，你放了她，我来替她如何？”

柳云迟疑了一下，说：“不行，我想的是带你们俩一起踏上黄泉路。少了她，这一路上可真没趣。”

“但是少了我，你怕是死不瞑目了吧？”林峰嘲笑道，“如果不是她在你的手里，就凭你这个痨病鬼，下辈子再找我寻仇吧。”

他的话尖刻得很，刺得柳云心中愠怒，咳嗽声一阵紧似一阵。这是个戳在他痛处的难题，若是在过去他身上没有伤痛时，根本不是问题，杀一个是一个，剩下的再另寻机会，无须犹豫。但此时，是杀死仇敌的最后机会。但当下只能杀一个，一个是心爱的女人，一个是昔日的同窗，而他们都与他有着生死仇怨，如何了结？

他心中正在盘算，被挟制着的贾慧却发出一声低低的悲鸣，无力地瘫倒下去。他一阵暗喜，立即拿定主张，同意了对方的建议，招手示意林峰，让他丢下武器过来替换贾慧。

林峰双手一松，丢下手枪，借着廊柱的掩护稳步过去，挨近他们时，提醒道：“放开她吧。”

柳云说：“我放开她了，你站到我面前来。”

林、贾二人同时同步挪移身体，待到林峰基本暴露在柳云面前时，贾慧却腿脚一软，再次无力地瘫坐下去。柳云大喜，右臂伸得笔直，枪口紧盯着林峰的额头，大笑道：“这下子，她也走不了啦。你这个幼稚愚蠢的家伙。”

他正得意间，那瘫坐在地的贾慧突然从脚踝处拔出枪来，由下向上开了一枪，子弹呈锐角从他的下巴柔软处斜穿上去，钻入脑袋。林峰眨眼间闪开。柳云脑子里仅存的最后一丝念头是，这一声枪响从何而来，竟以如此的刁钻方式进入了自己的身体？他丧失了意识，但身体却依然倚靠着身边的廊柱，左眼中渗出一道细细的血线，顺着面颊，笔直地滴落在地面，溅成了几朵艳丽的小花。

贾慧坐在地上，手里握着那把先前藏在小腿下面的手枪。这次，她终于在这短促的时间里做对了事情。柳云只当她是失魂落魄，瘫软无力，没有想到她是在寻机下蹲去拔枪。他松开她，算定她这种状态即使交换也逃不掉，有足够的时间先对付林峰再收拾她，本以为铁定是一箭双雕，其实却成了一大败着。

林峰站在柳云的面前，卸下了他的手枪，鄙夷地冷笑道：“自恃奸猾，贪心过头，再精明的人也成了笨蛋。”

已然断气的柳云仿佛听懂了这句评价，肢体奇异地抽搐了一下，颓然倒下，横卧在走廊边的青石阶上。这次，他纵然再有不可思议的能耐，也不能死而复生了。

三

黎星斗在跨入自家防区之后，突然倒下了，脸色苍白，双唇发紫，呼吸急促，四肢不停地抽搐，就此昏迷过去。侍卫、副官手忙脚乱，将他抬上汽车，一路风驰电掣赶往吴尚，送进公馆里，同时延请本埠最有名望的中医和福音医院的西医分别前来诊治。

两个医生分别询问了他发病前后的征兆和饮食等情况，再搭脉、检查瞳孔，研究揣摩了一气，也拿不出主张来，只得各按其道，开方子煎药饮服与西药针剂共用，但却效果不大。这样昏睡了整整一宿，次日早晨天色大亮后，病榻上的黎星斗缓缓睁开眼睛，看看周围的人，问这是在哪里。副官告诉他，如今是在自家公馆里。他稍显放心，想支起身来起床，可是双臂却软绵无力。床边众人赶紧扶他坐起，倚靠在床头。他动弹了一下手腕，喘息着说：“给总指挥发电，我这次中了鬼子的暗算，没法再帮他了，千万小心！”

他强撑病体，吩咐完了这句话，再无力出声，再度昏睡过去。

这份黎星斗清醒时口授的密电，24 小时后，被距城 50 里地的水泊田垛上的黎星源收悉。他看完了内容，不由得顿足长叹，流下眼泪，连声道：“糟糕了，这次应该力阻他去扬州的，是我的错，是我的错！”

他放下电报，准备换衣星夜进城，去探望这位盟弟的病情，但林峰抢先一步回来了，告知吴尚城内的复杂情况，再三劝阻黎星源吴尚之行。此刻，他早已从击毙对手的兴奋和喜悦中清醒，赶忙将几个钟头前从地下组织获悉的情报转达。这次黎星斗赴扬州开会，返回时毒发，也不清楚日本人使用了什么毒剂，虽然不致命，但却让他四肢乏力、神思恍惚。吴尚城中的医生、大夫都看过了，拿不出什么应对的良方来。南京方面，来电探询黎星斗的病情，这边竭力隐瞒，谎称只是小碍。但那边显然心中有数，已经以清乡公署的名义发出了命令：鉴于黎星斗患病，卧床不起，着令丁聚元代理清乡围剿总指挥一职，待黎星斗身体康复再行恢复视事。

黎星源苦笑道："日本人这是预谋好的，用这样的方式解决了黎星斗，起用丁聚元这个没有廉耻的家伙，兼带震慑他人，这短短几天时间，形势急转直下，这支部队完了。"

林峰注视着这位年近五旬的长者悲切的面孔，心底暗自叹息。二黎这半年来各打旗号、互相支持的所谓万全妙计，已告破产。在这样的形势下，军心涣散，人心涣散，是必然的事情。其实，自从黎星斗迈出易帜那一步，就注定了这样的结局。国军在整个江北乃至苏北的地方游击部队，至此已经分崩离析，从历史的图画中消失了。这是一个悲剧，黎星斗是悲剧性的人物，黎星源又何尝不是呢？

这个身心疲惫的即将步入老年的男人，站在水边枯萎的芦荡中，形单影只，沉默许久，拉了拉披在身上的呢料风衣，转过身来说："日伪眼看就要趁机动手，我不去吴尚了，你也别留在这里，赶紧率部队行动吧。这次扫荡，丁聚元这些人急于在日本人面前邀功请赏，不会客气的，得做最坏的打算。"

林峰问道："那你怎么办呢？随我们一起转移吧。"

黎星源摇摇头，说："我不走，我们人少目标小，就依托水网湖泊跟他们周旋，看他们能拿我怎么样！"

林峰无奈，只得尊重他的意见，返回营地部署行动，抢在日伪军行动之前向北转移。临行之际，他再三敦请黎星源将总部及卫队向东、向北靠拢新四军游击区，危急时可以向相邻的友军寻求帮助。黎星源口头上答应了，但依然按兵不动，静待日伪的进攻。

这样，在水乡深处又平静地等候一天，第三天，下午，哨兵报告，已发现日伪扫荡部队的踪影，汽艇马达声隐约可闻。他起身，下令动身，数百人分乘大小船只近20艘，向东南出发。船队出了湖荡，沿着河流直向前驶，一路上不时和前来进剿的伪军队伍相遇。这些伪军沿岸向西、向北，对这支规模不大的船队视若无睹。又平静地走了半天，天色渐黑，桨橹依旧不停，持续往前。直到半夜时分，抵达了距离江堰不过六七里地的所在时，才停船靠岸，就地露宿扎营，将就歇息了一宿。

天亮后，黎星源率队进入村庄，屯驻下来，坐听数十里外枪炮声隆隆。他这般大胆的举措，随行官兵们先是捏了把汗，困惑不解。等到安营之后，发觉竟然进入了丁聚元的防区腹地，这才恍然大悟，原来黎星源早有预谋，施了招险地求生的策略。

眼下，苏鲁皖总指挥部用于通信的仅有一部电台，黎星源下令开机后，只收不发，密切地监视着周边战事的动向。南部率直辖的一个大队及部分宪兵出扬州，向东、向北，和新化城出来的日军策应，扫荡新化以西、邮城以东的新四军部队。然后，再分兵一路直向原苏鲁皖总部驻地分进合击，团团围困。丁聚元以四个团的兵力由东、向西北进发，堵住并切断新四军根据地交通要道。这战事第一步达成的目的，就是要合围黎星源所部，但是这轮进攻显然是落空了。于是，预案的第一阶段开始实行，日伪军各部略加休整后，兵分三路，从三个方向进入新四军根据地，后续部队取道江堰增援，一时间数万人马来势汹汹，大有乌云压城之势。新四军主力部队提前转移，留下若干支游击队，利用水网、垛田、交通壕等便利地形地貌，就地坚持，时而阻击，时而偷袭，时而伪装针对伪军的强攻，搅得敌伪日夜不得安宁。

但南部襄吉的进剿行动，是整个江浙两省清乡计划的一个部分。从阜宁、盐城、淮阴等地出动的日伪军，业已同步行动，形成了东西对进、南北夹击的战略态势，将新四军军部以及大部主力部队围入一张巨网当中。北线新四军沉着应对，撤出所占领的城镇，集中优势兵力在阜宁以西地带设伏，将淮阴方面出动的日军一个大队引入伏击圈，借助河道港汊的地形，对这支水陆并进的日军主力予以重创，歼敌一个中队，毙伤总计 200 人。此后迅疾撤出战斗，做出意欲进攻淮阴城的架势，白昼里作多路纵队行军，天黑后倏尔转折向北，掩护军部机关从敌军急于回援淮阴留下的空当里穿插出去，随即从腹背对参与进剿的伪军各部发动了摧枯拉朽的进攻，将北线日伪看似严密的铁桶阵粉碎殆尽。

南部所督率的日伪军队，四处寻找新四军南线主力而不得，眼见北线友部进攻受挫，自忖实力不济，不敢在险地多加逗留，将麾下各部混编，采取铁帚战术，在新四军根据地来回反复了几次，将两支不及避让的游击队和民兵逮住，痛下杀手。出了心头的郁闷之气后，南部发出大捷的战报，各自撤兵。但在回师的路上，遍寻不着的新四军苏中主力突然尾随而至，发动进攻，将日军一个小队以及伪军两个团干净利落地吃掉了，再度消失在平原水乡的茫茫夜色中，无迹可寻。

至此，这一场目的在于配合太平洋战争，稳固占领区物资供应来源的大规模清剿战事，历时 15 天宣告结束。黎星源将小股部队安置在敌占区腹地，坐观风云变幻，直至这出大戏帷幕降落，不禁慨叹了一声：将来的天下是共产党的。

他吩咐副官，部队做好转移的准备，等日伪从水乡撤兵，重返旧时的游击区。避过了这一场战事劫数，跟随他的总部人员以及卫队，都松了口气。这段日子，大家都比在野外风餐露宿时养胖了一些，精气神足了，当即摩拳擦掌，整理行装待发。

这天黄昏前，众官兵随着黎星源离开暂住地，上船解缆向西出发，沿着卤丁河走了不到十里地，前方一处河道汊口转过一队船来，当头拦住了去路。南北两岸，突然间伏兵四起，将黎星源及其卫队三面围住。黎星源下令停船，拿起望远镜朝对面看，对面船头站着新近接替黎星斗代理清乡前线总指挥职务的旧部丁聚元。

他冷笑一声，让手下划船靠近过去，说道："丁司令得胜归来，好不威风啊！"

丁聚元连忙拱手躬身，说："总指挥，卑职是来挽留您在我这里小住一宿的，容我一尽地主之谊。"

黎星源问："你请我去哪里尽地主之谊啊？去吴尚？"

丁聚元说："自然是去江堰。吴尚是副总指挥的驻节之地，在那里，他是主人。"

黎星源点点头，挥手让卫队收起枪，跟随丁聚元的船队，掉头往江堰驶去。

晚上七点左右，黎星源率着副官及几名卫士，在丁聚元的陪同下进了镇子，来到伪二师司令部。丁聚元安排了一小桌菜肴，要给黎星源接风。黎星源欣然同意，坐下刚刚喝了两口水，副官突然进来，在他耳畔低语报信，卫队被丁聚元下令缴了械。黎星源愣了一下，随即恢复常态，摆摆手示意由他们去。

副官退下，丁聚元换了衣服出来，先是陪他闲谈了一会儿，等到菜肴上桌，便亲自来替他斟酒，殷勤伺候。黎星源也不推辞，先喝了两盅，眼见酒酣耳热，丁聚元放下了酒杯，转过桌角来到他的面前，突然跪倒，轻声说："恳请总指挥一件事。"

黎星源先是诧异，但马上就明白了他的用意，也不去搀扶，淡淡地说："丁司令，起身说话。咱们在这里叙旧谊，何必如此？"

丁聚元维持跪姿不变，继续说："恳请总指挥参加'和平运动'，曲线救国，重新领导我们这些弟兄。"

黎星源自斟自饮一杯，说："有一个黎星斗，下场如此，我会步他的后尘吗？你们倘若愿意听我的，那么就当机立断一起反正，我愿意登高一呼，以你为倡议首功之人，电请重庆方面任命你为苏鲁皖游击部队总指挥，重举大旗。"

丁聚元脸色微变，摇了下头，站起身去拿起酒杯重新斟酒，对于方才所谈的内容只字不提了。黎星源心里有数，喝酒吃菜，直至酒足饭饱，放下杯筷说："我这可困了，明天要起早赶路，你安排个地方先让我睡上一宿吧。"

丁聚元答应一声，便请在自家公馆客房里安歇。黎星源脱衣上床，不一刻便鼾声大作沉睡过去了。丁聚元站在门外院中，聆听动静，一时间举棋不定。回到酒桌前时，他手下参谋长前来请示如何对付这实际已沦为阶下囚的旧长官。丁聚元苦思冥想了半天，咬咬牙说："明天一早，放他们走吧。黎星源是烫手的山芋，我可不能做这个冤大头。"

参谋长奇怪，问他的用意。他解释说："这位总指挥虽然已经沦为孤家寡人，但旧部众多，大家伙儿心里虽然不肯再随他去走独木桥吃苦，但旧情犹存，不便下手。谁开了这个头，后患无穷。六个师长里面，个个心里都想拿他来向日本人、汪精卫邀功请赏，可是谁挑头去做这件事，那性命可就难保了。成为众矢之的，大伙儿都围着你虎视眈眈，弄不好是有头上床睡觉，无头下床醒梦了。"

参谋长咋舌点头，退出屋内。

丁聚元坐在屋子里吸烟，踌躇了良久，嘴角渐渐露出笑意来，喃喃道："世事变迁，各为其主，各谋其利。这事，我可以放过你，但日本人未必吧？这些事，我作壁上观就是了。"

四

天色大亮后，黎星源起床穿衣，稍加整理后走出客房。

丁聚元早已在前厅等候，两人碰了面，关切地问道：“总指挥几时走？”

黎星源说：“现在就走。”

丁聚元说：“那卑职送总指挥到码头。”

黎星源点点头，转身出门。他的副官、卫士都已在门外整装待发。黎星源瞅了一眼他们手中的武器，冷笑一声，信步而去。到了码头，十几条船俱已做好准备，见到他在众人的簇拥下来了，纷纷开始解缆。

黎星源站在码头的麻石阶上，跟丁聚元道别。丁聚元躬身道：“总指挥一路顺风，前面路途遥远，还望小心仔细了。”

黎星源微微一笑，挥手道：“丁司令，各位请回吧。各人前程自己把握，只要不昧良心，问心无愧就行了。”

黎星源登船，趁东风顺流向西，走了不到20里地，便下令改变路程，就近抄一条狭窄的水道，借残余芦苇的掩护，径直向北，快速脱离丁聚元的防区。船队依靠竹篙，在这水深不足的河道里费尽了气力，到天黑时好不容易进入下河腹地乌鹊湖，水面顿时开阔。黎星源下令就地宿营，在湖心小岛上找了处平坦地带，支起了帐篷。

他昨夜在丁聚元公馆里其实并未睡得安逸，这会儿离了险地，躺下来不一会儿就鼾声大作，睡得甚是香甜。这一夜无话，天蒙蒙亮时，沪上雾霭浓重，一眼望去浓见度不过数十米远，但突然间，栖息在芦苇丛中的野鸟扑棱着翅膀惊飞起来，叫声凄厉。

在岸边守望的哨兵猛一凛，留神倾听远处的动静，隐约间，汽艇的马达声渐渐清晰起来。哨兵知道不好，赶紧快步奔向宿营地报信。黎星源刚刚起来，听说这情况，带着副官等人到岛边观察。果然，小岛四周几个方向都能同时辨出这出自日军汽艇的动静。他脱离了丁聚元的防区，却没能脱离日伪的耳目，在这偏僻且寂无人烟的地带，再度陷入重围了。

他无奈地笑，命令电台向友军各部发电，苏鲁皖游击总指挥部于乌鹊湖陷入日军重围，先正向东北方向突围，请求友邻各部支援。电报发出后，黎星源下令烧毁密码本，就地掩埋电台，将所部五百余人分成两路，向北、向东先行突围。他自率副官和十名卫士坚守岛上，吸引日军的注意力。

众官兵不忍离开，要求保护总指挥拼死一战。

黎星源眼中含泪，说：“这几年，我殚精竭虑，已尽了全力。天意如此，何必再牺牲这么多兄弟呢？你们走吧，日本人的目标在我，趁着大雾还没有散，赶紧上船。”

众人拭泪登船，各自按照计划，在越来越浅淡的雾色中划桨而行，远离孤岛而去。黎星源目送他们的背影在不远处模糊不见了，抬腕看表计算时间，然后下令留下的所有人对天开枪射击。

这围剿中的沉默，由被困者率先开火打破了。正在四面重重迷雾中搜索着向湖心小岛接近的日军，被这猝然而起的枪声所惊，纷纷开枪还击，加速向枪响处聚集。

黎星源见目的达成，遂率卫士向岛上最高处撤退，在一片树丛中坐下，点起一支烟来，静候着太阳升起，雾气散去。等到天边云层消散，一轮旭日破雾而出，四下里的景致逐渐清晰起来。广阔的湖面上，日本人的汽艇从四面八方逼近，马达轰鸣，搅出一道道狭长的波纹。

黎星斗举起望远镜仔细观察，发现下属北路突围的船只与日本人的距离接近，岌岌可危，马上命令众人捡来枯枝絮草，点燃起来，一股浓黑色烟柱直冲天空，清晰无比，四下里遥遥可见。眼瞧着这明显的目标，日军兴奋不已，汽艇纷纷加速，不顾一切地冲向岛边岸滩。

登陆后的日军，分成多路向岛上土丘顶一拥而上。

黎星源坐在马扎上，依旧抽烟，眺望着东北方向，没有发现异常的动静，心中断定部属已经突出日军重围，心底放松下来，扭头冲副官吩咐说：“你去通报一下，国军苏鲁皖游击部队总指挥黎星源在此，让他们这里的最高长官来见。”

副官领命，整理了一下衣冠，挺直腰板大步上了土坡，迎着围涌上来的日军，大声地将上司的吩咐重复了一遍。日本兵中有粗通中文的听懂了大概，停住脚步挥手向军曹汇报，军曹转而再向督战军官禀报。15 分钟后，一名中佐大队长挎着战刀快步上来，随副官走近了，仔细端详，果然是一位年近五旬的高级将官，顿时大喜，行军礼致意后，叽里呱啦地说了一通，大意是请黎将军在此地安歇，他这就去向南部将军请示下一步的指令。

黎星源没有理会，自顾自地又点起根烟来，冲副官使个眼色，笑道："咱们几个在这里做诱饵，他们都安全地走了，也算是最后做些事情吧。"

两个小时后，清剿日军接到南部的急电：礼请黎将军赴吴尚相见。

日军中佐立即将电文内容向黎星源转达，敦请他上汽艇。黎星源指指身边已然被缴械的副官和卫士，要求同行。中佐同意了，当即将他们押上岛畔停泊的汽艇，全军护送，从湖西的出口向南进入卤丁河，直趋吴尚。

且说正在邮城一带督战的南部襄吉，得悉了黎星源被俘的消息，大喜过望，立即安顿好前线军务，火速南下赶往吴尚。

吴尚城中，黎星斗扬州之行后，半途中突发怪病落马，送回吴尚延医求药，再难有起色，整日里四肢乏力，神思恍惚，卧床不起。他这一倒下，城中驻军顿时群龙无首，失去了主心骨，人心惶惶。

黄参议得授了一个第一集团军中将总参议的虚衔，本想再经营些时日后去南京，但在此情形下，知道此地不是久留之处，赶紧携了老婆动身，前往南京。黄太太虽然心中不情愿，但局势如此，不得不走。临行前，她和贾慧抱头痛哭了一场，作为这大半年来相遇重逢的纪念。

贾慧自从在黄公馆亲手击毙了柳云之后，全身心地安静下来，仿佛已然将骚扰自己灵魂和肉体的恶魔彻底地驱除出去了，整个人的身心都已然返璞归真。她请瓦匠修补了那个通向隔壁李府的缺口，重新恢复了小学教员的职业，往返于住处和学校之间，默默地等候着这场战争的结束。林峰离城之前，像是心有灵犀般，没有再邀请她随自己去开始新的生活。在离开吴尚前，他们彼此约定，抗战胜利后，他会来吴尚迎娶她，一起返回故乡。这个约定，是她日后平淡生活唯一的希望所在，也是她厌倦了俗世红尘之后唯一的信念所在。这种基于爱情又略高于爱情的精神寄托，足以支持她孤身一人在这乱世小城中生活下去，并目睹着身边这支杂牌军队走向覆灭的全景。

五

之后的情形，贾慧以及吴尚城中的所有居民，都作为亲历者予以了见证。

黎星源被转押到了吴尚成后，软禁在光孝寺内。原驻防独立旅已经被调往江堰换防。丁聚元代理第一集团军总司令一职，率部入驻吴尚，刚刚入城安置好部队的防务和驻地，便有哨探报信，南部已经从邮城前线赶回，抵达西门。

他连忙去城门口迎接，两个人攀谈几句后，兴冲冲地前往羁押地，看望黎星源。在那处意义深刻的地方见面。黎星源被俘之后，拒绝进食，独坐在寺内大殿北厢房里，手下的副官随从被关押在隔壁，服侍他的日常起居。但在南部到来之前，他拒绝和所有日伪军官见面。光孝寺外，旧部云集，五个师长都在心急火燎地等候着，各怀心思。

南部风尘仆仆来到吴尚，就是想亲眼一见这位多年来真正的对手。在丁聚元的引领下，进入日军宪兵队把守的光孝寺，来到厢房门前，略整了一下军服，抬手示意。

丁聚元推开半掩的门扇，通禀道：“总指挥，南部旅团长来拜望，请您相见。”

黎星源从窗前木椅上掉过头来，淡淡地说：“让他进来吧。”

南部进了屋子，看着这个头发略显花白的长者瘦削的背影，敬了个军礼，说：“在下南部襄吉，大日本皇军第七混成旅团少将旅团长，心仪将军已久，特来拜谒。”

黎星源摆了下手，随意指指身边一张长凳，说：“旅团长不要客气，我虽然多年前在日本留过学，但时间太久了，已经不会说日本话了，你还是叫个翻译过来吧。”

南部坐下，得意地笑了几声，说：“在下有幸，在吴尚这块地面上和吴尚二黎相聚，也算是一段传奇了。时至今日，黎将军还有什么话说？”

黎星源微微一笑，望着窗外大殿和石阶，说：“这场战争大概不会拖得太久了。旅团长你要多保重，能够安然返回日本故乡，是一种福气啊。”

南部皱起眉头，问道：“黎将军何出此言？你我胜败已分，阁下沦为阶下囚，难道还不肯认输？”

黎星源呵呵笑了几声，说：“旅团长，时至今日你还看不出将来的形势发展？或许是黎某太高估你啦，作为战地指挥官，也许你的战略素养看不到这一层次的问题。”

南部悻悻然笑道：“黎将军果然非同凡响，身在囚笼，还能瞻顾天下大势，佩服。”

黎星源摇了下头，说：“这日后的战局大势，头脑清醒的人都会明白的。说不定，将军心中早已明白，不肯承认罢了。”

南部终于按捺不住，冷笑道：“将军是因为南洋战局有感而发吧？我告诉你最新的战报，我大日本皇军海陆军所向披靡，已然攻占了马来半岛、菲律宾等地，英美军一败涂地，我军高奏凯歌。美国人没那么可怕，你等以为美国加入将会扭转局势，那是一厢情愿了。”

黎星源摇头说：“旅团长，来日方长，咱们就不要在这里作口舌之争了。”

南部点头，说：“我来此地，只是拜访，无意劝降，望将军好自为之。听说你已经绝食两天了，似乎毫无必要吧。”

黎星源笑道：“年纪大了，无所谓生死了。绝食而死，与贵军剖腹谢罪，道理差不多吧？”

南部摇手，说：“将军还要跟在下预言天下未来的局势吗？请珍惜自己的生命，我尽己之力，来验证你的预言，如何？”

黎星源一笑置之，说：“我来吴尚，别无牵挂，只想看看我那位中毒卧床的盟弟，你能不能开个方便之门？”

南部恍然，说：“原来将军绝食是为的这个。那位黎将军距离这里不过咫尺之遥，待会儿请丁司令陪同就是。在下军务繁忙，就不再打搅了。”

这次会面不过短短半个钟头，南部襄吉心满意足而去，再未重返吴尚。两年后，他被晋升为中将师团长，率部调往南洋诸岛，参加岛屿防御战，与美军激战，死于 B-29 堡垒轰炸机的地毯式轰炸之下，未能亲证这场旷日持久的战争最终的结局。

黎星源得了南部的承诺，目送他的背影在视野中远逝之后，换了衣服，在丁聚元的陪同下，前往黎星斗的公馆，看望这个误中敌计、生死难料的盟弟。跟随的日军宪兵队将公馆四周围得水泄不通，严防二黎的旧部心生他念，前来劫救。

黎星源走进公馆，径直去了卧房，只见黎星斗背靠着两只枕头，半坐半卧，两眼迟钝，望着床顶的雕花图案木然不语。他忙上前伸手轻轻拍了一下，关切地叫了一声："兄弟，大哥看你来啦！"

听到他的声音，黎星斗的眼神忽然有了鲜活劲儿，扭头来看，好像认出他来，从被窝里探出手，颤抖着声音说："大哥，你怎么在这里？"

黎星源连忙将他的手掖回被中，轻声说："我要去重庆开会了，家里的事情都交代好了，你安心养病，等我回来咱们一起找个安静的去处，养养鸟，念念佛，过过安静无忧的日子。"

黎星斗沉默了片刻，头脑似乎清醒了一点儿，问："大哥，你怎么来吴尚的？咱们苏鲁皖的弟兄们，难道就这样完了？"

黎星源摇了下头，说："弟兄们都在乡下打游击呢，我是特意来探望你的，马上就得走了。"

黎星斗不信，一把抓住他的手，说："不对，你肯定有难了，身在危险境地，我要保你，决不能任由你走！"

丁聚元在旁插话说："总司令，总指挥的安危，我们都关心着呢。你养好身体，总指挥和我们才能放心。他的事情，我们众兄弟必定是要一力承担的。"

黎星斗此刻从浑浑噩噩中清醒过来也不过几分钟的时间，随后，便又重新陷入迷糊状态。他松开黎星源的手，喃喃道："去重庆，得坐飞机吧？人在天上，命就不在自己手里了，听天由命吧。"

黎星源悄然起身，向屋外走去，几步之后回过头再看看他，情不自禁地抹了一把眼泪，低声叹息道："唉，一失足成千古恨！"

他离开了卧房，叮嘱丁聚元要保证黎星斗的安全，这才回到光孝寺内，通宵无眠。

次日上午，扬州方面日军派部队协助，押送黎星源经由镇江转送南京。汪政府内部，对于黎星源的问题，关起门来商讨了两天。陈公博与黎星源有旧，竭力反对处死他；周佛海得到重庆方面的暗中招呼，也支持这一意见，并且江北诸将大多是黎星源的旧部，且又有联名担保的文书，为了笼络他们为己效力，留着这个人比除掉他更有价值。

汪精卫沉思良久，采纳了他们的意见，做出决定：暂不对黎星源做出处置，但是，为防备他和旧部接近，酿成变故，不能留在南京，现将他转押上海，择一妥善地点关押，不许旧部和他联系见面。

这样，黎星源又被转押上海，先行关押在某饭店内，一年后，由他人担保，改由某大员接在家中代为看管。1945 年夏末，重庆方面发布电令，任命尚在敌方缧绁的黎星源为第三战区副司令长官，准备着手负责对长江中下游地区伪军的接收和整编。至于苏鲁皖游击总指挥这个职务，已然在三年前改由韩德勤充任了。

这支杂牌军队的番号，职衔早已名存实亡，在抗战史上，留下了难以谈说的一笔。

1947 年春，全国各地在内战的隆隆炮声中，开始了对汉奸罪行的大规模审判。原汪伪政府诸巨头，生生死死，各有其命。前北洋督军、伪华北政务委员会要员、汪伪政府头面人物许霆震，在与前来探狱的女儿见上最后一面后，于次日清晨在监狱院中打太极拳时，被悄然而至的行刑枪手瞅准了空当，一枪击中后脑，身体顺着惯性完整地完成了一个毫无瑕疵的鹞子翻身，脸朝下仆倒在青砖地上，气绝身亡。他的尸体火化之后，交由其女带回安葬。

那位许小姐，埋葬了亡父的骨灰，在故土的行踪犹如惊鸿一瞥，不复再见。她回到吴尚，继续以女教员贾慧的身份隐居。至于她的未婚夫林峰，抗战以后再也未能回到吴尚来迎娶她。据可靠消息，林峰在 1945 年初秋，随同部队登船从海路赶赴东北时，途中遭遇强风，溺水身亡，带着这个女人永久的期盼长眠于海底，终年 34 岁。

1964 年，贾慧在郁郁寡欢中病故。她的后事，由洞悉其身世的邻居李嫂代为料理，遗物有一串翡翠项链和一块标有国军三十三师番号职衔的布质胸章，隐隐证实着她那鲜为人知的传奇和坎坷。

她曾经的所谓亲戚黄参议夫妇，在抗战胜利后逃亡香港，三年后，双双离奇地死于咸美顿街126号寓所内，所携带的细软被洗劫一空。后有黑道中人透露，这是他实力雄厚的仇家买凶暗杀所致。多年前那段在吴尚曲折神秘的往事，是他的死因，但其间详情，除了死者自己，谁也不能讲得清楚了。

2011年深秋毕稿于泰州濯污堂

后记

这部长篇小说写的是抗战中一支杂牌军队由鼎盛走向覆亡的过程。这支军队的原型是抗战时期占据江苏泰州地区的苏鲁皖游击部队，首领李明扬、李长江时称“泰州二李”，亦即小说里所讲的“吴尚二黎”。

杂牌，顾名思义，即非嫡系，但这支军队之杂，远远超过一般意义。它非但没有蒋氏嫡系部队的印记，甚至连西北军、东北军、川军、滇军等军阀部队都不如。说穿了，它就是因国民党抗战正面战场溃退留下的特殊产物。但就是这么一支杂芜不堪，更多靠江湖义气维系的武装，却在抗战中期，参与并制造了两个重大历史事件，深刻影响了抗战以及抗战后的历史进程。

前者，是黄桥战役；后者，是臭名昭著的“曲线救国”策略的产生。

先谈一谈黄桥战役。1940 年初，新四军江南指挥部执行开辟苏北的战略任务，渡江北上，先头部队进入苏鲁皖游击部队防区，首度摩擦，二李所部败退，但新四军方面却胜而不追，趁势表明要借道东进。二李为切身利益计，纵放新四军从防区通过。尔后，新四军与国民党江苏省主席韩德勤所辖势力几度交锋，韩德勤聚集重兵向新四军驻地黄桥发动进攻。三路进攻部队中，二李为其中一路。新四军分别采取拒、打、拉的战术，以抵抗韩部七十九军、独立六旅和二李。二李果然默契，在此战中按兵不动，结果，新四军大胜，乘势东进，与南下的八路军会师，实现了贯通南北的战略意图。国民党就此在苏中、苏北失去了主导权。

再说“曲线救国”。黄桥战役之后，日伪对仍在国民党势力控制下的苏北垂涎三尺。尤其是汪伪政权，自成立以来一直是空架子，缺乏基本的武装力量。汪精卫对“二李”的部队心存觊觎，一心想将它收归己有，于是，与日伪协同，针对二李采取了利诱、暗杀和武力威逼等诸种手段，强迫其易帜归降。时值 1941 年，抗战处于最为艰难的阶段，以二李为代表的处于沦陷区的国民党部队，生存愈加艰难。重庆国民政府无法顾及他们，任其自生自灭。在这样的形势下，二李行使所谓“妙计”：兵分两支，一支打原来的旗号，离开泰州下乡坚持；一支投降日伪，企图以泰州城为依靠，互为倚仗，暗通款曲，形分神不分。

但是，由于这支杂牌部队首开大建制投降日伪的先河，随即，国民党部队附应投敌者不计其数，大量杂牌军打着“曲线救国”的旗号，沦为伪军，“曲线救国”也就此成了中国军队抗战史上难以洗刷的耻辱印记，而书中写到的所谓“妙计”，最后也因中下层军官被汪伪分化瓦解而破产。二李最后的结局，一为日本人下毒致残，一被日军俘获。这支杂牌部队就此为历史尘埃所湮没，不复为人所知。

小说的内核重点部分，是吴尚二黎，象征性不言而喻。二黎的困境是战、降两难，二黎的策略是战、降并行，二黎的选择则正是所谓“正面战场”和“曲线救国”平行的方式。二黎如同一张牌的正反面，蒋、汪岂非如此？当时，蒋介石和汪精卫，一个抗日图存，一个变节投降。蒋、汪二人不同的选择，或许恰恰是国民党统治集团在民族困境中的两条道路的选择。最终，历史是仲裁者，它给出了另外的答案。但无论迫于什么样的形势，在民族的生死存亡面前，投降卖国的选择都是永久的耻辱。

在创作这部作品时，笔者有意避免全景式的描述，将历史事实和文学加工巧妙结合，将日、伪、国、共、杂五方势力矛盾的集中点，落实在一个小女子的身上，大处着眼，小处入手，展现非常时期错综复杂的矛盾纠葛。从某种程度上说，女主人公贾慧个人的爱恨情仇的纠结，也是这支军队身陷各种势力而进退维谷的写照。

这部作品起笔于皖南事变之后，收笔于太平洋战争爆发。这一阶段，中国抗战正处于黎明前的黑暗时期，一部分人看不到希望，动摇了抗日的信心，但更多的人在这看似渺无生机的绝境中坚持了下来。历史往往在关键的时间节点和矛盾节点上发生改变，而这种改变的后效，往往在多年之后才能显现。这是历史的魅力，也是小说的魅力……

FONGHONG
凤凰联动出品